을사본 『구운몽』 제1권 표지 『구운몽』은 1725년 전라도 나주에서 처음 간행되었다. 을사본이 바로 그것으로, 이 책의 번역 저본이기도 하다. 한국소설로는 처음으로 상업적 목적을 띠고 출판된 것이다. 위로는 임금부터 아래로는 기생에 이르기까지, 『구운몽』은 전 국민을 매료한 최초의 국민소설이었다. 옮긴이 소장

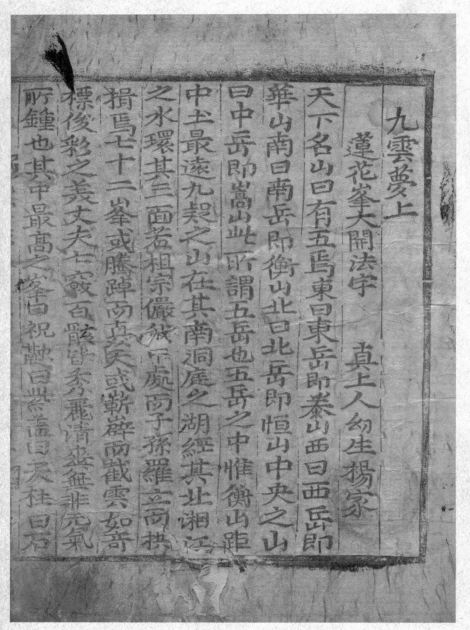

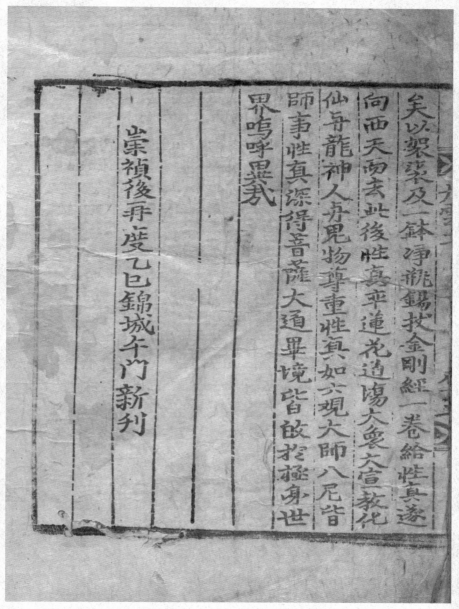

을사본 『구운몽』 제2권 마지막 면 "숭정후재도을사(崇禎後再度乙巳) 금성오문신간(錦城午門新刊)"이라는 간기(刊記)가 보인다. '숭정후재도을사'는 1725년을 가리키며, '금성'은 나주의 옛 이름이고, '오문'은 남문이다. 1725(을사)년에 나주 남문 근처에서 새로 간행했다는 뜻이다. 을사년에 찍었다고 하여 을사본이라고 부른다. 한 줄에 불과한 내용이지만 소설에 간기가 남은 경우가 많지 않아 매우 소중한 정보로 취급된다. 옮긴이 소장

〈**구운몽도**〉 **10첩 병풍 중 심요연 장면** 쌍검을 든 여성 자객 심요연이 티베트 정벌에 나선 대원수 양소유를 죽이려고 구름을 타고 군진으로 내려오고 있다. 그런데 이 그림에서는 사람을 죽이려는 순간의 살기는 느끼기 어렵고, 오히려 사랑을 찾아가는 이가 자아내는 기대감으로 충만하다. 『구운몽』은 공포의 서사라기보다 희망의 서사이며, 긴장의 서사라기보다 이완의 서사이다. 한국자수박물관 소장

〈구운몽도〉 6첩 병풍 중 백능파 장면 양소유는 꿈속에서 남해태자의 어족 군대와 싸운다. 그림 하단에 양소유는 책상에 기대어 자고 있고, 소유의 꿈속을 묘사한 그림 상단에서는 어족 군대와 싸우고 있다. 꿈속에서 만난 동정호 용왕의 딸 백능파는 나중에 양소유의 첩이 된다. 『구운몽』은 근본적으로 환상문학이다. 계명대학교 행소박물관 소장

구운몽 권지일

노존스 남악 강묘법 ᄯᅥ사ᄆᆡᆼ

텬하의 일홈난 뫼히 다ᄉᆞᆺ시이시니 동은 동

악 태산이오 셔ᄂᆞᆫ 셔악 화산이오 가온되ᄂᆞᆫ

듕악 숭산이오 북악은 항산이오 남

은 남악 형산이니 ᄒᆡᆼ산이 그 ᄀᆞ쟝 멀리 이셔

듕의 형산이ᄀᆡ 의 녀구의 산이 나 ᄯᅥ히 이시며

동졍호ᄇᆞᆨ의 일ᄉᆞᆼ 강을 ᄯᅥ이샤 연의 ᄯᅥ을

일흠ᄃᆡᆨ 평가온ᄃᆞ니 ᄉᆞᆺ 봉오리 멀니ᄀᆡᆫ ᄯᅥᄒᆞ니

필사본 『구운몽』 제1권 첫 면 전문적으로 글씨 수업을 받은 궁녀의 필체인 궁체로 필사된 책이다. 궁궐 내 혹은 그 주변의 상층 여성들이 읽었던 것으로 추정된다. 서울대학교 규장각한국학연구원 소장

Chapter I

The Transmigration of Song-jin

THERE are five noted mountains in East Asia. The peak near the Yellow Sea is called Tai-san, Great Mountain; the peak to the west, Wha-san, Flowery Mountain; the peak to the south, Hyong-san, Mountain of the Scales; the peak to the north, Hang-san, Eternal Mountain; while the peak in the centre is called Soong-san, Exalted Mountain. The Mountain of the Scales, the loftiest of the five peaks, lies to the south of the Tong-jong River, and on the other three sides is circled by the Sang-gang, so that it stands high, uplifted as if receiving adoration from the surrounding summits. There are in all seventy-two peaks that shoot up and point their spear-tops to the sky. Some are sheer cut and precipitous and block the clouds in their course, startling the world with the wonder of their formation. Stores of good luck and fortune abide under their shadows.

The highest peaks among the seventy-two are called Spirit of the South, Red Canopy, Pillars of Heaven, Rock Treasure-house and Lotus Peak, five in all. They are sky-tipped and majestic in appearance, with clouds on their faces and mists around their feet, and are charged with divine influences [1]. When the day is other than clear they are shrouded completely from human view.

In ancient days, when Ha-oo restrained the deluge that came upon the earth [2], he placed a memorial stone on one of these mountain tops, on which was

3

제임스 게일의 영어 번역본 『구운몽 The Cloud Dream of the Nine』 본문 첫 면 캐나다 출신의 기독교 선교사인 제임스 게일이 번역하여 1922년 영국에서 출간한 책이다. 『구운몽』을 세계에 널리 알리는 데 큰 역할을 했다. 을사본을 번역 저본으로 삼았다. 이 영역본에는 총 16장의 판화가 들어 있는데, 그중 일부를 이 책에서 사용하였다. 옮긴이 소장

알브레히트 후베의 독일어 번역본 『구운몽』(2011) 표지 표지 그림은 이 번역본의 옮긴이가 직접 그린 것이다. 양소유를 유명한 첩보 영화 〈007〉 시리즈의 주인공 제임스 본드와 유사하다고 보고, 말을 탄 양소유 옆에 자동차에 기대서 있는 제임스 본드를 그렸다. 양소유의 성격과 활약 그리고 팔선녀와의 관계에서, 제임스 본드의 불사신 같은 활약과 '본드걸'로 불리는 여성들과의 편력을 떠올렸을 수도 있겠다. 『구운몽』은 일찍부터 외국인의 관심을 모았는데, 19세기 중국에서는 『구운몽』의 서사를 확장하여 『구운루』라는 작품을 간행했고, 일본에서는 5000엔짜리 지폐에 얼굴을 올릴 정도로 유명한 근대 여성 소설가인 히구치 이치요가 1892년에 『구운몽』을 베끼며 공부하기도 했다. 20세기에 들어서는 많은 나라에서 『구운몽』이 번역되었는데, 현재 일본어, 중국어, 영어, 러시아어, 프랑스어, 스페인어, 독일어, 이탈리아어, 체코어, 루마니아어, 폴란드어, 베트남어, 아랍어 등의 번역본이 나와 있다. 특히 러시아, 스페인 등 몇몇 나라에서는 『구운몽』이 외국 고전소설로는 꽤 많이 팔린 것으로 알려져 있다.

구운몽

한국
고전
문학
전집

016

구운몽

김만중 지음 | 정병설 옮김

문학동네

머리말

　한국문학의 고전을 말할 때 『구운몽』이 빠지는 법은 없다. 1945년 광복 이후 학교 교과과정에서 한 번도 빠진 적이 없는 작품이다. 『구운몽』을 모르는 한국 사람은 없으며 작품의 일부라도 읽지 않은 한국 사람도 없다. 그런데 모두 아는 작품이지만 전편을 읽은 사람은 드물고 읽은 사람 중에 읽고 나서 작품을 사랑하는 사람은 더욱 드물다. 고전이라는 게 원래 읽히지 않는 책이라는 것을 감안해도 심하다.

　『구운몽』은 한국문학사의 대표 고전인 만큼 이미 많은 번역서와 연구서가 있다. 그러나 많은 연구에도 불구하고 고전으로서의 가치와 의의는 제대로 파악되지 않았고 제대로 설명되지 못했다. 옮긴이 역시 오랫동안 여기에 머물러 있었다. 한 번 읽고, 두 번 읽으면서도 알지 못했던 것이 〈구운몽도〉를 접하면서 달라졌다. 『구운몽』 이야기를 그린 그림을 보면서 나 자신이 작품을 잘못 읽어왔음을 깨달았고, 이후 열 번, 스무 번 거듭 읽어가면서, 『구운몽』에 빠졌다. 수년 전에 출간한 내 책 『구운몽도―그림으로 읽는 구운몽』은 그런 과정의 산물이다.

『구운몽도―그림으로 읽는 구운몽』이『구운몽』을 어떻게 읽어야 하는가에 대한 답이었다면, 이번의『구운몽』현대어역은 그에 맞게 읽을 수 있도록 마련한 것이다.『구운몽』이 과연 고전이구나 하는 것을 누구나 느낄 수 있게끔, 먼저 쉽게 읽을 수 있도록 했다. 고전은 원래 읽기 어렵다. 어려운 것을 이해하느라 지쳐 대부분의 독자들은 고전이 고전인 줄 알지 못한다. 더욱이『구운몽』은 소설이다. 원래 쉽게 읽힌 소설이니 지금도 쉽게 읽혀야 한다. 이런 소설을 지금까지는 쉽게 읽을 수 없었다. 그런 번역서를 찾기 어려웠기 때문이다. 그나마 쉽게 읽히는 것은 정확하고 완전한 번역으로 보기 어려운 것들이었다. 정확하고 완전하면서도 읽기 쉬운 번역, 이것이 이 책의 목표다.

이런 번역을 위해 먼저 번역 대상 선정부터 주의를 기울였다. 이 책은 1725년 전라도 나주에서 간행한 이른바 을사본의 완역이다. 을사본을 완전하게 번역한 책은 이 책이 처음인 듯하다. 오랫동안『구운몽』번역은 서울대학교 규장각한국학연구원에 소장된 한글 필사본이나 개인 소장의 한문 필사본을 대본으로 삼았다. 그것들을 선본으로 본 것이다. 그러나 필자는 을사본이『구운몽』의 최선본, 가장 좋은 이본이라고 생각한다. 을사본은 가장 오래되었고 가장 문학적인 가치가 높으며 가장 많이 읽힌 판본이다.『구운몽』은 작가의 친필본이나 생시에 간행된 판본이 확인되지 않는다. 오래 필사본으로 유통되다가 작가가 죽은 지 수십 년이 지나서야 지방에서 간행되었다. 을사본은 가장 오래된『구운몽』일 뿐만 아니라, 내용과 표현 면에서도 가장 풍부하다. 다만 당대에 사고 팔리던 다른 인쇄본 소설과 마찬가지로 표기에 있어서 오류가 적지 않다. 이 점 때문에 오랫동안 학계의 외면을 받았지만 이 약점은 다른 이본과 비교하며 바로잡을 수 있다.『구운몽』연구에 평생을 바친 정규복 선생께서도『구운몽』의 정본을 만들 때 이 을사본을 기본으로 삼으신 바 있다. 또 을사본은 1922년 캐나다 출신의 기독교 선교사 제임스 게

일이 처음 영어로 번역할 때 이용한 것이기도 하다.

　이 책은 선배 학자들의 탁월한 성취로부터 출발했다. 정병욱 선생의 오래전 번역과 정규복 선생의 교감, 김병국 선생의 새로운 번역은 이 책의 기반이 되었다. 이 책의 초고는 8년 전 내 연구실 학생들과의 강독에서 만들어졌다. 이후 계속 초고를 학부와 대학원 강의에서 교재로 사용했다. 그사이 여러 이본과 비교했고 번역문을 계속 고쳤다. 이 책의 번역문은 고등학생들도 충분히 읽을 수 있고, 원문은 연구자들이 연구에 이용해도 될 정도라고 자부한다. 최선을 다했지만, 둔한 자질에 보고 들은 바가 적어 실수가 없지 않을 것이다. 독자들의 꾸짖음을 기다린다. 이 책으로 『구운몽』이 즐겁게 읽히는 고전이 되기를 바란다.

2013년 12월
양소유처럼 기쁨의 동산을 훨훨 날아다니는 삶을 상상하며
정병설 쓰다

차례

머리말 _5

구운몽

제1회 육관대사 연화봉에 큰 절 열고,
　　　성진은 양씨 집에서 태어나다 _17
　　　육관대사 17 | 팔선녀 19 | 용궁 21 | 돌다리 22 | 꾸짖음 24 | 지옥 27 | 속세로 29 | 아버지 31

제2회 화음현 처녀와 편지를 주고받고,
　　　남전산 도인에게 거문고를 배우다 _32
　　　과것길 32 | 진채봉 33 | 남전산 도인 39 | 다시 서울로 44

제3회 술집에서 섬월을 얻고,
　　　섬월은 다른 미인을 추천하다 _46
　　　계섬월 46 | 섬월과의 첫날밤 52

제4회 정씨 집에서 여도사의 음악을 듣고,
　　　정사도는 좋은 사위를 얻다 _58
　　　두연사 58 | 소유의 변장 62 | 정경패 64 | 가춘운 70 | 장원급제 73

제5회 꽃신을 읊어 결혼하고픈 마음 보이고,
      선녀의 집에서 첩을 들이다 _74
      결혼 논의 74 | 꽃신 78 | 계략 80 | 정십삼랑 81 | 가춘운과의 만남 83 | 상사병 86 | 장여화
      의 무덤 87 | 귀신 가춘운 90

제6회 춘운, 선녀가 되고 귀신이 되고,
      경홍, 여자가 되고 남자가 되다 _92
      관상쟁이 92 | 귀신과의 이별 95 | 웃음거리 양소유 96 | 반란 101 | 낙양으로 105 | 연나라
      의 굴복 107 | 적경홍 108 | 의심 111

제7회 한림원 학사는 옥퉁소를 불고,
      봉래전 궁녀는 좋은 시를 청하다 _114
      잠자리 사건 114 | 난양공주 116 | 시문평론 120 | 월왕의 전갈 123 | 부채시 124

제8회 궁녀가 눈물을 감추고 내관을 따르고,
      애첩은 슬픔을 품고 지아비와 이별하다 _128
      비밀 폭로 128 | 사양 130 | 퇴혼 132 | 투옥 135 | 티베트 137 | 원정 139

제9회 백룡담에서 남해 태자의 군대를 물리치고,
      동정호 용왕은 사위를 위해 잔치를 열다 _144
      포위 144 | 백능파 145 | 남해 태자 149

제10회 소유, 틈을 타 남악 형산을 찾고,
       난양은 변장해 경패 집을 방문하다 _153
       용궁 잔치 153 | 남악 형산 155 | 승전 156 | 결혼 논의 157 | 자수 족자 161 | 규방의 벗 163

제11회 두 미인이 손을 잡고 수레에 오르고,
　　　　장신궁에서 일곱 걸음 안에 시를 짓다 _168
　　　이소저 168 | 궁궐로 171 | 태후의 양녀 173 | 칠보시 176

제12회 소유는 꿈에 하늘에서 놀고,
　　　　춘운은 경패의 말을 전하다 _179
　　　영양공주 179 | 첩이 된 채봉 181 | 첩이 된 춘운 183 | 개선 188 | 위국공 190

제13회 결혼식에서 두 공주가 서로 양보하고,
　　　　헌수연에서 두 기생이 솜씨를 뽐내다 _195
　　　결혼 결정 195 | 첫째 부인, 둘째 부인 197 | 상봉 198 | 속임 201 | 발각 205 | 보복 207 |
　　　어머니 213

제14회 낙유원에서 기예를 겨루고,
　　　　멋진 수레가 구경거리 되다 _220
　　　부마궁 220 | 월왕의 도전 221 | 사냥 227 | 낙유원 232

제15회 부마가 벌주를 마시고,
　　　　임금이 취미궁을 하사하다 _241
　　　논공 241 | 벌주 244 | 규중 벌주 248 | 화원 252 | 여덟 자매 253 | 은퇴 255

제16회 소유는 높은 곳에 올라 먼 곳을 바라보고,
　　　　성진은 본래로 돌아오다 _261
　　　깨달음 261 | 서역승 264 | 득도 266

원본 구운몽九雲夢

제1회 蓮花峯大開法宇 眞上人幻生楊家 _273

제2회 華陰縣緗女通信 藍田山道人傳琴 _281

제3회 楊千里酒樓擢桂 桂蟾月駕被薦賢 _288

제4회 倩女冠鄭府遇知音 老司徒金牓得快壻 _295

제5회 詠花鞋透露懷春心 幻仙庄成就小星緣 _304

제6회 賈春雲爲仙爲鬼 狄驚鴻乍陰乍陽 _313

제7회 金鑾直學士吹玉簫 蓬萊殿宮娥乞佳句 _325

제8회 宮女掩涙隨黃門 侍妾含悲辭主人 _332

제9회 白龍潭楊郎破陰兵 洞庭湖龍君宴嬌客 _341

제10회 楊元帥偸閑叩禪扉 公主微服訪閨秀 _346

제11회 兩美人携手同車 長信宮七步成詩 _354

제12회 楊少遊夢遊天門 賈春雲巧傳玉語 _360

제13회 合卺席蘭英相諱名 獻壽宴鴻月雙擅場 _368

제14회 樂遊原會獵鬪春色 油壁車招搖占風光 _380

제15회 駙馬罰飮金屈致巵 聖主恩借翠微宮 _390

제16회 楊丞相登高望遠 眞上人返本還元 _401

해설 | 『구운몽』, 어떻게 읽을 것인가? _407

1. 이 책의 번역 저본은 1725년 전라도 나주에서 간행된 '을사본'이다. 옮긴이 소장본을 이용해 완역했다.

2. 을사본은 이른바 '방각본'으로, 한눈에도 여느 관판官版과는 구별된다. 판각에 속자, 약자 등이 많이 사용되었고, 글자의 오류도 적지 않다. 이런 문제에도 불구하고 이 이본을 사용하는 까닭은 이것이 어느 다른 이본보다도 풍부한 내용을 갖춘 선본일 뿐만 아니라 내용의 오류는 다른 이본과의 대교를 통해 바로잡을 수 있기 때문이다. 교감 대상 이본 및 참고 자료는 다음과 같다.
   - 미국 버클리 대학교U. C. Berkeley 동아시아도서관 소장 필사본 『환화록幻化錄』.
   - 미국 하버드 대학교 소장 '노존본': 정규복 엮음, 『구운몽 자료 집성 1』, 보고사, 2010 수록.
   - 강전섭 '노존본': 정규복 엮음, 『구운몽 자료 집성 1』, 보고사, 2010 수록.
   - 서울대학교 한글본: 김병국 교주 · 역, 『구운몽』(개정판), 서울대학교출판문화원, 2009.
   - 정규복, 「노존본과 을사본의 대비」, 『구운몽 원전의 연구』, 보고사, 2010.

3. 원문 교감의 원칙은 다음과 같다.
   - 속자나 약자는 현대 독자들이 읽기 쉽게 정자로 바꾸었다. '小弟'를 '少弟'로 한 것처럼 '小'나 '少'를 현대적 용법과 다르게 쓴 경우가 적지 않은데, 이는 고문서 등에서도 흔히 보이는 것으로, 오류라기보다는 민간 용법이라고 할 수 있다. 이런 것 또한 가급적 현대의 표준적 표기로 고쳤다.
   - 간단한 오류는 별다른 표시 없이 고쳤다. 예컨대 양소유를 가리키는 '楊郎'을 '楊娘'으로 한다거나 '永訣'이라고 해야 할 것을 '永缺'이라고 한 것 등이 그렇다. 다만 수정할 때는 다른 이본을 참조하여, 수정으로 인해 새로운 오류가 생기지 않도록 만전을 기했다. 수정에 참조한 이본으로 대표적인 것은 버클리 대학교 소장의 『환화록』이다. 『환화록』은 을사본의 번각본인 계해본을 필사한 것으로, 을사본을

교감하는 데 크게 도움이 되었다.

- 양소유의 고향인 '壽州'를 '秀州'라고 표기한 것처럼 이미 잘 알려진 오류 역시 별도의 표시 없이 수정했다. 을사본은 지명의 표기에 착오가 적지 않은데, 문맥을 고려하여 교감했다. 단 오류를 수정하여 의미가 크게 달라지는 경우에는 따로 교감주를 달았다.

- 아주 특별한 경우가 아니면 글자를 빼거나 넣거나 구절의 순서를 바꾸거나 하지 않았다. 불가피하게 수정을 가한 사례로, 제12회에서 조조의 「단가행」을 인용한 부분을 들 수 있다. 원문에는 원시에 있는 '樹'를 빼놓아 "繞三匝 無枝可栖"로 되어 있는데, 이것을 "繞樹三匝 無枝可栖"로 바로잡았다. 또 제14회에는 원문에 두 줄이 인쇄되어 있지 않고 대신 손으로 쓴 부분이 있는데, 하버드노존본을 참조하여 보충했다.

4. 원문의 각 회 아래에는 본래 절의 구분이 없으나, 독자의 이해를 돕고 또 쉽게 찾아볼 수 있도록, 역자가 임의로 절을 구분하고 제목을 붙였다.

5. 본문 속의 삽화는 제임스 게일의 『구운몽』 영역본 *The Cloud Dream of the Nine* (London : Daniel O'Connor, 1922)에 실린 것이다. 삽화의 작가는 밝혀져 있지 않다.

* 이 책은 2008년 정부(교육과학기술부)의 재원으로 한국연구재단의 지원을 받아 수행된 작업임(NRF-2008-361-A00007).

구운몽

제1회
육관대사 연화봉에 큰 절 열고,
성진은 양씨 집에서 태어나다

육관대사

천하에 다섯 곳의 명산이 있으니, 동쪽에 태산, 서쪽에 화산, 남쪽에 형산, 북쪽에 항산, 가운데 숭산이 그것이다. 다섯 산 가운데 형산이 중심에서 가장 멀리 떨어져 있는데, 그 남쪽에는 구의산이 있고, 북쪽에는 동정호가 둘렀다. 또 상강湘江이 산의 삼면을 휘감아흐르고 있다. 마치 자손들이 줄지어서서 북쪽의 어른에게 인사를 올리는 듯하다.

형산에는 일흔두 개의 봉우리가 있는데, 어떤 것은 하늘을 찌를 듯하고, 어떤 것은 구름을 뚫고 솟아 있다. 모두 예쁜 사내처럼 맑고 깨끗하여 태초의 아름다움을 담고 있다. 그중에서도 다섯 봉우리가 더욱 높은데, 축융봉, 자개봉, 천주봉, 석름봉, 연화봉이 그것이다. 이 봉우리들은 얼마나 높은지, 구름과 안개가 진면목을 가리고 있고, 또 노을이 절반을 감추고 있다. 그래서 맑고 깨끗한 날이 아니면 온전한 모습을 볼 수 없다. 옛날의 성인 우임금이 큰 홍수를 다스린 후 형산 꼭대기에 비석을 세워 공덕을 기록했는데, 그 글씨가 천만년이 흐른 지금까지 남아 있다.

진나라 때 선녀 위부인이 도를 닦아 득도하여 하느님의 부름을 받아 선녀들을 이끌고 이 산으로 왔으니, 곧 남악 형산 위부인이다. 위부인이 벌인 신령하고 진기한 일은 너무 많아 다 기록할 수 없다.

또 당나라 때 한 고승이 서쪽 천축국에서 왔는데, 형산의 아름다운 풍경을 사랑하여 연화봉으로 가서 작은 암자를 짓고 머물렀다. 그는 대승 불교를 설법하여 중생을 가르쳤고 뭇 귀신을 제압했다. 이때 불교가 크게 유행하여 많은 사람들이 믿었는데, 그 고승을 마치 부처처럼 여겼다. 부자는 돈을 내고 가난한 사람은 몸을 바쳐 산을 깎고 벼랑을 이었고 자재와 노력을 모아 크게 불사를 일으켰다.

그 절은 참으로 고요하고 아름다웠다. 당나라의 시인 두보의 시에 "우뚝한 절집 문은 동정호로 열려 있고, 절집 기둥은 적사호赤沙湖에 박혀 있네. 한여름 시원한 바람 불어 불상 또한 서늘하고, 하루 여섯 번 범패 소리 향로 위를 스치네"라 했으니, 이 짧은 시가 그 절의 정취를 다 설명하고 있다. 산세는 웅장하고 절집은 장대하니, 그 풍광이 남쪽에서 최고였다.

천축국에서 온 고승은 손에 오직『금강경』한 권만 들고 있었는데, 육여六如, 꿈, 이슬 등 금방 사라지는 여섯 가지 것화상이라고도 부르고, 육관대사라고도 불렀다. 육관대사에게는 제자가 오륙백 명 있었는데, 그 가운데 계행을 잘 닦아 신통한 경지에 이른 사람만 삼십여 명이었다. 그중 성진이라는 젊은 불승이 있었는데, 용모는 눈처럼 얼음처럼 희고 맑았고, 정신은 가을 물처럼 깨끗했다. 나이 스무 살에 불교에 대해 모르는 것이 없었고, 어떤 제자보다 똑똑해 대사가 아껴 후계자로 삼고자 했다.

대사가 제자들과 불법을 논할 때, 동정호의 용왕이 흰옷을 입은 평범한 노인으로 변신하여 법석에 왔다 가기도 했다. 대사가 제자들에게 말했다.

"내 늙고 병들어 문밖을 나가지 못한 지 어언 십 년이 넘었다. 지금 가벼이 움직일 수 없으니, 너희 중에 누가 용궁으로 가서 나 대신 용왕에게 감사를 표하고 오겠느냐?"

성진이 자원하니 대사가 기뻐하며 보냈다. 성진은 가사를 입고 육환장 막대기를 집고 표표히 동정호로 갔다.

팔선녀

문지기가 육관대사에게 고했다.

"남악 형산의 위부인이 보낸 여덟 명의 선녀가 지금 문 앞에 왔습니다."

대사가 부르니 선녀들이 차례로 들어왔다. 선녀들은 대사 앉은 자리를 세 번 돌더니 땅에다 꽃을 뿌렸다. 그다음 무릎을 꿇고 위부인의 말을 전했다.

"대사께서는 산 서쪽, 저는 동쪽에 있어서, 사는 곳이 가깝고 먹고 마시는 곳이 붙어 있습니다. 하지만 저희 동네에 일과 걱정거리가 많아 일찍이 대사의 법당으로 가서 좋은 말씀을 듣지 못했습니다. 이 때문에 인사도 못 차리고 이웃 노릇도 잘 못했습니다. 그래서 이번에 저희 궁궐을 청소하는 미천한 여종들을 보내 대사께 문안드리고자 합니다. 아울러 하늘 꽃과 신선의 과일, 그리고 각종 보물과 아름다운 비단을 보내 제구구한 정성을 보이고자 합니다."

선녀들이 각자 가져온 꽃과 과일 등을 대사에게 바쳤다. 대사는 그것들을 받아 시종에게 주었고, 부처 앞에 올렸다. 대사는 몸을 굽히고 손을 모아 감사했다.

"노승이 무슨 공덕으로 신선세계의 이런 성대한 선물을 받으리오."

이어 음식을 차려 팔선녀를 대접했고, 팔선녀가 돌아갈 때 감사의 뜻으로 환송했다.

팔선녀는 절문을 나와 서로 손을 잡고 가면서 얘기했다.

"이곳 형산은 언덕 하나 골짜기 하나 우리 구역이 아닌 곳이 없었어. 그런데 육관대사가 절을 연 다음 구역이 나뉘어, 연화봉의 아름다운 경치가 지적에 있어도 찾아볼 수 없게 되었지. 오늘 위부인의 명령을 받아 여기까지 와서 보니, 봄빛까지 참 아름다워. 날이 아직 저물지 않았으니, 이 좋은 계절에 저 높이 연화봉에 올라 옷에 묻은 먼지를 툭툭 털고 폭포 아래 물에서 묵은 때를 씻으며 시를 지어 읊어보면 어떨까? 흥이 나 돌아가서 우리 궁중의 언니들과 아우들에게 자랑하면 이 또한 기쁘지 않으리?"

모두 좋다 하며 느릿느릿 봉우리에 올라갔다. 봉우리에 올라 폭포 아래를 내려다보고, 벼랑을 따라 물을 따라 오다가 돌다리 위에서 잠시 쉬었다.

이때는 바야흐로 음력 춘삼월 봄이 무르익은 때였다. 수풀의 꽃은 망울을 터뜨렸고, 사방은 붉은 노을이 들어 아름다운 비단을 펼친 듯했다. 산새는 찍찍 악기를 연주하는 듯 지저귀었다. 봄바람이 사람의 마음을 풀어놓았고, 멋진 경치가 사람의 발길을 붙들었다.

팔선녀는 절로 흥감이 일어 다리 위에 걸터앉아 계곡물이 흘러가는 것을 보았다. 열 길 백 길 물이 흐르다 멈춘 자리에 연못이 있으니, 매끈매끈한 새 거울을 걸어놓은 듯 맑고 깨끗했다. 선녀들이 단장한 예쁜 얼굴을 물에 비추니 새로 미인도를 그린 듯했다. 스스로 제 모습을 사랑하여 차마 일어서지를 못했다. 석양이 고개를 넘어가고 수풀에서 저녁 아지랑이 피어오르는 것도 깨닫지 못했다.

용궁

이날 성진이 동정호 용궁에 가는데, 유리처럼 맑은 파도를 가르며 수정으로 만든 궁전으로 들어갔다. 용왕이 기뻐 궁궐 문밖까지 나와 성진을 이끌고 궁전으로 데려갔다. 용왕이 성진에게 자리를 주고 앉게 하니 성진이 엎드려 용왕에게 대사의 감사 인사를 전했다. 용왕이 공손히 앉아 들었다. 용왕이 큰 잔치를 베풀어 성진을 대접하니 풍성히 차려진 진기한 음식들이 먹음직했다. 용왕이 술잔을 잡아 성진에게 권하니 성진이 한사코 사양했다.

"술은 인성을 해칩니다. 불교의 가르침이지요. 소승은 감히 마실 수가 없습니다."

"부처님께서 말씀하신 다섯 가지 계율 가운데 금주가 있음을 내 어찌 모르리오. 하지만 우리 용궁의 술은 인간세상의 것과 달라 기운을 부드럽게 할 뿐 마음을 흩트리지 않소. 스님은 어찌 과인의 간절한 성의를 생각하지 않으시오?"

성진은 용왕의 정성에 감복하여 세게 거절하지 못하고 연거푸 석 잔을 기울었다. 용왕과 작별 인사를 하고 용궁을 나와 바람을 타고 연화봉을 향해 오는데 산 밑에 이르자 술기운이 올라 약간 어질했다. 스스로 책망했다.

"스승께서 내 뺨의 붉은 기운을 보면 어찌 놀라 꾸짖지 않으시리오?"

계곡가로 내려앉아 웃옷을 맑은 모래 위에 벗어두고 두 손 가득 맑은 물을 떠서 얼굴을 씻었다. 그런데 갑자기 야릇한 향기가 코를 찔렀다. 난초 향기도 사향 향기도 아니었고, 또한 꽃향기도 아니었다. 정신이 어질하더니 순식간에 속된 기운이 사라졌다. 마음이 붕 떠 형언할 수 없는 지경이었다. 혼잣말로 중얼거렸다.

"이 계곡 상류에 어떤 꽃이 있기에 향기가 물을 따라 여기까지 왔나?

내 한번 찾아보리라."

옷을 주워입고 계곡을 거슬러올라갔다.

돌다리

계곡을 올라가던 성진이 돌다리 위에 있던 팔선녀와 마주쳤다. 성진은 육환장을 땅에 내려놓고 손을 모아 인사했다.

"보살님들, 내 말 좀 들어보오. 나는 연화봉 육관대사의 제자로 스승의 명을 받아 산을 내려갔다가 돌아가는 길이오. 돌다리가 좁은데, 보살님들이 앉아 계시니, 남자와 여자가 길을 나누어 지나갈 수가 없소. 보살님들이 꽃처럼 아리따운 걸음을 옮기시면 제 잠깐 길을 빌려 지나가고자 하오."

팔선녀가 답배를 하며 말했다.

"저희는 위부인의 선녀입니다. 부인의 명령을 받아 육관대사께 문안인사를 드리고 돌아가는 길에 잠깐 쉬고 있지요. 들으니 『예기』에 '길을 갈 때 남자는 오른쪽으로 가고 여자는 왼쪽으로 간다'고 하더군요. 이다리는 좁아 길을 나누어 갈 수 없는데, 저희가 먼저 여기 앉았으니, 스님께서 이 다리를 건너시는 것은 예법에 맞지 않습니다. 다른 길을 찾아가시지요."

"계곡이 깊고 다른 길이 없는데 어느 길로 가라 하시오?"

"옛날 달마존자는 갈잎을 타고 바다를 건넜다고 하지요. 육관대사께 배우셨다니 스님께는 반드시 신통술이 있으시겠지요. 이만한 계곡을 건너는 일이 무엇이 어렵다고 아녀자와 길을 다투십니까?"

성진이 웃으며 대답했다.

"낭자의 말을 듣자 하니 길값을 받으려나보오. 그런데 소승은 원래 빈

돌다리 성진과 팔선녀가 돌다리에서 길을 다투고 있다. 성진이 복숭아꽃을 꺾어 던지니 그것이 진주로 바뀌어 팔선녀 앞에 떨어졌다. 길값을 준 것이다. 선녀들은 환한 웃음을 보낸 다음 그것을 줍고 하늘로 솟구쳐올라 바람을 타고 사라졌다.

한하여 돈이 없소. 다만 마침 진주 여덟 알이 있으니, 그것을 드려 길값으로 하고자 하오."

말을 끝내고 바로 복숭아꽃 한 가지를 꺾어 선녀들 앞에 던졌다. 그랬더니 네 쌍의 붉은 꽃잎이 어느새 진주로 바뀌었다. 상서로운 빛이 하늘과 땅에 가득했다. 진주는 조개가 물고 있던 것이 막 밖으로 나온 것 같았다. 팔선녀는 진주를 하나씩 줍고는 성진을 돌아보며 한 번 환한 웃음을 지은 다음 하늘로 솟구쳐올라 바람을 타고 사라졌다. 성진은 다리 머리에 서서 우두커니 먼 하늘을 바라볼 뿐이었다. 이윽고 구름 그림자가 사라지고 향기로운 바람이 흩어졌다. 성진은 망연자실하여 절로 돌아왔다.

꾸짖음

성진이 절로 돌아와 용왕의 말을 전하니, 대사는 성진이 늦었다며 꾸짖었다. 성진이 대답했다.

"용왕이 융숭히 대접하고 또 계속 붙잡으니 정과 예법에 이끌려 감히 떨치고 일어나지 못했습니다."

대사는 아무 대답도 하지 않고 물러가 쉬게 했다.

성진이 방으로 돌아오니 날이 이미 저물었다. 선녀를 본 다음 고운 목소리가 귀에 쟁쟁하고 아리따운 모습이 눈에 어른거려, 잊고자 해도 잊을 수가 없었고 생각 말자 해도 절로 생각이 났다. 정신이 어질해지자 자세를 고쳐 앉았다. 그러고는 생각했다.

'남자가 세상에 태어나, 어려서는 공자와 맹자의 책을 읽고, 커서는 요임금 순임금 같은 성군을 만나며, 밖으로 나가서는 대장군이 되고, 들어와서는 정승이 되어, 몸에는 비단옷을 걸치고 허리에는 붉은 띠를 늘어뜨리며, 임금께 절하고 백성에게 혜택을 베풀어야지. 또 눈으로는 아름다운 여인을 보고 귀로는 환상적인 소리를 들으며, 영화로움이 극에 이르고 후세에 이름을 길게 드리워야지. 이것이 바로 대장부의 일이야. 아, 그런데 우리 불교는 한 바리때의 밥과 한 병의 물, 몇 권의 불경, 그리고 백팔염주뿐이라. 덕이 높고 도가 오묘하지만 적막함이 심하고 그저 맑기만 할 뿐이라. 설령 불가의 큰 법을 깨우쳐 스승의 도통을 잇고 부처가 되어 연꽃 위에 앉는다 해도, 넋이 한 번 연기 속에 흩어지고 나면 성진이 세상에 있었음을 누가 알리오?'

이 생각 저 생각 하다보니 자고자 해도 잠은 오지 않고 밤만 깊어갔다. 눈 감으면 팔선녀가 아른거리고, 놀라 눈을 뜨면 사라지고 없었다. 성진이 크게 깨달아 말했다.

"불가의 공부는 마음을 바로잡는 것을 제일 윗길로 치는데, 내 출가한 지 십 년에 이르도록 조금도 구차한 마음이 없다가 갑자기 나쁜 마음이 드니, 이 일이 내 앞길에 방해가 되지 않으리오?"

향을 사르며 부들자리 위에 책상다리를 하여 앉아 정성을 다해 염주를 돌리며 부처를 생각했다. 별안간 동자승이 창밖에서 불렀다.

"사형, 주무세요? 스승께서 부르세요."

성진이 크게 놀라 말했다.

"한밤에 급히 부르시니 필시 무슨 사고가 있나보구나."

바로 동자승과 함께 대사에게 가니, 대사가 제자를 모아놓고 근엄히 앉아 있었다. 분위기는 엄숙하고 촛불은 휘황했다. 대사가 큰 소리로 꾸짖었다.

"성진아, 네 죄를 네가 알렷다."

성진이 급히 계단 아래로 내려가 무릎을 꿇고 말했다.

"제가 스승님을 모신 지 어언 십 년입니다만, 공순하지 않은 적은 털끝만큼도 없었습니다. 제 정녕 어리석어 죄를 모르겠나이다."

"수행은 세 가지를 닦는 것이니 곧 몸과 말과 뜻이다. 너는 용궁에서 술을 마셨고, 돌아오다 여자들을 만나 수작을 했으며, 꽃가지를 꺾어 희롱했다. 돌아와서는 그 일을 잊지 못해, 처음에는 미인들에게 마음을 빼앗겼고 나중에는 부귀에 마음을 두었다. 속세의 번화함을 사모했고 불가의 그윽함을 꺼렸다. 이로써 세 가지 공부가 단번에 무너졌으니 죄가 깊다. 널 여기 남겨두지 못하겠다."

성진이 머리를 조아리고 눈물을 흘리며 말했다.

"스승님, 스승님, 참으로 잘못했나이다. 그러나 술을 마신 것은 용왕이 강권해 어쩔 수 없었던 것이고, 선녀와 수작한 것은 길을 얻기 위함이니, 본래부터 뜻한 일이 아니었습니다. 어찌 그르다 하겠습니까. 또 제 방으로 돌아가서 나쁜 마음이 싹튼 것은 순간일 뿐입니다. 스스로 잘못을 깨달아 제 미친 마음을 두려워했고 바로 착한 마음이 생겨났습니다. 손가락을 깨물어 후회하고 마음을 바로잡았으니, 이는 유교에서 말하는 '나쁜 길로 멀리 가지 않고 바로 돌아온다'는 것입니다. 그래도 제게 죄가 있다면 회초리로 때리소서. 꾸짖음도 잘못을 고치는 한 방법인데, 하필 내쫓아 스스로 반성할 수 있는 길마저 끊으려 하십니까. 저는 열두 살에 부모를 버리고 친척을 떠나 스승님께 와 머리를 깎았습니다. 그러니 관계로 말하면 낳고 길러주신 부모님과 다를 바 없고, 정으로 말해도 아들 아닌 아들이라 할 수 있습니다. 아버지와 아들처럼 은혜가 깊고, 또 스승과 제자의 연분이 무겁습니다. 여기 연화봉 절집은 바로 제 집입니다. 여기를 버리고 어디로 가겠습니까?"

"네 가고자 해서 가라고 했으니, 네 여기 머물고자 하면 누가 네게 가라 하겠느냐. 또 '제가 어디로 갑니까' 하지만, 네 가고자 한 곳이 네 갈 곳이라."

대사가 외쳤다.

"황건역사 어디 있느냐?"

갑자기 신장神將이 하늘에서 내려와 엎드려 명령을 받았다. 대사가 분부했다.

"이 죄인을 데리고 지옥에 가서 염라대왕에게 넘기고 오라."

성진이 듣고 간담이 떨어져 눈물을 흘리며 대사에게 고개를 조아리며 말했다.

"스승님, 스승님, 제 말 좀 들어보소서. 옛날 아난존자阿難尊者, 석가모니의 제자는 창녀와 동침했는데도 석가모니께서 죄를 주지 않으시고 말씀으로 가르치셨습니다. 제 비록 삼가지 않은 죄가 있지만 아난존자에 비하면 오히려 가볍습니다. 어찌 지옥으로 보내십니까?"

"아난존자는 상대의 나쁜 술법을 누르지 못해 창녀를 가까이했을 뿐, 자기 마음이 달라진 것은 아니었다. 그런데 너는 요염한 여인들을 보자 마음의 바탕까지 다 잃어버리고 벼슬을 부러워하고 부귀에 침을 흘렸다. 어찌 아난존자와 비교하겠느냐. 네 죄가 이 같으니 어찌 한 번 윤회하는 고통을 면하겠느냐."

성진이 눈물을 흘리며 말할 뿐 가려고 하지 않으니 대사가 위로하며 말했다.

"마음이 정결하지 않으면 비록 산속 깊은 절에 있다 해도 도를 이룰 수 없는 법이다. 하지만 근본을 잊지 않으면 속세에 푹 빠져도 마침내 돌아올 곳이 있다. 네 돌아오고자 하면 내 반드시 데려오리니 의심치 말고 가라."

지옥

성진은 할 수 없이 예불하고 스승에게 절했다. 또 문하생들과도 작별했다. 황건역사를 따라서 저승문을 들어가 망향대望鄕臺, 여기서 거울에 죄상을 비추어보고 지옥으로 끌려간다를 지나 지옥 성 밖에 이르니, 문지기를 하는 졸개 귀신이 어디서 왔는지 물었다. 황건역사가 말했다.

"육관대사의 명령을 받아 죄인을 데리고 왔소."

귀신이 문을 열고 그들을 들였다. 황건역사는 곧장 염라대왕이 사는 삼라전森羅殿으로 가서 성진을 끌고 왔음을 아뢰었다. 염라대왕은 성진을 안으로 불러들여 말했다.

"스님은 비록 몸은 남악 형산 연화봉에 있으나 이름은 지장보살극락에서 지옥까지 일체 중생을 교화하는 보살의 책상 위에 있습니다. 과인은 스님이 큰 도를 깨우쳐 부처의 연꽃 자리에 올라앉으면 중생들이 음덕을 입으리라 여겼는데 지금 무슨 일로 이런 욕을 입으셨는지요?"

성진은 아주 부끄러웠다. 오랜 후에 입을 열었다.

"제 멋모르고 연화봉 돌다리에서 선녀들을 만나 한때 마음을 누르지 못하여 사부에게 죄를 얻었습니다. 이리하여 대왕의 명령을 받게 되었습니다."

염라대왕이 좌우에게 시켜서 지장보살에게 말을 올리게 했다.

"남악 육관대사가 황건역사에게 제자 성진을 압송하게 해 지옥에서 죄를 논하게 했습니다. 그런데 성진은 불제자라서 여느 죄인들과는 다르므로 어떻게 할지 감히 여쭙습니다."

보살이 답했다.

"도를 닦는 사람이 가고 오는 것은 마땅히 그 하고자 하는 바에 달렸소. 물을 일이 뭐가 있소."

염라대왕이 판결을 하려는데, 두 졸개 귀신이 와서 고했다.

"황건역사가 육관대사의 명을 받아 여덟 죄인을 거느리고 문밖에 이르렀습니다."

성진은 이 말을 듣고 크게 놀랐다. 염라대왕이 죄인을 들이라고 했다. 팔선녀가 기어들어와 뜰아래 무릎을 꿇었다. 염라대왕이 물었다.

"남악의 선녀들은 내 말을 들어라. 신선의 세계에는 원래 드넓고 아름다운 땅과 한없는 즐거움이 있는데 어찌 여기까지 이르렀느냐?"

팔선녀가 부끄러움을 머금고 말했다.

"첩들은 위부인의 명령을 받들어 육관대사께 인사 드리러 갔다가 돌아가는 길에 성진 스님을 만나 말을 나누었습니다. 대사께서 저희가 스님의 맑은 세계를 더럽혔다고 여기셔서 위부인께 고해 대왕께 오게 했습니다. 첩들의 운명은 대왕 손에 달렸습니다. 엎드려 비옵건대, 대왕께서는 대자대비하신 마음으로 저희를 좋은 곳에 태어나게 해주소서."

염라대왕은 저승사자 아홉 명을 정하여 앞으로 불러 하나하나 자세히 분부했다.

"여기 아홉 사람을 데리고 인간세상으로 속히 가라."

속세로

말이 끝나자 삼라전 앞에서 갑자기 큰 바람이 일어났다. 바람이 아홉 사람을 하늘로 날려버렸다. 아홉 사람은 사방팔방으로 흩어졌다. 성진은 저승사자를 따라서 바람을 타고 허공을 날았다. 얼마 동안 날다가 한곳에 이르니 바람이 멎었고 땅에 발을 디딜 수 있었다. 성진이 놀란 정신을 수습하여 눈을 들어 보니, 깊고 푸른 산이 사방을 두르고 있었고 골골이 맑은 계곡물이 흐르고 있었다. 수풀 사이에 대울타리를 두른 초가집이 십여 채 있었다. 그 앞에서 몇 사람이 마주서서 얘기를 나누고 있었다.

"양처사楊處士 부인은 나이가 쉰이 넘었는데도 태기가 있소. 실로 드문 일이지요. 그런데 낳을 날이 지났는데도 아직 아기 우는 소리가 들리지 않으니 걱정이구려."

성진이 생각했다.

'내 지금 세상에 태어날 모양인데 아직 몸은 없고 정신뿐이라. 연화봉에 있는 내 몸은 벌써 화장하여 없어졌을 것이라. 내 어려서 아직 제자를 키우지 못했으니 누가 내 사리를 수습할꼬.'

생각할수록 슬펐다. 이윽고 저승사자가 나와서 손을 들어 불렀다.

"여기는 당나라 회남도淮南道 수주현壽州縣이고 이 집은 양처사의 집이오. 처사가 바로 그대 아버지고, 그 아내 유씨柳氏, 부모의 성이 모두 봄기운을 상징하는 버드나무를 뜻함는 어머니오. 그대 전생의 인연으로 이 집 아들이 되었으니 속히 들어가 길시吉時를 잃지 마오."

성진이 바로 들어가 보니, 처사가 갈건야복葛巾野服을 하고 중당中堂에 앉아 화로를 놓고 출산할 아내를 위해 약을 달이고 있었다. 약 냄새가 아스라이 옷에 스몄다. 방 안에서는 부인의 신음 소리가 들려왔다. 저승사자는 성진에게 방으로 들어가라고 재촉했지만, 성진은 의심스러워 오히려 뒷걸음질을 쳤다. 돌연 사자가 뒤에서 밀었다. 성진은 땅에 엎어지며 의식을 잃었는데, 마치 천지가 뒤집히는 것 같았다. 성진이 외쳤다.

"사람 살려!"

그런데 소리가 목에 걸려 말을 이루지 못했다. 단지 으앙으앙원문은 '나를 구하라'라는 뜻의 '구아구아(救我救我)'로 되어 있다 하는 아기 우는 소리가 들릴 뿐이었다. 여종이 처사에게 달려가 고했다.

"부인께서 작은 낭군을 낳으셨어요."

처사가 약사발을 받들어 방으로 들어갔다. 부부가 기쁨이 가득한 얼굴로 마주했다.

성진은 배고프면 젖을 빨고 배부르면 울음을 그쳤다. 처음에는 연화봉 기억이 남아 있었는데, 점점 자라 부모의 은혜를 알게 되면서 옛날 일은 까맣게 잊어버렸다.

아버지

양처사가 자기 아들의 골격이 빼어남을 보고 머리를 쓰다듬으며 말했다.

"이 아이는 반드시 하늘에서 죄를 짓고 내려온 사람이라."

그러면서 이름을 소유少游, 인간세상에서 잠깐 논다는 뜻라 하고 자字, 또래나 아랫사람을 부르는 가벼운 이름를 천리千里, 원대한 뜻을 품은 빼어난 인재라는 뜻라 지었다.

세월이 흘러 순식간에 소유의 나이 열 살이 되었다. 얼굴은 매끈한 옥 같고 눈은 샛별처럼 빛났다. 기세가 빼어나고 지혜가 깊어 우뚝한 대인군자大人君子의 풍모가 있었다.

양처사가 아내에게 말했다.

"내 본래 세상 사람이 아니오. 그대와 인연을 맺었기에 속세에 오래 머물렀으나, 봉래산에 사는 신선 친구들이 편지를 보내 오라고 한 지 오래오. 다만 내 그대의 외로움을 염려하여 가지 못했는데, 지금 하늘이 도우셔서 빼어나고 똑똑하고 슬기로운 아들을 두었소. 이 아이가 반드시 우리 집을 빛내리니, 그대도 이제 의지할 곳을 얻은 셈이오. 그대 필시 늘그막에 부귀영화를 누리리니 내가 가든 말든 개의치 마오."

하루는 여러 도인道人이 양처사 집으로 왔다. 어떤 사람은 흰 사슴을 타고 어떤 사람은 푸른 학에 올라 처사와 함께 깊은 산속으로 떠났다. 이후 왕왕 하늘에서 편지가 날아올 뿐 양처사는 다시는 집으로 오지 않았다.

제2회
화음현 처녀와 편지를 주고받고,
남전산 도인에게 거문고를 배우다

과것길

양처사가 신선들과 집을 떠난 후 소유 모자는 서로 의지하며 살았다. 몇 년이 흘러 소유의 재주와 명성이 더욱 높아지니 고을 사또가 신동神童으로 조정에 추천했다. 그러나 소유는 어머니를 모셔야 한다고 사양하며 벼슬길에 오르지 않았다. 마침 나이가 열네댓 살이 되었는데, 멋진 용모는 진나라 미남 반악과 같고 빼어난 기운은 당나라 시인 이백과 같았다. 문장은 당나라 현종 때의 문인인 장열과 소정처럼 훌륭했고, 시 짓는 재주는 남조南朝의 시인 포조와 사영운처럼 뛰어났다. 글씨는 종요와 왕희지를 아래에 두고 부릴 만했고, 지략은 병법으로 이름이 높은 손무와 오기를 동생으로 여길 정도였다. 유교, 불교, 도교는 물론 제자백가의 사상을 두루 알았고, 천문지리와 『육도』와 『삼략』의 병법은 물론, 칼 쓰고 창 다루는 법을 귀신처럼 익혀서 정통하지 않은 것이 없었다. 전세에 도를 닦던 사람이라 마음이 툭 트여 닿는 것을 모두 빨아들이니,

마치 대나무가 칼을 맞아 쭉 갈라져나가는 것 같았다. 보통의 선비들에 비할 바 아니었다. 하루는 소유가 어머니에게 말했다.

"아버지께서 가신 후 집안의 책임이 모두 소자小子에게 왔습니다. 지금 우리 살림이 곤궁하니 늙으신 어머니까지 힘써 일하십니다. 그런 마당에 제가 집 지키는 개나 흙탕물을 기어다니는 거북이처럼 초라히 살면서 세상의 공명을 찾지 않으면, 우리 집안의 명성은 이어지지 못할 것이고, 어머니는 위로받을 데가 없을 것입니다. 이것은 아버지께서도 바라는 바가 아니겠지요. 들자니 지금 나라에서 과거를 베풀어 천하의 재주 있는 선비를 뽑는다 하니, 소자도 잠시 어머니 품을 떠나 조정의 큰 잔치에 참여하는 영광을 누리고자 합니다."

유씨는 본래부터 소유의 뜻이 녹록하지 않음을 보았다. 그러나 어린 나이에 먼 길을 나선다니 걱정이 없을 수 없었다. 다만 이미 그 굳은 마음을 알고 있으니 말릴 수도 없었다. 유씨는 비녀와 팔찌를 모두 팔아 소유의 노자를 마련했다. 소유는 어머니께 하직 인사를 하고, 시동侍童과 노둔한 나귀 한 마리와 함께 길에 올랐다.

진채봉

소유는 여러 날 길을 간 다음 화주 화음현에 도착했다. 이곳은 서울당나라 수도인 장안을 가리킨다과 멀지 않은 곳이어서인지, 산천 풍물이 지나온 곳들보다 한결 밝고 고왔다. 과거 날이 아직 멀었으므로 매일 수십 리를 가면서 명산을 들르기도 하고 고적을 찾기도 하니 여행길이 별로 적적하지 않았다. 그러다 어떤 그윽한 곳에서 예쁜 숲과 닿아 있는 집을 보았는데, 고운 버드나무가 그림자를 드리우고 있으며, 나무 아래에서 초록의 기운이 비단을 펼친 듯 피어올랐다. 집 가운데 작은 누각이 있는데 맑고 그윽한데다가 단청이 깨끗해 볼만했다. 말채찍을 아래로 늘어뜨리고 천천히 다가가 보니, 길고 가는 버드나무 가지가 땅을 쓸며 산들거리고 있는 것이 막 목욕을 끝낸 아름다운 여인의 윤기 자르르한 검은 머리칼이 바람을 맞아 찰랑거리는 듯했다. 소유는 버드나무 가지를 잡고 머뭇거리며 떠날 마음이 없었다. 소유가 감탄하며 말했다.

"우리 고향 초 땅에도 진기한 나무가 많지만, 이 버드나무처럼 천 가지 만 가지 길게 늘어져 살랑거리는 것은 보지 못했네."

이어 「버드나무시」 한 수를 지었다.

버들가지 푸르러 베 짠 듯 늘어지니	楊柳靑如織
긴 가지 화려한 누각까지 닿네	長條拂畫樓
그대 부지런히 나무 심으라	願君勤種植
이 나무 풍류가 최고니	此樹最風流
버드나무 어찌나 푸른지	楊柳何靑靑
늘어진 긴 가지 누각 기둥까지 닿네	長條拂綺楹
그대 함부로 꺾지 마라	願君莫漫折
이 나무 가장 정겨우니	此樹最多情

시를 짓고 한 번 시원히 읊으니 그 소리 맑고 시원해 종소리 같았다. 봄바람이 시 읊는 소리를 누각 위로 올려보내니, 마침 누각에서 한 미인이 낮잠에 빠져 있다가 놀라 베개를 밀치고 일어나 앉았다. 창문을 활짝 열고 문턱에 기대어 소리난 곳을 찾아 눈을 돌리다가 소유와 눈이 딱 마주쳤다. 흐트러진 머리카락은 귀밑으로 흘러내렸고 옥비녀는 기울어져 있었다. 흐린 눈으로 멍하게 앉아 있는데 가녀린 몸에 힘이라곤 없어 보였다. 눈가는 아직 잠이 덜 깬 듯하고, 뺨에는 연지가 반쯤 지워져 있

었다. 하늘이 낸 듯 어여쁜 자태는 말로 형용할 수도 그림으로 그릴 수도 없었다. 두 사람이 바라보는데 한마디 말도 할 수 없었다. 소유는 이 일이 있기 전에 시동을 마을 앞 여관에 보내 저녁밥을 짓게 했는데, 이때 시동이 돌아왔다.

"저녁식사가 준비되었습니다."

미인이 정신을 잃고 멍하니 바라보다가 갑자기 깨닫고 문을 닫고 들어갔다. 그윽한 향기만 바람을 타고 풍겨올 뿐이었다. 소유는 시동을 원망했다. 미인이 구슬발을 치고 안으로 들어간 것이 약수弱水, 신선의 땅으로 가는 길에 가로놓인 강. 기러기 털도 가라앉을 정도여서 날아가지 않고서는 건널 수 없다를 사이에 둔 것처럼 여겨졌다. 어쩔 수 없이 시동과 돌아가는데 한 걸음 걸을 때마다 한 번씩 돌아보았으나 굳게 닫힌 문은 끝내 열리지 않았다. 소유는 안타까운 마음으로 여관에 돌아왔고 그만 넋을 잃고 말았다.

미인의 성은 진씨고 이름은 채봉으로 진어사秦御史의 딸이다. 일찍이 어머니를 여의었으며 형제도 없었다. 결혼해 비녀를 꽂을 때가 되었지만 그러지 못했다. 이때 진어사는 서울에 가 있었고 채봉 홀로 집에 있었는데, 꿈에도 생각지 못한 귀남자를 만나 그 풍모를 보고 기뻐하고 그 시를 듣고 재주를 흠모했다. 속으로 생각했다.

'여자는 남편을 만나는 것이 가장 중요한 일이다. 여자의 평생 영욕과 백년고락이 모두 남편에게 달려 있다. 그렇기에 탁문군卓文君은 과부였지만 스스로 사마상여司馬相如를 따르기로 정하고 실행했다. 그런데 나는 처녀니 내가 먼저 나서서 뜻을 밝히면, 스스로 자기 결혼에 중매를 서려고 한다는 혐의를 얻을 것이다. 하지만 옛말에 신하도 임금을 선택할 수 있다고 했으니, 처녀도 남편을 선택할 수 있지 않으랴. 만일 지금 그 사람 이름도 묻지 않고 어디 사는지도 알지 못하면, 나중에 아버지에게 고해서 중매를 보내려고 해도 천지사방 어디에서 그를 찾을 수 있으리.'

이에 한 폭 종이를 펴 시 한 수를 지어 쓰고 봉해서 유모에게 주며 말했다.

"이 편지를 가지고 저 여관에 가서, 아까 작은 나귀를 타고 우리 누각 아래 와서 「버드나무시」를 지은 상공相公을 찾아 전하세요. 내가 인연을 맺어 일생 몸을 맡기고 싶어함을 알게 하세요. 막중한 일이니 꾸물대지 마세요. 상공은 얼굴이 옥 같고 눈썹은 그린 듯하니 비록 여러 사람 가운데 있더라도 봉황이 닭 무리 속에서 우뚝해 보이는 것처럼 쉽게 알아보실 거예요. 반드시 내 편지를 친히 전하세요."

"시키는 대로 하려니와 나중에 어사께서 물으시면 어찌 대답하리까?"

"그것은 내 할 일이니 걱정 마세요."

유모가 밖으로 나갔다가 다시 돌아와 물었다.

"상공이 결혼이나 약혼을 했다면 어떻게 할까요?"

채봉이 잠시 침묵하다가 말했다.

"불행히 결혼했으면 실로 그의 첩이 되는 것도 꺼리지 않겠지만, 내 보기에 젊으니 아직 결혼은 안 한 듯싶어요."

유모가 여관으로 가서 「버드나무시」를 읊조린 손님을 찾았다. 이때 소유가 여관 문밖에 서 있다가 노파의 말을 듣고 말했다.

"「버드나무시」를 지은 사람은 나요. 노파는 무슨 이유로 물으시오?"

유모는 소유의 아름다운 모습을 보니 더 의심할 것이 없었다. "여기는 말을 전할 만한 곳이 못 됩니다"라고 답할 뿐이었다. 소유가 유모를 이끌어 손님 자리에 앉히고 찾아온 까닭을 물으니, 유모가 먼저 물었다.

"낭군께서는 「버드나무시」를 어디서 읊으셨나요?"

"나는 먼 곳 사람으로 서울이 초행이라, 지나는 길에 아름다운 풍광을 찾아 명승지를 돌아다녔지요. 오늘낮 큰길 북쪽 어떤 곳을 지나는데, 작은 누각 아래에 버드나무가 숲을 이루었더군요. 봄 풍경이 가히 즐길 만하여 감흥이 넘쳐 시 한 수를 지어 읊었소. 노파는 어째서 물으시오?"

"낭군께서 그때 누구랑 눈이 마주치셨는지요?"

"때마침 운좋게 하늘에서 내려와 누각에 머무는 선녀를 만났소. 그 고운 얼굴은 아직 내 눈 속에 있고 그 기이한 향기는 내 옷에 묻어 있소."

"이제 사실을 고하겠습니다. 그 집은 제 주인집인 진어사댁이며, 그 여인은 우리 집 아씨입니다. 아씨는 어릴 때부터 마음이 밝고 똑똑했지요. 또 사람 보는 눈이 있는데, 상공을 한 번 보자 바로 상공께 몸을 맡기고자 했습니다. 그러나 어사가 지금 서울에 계시니, 서울을 오가며 사정을 여쭈는 사이에 상공께서 필히 다른 곳으로 가시리니, 큰 바다로 흘러간 부평초와 가을바람에 날린 낙엽의 종적을 어디서 찾을 수 있겠습니까? 담쟁이는 끊어져도 나무에 붙으려 하고, 화로의 쇳물은 녹아서 흐르면서도 튀어오르려 하지요. 여자로서 스스로 나서는 부끄러움은 있으나, 삼생三生, 과거, 현재, 미래의 세 삶의 인연은 무겁고 한때의 혐의는 작으니, 임시변통의 권도權道, 특수한 상황에 예법을 굽혀 일시적으로 쓰는 방도를 쓰지 않을 수 없습니다. 이에 부끄러움을 무릅쓰고 저를 시켜 낭군의 성씨와 본관, 그리고 결혼 여부를 여쭤라 하셨습니다."

소유가 듣고 기쁜 빛이 얼굴에 가득 차올랐다.

"소생 소유는 초 땅에 집이 있는데 아직 결혼은 하지 않았소. 집에는 오로지 늙은 어머니만 계시오. 결혼식은 양가 부모님께 알린 다음 해야 하겠지만, 혼약은 지금 이 한마디로 정해졌으니, 화산華山, 당나라 서울, 즉 장안 북쪽의 산은 언제나 푸르고 위수渭水, 장안을 가로질러 흐르는 강는 끊이지 않고 흐르듯이, 이 약속도 변치 않을 것이오."

유모 또한 기뻐 소매에서 채봉의 편지를 꺼내 소유에게 건넸다. 소유가 뜯어보니 답시였다.

누각 앞에 버드나무 심은 뜻은	樓頭種楊柳
임의 말을 묶어두려 한 것인데	擬繫郎馬住
어찌하여 가지 꺾어 채찍 삼아	如何折作鞭

바삐바삐 서울길로 향하는고	催向章臺路

소유는 그 신선하고 맑은 시상에 감탄했다.

"옛날 저명한 시인 왕유나 이백이 고쳐 지으려 해도 한 글자도 바꾸지 못하리라."

이에 고운 색종이를 펼쳐 시 한 수를 지어 유모에게 주었다.

버드나무 천만 가지	楊柳千萬絲
가지마다 마음 묶어	絲絲結心曲
월하노인 끈 만들어	願作月下繩
좋은 인연 이루고자	好結春消息

유모가 시를 가슴 속에 넣고 나가는데 소유가 불렀다.

"그 댁 아씨는 진 땅 사람이고 소생은 초 땅 사람이니 한 번 헤어지면 만 리 거리에 산천이 가로막혀 소식조차 통하기 어렵소. 하물며 오늘 일은 중매인도 없이 한 것이니 나중에 의지할 데도 없소. 오늘밤 달빛을 따라가서 아씨의 용모를 보고자 하니 어떻겠소? 소저의 시에도 이런 뜻이 비쳐 있으니, 노파가 아씨께 여쭈어주오."

유모가 채봉에게 갔다 와서 말했다.

"아씨가 낭군의 답시를 받아들고 아주 감격했습니다. 낭군의 뜻을 전했더니 아씨가 '남녀가 결혼식도 치르기 전에 사사로이 만나는 것은 예법에 맞지 않아요. 그러나 지금 낭군께 몸을 맡기고자 정했으니 어찌 낭군 말씀을 따르지 않겠어요? 다만 한밤중에 만나면 사람들의 구설에 오르기 쉽고, 나중에 아버지께서 아시면 반드시 꾸짖으실 테니, 내일 우리 집 중당에서 만나 혼약을 정하지요' 하고 말했습니다."

소유가 안타까워하면서 말했다.

"아씨의 밝은 의견과 바른 말은 소생이 미칠 수 있는 바가 아니오."

유모에게 약속이 어긋나지 않도록 해달라고 두번 세번 부탁하니, 유모가 그렇게 하겠다고 하고는 돌아갔다. 소유는 이날 밤 여관에서 잠을 이루지 못했다. 앉아서 새벽닭이 울기를 기다리며 봄밤이 긴 것을 한탄할 뿐이었다. 이윽고 북두칠성의 자루가 한 번 돌아서 통행금지를 푸는 북소리가 울리자, 길을 나서려고 시동을 불러 말에게 여물을 먹이게 했다.

남전산 도인

갑자기 수천수만 사람들의 왁자지껄한 소리가 들렸다. 서쪽에서 사람들이 물밀듯이 쏟아져왔다. 소유가 놀라 옷을 입고 길가로 나갔다. 무기 든 병사와 피란 가는 사람들이 산을 두르고 들에 이어져 줄줄이 내려왔다. 군대의 행진 소리가 땅을 울리고 피란민의 우는 소리는 하늘을 울렸다. 무슨 일인지 물으니 이렇게들 대답했다.

"신책장군 구사량이 스스로 임금이라 칭하고 군대를 내어 반란을 일으켰지요. 임금께서는 양주까지 피란을 가셨고요. 서울이 혼란스러워지자 도적들이 사방에 흩어져 민가에서 노략질을 하고 있어요."

또 다음 말을 전했다.

"함곡관函谷關, 장안으로 들어가는 주요 관문의 하나을 닫아 오가는 사람을 막고, 양인이건 천인이건 가리지 않고 병사로 만든답니다."

소유가 어쩔 줄 몰라 시종을 데리고 나귀를 채찍질해 서둘러 남전산 깊은 산중에 숨고자 했다. 깎아지른 듯한 남전산 정상을 보니 작은 초가집 하나가 있었다. 구름 그림자가 덮고 있고 학이 우는 소리가 시원히 들렸다. 인가를 찾아 바위 사이 돌길을 따라 올라가니, 어떤 도인이 안석案席, 몸을 기대기 위해 자리에 둔 방석에 기대어 누워 있었다. 도인은 소유가 들어오는 것을 보고 일어나 앉아 물었다.

"그대 피란 온 것이지? 회남 양처사의 아들이지?"

소유는 조심스럽게 도인에게 다가가서 두 번 절하고 눈물을 머금고 말했다.

"소생은 과연 양처사의 아들입니다. 아버지가 떠나신 후 어머니에게 의지해 지냈습니다. 자질이 둔하고 재주와 학문이 보잘것없어, 감히 바라지 못할 일인 줄 알면서 과거를 보고자 했습니다. 시험장에서 나라님이나 봤으면 했습니다. 그런데 화음현에 이르러 졸지에 변란을 만나 오늘 뜻하지 않게 대인大人을 만나 뵙게 되었습니다. 이는 필시 하느님이 제 작은 정성을 굽어살피시어, 외람되이 신선을 시중들게 하여 아버지 소식을 듣게 하신 것인 듯합니다. 엎드려 비옵건대 선군仙君께서는 한마디 말씀을 아끼지 마시고 제 마음을 달래주소서. 아버지께서는 지금 어느 산에 계십니까? 또 건강은 어떠신지요?"

도인이 웃으며 말했다.

"그대 부친은 나와 자각봉 위에서 바둑을 두고 막 헤어졌다네. 지금 어디로 가셨는지 몰라. 부친은 아직 동안童顔이 변함없고 머리카락도 여전히 검지. 염려 말게."

소유가 눈물을 흘리며 호소했다.

"선생님 덕에 아버지께 절을 올릴 기회를 얻을 수 있을지요?"

도인이 다시 웃으며 말했다.

"부자지간의 정이 깊다 하나, 신선세계와 인간세계의 거리가 머니, 그대를 위해 해보고자 해도 할 수가 없네. 우리 신선이 사는 삼신산은 인간세계에서 멀고, 십주十洲의 신선 땅은 참으로 넓지. 어디서 부친을 찾을 수 있으리오. 다만 기왕 그대가 여기까지 왔으니 이곳에 머물면서 길이 다시 열리기를 기다린 후 돌아가도 늦지 않을 것이야."

소유는 아버지가 안녕하시다는 소식은 들었지만, 도인이 더 생각해 줄 뜻이 없으니, 아버지와의 만남은 물 건너간 일이 되어버렸다. 마음이 슬퍼 눈물이 얼굴을 가리니 도인이 위로했다.

"만나면 헤어지고 헤어지면 만나는 것이 만사의 이치이니, 어찌 쓸데 없이 슬퍼하리오."

소유가 눈물을 닦으며 사례했다.

방 한 귀퉁이에 앉아 있으니 도인이 벽에 걸린 거문고를 가리키며 물었다.

"그대 거문고를 연주할 수 있느뇨?"

"본래 좋아하긴 하지만 훌륭한 선생님을 만나지 못해 높은 경지에 이르지는 못했습니다."

도인이 시동을 시켜 소유에게 거문고를 주어 연주하게 했다. 소유가 거문고를 무릎 위에 올려놓고 〈풍입송風入松, 진나라 혜강이 지었다고 하는 거문고 곡명〉을 연주하니 도인이 웃으며 말했다.

"손놀림이 좋으니 가르칠 만하구나."

도인이 거문고를 끌어당겨 지금 세상에는 전하지 않는 옛 음악 네 곡조를 차례로 가르쳤다. 맑고 그윽하면서도 우아하고 경쾌했다. 실로 인간세상에서 들을 수 있는 곡이 아니었다. 소유는 원래 음악을 잘 아는 데다가 타고난 자질까지 있어서 한 번 배우니 음악의 높은 경지를 모두 전수받을 수 있었다. 도인이 기뻐 이번에는 백옥 통소를 꺼내 한 곡을 불었다. 그런 다음 소유에게 통소를 가르쳤다.

"지음知音을 만나는 일은 옛사람도 어렵게 여기는 바라. 내 거문고 하나, 통소 하나를 주리니, 나중에 쓸 곳이 있으리라. 그대 알아두라."

소유가 감사히 절했다.

"소생이 선생님을 뵙게 된 것은 아버지의 인도하심 덕분이겠지요. 또 선생님께서는 아버지의 친구시니 소생의 선생님 섬김이 어찌 아버지와 다를 수 있겠습니까? 제 제자가 되어 스승의 지팡이와 신발 시중을 들고자 합니다."

도인이 웃으며 말했다.

"인간세상의 부귀가 절로 그대에게 가리니 그대 피하지 못하리라. 그러니 어찌 이 늙은이와 산속에서 지낼 수 있으랴? 더욱이 그대가 끝내 돌아갈 곳은 나와 다른 곳이야. 그대는 우리 신선의 무리가 아니야. 다만 내 은근한 정을 이기지 못해 팽조彭祖, 중국 고대 양생술로 유명한 사람의 방술서 한 권을 줄 것이니 늙은이의 정으로 여기고 받아. 이것을 익히면 장생불사는 할 수 없어도 질병과 노화는 막을 수 있을 것이야."

소유가 다시 절하고 받으며 물었다.

"선생님께서 소생에게 세상 부귀를 누리리라 하셨으니, 감히 앞일을 묻고자 합니다. 소생이 화음현에서 진씨 여자를 만나 막 혼약을 맺으려 하는 차에 병란이 일어나 여기 이르렀으니, 이 결혼은 이루어지겠습니까?"

도인이 크게 웃으며 말했다.

"이 결혼은 밤처럼 어두워. 그리고 천기를 가벼이 누설할 수도 없지. 다만 그대의 인연은 여러 곳에 있으니, 진씨만 그리워할 필요는 없어."

소유가 무릎을 꿇고 명을 받았다. 소유는 이날 도인을 모시고 바깥방에서 잤다. 새벽에 도인이 소유를 깨우며 말했다.

"서울로 가는 길이 열렸고, 과거는 내년 봄으로 연기되었다네. 어머니께서 동구 밖까지 나와 기다리시니, 얼른 고향으로 돌아가 어머니께 근심을 끼치지 말게."

도인이 노잣돈을 주니 소유가 단 아래에서 깊이 사례했다. 거문고와 책을 챙겨서 동문洞門을 나오다 이별이 아쉬워 고개를 들어 돌아보니 집과 도인이 어느새 사라져 없었다. 새벽빛이 푸르스름하고 싸늘한데 각색의 아지랑이가 자욱이 피어났다.

소유가 처음 산에 들어올 때는 버들개지도 떨어지지 않은 봄이었는데, 하룻밤 사이에 국화 만발한 가을이 되었다. 소유가 크게 이상히 여겨 다른 사람에게 물어보니 벌써 음력 팔월이었다. 전날 왔던 여관을 찾아가니 병란을 겪은 후 마을이 텅 비어 전에 올 때와는 완전히 딴판이었다. 과거를 보러 갔던 선비들이 우르르 내려오기에 서울 소식을 물으니 이렇게 답했다.

"나라에서 전국에 군사를 모은 지 다섯 달이 지나 비로소 반역을 평정하고 임금의 가마가 궁성으로 돌아왔소. 과거는 내년 봄으로 연기되었다오."

소유가 진어사 집을 찾아가니, 계곡을 두른 버드나무는 잎이 시들어 가을바람에 흔들려 떨어지고 있었다. 옛날 경색은 거의 찾아볼 수 없었다. 채색 누각과 장식 담장은 이미 재가 되어버렸고, 주춧돌은 버려져 있으며 깨진 기와는 집터에 쌓여 있었다. 사방이 황량해 개나 닭 소리조차 들리지 않았다. 인간사란 금방 바뀌니 아름다운 인연 또한 곧 헛된 일이 되는구나 하는 생각이 들면서 슬퍼졌다. 버들가지를 당겨 잡고 석양에 우두커니 서서 채봉이 지은 「버드나무시」를 읊조리니, 한 자를 읊을 때마다 한바탕 눈물이 쏟아졌다. 옷자락이 금방 젖어버렸다. 사정을 묻고자 하나 인적이 없어 멍하니 있다가 돌아올 수밖에 없었다. 돌아와 여관 주인에게 물었다.

"저기 진어사집 식구들은 지금 어디 있소?"

여관 주인이 안타까이 말했다.

"상공께서는 듣지 못하셨나요? 전에 진어사가 서울에서 벼슬살이를 할 때, 그 집 딸이 비복을 거느리고 집을 지켰지요. 그런데 관군이 서울을 수복한 다음, 조정에서 진어사가 역적이 준 작위를 받았다면서 극형을 내려 목을 벴지요. 딸은 서울로 끌고 갔고요. 그후 어떤 이는 딸도 죽음을 면치 못했다고 하고, 어떤 이는 궁궐의 하녀가 되었다고도 합니다.

오늘아침에 관리들이 많은 죄인들과 그 식구를 끌고 우리 여관 앞을 지나기에 어떤 사람들인지 물었지요. 그랬더니 '이자들은 모두 적몰되어 영남현의 노비가 된 자들이다' 하더군요. 어떤 이는 진어사 딸 또한 이 가운데 들었다고 합디다."

소유가 이 말을 듣고는 눈물을 왈칵 쏟았다.

'남전산 도인이 이르기를 진씨와의 혼사가 밤처럼 어둡다고 했으니 진씨는 반드시 죽었으리라.'

더 물을 곳도 없고 해서 소유는 행장을 차려 고향 수주로 내려갔다.

다시 서울로

이때 소유의 어머니 유씨는 서울에서 난리가 났다는 말을 듣고 아들이 난리중에 죽을까 두려워 밤낮으로 하늘을 불러 울부짖으며 빌었다. 거의 자기 몸조차 보전하지 못할 정도였다. 그러던 중에 아들을 보자 붙들고 통곡하는데 마치 죽은 사람을 다시 만난 듯했다. 오래지 않아 묵은해가 지나고 새봄이 되었다. 소유가 다시 과거를 보러 떠나려 하니 유씨가 말했다.

"작년에 네 서울로 가다가 거의 죽을 뻔한 것을 생각하면 지금도 떨리는구나. 네 나이가 아직 어리니 공명이 급하지 않다만, 내가 과것길을 막지 않는 이유는 내 마음을 둔 데가 있기 때문이야. 여기 수주 땅은 좁고 궁벽하여 집안으로나 재주로나 용모로나 네 짝이 될 만한 사람이 없어. 너도 벌써 열여섯 살이나 되었으니, 지금 혼약을 정하지 않으면 때를 놓칠지도 몰라. 서울 자청관에 있는 여도사女道士 두연사杜鍊師, 연사는 직명는 내 사촌 언니야. 도교의 도관에 출가한 지 이미 오래지만 연세를 헤아려보면 아직 살아 계실 듯하구나. 그 언니는 도량이 비범하고 지혜가 넓어 명문 귀족 집안 가운데 출입하지 않는 곳이 없지. 내 편지를 보면 필시 너를 아들처럼 여겨 힘을 다해 좋은 배필을 소개해줄 거야. 명심해."

유씨가 편지를 주니 소유가 어머니의 명을 받들었다. 소유가 화음현에서 있었던 일을 고하니 유씨가 슬픈 빛을 보이며 말했다.

"진씨가 아름답다 해도 이미 하늘이 정한 인연이 아냐. 또 진씨는 집안이 화를 입었으니 여생이 온전하기 어려워. 설령 죽지 않았다 해도 만나기 어려울 거야. 쓸데없는 생각일랑 말고 다른 데서 인연을 찾아 늙은 어미의 간절한 바람을 들어주기 바란."

소유는 어머니께 절을 올리고 길에 올랐다.

낙양에 이르러 갑자기 소나기를 만나 남문 밖에 있는 술집으로 피했다. 술집에서 술을 마시며 주인에게 말했다.

"이 술 맛도 괜찮지만 상품上品은 아니군."

"저희 집 술로는 이보다 좋은 것이 없습니다. 상공께서 상품을 찾으시면 천진교天津橋 머리에 있는 술집에서 파는 낙양춘洛陽春이라는 술을 드시면 됩니다. 낙양춘은 한 말에 천 전千錢이나 하지요. 맛이 좋긴 하지만 값이 너무 비쌉니다."

소유가 속으로 생각했다.

'낙양은 자고로 임금이 살던 곳이라 번화하고 화려하기 천하에서 으뜸이구나. 내 작년에 다른 길로 가는 바람에 그 장관을 보지 못했으니 이번에는 낙양을 놓치지 않으리라.'

제3회
술집에서 섭월을 얻고,
섭월은 다른 미인을 추천하다

계섬월

소유는 시동을 시켜 술값을 내고 나귀를 몰아 천진교로 갔다. 낙양성 안으로 들어오니 산수의 빼어남과 사람과 물자의 번성함이 과연 듣던 대로였다. 낙수洛水가 도성을 가로질러 흐르는데 흰 비단을 펼친 듯하고, 천진교는 맑은 물 위에 걸쳐 있는데 큰길과 연결되어 있었다. 천진교는 화려한 무지개가 물에 박혀 있는 듯, 푸른 용이 허리를 굽힌 듯했다. 천진교 앞에는 붉은 용마루가 하늘로 우뚝 솟고 푸른 기와가 햇빛에 반짝이는 누각이 있었다. 누각과 향기로운 거리가 물에 깨끗이 비쳐 있었다. 천하제일의 명승지라 할 만했다. 소유는 이 누각이 여관 주인이 말한 술집임을 알고 서둘러 갔다. 금안장을 얹은 명마들이 거리에 가득했고 하인들이 쭉 늘어서서 떠들썩했다. 누각 위를 보니 풍악 소리 요란하고 비단옷 어지러운데 미인들의 향내가 십 리까지 갔다. 소유는 하남 땅 사또가 잔치를 하는가 여겨 시동에게 묻게 하니 사람들이 시끄럽게 말했다.

"낙양성 안의 소년 공자들이 당대 최고의 명기들을 모아 잔치를 열었습니다."

소유는 이 말을 듣자 바로 취흥이 넘치고 호기가 등등했다. 누각에 당도하여 나귀에서 내려 바로 들어가니, 소년 서생 십여 인이 수십 명의 미인들과 성대한 잔치에 섞여 앉아 있었다. 소년들은 큰소리를 하며 호쾌히 술을 마셨다. 소년들은 옷이 깨끗했고 의기가 드높았다. 소년들이 소유를 보니 용모가 아름답고 깨끗해 모두 일어나 맞이했다. 자리를 나눠 앉아 통성명을 하니 윗자리에 있던 노씨가 먼저 물었다.

"내 보기에 양형은 과거를 보러 바삐 가는 분 같군요."

"실로 형의 말과 같습니다."

이번에는 두씨가 말했다.

"양형이 과거 보러 가는 선비라면 비록 우리가 청한 분은 아니지만 오늘 우리 모임에 함께해도 무방하겠습니다."

"두 분의 말로 보건대 오늘 이 모임은 술을 마시자는 것일 뿐만 아니라, 시를 지어 솜씨를 겨루자는 것이군요. 소제小弟는 초 땅의 빈천한 사람으로 아직 어린데다 배우고 아는 것도 몹시 좁습니다. 엷은 지식과 모자란 지혜로 외람되이 향시는 통과했지만, 여러분의 성대한 모임에는 말석에라도 끼는 것이 분수에 넘칠 듯합니다."

소년들은 소유가 말이 공손하고 나이가 어리니 자못 가벼이 여겨 대답했다.

"오늘 우리 모임은 단순히 시만 짓자는 것이 아닙니다. 양형이 말한 것처럼 솜씨를 겨루자는 것이기도 합니다. 다만 형은 뒤에 온 손님이니 시는 지어도 좋고 짓지 않아도 좋습니다. 우리와 술이나 마시며 즐깁시다."

술잔을 빨리 돌리며 좌중의 기생들에게 온갖 음악을 번갈아 연주하게 했다. 소유가 취기 어린 눈으로 기생들을 훔쳐보니, 스무 명이 넘는 기생이 각기 악기를 들고 있는데, 오직 한 사람만 초연히 단정하게 앉아 있었다. 그는 음악도 연주하지 않았고 말도 주고받지 않았다. 정숙하고 아름다운 얼굴과 자태가 실로 경국지색이었다. 남해관음이 그림 속에서 홀로 서 있는 것처럼 아리따웠다. 소유는 심란하여 술잔 돌리는 것을 잊었고, 미인 역시 흘깃흘깃 소유를 돌아보며 은근히 추파를 던졌다. 소유가 보니 미인 앞에는 시를 적은 종이가 여러 장 쌓여 있었다. 소유가 소년들에게 말했다.

"저 종이는 필시 형들의 아름다운 시를 적은 것이겠지요? 한번 볼 수 있겠습니까?"

소년들이 대답도 하지 않았는데, 미인이 일어나 그 종이를 소유 앞에 옮겨놓았다. 소유가 일일이 펴보니 십여 장 시 가운데 나은 것과 못한 것, 숙련된 것과 서툰 것의 차이가 없지 않지만, 거의 평범한 것이었고 놀랄 만하거나 아름다운 구절이 없었다. 소유가 속으로 말했다.

'내 일찍이 낙양에 재주 있는 선비가 많다고 들었는데, 이로 보건대 모두 허언이로다.'

종이를 미인에게 돌려주고 소년들을 향해 손을 모아 공손히 말했다.

"촌놈이 일찍이 도회의 훌륭한 글을 보지 못하다가, 오늘 다행히 형들의 주옥같은 문장을 보니 즐거운 마음을 누를 수 없습니다."

소년들이 모두 크게 취하여 흡족하게 웃으며 말했다.

"양형은 다만 시구의 묘함만 알 뿐, 그 사이에 무슨 묘한 일이 있는지 알지 못하는군요."

"소제가 형들의 사랑을 과하게 받아 술을 많이 마셨고 이미 마음을 나눈 벗이 되었는데, 묘한 일이 무엇이기에 제게 이르지 않으십니까?"

왕씨가 크게 웃으며 말했다.

"형에게 말한다고 해서 무슨 해로움이 있으리오. 우리 낙양은 본래 인재의 창고라 할 정도로 인물이 많지요. 요즘도 과거에서 낙양 사람은 장원을 못하면 반드시 탐화探花, 당나라 때 최연소 과거 합격자를 가리키는 말라도 합니다. 여기 우리 무리도 모두 과거 합격이라는 빈이름은 얻었습니다만, 우리들 사이에 시문의 높낮이는 정하지 못했습니다. 그런데 저 낭자는 성은 계요, 이름은 섬월인데, 인물과 가무가 낙양에서 독보적일 뿐만 아니라, 고금의 시문에 대해 모르는 것이 없습니다. 특히 시를 보는 안목은 기묘하고 신령스러워 귀신과 같습니다. 낙양 선비들이 섬월에게 시를 바치면 섬월이 한눈에 보고 과거에 붙을지 떨어질지 판정하는데, 한 치의 어긋남도 없습니다. 참으로 신통하지요. 이 때문에 우리 무리가 지은 시를 섬월에게 보내, 섬월이 택한 것이 있으면 노래하고 연주하게 해서, 시의 고하를 정하자고 했지요. 옛날에 시인 왕창령 등이 술집에 모여서 기생에게 시를 주며 노래하게 한 것과 같지요. 더욱이 섬월의 이름 석 자는 달 속의 계수나무를 뜻하는 것이라, 과거 장원급제자를 일러 달나라 계수나무를 꺾었다고 하니 뜻이 통하지요. 이것이야말로 좋은 징조 아니겠습니까. 양형, 들어보니 어떻소? 참 묘한 일이 아니오?"

두씨가 말했다.

"이 밖에 더 묘하고 묘한 일이 있지요. 여러 시 중에 섬월이 한 수를 택하여 노래하면, 그 시를 지은 자는 오늘밤 섬월과 꽃다운 인연을 맺을 것입니다. 우리 무리가 모두 축하할 거고요. 이 어찌 묘한 일이 아니겠습니까. 양형도 남자니 한 수 시를 지어 우리와 겨루어보시지요."

"형들은 이미 섬월에게 시를 주셨지요? 섬월이 어떤 분 시를 노래했습니까?"

왕씨가 말했다.

"섬월이 자기 맑은 소리를 아껴서 앵두 같은 입술을 다물고 옥 같은 이를 보이지 않으니, 그 눈 녹듯 부드러운 노래가 아직 우리 귀에 들어오지 않았소. 섬월이 부끄러워 교태를 짓지 않나봅니다."

"소제가 일찍이 고향에 있을 때 다른 시를 흉내내어 한두 수 지은 적이 있습니다. 그렇지만 지금 여기 길손으로 와서 어찌 감히 여러분과 재주를 겨루겠습니까?"

왕씨가 소리 높여 말했다.

"그대 용모가 여자보다 예쁘다고 해서, 어찌 대장부의 뜻마저 없으리오. 공자께서 말씀하시길 '어짊을 행하는 데는 스승에게도 양보하지 않는 법이라' 하셨고, 또 '다툴 때는 다투는 것이 군자다' 하셨소. 그대 시를 지을 줄 모르시오? 그렇지 않으면 어찌 이리 꺼리시오?"

소유가 비록 겉으로는 사양하는 체하나 한 번 섬월을 보니 호기를 누를 수 없었다. 소년들의 곁에 놓인 종이 한 폭을 잡아빼내어 단숨에 시 세 수를 지었다. 돛단배가 순풍을 받아 바다를 달리고, 목마른 말이 냇가로 뛰어가는 듯했다. 소년들이 소유의 빠른 발상과 나는 듯한 붓 솜씨를 보고 낯빛이 파리해졌다. 소유가 붓을 던지며 소년들에게 말했다.

"먼저 여러분에게 가르침을 청해야 할 줄 아나, 오늘 이 자리에서는 섬월이 시험관입니다. 시험 시간 안에 답지를 내지 못할까 두렵습니다."

바로 시 종이를 섬월에게 보냈다. 시는 이랬다.

초나라 사람이 서쪽 진 땅에 와서　　　　　楚客西遊路入秦
술집에서 취하니 낙양은 봄이로구나　　　　酒樓來醉洛陽春
달 속 붉은 계수나무, 누가 먼저 꺾을까　　月中丹桂誰先折
우리 시대 최고 문사 나리라　　　　　　　今代文章自有人

천진교 위에 버드나무꽃 날리고　　　　　　天津橋上柳花飛
구슬발 치렁치렁 석양에 비치네　　　　　　珠箔重重映夕暉
귀 기울여 노래 한 곡 불리길 기다리니　　側耳要聽歌一曲
이 좋은 자리에 비단옷자락 춤사위에 날리길　錦筵休復舞羅衣

꽃은 단장한 미인을 부끄러워하고 　　　　花枝羞殺玉人粧

고운 노래 나오기 전 입이 벌써 향기롭네 　　未吐纖歌口已香

곱고 묘한 노래 끝나기를 기다려 　　　　待得樑塵飛盡後

신혼방의 촛불이 신랑을 축하하리라 　　　洞房花燭賀新郎

　섬월이 별처럼 반짝이는 눈을 굴려 잠깐 보고는 바닥을 한 번 치더니 바로 노래를 불렀다. 맑은 소리가 실처럼 하늘거리기도 하고 간절히 호소하는 듯도 했다. 학과 봉황이 신선의 나라에서 우는 듯했다. 진나라의 아쟁과 조나라의 비파는 그 소리와 곡조마저 잃어버렸다. 좌중의 얼굴색이 싹 바뀌었다. 처음에는 여러 사람이 소유를 만만히 보아 시를 짓도록 했는데, 섬월이 그의 시 세 편 모두를 노래하자, 낙심하여 흥을 잃고 서로 돌아보며 아무 말도 하지 않았다. 섬월을 소유에게 양보하기도 싫고 그렇다고 약속을 어길 수도 없어서 앞만 바라보고 묵묵히 앉아 있었다. 소유가 그 기색을 알고 얼른 일어나며 말했다.

　"소제가 우연히 형들의 따뜻한 대접을 받아, 외람되이 성대한 잔치에 참석해 이미 술과 음식을 많이 먹었습니다. 친근히 대해주신 것은 감사합니다만, 아직 가야 할 길이 머니 종일 이야기를 나눌 수 없습니다. 다른 날 곡강曲江, 장안에 있는 호수. 여기서 과거 급제자들을 위한 잔치를 열었다의 잔치에서 만나 남은 정회를 펴지요."

　소유가 천천히 누각을 내려가니, 사람들이 만류하지 않았다. 소유가 누각 앞에서 나귀에 오르려 할 때, 섬월이 바삐 걸어와 말했다.

　"이 길로 쭉 가시면 남쪽 끝에 흰색으로 칠을 한 담장이 있습니다. 담장 밖에는 앵두가 활짝 피어 있고요. 그게 제 집입니다. 상공께서 먼저 가 계시면 저도 곧 따라가겠습니다."

　소유가 머리를 끄덕이며 그러겠다 하고 남쪽으로 떠나자, 섬월은 누각으로 올라가 소년들에게 말했다.

"여러분이 저를 더럽다고 하지 않으시고, 몇 곡의 노래로 오늘밤 인연을 점지해주셨으니 어찌 처신해야 하겠습니까?"

소년들은 여전히 섬월을 애모하는 마음을 버리지 못했다.

"양씨는 과객이라, 본래 우리 무리가 아니니 어찌 그에게 얽매이리오."

이런저런 말로 자기들끼리 말하며 결론을 내리지 못하니, 섬월이 싸늘하게 말했다.

"공자께서 신의가 없는 사람은 사람이라 할 수 없다고 하시지 않았는지요. 저 역시 같은 생각입니다. 지금 이 자리에도 기생과 음악이 부족하지 않으니, 상공들께서는 여기서 못다 한 흥을 펴시기 바랍니다. 저는 병이 있어서 자리가 파할 때까지 모시지 못하겠습니다."

섬월이 천천히 걸어나가니, 사람들이 처음에 약속한 바가 있는데다가, 또 그 싸늘한 말을 듣고는 한마디 말도 꺼내지 못했다.

섬월과의 첫날밤

소유는 여관에 가서 짐을 싸서 황혼 무렵 섬월의 집으로 갔다. 섬월은 먼저 집에 돌아와 중당을 청소하고 화촉을 밝힌 다음 초조히 소유를 기다렸다. 소유가 앵두나무 아래에 나귀를 매고 대문을 두드리니, 섬월이 신을 신고 나와서 맞이했다.

"누각에서 나가기는 낭군이 먼저고 저는 나중이었는데, 어찌 저희 집에는 제가 먼저고 낭군은 이리 늦으셨는지요?"

"주인이 손님을 기다리는 것이 옳겠소? 손님이 주인을 기다리는 것이 옳겠소? 참으로 '늦으려고 한 것이 아니라 말이 앞으로 나가지 않았을 뿐'이라오."

마침내 서로 끌어안고 방으로 들어갔다. 두 사람이 마주하니 기쁘기 그지없었다. 섬월이 옥잔에 술을 가득 붓고 사랑의 노래인 〈금루의金縷衣〉를 연주하며 술을 권하니, 꽃다운 자태와 고운 소리가 사람의 간장을 사르고 정신을 어지럽혔다. 소유가 사랑스런 마음을 누르지 못해 섬월을 이끌고 잠자리로 들어가니, 선녀와의 만남이라도 이보다 즐거울 수 없었다. 한밤중이 되자 섬월이 베갯머리에서 소유에게 말했다.

　"제 한 몸 이제 낭군께 맡깁니다. 제 형편을 간단히 말씀드리고자 하니, 낭군께서는 부디 가련히 여기소서. 저는 본디 소주 사람으로 아버지는 그곳의 역승驛丞이셨습니다. 그런데 아버지께서 불행히 타향에서 병으로 돌아가시자 집안은 영락하고 말았습니다. 고향이 멀어 아버지의 시신을 고향으로 모셔와 장사지낼 길이 없었습니다. 그래서 계모가 저를 기생집에 팔았고, 그 돈을 가지고 떠났습니다. 저는 욕되고 원통한 것을 참고 몸을 굽혀 남을 섬기면서, 오직 하늘이 저를 불쌍히 여기시어 좋은 남자를 만나 다시 밝은 세상을 보게 해주시기만 빌었습니다. 마침 제 집 앞이 서울로 가는 길이라, 마차 소리가 밤낮으로 끊이지 않으니, 오가는 길손 중에 누군들 제 집 문 앞에서 발걸음을 멈추지 않았겠습니까? 지난 사오 년간 천 사람, 만 사람을 보았습니다만, 낭군 같은 사람은 보지 못했습니다. 지금 제가 무슨 행운으로 낭군을 만났겠습니까? 제 지극한 소원이 이루어진 셈입니다. 낭군께서 천히 여기지 않으시면, 낭군을 위해 밥을 짓는 여종이 되고자 합니다. 어떠신지요?"

　소유가 부드럽게 말했다.

　"내 깊은 정이 어찌 그대와 조금이라도 다르겠소. 다만 나는 본디 가난한 서생이고 또 집에 나이 드신 어머니가 계시니, 그대가 내 아내가 되는 것은 어머니 뜻에 맞지 않을 것이요, 그대가 내 첩이 되는 것은 그대가 좋아하지 않을 듯하오. 설령 그대가 첩 되기를 꺼리지 않는다 해도, 천하에 그대가 본처로 인정할 만한 숙녀가 없으리니, 이 또한 걱정이오.”

“낭군, 이 무슨 말씀이십니까? 오늘날 천하의 인재 중에 낭군보다 나은 사람은 없으니, 이번 과거의 장원은 말할 것도 없으려니와 승상의 인수印綬, 직위를 표시하는 관인을 묶는 끈와 대장군의 절월節鉞, 권한과 명령을 상징하는 깃발과 도끼이 오래지 않아 낭군 손에 들어올 것입니다. 그러니 천하의 미인이 누군들 낭군을 따르지 않겠습니까? 기생 홍불기紅拂妓가 위국공 이정李靖을 따른 일이나 기생 녹주綠珠가 부자 석숭石崇을 따른 향기로운 자취를 다시 볼 것입니다. 제 어찌 감히 터럭만큼이라도 낭군의 총애를 독차지하려는 마음을 품겠습니까? 다만 낭군께서 고귀한 집안의 어진 부인을 맞으신 다음 어머님을 모시고 살 때, 저를 버리지만 않으셨으면 합니다. 저는 이제부터 몸을 깨끗이 하여 낭군의 명령만 기다리고자 합니다.”

“내 작년에 화음현을 지나다가 우연히 진씨 성을 가진 여자를 보았소. 그 아름다운 용모와 뛰어난 재주가 그대와 겨룰 만했는데, 불행히 지금은 찾아볼 수 없소. 그대는 내가 어디에서 숙녀를 구하기를 바라오?”

“낭군께서 말한 사람은 필시 진어사의 딸 채봉일 것입니다. 이전에 진어사가 이곳의 관리로 있었는데, 그때 제가 진낭자와 정이 깊었습니다. 진낭자가 탁문군과 같은 재주와 용모를 가졌으니, 낭군께서 어찌 사마상여와 같은 정이 생기지 않았겠습니까? 그러나 이제는 진낭자를 생각해도 소용없습니다. 다른 집에서 구하셔야지요.”

“옛날부터 빼어난 미인은 세상에 잘 나오지 않는 법이오. 그런데 지금 그대와 진낭자 두 사람이 한 시대에 태어났으니, 미인을 내는 천지의 밝은 정기가 거의 다했을 것 같소.”

섬월이 크게 웃으며 말했다.

“말씀을 들으니 낭군께선 실로 우물 안 개구리 같군요. 제 잠시 우리 기생들의 중론을 말씀드리지요. 천하에 세 명의 빼어난 기생이 있으니, 강남의 만옥연, 하북의 적경홍, 그리고 낙양의 계섬월입니다. 이 가운데 저만 헛이름이고, 옥연과 경홍은 실로 당대의 절색입니다. 어찌 천하에 미인이 더 없다 하십니까?"

"내 생각에는 그 두 사람이 외람되이 그대와 이름을 나란히 한 것 같소."

"만옥연은 거리가 멀어 직접 보지 못했지만, 남쪽에서 오는 사람들이 칭찬하지 않는 사람이 없으니, 절대로 헛된 이름이 아닐 것입니다. 더욱이 적경홍은 저와 형제처럼 가깝습니다. 적경홍으로 말씀드리면, 파주의 양갓집 딸로서 어려서 부모를 잃고 고모에게 의지했는데, 열 살부터 고운 자색으로 하북에서 이름을 떨쳤습니다. 근동 사람들이 천금으로 사 첩으로 삼으려 했고, 매파들이 그 집 문을 메우고 벌떼처럼 떠들었지요. 그런데도 적경홍은 고모에게 말해 모두 물리쳐 보냈습니다.

매파가 고모에게 묻기를 '고모께서는 동쪽으로는 밀고 서쪽으로 막아, 오는 사람을 허락하지 않으니 어떤 남편감을 찾으십니까? 대재상의 첩으로 보내시렵니까? 절도사의 부실을 만드시렵니까? 이름난 선비에게 허락하시렵니까? 공부하는 학생에게 보내시렵니까?' 하니, 경홍이 대신 답했지요. '만약 진나라 재상 사안석처럼 기생을 데리고 동산에 올라가는 풍류를 지닌 대재상이 있다면 그의 첩이 될 것이요, 삼국시대 장군 주유처럼 음률을 잘 아는 절도사가 있다면 그의 첩이 될 것이요, 현종 때 호기롭게 임금께 「청평사淸平詞」를 지어올린 이백과 같은 명사名士가 있다면 그의 아내가 될 것이요, 한나라 무제 때 〈봉구황鳳求凰〉을 연주하여 탁문군을 유혹한 사마상여 같은 수재秀才라면 그를 따를 것입니다. 오로지 뜻에 맞는 사람을 찾을 뿐이니, 어찌 미리 정해둘 수 있겠습니까?' 했답니다. 이 말을 듣고 매파들이 크게 웃으며 흩어졌답니다.

경홍은 속으로 '시골 여자는 보고 듣는 것이 적으니, 어떻게 천하의 뛰어난 남자를 가려, 규중의 어진 짝으로 삼을 수 있을까. 오직 기생만이 영웅호걸과 한자리에 앉아 수작하고, 귀한 집 자제들이 모두 문을 열고 맞으니, 현명한 자와 어리석은 자, 뛰어난 자와 못난 자를 쉽게 분별하리라. 이는 남쪽 초나라에서 좋은 대나무를 구하고, 옥의 명산지인 남전에서 좋은 옥을 캐는 것과 같다. 기생이 되면 뛰어난 재주와 좋은 품성을 가진 남자를 어찌 못 얻으리' 하고, 마침내 스스로 기생집에 몸을 팔아 훌륭한 남자에게 몸을 맡기고자 했습니다.

수년이 지나지 않아 명성이 크게 들리니, 작년 가을에 산동과 하북 일대 열두 고을의 선비 문인들이 업도^{鄴都}에 모여서 잔치를 열고 즐길 때, 경홍이 그 자리에서 〈예상우의곡^{霓裳羽衣曲}〉에 맞추어 춤추었는데, 너울너울 나는 기러기 같고 우뚝 선 봉황 같아서, 그 자리에 가득한 미인들의 낯빛이 모두 파리해졌답니다. 여기서도 그의 재주와 용모를 엿볼 수 있지요. 잔치가 끝나자 경홍은 옛날 삼국시대 조조가 만든 화려한 동작대에 홀로 올라가 달을 보며 거닐었고, 그 누대의 옛일을 떠올리며 비감에 잠겨 옛날 시구를 읊었지요. 조조가 죽을 때 첩들에게 향을 나누어주며 무상한 삶을 안타까워하던 자취를 위로하면서, 다른 한편으로는 조조가 동작대에서 함께 놀고 싶어했다던 두 미녀의 일을 생각하면서 몰래 웃기도 했습니다. 이 모습을 본 사람 중에 경홍의 재주와 뜻을 사랑하지 않는 사람이 없었습니다. 이런 일을 보건대, 지금 대갓집 규수 가운데도 어찌 이런 사람이 없다 하겠습니까?

경홍이 저와 상국사^{上國寺}에서 놀 때, 서로 가슴속 이야기를 털어놓았는데, 경홍이 첩에게 '우리 두 사람 중에 누구라도 마음을 줄 수 있는 군자를 얻으면, 서로 천거하고 이끌어서 함께 한 남자를 섬기는 게 어때? 그럼 우리 인생이 그릇되지 않을 거야' 했습니다. 저도 이 말에 동의했기에 낭군을 만난 후 줄곧 경홍을 생각했습니다. 지금 그는 산동 제후의 궁중에 있습니다만, 이는 이른바 호사다마일 뿐입니다. 후궁의 부귀가 지극하긴 하지만, 이는 경홍이 바라는 바가 아닙니다."

섬월이 탄식했다.

"아깝다. 지금 이 사정을 어떻게 경홍에게 알릴까?"

"기생집에 재주 있는 여자가 많다지만 사대부 가문 규수라고 해서 어찌 기생에게 한 걸음이라도 뒤지겠소?"

"첩이 본 사람 중에 진낭자 같은 사람은 다시없으니, 진낭자보다 한 계단 아래의 여자는 제 감히 천거하지 못하겠습니다. 그러나 서울 사람들이 여러 차례 '정사도鄭司徒, 사도는 벼슬명의 딸이야말로 얌전한 태도와 그윽한 심덕이 요즘 여자들 중 최고다' 하는 말을 들은 바 있습니다. 제 비록 직접 보지는 못했으나, 큰 이름 아래 헛된 선비가 없는 법이니, 낭군께서 서울로 가시거든 모름지기 유의해서 찾아보시기 바랍니다."

이렇게 대화를 나누는 사이에 어느덧 창문이 밝아왔다. 두 사람은 일어나 세수를 끝냈다. 섬월이 말했다.

"이곳은 낭군께서 오래 머물 곳이 아닙니다. 더구나 어제 소년 공자들의 일을 생각하건대 불만이 없지 않을 것이니 상공께 해로울까 걱정스럽습니다. 일찍 길을 나서시는 것이 좋을 듯합니다. 앞으로 모실 날이 많을 터이니, 저 때문에 슬퍼하실 필요는 없습니다."

소유가 사례하며 말했다.

"낭자의 말을 돌처럼 쇠처럼 마음속에 새기겠소."

서로 마주하여 눈물을 뿌렸고, 소유는 작별을 고하고 길을 나섰다.

제4회
정씨 집에서 여도사의 음악을 듣고,
정사도는 좋은 사위를 얻다

두연사

소유가 낙양을 떠나 서울에 도착해 머물 곳을 정하고 행장을 풀었다. 그런데 과거 날은 아직 멀었다. 여관 주인을 불러 자청관의 위치를 물었다. 춘명문 밖이라고 했다. 즉시 선물을 준비해서 두연사를 찾아갔다. 연사는 나이가 육십여 세로, 계율을 잘 지켜 도교 사원의 여자 도사 중에 우두머리가 되었다. 소유가 나아가 인사하고 어머니의 편지를 전하니 연사가 안부를 묻고 눈물을 흘리며 말했다.

"내 자네 모친과 헤어진 지 이십 년이라. 아들이 이처럼 당당한 장부가 되었으니, 세월은 정말 문틈 사이로 말이 달려가는 것처럼 빨리 흐르는구나. 내 늙으니 시끄러운 서울이 싫어 멀리 신선의 땅으로 가서 도나 닦으며 참마음을 지키며 살려고 했는데, 아우의 편지 중에 부탁하는 말이 있으니 부득이 자네를 위해 조금 더 머물겠네. 자네 풍채가 밝고 뛰어나 신선 같으니, 지금 규방에 맞는 짝이 없을까 두려워. 내 조용히 생각해보리니, 한가한 날에 다시 오게."

"어머니께서는 늙고 집안은 가난하며 제 나이는 거의 이십입니다. 몸이 궁벽한 시골에 처해 아직 배필을 택하지 못했습니다. 어머니께서 거의 칠십이 되셨는데, 아직도 며느리의 봉양을 받지 못하시니, 실로 효도를 하지 못한 부끄러움이 큽니다. 그런데 지금 아주머니께서 이처럼 지극히 돌보아주시니 고맙기 그지없습니다."

소유는 절하고 바로 물러나왔다. 과거 날이 다가왔으나, 두연사에게서 혼사를 돕겠다는 말을 듣자, 과거로 명성을 얻고자 하는 마음이 풀어졌다. 수일 후 다시 도관에 가니, 연사가 맞아 웃으며 말했다.

"어떤 집에 처녀가 있는데 재주와 용모가 실로 자네 짝이 될 만하지. 다만 그 집안이 문벌이 매우 높아 육대 공후公侯요, 삼대 재상이라. 자네 만약 이번 과거에서 장원을 한다면 혼사가 될 만하지만, 그전에 입을 여는 것은 무익해. 이제 번거롭게 늙은 나를 찾지 말고, 과거 공부에 힘써 장원을 하도록 하게."

"어느 집입니까?"

"여기 춘명문 밖 정사도 집이라네. 길가에 붉은 문이 있고, 문 위에 창살을 꽂아둔 집이지. 사도에게 딸이 하나 있는데, 그 처자는 사람이 아니라 선녀야."

소유가 별안간 섬월의 말이 떠올라 마음속으로 말했다.

'이 여자는 과연 어떤 사람이기에 서울과 낙양에서 모두 이름을 얻었을까?'

"정사도의 딸을 보셨는지요?"

"내 어찌 못 보았으랴? 그는 하늘이 낸 사람이라. 입으로 아름다움을 형용할 수 없어."

"제 감히 자랑하는 말이 아니나, 이번 봄 과거는 제 주머니에 든 물건을 취하는 것이나 다를 바 없습니다. 걱정할 일이 아닙니다. 다만 어리석은 소원이 하나 있는데, 먼저 처자를 보고자 하는 것입니다. 보지 않고는 구혼하지 않으려 합니다. 바라건대 특별히 자비심을 내시어 정소저의 얼굴을 보게 해주실 수 있는지요?"

연사가 크게 웃으며 말했다.

"재상집 여자를 어찌 볼 수 있으리? 자네 혹 이 늙은이의 말을 믿지 못해 그러는가?"

"제 어찌 감히 의심하겠습니까? 다만 사람마다 보는 눈이 다르니 어찌 반드시 사부師傅의 눈과 제 눈이 같겠습니까?"

"그렇지 않다. 봉황과 기린은 식견이 짧은 아녀자라도 모두 그 상서로움을 알 수 있고, 맑은 하늘과 빛나는 태양은 배움이 없는 종이라도 그 높고 밝음을 알아보지. 실로 눈이 없는 자가 아니라면 어찌 자도子都, 중국 고대의 유명한 미남를 보고 예쁘다 하지 않겠는가?"

소유는 어쩔 수 없이 낙심해 돌아갔지만, 반드시 연사의 허락을 받고자 했다. 다음날 새벽에 다시 연사에게 가니 연사가 웃으며 말했다.

"분명 무슨 일이 있으니 왔겠지?"

"정소저를 보지 못하면 제 마음에 의심이 사라지지 않을 것입니다. 사부께 다시 비오니, 어머니께서 부탁한 뜻을 생각하시고 제 간절한 심정을 살피시어, 마음을 바꾸시고 특별히 묘책을 내시어 보게 해주소서. 반드시 결초보은하겠습니다."

연사가 머리를 가로저으며 말했다.

"쉽지 않아."

한참 생각한 후 다시 말했다.

"내 보기에 자네는 총명하고 훌륭하니, 공부하는 틈틈이 음률도 배웠겠지?"

"제 일찍이 이인異人을 만나 기묘한 곡조까지 배웠습니다. 음악이라면 이런저런 것까지 꽤 압니다."

"정소저의 집은 아주 넓고 커서, 소저의 처소까지 가려면 문을 다섯 개나 통과해야 한다네. 또 소저가 머무는 화원花園은 아주 깊은 곳에 있는데, 그곳을 둘러싼 담은 높이가 몇 길이나 되어 날개 없이는 넘을 수 없지. 또 정소저가 『시경』을 읽고 『예기』를 배워 행동 하나하나가 모두 법도에 맞아서, 아예 도관에 분향하지도, 비구니 절에 가서 제사를 지내지도 않았어. 정월 대보름날 관등놀이에 나가지도 않았고, 다른 사람들처럼 삼월 삼짇날 곡강에서 놀지도 않았지. 그러니 바깥사람들이 어찌 볼 수 있었겠는가. 단 한 가지 방법이 있는데 자네가 따를지 모르겠네."

"정소저만 볼 수 있다면, 하늘에 오르고 땅속으로 들어가라 한들, 또 손으로 불을 잡고 물 위를 걸으라 한들 어찌 따르지 않겠습니까?"

"최근 정사도가 늙고 병들어 벼슬에 뜻을 잃고 오직 정원 가꾸기와 음악에만 흥미를 두고 있네. 부인 최씨도 음악을 좋아하지. 정소저는 총명하여 세상 온갖 일을 모르는 것이 없는데, 음악 또한 아무리 빨리 연주해도 한 번 들으면 곡을 다 외워. 음악에 정통하다는 사람들과 겨루어도 뒤지지 않을 정도야. 한나라 채문희蔡文姬는 어릴 때 아버지의 거문고 연주를 들으며 몇번째 줄이 끊어졌는지 맞혔다고 하지만, 소저의 능력에 비하면 별것 아니네. 최부인은 새로운 곡이 있다는 말을 들으면 반드시 그 사람을 불러서 연주하게 하고, 소저에게 솜씨를 논평하게 하지. 안석에 기대앉아 음악 듣는 것을 노년의 즐거움으로 삼고 있어. 자네 정말 거문고에 능통하다면 한 곡을 연습하고 기다리게. 정사도 집에서는 매년 이월 그믐 영부도군靈符道君의 탄일에 향촉을 바치려고 여종을 여기로 보내. 이때 자네가 여자 옷을 입고 거문고를 타 여종이 듣게 하게. 여종은 집으로 돌아가 반드시 부인께 고할 것이요, 부인은 그 말을 들으면 반드시 그대를 청할 거야. 정사도 집에 들어간 다음 소저를 볼지 못 볼지는 모두 하늘에 달렸으니 내 상관할 바가 아니네. 이 밖에 다른 계책은 없어. 그대는 얼굴이 예쁘고 아직 수염도 없군. 도관에 출가한 여자

중에도 머리를 감싸지 않고 귀를 가리지 않은 사람도 있으니, 변장은 어렵지 않을 것이네."

소유가 기뻐 인사하고 물러가, 손꼽아 이월 그믐날을 기다렸다.

소유의 변장

원래 정사도에게는 다른 자녀가 없고 딸 하나뿐이었다. 최부인이 해산하는 날 정신이 흐릿한 중에 보니, 한 선녀가 구슬 하나를 가지고 방으로 들어왔다. 잠시 후 정소저가 태어났다. 그래서 보배 구슬이라는 뜻으로 이름을 '경패瓊貝'라 했다. 경패는 자라면서 예쁜 얼굴과 우아한 태도, 기이한 재주와 훌륭한 범절이 모두 최고였다. 부모가 몹시 사랑해 훌륭한 사위를 얻고자 했지만 마음에 드는 자가 없었다. 그래서 소저의 나이 열여섯이 되었는데도 아직 결혼 비녀를 꽂지 못했다.

이월 그믐이 되자 최부인이 소저의 유모인 전씨 노파를 불러 말했다.

"오늘은 영부도군의 탄일이네. 향촉을 가지고 자청관에 가서 두연사께 전하고, 또 옷과 다과를 드려 내 그리운 마음을 전하게."

노파가 명령을 받들어 작은 가마를 타고 도관에 이르렀다. 연사는 향촉을 받아 신전에 바치고, 또 세 가지 풍성한 음식을 받고 깊이 감사하며 노파를 잘 대접했다. 이때 소유가 별당에 와서 앉아 거문고를 비껴끼고 연주했다. 노파가 연사에게 작별 인사를 하고 가마에 오르려는데, 홀연 거문고 소리가 신전 서쪽의 작은 행랑에서 들렸다. 소리가 아주 맑고 묘해 먼 하늘 밖에서 흘러들어오는 것 같았다. 노파가 가마를 멈추고 귀를 기울여 듣다가 연사를 돌아보며 말했다.

"제가 최부인을 모시면서 유명한 고수들의 거문고를 많이 들었지만, 이런 소리는 처음입니다. 연주한 사람이 어떤 사람인지요?"

"며칠 전 한 어린 여관女冠, 도교의 여자 승려이 서울의 장관을 보기 위해 초 땅에서 와서 여기에 머물고 있소. 그 사람이 때때로 거문고를 타는데, 소리 참 좋으나 내가 음악에 어두워 솜씨는 잘 분간하지 못한다오. 지금 그대가 칭찬하는 것을 보니 필시 훌륭한 솜씨겠구려."

"만약 우리 부인께서 들으셨다면 반드시 부르라고 명할 것이니, 연사 께서는 그 사람을 붙잡아두고 다른 데 가지 못하게 해주십시오."

"꼭 그러리다."

연사가 노파를 전송하여 동구까지 갔다 온 다음 도관에 들어와 이 말을 소유에게 전했다. 소유는 크게 기뻐하며 최부인의 부름을 기다렸다.

노파가 돌아가 부인에게 고했다.

"자청관에 가니 어떤 여관이 있는데 거문고 연주가 아주 신이했습니다."

"나도 한번 듣고 싶구나."

다음날 작은 가마와 여종을 도관에 보내 연사에게 말을 전했다.

"여관이 가지 않겠다고 해도 연사께서 권해 보내주시기 바랍니다."

연사가 여종 앞에서 소유에게 말했다.

"귀인의 명이 있으니, 그대 어려워도 가도록 하라."

"시골의 미천한 사람이 귀인을 뵙는다는 것이 당치 않으나, 대사의 가르침이 있으니 어찌 어기겠습니까?"

이어 여관이 옷을 갖추어입고 거문고를 안고 나오는데, 위부인과 사자연謝自然, 당나라의 여도사 같은 선풍도골仙風道骨이 드러나니 여종이 보고 흠모하며 찬탄을 그치지 않았다. 소유가 가마에 올라 정사도 집에 이르자 여종이 안뜰로 인도하여 들어갔다. 최부인이 중당에 앉아 있었는데, 태도가 단정하고 엄숙했다. 소유가 마루 아래에서 머리를 조아리며 두 번 절하니, 부인이 자리를 내주라고 하며 말했다.

"어제 여종이 도관에 가서 신선의 음악을 듣고 왔다기에, 이 노인도 한번 보기를 원했소. 이제 도인의 맑은 자태를 접하니 속세의 근심이 절로 사라지는구려."

소유가 공손히 자리에서 일어나서 대답했다.

"저는 본래 초 땅의 외롭고 천한 사람입니다. 구름처럼 아침에는 동쪽, 저녁에는 서쪽으로 정처 없이 떠돌다가, 이제 천한 기예를 가지고 부인 아래에 왔으나, 이 어찌 감히 바라던 바이겠습니까?"

최부인이 여종을 시켜 소유의 거문고를 가지고 오게 해서 무릎 위에 놓고 어루만지며 칭찬했다.

"참 묘한 나무로다."

소유가 대답했다.

"용문산 오동나무입니다. 바위 틈새에서 자란 것으로 말라죽은 지 백년이 지났지요. 벼락을 맞아 나무의 성질이 다 사라져 돌이나 쇠만큼 단단해졌습니다. 거문고 재료로는 최상입니다. 천금을 주고 사려 해도 쉽게 얻을 수 없을 것입니다."

이렇게 묻고 답하는 동안 섬돌에 비친 그림자가 자리를 옮기고 있었다. 그런데도 경패는 옷자락도 보이지 않았다. 소유가 마음이 급해지고 의심이 생겨 부인에게 말했다.

"제 비록 옛 곡을 전수받았지만, 지금은 연주되지 않는 곡이 많아서, 그 곡이 옛 곡인 줄도 몰랐습니다. 자청관의 여관들에게 들어보니, 이댁 소저의 음악적 식견이 옛날 진나라의 악사 사광師曠만큼이나 높다고 하던데, 제 천한 솜씨로 소저의 가르침을 들을 수 있을지요?"

정경패

부인이 여종을 시켜 경패를 부르니, 잠시 후 수놓은 장막이 걷히며 향기가 살짝 일어났다. 경패가 부인 옆에 앉았다. 소유가 일어나 절한 후 눈을 들어 보니, 태양이 막 붉은 햇무리 속에서 솟아나오고 연꽃이 맑은 물에 비친 듯했다. 마음과 눈이 흔들리고 어질하여 바로 볼 수 없었다. 소유는 경패와 약간 떨어져 있어서 자세히 볼 수 없었다.

"제가 소저의 가르침을 받고자 하나, 집이 넓어 소리가 흩어져 소저께서 세세히 듣지 못할까 싶습니다."

부인이 여종에게 말했다.

"여관의 자리를 가까이 옮겨주라."

옮긴 자리는 거리는 가까웠지만, 부인 가까이 가면서 경패의 오른편이 되어서 바로 볼 때보다 못했다. 소유는 실망스러웠지만 다시 부탁하지는 못했다. 여종이 소유 앞에다 향탁을 두고, 금화로에 좋은 향을 피웠다. 소유가 고쳐 앉아 거문고로 먼저 〈예상우의곡〉을 연주했다. 경패가 말했다.

"아름답군요. 이 곡은 우리 당나라 현종 때의 태평한 기상이 완연하네요. 다른 사람도 연주할 수 있겠지만, 도인의 연주가 아니면 곡의 묘처를 드러낼 수 없을 듯합니다. 그런데 백거이의 「장한가長恨歌」에서 '어양 땅의 북소리 지축을 흔드니, 놀라 〈예상우의곡〉을 멈추는구나' 한 것처럼, 안녹산이 난을 일으켜 우리 현종 임금과 양귀비를 쫓아낸 당시 세상을 어지럽힌 나쁜 음악이니 차마 듣지 못하겠어요. 다른 곡을 듣기 원합니다."

소유가 다시 한 곡을 연주하자 경패가 말했다.

"이 곡은 즐겁기도 하고 슬프기도 하지만 그 정도가 지나치니, 진나라 후주의 〈옥수후정화玉樹後庭花〉군요. 이상은의 시에 '지하에서 진나라 후주를 만난다면, 어찌 다시 후정화를 묻지 않겠는가?' 한 그 곡 아닌가요? 나라를 망친 임금의 쓸모없는 곡이니, 높게 평가할 수 없어요. 다른 곡을 연주해주세요."

정경패 하단은 여자로 변장한 소유가 경패와 그 어머니 최부인 앞에서 거문고를 연주하는 장면이고, 상단은 과거에서 장원급제한 소유가 풍악을 잡히고 유가(遊街)를 하며 경패의 집을 찾아온 장면이다. 임금에게 받은 꽃가지를 머리에 꽂은 소유가 경패의 아버지 정사도를 만나고 있다.

소유가 또 한 곡을 타니 경패가 말했다.

"이 곡은 슬픈 듯 기쁜 듯 감격한 듯 생각에 잠긴 듯하니, 〈호가십팔박胡笳十八拍〉이군요. 옛날 채문희가 난리를 만나 오랑캐에 붙잡혀가서 아들 둘을 낳았는데, 나중에 조조가 오랑캐에게 돈을 주고 문희를 찾았지요. 문희가 고국으로 돌아가며 두 아들과 이별할 때, 이 곡을 지어 이별의 슬픔과 아들을 불쌍히 여기는 뜻을 부쳤지요. 이기의 시에 '오랑캐의 눈물 변방 수풀에 떨어지고, 중국 사신은 애끓는 마음으로 고국으로 돌아가는 사람을 보는구나' 한 것이 그것이지요. 이 곡은 들을 만하지만, 채문희는 오랑캐에게 끌려가 다시 결혼하여 실절한 여자라, 이런 곡에 대해 내 어찌 말하겠어요. 새 곡을 들려주세요."

소유가 또 한 곡을 타자 경패가 말했다.

"왕소군의 〈출새곡出塞曲〉이군요. 소군은 흉노에게 바칠 미녀를 뽑을 때, 화원畵員에게 뇌물을 주지 않아 억울하게 뽑혔지요. 화원이 있는 그대로 예쁘게 그렸으면 임금이 그녀를 흉노에게 보내지 않았을 거예요. 흉노의 땅으로 간 소군은 옛 임금을 그리워했고, 고향을 바라보면서 응당 자기가 있어야 할 곳을 잃음을 슬퍼하고 화원의 부정을 원망했지요. 한없는 불평을 곡에 부쳤답니다. 유장경의 「왕소군가」에 '누가 이 한 곡을 불쌍히 여겨 오랫동안 노래로 전했던가, 천년 세월이 흘러도 여인의 마음을 아프게 하네'라고 한 곡이지요. 그러나 이는 오랑캐에게 간 여자의 곡이요, 변방의 소리라, 본래 바른 소리가 아니지요. 다른 곡이 있는지요?"

소유가 다시 한 곡을 타자 경패가 얼굴빛을 고치며 말했다.

"내 이 소리를 들은 지 오래예요. 도인은 정말 범상한 사람이 아니군요. 이는 영웅이 때를 만나지 못해 속세 밖에 마음을 두고, 또 충의의 기상을 가져 나라가 어지러운 것을 답답해하는 마음을 담은 곡이니, 죽림칠현 가운데 한 명인 혜강의 〈광릉산廣陵散〉이지요. 혜강이 동시東市에서 죽을 때, 늘어진 자신의 해그림자를 돌아보고 곡을 타면서 '원통하다. 〈광릉산〉을 배우고자 하는 자가 있을 텐데 내가 극히 아껴 아무에게도 가르쳐주지 않았더니, 아아, 이제 〈광릉산〉은 끊어졌구나' 했지요. 위응물이 '새 한 마리 동남쪽으로 날아가니 광릉이 어디메뇨?' 읊은 것이 바로 이 곡입니다. 혜강이 죽은 다음 〈광릉산〉도 사라졌으니, 도인은 필시 혜강의 혼령을 만나 배웠나보군요."

소유가 무릎 꿇고 앉아 대답했다.

"소저의 영민함과 지혜로움은 다른 사람에 비할 바가 아닙니다. 소저의 비평은 일찍이 제가 스승에게 들은 것과 같습니다."

소유가 또 한 곡을 타자 경패가 말했다.

"넉넉하면서도 적당하군요! 청산은 우뚝하고 푸른 물은 넘실대는데 신선의 자취는 속세를 떠난 듯하니, 이 곡은 백아의 〈수선조水仙操〉가 아닌가요? 왕발의 「등왕각서滕王閣序」에 '이미 종자기와 같은 지음을 만났으니, 〈유수곡流水曲〉을 연주한다 해도 부끄러울 게 있겠는가?' 한 것이지요. 백아는 자기 음악을 알아주는 종자기가 죽자 거문고 줄을 끊어버리고 더이상 연주하지 않았다는데, 도인은 백아가 죽은 지 천년이 지나 세상에 나온 지음이군요. 백아의 영혼이 안다면 종자기의 죽음을 한스럽게만 여기지는 않을 것입니다."

소유가 또 한 곡을 타자 경패가 문득 옷깃을 여미며 꿇어앉아 말했다.

"지극하고 지극합니다. 성인이 난세를 만나 사해를 떠돌면서도 만백성을 구제할 뜻이 있었으니, 공자가 아니면 누가 이 곡을 지을 수 있겠어요? 필시 공자의 〈의란조猗蘭操〉겠지요. 〈의란조〉에 '온 세상을 떠돌았지만 정착할 곳이 없다' 한 것이 그 뜻 아니겠습니까?"

소유가 꿇어앉아 향을 사르고 다시 거문고 한 곡조를 타니, 경패가 말했다.

"높고도 아름답군요! 〈의란조〉는 비록 성인이 시국을 걱정하고 세상을 구하고자 하는 마음을 담은 곡이지만, 때를 만나지 못했다는 한탄이 들어 있습니다. 그런데 이 곡은 천지만물과 더불어 즐거이 봄으로 돌아가고, 우뚝하면서도 넓으니 무어라 이름 붙이기 어려운 곡입니다. 필시 순임금의 〈남훈곡南薰曲〉이겠지요. 〈남훈곡〉에 '남쪽에서 부는 따뜻한 바람이여, 우리 백성들의 근심을 풀어버리누나' 한 것이 바로 그것입니다. 아름다움이 여기서 더 나아갈 수 없으니, 도인께 다른 곡이 있다 하더라도 더 듣고 싶지 않아요."

소유가 공손히 대답했다.

"제 들으니 음악이 율조를 아홉 번 바꾸면 천신이 하강한다고 합니다. 그런데 지금까지 연주한 것이 여덟 곡입니다. 아직 한 곡이 남았으니 마무리짓게 해주시지요."

기러기발을 잡아 거문고를 조율한 다음 빠르게 연주하니, 그 소리가 경쾌하면서 시원하여 흥이 일었다. 뜰 앞의 온갖 꽃이 일시에 망울을 터뜨렸고, 어린 제비는 쌍쌍이 날고 꾀꼬리가 서로 노래했다. 경패는 살짝 눈을 내리깔았지만 눈길을 거두지는 않았다. 조용히 듣다가 '봉황이여, 봉황이여, 고향으로 가는구나, 사해를 두루 다니며 짝을 찾는도다' 하는 구절에 이르러, 눈을 뜨고 다시 소유의 앉음새를 보았다. 경패의 두 뺨에 홍조가 어리더니 갑자기 즐거운 표정이 사라졌다. 경패가 술에 취한 것처럼 괴로운 표정을 짓더니, 단정히 일어나 자기 처소로 돌아가 버렸다.

소유는 놀라 아무 말 없이 거문고를 밀어내고 일어나, 경패의 뒷모습만 멍하게 바라보았다. 얼이 빠진 모습이 진흙 인형이 서 있는 것 같았다.

최부인이 소유를 앉게 하고 물었다.

"아까 사부가 탄 곡이 무엇이오?"

소유가 거짓 대답을 했다.

"제 스승께 곡은 배웠지만 곡명은 듣지 못했습니다. 그래서 소저의 말씀을 기다렸습니다."

경패가 오래도록 나오지 않자, 부인이 여종을 시켜 까닭을 물으니 돌아와 고했다.

"아씨께서 반나절 바람을 쐬었더니 몸이 편치 않아서 나올 수 없다고 합니다."

소유는 경패가 알았을까 염려했다. 걱정스럽고 불안해 더 머무를 수 없었다. 일어나 부인에게 절하며 말했다.

"소저의 옥체가 평안치 않다고 하니, 실로 걱정스럽습니다. 부인께서 직접 돌보시고 싶을 듯하니 이제 물러가고자 합니다."

부인이 상급을 내리자 소유가 사양하며 받지 않았다.

"출가한 사람이 거친 연주를 했지만, 제가 하고 싶어 했을 뿐입니다. 어찌 감히 사례를 받겠습니까?"

머리를 조아려 인사하고 계단을 내려와 집 밖으로 나왔다.

가춘운

최부인이 경패의 병이 걱정되어 즉시 불러 물으니 벌써 나았다고 했다. 경패가 침실로 돌아와 여종에게 물었다.

"춘운아, 오늘 병세가 어떠니?"

"약간 차도가 있어요. 소저께서 거문고 연주를 듣는다는 말을 듣고 막 세수했어요."

춘운의 성은 가씨로, 그 아버지는 서촉 사람으로 서울로 올라와서 승상부丞相府 서리胥吏가 되었다. 이로부터 정사도 집안의 일을 많이 도왔다.

얼마 후 병으로 죽었는데, 이때 춘운의 나이 겨우 열 살이었다. 춘운이 의지할 곳 없는 딱한 신세가 되자 사도 부부가 불쌍히 여겨 거두어 경패와 함께 놀게 했다. 나이는 경패와 한 달 차이로, 얼굴이 빼어나고 자태가 훌륭했다. 단정하고 존귀한 기상은 경패에 미치지 못하나 춘운 또한 절대가인이었다. 시를 짓는 재주, 묘한 필법, 여공女工, 음식 만들기, 바느질 등 전통시대에 여성의 일로 취급된 것의 우수함 등에서 소저와 쌍벽을 이루었다. 경패는 춘운을 형제로 보고 잠시도 떨어지지 않으려 했다. 관계로는 주인과 종이지만 실제로는 가까운 친구였다. 본명은 초운인데, 경패가 춘운의 사랑스러운 자태를 보고, 한유의 시 '그대의 시는 여러 모습이니, 뭉게뭉게 핀 봄하늘 구름君詩多態度, 藹藹春空雲'이라는 구절에서 '봄하늘 구름'을 따서 '춘운'이라 바꿔 불렀다. 집안사람들도 모두 그렇게 불렀다. 춘운이 경패에게 물었다.

"아침에 여종들이 서로 나서서 말하기를, 중당에서 거문고를 탄 여관이 신선 같은 얼굴로 들어보지도 못한 희한한 음악을 연주했고, 소저께서 크게 칭찬하셨다고 했어요. 제 병도 잊고 막 여관을 보러 가려고 했는데, 어찌 그리 빨리 가버렸어요?"

경패가 얼굴이 빨개지며 천천히 말했다.

"내 늘 마치 옥을 옮기는 듯 신중히 처신해왔고, 마음잡기는 반석처럼 굳게 했지. 발걸음은 안채를 벗어나지 않았고, 친척과도 말을 잘 섞지 않았어. 그건 너도 잘 알지? 그런데 하루아침에 남에게 속아서 씻기 어려운 모욕을 받았어. 이제 어찌 낯을 들어 다른 사람을 대하겠니."

춘운이 놀라 말했다.

"아니, 무슨 말씀이세요?"

"아까 왔던 여관은 과연 용모도 빼어나고 거문고 소리도 묘했어……"

경패가 머뭇거리며 말을 마치지 못하자 춘운이 말했다.

"사람됨이 어떻던가요?"

"여관은 처음에는 〈예상우의곡〉을 연주했고, 그다음 여러 곡을 연주하다가 끝에 순임금의 〈남훈곡〉을 연주했지. 내가 하나하나 평론하다가, 옛날 가무歌舞를 평했던 계찰季札처럼 〈남훈곡〉을 듣고는 그만 듣겠다고 했지. 그런데 그가 한 곡이 남았다며 새 곡을 연주하는데, 이는 사마상여가 탁문군을 유혹할 때 들려준 〈봉구황鳳求凰〉이었어. 내 비로소 의심하며 보니, 그 용모와 행동이 여자와는 크게 다르지 뭐야. 사기꾼이 여자를 보려고 변장한 게 틀림없어. 만일 네가 아프지만 않았다면 한 번 보고 그의 사기를 알아낼 수 있었을 텐데, 한스러워. 내 규중처녀로서 모르는 남자와 반나절이나 마주하고 맨얼굴로 말까지 섞었으니, 세상에 어찌 이런 일이 있을 수 있겠니? 어머니한테라도 차마 이 말은 할 수 없으니, 네가 없으면 누구에게 이 말을 하겠니."

춘운이 웃으며 말했다.

"사마상여의 〈봉구황〉을 아씨 홀로 듣지는 않았겠지요? 옛사람이 기둥에 걸어놓은 활이 술잔에 비친 것을 보고는 술잔 속에 뱀이 들었다고 착각해서 병을 얻었답니다. 아씨께서는 필시 잔 속의 뱀을 보신 거예요."

"그렇지 않아. 이 사람이 연주한 곡이 모두 정해진 차례가 있었는데, 만약 사심이 없었다면 어찌 〈봉구황〉을 맨 마지막에 연주했겠어? 여자 중에 용모가 맑고 연약한 이도 있지만 혹 장대한 자도 있지. 그렇지만 이 사람처럼 기상이 호탕한 여자는 본 적이 없어. 내 생각에 과거 날이 가까워져 전국의 유생이 서울로 모였는데, 그중에 내 이름을 그릇 듣고 엉뚱하게 규방을 넘보려고 한 자 아닌가 해."

"그자가 정말 남자로서, 용모가 이처럼 빼어나고, 기상이 이처럼 호탕하며, 음악에도 이처럼 정통하다면, 인품과 재주의 높이를 알 수 있지 않겠어요? 진짜 사마상여 같은 사람 아닐까요?"

"그가 설사 사마상여라 해도 나는 결코 탁문군이 되지 않을 거야."

"아씨께서는 괜히 당치 않은 말씀을 하시는군요. 탁문군은 과부요, 아씨는 처녀예요. 그리고 탁문군은 자기 뜻에 따라 사마상여를 따랐고, 아씨는 아무 마음 없이 여관을 만나서 연주를 들었을 뿐이고요. 아씨께서 어찌 스스로 탁문군에 비기십니까?"

두 사람은 이렇게 담소를 나누며 종일 즐거워했다.

장원급제

하루는 경패가 부인을 모시고 앉아 있는데, 정사도가 밖에서 들어와 새로 나온 과거 합격자 명단을 부인에게 주면서 말했다.

"경패의 혼사가 아직 정해지지 않았으니 이 합격자들 중에 고르고자 하오. 들자니 장원 양소유는 회남 사람인데 나이가 열여섯이라 하오. 그가 이번 과거에서 지은 문장을 사람들이 모두 칭찬하니 필시 당대의 최고 선비일 것이오. 또 준수한 태도와 시원한 외모를 가져 장차 큰 그릇이 될 듯하다 하오. 아직 결혼을 하지 않았다고 하니 이 사람을 사위로 삼으면 좋겠소."

"귀로 듣는 것은 눈으로 보는 것만 못하니, 사람들이 과히 칭찬을 하나 어찌 전부 믿겠습니까? 꼭 직접 본 다음 정했으면 합니다."

"그건 어렵지 않소."

제 5 회
꽃신을 읊어 결혼하고픈 마음 보이고,
선녀의 집에서 첩을 들이다

결혼 논의

경패가 아버지의 말을 듣고 침실로 돌아와 춘운에게 말했다.

"지난번 거문고를 연주한 여관이 스스로 초 땅의 사람이라고 했고 나이는 십육칠 세 정도였지. 그런데 이번 과거 장원한 사람이 회남 사람이고 열여섯 살이래. 회남은 곧 초 땅이고 나이도 비슷하니 의심스러워. 장원이 만일 그 여관이라면 반드시 부친을 뵈러 올 것이니, 너는 기다렸다가 잘 봐주렴."

"제가 그 사람을 본 적이 없으니 마주해도 어찌 알겠어요. 제 생각으로는 아씨께서 직접 문 안에서 엿보시는 게 나을 듯해요."

두 사람이 마주보고 웃었다.

이때 소유는 회시會試와 전시殿試에 연이어 장원을 하고 바로 한림의 벼슬을 얻어 명성이 자자했다. 고관과 귀족 중에 딸 가진 사람들이 다투어 매파를 보냈지만 소유가 모두 물리쳤다. 소유가 예부의 권시랑에게 가서 정씨 집에 구혼하겠다는 뜻을 소상히 고하며 소개해줄 것을 청하니 시랑이 글 한 장을 써주었다. 소유가 그것을 소매에 넣고 정사도의 집으로 가서 이름을 알리니 사도가 소유가 온 것을 보고 부인에게 말했다.

"이번 과거의 장원이 왔소."

바로 사랑채에 들어서 보니, 소유가 계수나무 꽃을 머리에 꽂고 있었다. 소유가 임금께 하사받은 풍악에 둘러싸여 사도에게 나아가 절하니, 그 아름다운 풍채와 공손한 몸가짐에 사도 역시 입이 벌어졌다. 정씨 집안 사람 중에 경패 한 사람을 빼고는 모두 발을 돋우어 소유를 보고자 했다. 춘운이 최부인의 여종에게 물었다.

"주인어른께서 부인과 말씀하시는 것을 들으니, 전일 거문고를 연주한 여관이 이번 장원과 사촌이라는데, 비슷한 데가 있는가?"

여종들이 다투어 말했다.

"정말 그렇네. 행동과 용모를 보면 조금도 어긋남이 없으니 사촌이 어찌 이리 닮았을까?"

춘운이 바로 들어와 경패에게 말했다.

"아씨의 예감이 맞아요."

"다시 가서 무슨 말을 하는지 듣고 오렴."

춘운이 나가서 오랜 뒤에 돌아와 말했다.

"주인어른께서 아씨를 위하여 장원에게 구혼하니 장원이 절하고는 이렇게 대답했어요. '제가 서울에 들어온 후 귀댁의 소저가 사려 깊고 정숙하다는 것을 듣고 분에 넘치는 바람을 품었습니다. 오늘아침에 시험관이셨던 권시랑댁에 가서 의논하니 시랑께서 편지를 주시며 대인께 드리라고 했습니다. 돌아보건대 두 집안의 격은 푸른 하늘과 흐린 물처럼 크게 차이가 있고, 두 사람의 인품은 봉황과 참새만큼 다릅니다. 시랑의 편지가 제 소매 속에 있으나 부끄러워 감히 드리지 못하겠습니다.'

그러면서 편지를 공손히 바치니 주인어른께서 보시고는 크게 기뻐하며 좀 전에 주안상 내오기를 재촉하셨습니다."

경패가 놀라 말했다.

"혼인은 대사라 가벼이 할 수 없는데 아버지는 어찌 이리 쉽게 허락하셨지?"

말이 채 끝나기 전에, 여종이 부인의 명이라며 경패를 불렀다. 경패가 명을 받들어 가니 부인이 말했다.

"장원 양소유는 모든 급제자가 우러르고 만인이 칭찬하는 자란다. 네 아버지께서 이미 허혼하셨으니 우리 부부는 이제 의지할 사람을 얻은 셈이다. 이제 더 근심할 일이 없구나."

"제 종의 말을 들으니 양장원의 모습이 지난번 거문고를 탄 여관과 다르지 않다 하던데, 과연 그렇습니까?"

"종들의 말이 옳아. 내 그 여관의 뛰어난 선풍도골을 사랑하여 오래도록 잊지 못하고 다시 부르고자 했는데, 집안에 일이 많아 뜻을 이루지 못했단다. 그런데 지금 양장원을 보니 완연히 그 여관을 대하는 것과 같구나. 이로써 양장원의 아름다움을 알 수 있을 거야."

"양장원이 아름답다 해도 제게는 꺼림칙함이 있으니 그와 결혼은 불가할 듯합니다."

"괴이한 말이로구나. 너는 규방에 깊이 있고 양장원은 회남에 살아서 본래 서로 왕래한 일이 없거늘 무슨 꺼릴 일이 있단 말이냐?"

"제 일은 말을 꺼내기도 부끄러워 어머니께 고하지 못했습니다. 전일의 여관이 곧 오늘의 양장원이니, 양장원이 여자로 변장하여 거문고를 연주한 것입니다. 제가 아름다운지 추한지 알고자 그렇게 했던 것입니다. 그의 간계에 빠져 남자와 종일토록 말을 주고받았으니 어찌 꺼림칙함이 없다 하겠습니까?"

부인이 놀라 말을 하지 못했다. 사도가 소유를 보내고 바삐 안방으로 들어와 기쁨이 넘쳐 경패에게 말했다.

"경패야, 네 오늘 훌륭한 남편을 얻었다. 몹시 기쁘구나."

부인이 경패의 말을 전하니, 사도가 다시 경패에게 묻고, 소유가 〈봉구황〉을 연주하던 일의 전말을 듣고는 크게 웃으며 말했다.

"양장원은 진정 풍류재자風流才子라. 옛날에 학사 왕유가 악공의 옷을 입고 태평공주 집에 가 비파를 연주하고 장원급제를 한 일은 지금까지 전하는 미담이다. 양랑이 숙녀를 얻기 위해 여자로 변장한 것은 실로 재주 많은 사람의 일시 유희니 어찌 꺼릴 일이겠느냐? 하물며 너는 여관을 보았을 뿐, 양장원을 본 것이 아니야. 양장원이 여관으로 바뀜이 네게 무슨 상관이냐. 탁문군이 여자로서 주렴 틈으로 사마상여를 엿본 것과는 차원이 다르니, 이 어찌 스스로 꺼리는 마음을 품을 일이겠느냐."

"사실 부끄럽지는 않습니다만, 속은 것이 화가 나 죽겠습니다."

사도가 웃으며 말했다.

"이는 늙은 아비가 알 바 아니니, 나중에 양랑에게 물어보거라."

부인이 사도에게 말했다.

"혼례는 언제 올릴까요?"

"납폐는 풍속에 따라서 하고, 친영은 가을이 되기까지 잠깐 기다려, 양랑이 대부인을 모셔온 후 정합시다."

"예법이 그렇다면 빠르건 늦건 그에 따라야지요."

드디어 길일을 택해 소유가 보낸 폐백을 받고, 이로부터 소유를 정씨 집안의 화원 별당에 거처하게 했다. 소유는 사도 부부를 사위의 예법으로 공경히 모셨고, 사도 부부도 소유를 친자식처럼 사랑했다.

꽃신

하루는 경패가 춘운의 방에 갔다. 춘운은 비단신에 수를 놓다가 봄볕에 나른해져 수틀에 머리를 대고 깜박 잠이 들었다. 경패는 춘운이 수놓은 것을 보고 묘한 솜씨에 감탄했다. 수틀 아래에 작은 종이가 있었는데, 몇 줄의 글이 적혀 있었다. 펼쳐보니 비단신을 읊은 시였다.

어여뻐라 운좋게 고운 님과 친해져   憐渠最得玉人親
걸음걸음 잠시도 떨어지지 않았네   步步相隨不暫捨
하지만 촛불 끄고 장막 치고 허리띠 풀 때   燭滅羅帷解帶時
그땐 너를 침대 아래 던져두겠지   使爾抛却象床下

경패가 다 보고 혼잣말을 했다.

"춘운의 시가 전보다 나아졌구나. 자기를 비단신에, 나를 고운 님에 비겨서, 늘 떨어지지 않다가 내가 남편을 따라가면 버려질 것을 생각했구나. 춘운이 정말 날 사랑하는구나."

다시 가만히 시를 읊은 다음 웃으며 말했다.

"춘운이 내 침대 위에 오르려 함은, 함께 한사람을 섬기려는 것이니, 저 아이의 마음은 이미 정해졌구나."

혹 춘운이 깰까 하여 몸을 돌려 몰래 나와, 안채로 들어가 어머니를 뵈었다. 최부인이 여종을 거느리고 소유의 저녁을 준비하고 있었다. 경패가 말했다.

"양한림이 우리 집에 와서 머문 후 어머니께서 그의 의복과 음식을 준비하시느라 고생하십니다. 종들 일을 시키시느라 마음을 많이 쓰시고요. 마땅히 제가 그 수고를 감당해야 하지만 아직 혼례를 올리지 않았으니 도리를 봐서 꺼림칙한 점이 있습니다. 예법에도 전례를 찾을 수 없고요. 그런데 춘운이 이미 장성해 모든 일을 감당할 수 있으니, 제 뜻으로는 춘운을 화원에 보내 양한림을 받들게 하면 어머니 걱정을 조금 덜 수 있을 듯합니다."

"춘운의 신묘한 재주와 뛰어난 품성으로 어떤 일을 감당하지 못하겠느냐. 다만 춘운의 아비는 일찍이 우리 집에 공로가 있었고, 춘운 또한 인품이 뛰어나니, 아버지가 그를 위해 어진 배필을 구하고 있다. 춘운의 바람이 끝까지 너를 섬기는 것이 아니라면 어쩌겠니?"

"제 춘운의 뜻을 보니 그 또한 저와 떨어지지 않으려 해요."

"시집가는 주인을 따라 여종이 첩이 된 것은 옛날에도 있던 일이나, 춘운의 재주와 용모가 평범한 종들과 비교할 수 없으니, 양랑의 첩이 되는 것은 그의 앞날을 생각하면 좋은 생각이 아닐 것 같아 염려스럽구나."

"양한림은 먼 땅에서 온 열여섯 살 서생으로, 석 자짜리 거문고를 들고 재상가의 규방 처자를 희롱했지요. 그런 기상을 가진 사람이 어찌 한 여자만 보면서 늙겠어요? 앞으로 승상의 지위에 올라 많은 녹봉을 받을 때, 그 집에 춘운과 같은 첩이 얼마나 많겠어요?"

마침 사도가 들어오니 부인이 경패의 말을 전했다.

"경패가 춘운을 시켜 양랑을 모시게 하려 해요. 하지만 내 뜻은 달라요. 결혼도 하기 전에 첩부터 들이는 것은 옳지 않아요."

"춘운과 경패는 재주가 비슷하고 용모가 흡사하며 서로 좋아하는 마음도 같소. 따르게 하는 것은 가능하지만 떨어지게 하는 것은 되지 않을 것이오. 결국 함께 한사람을 섬기리니 먼저 화원으로 보내는 것이 무슨 문제가 되겠소. 젊은 남자가 비록 풍정風情이 없다 해도, 혼자 방에서 한 자루의 희미한 촛불로 짝을 삼을 수 없는 법이거늘, 하물며 양한림 같은 사람이야 어떻겠소. 빨리 춘운을 보내 적막한 심사를 위로하는 편이 좋겠소. 다만 예법을 갖추지 않고 보내면 아무리 첩이라지만 아내를 취하는 예법이 너무 간소한 것이 미안하고, 그렇다고 예법을 갖추자면 일이 쉽지 않으니 어찌하면 좋겠소?"

경패가 말했다.

"제게 한 계책이 있습니다. 이번 기회에 춘운이 저 대신 저의 부끄러움을 씻도록 하지요."

"어떤 계책인지 말해보거라."

"십삼랑 오빠에게 '이러이러'하라고 하면 제가 양한림에게 당한 부끄러움을 없앨 수 있겠지요."

사도가 크게 웃으며 말했다.

"참으로 묘한 계책이다."

계략

정사도의 여러 조카 중에 십삼랑十三郎, 열세번째 아들이라는 뜻이라는 사람이 있었다. 똑똑하고 민첩하였고, 또 호탕하여 해학을 좋아했다. 소유와도 뜻이 잘 맞아 막역한 사이였다. 경패가 침소에 돌아가 춘운에게 말했다.

"춘운아, 너는 나와 머리카락이 이마를 덮을 때부터 꽃가지를 놓고 다투며 종일 재잘거렸지. 내 이미 폐백을 받았으니, 너도 나와 마찬가지로 어리지 않은 나이야. 여자는 평생 한 남자를 섬겨 몸을 마쳐야 한다는 것 알지? 넌 어떤 사람에게 몸을 맡기고자 하니?"

"저는 아씨의 사랑을 독차지하고도, 그 은혜를 조금도 갚지 못했어요. 평생 아씨의 세숫물 심부름이나 하기를 바라고 있어요."

"그럴 줄 알았어. 네 뜻도 나와 같을 줄 알았어. 그런데 의논할 일이 하나 있어. 알다시피 양랑이 거문고로 나를 희롱했잖아. 그건 심한 일이고 내가 받은 모욕도 크단다. 너 아니면 누가 이 부끄러움을 씻어주겠니. 우리 집 산장이 종남산終南山, 장안 남쪽의 산 가장 구석진 곳에 있는데, 거기 소 울음소리가 들릴 정도로 서울에서 멀지 않지만, 경치가 맑고 깨끗해 속세와는 다르지. 이 특별한 곳을 빌려 네 화촉을 밝히고자 해. 십삼랑 오빠에게 양랑을 유혹하여 '이러이러'한 계책을 행하게 할 거야. 그러면 양랑도 다시는 거문고를 가지고 속임수 쓰는 일 같은 것은 하지 못하겠지. 나도 부끄러움을 씻을 수 있고. 수고롭겠지만 해줄 수 있겠니?"

"아씨의 명령을 어찌 어기겠어요. 그렇지만 나중에 양한림 앞에서 제 어찌 얼굴을 들겠어요?"

"속인 사람보다는 속은 사람이 더 부끄러운 법이야."

춘운이 살포시 웃으며 말했다.

"목숨을 걸고 명령을 받들지요."

정십삼랑

한림의 직무는 당직을 서는 것 외에는 그다지 바쁘고 힘든 일이 없었다. 또 당직이 아니면 쉬는 날이 많아서 벗을 찾아가기도 하고 술집에서 술을 마시기도 했다. 때로는 나귀를 타고 교외로 나가 자연을 즐기기도 했다. 하루는 정십삼랑이 소유에게 말했다.

"서울 남쪽 성 밖 멀지 않은 데에 조용한 곳이 있는데 산천의 경치가 빼어나지요. 함께 노닐며 깊은 우정을 나눕시다."

"좋습니다."

술과 안주를 준비하여 종들도 따라오지 못하게 하고 십여 리를 갔다. 향기로운 풀이 방죽을 덮고 푸른 숲이 시내를 두르고 있었다. 산수를 보니 흥취가 일었다. 소유와 정십삼랑은 물가에 앉아 술을 마시며 시를 읊었다. 이때는 봄과 여름이 맞닿은 계절이었다. 온갖 꽃이 피었고 나무는 짙은 그림자를 드리웠다. 마침 꽃잎 하나가 시냇물에 떠내려왔다. 소유가 '봄이 오니 개울은 온통 복숭아꽃 천지春來遍是桃花水'라는 왕유의 시를 읊으며 말했다.

"이 안쪽에 분명 무릉도원이 있으리라."

정십삼랑이 말했다.

"이 물은 자각봉에서 시작되었지요. 일찍이 들으니 꽃이 활짝 핀 달밤이면 왕왕 신선의 음악 소리가 아득한 구름 사이에서 흘러나온다고 하더군요. 혹 들은 사람도 있다고 하나, 저는 신선과는 인연이 적어 아직 그 골짜기에는 들어가보지 못했습니다. 오늘에야 형과 함께 신령한 땅을 밟으며 신선의 자취를 좇겠네요. 옛날 신선과 어울리면서 선녀가 사는 방을 엿볼지도 모르겠군요."

소유가 원래 기이한 것을 좋아해 이 말을 듣고 기뻐 말했다.

"천하에 신선이 없다면 모르되, 신선이 있다면 이 산중에 있을 것 같군요."

막 옷을 툴툴 털고 일어나 가려는데, 갑자기 정십삼랑 집 동자가 땀을 뻘뻘 흘리고 숨을 헐떡이며 와서 말했다.

"아씨의 병이 갑자기 위중해져 바삐 낭군을 청하십니다."

정십삼랑이 서둘러 일어나며 말했다.

"형과 함께 신선 사는 골짜기를 유람하려 했더니, 집안에 급한 일이 생기는군요. 이번 신선 구경은 틀린 듯합니다. 아까 말처럼 제가 신선과 인연이 적음이 다시 밝혀지는군요."

정십삼랑은 급히 돌아갔다.

가춘운과의 만남

소유는 일이 멋쩍게 되었지만 흥은 다하지 않아서, 흐르는 물을 따라 골짜기 안으로 더 들어갔다. 골짜기 물은 얼음물처럼 찼고, 봉우리들은 우뚝우뚝했다. 티끌 한 점 없는 데 오니 가슴이 절로 상쾌했다. 홀로 시냇가를 배회하며 시를 읊조리는데, 붉은 계수나무 잎사귀 하나가 물에 떠내려왔다. 잎사귀 위에는 몇 줄의 글이 있었다. 시동을 시켜 건져 보니 시 한 구절이었다.

신선의 삽살개 구름 밖에서 짖으니	仙尨吠雲外
양랑이 왔나보구나	知是楊郞來

소유가 괴이히 여겼다.
'이 깊은 산에 어찌 사람 사는 곳이 있으랴, 그러니 이 시 또한 사람이 지은 것이 아니리라.'
넝쿨을 붙잡고 절벽을 타고 빠른 속도로 올라갔다. 시동이 말했다.
"날은 저물고 길은 험합니다. 더 가다가는 몸 맡길 곳이 없을 듯합니다. 도성으로 돌아가시지요."
소유는 말을 듣지 않고 칠팔 리를 더 갔다. 얼마 후 초승달이 동쪽 봉우리의 산허리에 걸렸다. 황혼의 그림자를 쫓아 스러지는 빛을 밟으며 숲을 뚫고 시냇물을 철벅철벅 건넜다. 놀란 새와 원숭이 우는 소리만 들렸다. 별은 벌써 산꼭대기 저 멀리 있고, 이슬이 소나무 가지 끝에 맺혔다. 밤이 점점 깊어갔다. 사방에 인가가 없으니 묵을 곳이 없었다. 절이나 암자도 보이지 않았다.
어쩔까 망설이고 있던 차였다. 열 살 남짓의 푸른 옷을 입은 여자아이가 시냇가에서 빨래를 하다가 그들이 오는 것을 보고 놀라 일어나 집으로 돌아가며 외쳤다.

"아씨, 아씨, 낭군이 오셨어요."

소유가 이 말을 듣고 더욱 이상히 여겼다. 수십 걸음을 더 가 산을 돌아들자 길이 막혔다. 그 앞에 작은 정자가 날아갈 듯 시냇가 언덕 위에 붙어 있었다. 깊고 고요한 것이 실로 신선의 거처였다. 한 여자가 노을 속에 달그림자를 드리우며 쓸쓸히 복숭아나무 아래에 서 있다가 소유를 향해 절을 올리며 말했다.

"양랑께선 어찌 이리 늦으셨는지요."

소유가 놀라 여자를 보니, 붉은 비단 두루마기를 입고, 비취옥으로 만든 비녀를 꽂고, 백옥으로 만든 패옥을 허리에 두르고, 봉미선鳳尾扇, 부채을 들고 있었다. 아름다우면서도 맑고 고고하여 분명 속세 사람이 아니었다. 소유가 황망히 답례하고 말했다.

"저는 세속 사람으로 본래 하늘이 정해준 기약이 없거늘 어찌 늦게 왔다 하시는지요?"

여자가 정자 위로 올라가 편히 이야기 나누기를 청했다. 정자로 들어가 주인과 손님이 자리를 잡고는 여자아이를 불러 말했다.

"낭군께서 먼 길을 오셨으니 시장하실 듯하다. 간단히 소찬이나마 지어 올려라."

아이가 명을 받고 물러갔다. 잠시 후 옥돌상이 들어왔는데 진기한 음식이 차려져 있었다. 아이가 벽옥으로 만든 술병을 들어 자하주紫霞酒를 올렸다. 맛은 맑았지만 향은 진했다. 한 잔에 바로 취했다. 소유가 말했다.

"이 산이 궁벽한 곳이긴 하지만 역시 하늘 아래 인간세상이오. 선녀께서는 어찌 동료들이 사는 요지瑤池의 즐거움을 꺼리고 신선세계의 벗들을 사양하며 이런 곳에 사시오?"

미인이 한참 생각하더니 탄식했다.

"옛일을 설명하자니 슬픔만 더할 뿐입니다. 저는 서왕모의 시녀였고 낭군께서는 옥황상제가 거처하는 자미궁의 선관이셨지요. 한번은 상제께서 왕모께 잔치를 베풀어주시어 뭇 신선들이 모두 모였습니다. 우연히 그 자리에서 낭군께서 저를 보고는 제게 신선의 과일을 던지며 즐기셨지요. 그 이유로 낭군께서는 무거운 죄를 입어 인간세상에 환생하셨고, 저는 요행히 가벼운 벌을 받아 이곳에 귀양왔습니다. 낭군께서는 이미 기름진 음식과 인간세상의 화식火食. 불로 익혀 먹는 음식에 가려져 전생의 일을 기억하지 못하세요. 이제 첩은 유배 기한이 다 차 요지로 향할 때가 되었어요. 이에 낭군을 한 번 뵙고 잠시 옛정을 펴고 싶어서, 선관에게 요지로 돌아갈 날을 하루 물려주기를 간절히 청했지요. 낭군이 여기에 오실 줄 알고 기다리고 있었습니다. 낭군께서 이렇게 오셨으니 묵은 인연을 이을 수 있겠군요."

이때 달나라 계수나무 그림자는 스러지려 했고 은하수는 벌써 희미해졌다. 소유가 미인을 침상으로 끌고 들어가니, 유신과 완조가 천태산에 들어가 선녀와 인연을 맺은 옛일과 같았다. 꿈인지 현실인지 분간할 수가 없었다. 깊은 정을 나누려는데 산새가 꽃가지에서 지저귀고 창문으로 동이 터오고 있었다. 미인이 먼저 일어나며 소유에게 말했다.

"오늘은 제가 하늘로 올라가기로 된 날이에요. 선관이 상제의 명령을 받들어 의장을 갖추고 소첩을 맞으러 올 겁니다. 그런데 낭군께서 이곳에 계시다는 사실을 알면 피차 모두 벌을 받게 될 테니 얼른 돌아가십시오. 낭군께서 저를 잊지 않으시면 다시 만날 날이 있을 거예요."

그러고는 비단 수건에 이별시를 지어 소유에게 주었다.

만날 때는 꽃이 활짝 피었더니	相逢花滿天
헤어질 땐 다 떨어져버렸군요	相別花在地
지난봄은 꿈속 일 같은데	春色如夢中

만날 기약은 아득하기만 하네   弱水杳千里

　소유가 시를 보고는 슬픔을 이기지 못해 소맷자락을 찢어 화답시를
적었다.

　　바람이 패옥을 흔드는데   天風吹玉珮
　　흰구름 어디로 흩어지나   白雲何離披
　　무산에는 다시 밤비 내려   巫山他夜雨
　　양왕의 옷을 적시고자 하누나   願濕襄王衣

　미인이 시를 보고 말했다.
　"옥으로 된 나무에 달이 숨어들고, 달나라 궁전에 서리가 흩날리는,
그런 구만리 바깥 세계의 모습을 시원히 그려낸 시는 오직 이뿐이라."
　미인이 소유의 시를 향주머니에 집어넣고는 재삼 재촉하며 말했다.
　"갈 때가 되었습니다. 돌아가시지요."
　소유가 미인의 손을 잡고 눈물을 닦으며 몸을 보중하라고 말하며 작
별했다. 숲 밖으로 나오다가 정자를 돌아보니 수풀이 둘러쳐져 있었고
안개가 자욱했다. 신선의 누각에서 자다가 꿈을 깬 듯했다.

상사병

　소유가 집으로 돌아오니 마음이 산란하여 편치 않았다. 홀로 앉아 생
각했다.
　'선녀가 하늘의 용서를 받아서 돌아갈 날이 되었다고는 했지만 어찌
가는 날이 반드시 오늘이라 할 수 있겠는가? 내 조금 더 산중에 머물면

서 몸을 숨겨 선관들이 선녀를 데리고 가는 모습을 볼걸 그랬다. 그다음 산을 내려왔어도 늦지 않았을 텐데. 어찌 이리 전후도 살피지 않고 조급히 행동했을꼬.'

후회로 안절부절못하며 밤이 새도록 잠을 이루지 못하고, 손가락으로 허공에다 '허허' '허허' 한탄하는 글자만 썼다.

다음날 새벽 시동을 데리고 전날 머물렀던 곳으로 갔다. 복숭아꽃은 활짝 피어 웃는 듯하고 흐르는 물은 여전히 우는 듯한데, 정자는 텅 비어 덩그러니 있고 여인의 향기로운 발자취는 벌써 사라져버렸다. 소유가 낙심하여 정자 난간에 기대어 푸른 하늘에 아롱진 구름을 바라보며 탄식했다.

"선녀가 저 구름을 타고 옥황상제에게 갔구나. 이제 선녀의 그림자조차 볼 수 없으니 이를 어찌하리오."

정자에서 내려와 복숭아나무에 기대어 눈물을 뿌리며 말했다.

"이 꽃은 응당 시인 최호崔護의 한을 알리라. 최호가 복숭아꽃 핀 집에서 한 여인에게 물을 얻어 마신 후, 여인이 그리워 다시 그 집에 갔더니, 문이 굳게 닫혀 있었다고 하지 않았던가."

저녁이 되자 소유는 어쩔 수 없어 낙심하여 돌아왔다.

장여화의 무덤

여러 날 후 정십삼랑이 소유에게 와서 말했다.

"지난번은 집사람의 병으로 부득이 형과 함께 유람하지 못했으니 지금까지도 한입니다. 지금 복숭아꽃과 배꽃은 졌으나 성 밖 넓은 들에 버드나무 그늘이 좋습니다. 반나절 한가로운 틈을 타 다시 한바탕 놀며 나비와 꾀꼬리의 춤과 노래를 즐기고자 합니다."

"무성한 나무 그늘이 활짝 핀 꽃보다 낫겠지요."

두 사람이 함께 말고삐를 쥐고 서둘러 성문을 나가 먼 들로 갔다. 수풀이 무성한 곳에 이르러 풀을 깔고 앉아서 술을 마셨다. 그런데 자리 옆의 깎아지른 듯한 언덕 위에 황량한 무덤이 하나 있었다. 무덤 주위는 쑥대밭이었고, 무덤은 잔디가 다 벗겨져 잡초만 무성했다. 울창한 나무 숲이 무덤 위에 그늘을 드리우고 있었고, 꽃나무 몇 그루가 황량한 무덤과 어지러운 수풀 사이에 피어 있었다. 소유가 취흥을 이기지 못하고 손가락으로 무덤을 가리키며 탄식했다.

"현명한 사람이나 어리석은 사람이나, 존귀한 사람이나 미천한 사람이나 백 년 후에는 모두 무덤의 흙이 될 뿐이오. 옹문주雍門周가 거문고 하나로 권세가인 맹상군孟嘗君을 눈물짓게 한 것도, 아무리 귀한 사람이라도 죽음의 허망함을 피할 수 없음을 알려주었기 때문이지요. 죽음은 누구도 피할 수 없으니 내 어찌 살아생전에 술 마시며 즐기지 않겠습니까?"

"형은 저 무덤의 주인을 모르시겠지요? 바로 장여랑張女娘의 무덤입니다. 여랑은 예쁘기로 이름이 높아 사람들이 그를 장여화張麗華, 여화는 예쁜 꽃이라는 뜻라 불렀지요. 그런데 스무 살 이른 나이에 죽고 말았습니다. 후인들이 그의 짧은 삶을 슬퍼하여 무덤 앞에 꽃을 심었지요. 이로써 이곳이 여랑의 무덤임을 나타냈습니다. 우리도 무덤에 한 잔 술을 뿌려 여랑의 영혼을 위로하는 것이 어떻겠습니까?"

소유는 본래 다정한 사람이라, 정십삼랑의 말에 동의했다.

"형의 말이 옳습니다."

정십삼랑과 함께 무덤에 술을 뿌리고 각기 시 한 수를 지어 외로운 영혼을 조문했다. 소유의 시는 이렇다.

아름다움이 나라까지 위태롭게 하더니　　　　　美色曾傾國
꽃다운 영혼 벌써 하늘로 올라갔네　　　　　芳魂已上天

그 음악은 산새가 배워 울고	管絃山鳥學
고운 옷은 들꽃에 남아 있네	羅綺野花傳
옛 무덤엔 봄풀만 남았고	古墓空春草
빈 누각엔 저녁연기 피어오르네	虛樓自暮烟
장안을 울린 옛 명성	秦川舊聲價
오늘 누구 곁에 있나	今日屬誰邊

정십삼랑의 시는 이렇다.

묻노라, 그 옛날 번화한 곳	問昔繁華地
어느 집이 요조숙녀의 집인가	誰家窈窕娘
황량한 명기 소소의 집인가	荒凉蘇小宅
적막한 명기 설도의 집인가	寂寞薛濤庄
무덤 풀은 비단치마 같고	草帶羅裙色
꽃에는 미인 얼굴 남아 있네	花留寶靨香
꽃다운 영혼은 불러도 대답 없고	芳魂招不得
오직 저물녘 갈까마귀만 나네	惟有暮鴉翔

두 사람이 서로 돌려 읊조리고 다시 술 한 잔을 뿌렸다. 정십삼랑이 무덤 주위를 둘러보다가 봉분 한쪽 무너진 곳에서 시 한 수가 적힌 흰 비단을 주웠다. 시를 읊으며 말했다.

"어떤 일 벌이기 좋아하는 사람이 이런 시를 지어 여랑의 무덤에 넣었을까?"

소유가 시를 보니 자신이 옷을 찢어 선녀에게 준 것이었다. 몹시 놀랐다.

'수일 전 만난 미인이 바로 장여랑이구나.'

놀라서 식은땀이 흐르고 머리카락이 곤두섰다. 마음을 진정할 수 없었다. 마침내 깨달았다.

'그 아름다움과 두터운 정이 이와 같을진대, 선녀나 귀신이나 모두 하늘이 주신 인연이니, 굳이 선녀와 귀신을 나누어야 할까?'

정십삼랑이 이리저리 왔다갔다하는 틈을 타 다시 한 잔 술을 무덤 위에 뿌리고 묵도했다.

'이승과 저승이 현격히 다르지만 정의情義는 갈리지 않았으니, 꽃다운 영혼이시여, 내 지극한 정성을 살피시어 오늘밤 다시 인연을 잇게 하소서.'

기도를 마치고 정십삼랑과 집으로 돌아왔다.

귀신 가춘운

소유는 이날 밤 혼자 침소에 들어 자리에 비스듬히 앉아 있었다. 미인이 그리워 잠을 이룰 수 없었다. 달빛이 주렴으로 들어오고 나무 그림자가 창에 가득했다. 사방에 아무 움직임도 느낄 수 없었고 사람 소리 하나 없었다. 홀연 발소리가 나는 듯하더니 어둠 속에서 무엇인가 다가왔다. 소유가 문을 열고 보니 자각봉에서 만난 선녀였다. 깜짝 놀라 기뻐 문간으로 뛰어나가서 옥수玉手를 이끌고 방으로 들어가려고 하니 미인이 사양하며 말했다.

"낭군께서는 이미 첩의 근본을 아시면서도 꺼리는 마음이 없으신지요? 첩이 낭군을 처음 만났을 때 속이려 한 것은 아닙니다만, 놀라실까 선녀라고 하면서 외람되이 하룻밤을 모셨습니다. 이미 영화로움이 지극하고 정이 깊으니, 몸을 잃은 영혼에 다시 몸이 붙고 썩은 뼈에 다시 살이 붙는 듯합니다. 오늘 낭군께서 미천한 첩의 무덤에 오시어 술을 뿌리고 시를 지어 외로운 영혼을 위로하시니, 첩이 그 은혜와 사랑에 감격하여 부족한 정성이나마 드리고자 왔습니다. 제 어찌 감히 저승의 영혼으로 낭군의 몸에 가까이할 수 있겠습니까?"

소유가 다시 미인의 소매를 잡아끌며 말했다.

"세상에 귀신을 미워하는 자는 우매하고 겁이 많고 나약한 사람이라. 사람이 죽으면 귀신이 되고, 귀신이 변하면 사람이 되니, 사람이 귀신을 두려워함은 어리석기 때문이며, 귀신이 사람을 피함 역시 귀신이 어리석기 때문이라. 사람과 귀신은 본래 하나이니, 어찌 구태여 사람과 귀신, 이승과 저승을 나누리오? 내 마음과 의견이 이와 같은데, 그대는 어찌 나를 저버리려 하시오?"

"첩이 어찌 감히 낭군의 은혜를 저버리며, 또 어찌 낭군의 정을 잊겠습니까? 낭군께서는 첩의 눈썹이 푸르고 뺨이 붉다고 여기시어 아름답다고 아끼십니다만, 이는 모두 가짜입니다. 이는 산 사람을 만나고 싶어서 꾀를 써서 꾸민 데 지나지 않습니다. 첩의 진면목은 백골 조각조각에 푸른 이끼가 엉기어 있는 것일 뿐입니다. 낭군께서는 어찌 이리 누추한 것에다 귀한 몸을 가까이하려 하십니까?"

"부처가 이런 말을 했소. 사람의 몸은 물거품과 바람에 날린 꽃잎으로 만들어진 것이라. 그러니 어떤 것이 진짜인 줄 알며, 어떤 것이 가짜인 줄 알겠소."

소유가 미인을 끌고 잠자리로 가서 편안히 밤을 보내니 둘 사이의 정이 전보다 배는 더 두터워졌다. 소유가 미인에게 말했다.

"오늘부터 밤마다 다시 만나리니 조금도 주저하지 마시오."

"사람과 귀신은 각자 길이 다르나, 지극한 정으로 만나면 감응하게 됩니다. 낭군께서 첩을 지극히 사랑하시니, 첩이 어찌 낭군께 의탁하고자 하는 마음이 적겠습니까?"

이윽고 새벽 종소리가 들리자, 미인은 일어나 온갖 꽃이 피어 있는 깊은 곳을 향해 갔다. 소유는 난간에 기대 미인을 보내면서 다시 밤을 기약했지만, 미인은 아무 답도 하지 않고 멀리 사라져버렸다.

제6회
춘운, 선녀가 되고 귀신이 되고,
경홍, 여자가 되고 남자가 되다

관상쟁이

소유는 선녀를 만난 이후 친구도 찾지 않고, 손님도 맞지 않으며, 고요히 자기 처소에 머물러 지내면서 오직 한곳에만 마음을 쏟았다. 밤이면 선녀가 오기를 기다리고, 해가 뜨면 밤이 오기만 기다렸다. 오직 선녀가 감격하기만 바랐으나, 선녀는 자주 오지 않았다. 소유의 그리움은 깊어지고 바람은 더욱 간절해졌다. 오랜 후 하루는 두 사람이 소유가 머무는 곳으로 왔다. 앞선 이는 정십삼랑이고, 뒤따른 이는 낯선 사람이었다. 정십삼랑이 뒤따른 이를 이끌어 소유에게 소개했다.

"이 사부는 태극궁 두진인^{杜眞人, 진인은 곧 도사}이십니다. 술법이 관상가 원천강이나 점술가 이순풍과 짝할 만합니다. 형의 관상을 보게 하려고 모셨습니다."

소유가 진인을 향해 인사했다.

"존명^{尊名}을 사모하고 우러른 지 오래나 한 번도 뵙지 못했으니 이처럼 만나는 것 또한 운명이겠지요? 선생께서는 정생의 얼굴도 보셨을 텐데 어떤지요?"

정십삼랑이 먼저 대답했다.

"선생께서 제 관상을 보고 칭찬하시기를, '삼 년 내에 급제하여 여러 주를 다스릴 자사刺史가 될 것이라' 했지요. 저는 이 정도면 족합니다. 진인의 말씀은 반드시 적중하니 형께서도 시험 삼아 물어보시지요."

소유가 말했다.

"군자는 복은 묻지 않고 다만 재앙을 물을 뿐이라 했으니, 선생께서는 직언해주시기 바랍니다."

진인이 자세히 보고 말했다.

"양한림께선 눈썹이 수려하고 봉황의 눈처럼 눈꼬리가 길게 찢어져 귀밑까지 이르니 귀인의 상이라, 지위가 가히 정승에 이를 것이라. 또 귓불은 분을 바른 듯 희고 구슬처럼 둥그니, 명성이 천하에 자자할 것이라. 또 광대뼈가 우람하니 반드시 병권을 잡을 것이라. 그 위세가 사해를 눌러 제후의 큰 상급을 받을 것이라. 백에 한 가지 흠도 없습니다. 다만 오늘 눈앞에 횡액이 있습니다. 오늘 저를 만나지 못했다면 큰일 날 뻔했습니다."

"무릇 사람의 길흉화복은 모두 자기 자신에게서 비롯되지요. 하지만 질병은 누구도 면할 수 없지요. 내게 무슨 큰 병의 조짐이라도 있다는 말입니까?"

"예삿일이 아닙니다. 푸른빛이 이마에 서렸고, 부정한 기운이 얼굴을 침범했습니다. 상공 집에 혹 내력이 분명치 않은 노비가 있는지요?"

소유가 마음속으로 장여랑의 영혼 때문인 줄 아나, 사랑에 눈이 멀어 전혀 놀랍지 않은 듯 두려워하지 않는 듯 대답했다.

"그런 것 없소."

"그러면 혹 옛날 무덤을 지나가다가 마음속에 무슨 상처를 받은 것이 있는지요? 아니면 귀신과 꿈속에서 만난 적이 있는지요?"

"그런 일 없소."

정십삼랑이 말했다.

"두선생은 일찍이 한 가지 말도 틀린 일이 없었습니다. 양형, 잘 생각해보시지요."

소유가 아무 대답도 하지 않으니 진인이 말했다.

"사람은 양기陽氣로 몸을 보호하고, 귀신은 음기로 그 기운을 이루지요. 마치 밤과 낮이 다르고, 물과 불이 섞이지 못하는 것과 같습니다. 지금 여자 귀신의 사악하고 더러운 기운이 상공을 감싸고 있습니다. 수일후 그 기운이 필시 골수에 침입하리니, 상공이 목숨을 잃을까 걱정입니다. 그때 가서 제가 일찍이 말하지 않았다고 탓하지 마소서."

소유가 속으로 생각했다.

'진인의 말이 근거가 있으나, 여랑과 내가 영원히 잘 지내자고 한 맹세가 굳다. 또 여랑이 날 아끼는 정이 지극하니, 어찌 나를 해하겠는가? 초나라 양왕은 선녀를 만나 함께 잤고, 노충盧充은 처녀귀신을 만나 아들까지 낳았다. 옛날에도 이런 일이 있었으니 내 어찌 홀로 염려하랴.'

소유가 진인에게 말했다.

"사람이 죽을지 살지, 오래 살지 일찍 죽을지는 모두 태어날 때 정해지지요. 내 정녕 장수와 재상이 되어 부귀할 상을 타고났다면, 귀신이 설마 어찌하겠습니까?"

"일찍 죽거나 오래 살거나 모두 상공 일이니, 내 관여할 바 아니지요."

진인이 소매를 떨치고 가버렸다. 소유 역시 억지로 붙들지 않았다. 정십삼랑이 소유를 위로했다.

"형은 실로 복 많은 사람이니, 반드시 신명이 도울 것입니다. 어찌 귀신을 염려하리오. 이런 자들이 왕왕 허탄한 말로 사람을 흔들어놓으니 가증스럽군요."

이에 둘이 술을 마셨는데 크게 취한 다음 밤늦게야 헤어졌다.

귀신과의 이별

이날 소유가 한밤에 술에서 깨어, 향을 피우고 조용히 앉아 여랑이 오기를 기다렸다. 그런데 밤이 깊었는데도 아무런 낌새가 없었다. 소유가 책상을 치며 말했다.

"하늘은 밝아오는데, 여랑은 오지 않는구나."

소유가 촛불을 끄고 자려 하는데 창밖에서 흐느끼는 소리가 들렸다. 잘 들어보니 여랑이었다.

"낭군이 요사한 도사의 부적을 머리에 감추시어, 첩이 가까이 갈 수가 없습니다. 첩은 이것이 낭군의 뜻이 아니라는 것을 알지만, 이 또한 우리 인연이 다했음을 보인 것입니다. 마귀의 장난이지요. 낭군께서는 몸을 보중하소서. 첩은 오늘로 영결하겠나이다."

소유가 크게 놀라 일어나 문을 열고 보니, 아무도 보이지 않고 계단 위에 편지 한 통이 놓여 있었다. 열어보니 여랑이 지은 시였다.

접때 아름다운 인연 찾아 노을 밟아 오시고　　　　昔訪佳期躡彩雲
다시 거친 무덤에 맑은 술 부으셨네　　　　　　更將淸酌酹荒墳
내 마음 다 드리지 못했는데 정이 이미 끊어지니　　深誠未效恩先絕
낭군은 원망치 않으나 정십삼랑을 원망하네　　　　不怨郎君怨鄭君

소유가 한 번 읊조린 다음 탄식하면서 머리를 만져보니 묶은 머리 속에 무엇인가 들어 있었다. 꺼내어 보니 귀신을 쫓는 부적이었다. 화가 나서 말했다.

"요사스런 놈이 내 일을 그르쳤구나."

부적은 찢었으나 원망과 분노는 더욱 깊어졌다. 다시 여랑의 시를 들고 조용히 한 번 읊조리고는 크게 깨달아 말했다.

"여랑이 십삼랑을 원망하는 것을 보니 이 모두가 그가 한 일이구나. 비록 악의는 아니겠지만 좋은 인연을 방해한 것은 도사의 요술이 아니라 그의 소행이다. 내 꼭 혼내주리라."

소유는 여랑이 지은 시의 운율을 따라 시를 한 수 지어 자기 주머니에 넣으며 말했다.

"시는 지었다만 누구에게 줄꼬?"

시원스레 바람 받아 하늘로 올라가니　　　　　冷然風馭上神雲
꽃다운 혼 외론 무덤에 머물렀다 말하지 마라　莫道芳魂寄孤墳
화원의 온갖 꽃 달빛을 받으니　　　　　　　　園裡百花花底月
어디에선들 그대를 생각지 않으리　　　　　　故人何處不思君

날이 밝자 정십삼랑의 집으로 갔으나 정십삼랑은 나가고 없었다. 사흘을 찾아갔으나 끝내 만나지 못했다. 여랑의 여운과 그림자는 더욱 아득해졌다. 자각봉으로 찾아가려 해도 영혼이 이미 날아갔고, 남쪽 교외의 무덤을 찾고자 해도 얼굴을 대할 수 없었다. 물어볼 곳도 없고 해볼 만한 방법도 없었다. 답답하고 우울하여 밥도 먹을 수 없고 잠도 잘 수 없었다.

웃음거리 양소유

하루는 정사도 부부가 술상을 차려놓고 소유를 초대하여 정담을 나누었다. 사도가 말했다.

"근래 양랑의 안색이 어찌 이리 초췌한가?"

"십삼랑 형과 연일 과음하였더니 이 때문인 듯합니다."

갑자기 정십삼랑이 들어왔다. 소유가 성난 눈으로 정십삼랑을 노려보고는 말을 나누지 않았다. 정십삼랑이 먼저 물었다.

"형은 요즘 바쁘십니까? 심회가 좋지 않으신가요? 어머니가 그리워 그러시나요? 술을 많이 마셔 병이 나셨나요? 어찌 이리 초췌하고 쓸쓸해 보입니까?"

소유가 나지막한 소리로 대답했다.

"객지를 떠도는 자가 어찌 그렇지 않겠습니까?"

사도가 말했다.

"집안 종들이 '양랑이 어떤 미녀와 처소에서 이야기를 나누더라' 하던데, 이 말이 맞는가?"

"제 처소가 궁벽한데 누가 오겠습니까? 전한 자가 잘못 안 것입니다."

정십삼랑이 말했다.

"양형처럼 넓은 도량을 가진 사람이 어찌 아녀자처럼 수줍은 태도를 보이십니까? 형이 비록 큰소리로 두진인을 물리쳤으나, 형의 기색을 보니 숨길 수가 없었습니다. 내 형이 귀신에 혹하여 장차 큰 화를 입을 듯하기에, 몰래 두진인이 만든 부적을 머리 속에 숨겨두었지요. 그래도 형은 취해서 모르시더군요. 그날 밤 형의 처소 화원 수풀 속에 몸을 숨기고 엿보니, 어떤 여자 귀신이 형의 침실 밖에서 울며 인사하더니 바로 담장을 넘어 가버렸지요. 진인의 말이 옳았던 겁니다. 저는 형을 위해 정성을 다했는데 사례는커녕 노기를 보이시니 도대체 왜 이러시는 겁니까?"

소유가 더 피할 수 없음을 알고 사도에게 말했다.

"소서小婿, 사위가 자신을 낮추어 이르는 말의 일은 괴이하고 놀라우나, 마땅히 악장岳丈, 장인께 모두 말씀드리겠습니다."

소유가 일의 전말을 말한 다음 덧붙였다.

"소서는 십삼랑 형이 정말 저를 사랑한다는 것을 압니다. 또 장여랑은 '귀신은 씩씩하여 속이지 않으며, 올바르고 사악하지 않으니, 결코 사람에게 화를 끼치지 않습니다'라고 말하기도 했습니다. 또 제 아무리 기력이 떨어졌다 해도 사내대장부라, 귀신에게 혹하지는 않을 것입니다. 그런데도 십삼랑 형이 나쁜 부적으로 여랑이 오는 길을 끊어버리니, 어찌 불편한 마음이 없겠습니까?"

사도가 손뼉을 치고 크게 웃으며 말했다.

"양랑의 문학적 재주와 풍류가 송옥宋玉과 같으니, 반드시 「신녀부神女賦」를 지었을 것이다. 노부老夫가 양랑에게 농담을 하는 것이 아니라, 내 소싯적에 우연히 이인을 만나, 한나라 무제 때 술사 소옹의 귀신 부르는 술법을 배웠네. 지금 현서賢壻, 사위를 높여 이르는 말를 위해 장여랑의 영혼을 부르리니, 여랑이 오거든 조카의 죄를 용서하고 현서는 마음을 풀게."

"악장께서 소서를 놀리십니까? 소옹이 비록 한나라 무제의 사랑하는 후궁 이부인의 영혼을 불렀다 하나, 이 술법은 잃어버린 지 오래입니다. 소서는 믿지 못하겠습니다."

정십삼랑이 말했다.

"장여랑의 영혼을 양형은 한마디 말도 하지 않고 불렀고, 소제는 부적 하나로 쫓았습니다. 이로 보면 장여랑은 부릴 수 있는 귀신입니다. 형이 어찌 의심을 하시는지요?"

사도가 먼지떨이로 병풍을 치며 불렀다.

"장여랑, 어디 있느냐?"

갑자기 한 여자가 병풍 뒤에서 나왔다. 여자는 웃음과 교태를 머금고 최부인 뒤에 섰다. 소유가 눈을 들어 보니 장여랑이었다. 눈이 어질했다. 영문을 알지 못해 사도와 정십삼랑을 보고 물었다.

"사람입니까? 귀신입니까? 귀신이면 어찌 백주대낮에 나타날 수 있습니까?”

정사도와 최부인은 이를 드러내고 웃었고, 정십삼랑은 배를 움켜쥐고 껄껄 웃으며 쓰러져서 일어나지 못했다. 좌우의 여종들 역시 허리를 꺾으며 웃었다. 사도가 말했다.

“노부가 현서를 위해 진실을 말하리라. 이 아이는 귀신도 아니요, 신선도 아니요, 우리 집에서 데리고 있는 가씨 딸로 이름은 춘운이라네. 근래 현서가 처소에 홀로 있으면서 고달픈 상황이기에 노부가 춘운을 보내 모시게 했지. 객지 생활의 무료함을 달래주려는 것이네. 춘운을 보낸 것은 우리 부부의 호의에서 나온 것인데, 중간에서 젊은 사람들이 심하게 장난을 하는 바람에 현서가 무척이나 걱정을 했군. 우스운 일이 되어버렸어.”

정십삼랑이 웃음을 그치고 말했다.

“앞뒤 두 번의 상봉은 모두 내가 알선한 것이지요. 그런데 양형은 중매한 은혜는 고마워하지 않고 도리어 나를 원수로 여기니 배은망덕하다고 할 수 있겠습니다.”

소유가 크게 웃으며 말했다.

“악장께서 이미 이 여자를 소제에게 보내셨고, 형은 중간에서 장난쳤을 뿐인데 상 받을 만한 공이 뭐가 있겠습니까?”

“조롱의 책임은 내 실로 달게 받을 것이나, 일을 조종한 사람이 따로 있으니 어찌 소제만의 죄가 되겠습니까?”

소유가 사도에게 웃으면서 말했다.

“혹시 악장께서 꾸미신 일인가요?”

“아닐세. 이 늙은이는 이미 머리털까지 세었는데 아이들 장난을 하겠나. 잘못 생각했네.”

소유가 정십삼랑을 돌아보고 말했다.

“형이 아니면 누가 이런 장난을 만들었단 말인가요?”

"성인 말씀에 '네게서 나간 것은 네게로 돌아온다' 했으니, 잘 생각해 보시지요. 일찍이 어떤 사람을 속였는지. 남자가 여자가 되기도 했는데, 사람이 선녀가 되고, 또 선녀가 귀신이 된 것이 어찌 괴이하다 하겠습니까?"

소유가 크게 깨닫고 사도를 향해 웃으며 말했다.

"옳지, 옳지. 소서가 이전에 소저에게 지은 죄가 있습니다. 소저는 눈한 번 흘길 정도의 작은 원망조차도 결코 잊지 않는군요."

사도 부부는 웃기만 할 뿐 대답을 하지 않았다. 소유가 춘운을 돌아보고 말했다.

"춘운아, 너 참 똑똑하구나. 남자를 섬기고자 하면서 먼저 그를 속이는 것이 여자의 도리에 맞겠느냐?"

춘운이 무릎을 꿇으며 말했다.

"군대에서는 장군의 명령만 듣지 임금의 명령이라 해도 듣지 않는다고 하지요. 천첩은 단지 장군의 명령을 들었을 뿐입니다."

소유가 탄식하며 말했다.

"옛날 어떤 선녀는 아침에는 구름이 되고 저녁에는 비가 되겠다고 했는데, 지금 춘운은 아침에는 선녀가 되고 저녁에는 귀신이 되었구나. 구름과 비가 다르지만 결국 한 명의 선녀였듯이, 선녀에서 귀신으로 바뀌었지만 결국 춘운 한 사람이구나. 선녀를 만난 양왕이야 오직 한 명의 선녀를 알 뿐이니, 선녀가 구름과 비로 변하는 것에 어찌 간여했겠는가. 지금 나도 춘운 한 사람을 알 뿐이니, 그가 선녀에서 귀신으로 변한 것은 따질 필요도 없다. 그러나 양왕은 구름을 보고 구름이 아니라 선녀라 했고, 비를 보고 비가 아니라 선녀라 했는데, 나는 선녀를 만나 춘운이라 하지 않고 선녀라고 했으며, 또 귀신을 만나서도 춘운이라 하지 않고 귀신이라 했으니, 이 점에서는 양왕의 발끝도 쫓아갈 수 없구나. 춘운은 양왕이 만난 선녀보다도 변화무쌍이로다. 내 듣자니 강장強將 밑에 약졸

^{弱卒}이 없다더니, 참모가 이와 같다면 대장은 보지 않아도 알겠다."

좌중이 크게 웃었다. 다시 술상이 나와 밤늦도록 마셨고 대취했다. 춘운 또한 새댁으로 말석에 있었는데, 밤이 늦자 춘운이 촛불을 잡고 소유를 처소로 모셔갔다. 소유가 취해 춘운의 손을 잡고 놀리며 말했다.

"너 정말 선녀냐? 귀신이냐?"

가까이 가서 쳐다보며 말했다.

"선녀도 귀신도 아니고 사람이구나. 내가 선녀로도 사랑했고, 귀신으로도 사랑했으니, 하물며 인간이랴."

소유가 또 말했다.

"너는 선녀도 귀신도 아니니, 누가 널 선녀로 또 귀신으로 만들었느냐. 세상에는 정말 선녀가 되고 귀신이 되는 술법이 다 있구나. 그러나 이제 내가 속세 사람이라 하여 상종하길 원하지 않느냐? 내 처소가 이승이라 해서 찾아오지 않느냐? 다른 사람들은 널 선녀로도 귀신으로도 만들었는데, 나라고 널 바꾸지 못하랴? 내 네가 선녀가 되기를 바라면 달나라의 항아^{姮娥}로 만들 것이고, 귀신이 되기를 바란다면 남악의 진진 ^{眞眞, 그림 속에 있었다는 선녀}으로 만들 것이라."

"제 분에 넘는 행동으로 상공을 속인 죄 큽니다. 용서해주소서."

"나는 네가 귀신으로 있을 때도 꺼리지 않았다. 그러니 이제 와서 잘못을 추궁하는 마음이 어이 있으랴?"

춘운이 일어서서 감사의 뜻을 표했다.

반란

소유가 과거에 급제한 후 바로 한림원에 들어가 직무에 얽매이니, 고향으로 돌아가 어머니를 뵙지 못했다. 휴가를 받아 고향에 돌아가 어머니를 뵙고 인사를 올린 다음 서울로 모시고 와 혼례를 치르려 했으나 그러지 못했다. 이때 나라에 일이 많아, 티베트가 자주 국경을 침략했고, 하북 지역의 세 절도사가 스스로 연왕, 조왕, 위왕이라고 칭하면서, 이웃의 강대국과 동맹을 맺어 난리를 일으켰다. 임금이 조정 신하들에게 널리 방책을 물어 군대로 토벌하려 했으나, 신하들의 의견이 일치하지 않고 모두 임시방편 또는 구차한 계책만 말할 뿐이었다. 한림 양소유가 대열에서 나와 아뢰었다.

"한나라 무제가 남월의 임금을 제압한 옛일에 따라, 얼른 조서를 내리소서. 복종하면 복이 올 것이요, 저항하면 화를 입음을 알리소서. 끝내 명령을 따르지 않으면 무력으로 항복시키소서."

임금이 그 의견을 좇아 소유에게 면전에서 조서를 지으라 하니, 소유가 엎드려 명을 받들었다. 소유가 붓을 휘갈겨 조서를 지어 올리니 임금이 크게 기뻐하며 말했다.

"글이 법도가 있고 엄정하구나. 적도들에게 은덕과 위엄을 함께 보여주고 있으며, 조서의 격식도 잘 갖추었구나. 그놈들이 이 글을 보면 반드시 항복하리라."

즉시 세 나라에 조서를 내리니, 조나라와 위나라는 즉시 왕의 칭호를 없애고 명령에 복종했으며, 표문을 올려 자기들에게 벌을 줄 것을 청했다. 그리고 사신을 보내 말 일만 필과 비단 일천 필을 공물로 바쳤다. 그런데 오직 연왕만은 자기 땅이 중앙에서 멀고, 또 군대가 강함을 믿고 복종하려 들지 않았다.

임금이 두 나라가 복종한 것이 모두 소유의 공이라고 하면서 상을 주며 말했다.

"하북 지역 세 곳이 중국의 한 모퉁이에 있으면서 순순히 복종하지 않고 난리를 일으킨 것이 거의 백여 년이다. 우리 선조 덕종 임금께서 십만 병사를 일으켜 그들을 정벌하게 했으나 끝내 굴복시키지 못했는데, 오늘 양소유가 불과 한 자 길이의 글로 두 곳을 복종시켰다. 한 무리의 군사도 동원하지 않고 한 사람도 죽이지 않고, 임금의 위엄을 만 리 밖까지 떨쳤다. 내 이를 가상히 여겨 비단 삼천 필과 말 오십 필을 내린다.”

임금이 소유의 벼슬을 올리려 하니, 소유가 사양했다.

“임금께서 하실 말씀을 문서로 작성하는 것이 신의 일이옵니다. 그리고 두 곳이 복종한 것은 임금의 위엄 때문입니다. 제가 무슨 공로로 외람되이 큰 상을 받겠습니까? 더욱이 한 곳은 아직도 임금의 덕스런 정치를 어지럽히고 멋대로 날뛰고 있습니다. 신이 칼과 창으로써 국가의 수치를 씻지 못하는 것을 한스럽게 여기는데, 벼슬까지 올려주신다면 마음이 어찌 편하겠습니까? 신하가 충성을 다하는 것은 직위의 높낮이와 무관하며, 전쟁의 승패는 군사의 많고 적음에만 달려 있지 않습니다. 신에게 약간의 군사를 주신다면, 임금의 위엄에 기대어 연나라 놈들과 목숨을 걸고 싸우겠습니다. 그리하여 임금의 은혜를 만분지일이라도 갚고자 합니다.”

임금이 그 뜻을 장하게 여기고, 대신들에게 물으니 모두 말했다.

“세 곳이 이와 잇몸의 관계였는데, 두 곳이 이미 굴복했으니, 저 보잘것없는 연나라 도적들은 솥 안의 물고기요, 구멍 안에 든 개미입니다. 군대를 보내시면 썩은 나무를 꺾듯이 쉽게 정벌할 수 있을 것입니다. 다만 임금의 군사 운용은 계책을 먼저 쓰고 정벌은 뒤에 하는 법이니, 먼저 양소유를 보내 무엇이 득이 되고 무엇이 손해가 되는지 깨우치고, 그래도 불복하거든 군대를 보내는 것이 좋겠습니다.”

임금이 동의하여 소유를 사신으로 보내 그들을 타이르도록 했다. 소유가 임금의 조서와 부월鈇鉞을 받고 떠나려 할 때, 정사도에게도 절하고 이별을 고했다. 사도가 말했다.

“변방의 여러 지역이 감히 조정의 명령을 받들지 않은 것은 하루아침의 일이 아니라. 양랑이 일개 서생으로 앞을 내다볼 수 없는 위험한 땅에 들어간다 하니, 아무 도움도 받을 수 없는 곳에서 뜻밖의 변고라도 당한다면, 그것이 어찌 이 늙은이의 불행에 그치겠나? 내 늙고 병들어 조정의 논의에 참여하지는 못했지만, 한번 글을 올려 파견을 막아보겠네."

소유가 말을 막으며 말했다.

"악장께서는 너무 염려 마십시오. 그놈들은 조정이 소란스러운 틈을 타 잠깐 날뛴 것에 불과합니다. 지금 임금께서는 국정이나 군사 운용이나 모두 뛰어나십니다. 조나라와 위나라 두 곳은 이미 항복했고, 다만 작고 약한 연나라만 남았을 뿐입니다. 이제 연나라 홀로 무엇을 하겠습니까?"

"임금의 명령이 이미 내려졌고 그대의 뜻도 정해졌으니 이 늙은이가 다시 다른 말은 하지 않겠네. 오직 밥 잘 먹고 잘 지내라는 말밖에."

최부인이 눈물을 흘리며 작별했다.

"어진 사위를 얻은 후 이 늙은이 마음이 자못 위안이 되었는데, 자네가 이제 멀리 가니 내 마음이 어떻겠나? 나랏일로 가는 것이니, 서둘러 가게. 어서 돌아오기만 바라네."

소유가 거처로 돌아와 길 떠날 차비를 하고 나오니 춘운이 옷자락을 잡고 울며 말했다.

"상공께서 한림원으로 출근하실 때, 천첩이 일찍 일어나 잠자리를 개고 옷 입는 것을 도와드리면, 상공께서는 늘 정이 넘치는 눈으로 첩을 돌아보시며 잠시도 떼놓지 못할 듯하시더니, 지금 만리 밖의 이별을 당하여 어찌 한마디 말씀도 없으십니까?"

소유가 크게 웃으며 말했다.

"대장부가 중대한 나랏일을 맡으면 생사도 돌아보지 않는 법인데, 자잘한 사사로운 일까지 어찌 논하리오? 그대 부질없이 슬퍼하여 꽃 같은 얼굴을 상하게 하지 말고, 소저를 모시며 평안히 잘 지내게. 내 일을 잘

끝낸 다음에 허리에 한 말 크기의 큼지막한 금인金印을 차고 당당히 돌아오리니."

낙양으로

소유는 바로 문밖으로 나와 수레를 타고 길을 떠났다. 어느새 낙양에 이르니 옛날 지나간 자취가 그대로 있었다. 그때는 열여섯 살 한미한 서생이라, 베옷 입고 절뚝발이 나귀를 타고 초라한 몰골로 지쳐 올라오는 모습이 마치 소진蘇秦이 합종책을 이루기 위해 열 번씩이나 제후들을 찾아다니며 설득하던 것과 비슷했다. 그런데 겨우 일 년이 흘렀을 뿐인데 사신의 깃발을 앞세우고 네 마리 말이 끄는 큰 수레를 타고 낙양을 지나가게 되었다. 낙양 현령이 분주히 행차 길을 정리했고 하남 부윤이 몸을 낮추어 인도했다. 행차가 어찌나 번쩍번쩍 빛나던지 소문이 여러 고을에 쫙 퍼져, 지나가는 마을마다 사람들이 고개를 빼고 구경을 했고 행로마다 감탄하니 실로 장관이었다.

소유가 낙양에 오기 앞서 하인을 보내 섬월의 소식을 알아보게 했는데, 섬월의 집에 가니 안채로 들어가는 문은 굳게 잠겨 있고 누각도 마찬가지였다. 오직 앵두꽃만 담장 밖에 흐드러지게 피어 있었다. 이웃 사람에게 물어보니 이렇게 답했다.

"섬월이 작년 봄에 먼 곳에서 온 어떤 상공과 하룻밤 인연을 맺었는데, 그후로 병이 있다며 손님을 사절하고 관가 잔치에도 사정이 있다며 가지 않았소. 그 얼마 후 미친 체하며 진주와 비취 등 장신구를 모두 떼고 도사道士의 옷을 입고는 산수를 유람한다며 나갔는데 아직 돌아오지 않았소. 어느 산에 있는지는 모르오."

하인이 이런 사정을 보고하니 소유는 기쁜 마음이 꺾여 마치 깊은 구덩이로 떨어진 것 같았다. 섬월의 집을 지날 때 문과 담장을 어루만지며 슬퍼했다. 밤에 객관에 들어가 자려 해도 눈이 감기지 않았다. 부윤이 기생 십여 인을 올려 소유를 기쁘게 하고자 했다. 이들은 모두 당대의 이름난 미인들로, 아름다운 옷을 입고 환하게 화장을 하고 세 겹으로 둘러앉았다. 이들 중에는 이전에 천진교 누각에 있었던 기생도 여럿이었다. 기생들은 아리따움과 교태로 소유의 눈길을 한 번이라도 받아 보려고 다투었지만, 소유는 도무지 끌리지가 않아서 한 여자도 가까이하지 않았다. 이튿날 새벽에 길을 나서면서 시 한 수를 지어 벽에 붙였다.

비 오는 천진교 버들빛 새롭지만	雨過天津柳色新
풍광은 작년 봄과 꼭 같구나	風光宛似去年春
서글프다, 사신 되어 돌아와도	可憐玉節歸來地
그때 술 권하던 이는 보이지 않네	不見當壚勸酒人

쓰기를 마치고는 붓을 던지고 수레에 올라타 길을 떠났다. 기생들은 우두커니 그 떠나가는 모습을 보며 부끄러워 얼굴을 붉힐 뿐이었다. 기생들이 다투어 소유의 시를 베껴 부윤에게 바치자 부윤이 기생들을 꾸짖었다.

"너희가 만일 양한림의 눈길을 한 번만이라도 받았다면 너희의 몸값은 세 배는 비싸졌을 것이다. 그런데도 단장한 한 떼의 여인들 중에 단 한 명도 한림의 눈에 들지 못했으니, 낙양은 이제 다른 사람들 볼 면목이 없다."

부윤은 기생들에게 소유가 마음에 두고 있는 사람을 물어 알아내고는, 사방 문에 방을 붙여 섬월의 행방을 찾아냈다. 그러고는 소유가 돌아올 날을 기다렸다.

연나라의 굴복

소유가 연나라에 이르렀다. 변방의 연나라 사람들은 일찍이 중국 임금이 보낸 사신을 본 적이 없어서, 소유를 마치 땅 위의 기린이나 구름 속의 봉황 보듯 보았다. 수레를 둘러싸고 길을 막아 한 번 보는 것만으로도 큰 기쁨으로 여겼다. 소유가 우레 같은 위엄과 단비 같은 은혜를 보이니, 백성들이 고무되고 기뻐 다투어 칭송했다.

"천자께서 우리를 살리시는도다."

소유가 연왕과 만날 때 중국 임금의 위엄과 덕망, 그리고 조정의 일처리를 대단히 높여 말했고, 또 복종과 배반, 순종과 거역이 어떻게 갈리는지 거침없이 설파했다. 말이 모두 조리가 있었다. 도도함은 파도가 밀려오는 것과 같았고 늠름함은 서릿발이 휘몰아치는 것 같았다. 연왕의 눈이 휘둥그레졌다. 놀랍고 두려워 이내 깨닫고 땅에 무릎을 꿇고 사죄했다.

"저희 나라가 궁벽지고 누추하여 임금의 성스러운 통치에서 멀리 떨어져 있습니다. 잘못된 인습을 따르면서 오히려 지켜야 할 것은 별일 아닌 것으로 여겼습니다. 그러다 엉뚱한 데 빠져 임금의 가르침을 따르지 못했는데, 이번에 분명한 가르침을 듣고 크게 잘못을 깨달았습니다. 이제부터 미친 마음을 거두고 신하로서의 직분을 길이 지키겠습니다. 사신께서는 조정으로 돌아가 이런 사실을 임금께 아뢰어, 저희를 위험에서 건져 평안을 얻게 하시고, 화를 바꾸어 복이 내리게 하소서. 이렇게 되면 저희 작은 나라로서는 다행입니다."

연왕은 소유가 떠나기 전 벽루궁에서 작별 잔치를 열었다. 그리고 소유가 떠나려 할 때 수레에 가득 황금을 싣고 아울러 열 필의 명마를 선물했다. 그러나 소유는 이것들을 물리치고 받지 않았으며 바로 서울을 향해 길을 나섰다.

적경홍

연나라를 떠나 십여 일을 가서 한단邯鄲에 이르렀을 때, 한 예쁜 소년이 홀로 말을 타고 행차 길 앞에 있었다. 행차의 선두에서 길을 비키라고 소리치니 말에서 내려서 길가에 섰다. 소유가 말했다.

"저 서생이 탄 말은 준마가 틀림없다."

가까이 가서 보니 소년은 비할 데 없이 아름다웠다. 소유가 다시 말했다.

"내 일찍이 낙양과 서울 같은 큰 도시를 두루 다녔지만 남자로서 저처럼 아름다운 이는 보지 못했다. 용모가 저럴진대 재주야 오죽하랴."

시종에게 명령했다.

"저 소년에게 내 뒤를 따라오라고 청하라."

소유가 낮에 역관驛館에서 쉬고 있는데 그 소년이 들어왔다. 사람을 시켜 가까이 오게 하자 와서 인사했다. 소유가 사랑스러워 말했다.

"내 길 위에서 우연히 그대의 아름다운 풍채를 보고 애모하는 마음이 생겨, 감히 사람을 시켜서 불렀소. 그대가 나를 돌아보지 않을까 염려했는데 나를 버리지 않고 합석까지 하게 되니 다행이오. 공자께서 길에서 정본이라는 사람을 만나 수레 덮개를 젖히고 하루종일 즐겁게 담론을 펼친 일 있었는데, 그 일과 다를 바 없소. 현형賢兄의 성명은 어떻게 되시오?"

"소생은 북방 사람으로 성은 적이요, 이름은 백란입니다. 궁벽한 시골에서 자라 훌륭한 스승과 좋은 벗을 만나지 못했고, 학문이나 글재주도 변변치 않습니다. 문장이나 무예나 어느 쪽도 제대로 하는 것이 없습니다. 다만 저를 알아주는 사람이 있으면 그를 위해 죽고자 합니다. 지금 상공께서 사신이 되어 하북 지방을 지나시매, 위엄이 우레가 치고 거친 바람이 부는 것 같아서 땅도 두려워하고 물도 벌벌 떱니다. 사람들이 상공의 영화로운 이름을 얼마나 사모하는지 모릅니다. 소생은 제 비루하고 못난 것은 생각하지 않은 채, 상공 문하에 의탁하여 맹상군의 식객들처럼 닭 울음을 내거나 좀도둑질을 하는 천한 재주로나마 상공에게 충성을 바치고자 합니다. 상공께서 제 지극한 소원을 이처럼 빨리 굽어살피심이 어찌 소생에게만 영예이겠습니까? 실로 상공에게도 빛이 될 것입니다. 이는 윗사람이 자기 몸을 굽혀 선비를 대우하는 거룩한 덕입니다."

소유가 기뻐 말했다.

"옛말에도 뜻이 맞는 사람끼리 어울리는 법이라고 했는데, 우리 둘이 뜻이 맞으니 참으로 기쁘오."

이후 소유는 소년과 말을 나란히 하여 다녔고, 밥 먹을 때 상에 마주 앉았다. 명승지를 지나면 자연을 이야기했고, 달 밝은 밤이면 밤을 즐겼다. 이렇게 마음이 맞으니 먼 길을 여행하는 괴로움을 잊을 수 있었다. 낙양으로 들어와 천진교를 지나자 소유가 옛일이 생각나 말했다.

"섬월이 스스로 도사로 행세하며 이산 저산 떠돌아다니는 것은 나와의 맹세를 지키려는 것이리라. 나는 지금 사신이 되어 왔는데, 섬월은 어디 있느뇨? 약속이 어그러져 만날 기약이 아득하게 되었으니 어찌 슬프지 않으랴? 섬월이 지난번 내가 헛되이 지나간 걸 들었으면 반드시 여기 와서 기다리리라. 지금 도교 사원이나 비구니 절에 있을 것 같은데, 어찌하면 소식을 전할꼬. 아! 이번에도 만나지 못하면, 얼마나 많은 세월이 흘러야 만날 수 있을까?"

문득 멀리 바라보니, 한 미인이 홀로 화려한 누각에 올라 주렴을 높이 걷고 난간에 비스듬히 기대어 말과 수레가 지나가는 것을 뚫어지게 바라보고 있었다. 계섬월이었다. 소유는 오래 그리워한 끝에 반가운 얼굴을 보니 기쁨을 감출 수 없었다. 바람같이 달려 순식간에 누각 앞에 이르렀다. 두 사람은 골똘히 서로를 바라보았다. 얼마 후 객관에 당도하니, 섬월이 먼저 지름길로 와서 안에 있다가 소유가 수레에서 내리는 것을 보고 와서 절했다. 섬월이 소유를 장막 안으로 모시고 들어갔는데, 자리에 앉자 슬픔과 기쁨이 교차하여 눈물이 말을 앞섰다. 섬월이 몸을 굽혀 하례했다.

"사신으로 먼 길 다녀오셨는데 다행히 존체에 복이 가득하시니, 미천한 소첩의 그리워하던 마음이 적이 위로가 됩니다."

섬월은 이별 후 있었던 일을 말했다.

"상공을 이별한 후, 공자公子, 왕손王孫, 태수, 현령 들이 연회에 이리 부르고 저리 핍박하니, 어려운 일이 한두 번이 아니었습니다. 스스로 머리카락을 자르고 몹쓸 병이 있다고 하여 겨우 욕은 면했지요. 그후 화장도 하지 않고 도사 옷을 입고 번거로운 성안을 피하여 산속 고요한 곳으로 갔습니다. 산을 유람하는 사람이나 도관을 방문하는 사람을 만나면, 매번 낙양에서 왔는지 서울에서 왔는지 물으며 상공의 소식을 듣고자 했지요. 올봄 문득 상공께서 임금의 은혜를 입어 이 땅을 지나신다 하여 수레를 타고 갔더니 행차는 이미 멀리 가버렸습니다. 저 멀리 상공께서 가신 동북쪽을 바라보며 눈물만 흘렸는데, 현령이 상공을 위하여 저를 찾아 도관으로 왔습니다. 현령은 상공께서 역관의 벽에 쓴 시를 보이며 말했습니다. '지난번 양한림이 임금의 명을 받아 이곳을 지났는데, 많은 기생이 한림을 사모했지만 한림은 그대를 보지 못한 것이 한이 되어 종일토록 꽃 같은 미인들을 바라보기만 하고 한 가지도 꺾지 않았네. 그리고 이 시만 남기고 갔지. 그대는 어찌 홀로 산속에 숨어 살면서 옛 정인을 생각하지 않느뇨. 그리고 어찌 내 사신을 접대하는 예법마저 어그러뜨리려 하느뇨.' 현령은 예물을 많이 가져와 공경히 예를 표하고, 스스로 옛일을 사죄하며 집으로 돌아갈 것을 간절히 청했습니다. 그러면서 상공께서 돌아오실 날을 기다리라고 했습니다. 첩은 그제야 여자는 남자로 인해 존중받는다는 것을 알았습니다. 이번에는 저 혼자 천진교 누각 위에 올라 상공의 행차를 기다리니, 성안의 기생과 길가의 행인이 누군들 천첩의 영화를 부러워하지 않겠습니까? 상공께서 이미 과거에 장원급제하시어 한림이 되셨다는 말을 들었습니다. 그런데 부인은 얻으셨는지요?"

"정사도의 딸과 정혼했다네. 결혼식은 올리지 않았네만, 그 현숙한 행실은 익히 들었네. 전에 그대가 한 말과 조금도 다르지 않더군. 좋은 사람을 소개한 그대의 은혜는 태산보다 무겁네."

소유는 옛정을 펼치며 차마 서둘러 떠나지 못해 하루이틀 더 머물렀다. 그런데 그사이 섬월과 지내느라 적씨 소년을 찾지 않았다.

의심

별안간 시동이 소유에게 와서 조용히 말했다.

"제 보니 적씨 소년이 좋은 사람이 아닙니다. 사람들 앞에서 계낭자와 희롱했습니다. 계낭자는 이미 상공을 좇기로 했으니 전일과는 처지가 사뭇 다른데, 어찌 이리 무례할 수 있습니까?"

"소년이 그럴 리 없다. 섬월은 더욱 의심할 수 없다. 네 필시 잘못 보았을 것이다."

시동은 수긍하지 못하고 물러났다가 잠시 후 다시 와 말했다.

"상공께서 소인의 말을 터무니없다 여기시지만 지금 두 사람이 희롱하는 모습을 보시면 분명히 아실 겁니다."

소유가 서쪽 행랑으로 나와 보니, 섬월과 소년이 낮은 담장을 사이에 두고 서서 웃으며 이야기 나누고 손을 잡고 희롱하고 있었다. 무슨 말을 하는지 들으려 가까이 가니 소년이 신발 끄는 소리를 듣고 놀라 달아났고, 섬월은 소유를 돌아보고는 부끄러워하는 빛을 보였다. 소유가 물었다.

"그대 일찍이 저 소년과 친분이 있소?"

"오래 사귄 사이는 아닙니다. 다만 그 누이와 잘 알고 있어서 안부를 물었습니다. 제 본래 천한 기생이라 남자들이 눈과 귀에 익숙하여 멀리하고 꺼릴 줄 모릅니다. 그렇지만 남자와 손을 잡고 희롱하며 귀에다 입을 대고 은밀히 말하여 상공이 의심하게 했으니, 그 죄는 실로 만 번 죽어도 할 말이 없습니다."

"내 그대를 의심하지 않으니 염려하지 말게."

소유는 속으로 생각했다.

'소년은 어린지라, 이 일로 인해 필시 나 보기를 꺼리리라. 내 그를 불러 위로하리라.'

시동을 시켜 소년을 부르니 소년은 이미 떠나버렸다. 소유가 크게 후회하며 말했다.

"옛날 초나라 장왕은 한밤중 잔치에서 자기 애첩을 유혹한 신하까지 용서하지 않았던가? 잔치중 갑자기 불이 꺼지자 한 신하가 애첩의 옷을 당겼는데, 애첩이 바로 신하의 갓끈을 끊었지. 애첩이 불을 켜고 자기를 유혹한 자를 찾으려 하자, 임금이 모든 신하에게 갓끈을 끊게 했지. 그런 다음 불을 켜게 했고. 장왕은 이로써 신하들의 충성을 얻을 수 있었지. 그런데 나는 확실치도 않은 일로 훌륭한 선비를 잃었어. 하지만 이제 와서 자책한들 어쩌랴."

즉시 아랫사람을 시켜 성 안팎을 두루 살피게 했다.

이날 밤 섬월과 더불어 옛일을 얘기하고 마음속에 간직한 말을 하며 술을 마시고 음악을 들으며 즐겁게 놀았다. 밤이 깊어지자 촛불을 끄고 잠자리에 들었다. 소유가 날이 밝을 무렵 깨보니 섬월이 거울 앞에 앉아 분과 연지로 화장을 하고 있었다. 그윽이 눈길을 주다가 홀연 놀라 다시 보았다. 그린 듯한 눈썹과 맑은 눈동자, 탐스런 살쩍과 꽃같이 붉은 뺨,

버들처럼 가늘고 부드러운 허리, 눈처럼 깨끗한 피부. 모두 섬월과 같으나 자세히 살피니 섬월이 아니었다. 소유가 놀라 의아히 여겼으나 감히 묻지 못했다.

한림원 학사는 옥퉁소를 불고, 봉래전 궁녀는 좋은 시를 청하다

잠자리 사건

소유가 이리저리 살펴보니 섬월이 아니었다.

"미인은 도대체 누구요?"

"첩은 파주 사람으로 성명은 적경홍입니다. 어려서부터 섬월과 형제의 의를 맺었지요. 어젯밤 섬월이 제게 '내가 병이 있어 상공을 모시지 못하게 되었으니 네가 나를 대신해 상공의 꾸지람을 면하게 해줘' 하고 부탁했습니다. 그래서 첩이 감히 상공을 모셨습니다."

말이 채 끝나기도 전에 섬월이 문을 열고 들어와 말했다.

"상공이 또 새사람을 얻었으니 첩이 감히 축하드립니다. 천첩이 일찍이 하북의 적경홍을 상공께 천거했는데 제 말이 과연 어떻습니까?"

"직접 보니 듣던 바보다 훨씬 낫구나."

다시 경홍의 모습을 보니 행로에서 만난 소년과 털끝만큼도 다르지 않았다.

"원래 소년이 경홍과 남매로구나. 남녀의 차이는 있지만 생김은 똑같구나. 경홍이 소년의 누나냐, 소년이 경홍의 오빠냐? 내 어제 소년에게 죄를 지었어. 소년은 지금 어디에 있느냐?"

"천첩은 본래 형제가 없습니다."

소유가 다시 자세히 보고서야 깨달아 웃으며 말했다.

"한단의 길가에서 나를 쫓아온 사람이 바로 경홍이구나. 어제 담장 모퉁이에서 섬월과 말한 사람도 경홍이고. 그런데 남자 옷을 입고 나를 속인 이유가 무엇이냐?"

"천첩이 어찌 감히 상공을 속이겠습니까? 제 비록 외모가 남만큼 좋지 않고 재주 또한 남만 못하나, 그저 좋은 군자를 만나 살기만을 원했습니다. 그런데 연왕이 제 이름을 그릇 듣고 한 자루의 옥구슬로 저를 사서 궁중에 머무르게 했습니다. 궁중에서 제 입은 산해진미에 물리고 몸은 비단옷에 싫증이 날 정도였지만, 그것은 제가 바라는 바가 아니었습니다. 새장에 갇힌 앵무새처럼 울적해서 떨쳐 날아가고 싶었으나 이루지 못하고 한스러워했습니다.

지난번 연왕이 상공을 맞아 큰 잔치를 열 때, 창문 틈으로 보니 제가 따르고자 하는 분이 계셨습니다. 그러나 구중궁궐에 있으니 어찌 담을 넘어 나갈 수 있겠습니까? 또 갈 길이 만리나 되니 어찌 혼자 갈 수 있겠습니까? 백 가지로 방도를 생각하다가 겨우 한 가지 꾀를 얻었습니다. 상공이 연 땅을 떠나는 날에 몸을 빼 뒤따르면 연왕은 반드시 사람을 시켜 뒤쫓을 것입니다. 그래서 상공이 길을 떠난 후 십 일을 기다렸다가 연왕의 천리마를 훔쳐 타고 도망쳤습니다. 그래서 이틀 만에 한단에서 상공을 따라잡게 되었지요.

상공께 처음 인사드릴 때 실상을 고했어야 했는데 이목이 번다해 감히 입을 열지 못했습니다. 상공을 속인 죄는 벗기 어렵습니다. 남자 옷을 입었던 것은 쫓아오는 자를 피하고자 함입니다. 그리고 어젯밤 일은 섬월의 간청 때문입니다. 한나라 경제 때 후궁 당희唐姬가 월경중이던 정희를 대신해 임금을 모신 옛일을 본받은 것이지요. 두 번이나 상공을 속인 일을 모두 용서받는다 해도 제 황공한 마음은 시간이 흐를수록 더 커지고 있습니다. 상공께서 제 비루한 행동과 허물을 꺼리지 않으시고, 큰 나무의 한 가지를 내어 머물게 해주신다면 마땅히 섬월과 함께 상공을 모시겠습니다. 상공께서 부인을 얻으신 다음 섬월과 함께 상공댁으로 축하를 올리러 가겠습니다."

"그대의 높은 뜻은 홍불기라도 따르지 못할 것이네. 홍불기는 우리 당나라의 개국공신인 이정을 한눈에 알아보고 따라갔지만, 나는 이정과 같은 재주가 없으니 부끄러울 뿐이야. 다만 서로 좋아하니 어찌 다른 마음이야 있겠는가."

경홍이 사례하니 섬월이 말했다.

"경홍이 이미 절 대신하여 상공을 모셨으니, 첩 역시 경홍을 대신하여 상공께 사례하나이다."

섬월이 다시 절을 올렸다. 이날 소유가 두 여인과 밤을 지내고 다음날 아침 길을 나서며 두 사람에게 말했다.

"행로에 번거로운 일이 많을 것이니 한 수레로 갈 수 없으리라. 나중에 내 결혼한 다음 그대들을 맞이하리라."

난양공주

소유가 서울에 와서 대궐로 들어가 복명했다. 이때 연나라에서 항복 문서와 함께 금은보화, 비단 등을 선물로 보내왔다. 임금이 크게 기뻐하며 소유의 노고를 치하했다. 임금이 소유의 공적을 기려 제후에 임명하려 했으나 소유가 극력 사양했다. 이에 예부상서의 벼슬을 내려 한림학사와 겸직하게 했고, 많은 상을 내려 융숭히 예우했다. 사람들이 모두 영광스럽게 여겼다.

소유가 거처로 돌아오니 정사도 부부가 중당에서 맞으며, 험지에 가서 큰 공 세운 것을 치하하고 또 상서 벼슬에 오른 것을 기뻐했다. 사람들의 환호성이 온 집안을 울렸다. 소유는 거처로 돌아가 춘운과 그간의 회포를 풀고 새로 즐거움을 누렸다. 은근한 정이 더할 수 없었다.

임금은 소유의 글재주를 중히 여겨 자주 편전便殿, 임금이 일상 머물며 업무를 보는 곳으로 불러 경전과 역사에 대해 담론했다. 그래서 소유는 다른 사람보다 자주 숙직을 섰다. 하루는 야대夜對, 밤에 임금과 만나는 모임를 마치고 숙소로 돌아왔는데, 물시계의 물방울은 떨어지고 후원에는 달이 떴다. 소유가 흥취를 이기지 못해 홀로 높은 누각에 올라 난간에 기대앉아 달을 마주보며 시를 읊었다. 홀연 바람결에 하늘 높은 곳에서 퉁소 소리가 들렸다. 어딘지 모를 먼 곳에서 나는 소리라서 곡조는 잘 분간할 수 없었으나 보통 사람의 귀로는 잘 알 수 없는 곡이었다. 소유가 한림원의 아전을 불러 물었다.

"이 소리가 궁궐 담장 밖에서 오는 것인가? 궁중 사람 중에 이 곡을 연주하는 자가 있는가?"

"모르겠나이다."

소유는 아전에게 술을 가져오라 하여 연거푸 몇 잔을 마셨다. 이어 품에서 자기 옥퉁소를 꺼내 몇 곡을 불었다. 소리가 하늘 높이 울리니 사방에 오색구름이 피어났다. 마치 난새와 봉새가 정답게 노래 부르는 것 같았다. 이때 청학靑鶴 한 쌍이 홀연 궐내 깊은 곳에서 날아와 퉁소 소리에 맞추어 덩실덩실 춤을 추었다. 한림원 관리들이 아주 기이하게 여겼다. 옛날 퉁소를 불다 백학을 타고 하늘로 올라갔다는 왕자진王子晉이 한림원에 왔나 했다.

임금의 어머니인 태후에게는 이남 일녀가 있었다. 임금과 월왕 그리

난양공주 하단은 궁궐에서 숙직을 서던 소유가 퉁소를 부니 난양공주의 궁중에 있던 학이 날아와 춤을 추는 장면이고, 상단은 임금의 명령으로 소유가 궁녀들에게 시를 써주는 장면이다.

고 난양공주였다. 난양은 태어날 때 어머니가 태몽을 꾸었는데, 어떤 여신이 구슬을 받들어 어머니 품속에 두는 것이었다. 공주는 자라면서 자태, 자질, 행실이 어떤 여자보다 뛰어났다. 말씨나 거동은 하나하나가 모두 법도에 맞았고 속태가 없었다. 글솜씨나 바느질, 음식 만들기 등 여자의 일도 모두 훌륭해서 태후가 매우 사랑했다.

이때 서양의 로마국에서 백옥 통소를 바쳤는데 특이한 물건이라 악공에게 불게 해도 소리가 나지 않았다. 어느 날 밤 공주의 꿈에 선녀가 나타나 음악 한 곡을 가르쳤는데, 잠에서 깬 다음 공주가 통소를 불 수 있었다. 공주의 통소 소리는 맑을 뿐만 아니라 음률까지 잘 맞았다. 태후와 임금이 모두 기이하게 여겼고, 바깥사람들은 영문을 알지 못했다. 그런데 공주가 통소를 연주할 때마다 학이 날아왔다. 학은 궁궐 앞에 모여 마주서서 빙빙 돌며 춤을 추었다. 태후가 임금에게 말했다.

"옛날 진나라 목공의 딸 농옥弄玉이 옥통소를 잘 불었다고 하지만, 난양이 농옥보다 못하지 않을 것이오. 그런데 이런 난양을 시집보내자면 농옥에게 통소를 가르친 소사蕭史와 같은 남자가 있어야 할 듯합니다."

난양은 어른이 되었지만 아직 혼처를 정하지 못했다. 이날 밤 난양이 달빛 아래에서 통소를 불었더니 학이 음악에 맞추어 춤을 추었다. 그런데 곡이 끝나자 청학은 한림원으로 날아가버렸고 그 뜰에서 춤을 추었다. 궁인들이 소유가 통소로 학을 춤추게 했다는 말을 전했고, 그 말이 임금의 귀에까지 흘러갔다. 임금이 이 일을 기이히 여겨 소유가 공주와 연분이 있다고 생각했다. 임금이 태후를 찾아가 말했다.

"소유의 나이가 동생과 맞고, 그 풍치와 재주가 신하들 가운데 둘도 없이 뛰어납니다. 설사 온 세상을 다 찾아도 이런 사람을 다시 얻지는 못할 겁니다."

태후가 크게 기뻐하며 말했다.

"난양이 아직 혼처를 정하지 않아 내 늘 마음이 울적했는데, 이 말을 들으니 소유가 난양의 천정배필인 듯하구려. 다만 그 사람을 직접 보고 정하고 싶소."

"어려운 일이 아닙니다. 얼마 후 소유를 편전으로 불러 문장을 강론케 할 것이니, 그때 마마께서 주렴 안에서 보시면 됩니다."

태후가 더욱 기뻐 임금과 계획을 정했다.

공주 난양의 이름은 소화簫和다. 로마국에서 바친 통소에 '소화'라는 두 글자가 새겨져 있어서 이를 이름으로 삼았다.

시문평론

하루는 임금이 봉래전에서 쉬다가 어린 내관을 시켜 소유를 불렀다. 내관이 한림원에 가니 서리가 '막 나가셨다'고 했다. 그래서 정사도 집에 가서 물어보니 '아직 돌아오지 않았다'고 했다. 내관이 황급히 말을 달려 찾아보았으나 소유가 간 곳을 알 수 없었다.

이때 소유는 정십삼랑과 함께 기생집에 있었다. 술집에서 크게 취해 명기 주랑과 옥로에게 노래를 시켜놓고는 호탕하게 즐기고 있었다. 내관이 말을 달려가서 임금의 명령패를 보이며 호출했다. 정십삼랑은 무슨 일인가 해서 크게 놀라 뛰어나갔고, 소유는 술에 취해 내관이 주루에 올라와 있는 것도 알지 못했다. 눈은 흐릿하고 머리는 헝클어져 있었다. 내관이 재촉하자 소유는 두 기생에게 자신을 부축해 일으키게 했다. 그런 다음 관복을 입고 내관을 따라 궁궐로 들어갔다.

임금은 소유에게 자리를 내준 다음 역대 임금의 성패에 대해 논했다. 소유는 옛날 일과 지금 일을 넘나들면서 적절하면서도 분명하게 답했다. 임금이 기뻐 물었다.

"시구를 꾸미는 일이 임금에게 긴요한 것은 아니지만, 우리 선조들은 여기에도 관심을 두었다. 그중 어떤 것은 지금까지 세상에 전한다. 경은 날 위해 역대 임금의 문장을 논하고 문인의 시를 평해보라. 거리낌 없이 그 우열을 정해보라. 위로 임금의 작품 중에 어느 것이 가장 뛰어나며, 아래로 신하들의 시 중에 무엇이 가장 훌륭한가?"

"임금과 신하가 시를 주고받은 일은 요임금과 순임금 때 시작되었습니다. 이는 더할 바 없이 아름다운 일이기에 더 논할 것도 없습니다. 그다음으로 한나라 고조 유방이 천하를 평정할 때 고향에서 친지들 앞에서 불렀다는 「대풍가大風歌」와, 위나라 태조 조조가 적벽강에서 전투를 벌일 때 지은 「단가행短歌行」 가운데 '달이 밝아 별이 성글다月明星稀, 흔히 영웅이 등장하면 다른 사람들의 빛이 죽는다는 뜻으로 이해한다'는 구절은 임금이 지은 시 가운데 가장 높은 자리를 차지합니다. 아래의 신하들 중에서는 한나라의 이릉과 위나라 조조의 아들 조자건, 남조의 도연명과 사영운이 가장 두드러집니다. 예로부터 우리 나라만큼 문장이 번성한 데가 없었으니, 그중에서도 현종 치세 때 인재가 가장 많았습니다. 우리 임금의 문장 중에는 현종이 천고에 으뜸이시고, 신하들 가운데 시적 재능으로는 이백을 따라올 사람이 없습니다."

"경의 말이 내 생각과 꼭 같도다. 내 매번 이백의 「청평사」와 「행락사」를 보면서 같은 시대를 살지 못한 것을 한으로 여겼다. 그런데 이제 경을 얻었으니 어찌 이백을 부러워하리오. 내 우리 나라의 제도에 따라 궁녀 십여 명을 두어 시문을 짓게 했으니, 이른바 여중서女中書라. 그들은 시문을 꾸미는 재주가 있는데, 그중에는 꽤 좋은 솜씨도 있다. 경은 이백이 만취하여 몸을 가누지 못한 상태에서도 시를 짓던 옛일을 본받아, 붓을 놀려 주옥같은 글을 토하라. 그리하여 궁녀들이 우러러보는 정성을 저버리지 말라. 짐 역시 경의 재빠르고 훌륭한 글솜씨를 보고 싶도다."

궁녀에게 임금 앞에 있는 유리로 만든 벼룻집과 백옥으로 만든 필상

筆床, 붓 거치대과 옥으로 만든 두꺼비 연적을 소유 앞으로 옮기게 했다. 궁녀들이 시를 청하라는 임금의 명령을 따라 각각 각색의 시전지, 비단, 부채를 소유에게 공손히 바쳤다. 소유는 취흥이 도도하고 시심이 용솟음쳐서, 붓을 들고 휘갈겨 쓰기 시작했다. 바람이 일어나고 구름이 피어나듯, 순식간에 단형과 장형의 시가 나왔고, 한 수짜리 시 또는 두 수짜리 대구가 만들어지니, 해가 지기도 전에 종이와 비단을 다 써버렸다. 궁녀들이 무릎을 꿇어 차례로 소유가 지은 시를 임금께 바쳤다. 임금이 시를 한 수 한 수 보며 칭찬했다.

"학사가 오늘 아주 수고했다. 내 특별히 술을 내리리라."

궁녀들은 황금 쟁반을 받들어 들어오기도 하고, 유리 술잔이나 앵무배鸚鵡杯, 앵무새 부리 모양의 고급 술잔를 잡기도 하며, 백옥 술상을 받들어올리기도 했다. 상에는 좋은 술과 갖은 안주가 가득했다. 궁녀들이 한 명씩 무릎을 꿇고 술잔을 바치고 나가니, 소유가 좌우로 응접하느라 순식간에 십여 잔을 마셨다. 이내 얼굴이 붉어졌고 몸을 가누지 못했다. 임금이 그만 올리게 하면서 말했다.

"학사가 쓴 시 한 구절은 천금의 가치가 있다. 실로 값을 매길 수 없는 보물이다. 『시경』에 '하찮은 모과를 받았으나 귀한 옥으로 보답하네'라고 했다. 그런데 너희는 변변치 않은 모과가 아니라 보배 같은 시를 받았으니 무엇으로 갚겠느냐?"

궁녀들이 금비녀를 뽑고 옥패玉珮를 끄르고 반지를 빼고 금팔찌를 풀어 다투어 소유 앞에 내놓으니, 패물이 순식간에 산더미처럼 쌓였다. 임금이 어린 내관을 불러 말했다.

"상서가 사용한 붓, 벼루, 연적과 궁녀들이 내놓은 글값을 수습하여, 상서를 따라가 그 집에 주고 오라."

소유가 머리를 조아리며 감사를 표했다. 일어나서 나가려고 하다가 엎어졌다. 임금이 내관에게 부축하게 했다. 궁문 밖에서 시종들이 소유를 말에 올려 태워 집으로 돌아왔다. 집에 이르자 춘운이 부축하여 방으로 들였다. 춘운이 소유의 관복을 벗기며 물었다.

"상공께서 술을 많이 드셨군요. 어느 집에서 드셨는지요."

소유는 너무 취해 답을 하지 못했다. 조금 후 하인이 임금이 내린 붓, 벼루 등과 장신구를 집에다 쌓아놓으니, 소유가 춘운을 놀리며 말했다.

"이 물건들은 모두 임금께서 그대에게 하사하신 것이라. 한 무제 때 뛰어난 언변으로 임금에게 큰 상급을 받은 동방삭에 견주어 누가 더 많은가?"

춘운이 다시 물으려는데, 소유는 벌써 잠이 들어 우레 같은 소리를 내며 코를 골고 있었다.

월왕의 전갈

소유는 다음날 오후 늦게 일어났다. 세수를 하고 있는데 문지기가 달려와 알렸다.

"월왕 전하 납십니다."

소유가 놀라 말했다.

"월왕께서 오심은 분명 무슨 이유가 있으리라."

급히 맞이하러 갔다. 월왕이 자리에 앉자 인사를 나누었다. 월왕의 나이는 이십여 세로 미간이 시원한 것이 하늘에서 내려온 사람 같았다. 소유가 무릎을 꿇으며 물었다.

"이 누추한 곳에 왕림하시니 무슨 가르치실 말씀이 있으신지요?"

"과인이 평소 상서의 덕망을 사모했으나 다니는 길이 달라 안부를 묻지 못하더니, 이번에 임금의 명령을 받아 하교를 전하게 되었구려. 난양 공주가 혼기가 차서 부마를 간택하고자 하오. 임금께서는 상서의 재주와 덕을 사랑하시어 벌써 마음을 정하시고 먼저 내게 알리게 했소. 명령이 곧 내려올 것이오."

소유가 크게 놀라 말했다.

"임금의 은혜가 이리 깊으시니 머리 숙여 감사드립니다. 하지만 복이 지나치면 재앙이 된다는 이치는 논할 겨를도 없거니와, 제가 정사도 딸과 약혼하여 패물을 보낸 것이 벌써 일 년이나 되었습니다. 이런 사정을 임금께 말씀드려주시기 바랍니다."

"내 돌아가 아뢰겠소. 안타깝구려. 임금께서 그대를 사랑하시는 뜻이 허망하게 되었소."

"하지만 이는 인륜대사와 관련된 것이니 소홀히 할 수 없습니다. 제 마땅히 임금께 죄를 청하겠습니다."

월왕이 작별하고 돌아갔다. 소유가 정사도에게 월왕의 말을 전했다. 춘운이 벌써 정사도 부인에게도 고하여 집안사람들이 모두 허겁지겁 어찌할 바를 알지 못했다. 정사도는 근심으로 한마디 말도 못했다. 소유가 말했다.

"장인께서는 걱정하지 마십시오. 임금께서 사리에 명석하시고 법도를 지키시며 예의를 중히 여기시니, 신하의 앞길을 이지러뜨리지 않을 것입니다. 제 비록 불초하지만, 조강지처는 쫓아내지 않는 법이라며 공주와의 결혼 명령을 거절한 송홍처럼, 당초의 혼약을 지키겠습니다."

부채시

태후는 봉래전에서 소유를 엿본 후 크게 기뻐 임금에게 말했다.

"이 실로 난양의 짝이라. 내 직접 보았으니 다시 무슨 의논이 필요하겠소?"

임금은 월왕을 시켜 먼저 소유에게 말하게 했고, 그런 다음 소유를 불러 친히 이르고자 했다.

이때 임금이 별전別殿에서 문득 어제 일을 생각하고, 소유가 쓴 시가 시재와 필법이 극히 정묘하다고 여겨 다시 보고자 했다. 그래서 내관에게 궁녀들이 받은 시지詩紙를 거두어들이도록 했다. 궁녀들은 모두 받은 시를 상자에 넣어두었는데, 오직 한 사람만은 소유가 시를 써준 부채를 가지고 침소에 돌아와 품속에 넣어두고 밤새도록 슬피 울며 잠도 자지 않고 밥도 먹지 않았다. 이 궁녀는 다름아니라 화주 진어사의 딸 채봉이었다. 진어사는 비명에 죽고 채봉은 궁궐의 종이 되었다. 궁녀들이 모두 채봉의 아름다움을 말하니, 임금이 채봉을 불러 보고는 후궁으로 만들려고 했다. 당시 황후가 총애를 받았는데 채봉 때문에 임금의 사랑을 잃을까 하여 임금에게 말했다.

"채봉은 곁에 두고 임금을 모시게 할 만한 여자입니다. 다만 임금께서 그 아비를 역적이라 하여 죽여놓고 이제 그 딸을 가까이하시면, 이는 옛날의 어진 임금이 형벌을 엄히 밝히고 여색을 멀리하신 가르침에 어긋날 듯합니다."

임금이 그 말을 따랐다. 임금이 채봉에게 물었다.

"문자를 아느냐?"

"겨우 어魚 자와 노魯 자를 구별할 수 있습니다."

문자를 조금 안다는 말에 임금은 채봉을 여중서로 삼아 궁중의 문서 일을 맡기고, 태후 궁중에서 난양공주를 모시고 책을 읽고 글자를 익히게 했다. 공주는 채봉의 아름다움과 재주를 사랑하여 친척처럼 여기고, 곁에 두고 잠시도 떨어지지 않으려고 했다.

그날 채봉이 태후를 모시고 봉래전에 가서 다른 여중서들과 함께 소유에게 시를 받았는데, 소유의 이목구비가 마음 깊이 새겨져 있으니 그를 몰라볼 리 없었다. 소유는 채봉이 살아 있음을 꿈에도 생각하지 못했고 임금 앞이라 감히 눈도 들지 못했으나, 채봉은 잠깐 소유를 보니 마음에 불길이 솟아올랐다. 그러나 다른 사람이 알까 슬픔을 감추었다. 소유와 정을 나누지 못함을 아파했고, 옛 인연이 다시 이어지기 힘든 현실에 슬퍼했다. 채봉은 소유의 시가 적힌 부채를 부치며 소유의 시를 읊었다. 한 번 부칠 때마다 한 번씩 읊으며 잠시도 부채를 손에서 놓지 않았다. 소유의 시는 이렇다.

비단부채 둥글둥글 보름달 같아	紈扇團團似明月
예쁜 여인의 하얀 손과 어떤 게 예뻐	佳人玉手爭皎潔
순임금 오현금에 봄바람 이니	五絃琴裏熏風多
품속을 들락날락 쉴 때가 없네	出入懷裏無時歇

비단부채 둥글둥글 달덩이 하나	紈扇團團月一團
예쁜 여인 하얀 손과 함께 흔들려	佳人玉手正相隨
꽃 같은 얼굴은 가릴 길 없고	無路遮却如花面
화창한 봄빛 세상 아무도 몰라	春色人間摠不知

채봉은 앞의 네 줄을 읊고는 이렇게 탄식했다.

"양랑은 내 마음을 알지 못하는구나. 내 비록 궁중에 있다 한들 부채처럼 임금 품속에 들어 승은하기나 바랐으리오."

또 뒤의 네 줄을 읊고 이렇게 말했다.

"내 바뀐 얼굴을 다른 사람은 알아보지 못해도 양랑은 잊지 않았을 텐데, 시가 이러니 지척이 정말 천리처럼 멀 수도 있구나."

채봉은 전에 고향 집에 있을 때 소유와 「버드나무시」를 주고받던 일을 생각하고 슬픔을 누르지 못했다. 눈물을 흘리며 붓을 들어 부채 위에다 자기도 한 수 시를 지어 쓰고 읊조렸다. 그런데 갑자기 내관이 임금의 명령을 받아 소유가 시를 쓴 부채를 찾고 있다는 말을 들었다. 채봉은 놀라고 떨려 자기도 모르게 비명을 질렀다.

"죽었구나. 이제는 정말 죽었어."

제8회
궁녀가 눈물을 감추고 내관을 따르고,
애첩은 슬픔을 품고 지아비와 이별하다

비밀 폭로

내관이 채봉에게 말했다.

"임금께서 양상서의 시를 다시 보고자 하시니, 내 그 명령을 받고 거두러 왔소."

채봉이 울며 말했다.

"이 박명한 사람이 죽을 때가 다 되어 그 시에 화답하여 말미에 시 한 수를 적어두었습니다. 이 반드시 죽을죄라, 임금께서 보시면 절 죽이시리니, 죄를 입어 죽느니 차라리 자결하는 편이 낫겠습니다. 미미한 목숨을 칼 아래 두리니 내관께서는 이 한 몸을 잘 거두어주소서. 가여운 이 몸을 묻어주시어 까마귀와 솔개의 밥이나 되지 않게 해주소서. 그렇게만 해주신다면 천만다행입니다."

"여중서가 어찌 이런 말을 하시오? 우리 임금께서는 인자함과 관대함이 역대 어느 임금보다 뛰어나시니 죄를 주지 않으실 수도 있을 것이오.

만일 벽력처럼 화를 내시더라도 내 힘을 다해 구하리니 여중서는 날 따라오오."

채봉이 통곡을 하며 내관을 따라갔다. 내관이 채봉을 임금 계신 대전大殿 문밖에 기다리게 하고, 안으로 들어가 모아온 시들을 임금에게 전했다. 임금이 그것들을 살펴보다가 채봉의 부채에 시선을 멈추었다. 소유의 시 아래에 적힌 다른 시가 눈에 띄었다. 의아히 여겨 내관에게 물으니 내관이 고했다.

"여중서가 이르기를 '임금께서 다시 모으라고 명령하실지 모르고 외람되이 조잡한 말을 밑에 적었다며 죽을죄를 지었다' 했습니다. 스스로 죽으려 하는 것을 제가 타일러 데려왔습니다."

임금이 그 시를 읊었다.

비단부채 둥글둥글 가을달 같아 　　　　　　紈扇團如秋月團
그 옛날 누각 위에 수줍은 얼굴 　　　　　　憶曾樓上對羞顔
지척에서 몰라볼 줄 알았더라면 　　　　　　初知咫尺不相識
진작에 잘 보라 일렀을 텐데 　　　　　　　却悔教君仔細看

임금이 시를 다 본 다음 말했다.

"진씨가 반드시 누군가와 사사로이 정을 통했도다. 어디서 누구를 만났기에 이런 시를 썼을까? 그러나 재주가 칭찬할 만하니 아깝다."

내관을 명하여 채봉을 불렀다. 채봉이 단 아래에 엎드려 머리를 조아리며 죽음을 청했다. 궁녀로 외간 남자와 정을 통했다는 오해를 피할 수 없었던 것이다. 임금이 말했다.

"사실대로 말한다면 죽을죄라도 용서해줄 것이다. 누구와 정을 통했느냐?"

채봉이 다시 머리를 조아리며 말했다.

"신첩이 어찌 감히 숨기겠습니까. 신첩의 집안이 망하기 전에 양상서가 과거 보러 가는 길에 제 집의 누각 앞을 지나간 일이 있습니다. 그때 우연히 신첩과 눈길이 마주쳐「버드나무시」를 화답하고, 사람을 보내 마음을 전하고 혼약을 맺은 바 있습니다. 얼마 전 임금께서 양상서를 불러 보실 때, 저는 그를 알아보았으나 양상서는 저를 알아보지 못했습니다. 옛일이 그리워 흐느끼다가 스스로를 위로하려 멋대로 시를 지었는데 마침내 임금께서 보시게 되었습니다. 신첩의 죄는 만 번 죽어도 그 벌이 가볍다 할 것입니다."

임금이 가련히 여기어 말했다.

"네 「버드나무시」로 혼약을 맺었다 하니 그 시를 외울 수 있느냐?"

채봉이 즉시 적어 올리니 임금이 말했다.

"네 죄가 비록 무거우나 재주가 아깝구나. 또 내 누이가 너를 아끼니 특별히 관대한 처분을 내려 용서하노라. 너는 나라의 은혜를 마음에 새겨 정성을 다해 공주를 섬겨라."

임금이 부채를 내리니 채봉이 그것을 받아 황공한 마음으로 절하고 나갔다.

사양

이날 임금이 태후를 모시고 앉았는데, 월왕이 소유의 집에서 돌아왔다. 월왕이 소유가 정사도 집에 폐백까지 보낸 일을 태후께 아뢰었다. 태후가 불만스레 말했다.

"양소유의 벼슬이 상서에 이르렀으니 마땅히 조정에서의 처신을 알 터인데, 어찌 고집이 이와 같단 말인가."

임금이 말했다.

"소유가 비록 폐백을 보냈다 해도 결혼한 것과는 다르니, 내 불러서 타이르면 따르지 않을 수 없을 것입니다."

임금이 이튿날 소유를 불렀다. 소유가 조정에 들어오니 임금이 말했다.

"내 한 누이가 있는데 자질이 비범하여 경이 아니면 배필이 될 자 없기로, 월왕에게 그 뜻을 알리게 했노라. 듣기에 경이 폐백을 드렸음을 핑계 댄다고 하니, 이는 잘못된 생각이다. 역대 임금들이 부마를 뽑을 때 부마의 정실부인을 쫓아내기도 했다. 왕희지의 아들 왕헌지는 부마가 될 때 전처와 이혼했는데, 그것을 죽을 때까지 후회했다. 또 송홍은 조강지처를 쫓지 않겠다며 임금의 명령을 거역하기도 했다. 하지만 내 뜻은 옛날 임금들과는 다르다. 이미 천하 만민의 어버이가 되었는데 어찌 예법에 벗어난 일을 하겠는가. 다만 지금 경의 경우는 정씨 집안의 혼사를 거절해도 무방하다. 아직 결혼한 것이 아니니 정씨 집 딸도 다른 데 혼인할 수 있다. 조강지처를 내쫓는 것과는 다르다. 사정이 이러니 그대가 부마가 되는 것이 어찌 윤리에 어긋나겠는가."

소유가 머리를 조아리며 말했다.

"임금께서 벌을 주지 않으실 뿐만 아니라 아버지가 아들을 타이르듯 간곡히 말씀하시니 신은 은혜에 감사드리는 것 외에 다시 아뢸 말이 없습니다. 그런데 신의 형편은 다른 사람과 크게 다릅니다. 신은 서울에서 멀리 떨어진 시골의 서생으로, 서울에 와서 의지할 곳이 없었습니다. 그러다가 정사도 집안에서 특별히 대우하는 은혜를 입었습니다. 저를 맞아들여 지낼 집을 주었을 뿐만 아니라 예법에 어긋나지 않게 대우했습니다. 저는 그 집에 들어갈 때 폐백을 드려 실제로 정사도의 사위가 되었습니다. 또한 정사도의 딸도 직접 만났으므로 부부의 정분이 있다고 할 수 있습니다. 결혼식을 올리지 않은 것은 나랏일이 많아서 어머니를 서울로 모셔올 틈이 없었기 때문입니다. 그런데 이번에 다행히 변방 지역을 굴복시켜 임금의 걱정이 풀리셨기에, 바야흐로 귀향하여 노모를 모시고 와서 길일을 택하여 결혼식을 올리려고 했습니다. 뜻밖에 임금께서 부마가 되라 하시니 소신은 놀라고 두려워 어찌할 바를 모르겠습니다. 신이 폐하의 위엄과 죄가 두려워 명령을 따른다면, 정사도의 딸은 죽음으로써 절개를 지킬 것이며 결코 다른 곳으로는 시집가지 않을 것입니다. 이렇게 되면 이 일이 임금께서 세상을 교화하시는 데 어찌 흠이 되지 않겠습니까."

"경의 애타는 사정은 이해하지만 그래도 대의大義로 말하면 경과 정사도의 딸에게는 아직 부부의 의리가 없다고 할 수 있다. 그러니 정사도의 딸이 어찌 다른 집에 시집가지 못하겠는가. 지금 내가 경을 부마로 삼고자 하는 것은 경을 국가 중추 대신으로 대접하고 내 손발처럼 귀히 여기기 때문만은 아니다. 태후께서 경의 위용과 도량을 흠모하여 직접 일을 주재하시니 내가 마음대로 결정할 수 없다."

소유가 임금의 간청에도 불구하고 굳게 사양하니 임금이 다시 말했다.

"혼인은 인생의 대사라, 한마디로 결정할 수 없을 것이니, 우선 경과 바둑이나 두며 소일하고자 하오."

내관을 시켜 바둑판을 올리게 하고 임금과 신하가 승부를 다투다가 날이 저물어 끝냈다.

퇴혼

정사도가 소유가 돌아오는 것을 보고 잔뜩 슬픈 얼굴로 눈물을 훔치며 말했다.

"오늘 태후께서 조서를 내리시어 그대가 보낸 예물을 물리라 하셨네.

그래서 내 이미 예물을 꺼내 춘운에게 주어 그대 처소에 두게 했지. 경패의 신세를 생각하면 우리 노부부의 마음이 어떠하겠는가. 나는 근근이 지탱한다고 해도 아내는 근심이 병이 되어 이제 인사불성이라네."

소유가 낯빛을 잃고 말이 없다가 잠시 후 말했다.

"이 일은 성사되지 않을 것입니다. 제가 임금께 상소를 올려 힘써 말하면 조정에서 다른 신하들도 말을 하지 않겠습니까?"

사도가 소유를 만류했다.

"그대가 임금의 명령을 따르지 않은 것이 이미 두 번이네. 그런데 지금 다시 상소를 올린다면 용의 비늘을 거스르는 일역린, 곧 임금의 화를 돋운다는 뜻이 될 것이니, 어찌 두렵지 않겠는가. 반드시 엄중한 처벌이 따를 것이니 순순히 따름만 못하네. 또 한 가지 말해둘 일이 있네. 그대가 우리 집에서 머무는 것도 몹시 불안하네. 갑자기 떨어져 지내는 것이 심히 서운하지만 다른 곳으로 옮겨 지내는 것이 사리에 맞을 듯하네."

소유가 대답도 하지 않고 처소로 가니 춘운이 오열하고 있었다. 춘운이 눈물 젖은 얼굴로 폐물을 올리며 말했다.

"첩이 아씨의 명을 받아 상공을 모신 지 벌써 해를 넘겼습니다. 지나친 사랑을 받아 늘 부끄러웠는데 귀신의 질투로 일이 어그러져 아씨의 혼사가 다시 바랄 수 없게 되었습니다. 그러니 첩 또한 상공과 이별하고 아씨에게 돌아가겠습니다. 아아, 하늘이시여, 땅이시여, 귀신이시여, 사람들아."

춘운이 실낱같은 소리를 내며 울음을 삼키니 소유가 말했다.

"내 상소를 올려 힘써 사양하려 하니 그러면 임금께서 마음을 돌이키실 것이다. 설령 임금께서 내 말을 들어주시지 않는다 해도 여자가 한 번 남자에게 몸을 맡겼으면 지아비를 따라야 하는 법이라. 어찌하여 네 날 저버린다 하느냐?"

"제 비록 사리에 밝지 않으나, 일찍이 옛사람의 말을 들었으니 어찌 여자에게 삼종지도가 있음을 모르겠습니까. 그러나 제 사정은 다른 사람과 다릅니다. 첩은 보리피리 불던 어릴 때부터 아씨와 같이 놀기 시작해서 젖니가 빠지기에 이르러서는 아씨와 함께 거처했습니다. 그러면서 귀인과 천인의 차이도 잊고 생사를 함께하기로 약속했습니다. 그러니 길흉과 영욕을 함께할 것입니다. 제가 아씨를 따르는 것은 그림자가 몸을 따르는 것과 같습니다. 이제 몸이 가버렸는데 그림자가 어찌 홀로 머물겠습니까."

"그대 주인을 위하는 정성이 지극하구나. 단 그대의 처지는 소저와 달라. 소저야 나와 부부로 살지는 않았으니 동서남북 마음대로 길을 택해 갈 수 있겠지만, 그대가 소저를 따라 다른 사람을 섬기는 것은 여자의 절개에 문제가 되지 않겠느냐?"

"상공께서 이리 말씀하시는 것을 보니 우리 아씨를 안다고 할 수 없군요. 아씨는 이미 마음을 정했습니다. 노부모 슬하에서 있다가 부모가 모두 돌아가시면 몸을 깨끗이 하고 머리를 깎아 불교에 몸을 맡기고자 하십니다. 부처님 앞에서 세세생생世世生生에 다시는 여자로 태어나지 않게 해달라고 기도할 것입니다. 저도 이 길을 따를 것이니, 상공께서 저 보기를 원하신다면 상공의 폐백이 다시 아씨의 방에 들어간 후에야 의논할 수 있을 것입니다. 그렇지 않으면 오늘이 저를 이승에서 보는 마지막 날입니다. 첩은 오로지 상공의 명령만 받들었고 또 상공의 은혜를 오래 입었습니다. 보은할 길은 오직 침실을 청소하고 세수 시중을 드는 것뿐인데, 상황이 이 지경에 이르렀으니 다음 세상에 상공의 개와 말이 되어 보답하고자 할 뿐입니다. 상공께서는 보중하시기 바랍니다."

그러고는 방구석에 머리를 묻고 반나절을 울더니, 갑자기 몸을 돌려 섬돌 아래로 내려가 두 번 절하고는 안채로 들어가버렸다.

투옥

소유는 마음이 어지러웠고 근심은 천 갈래 만 갈래였다. 천장을 쳐다보며 장탄식을 했고 손바닥을 문지르며 거듭 한탄했다. 마침내 임금에게 상소문을 올렸는데 말이 매우 격절했다.

예부상서 소신 양소유는 삼가 머리를 조아리고 절하며 임금께 아뢰옵니다. 엎드려 생각하건대, 윤리는 정치의 근본이요, 혼인은 인류의 시작입니다. 한번 근본을 잃으면 덕스런 정치가 무너지고 나라가 어지러워지며, 시작을 조심스럽게 하지 않으면 가정 법도가 서지 않아 집안이 망합니다. 집안과 나라의 흥망성쇠도 이런 것과 견주어보면 알 수 있지 않겠습니까? 이 때문에 옛날 어진 임금은 이 문제에 깊은 관심을 보였습니다. 나라를 다스리고자 하면 반드시 윤리를 중히 여기고, 집안을 다스리고자 하면 반드시 혼인을 맨 앞에 두어야 하니, 어찌 그것이 왕정의 근본이 되지 않겠습니까. 이것은 근본을 바로 세워 다스리고 사리를 분명하게 찾아내 밝히고자 하는 뜻일 뿐입니다.

신은 이미 정사도 집에 폐백을 보냈고 또 정씨 집안에 몸을 맡겼습니다. 신은 실로 아내가 있고 가정이 있습니다. 지금 뜻밖에 이 미천한 몸이 당치도 않게 공주의 배필로 거론되고 있습니다. 신은 다만 의심스럽고 놀랍고 두려워 떨 뿐입니다. 임금의 결정과 왕실의 처분이 예법에 맞는지 모르겠습니다. 설령 신이 폐백을 보내지 않았고 그 집에 들어가 살지 않았다고 해도, 신의 집안은 지체가 낮고 천하며, 신 또한 재주가 얕고 학식이 없습니다. 실로 부마로 적합하지 않습니다. 하물며 정사도의 딸과는 이미 부부의 의리가 있고, 정사도와는 장인과 사위의 분수가 있으니, 육례를 행하지 않았다고 할 수 없습니다. 어찌 존귀한 공주께서 미미한 필부와 결혼할 것이며, 예법에 맞는지 틀리는지 묻지도 않고 일의 경중도 분별하지 않으며, 구차하다는 조롱까지 받으며 예법에 어긋난 일을 하겠습니까? 심지어 태후의 명령을 은밀히 전해 이미 행한 혼례 절차를 물리고 이미 받은 폐백까지 돌려주게 하니, 이는 참으로 들어보지 못한 일입니다.

신은 폐하께서 광무제가 송홍을 대한 관대함을 본받지 못하실까 염려됩니다. 신의 절박한 마음은 이미 임금께서 들으셨고, 정사도 딸의 안타까운 사정은 그 집안의 큰일이 되었습니다. 신은 감히 다시는 임금의 은혜를 받아들일 수 없는 형편이 되었습니다만, 신이 실로 두려워하는 바는 임금의 밝은 정치가 신으로 말미암아 어지러워지고 인륜이 신으로 말미암아 무너지는 것입니다. 그리하여 위로는 성상의 다스림에 누를 끼치고 아래로는 집안의 법도를 무너뜨리어, 끝내 나라와 집안이 어지러워 망하는 것을 구할 수 없는 지경에 이르는 것입니다. 엎드려 바라건대, 임금께서 예의의 근본을 중히 여기시고 풍속을 교화하는 시작을 바르게 하시어, 속히 명령을 거두어 이 천한 몸을 안정시켜주시기를 천만 바라옵니다.

임금이 상소를 보고 태후에게 전하니 태후가 크게 화를 내며 소유를 감옥에 가두었다. 이에 조정의 대신들이 함께 간언을 올리니 임금이 말했다.

"나도 처벌이 심하다는 것을 알고 있소. 다만 태후께서 막 진노하셨으니 내 당장 구할 수는 없소."

태후가 소유를 힘들게 하려고 재판을 진행시키지 않은 지 몇 달이 되었다. 정사도 또한 일이 어떻게 될까 불안하여 집안 문을 닫고 손님을 만나지 않았다.

티베트

이때 티베트가 강성해져 중국을 가벼이 여기고 십만의 대병을 일으켰다. 변방 지역이 연이어 무너지고 적의 선봉이 서울 근처까지 이르니 서울 사람들이 모두 놀라 떨었다. 임금이 신하를 모아 의논하니 모두 말했다.

"서울의 병졸은 수만이 안 되고 서울 밖의 구원병은 아직 이르지 않았으니, 잠깐 서울을 버리고 함곡관 동쪽으로 나가서 지방의 군대를 부른 다음 서울을 수복함이 좋겠습니다."

임금이 머뭇거리며 결단을 내리지 못하고 말했다.

"신하들 중에서 양소유가 계책을 잘 내고 결단을 잘 내리니 내 그가 재주가 있다고 여겼소. 전일 하북의 세 지역이 굴복한 것도 모두 양소유의 공이오."

임금이 조회를 끝내고 태후에게 가서 사정을 말하고 소유를 풀어주었다. 불러 계책을 물으니 소유가 말했다.

"서울은 역대 임금의 사당이 있는 곳이요, 또 궁궐이 있습니다. 지금 서울을 버리시면 세상 사람들이 동요할 것이며, 강적이 점령하면 언제 회복할 수 있을지 기약하기 어렵습니다. 대종代宗 때 티베트가 위구르와 힘을 합쳐 백만의 군사를 이끌고 서울을 침범했을 때, 우리 군대는 지금보다 약했지만 곽분양이 홀로 나서서 물리쳤습니다. 신의 재략은 곽분양과 비교할 수 없는 수준이지만, 수천 명의 군사를 주신다면 적을 소탕하여 살려주신 은혜에 보답하겠습니다."

임금은 소유에게 본래 장수의 재질이 있음을 알았다. 그래서 소유를 대장으로 임명했고 서울 군사 삼만을 뽑아 티베트를 치게 했다. 소유가 임금에게 하직하고 군사를 지휘하여, 위교渭橋, 장안 입구에 있는 다리에 진을 쳤다. 먼저 선봉에서 적을 이끄는 좌현왕을 사로잡았는데 이로써 적은 전세가 꺾였다. 적이 도망가자 소유의 군대가 추격했고, 세 번 싸워 세 번 모두 이겼다. 적의 머리 벤 것이 삼만이요, 빼앗은 병마가 팔천 필이었다. 승전 보고를 올리니 임금이 크게 기뻐하며 즉시 군대를 돌아오게 했다. 임금이 장수들의 공을 논하여 상을 내리니, 소유가 군진에서 상소를 올렸다.

신이 듣기로 임금의 군대는 모든 일에 만전을 기해야 하며 가만히 앉아서 기회를 놓치면 공을 이룰 수 없다고 했습니다. 또 항상 이기는 군대와는 함께 전쟁을 걱정하기 어렵고, 적들이 굶주리고 약한 때가 아니면 싸워 이길 수 없다고 들었습니다. 지금 적병은 강하지 않다고 할 수 없고, 그 병기가 날카롭지 않다고도 할 수 없습니다. 다만 저들은 멀리서 우리 나라까지 왔고, 우리는 배불리 먹으면서 저들이 굶주리기를 기다렸습니다. 이런 상황이라 신이 작은 공이나마 세울 수 있었습니다.

적은 날마다 세력이 줄고 병사들은 지치고 있습니다. 병법에 적의 고단함을 이용하라고 했는데, 고단함을 타고도 이기지 못하는 것은 양식 보급이 제대로 이루어지지 않거나 지리적 조건이 좋지 않은 때뿐입니다. 지금 적은 서로 짓밟으며 정신없이 도망하고 있으며 이미 기운의 피폐함이 극진합니다. 큰 고을과 성에서 군량과 마초를 산같이 쌓아두면 우리에게는 주릴 근심이 없을 것이며, 들이 넓어 지리적으로도 유리하니 저들에게는 숨을 곳이 없습니다. 이때를 타 날랜 군사들을 보내 저들을 쫓게 하면 어렵지 않게 완전한 승리를 이룰 수 있을 것입니다. 그런데 지금 한때의 작은 승리에 취해 만전을 기하는 좋은 책략을 버리시니, 군대를 돌려 적을 온전히 토벌하지 않는 것이 바른 계책인지 모르겠습니다.

바라건대 임금께서 조정의 의견을 모아 과감히 결정하시어, 신으로 하여금 군사를 몰아 멀리까지 그들을 공격하게 하여 적의 거점을 소탕하게 하소서. 신이 비록 그들의 본거지까지 가서 그곳을 불태우고 승전 사실을 비석에 적어놓고 오지는 못한다 해도, 맹세컨대 적의 수레 한 대도 고향으로 돌아가지 못하게 할 것이며, 화살 한 발도 우리 쪽으로 날아오지 않게 하겠습니다. 그러면 임금께서 더이상 서쪽을 바라보며 근심하지 않으실 것입니다.

소유가 상소를 올리니 임금이 그 뜻을 장하게 여기고 그 충성에 기뻐했다. 즉시 벼슬을 높여 어사대부 겸 병부상서兵部尙書, 국방부 장관 격 정서대원수征西大元帥, 티베트 정벌대 대장를 삼고, 임금의 권위를 상징하는 칼, 활과 화살, 허리띠와 함께 임금의 명령을 나타내는 깃발과 도끼를 내리고, 삭방, 하동, 농서 등지에 명령을 내려 군대를 보내 정벌군을 돕게 했다.

원정

소유는 임금의 명령서를 받아들고 궁궐을 향해 절했다. 그리고 길일을 가려 전쟁의 신에게 제사를 올린 다음 출전했다. 소유의 병법은 『육도』와 『삼략』의 신통한 꾀를 모두 갖추었고, 진세는 『주역』 팔괘의 신묘한 변화를 모두 드러냈다. 군진이 질서가 있고 명령은 엄숙했다. 소유가 기세를 올려 진군하자, 대나무가 단번에 쭉 갈라지듯, 수개월 사이에 잃었던 오십여 성을 되찾았다. 대군을 몰아 적설산積雪山, 티베트 근처의 눈 덮인 산 아래로 가는데 홀연 말 앞에서 회오리바람이 일더니 까치가 군진으로 날아와 울고 갔다. 소유가 말 위에서 점을 쳐 점괘 하나를 얻고는 말했다.
"곧 적병이 우리 진영을 칠 것이다. 하지만 마침내 우리가 이길 것이다."
산 아래에 군대를 주둔시키고, 나무 울타리를 두르고 사방에 마름쇠를 깔았다. 그런 다음 전군에 질서를 잡고 방비를 단단히 해서 기다리게 했다. 소유는 군막에 앉아서 큰 초에 불을 밝히고 병서를 읽었다. 초병이 밤 열두시를 알렸다. 홀연 차가운 바람이 불어와 촛불이 꺼졌다. 냉기가 엄습하더니, 한 여자가 하늘에서 내려와 군막 안에 들어와 섰다. 여자가 손에 든 비수가 서리처럼 희고 날카로운 빛을 비추고 있었다. 소유는 자객임을 알아차렸으나, 얼굴빛은 전혀 변하지 않았다. 소유가 위엄을 갖추어 느긋이 물었다.

"그대, 뭐 하는 사람이오? 한밤중에 군진에 들어오다니. 무슨 깊은 뜻이 있겠지?"

"첩은 티베트 임금의 명령을 받아 상서의 머리를 얻고자 왔습니다."

소유가 웃으며 말했다.

"대장부가 어찌 죽기를 두려워하겠느냐. 어서 가져가라."

여자가 돌연 칼을 던지더니 앞으로 와서 머리를 조아리며 말했다.

"귀인貴人께서는 걱정하지 마십시오. 첩이 어찌 감히 귀인을 놀라게 하겠습니까?"

소유가 나아가 부축해 일으키며 말했다.

"그대 날카로운 칼을 차고 군영에 들어왔으면서, 어찌 날 해하지 않는가?"

"제 이야기의 본말을 모두 펼치고자 합니다만, 서서 모든 일을 말하기는 어렵습니다."

소유가 자리를 내주며 물었다.

"낭자가 위험을 무릅쓰고 나를 찾아왔으니 반드시 좋은 뜻이 있으리라. 무엇을 알리려 왔느뇨?"

"제 비록 자객의 이름은 있으나, 자객의 마음은 없습니다. 마땅히 속마음을 귀인께 모두 말씀드리겠습니다."

여자는 일어나 촛불을 켜고 소유 앞에 앉았다. 그녀는 구름처럼 풍성한 머리카락을 묶어 올렸는데 그 위에 금비녀를 높이 꽂았고, 좁은 소매의 군복을 입었다. 군복 위에는 패랭이꽃이 그려져 있었다. 봉미화鳳尾靴

를 신었고, 허리에는 용천검龍泉劍, 보검의 이름을 찼다. 천연스런 아름다움이 마치 이슬에 젖은 해당화 같아서, 늙은 아버지를 대신해 전쟁에 나간 여전사 목란木蘭이라기보다는 주인을 위해 적장의 금합金盒을 훔쳐낸 여자협객 홍선紅線에 가까웠다. 여자가 말했다.

"저는 본래 양주涼州, 중국 간쑤 성의 지명 사람으로 대대로 당나라 백성이었습니다. 어려서 부모를 잃고 어떤 여자를 따라서 그의 제자가 되었지요. 그는 신묘한 검술을 가지고 있었는데, 제자 셋을 가르쳤습니다. 곧 진해월, 금채홍, 심요연입니다. 심요연이 바로 접니다. 삼 년 동안 검술을 배웠고 변신하는 도술까지 전수받아, 바람을 타고 번개를 따라 순식간에 천여 리를 갈 수 있게 되었습니다. 세 사람의 검술이 고하高下의 차이가 별로 없는데 스승은 원수를 갚을 때나 악인을 죽일 때 꼭 채홍이나 해월을 보내고 저는 시키지 않았습니다. 제가 물었습니다. '저희 세 사람은 함께 사부님을 섬기면서 훌륭한 가르침을 받았습니다. 그런데 저만 홀로 사부님의 은혜를 갚지 못하니, 제 재주가 부족해서 그렇습니까? 감히 여쭙습니다.' '너는 우리 부류가 아니다. 훗날 마땅히 바른 길을 찾을 것이고, 마침내 성취하는 바가 있을 것이다. 지금 다른 두 사람처럼 사람을 죽이고 해친다면, 어찌 네 마음과 행동에 잃는 것이 없겠느냐? 그래서 널 보내지 않았느니라.' '그렇다면 제가 검술을 배우고 익혀 무엇하겠습니까?' '네 전생의 인연은 당나라에 있다. 그는 무척 고귀한 사람이다. 네 지금 외국에 있어 그와 만날 방법이 없는데, 내 네게 검술을 가르친 이유는 네 작은 재주로 귀인을 만나게 하고자 함이다. 너는 훗날 백만 군중軍中에 들어가 좋은 인연을 이루게 될 것이다.'

올봄 스승께서 다시 말씀하셨습니다. '당나라 임금이 대장군을 보내 티베트를 정벌하게 했다. 그리고 티베트 임금은 공고를 내서 자객을 모집해 당나라 장군을 해치려 하고 있지. 이제 하산해서 티베트로 가라. 가서 다른 자객들과 검술을 겨루어라. 그리하여 당나라 장수를 위험에

서 구하고 마침내 네 전생의 인연을 이루어라.'

저는 스승의 명을 받들어 티베트로 가서 성문에 걸린 공고문을 찾았습니다. 임금은 절 불러 궁궐로 들어오게 해서 먼저 도착한 자객들과 재주를 겨루게 했습니다. 제가 잠깐 동안 십여 명의 상투를 자르자, 임금은 크게 기뻐하며 저를 자객으로 보내고자 했습니다. 그러면서 말했습니다. '네 당나라 장군의 머리를 가지고 오면 그때 너를 귀비貴妃로 봉하겠노라.'

이제 제가 상공과 만났으니, 사부의 말은 증명되었습니다. 이제부터 평생 신발 시중이나 들면서 상공을 좌우에서 모시고자 합니다. 허락해주시겠는지요?"

소유가 크게 기뻐 말했다.

"낭자는 거의 죽을 뻔한 내 목숨을 구해주었는데, 이제 몸소 날 섬기고자 하니 이 은혜를 어찌 다 갚겠소? 검은 머리가 하얗게 되도록 함께 사는 것이 내 뜻이오."

둘이 잠자리로 들었다. 달빛을 받은 창과 칼의 빛이 화촉을 대신했고, 군영에서 조두刁斗, 밥 짓는 냄비와 순찰용 징을 겸한 놋그릇 두드리며 순찰하는 소리가 거문고 소리를 대신했다. 복파장군伏波將軍, 난을 평정하는 임무를 맡은 장군의 군영에 달그림자 유유히 흐르고, 옥문관玉門關, 중국에서 서역으로 통하던 둔황 부근의 관문 밖에 봄빛이 새로 나니, 군막 속의 호탕한 흥이 비단 장막과 채색 병풍 둘러친 안방보다 덜할 것이 없었다. 이후로 소유는 새벽부터 저녁까지 요연과 즐거움에 빠져 군사들을 돌보지 않았다. 이렇게 하기를 사흘에 이르자 요연이 말했다.

"군중은 부녀자가 머물 곳이 아닙니다. 병사들의 사기가 오르지 않을까 염려되니 이제 돌아가고자 합니다."

"선랑仙娘은 세상의 단장한 미인들과는 비교가 되지 않소. 이제 기이한 계책을 세워 적을 깨뜨리는 일을 도와주기를 바랐는데 어찌 나를 버리고 돌아가려 하오."

"상공께서는 뛰어난 무예를 가지셨으니 미약한 적당의 소굴을 소탕하는 일은 착수하기만 하면 될 것입니다. 어찌 적들이 상공에게 근심거리나 되겠습니까. 제가 스승의 명령을 받고 여기로 오긴 했지만, 아직 스승께 정식으로 하직 인사를 올리지 못했습니다. 돌아가 스승을 뵙고 잠시 산중에 머무르며 상공께서 군대를 이끌고 돌아오실 때를 기다리겠습니다. 상공께서 돌아오실 때에 맞춰 서울로 가서 인사를 올리겠습니다."

"낭자가 떠난 후 티베트 임금이 다른 자객을 보내면 어찌하리오?"

"티베트에 자객이 많다 하나 모두 제 적수가 되지 못합니다. 제가 상공께 귀순했다는 말을 들으면 어찌 감히 다른 사람이 오겠습니까."

요연이 허리춤을 더듬더니 작은 구슬 하나를 내놓았다.

"이 구슬의 이름은 묘아완妙兒玩입니다. 티베트 임금이 머리 묶을 때 쓰던 것이지요. 상공께서는 사람을 시켜 이 구슬을 티베트로 보내 제가 돌아갈 뜻이 없음을 알게 하소서."

소유가 다시 물었다.

"이 밖에 또 알려줄 만한 것은 없소?"

"앞으로 가시는 길에 반사곡盤蛇谷이라는 골짜기를 지날 것입니다. 그런데 그 골짜기에는 마실 물이 없습니다. 상공께서는 신중히 처신하시어 우물을 파서 군사들에게 마시게 하소서."

소유가 또 계책을 묻고자 했으나 요연이 훌쩍 공중으로 뛰어오르더니 다시 보이지 않았다. 소유가 군사들을 만나 요연의 일을 이야기하자 모두 말했다.

"장군의 큰 복이 하늘처럼 넓고 신무神武가 적을 두렵게 하더니, 신인神人까지 와서 돕나봅니다."

제9회
백룡담에서 남해 태자의 군대를 물리치고,
동정호 용왕은 사위를 위해 잔치를 열다

포위

소유의 군대는 다시 진군했고, 요연이 준 옥구슬은 티베트로 보냈다. 어떤 웅장한 산 아래에 도착했는데, 골짜기가 어찌나 좁은지 겨우 말 한 마리가 빠져나갈 정도였다. 골짜기 벽을 짚으며 또 시내를 따라 군사들이 줄에 꿴 생선처럼 나아갔다. 수백 리를 지나자 비로소 약간 넓은 곳이 나왔다. 여기에 군진을 설치하고 군사와 말을 쉬게 했다. 군사들은 지치고 갈증이 나서 물을 찾았으나 얻을 수 없었다. 마침 산 아래에 큰 못이 있었다. 다투어 달려가 물을 마셨다. 그런데 물을 마신 군사들이 온몸이 퍼렇게 변했다. 말도 하지 못했다. 몸을 떨면서 죽어가는 듯했다. 숨이 차차 잦아들었다. 소유가 가서 보니 그 못의 물빛은 짙푸르다 못해 시커멨다. 깊이를 헤아릴 수 없었다. 물은 가을서리를 맞은 듯 차가웠다. 소유가 깨달아 말했다.

"여기가 바로 요연이 말한 반사곡이로군."

소유는 몸이 성한 군사들을 독려해 우물을 파게 했다. 수백 곳을 열 길 깊이로 팠으나 물이 솟는 곳은 하나도 없었다. 걱정스러워 군진을 다른 데로 옮기고자 했는데, 갑자기 진격을 알리는 북소리가 산 뒤쪽에서 들리더니 우레 같은 소리가 땅을 뒤흔들었다. 메아리가 골짜기에 울렸다. 적병은 험준한 곳을 장악해 소유 군대의 퇴로를 끊었다. 소유 군대는 앞으로 나가지도 뒤로 돌아가지도 못했고, 군사들의 기갈은 더욱 심했다. 소유가 군진에서 적을 물리칠 계교를 생각했으나, 끝내 좋은 계책이 떠오르지 않았다. 오래 걱정하다가 피곤해져서 탁자에 기대 잠깐 졸았다.

백능파

갑자기 이상한 향기가 군진에 가득하더니 여자아이 두 명이 소유 앞에 섰다. 아이들의 얼굴과 태도가 모두 특출해서 선녀 아니면 귀신인 듯했다. 아이들이 소유에게 말했다.

"우리 낭자께서 귀인께 하실 말씀이 있으니, 귀인께서는 누추한 저희 처소에 한번 왕림하소서."

"낭자는 어떤 사람이며, 어디에 사시냐?"

"우리 낭자는 동정호 용왕의 작은딸입니다. 최근 잠깐 궁중을 떠나 이 근처에서 살고 있습니다."

"용왕이 사는 곳이라면 물이겠군. 내 인간세상의 사람이니 어찌 물속으로 갈 수 있으리?"

"신마神馬를 문밖에 세워두었으니 귀인께서는 말에 오르시기만 하면 됩니다. 저절로 물속 세계에 이르시게 되지요. 저희 사는 곳이 그다지 멀지 않으니 무슨 어려움이 있겠습니까?"

소유가 여자아이들을 따라 군문을 나섰다. 행렬을 따르는 자들 수십 명을 보니 모두 의복이 특이하고 외모가 범상치 않았다. 소유가 도움을 받아 말에 오르니 말이 물 흐르듯 달려갔고 말발굽 아래에는 티끌조차 날리지 않았다.

이윽고 물속으로 들어갔는데 궁궐이 크고 화려하여 임금이 머무는 곳과 같았다. 문지기는 모두 물고기 얼굴에다 새우 수염을 달고 있었다. 여자아이 몇 명이 안에서 문을 열고 나와서 소유를 안내하여 당 위로 모셨다. 궁전 가운데는 흰 옥으로 만든 의자가 있었는데 임금이 앉는 자리처럼 남쪽을 향하고 있었다. 시녀는 소유를 이 의자로 안내하고 계단 아래에 수놓은 비단으로 장막을 치고 내전內殿, 궁궐에서 왕비 등 여성이 사는 집으로 들어갔다. 오래지 않아 시녀 십여 명이 왼쪽 행랑을 따라 한 여자를 모시고 왔다. 아름다운 자태, 화려한 옷과 장식은 말로 표현할 수 없었다. 시녀 한 명이 앞으로 나와 말했다.

"동정호 용왕의 딸이 양원수께 인사드리고자 합니다."

소유가 깜짝 놀라 자리에서 피하고자 했으나 양쪽에 있던 시녀가 만류해 단상 아래로 내려갈 수 없었다. 여자는 소유가 있는 단상 앞으로 와서 네 번 절했다. 움직일 때마다 옥소리가 쟁그랑쟁그랑 울렸고 시원한 향기가 코를 찔렀다. 소유는 여자에게 계단 위로 오를 것을 청했다. 그러나 여자가 사양했다. 여자는 계단 아래에 작은 단상을 두고 그 위에 의자를 놓고 앉았다. 소유가 말했다.

"소유는 인간세상의 천한 무리요, 낭자는 물속 세상의 영이한 신입니다. 저를 어찌 이리 공손히 대하시는지요?"

"첩은 동정호 용왕의 막내 능파입니다. 첩이 막 태어났을 때 아버지께서 상계上界에 조회하러 갔다가 장진인張眞人, 도교에서 으뜸 도사로 모시는 장도릉을 만나 제 운명을 물었는데, 장진인은 점을 친 다음 이렇게 말했답니다. '이 낭자는 전생에 선녀요, 죄를 입어 용궁에 내려와 그대의 딸이 되었소. 나중에는 반드시 사람의 모습을 회복하여 인간세상의 귀인을 만날 것이고, 눈과 귀 그리고 마음으로 모든 즐거움을 얻고 부귀영화를 누릴 것이오. 그리고 마침내 불교에 귀의하여 큰 깨달음을 얻을 것이오.'

우리 용신은 물에 사는 종족 가운데 으뜸입니다만, 그래도 술법을 써서 사람으로 바뀌는 것을 영화로 여깁니다. 신선이나 부처의 경지에 이르면 더욱 떠받들지요. 첩의 큰언니는 처음에는 경하涇河, 장안 근처의 강 이름 용왕의 며느리가 되었지요. 그런데 부부가 다투면서 양가도 갈라서게 되었고, 뒤에 유의柳毅, 당나라 전기 「유의전」의 주인공라는 선비와 결혼했습니다. 그 선비가 나중에 신선이 되어 우리 여러 족속과 일가친척들이 더욱 존경하게 되었지요. 저는 장진인의 말처럼 불가의 깨달음을 얻으리니, 그러면 언니보다 영화가 클 것입니다. 아버지께서는 장진인의 말씀을 들은 후 저를 사랑하는 마음이 한층 깊어졌고, 궁궐의 높고 낮은 시첩들도 모두 저를 하늘에서 온 선녀처럼 대했습니다.

제가 조금 자란 다음, 남해 용왕의 아들 오현敖賢이 제가 약간 자색이 있다는 말을 듣고 아버지께 구혼했습니다. 우리 동정호는 남해의 관할하에 있어서 아버지께서는 바로 딱 부러지게 거부하지 못했습니다. 그래서 친히 남해로 가서 장진인의 말을 들어 분명한 거절의 뜻을 표했습니다. 그랬더니 남해 용왕이 교만하고 사나운 아들을 위해, 아버지께서 도사의 허탄한 말에 빠졌다고 꾸짖으며 더 강하게 결혼을 요구했습니다.

첩은 부모 슬하에 있다가는 반드시 욕을 입겠다고 여겨, 부모를 떠나 멀리 오랑캐 땅으로 달아나 가시나무 수풀을 헤쳐 보금자리를 찾아 숨었습니다. 남해의 핍박이 심해지자 부모님이 남해 쪽에다 대답했습니다. '딸이 결혼을 원치 않아 멀리 달아나 몸을 숨겼으니, 그래도 우리 딸을 포기하지 않겠다면 딸에게 직접 의사를 물어보라.'

저 미친 용왕의 아들놈이 첩의 형편이 외롭고 약하다며 업신여겨 군병을 이끌고 와서 첩을 핍박했는데, 첩이 억울함과 어려움을 무릅쓰고 뜻을 지키려고 하자 하늘과 땅이 감동하여 연못 물이 얼음처럼 차갑게 지옥처럼 시커멓게 변해버렸습니다. 그래서 바깥의 군대가 쉽게 들어올 수 없게 되었고, 이로써 첩은 위태로운 목숨을 지켰습니다.

지금 귀인을 이 누추한 곳에 모신 까닭은 제 속마음을 말하려고 한 것만은 아닙니다. 현재 당나라 군대가 이곳에서 야영한 지 오래입니다. 물을 얻으려고 해도 물길이 막혀 있고, 샘물이 말라 땅을 파봐야 헛수고일 뿐입니다. 온 산을 다 파고, 또 만 길 깊이로 파더라도 물은 얻을 수 없고 힘만 빠질 것입니다.

이 연못의 원래 이름은 청수담淸水潭입니다. 그 이름만큼 물이 깨끗했습니다만, 첩이 여기 온 후부터 맛이 고약해졌고 마신 이는 병을 얻었습니다. 그래서 연못 이름이 백룡담白龍潭으로 바뀌었습니다. 지금 귀인께서 첩이 사는 곳에 오셨으니, 이제 더 무엇을 바라겠습니까? 은두레박이 우물 위로 올라오고당나라 시인 백거이의 「정저인은병井底引銀甁」에 의하면 남녀의 만남을 상징하는 말이다, 그늘진 계곡에 봄이 돌아온 것과 같습니다. 또 첩은 이미 귀인께 몸과 운명을 모두 맡겼으니 귀인의 근심이 바로 첩의 근심입니다. 어찌 제 꾀를 다 바쳐 귀인을 돕지 않겠습니까? 지금부터는 물맛이 옛날처럼 달 것이며 병사들이 마음껏 마셔도 아무런 해도 없을 것입니다. 그리고 물로 병이 난 병사들도 저절로 나을 것입니다."

"지금 낭자의 말을 들으니, 우리 두 사람의 인연은 하늘에서 정해준 듯하오. 월하노인이 정한 인연이 이루어진 것이겠지요. 낭자도 내 생각과 같소?"

"이 변변찮은 첩이야 진작에 마음을 정했지만 바로 낭군을 모시지 못한 이유가 셋 있습니다. 첫째는 부모에게 혼인 허락을 받지 못한 것이고, 둘째는 제가 인간이 된 다음에야 귀한 분을 모실 수 있다는 것입니다. 지금 지느러미를 달고 비린내를 풍기며 귀인의 침대로 들어가면 귀인께 누가 될 뿐입니다. 셋째는 남해 용왕의 아들이 계속 여기로 정탐꾼을 보내 살피니, 제가 결혼을 했다가는 그가 화를 내어 일장풍파가 일어날 것이기 때문입니다. 귀인께서는 모름지기 진영으로 돌아가 군진을 정비하여 적을 섬멸하시고, 개선가를 울리며 서울로 돌아가시기 바랍니다. 그때 첩이 달려가 모시겠습니다."

"낭자의 말이 옳긴 하오만, 내 생각에 낭자가 여기 오랑캐 땅까지 온 까닭은 낭자의 절조를 지키는 데만 있지 않은 듯하오. 내가 오기를 기다렸다가 지아비를 만나 따르라는 부왕의 뜻도 있었던 것이지요. 그러니 오늘의 만남이 어찌 아버지의 명령이 아니겠소. 또 낭자는 천지신명의 후예로 신령한 자취를 잇고 있어서, 사람과 신선 사이를 왕래하며 어디든 가지 못하는 곳이 없으니, 어찌 지느러미가 있다고 꺼리리오. 그리고 소유가 비록 재주가 없으나 임금의 명령을 받아서 백만 대군을 거느리고 있소. 여기에다 바람신을 선봉에 세우고 바다신을 배후에 두고 있소. 남해 용왕의 어린 자식 정도야 모기나 개미로 여길 뿐이오. 만일 그가 판단을 그르쳐 감히 침범하려 들면 내 보검에 피만 묻힐 뿐이오. 오늘밤 다행히 그대를 만났으니 좋은 날을 어찌 헛되이 보내며 아름다운 기약을 어찌 저버리겠소."

마침내 능파를 이끌고 잠자리로 나아가니 그 즐거움은 꿈이라 할 수 없이 생생했다.

남해 태자

날이 밝기 전에 우렛소리가 요란하더니 수정 궁전이 흔들렸다. 능파가 놀라 일어나니 궁녀가 급히 보고했다.

"큰일이 났습니다. 남해 태자가 엄청난 규모의 군대를 몰고 와서 산 아래 진을 치고 양원수께 자웅을 겨루자고 합니다."

소유가 크게 노하여 말했다.

"미친놈, 어디서 감히."

소매를 떨치고 일어나 물 밖으로 뛰어나가 보니 남해 태자의 병사들이 벌써 백룡담을 에워싸고 함성을 지르고 있었다. 전운戰雲이 사방에서 일어났다. 태자가 말을 달려 군진을 나오며 소리쳤다.

"네 어떤 놈이기에 남의 아내를 빼앗느냐? 너 같은 놈과는 천지간에 함께 서지 않으리라."

소유가 나가 말을 마주 세우고 크게 웃으며 말했다.

"동정호 용왕의 딸과 나는 전생에 이미 인연이 있었고, 이 세상에서도 인연이 있으며, 내생에도 연분이 있다. 이는 하늘나라 장부에도 적혀 있고, 또 진인眞人 또한 아는 바다. 나는 하늘의 명령과 가르침을 따를 뿐이다. 그런데 어찌 비늘 달린 버러지 같은 놈이 이리도 무례하냐."

소유가 군대를 몰아 진군하니 태자가 크게 화를 내며 수많은 수중 종자에게 명령했다. 태자 군중에서 잉어 제독, 자라 참군參軍이 용감히 뛰어올라 앞으로 나왔다. 그러나 소유가 한 번 깃발을 드니 아군이 적의 목을 베었고, 한 번 백옥 채찍을 휘두르니 백만 용사가 발로 차고 밟았다. 잠깐 사이에 적병의 비늘과 껍질이 땅에 가득했다. 태자는 몸 여러 곳에 상처를 입었다. 태자는 변신술도 쓰지 못하게 되어, 결국 당나라 군대에 사로잡혀 소유의 군영에 끌려왔다. 소유가 기뻐하며 징을 쳐 군사를 거두었다. 이때 문지기 병사가 고했다.

"백룡담 낭자께서 친히 군영에 오셔서 원수께 축하하고, 군사들에게 음식을 베풀어 노고를 위로하신답니다."

소유가 사람을 보내 마중하니 능파가 승리를 축하했다. 천 석의 쌀로 술을 빚고 만 마리의 소를 잡아 온 군대를 실컷 먹이니 병사들이 배를 두드리며 즐거이 노래 부르고 펄쩍펄쩍 뛰며 춤을 추었다. 군사들의 사기가 백배는 더했다. 소유가 능파와 앉아 있는데 남해 태자가 끌려왔다.

백능파 하단은 소유의 군대와 남해 태자의 수중 어족 군대가 싸우는 장면이고, 상단은 동정호 용
왕이 소유와 딸 능파를 용궁으로 불러 승전을 축하하는 잔치를 벌이는 장면이다.

소유가 성난 목소리로 꾸짖었다.

"내 임금의 명령을 받아 사방의 오랑캐를 정벌하고 있으니 어떤 귀신이라도 내 명령을 따르지 않는 자가 없다. 그런데 너 같은 애송이가 천명을 알지 못하고 감히 우리 대군에 대항하니 이는 스스로 어족魚族들의 살육을 부른 것이다. 내게 한 자루 보검이 있으니 바로 위징魏徵. 당나라 태종때 인물 승상이 경하 용왕을 벤 것이다. 마땅히 네 머리를 베어 우리 당나라 군대의 위엄을 떨쳐야 하겠지만, 너희 집안이 남해를 다스리며 비를 내려 만민을 살린 공이 있으니 특별히 용서하겠다. 그러니 지금부터는 힘써 악행을 바로잡고 다시는 낭자께 죄를 얻지 말라."

말을 끝내고 밖으로 끌어내 보내라 하니 태자가 숨도 못 쉬고 웅크리고 있다가 쥐처럼 살금살금 달아났다.

문득 상서로운 빛과 기운이 동남쪽으로부터 오더니 붉은 노을이 자욱하고 구름이 그 빛을 받아 명멸하는 사이로 각종 깃발과 의장을 든 사신들이 하늘에서 줄줄이 내려왔다. 자줏빛 옷을 입은 사신이 종종걸음으로 와서 말했다.

"동정호 용왕이 양원수께서 남해 태자의 군대를 물리치고 공주의 위급함을 구하셨다는 것을 아시고 원수의 군문 앞에 몸소 사례 드리기를 간절히 원하십니다. 그러나 맡은 직분으로 인해 함부로 자리를 떠나지 못하므로 응벽전凝碧殿에서 큰 잔치를 열어 원수를 모시고자 합니다. 원수께서는 잠시 왕림하소서. 용왕께서 공주님도 모시고 오라 하셨습니다."

"적군이야 물러갔지만 아직 군진이 그대로 있으니 내 쉽게 자리를 뜰수 없소. 또 동정호는 여기서 만리 밖이니 갔다 오는 데 시일이 많이 소요될 것이오. 군대를 통솔하는 사람이 어찌 감히 멀리 나가겠소."

"벌써 여덟 마리 용이 끄는 수레를 준비했습니다. 반나절이면 다녀올수 있습니다."

제10회
소유, 틈을 타 남악 형산을 찾고,
난양은 변장해 경패 집을 방문하다

용궁 잔치

소유가 능파와 수레에 오르니 갑자기 이상한 바람이 불어와 수레를 하늘 높이 날렸다. 얼마나 올라갔는지 얼마나 날아갔는지 알 수 없었다. 흰구름이 덮개처럼 세상을 두르고 있는 것이 보일 뿐이었다. 서서히 아래로 내려오면서 동정호에 이르렀다. 용왕이 멀리 나와 맞았다. 주인과 손님이 예법에 따라 인사하고 또 장인과 사위의 정을 나누었다. 서로 앞서거니 뒤서거니 자리를 양보하며 궁전에 올랐다. 잔칫상이 차려져 있었다. 용왕이 술잔을 들어 감사를 표했다.

"과인이 덕이 없고 힘이 약해 딸 하나를 지키지 못했습니다. 지금 원수께서 위엄을 떨쳐 남해 태자를 사로잡았고 또 후의를 베풀어 제 딸을 구했습니다. 그 하늘처럼 높고 땅처럼 두터운 은덕을 갚고자 합니다."

"모두 대왕의 위엄과 명령이 미쳐서 된 일입니다. 어찌 제게 사례할 일이겠습니까?"

술자리가 무르익자 용왕이 풍악을 명했다. 용궁의 음악 소리는 즐거워도 절조가 있었다. 속세의 음악과 달랐다. 장사 천 명이 궁전 좌우에 줄지어 서 있는데, 손에 칼과 창을 들고 있었다. 큰북이 울리자 발맞추어 앞으로 나왔다. 또 여섯 줄로 선 미녀들은 연꽃무늬 옷을 입고 달처럼 생긴 노리개를 차고 긴 소매를 떨치며 쌍쌍이 서서 춤을 추었다. 정말 장관이었다. 소유가 물었다.

"이 춤의 배경음악은 무엇입니까?"

용왕이 답했다.

"우리 용궁에도 옛날에는 이 음악이 없었습니다. 과인의 장녀가 경하 용왕의 며느리가 되었는데, 유씨 성의 선비_{유의를 가리킨다}가 보내온 편지를 통해 딸이 양을 치며 어렵게 산다는 것을 알게 되었습니다. 이 사실을 과인의 동생인 전당강 용왕이 알고 경하 용왕과 큰 싸움을 벌였습니다. 마침내 경하의 군대를 격파하고 딸을 데려왔지요. 궁중 사람들이 이 일을 위하여 춤을 만들었는데, 그 춤곡의 제목을 〈전당왕 전승곡〉 또는 〈공주 환궁곡〉이라고 했고, 때때로 궁중 잔치에서 연주했습니다. 이제 원수께서 남해 태자를 무찌르고 우리 부녀가 다시 만나게 되었으니 전당강 용왕의 일과 비슷하지요. 그래서 옛날 춤곡의 이름을 바꾸어 〈원수 전승곡〉이라고 했습니다."

"유선생은 지금 어디 계신지요? 만나뵐 수 있을지요?"

"유서방은 지금 영주산瀛洲山 선관仙官의 직분을 맡고 있습니다. 어찌 자리를 비우고 오겠습니까."

술이 아홉 순배 돈 다음 소유가 작별 인사를 했다.

"군진에 일이 많아 오래 머물지 못함이 한입니다. 낭자로 하여금 다음 만날 약속을 어기지 않게 하소서."

"약속대로 하리다."

용왕이 궁궐 문밖까지 작별하러 나왔다. 소유가 궁 밖으로 나와 보니 우뚝한 산이 있는데 특히 다섯 봉우리가 빼어났고 그 봉우리들은 모두 구름 속에 잠겨 있었다. 소유가 갑자기 놀고 싶은 마음이 생겨 용왕에게 물었다.

"저 산은 무슨 산입니까? 제 어려서부터 천하를 다 돌아다녔지만 저 산과 화산華山은 올라보지 못했습니다."

"원수께서는 저 산의 이름을 듣지 못하셨습니까? 남악 형산입니다. 신비한 산이지요."

"어떻게 하면 저 산에 오를 수 있을까요?"

"아직 해가 떨어지지 않았으니 잠깐이나마 놀다 가시지요. 다녀와도 해가 저물지는 않을 겁니다."

남악 형산

소유가 수레에 오르자 금세 형산 아래에 도착했다. 대나무 지팡이를 짚고 돌길을 올랐다. 언덕을 넘고 골짜기를 지나 높고 깊은 곳에 이르렀다. 쭉 펼쳐진 풍경이 볼거리가 하나둘이 아니었다. 이른바 '천 개의 바위가 수려함을 다투고 만 곳의 골짜기가 물길을 다툰다'는 말이 실로 딱 어울리는 표현이었다. 소유가 땅에 지팡이를 꽂고 멀리 바라보니 지난 일들이 떠올랐다. 탄식하며 말했다.

"전쟁에 시달려 신심이 다 지쳤구나. 내 속세와의 인연이 어찌 이리 깊을꼬? 어찌하면 공을 이룬 후 물러나 초연히 세상 밖 사람이 될꼬?"

잠시 후 맑은 석경石磬, 돌로 만든 편경 소리가 숲속에서 들렸다. 소유가 말했다.

"절이 멀지 않군."

험준한 봉우리를 넘어 산꼭대기에 이르니 절 하나가 있었다. 깊고 그

옥한 절집에 승려들이 모여 있었다. 노승이 방석 위에 가부좌를 하고 앉아서 경문을 외우며 설법을 하고 있었다. 노승은 푸르고 긴 눈썹을 가지고 있었고 야윈 몸에서는 맑은 기풍이 흘렀다. 오랜 연륜을 느낄 수 있었다. 소유를 보더니 제자들을 이끌고 계단을 내려와 맞았다.

"산속 사람이 보고 듣는 것이 어두워 대원수께서 오시는 것도 몰랐습니다. 절 입구에서 맞지 않음을 용서해주십시오. 그런데 이번은 원수께서 영영 돌아올 때가 아니외다. 기왕 오셨으니 불전에 올라 예불이나 하고 가시지요."

소유가 바로 불상 앞으로 가서 향을 사르고 절했다. 그러고는 전각을 내려오는데 발을 헛디뎠다. 놀라서 깼다.

승전

소유는 군영 안 탁자에 기대앉아 있었다. 동쪽이 희미하게 밝아오고 있었다. 소유가 이상하게 여겨 여러 장수에게 물었다.

"그대들도 꿈을 꾸었나?"

"소인들도 모두 꿈을 꾸었나이다. 꿈에 원수를 모시고 귀신 병졸과 싸워 크게 이겼고 대장까지 사로잡아 돌아왔지요. 이는 티베트 오랑캐 두목을 잡을 길조입니다."

소유가 꿈속 일을 말한 후 장수들과 백룡담에 갔다. 남해 군사들의 떨어진 비늘이 땅을 덮고 있었고 흘린 피는 강이 되었다. 소유가 잔을 들고 물을 떠 먼저 맛본 다음 병든 군사들에게 마시게 했다. 물을 마신 군사들 모두 병이 나았다. 군사들과 말을 데리고 가서 마시게 하니 기뻐하는 소리가 천지를 울렸다. 적들이 이 소식을 듣고 크게 두려워 관을 등에 지고 죽을 채비를 하고 와서 항복했다.

결혼 논의

소유가 출병한 다음 승전보가 계속 이어지자 임금이 가상히 여겼다. 하루는 임금이 태후를 만나 소유의 공을 칭찬하며 말했다.

"소유는 곽분양 이후 최고니, 돌아오면 승상의 벼슬을 내려 그 공을 갚아줄 겁니다. 다만 난양의 혼사가 아직 정해지지 않았으니, 소유가 마음을 돌려 명령을 따르면 좋으련만, 계속 고집하면 공신을 벌을 줄 수도 없고 그 뜻을 굽히게 할 수도 없으니, 혼사를 성사할 방도가 없어 안타깝습니다."

"내 듣자니 정씨 집 딸이 실로 아름답다 하고, 일찍이 소유와 만났다 하니, 소유가 어찌 버리려 하겠소. 내 생각으로는 소유가 멀리 나갔을 때 정씨 집에 명령을 내려 다른 사람과 결혼하게 하면 소유의 바람이 꺾일 것이오. 그렇게 되면 어찌 명령을 따르지 않겠소."

임금이 오랫동안 대답하지 못하다가 조용히 나갔다. 이때 난양이 태후 곁에 있다가 말했다.

"마마의 가르침은 사리에 크게 어긋납니다. 정소저의 혼인 여부는 그 집안 일이니 어찌 조정에서 간여할 수 있겠습니까?"

"이는 네게 중요한 일일 뿐만 아니라, 나라에도 큰일이다. 내 너와 상의하고 싶다. 상서 양소유의 풍채와 문장은 여러 대신 중에도 뛰어나며, 또 너와는 퉁소를 불어 옛날 농옥과 소사처럼 인연을 맺었다. 그러니 네 소유를 버리고 다른 사람과 결혼할 수 없으리라. 그런데 소유가 정씨 집안과 정분이 두터워 버릴 수 없으니, 일이 극히 난처하다. 소유가 군사를 이끌고 돌아온 후, 먼저 너와 혼례를 치르고, 그다음 정씨 딸을 첩으로 맞이하게 하면 소유도 사양할 수 없을 게다. 다만 네 뜻을 모르니 주저할 뿐이다."

"제 평생 질투가 어떤 것인지도 모르고 살았습니다. 그런 제가 정소저를 첩으로 들인다고 꺼리겠어요? 다만 양상서가 이미 정씨 집에 폐백을 드렸는데 그 집 딸을 첩으로 삼는 것은 예법에 어긋난 일이에요. 더욱이 정씨 집은 대대로 재상을 지낸 우리 나라의 명문가인데, 그런 집 딸을 첩으로 삼으면 어찌 원망이 없겠습니까? 이는 옳지 않아요."

"그러면 어찌하면 좋겠느냐?"

"국법에 따르면 제후는 부인을 셋까지 둘 수 있어요. 양상서가 승전하고 조정에 돌아와, 큰 상을 받으면 작은 나라의 왕이 될 것이고, 작은 상을 받으면 왕보다 낮은 제후는 될 수 있을 테지요. 그런 사람이 두 부인을 두는 것은 분에 넘치는 일이 아닙니다. 이때 정소저를 맞아들이면 어떨지요?"

"안 된다. 두 여자가 지위가 동등하면 한 남자의 부인이 되어도 무방하지만, 너는 돌아가신 임금이 사랑한 딸이고 지금 임금이 아끼는 누이다. 그 몸이 중할 뿐만 아니라 지위가 높다. 어찌 여염집의 딸과 어깨를 나란히 하여 한 남편을 섬길 수 있겠느냐?"

"저도 제 지위가 높다는 것을 압니다. 그러나 옛날 성스럽고 현명한 임금들은 어진 선비를 존경했고, 자신의 높은 신분을 잊고 선비의 덕을 사랑했습니다. 그리하여 만 대의 수레를 가진 임금이 그저 몸 하나 가진 선비와 벗이 되기도 했습니다. 저는 정소저의 용모와 절행이 옛 열녀도 미치지 못할 정도라고 들었습니다. 실로 그 말이 맞다면, 제가 정소저와 어깨를 나란히 하는 것은 행운이지 욕이 아닙니다. 다만 소문은 실상과 어긋나기 쉽고, 허와 실은 맞아떨어지기 어려운 법입니다. 제가 정소저의 용모와 재덕을 직접 보아 소문이 맞다면 응당 몸을 굽혀 함께 한 남편을 섬기겠지만, 소문과 다르면 그를 첩으로 만들든 종으로 만들든 마마의 뜻에 따르겠습니다."

태후가 탄식하며 말했다.

"다른 사람의 재주와 아름다움을 질투하는 것은 여자라면 누구나 갖는 마음이거늘, 너는 다른 이의 재주를 자기 것처럼 사랑하고, 다른 이의 덕을 목마른 자가 물을 찾듯 공경하니, 어미로서 어찌 기쁘지 않겠느냐. 나도 정씨를 한번 보고 싶구나. 내일 정씨 집에다 궁궐로 오라는 명령을 내리겠노라."

"비록 어마마마께서 명령을 내리신다고 해도, 정소저는 병을 핑계삼아 오지 않을 것입니다. 재상집 딸을 억지로 오게 할 수 없지요. 도교 사원이나 비구니 절에 분부하시어 정소저가 분향 제사하러 오는 날을 알면, 그때 만나기는 어렵지 않을 듯합니다."

태후가 옳다 하며 어린 내관에게 근처의 절에 물어보게 했다. 정혜원定惠院의 비구니가 말했다.

"정사도 집안이 원래 저희 절에서 불사를 올립니다만, 그 따님은 절에 왕래하지 않습니다. 사흘 전 따님의 시비이자 양상서의 소실인 가씨賈氏가 따님의 명령을 받아 불전에 발원문發願文을 바치고 갔습니다. 내관님은 이 글을 가지고 가서 태후께 말씀드리심이 어떻겠습니까?"

내관이 돌아와 아뢰니 태후가 말했다.

"실로 그렇다면 정씨 얼굴 보기가 어렵겠구나."

태후가 난양과 함께 발원문을 읽었다.

부처의 제자인 정씨 경패는 삼가 여종 춘운으로 하여금 목욕재계하고 부처님 전에 머리를 조아리며 아뢰게 하옵니다. 제자 경패는 죄악이 깊고 무거워 악업의 보응으로 여자의 몸을 받아 태어났을 뿐만 아니라, 형제가 없어 동기와 즐거움을 나눌 수도 없었습니다. 막 양씨 집의 폐백을 받아 그 집에서 몸을 마치려 했는데, 양랑이 부마로 뽑혔습니다. 임금의 명령이 지엄한지라, 제자는 이미 양씨 집과 인연이 끊어졌습니다. 하늘의 뜻과 사람의 일이 어그러진 것을 한탄할 뿐입니다. 이 박명한 사람에게 무슨 소원이 있겠습니까. 몸은 아직 양랑에게 허락하지 않았으나 마음은 이미 그에게 속하였으니, 절개를 지키지 않는 것은 바른 도리가 아닙니다. 잠시 부모님 슬하에 기대어 남은 세월을 보내고자 할 뿐입니다. 운명은 기구하지만 다행히 몸은 평안하니, 부처님 전에 정성을 올려 제자의 성심을 고하고자 합니다.

엎드려 바라옵건대, 부처님의 영험함으로 제 정성을 통촉하시고 자비를 베푸시어, 늙은 부모님께서 모두 형통하시어 천수를 누리게 하시고, 저는 질병도 재앙도 없이 노래자老萊子처럼 색동옷을 입고 부모님을 기쁘게 하게 하소서. 그렇게만 할 수 있다면 부모님께서 돌아가신 후 불교에 귀의하여 속세와 인연을 끊고 계율을 따르겠습니다. 그리고 마음을 닦고 불경을 읽으며 몸을 정결히 하여 예불을 올려, 부처님의 두터운 은혜를 갚겠습니다.

여종 가춘운은 본래 저와 깊은 인연이 있으니, 명목은 노비와 주인이나 실상은 벗입니다. 춘운이 일찍이 주인집의 명령을 받아 양랑의 첩이 되었으나, 일이 뜻대로 되지 않아 아름다운 인연을 이루지 못했고, 양랑과 작별한 다음 저희 집으로 돌아와 저와 사생고락을 함께할 것을 맹세했습니다.

엎드려 비옵건대, 부처님께서는 우리 두 사람의 마음과 처지를 굽어 살피시고 불쌍히 여기시어, 다음 생에도 또 다음 생에도 여자의 몸으로 태어나는 것을 면하게 해주소서. 전생의 죄과를 없애주시며 후세에는 복록을 주시어 좋은 땅에 환생하게 하소서. 그래서 오래 한가롭고 즐거이 살게 해주소서.

난양이 보고 나서 슬피 말했다.
"한 명의 결혼이 두 사람의 신세를 그르쳤으니 어찌 음덕에 큰 해가 되지 않으리오."
태후가 듣고 말을 잇지 못했다.

자수 족자

이때 경패는 즐거운 표정으로 부모를 모시고 지내니 전혀 한스러워하는 빛이 없었다. 그러나 최부인은 경패를 볼 때마다 슬픈 생각이 들었다. 춘운이 경패를 모시고 글짓기와 잡기雜技로 기분을 전환하려고 했다. 경패는 알게 모르게 야위어 날마다 더 초췌해지고 고질병이 생겼다. 경패는 위로는 부모님을 걱정하고 아래로는 춘운을 불쌍히 여겨 마음이 안정되지 않았다. 그러나 남들은 이 사실을 알지 못했다. 경패는 어머니의 슬픔을 위로하고자 종을 시켜 연주자나 노리개를 구하여 눈과 귀를 즐겁게 했다.

하루는 여자아이 하나가 자수 족자 두 축을 팔러 왔다. 춘운이 보니 하나는 꽃 사이에 공작새가 있고, 다른 하나는 대숲에 자고새가 앉아 있었다. 솜씨가 절묘한 것이 마치 견우직녀의 직녀가 짰다는 칠양七襄과 같았다. 춘운이 감탄하며 그 사람에게 기다리라 하고는, 족자를 부인과 경패에게 바치며 말했다.

"아씨께서 매번 제 자수를 칭찬하셨는데, 이 족자를 보십시오. 솜씨가 어떻습니까? 선녀가 만든 것이 아니면, 반드시 귀신의 손에서 나왔을 것입니다."

경패는 부인 앉은 자리 앞에서 펼쳐보고는 놀라며 말했다.

"요즘 사람들에게는 이런 공교함이 없다. 실과 천의 염색을 보니 옛 물건도 아니다. 기이하다. 도대체 누가 이런 재주를 가졌을꼬?"

춘운을 시켜 여자아이에게 출처를 물어보라 하니 아이가 답했다.

"이 족자는 저희 집 아씨가 만든 것입니다. 아씨는 잠시 다른 곳에 머물고 계신데, 은밀히 쓰실 곳이 있어, 돈만 된다면 가리지 말고 받아오라 하셨습니다."

춘운이 물었다.

"네 아씨는 뉘 집 따님이며, 또 무슨 일로 홀로 밖에 머무시느냐?"

"저희 아씨는 이통판通判, 관직명의 누이십니다. 통판은 어머니를 모시고 절동浙東의 임지에 가셨는데, 아씨께서는 병 때문에 따라가지 못했습니다. 그사이 잠시 외삼촌 장별가別駕, 관직명 댁에 머무셨는데, 별가댁에도 일이 있어서 이 길 왼편에 있는 연지 가게 사삼랑謝三娘의 집을 빌려 살고 있습니다. 절동에서 보낸 수레만 기다리고 있습니다."

춘운이 그 말을 경패에게 고했다. 경패는 비녀, 팔찌 등으로 값을 넉넉히 치르고 족자를 샀고, 족자를 집 중당 높은 곳에 걸어두고 종일 바라보며 감탄을 그치지 않았다. 이후로 이소저 집 여자아이가 정씨 집을 출입하며 정씨 집 종들과 사귀었다. 경패가 춘운에게 말했다.

"이씨 집 소저의 손재주가 이 같으니 필시 보통 사람이 아닐 거야. 내 여종을 시켜 그 아이를 따라가 이소저를 보고 오게 해야겠어."

경패가 영리한 여종 하나를 보내서 보니, 집이 여염집이라 좁아서 안채와 바깥채의 구별도 없을 정도라 했다. 이소저가 정씨 집 여종이 왔음을 알고 술과 음식을 먹여 보내니, 여종이 돌아와 말했다.

"이소저의 용모가 어찌나 아름답던지 우리 아씨와 마치 한사람인 듯합니다."

춘운이 믿지 못해 말했다.

"바느질 솜씨를 보면 이소저가 노둔하지 않음은 알 수 있지만, 그렇다고 너는 어찌 이리 지나친 말을 하느냐. 이 세상에 우리 아씨와 같은 자가 있다니 믿을 수 없다."

"제 말이 의심스러우면 다른 사람을 보내보시지요. 거짓이 아닙니다."

춘운이 몰래 한 사람을 보내니 돌아와서 말했다.

"이상해요. 참 이상해요. 이소저는 선녀입니다. 어제 말이 틀리지 않습니다. 제 말이 정 의심스러우면 친히 가보시지요."

"앞뒤 두 사람의 말은 모두 어이없다. 어찌 그리 눈들이 없는가."

서로 한바탕 웃고 헤어졌다. 며칠이 지나 연지 가게 사삼랑이 정씨 집에 와서 최부인을 만나 말했다.

"최근 이통판댁 낭자가 소인의 집을 빌려 살고 있는데, 제 평생에 그 낭자와 같은 용모와 재주는 처음 보았습니다. 낭자가 그윽이 귀댁 소저의 아름다운 이름을 우러러, 한번 보고 가르침을 청하려 하나 감히 그러지 못했는데, 마침 소인이 부인께 은혜를 입고 있음을 알고 아뢰도록 했습니다."

부인이 경패를 불러 이런 뜻을 전하니 경패가 말했다.

"제 신세는 지금 다른 사람과 다릅니다. 얼굴을 들고 다른 사람을 만날 형편이 아닙니다. 다만 이소저의 사람됨이 신묘한 자수 솜씨와 같다고 하니, 저 또한 흐린 눈을 씻고자 합니다."

사삼랑이 기뻐하며 돌아갔다.

규방의 벗

다음날 이소저가 여종을 보내 찾아올 뜻을 전했고, 날이 저물자 휘장을 드리운 작은 옥교玉轎, 임금 등 귀인이 타는 가마를 타고 여종 몇 명을 거느리고 정씨 집에 왔다. 경패가 침실에서 맞이하여 손님과 주인이 동쪽과 서쪽으로 갈라 앉으니, 직녀가 견우를 만나러 달나라 궁전에 오고, 선녀 상원부인이 어머니 서왕모가 베푼 요지의 잔치에 참여한 듯했다. 두 소저의 얼굴에서 밝은 빛이 나와 방이 환해지니 둘 다 크게 놀랐다. 경패가 말했다.

"근자에 종들에게 소저께서 옥 같은 발걸음을 옮겨 가까운 곳에 계시다고 들었으나, 이 박명한 사람이 세상과 인연을 끊은 탓에 안부 여쭙는 도리조차 차리지 못했습니다. 지금 소저께서 이렇게 왕림하시니 감격스럽고 송구스럽습니다. 감사한 마음을 어찌 말로 다 하겠습니까."

"저는 궁벽하고 누추한 곳에서 온 사람입니다. 아버지께서 일찍 세상을 뜨시고 어머니 사랑만 받아 평생 배운 것이 없고 인정받을 수 있는 재주도 없습니다. 평상시에 '남자는 사해를 두루 돌아다니며 어진 친구를 사귀어 학문과 덕행을 높이고 스스로를 바로잡고 경계할 길이 있는데, 여자는 오직 집안의 종들 외에는 접하는 사람이 없으니 어느 곳에서 잘못을 바로잡으며 누구에게 의심스런 것을 물을 수 있겠는가' 하며 여자로 태어남을 한탄했습니다. 듣자니 소저께서는 반소班昭. 반고의 여동생으로, 반고를 이어 『한서』를 완성함의 문장과 맹광孟光. 남편을 지성으로 섬긴 여인의 덕행을 겸해, 몸이 중문 밖을 벗어나지 않았는데도 명성이 이미 구중궁궐까지 들어갔습니다. 제가 이 사실을 듣고 자질의 비천함도 잊고 소저의 광채를 접하기를 원했습니다. 지금 소저께서 저버리지 않고 만나주시니 제 간절한 소원이 이루어졌습니다."

"소저께서 가르친 말씀은 저 역시 평소 생각하던 바입니다. 규중 여성은 밖으로 걸음을 옮기지 못하니, 귀와 눈이 모두 막혀 창해滄海의 물도 무산巫山의 구름도 알지 못합니다. 그러니 뜻이 작고 지식이 좁은 것이 당연하지 어찌 이상하겠습니까. 형산荊山의 보옥寶玉은 땅에 묻힌 채 자기 빛 자랑하기를 부끄러워했지만 결국 그 빛이 드러났고, 진주조개 또한 자기 빛을 감추려 해도 마침내 드러나기 마련입니다. 하지만 저 같은 사람은 스스로 보아도 마음에 차지 않으니, 어찌 소저의 과도한 칭찬을 감당할 수 있겠습니까."

이때 다과가 나왔다. 둘이 조용히 얘기하는데 문득 이소저가 말했다.

"얼핏 들으니 댁에 가씨 여자가 있다고 하던데 볼 수 있을는지요?"

"네, 그도 역시 소저를 뵙고 싶어합니다."

춘운을 불러 인사하게 하니 이소저가 일어나 맞았다. 춘운이 경탄했다.

'지난번 두 사람의 말이 정말 옳구나. 하늘이 우리 아씨를 내시고 또 이소저를 내시니, 미녀 조비연과 양귀비가 한 시대에 태어난 것 같구나.'

이소저 또한 속으로 생각했다.

'가씨 여자의 이름은 익히 들었지만, 명성보다 더 훌륭하구나. 이러니 양상서가 사랑하는 것이 당연하다. 진채봉과 나란히 할 만하다. 가씨가 채봉을 만나면, 한나라 무제의 총첩 윤부인이 형부인을 만나 형부인의 인물에 항복하여 눈물 흘린 일을 본받으리라. 주인과 종이 이렇게 아름답고 재주가 있으니, 양상서가 어찌 이들을 버릴 수 있겠는가.'

이소저가 춘운과 더불어 마음을 열고 얘기하니 곡진한 정이 경패와 한가지였다. 이소저가 작별 인사를 했다.

"날이 이미 밝았으니 이야기를 더 듣지 못하는 것이 한입니다. 하지만 제가 머무는 곳이 길 하나를 사이에 두고 있을 뿐이니 한가한 틈을 타 다시 와서 남은 이야기를 청하겠습니다."

경패가 말했다.

"소저의 훌륭한 가르침을 받았으니 마땅히 당 아래로 내려가서 인사해야 하겠지만, 제 신세가 남과 달라 한 걸음도 문밖으로 나가지 못하니, 소저께서는 사정을 헤아리시어 죄를 용서하소서."

두 사람이 헤어지기에 이르니 슬퍼할 따름이었다.

이소저가 돌아간 다음 경패가 춘운에게 말했다.

"용천과 태아라는 두 보검은 감옥 터에 묻혀 있었지만 그 기운이 북두성까지 뻗쳤다고 해. 또 늙은 이무기는 깊은 바다에 잠겨 있어도 그 기운이 신기루를 만든다고 하지. 그런데 이소저는 함께 서울 성안에 살고 있으면서도 한 번도 명성을 들은 일이 없어. 참 이상해."

"제 마음에도 의심되는 일이 하나 있어요. 양상서께서 매양 일찍이 화주 진어사의 딸과 시를 주고받으며 혼약을 맺었는데 진씨 집이 화를 당하는 바람에 일이 어그러졌다고 말씀하셨어요. 진씨의 탁월한 용모를 칭찬하다가 문득 정색하고 탄식하곤 했지요. 첩이 진씨가 지은 「버드나무시」를 보니 정말 재주 있는 여자였어요. 이 여자가 이름을 감추고 아씨와 얽혀 전날 양상서와의 인연을 이루고자 하는 것은 아닐지요?"

"진씨의 아름다움은 나 또한 다른 길로 들었어. 이 여자와 비슷한 것 같아. 다만 집안이 화를 입어 노비가 되었다고 했으니 어찌 이렇게 나타날 수 있겠어."

경패가 어머니를 뵙고 이소저를 입에 침이 마르도록 칭찬하니 부인이 말했다.

"나도 한번 청해서 보고 싶구나."

수일 후 여종을 시켜 이소저에게 오기를 부탁했다. 이소저가 부인의 명을 받아 기꺼이 왔다. 최부인이 방에서 나와 맞이했다. 이소저가 자식 뻘의 예법에 맞추어 부인을 뵈니 부인이 따뜻이 대하며 말했다.

"지난번 소저가 방문하여 내 딸을 후히 대접하니 이 늙은이가 매우 고맙게 여겼다오. 그때 내가 병으로 제대로 접대하지 못한 일이 지금까지도 부끄럽고 한스럽구려."

이소저가 엎드려 대답했다.

"제 일찍이 소저의 선녀 같은 자질을 흠모하며, 소저가 저를 비천하다고 버릴까 두려워할 따름이었습니다. 그런데 지난번 소저가 저를 형제의 의로 대접하고, 이번에는 부인께서 특별히 사랑하시어 자식과 조카처럼 어루만지시니 몸 둘 바를 모르겠습니다. 제 종신토록 부인 댁 문하를 출입하면서 부인 섬기기를 어머니 섬기듯 하겠습니다."

최부인이 두어 번 이소저의 말이 과분하다고 사양했다. 경패가 이소저와 최부인을 모시고 반나절이 되도록 앉아 있다가, 이소저에게 자기 침실로 들어가자고 했고, 거기서 춘운과 함께 세 사람이 벌여 앉아 예쁜 소리로 따뜻한 말을 주고받았다. 뜻이 맞고 정이 통했다. 셋은 문장을 평하기도 하고 부인의 덕행을 논하기도 했는데, 어느덧 해가 서쪽 창문을 비추고 있었다.

제11회
두 미인이 손을 잡고 수레에 오르고,
장신궁에서 일곱 걸음 안에 시를 짓다

이소저

이소저가 돌아간 다음 최부인이 경패와 춘운에게 말했다.

"내 시집과 친정 집안의 식구를 모두 합치면 수천 명도 더 되어, 어려서부터 아름다운 여인을 많이 보았는데, 모두 이소저에는 미치지 못해. 이소저는 정말 내 딸과 막상막하야. 두 미인이 친하게 지내며 또 형제의 의를 맺는 것이 좋겠어."

경패가 춘운이 전한 채봉의 일을 말했다.

"춘운은 끝내 의심을 버리지 않지만, 저는 춘운과는 생각이 다릅니다. 이소저는 자색이 빼어나고 기상이 드높으며 자태가 단정하니, 여염집 선비의 딸과는 크게 달라요. 진씨가 비록 재주가 있다 해도 어찌 이소저와 견줄 수 있겠어요? 첩이 듣기로 난양공주의 용모가 마음만큼 훌륭하고 재주가 덕만큼 높다 하니, 이소저의 기상은 진씨보다는 오히려 난양공주에 가까울 듯합니다."

부인이 말했다.

"공주는 내가 보지 못했으니 알 수 없지만, 존귀한 자리에서 높은 이름을 얻었다고 해서 이소저와 맞아떨어진다고 할 수 있겠니?"

"이소저의 종적이 실로 의심스럽습니다. 나중에 춘운에게 살펴보게 하겠습니다."

다음날 경패와 춘운이 이 일을 의논하는데 이소저의 여종이 정씨 집에 와서 말을 전했다.

"우리 소저께서 오라버니가 계시는 절동으로 가려고 하십니다. 내일 배로 떠날 예정이라 오늘 귀댁에 와서 부인과 소저께 작별을 고하고자 합니다."

경패가 방을 정리하고 기다리니 잠시 후 이소저가 도착했다. 부인과 경패가 만났다. 경패와 이소저는 갑작스런 이별에 마음이 애틋하여 어진 형이 사랑하는 아우를 보내는 것 같고, 남자가 사랑하는 예쁜 여인을 떠나보내는 것과 같았다. 이소저가 일어나 두 번 절한 다음 공손히 말했다.

"어머니 오빠와 헤어진 지 벌써 일 년이 되어, 식구들에게로 돌아가고 싶은 마음이 더욱 굳어졌습니다. 다만 부인의 은덕과 소저와의 정분이 하얀 실타래처럼 마음에 얽혀 아무리 풀려고 해도 풀 수가 없습니다. 제 드릴 말씀이 있어서 소저께 청하고자 하나 소저가 허락하지 않을까 해서 먼저 부인께 고하고자 합니다."

이소저가 주저하며 말하지 않으니 부인이 말했다.

"소저께서 청하고자 하는 일이 무엇이오?"

"제가 돌아가신 아버지를 위해 관음보살 그림에 수를 놓아 겨우 다 끝냈습니다. 그런데 오빠는 멀리 있고 저는 여자라서 문인文人의 찬贊, 서화 따위를 기리는 글을 구하지 못했습니다. 찬이 없으면 수놓은 것이 빛이 나질 않으니, 수고가 모두 허사가 됩니다. 애석한 일이지요.

소저의 글과 글씨를 받았으면 합니다만, 자수 관음도의 비단 크기가 몹시 커 말고 펴기가 쉽지 않습니다. 무례일 것도 같아서 이곳에 가져오지 못했습니다. 소저께서 잠깐 저희 집에 와서 글을 써주실 수 없을는지요? 이로써 저의 아버지에 대한 효도를 온전케 하고 소저와 헤어지는 마음을 위로하고자 합니다. 소저의 뜻을 알지 못해 직접 청하지 못하고 부인께 우러러 부탁드립니다."

부인이 경패를 돌아보며 말했다.

"너는 가까운 일가친척 집에도 왕래하지 않았지만, 소저의 청은 아버지를 위하는 정성에서 나온 것이며, 또 집도 가까우니 잠깐 다녀와도 무방할 듯하다."

경패는 처음에는 난색을 표하는 듯했으나 별안간 이런 생각을 떠올렸다.

'이소저의 형편이 급하니 춘운을 보내지는 못하겠고, 내 이 기회를 타 소저의 종적이나 살피리라.'

이에 부인에게 말했다.

"이소저가 청한 일이 등한한 일이면 받아들이기 어렵겠지만, 어버이 위한 정성은 사람이라면 누구나 갖고 있는 것이라, 어찌 소저의 말을 따르지 않겠습니까. 다만 날이 저문 후 갔으면 합니다."

이소저가 크게 기뻐하며 일어나 사례하고 말했다.

"날이 어두우면 붓을 잡기 어려울 듯합니다. 소저께서 행로가 번잡할까 꺼리신다면 제가 타고 온 가마로 가시지요. 누추하긴 하지만 두 사람의 몸은 족히 들일 수 있습니다. 지금 함께 가마를 타고 갔다가 저녁에 돌아오는 것이 어떻겠습니까?"

경패가 답했다.

"소저의 말씀이 참 좋습니다."

궁궐로

이소저가 최부인에게 인사하고 물러나와 춘운과 손을 잡고 이별의 정을 나누었다. 경패와 함께 한가마에 오르니 정씨 집 여종도 여러 명 뒤따랐다. 경패가 이소저의 침실에 와서 보니 세간이 많지는 않으나 모두 정교한 것들이었다. 나온 음식 역시 가짓수는 많지 않지만 진미가 아닌 것이 없었다. 경패가 눈여겨보니 미심쩍었다. 이소저는 오래도록 글을 청하는 말을 하지 않았다. 해가 어느덧 저물었다. 경패가 물었다.

"관음보살 그림은 어디에 있습니까? 지금 예불을 올렸으면 합니다."

"당연히 보셔야지요."

말이 떨어지자 갑자기 말과 수레 소리가 문밖에서 요란하고 온갖 깃발이 거리를 덮었다. 정씨 집 여종들이 놀라서 얼른 들어와 고했다.

"한 떼의 군마軍馬가 급히 집을 에워싸고 있습니다. 아씨, 아씨, 어찌하면 좋아요?"

경패는 이미 기미를 알고 태연히 앉아 있었다. 이소저가 말했다.

"소저께선 안심하십시오. 저는 다른 사람이 아니라 난양공주 소화입니다. 난양공주는 제 직호職號이며 소화는 이름입니다. 소저를 맞아 모시려고 합니다. 태후의 명령입니다."

경패가 앉았던 자리에서 물러나며 대답했다.

"제 여항의 미천한 여인이라 별 지식이 없으나, 천인天人의 골격이 보통 사람과 다르다는 것 정도는 압니다. 하지만 공주께서 오시리라고는 꿈에도 생각지 못했습니다. 마땅히 갖추어야 할 예법을 갖추지 못하고 태만히 행동한 죄 큽니다. 죽여주옵소서."

난양이 대답하기도 전에 시녀가 고했다.

"태후, 임금, 황후의 세 웃전께서 설상궁, 왕상궁, 화상궁을 보내시어 귀주貴主께 문안 올립니다."

난양이 경패에게 말했다.

"소저는 잠시 여기 계시지요."

난양이 당 위로 올라가 앉으니, 상궁 세 사람이 차례로 들어가 인사를 올린 다음 아뢰었다.

"옥주玉主께서 대궐을 떠나신 지 이미 여러 날이라, 태후께서 그리워하는 마음이 간절하시니 임금과 황후께서 저희로 하여금 문후하게 하셨습니다. 오늘은 옥주께서 환궁하시는 날입니다. 말과 가마, 의장이 모두 준비되었습니다. 임금께서 조내관에게 명하여 호위하라 하셨습니다."

세 상궁이 또 아뢰었다.

"태후께서 말씀하시기를 옥주께서는 반드시 정낭자와 같은 가마를 타고 오라 하셨습니다."

난양이 세 상궁을 바깥에서 기다리게 하고는 경패에게 말했다.

"이런저런 말씀은 조용할 때 전부 전하겠습니다만, 태후께서 소저를 얼른 보시고자 하오니 사양 마시고 오늘 저와 가서 태후를 알현하시지요."

경패는 피하지 못할 줄 알고 대답했다.

"귀주께서 첩을 사랑하심은 알지만, 여염집 여자로 일찍이 지존을 뵌 적이 없으니, 예절에 허물이 있을까 두렵습니다."

"태후께서 소저를 보고자 하는 마음이 제가 소저를 사랑하는 것과 어찌 다르겠습니까? 걱정 마십시오."

"귀주께서 먼저 가시면 첩은 마땅히 집에 돌아가 노모께 이 뜻을 고한 다음 따라가겠습니다."

"태후께서 이미 소저와 한가마로 오라 하셨고 그 뜻이 간절하니 소저께선 사양하지 마십시오."

"천첩은 미천한 신하에 불과합니다. 어찌 감히 귀주와 한가마에 타겠습니까?"

"강태공은 위수渭水의 어부였으나 문왕文王과 함께 수레를 탔고, 후영은 성문의 문지기였으나 신릉군信陵君이 그를 위해 말고삐를 잡았지요. 어진 이를 높이고자 하는 데 어찌 교만할 수 있겠습니까? 더욱이 소저는 조상이 대대로 고관을 지낸 명가의 후예니 저와 한가마를 탄다 해도 문제될 일이 없습니다. 겸손이 지나치십니다."

드디어 손을 잡고 함께 가마에 올랐다. 경패는 여종 한 명에게 이런 사실을 어머니께 고하게 했고, 다른 한 명에게는 자기를 따르도록 했다. 난양과 경패의 가마는 구중궁궐의 여러 문을 지나 태후 궁전의 자비문差備門, 지존이 사는 곳의 출입문으로, '차비문'이 아니라 '자비문'으로 읽는다 밖에 이르렀다. 두 사람은 가마에서 내렸다. 난양이 왕상궁에게 말했다.

"상궁은 소저를 모시고 여기서 잠깐 기다려라."

"태후의 명령으로 이미 정소저의 막차幕次, 임시 쉼터를 차려놓았습니다."

공주가 기뻐하며 경패를 그곳에 머무르게 한 다음 안으로 들어가 태후를 뵈었다.

태후의 양녀

원래 태후는 경패에게 좋은 마음이 없었다. 그런데 난양의 뜻이 굳게 정해지면서 생각을 바꾸었다. 난양은 변장하여 정사도 집 근처에 머무르며 한 폭의 자수 족자로 경패와 교분을 맺었는데, 이후 마음으로 경패에게 경복敬服했을 뿐 아니라 정 또한 도타워졌다. 난양은 소유가 끝내 경패를 버리지 않을 것을 알았고, 경패와 서로 좋아하게 되자 형제의 의를 맺어 한집에 살며 한사람을 섬기기로 약속했다. 난양은 이런 간절한 뜻을 여러 번 글로 써서 태후에게 올렸고 마침내 태후의 뜻을 돌렸다. 태후는 난양과 경패가 소유의 두 부인이 되는 것을 허락했고, 친히 경패의 얼굴을 보고자 난양에게 계책을 내어 데려오게 했다. 경패가 잠깐 막차에서 쉬는데 궁녀 두 사람이 태후의 궁전에서 의복함을 받들고 나와 태후의 명령을 전했다.

"정소저는 대신의 딸로서 재상에게 폐백을 받았는데도 아직 처녀의 옷을 입고 있다. 재상의 아내가 평복으로 알현하는 것은 옳지 않다. 특별히 일품명부—品命婦, 법에 정해진 여자의 지위 가운데 으뜸의 공복公服을 하사하노라' 하셨습니다. 첩들이 이 말씀을 받들고 왔으니 소저께서는 옷을 갈아입으시지요."

경패가 두 번 절하고 말했다.

"신첩이 처녀의 몸으로 어찌 감히 명부의 옷을 입겠습니까? 신첩이 입고 있는 옷은 비록 평상복이긴 하지만 부모님 앞에서 늘 입는 옷입니다. 태후는 만백성의 부모시니 부모를 뵙는 의복으로 뵙기를 청합니다."

궁녀가 들어가 고하니 태후가 이 말을 아름답게 여겨 바로 경패를 불러 보았다. 경패가 궁녀를 따라 정전正殿으로 들어가니 좌우의 궁녀들이 발을 돋우어 보면서 떠들썩하게 말했다.

"세상에 지극히 아름답고 고운 여성은 오직 우리 공주뿐이라고 생각했는데, 어찌 정소저와 같은 미모가 있을 줄 알았으리오."

경패가 인사를 마치자 궁녀가 궁전 위로 오르게 했다. 태후가 경패에게 자리를 내주면서 말했다.

"전에 내 아이의 결혼 때문에 양씨 집안에서 보낸 폐백을 거두게 한 것은 국법에 따라 공과 사를 분별한 것이지 내 임의로 행한 일이 아니다. 그런데 내 아이가 간언하기를 '새 혼사를 위하여 옛 언약을 버리게 함은 임금이 세상의 인륜 법도를 바르게 하는 도리 아니라' 하면서 너와 함께 소유를 남편으로 섬기기를 원했다. 그래서 임금과 상의하여 흔쾌히 내 아이의 아름다운 마음을 좇기로 했다. 소유가 조정에 돌아오기를 기다렸다가 다시 폐백을 보내게 하고, 너를 내 아이와 함께 소유의 아내가 되게 하려 하노라. 이런 특별한 은총은 옛날에도 없었고 당대에도 없던 일이다. 전에도 볼 수 없었고 앞으로도 볼 수 없는 일일 것이다. 내 이런 사실을 특별히 알리노라."

경패가 일어서서 대답했다.

"성은이 두터워 감히 바랄 수 없는 은혜를 내리시니 신첩이 분골쇄신해도 보답할 수 없겠습니다. 다만 신첩은 신하의 딸일 뿐인데 어찌 감히 공주와 같은 지위에 있을 수 있겠습니까? 신첩이 설사 이 명령을 따른다 해도, 저희 부모가 목숨을 걸고 간언할 것이고, 필경 조칙도 받지 않을 것입니다."

"네 겸손이 아름다우나 정씨 가문은 대대로 제후였고 정사도는 돌아가신 임금의 노대신이다. 본래 조정의 예우가 특별한 집이니 신하의 분수를 그리 굳게 지킬 것 없다."

"신하가 임금의 명령을 따르는 것은 만물이 시절에 따라 바뀌는 것처럼 자연스럽습니다. 그러니 제 지위를 올리시어 시첩(侍妾)을 삼든 내리시어 종으로 삼든, 어찌 감히 천명을 거역하겠습니까? 그러나 이렇게 공주와 나란히 양소유의 아내가 되게 하시면 그가 어찌 마음이 편하겠습니까? 필시 이 명령을 따르려 하지 않을 것입니다. 신첩은 본래 형제가 없고 부모 또한 이미 늙으셨습니다. 신첩의 바람은 오로지 정성을 다해 부모를 공양하는 것입니다. 이로써 여생을 마치고자 합니다."

"자식으로서의 도리와 효성이 지극하구나. 미물이라도 자기 자리가 있거늘, 하물며 너는 백 가지 미덕을 모두 갖추었고 흠은 하나도 찾을 수 없으니, 소유가 어찌 너를 버리려 하겠느냐. 그런데 내 딸도 퉁소 한 곡조로 소유와 천생연분을 증험했다. 이는 하늘이 정한 것이니 사람이 버리지 못할 것이다.

소유는 일대의 호걸이요 만고의 재자(才子)다. 두 부인에게 장가드는 것이 어찌 불가하겠느냐. 내 본래 딸이 둘 있었는데 난양의 언니는 열 살에 요절했다. 내 매양 난양의 외로움을 염려했는데, 지금 너를 보니 자태와 재주가 난양에 못지않다. 마치 죽은 난양의 언니를 보는 듯하다. 내 너를 양녀로 삼고자 하노라. 임금에게 말해 네게도 공주의 이름을 주고자 한다. 이로써 내 너를 사랑하는 정을 드러내고, 난양이 너와 가까이하고자 하는 뜻을 이루게 하리라. 그리고 마침내 난양과 함께 소유와 결혼하게 하고자 하노라. 이렇게 의자매를 만들어놓으면 불편한 점들이 모두 사라질 것이다. 네 뜻은 어떠냐?"

경패가 머리를 조아리며 말했다.

"은혜로운 말씀이 여기까지 미치시니, 신첩이 이번에 너무 큰 복록을 받아서 남은 복이 다 사라지지 않을까 걱정스럽습니다. 그러다가 자칫 바로 죽음에까지 이르지 않을까 두렵습니다. 명령을 거두시어 신첩의 마음을 편하게 만들어주시기만 바랄 따름입니다."

"임금과 상의하여 정하리니 너는 고집하지 말라."

그리고 난양을 불러 경패를 보게 했다. 난양이 장복章服을 입고 정식의 차림새를 갖추어 경패와 마주앉았다. 태후가 웃으며 말했다.

"난양이 정소저와 더불어 형제 되기를 원하더니, 이제 정말 형제가 되었구나. 난형난제라 할 만하다. 난양아, 너는 마음에 유감이 없느냐?"

태후가 경패를 양녀로 삼겠다는 뜻을 말하니 난양이 크게 기뻐하며 일어나 사례했다.

"마마의 처분이 참으로 훌륭하십니다. 제 오매불망하던 바람을 이루었으니 즐거움을 어찌 다 아뢰겠습니까."

칠 보시

태후가 경패를 대우함이 더욱 극진하여, 함께 옛날 문장을 논하기도 했다. 태후가 말했다.

"일찍이 난양에게 네가 시를 잘 짓는다고 들었다. 지금 궁중에 일이 없고 봄날이 여유로우니 시를 읊어 날 즐겁게 해다오. 옛날의 유명한 시인 조식曹植은 일곱 걸음만에 시를 지었다 하던데, 너도 할 수 있겠느냐?"

"이미 명령을 들었으니, 보잘것없는 재주로 한바탕 웃음을 드린다 해도 어찌 꺼리겠습니까?"

태후가 걸음이 빠른 궁녀를 골라 궁전 앞에 세우고, 시제詩題를 내어 경패를 시험하니 난양이 말했다.

"정소저 혼자 짓게 하는 것은 옳지 않습니다. 저도 함께 하겠습니다."

태후가 더욱 기뻐 말했다.

"네 뜻이 참으로 좋다. 그런데 청신淸新한 시제를 얻어야 시상이 잘 흘러나올 것이다."

그러고는 옛 시문을 두루 살폈다. 때는 늦은 봄이라 벽도화碧桃花가 궁전 난간 밖에 만개했는데, 홀연 까치 한 마리가 날아와 꽃가지에 앉아 울었다. 태후가 까치를 가리켜 말했다.

"내 방금 너희의 혼인을 정하니 저 까치가 벽도화로 날아와 기쁜 소식을 알리는구나. 이는 길조라. '벽도화에 앉은 반가운 까치의 소리를 듣다'를 시제로 삼아 각자 칠언절구를 한 수씩 지으라. 그런데 시 가운데 반드시 이번에 혼인을 정한 뜻을 넣어야 한다."

궁녀에게 문방사우를 대령하게 했다. 두 사람이 붓을 잡자 궁녀가 바로 걸음을 옮기기 시작했다. 궁녀는 두 사람이 시를 다 짓지 못할까 하여 붓놀림을 곁눈질하며 발걸음을 늦추었다. 그런데 두 사람은 비바람이 몰아치듯 붓을 놀려 순식간에 시를 완성했다. 이때 궁녀는 겨우 다섯 걸음을 떼고 있었다. 태후가 먼저 경패의 시를 봤다.

궁궐의 봄은 벽도화로 물들고	紫禁春光醉碧桃
새는 어디서 날아와 재잘재잘	何來好鳥語咬咬
누각 위의 기생들은 새 곡을 부르고	樓頭御妓傳新曲
남국의 고운 꽃은 까치집 마련하네	南國天華與鵲巢

난양의 시는 이러하다.

궁중은 봄이 깊어 온갖 꽃이 활짝 피고	春深宮掖百花繁
신령스런 까치는 기쁜 소식 전하네	靈鵲飛來報喜言
은하수 다리 놓기 힘쓰라	銀漢作橋須努力
두 공주가 나란히 건너리니	一時齊渡兩天孫

태후가 시를 읊고 탄식했다.

"내 두 딸은 여자 가운데 이백이요 조식이로다. 조정에서 여자 진사를 뽑는다면 마땅히 장원과 탐화를 나누어 하리로다."

글을 바꾸어 난양과 경패에게 보이니 두 사람이 모두 탄복했다. 난양이 태후에게 말했다.

"제 요행히 한 편 시를 지었으나 이런 시야 누가 생각하지 못하리까. 그런데 소저의 시는 곡진하고 정묘하여 제가 미칠 수 있는 수준이 아닙니다."

"그러나 네 시에는 영특한 시상이 보이니 역시 사랑스럽다."

제12회
소유는 꿈에 하늘에서 놀고,
춘운은 경패의 말을 전하다

영양공주

　이때 임금이 태후에게 문안을 왔다. 태후는 난양과 경패에게 곁방으로 피하게 하고 임금을 맞아 말했다.

　"내 난양의 혼사를 위해 소유가 정씨 집에 보낸 폐백을 거두어들이게 했는데, 이것이 결국 임금의 덕스런 정치만 상하게 했소. 만약 난양이 정씨와 함께 소유의 아내가 되면 정씨 집이 이것을 감당할 수 없을 것이고, 정씨를 소유의 첩이 되게 하면 이는 또한 정씨를 억누르는 셈이오. 그런데 오늘 정씨를 불러 보니 미모와 재주가 족히 난양과 형제가 될 만한지라, 내 정씨를 양녀로 삼았소. 두 자매를 소유와 결혼시키고자 하는데 어떻겠소?"

　임금이 크게 기뻐하며 축하했다.

　"이는 참으로 크고 훌륭하신 덕이라. 하늘만큼 땅만큼 넓다 할 것입니다. 자고로 깊은 덕과 두터운 은택은 마마를 따를 사람이 없을 듯합니다."

태후가 즉시 경패를 불러 임금을 뵙게 했다. 임금이 경패에게 명하여 궁전 위로 오르게 했다. 임금이 태후에게 말했다.

"정씨가 이미 짐朕의 누이가 되었는데, 아직도 평복을 입고 있으니 어찌된 일입니까?"

"아직 임금의 조칙을 받지 못했다고 굳이 장복을 사양하더이다."

임금이 여중서에게 명령했다.

"봉황 무늬를 놓은 붉은 비단 종이 한 축을 가져오라."

채봉이 종이를 받들어올렸다. 임금이 붓을 들고 쓰려고 하다가 태후에게 물었다.

"정씨를 이미 공주로 봉했으니 마땅히 국성國姓도 내려야 하겠지요?"

"나도 이런 뜻이 있으나, 들으니 정사도 부부가 노쇠한데 다른 자녀가 없다 하더이다. 내 차마 노신老臣에게 자기 성을 이을 사람을 잃게 할 수 없소. 본래 성을 그대로 두는 것이 그를 배려하는 뜻일 듯하오."

임금이 손수 큰 글씨로 글을 썼다.

"태후의 명령을 받들어 양녀 정씨를 영양공주英陽公主로 봉하노라."

이 글에다 임금과 황후의 어보를 찍어 경패에게 주었다. 또 궁녀를 시켜 경패에게 공주가 입는 옷을 입게 했다. 경패가 궁전에서 내려와 감사를 표했다. 임금이 난양과 경패의 앉는 순서를 정하게 했다. 경패가 난양보다 한 살 많지만, 감히 난양의 윗자리에 앉지 못했다. 태후가 말했다.

"영양도 이제 내 딸이라. 형이 위에 있고 아우가 아래에 있음이 예법이거늘, 형제 사이에 어찌 겸양하리오."

경패가 머리를 조아리며 사양했다.

"오늘 정한 순서가 나중에 서열이 될 것이니, 어찌 처음에 삼가지 않겠습니까?"

난양이 말했다.

"춘추시대 조최趙衰의 후실은 진나라 문공의 딸인데도 남편이 먼저 들인 오랑캐 여자에게 정실의 자리를 양보했습니다. 하물며 영양은 제 언니니 윗자리에 앉는 것이 무슨 문제가 되겠습니까?"

경패가 여러 번 사양했으나, 태후가 나이에 따라 자리를 정했다. 이후 궁중에서는 경패를 모두 영양공주라 불렀다. 태후가 두 공주가 지은 시를 임금에게 보이니, 임금이 감탄하고 칭찬했다.

"두 시가 모두 절묘합니다. 그중 영양의 시는 『시경』의 「까치집鵲巢」에서 뜻을 끌어와 여인의 덕을 노래했습니다. 참 잘 지은 시입니다."

태후가 말했다.

"임금의 말씀이 옳소."

"마마께서 영양을 이처럼 사랑하시니, 이런 일은 실로 우리 나라에 없던 일입니다. 그런데 신臣이 우러러 청할 일이 있습니다."

첩이 된 채봉

임금이 채봉의 일을 말한 다음 다시 아뢰었다.

"진씨의 일이 심히 측은합니다. 부친이 비록 죄를 얻어 죽었으나, 그 조상들은 모두 우리 조정의 신하였습니다. 그런 사정을 감안해 누이가 시집갈 때 진씨를 소유의 첩으로 만들어 함께 보내고자 합니다. 마마께서는 진씨를 불쌍히 여기시어 허락해주시기 바랍니다."

태후가 두 공주를 돌아보았다. 난양이 말했다.

"일찍이 진씨가 제게 이 일을 말했습니다. 진씨와는 정이 깊어 서로 떠나고 싶지 않습니다. 비록 임금의 말씀이 없었다 해도 그러려고 했습니다."

태후가 채봉을 불러 말했다.

"공주가 죽을 때까지 너와 함께 가고자 하는 뜻을 품고 있으니, 특별히 너를 양상서의 첩으로 삼겠다. 이로써 네 지극한 소원도 이루어지리라. 이후로 정성을 다해 공주의 은혜에 보답하라."

채봉이 감격하여 눈물을 철철 흘리면서 은혜에 감사했다. 태후가 말했다.

"두 공주의 혼사를 흔쾌히 정했는데, 홀연 까치가 날아와 길조를 알렸다. 이에 내 두 공주에게 「까치시」를 짓도록 했다. 너도 이제 의지할 곳을 얻었고 기쁨을 함께하게 되었으니 시를 지으라."

채봉이 명을 받들어 즉시 시를 지어 바쳤다.

까악까악 까치 궁궐을 돌고	喜鵲査査繞紫宮
봉선화 위에는 봄바람 이네	鳳仙花上起春風
깃들일 둥지 없어 남으로 가니	安巢不待南飛去
동쪽에는 보름별이 드문드문	三五星稀正在東

태후가 임금과 함께 보고 기뻐 말했다.

"「호가십팔박」을 지어 눈 내린 북방 오랑캐 땅을 노래한 채문희가 놀라리로다. 이 시에서도 『시경』을 인용하여 첩으로서 분수 지킬 것을 노래했으니 그 뜻이 아름답다."

난양이 말했다.

"「까치시」는 본래 시 지을 소재가 많지 않습니다. 더욱이 저희 둘이 이미 지었기에 나중에 지을 사람은 쓸 말이 없습니다. 조조의 시구에 '나무를 세 번 돌아도 깃들일 가지 하나 없네繞樹三匝, 無枝可栖'라는 말은, 본래 조조가 적벽대전에서 질 때 부른 노래라서 길한 시구가 아닙니다. 그래서 이 말을 끌어다 쓰기는 매우 어려운데도, 진씨는 조조와 두보의 시, 그리고 『시경』의 구절을 섞어 하나의 시편을 이루었고, 그 연결이 자연스러워 하나의 흠도 보이지 않습니다. 마치 옛사람들이 진씨를 위해 시를 지었던 것 같습니다."

태후가 말했다.

"예로부터 여자 중에 글 잘하는 사람으로는 반첩여, 채문희, 탁문군, 사도온 등 서너 명을 거론할 뿐이다. 그런데 지금 이 자리에 재주 있는 여인이 셋이나 모였으니 성대하다 하겠다."

난양이 말했다.

"영양 언니의 여종 가춘운의 시재 또한 기특합니다."

첩이 된 춘운

날이 저물어 임금이 외전外殿으로 돌아가자 두 공주도 함께 물러나와 침방으로 가서 잤다. 다음날 새벽 경패가 태후 거처로 가 문안하면서 집으로 돌아가고 싶다는 뜻을 말했다.

"제가 입궁할 때 부모님께서 매우 놀라고 두려우셨을 겁니다. 오늘 집으로 돌아가 부모님을 뵙고 마마의 은택과 저의 영광을 친척들에게 자랑하고자 합니다. 허락해주소서."

"내 딸이 어찌 가벼이 대궐을 떠나리오. 나도 정사도 부인과 상의할 일이 있다."

태후는 바로 정씨 집에 명령하여 최부인을 궁궐로 오게 했다.

정사도 부부는 경패가 보낸 여종이 상황을 알려주어 놀란 마음을 약간 진정할 수 있었고, 태후와 임금에 대한 감사의 마음이 더욱 깊어졌다. 그런 차에 갑자기 조서를 받아 급히 궁궐의 내전으로 들어가게 되었다. 태후가 최부인을 가까이 불러 말했다.

"내 부인의 딸을 데려온 것은 얼굴만 보고자 한 것이 아니고 난양의 혼사를 위해서라오. 내 귀댁 딸의 꽃다운 얼굴을 한 번 보니 진심으로 사랑하게 되었고, 이에 양녀로 삼아 난양의 형이 되었소. 가만히 생각하니 내 전생의 딸이 지금 부인 집에서 태어나지 않았나 하오. 영양이 이미 내 딸이 되고 또 공주가 되었으니 나라의 성을 내리는 것이 마땅하지만, 부인에게 다른 자식이 없기에 성은 고치지 않았소. 부인은 내 깊은 정성을 알기 바라오."

최부인이 은혜에 감격하여 머리를 조아리며 말했다.

"신첩이 늦게야 딸 하나를 얻어 옥같이 사랑했는데, 결혼 일이 그릇되어 폐백을 돌려보냈습니다. 이후 저는 제 늙은 넋과 뼈가 모두 바스러져서 얼른 죽기만을 바랐고, 그래서 딸의 가련한 모습을 보지 않으려 했습니다. 그런데 난양공주께서 여러 번 누추한 곳에 몸을 굽혀 오셔서 천한 여식과 교분을 맺었고, 나란히 입궁하여 세상에서 보기 힘든 은덕을 입게 했습니다. 이는 고목에 잎이 나는 것과 같고, 물 빠진 못의 물고기에게 물을 준 것과 같습니다. 오직 마음과 힘을 다하여 보답하고자 하오나, 제 지아비는 나이가 들고 병이 깊고 지혜는 늘었다지만 몸은 쇠하니 나라의 바쁜 일을 맡아볼 형편이 되지 못하며, 첩 또한 늙고 약하여 거의 귀신이 다 된 판이라 궁녀들을 쫓아 궁궐을 청소하는 일조차 하기 어려운 형편입니다. 이 큰 은혜를 어찌 갚아야 할지 모르겠사오니, 오직 감사의 눈물만 쏟을 따름입니다."

최부인이 일어나서 절하고 다시 엎드려 우니 두 소매가 다 젖었다. 태후가 부인을 위하여 안타까워하며 말했다.

"영양은 이미 내 딸이 되었으니, 부인이 다시 데려가지 못할 것이오."

최부인이 엎드려 아뢰었다.

"신첩이 어찌 감히 집으로 데려갈 수 있겠습니까? 다만 모녀가 한자리에 앉아 하늘 같은 덕을 칭송하지 못하는 것이 아쉬울 따름입니다."

태후가 웃으며 말했다.

"결혼식을 올리기 전에는 나가지 못할 것이나, 부인, 걱정 마시오. 성혼 후에는 난양 또한 부인에게 맡길 것이니, 부인은 난양 보기를 내가 영양 보듯 해주시오."

태후가 난양을 불러 부인을 보게 했다. 부인은 지난번 공주를 알아보지 못하고 한 행동에 대해 거듭 사과했다. 태후가 말했다.

"들으니 부인 곁에 가춘운이라는 재녀가 있다고 하던데 볼 수 있겠소?"

부인이 즉시 춘운을 대궐로 불렀다. 태후가 말했다.

"미인이구나."

태후는 춘운을 가까이 오도록 했다.

"난양의 말을 들으니, 네 타고난 문장력이 있다고 하는구나. 나를 위해 글을 짓겠느냐?"

"신첩이 어찌 감히 하늘 같은 위엄 앞에서 당돌히 글을 짓겠습니까만, 시제를 한번 듣고자 합니다."

태후가 세 여인이 지은 시를 내려주며 말했다.

"네 이런 시를 짓겠느냐?"

춘운이 붓과 벼루를 청하여 붓을 휘둘러 시를 지어 바쳤다.

기쁜 소식 알리는 작은 정성 스스로는 아니	報喜微誠祗自知
순임금 뜰에서 존귀한 봉황의 자태를 따르리	虞庭幸逐鳳凰儀
궁궐 누각엔 봄빛 가득한 꽃나무 천 그루	秦樓春色花千樹
세 번을 돌고 보면 어디 한 가지 앉을 자리 없으랴	三繞寧無借一枝

태후가 보고 나서 두 공주에게 돌려 보도록 하며 말했다.

"내 춘운이 재주 있다는 말은 들었지만, 이렇게 높을 줄 몰랐다."

난양이 말했다.

"이 시는 까치로 자신을 빗대고 봉황으로 언니를 빗대 시의 핵심을 잡았어요. 뒷부분에는 제가 받아들이지 않을까 하여 그저 한 가지를 빌려 둥지를 틀기를 바랐고요. 옛사람의 시를 모으고 시인의 뜻을 취하여, 그것을 녹여 새로 시를 이루었군요. 이 시의 오묘함은 흰여우털옷을 훔쳐 뇌물을 주어 주군을 구한 맹상군 문객의 일과 견줄 만해요. 옛말에 '하늘을 나는 새가 사람에게 의지하니 사람 또한 새를 아낀다^{당 태종이 저수}^{량이라는 학자를 아끼며 했다는 말}' 하니, 이 말이 춘운에게 딱 맞는 말인 듯해요."

태후가 춘운을 물러가게 해서, 춘운이 채봉을 만나니 공주가 말했다.

"이 여중서는 화음현 진씨 집의 딸이다. 너와 함께 늙도록 살 사람이다."

춘운이 대답했다.

"「버드나무시」를 지은 진낭자이십니까?"

채봉이 놀라 물었다.

"낭자는 어디서 「버드나무시」를 들으셨는지요?"

"양상서께서 매번 낭자를 그리워하며 시를 외우셨기에 첩이 들었지요."

채봉이 목이 메어 말했다.

"양상서께서 첩을 잊지 않으셨군요."

"낭자께서는 어찌 이런 말씀을 하시는지요? 상서께서는 「버드나무시」를 몸에 지니고 다니며 시를 볼 때마다 눈물을 흘렸고, 읊으면서 매번 탄식을 하셨지요. 낭자는 양상서의 진정을 모르셨나요?"

"상서께 옛정이 남아 있었다면 상서를 뵙지 못하고 죽어도 한이 없습니다."

채봉이 「부채시」 사건에 대해 이야기하니 춘운이 말했다.

"제가 지금 끼고 있는 팔찌, 비녀, 반지가 모두 그날 얻은 것입니다."

이때 궁녀가 와서 알렸다.

"정사도 부인께서 댁으로 돌아가려 하십니다."

두 공주가 내전으로 들어갔다. 태후가 최부인에게 말했다.

"양소유가 머지않아 돌아올 것이니, 그러면 지난날 소유 집으로 돌려보낸 폐백을 마땅히 부인 집으로 다시 들여야 할 것이오. 그런데 한 번 물린 폐백을 다시 받는 일이 구차하오. 영양이 이제 내 딸이 되었으니 둘의 결혼을 한날 치르려 하는데 괜찮으시겠소?"

최부인이 엎드려 말했다.

"신첩이 어찌 제 뜻대로 하겠습니까? 오로지 마마의 말씀을 따를 뿐입니다."

태후가 웃으며 말했다.

"양소유가 영양을 위해 조정의 명령을 세 번이나 거역했으니, 나 역시 그를 한번 속이고자 하오. 속어에 '흉한 말이 도리어 길하다'고 하니, 소유가 오기를 기다렸다가 영양이 불행히 병으로 죽었다고 속여봅시다. 일찍이 소유의 상소문에 영양과 서로 본 적이 있다고 했으니, 혼례 날 소유가 영양의 얼굴을 알아볼 수 있을지 궁금하오."

최부인이 태후의 명령을 받들고 인사하고 돌아갔다. 경패가 궁전 문밖에서 어머니를 배웅한 후, 춘운을 불러 소유 속일 계획을 조용히 말했다. 춘운이 답했다.

"저는 선녀로도 상서를 속였고 귀신으로도 속였습니다. 두번 세번 계속 속이는 것이 지나친 일 아닐는지요?"

"이건 내가 꾸민 일이 아니야. 태후의 명령이야."

춘운이 웃음을 머금고 물러갔다.

개선

이때 소유가 군사들에게 백룡담의 물을 마시게 하니, 사기가 전에 없이 크게 올라 모두 한번 싸우기를 원해, 명령을 내리면 북소리 한 번에 바로 진격했다. 티베트 임금이 요연이 보낸 구슬을 받았을 때, 소유의 군대는 이미 반사곡을 지났다. 티베트 임금은 몹시 두려워 소유의 진영으로 가 항복을 의논하고자 했다. 그런데 티베트 장수들이 먼저 임금을 포박해 소유의 진영에 끌고 와 항복했다. 소유는 진용을 가다듬어 티베트의 도성으로 들어갔다. 군사들의 노략질을 금지했고 백성을 편안히 돌보아주었다. 곤륜산에 올라가 당나라의 위덕威德을 기리는 비석을 세웠고, 마침내 군대를 정비하여 개선가를 울리며 서울로 돌아갔다.

서울에 가까운 진주秦州에 이르자 음력 팔월, 가을이 절정이었다. 날이 서늘해지면서 나뭇잎이 떨어져 천지에 가득했고, 가을꽃과 외기러기가 구슬픈 감정을 자아내 나그네의 설움을 더했다. 소유는 밤에 객관에 들어와서 마음이 뒤숭숭해 밤새 한잠도 이루지 못했다. 갑자기 이런 생각이 들었다.

'늙으신 어머니와 작별한 뒤 벌써 삼 년이 지났으니 어머니께서도 몸이 예전과 같지 않으시겠지. 병이 들면 누가 간호하리오. 또 아침 문안과 저녁 잠자리 살피기를 내 언제 할 수 있으랴. 내 오늘 무공은 이루었지만, 벼슬에 올라 어머니를 봉양하는 일은 하지 못했구나. 자식이 해야 할 일은 못하고 사람의 도리만 망가졌구나. 옛사람들이 부모를 봉양하고자 해도 이미 돌아가셔서 하지 못함을 아쉬워하고, 먼 곳에 나와서 구름을 바라보며 부모를 그리워함도 모두 이런 사정 때문이겠지. 하물며 수년을 돌아다녀도 집안을 돌볼 아내가 없고 정씨 집과의 혼인은 기약하기 어려우니, 이른바 뜻대로 되지 않는 일이 열에 여덟아홉이라는 것이라. 이제 내 오천 리 땅을 도로 찾았고 십만 명의 도적들을 평정했으니 공이 작다고는 못할 것이야. 임금께서 분명 나를 제후에 봉해 노고를 보상하시리니, 그때 내 받은 벼슬을 돌려드리면서 간절하게 정씨와의 혼인을 청하면 허락해주실지 모르겠군.'

생각이 여기에 이르자 마음이 느긋해지면서 베갯머리로 가서 잠들 수 있었다. 소유는 꿈에 시원히 하늘로 날아올라 아홉 겹 하늘 문을 지나 온갖 보석으로 장식한 궁궐에 이르렀다. 궁궐의 단청은 눈부셨고 오색구름은 빛을 받아 신비로운 빛깔을 띠었다. 시녀 두 사람이 와서 소유에게 말했다.

"정소저께서 상서 뵙기를 청합니다."

소유가 시녀를 따라 들어가니 탁 트인 넓은 뜰이 나왔다. 뜰에는 신선세계의 꽃이 활짝 피어 있었다. 세 명의 선녀가 백옥으로 만든 누각 위에 앉아 있는데, 왕비가 입는 옷을 입고 있었다. 선녀는 시원한 눈을 가지고 있었고 눈동자에서 광채가 흘러나왔다. 가득 쌓인 푸른 구슬이 빛을 내는 것 같았다. 누각 난간에 기대어 손으로 꽃망울을 만지작거리다가 소유가 오는 것을 보고 일어나 맞았다. 모두 자기 자리에 앉은 다음 상석에 앉은 선녀가 물었다.

"상서께서는 저와 헤어진 다음 무고하셨는지요?"

소유가 눈을 크게 뜨고 자세히 보니 이전에 음악을 논하던 경패였다. 놀랍고 기뻐 말을 하려고 했으나 말이 나오지 않았다. 선녀가 말했다.

"저는 벌써 인간세계를 떠났습니다. 지금 천상에서 놀고 있는데, 지난 일을 생각하면 아득합니다. 군자께서는 제 부모님을 만나시더라도 제 소식을 듣기 어려울 것입니다."

그러고는 옆에 있는 두 선녀를 가리키며 말했다.

"이 사람은 직녀선군織女仙君이고, 저 사람은 대향옥녀戴香玉女입니다. 군자와는 전생의 인연이 있으니 이제 저는 잊으시고 이 두 사람과 좋은 인연을 맺으십시오. 그렇게 하면 저 또한 의지할 곳이 있을 것입니다."

소유가 두 선녀를 바라보았다. 말석에 앉은 이의 얼굴은 낯이 익은데 누구인지 기억할 수 없었다. 잠시 후 북과 나팔 소리가 울리더니 나비들이 훨훨 날아 흩어졌다. 한바탕 꿈이었다. 꿈속에 있었던 일들을 생각하니 전혀 길조가 아니었다. 마음을 달래며 혼자 탄식했다.

"정소저가 죽었구나. 그렇지 않으면 내 꿈이 어찌 이리 불길하리?"

스스로 해몽을 했다.

"자꾸 생각하면 꿈에 나타난다더니, 내 간절한 그리움 때문에 이런 꿈을 꾼 것일까? 계섬월의 추천과 두연사의 중매가 바로 월하노인의 지시라 할 것인데, 아직 혼사가 이루어지지도 않았는데 정소저는 머나먼 저승으로 떠났으니, 이른바 '하늘의 뜻이라고 해서 반드시 이루어지는 것도 아니고 이치에 맞다고 반드시 옳은 것도 아니라'는 것인가. 흉한 일이 다하면 다시 길한 일로 바뀐다 하니, 혹 내 꿈이 그렇게 되려나?"

위국공

오랜 후 선발대가 서울에 다다르자 임금이 친히 서울 교외의 위교까지 마중을 나왔다. 소유는 봉황의 날개를 단 붉은색 황금 투구를 쓰고 황금 비늘을 이어붙인 갑옷을 입고 대완국大宛國, 지금의 우즈베키스탄 지역에 있었던 나라의 천리마를 탔으며, 임금이 하사한 대장기와 지휘용 도끼, 용과 봉황을 그린 깃발들을 앞뒤와 좌우에 배치했다. 죄인을 호송하는 수레에 티베트 임금을 태워 대열 앞에 세웠고, 서역 서른여섯 고을의 수령들이 각기 손에 공물을 받들고 뒤를 따르게 했다. 당나라 군대의 위세가 이처럼 성대할 때가 없었다.

구경하는 사람이 백 리까지 이어지니, 이날 서울 성안은 텅 비었다. 소유가 말에서 내려 머리를 조아리며 임금에게 인사하자 임금이 친히 부축해 일으켰다. 임금은 먼 길을 다녀온 소유의 노고를 위로했고 큰 공 세운 것을 칭찬했다. 즉시 조정에 명해서 곽분양의 옛일에 따라 땅을 나누어주고 그 땅의 왕으로 봉했다. 그리고 큰 상과 벼슬을 아낌없이 내렸다. 그런데 소유는 애써 사양하면서 끝내 그 상급을 받지 않았다. 임금은 소유의 간곡한 청을 무시하고 다시 명령을 내려 대승상으로 삼고 위국공魏國公에 봉했다. 소유에게 세금을 바치는 가구의 수가 무려 삼만이나 되었으며, 나머지 상은 이루 기록할 수 없을 정도였다.

소유는 임금의 가마를 따라 궁궐로 들어갔다. 임금의 은혜에 감사를 표하자 임금이 바로 태평성대를 축하하는 잔치를 베풀도록 했다. 임금은 소유를 예우하여 공신의 초상을 모신 기린각에다 초상을 그려 걸어두게 했다. 소유가 정사도 집으로 돌아오자 집안사람들이 모두 사랑채에 모여 소유를 맞으며 축하했다. 소유가 먼저 정사도와 최부인의 안부를 묻자 정십삼랑이 대답했다.

"숙부님과 숙모님께서 몸은 겨우 건사하고 계시지만, 동생이 죽은 다음 슬픔이 과하여 병이 잦으십니다. 기력도 예전에 비해 뚝 떨어져 사랑채에서 손님을 맞을 수 없으니, 승상은 저와 안채로 들어가서 만나시지요."

소유는 이 말을 듣고 갑자기 바보가 된 듯 미친 듯 멍하여 아무것도 물을 수 없었다. 한참 후에 물었다.

"누가 죽었다고요?"

"숙부님은 본래 아들이 없고 단지 딸 하나뿐인데 하늘이 무심하시어 마침내 이런 일에 이르렀습니다. 두 분이 노년에 얼마나 마음이 상하셨겠습니까? 들어가 뵙되 슬프고 아픈 말씀은 꺼내지 마세요."

소유는 놀랍고 슬퍼 말을 할 수 없었다. 흐르는 눈물이 비단옷을 흥건히 적실 뿐이었다. 정십삼랑이 소유를 위로했다.

"승상의 혼인 약속이 쇠와 돌처럼 굳었지만, 저희 집안의 운수가 불행하여 대사를 그르치고 말았습니다. 바라건대 승상은 무엇이 옳고 그른지 따져 의리에 맞는 방향을 생각하여 이 상황을 극복하소서."

소유가 눈물을 닦고 사례한 다음 정십삼랑과 정사도 부부를 뵈러 들어갔다. 정사도 내외는 오직 기쁘게 소유를 축하해줄 뿐이었다. 경패의 일에 대해서는 일절 말하지 않았다. 소유가 말했다.

"이 못난 사위가 요행히 나라의 위엄에 힘입어, 외람되이 제후에 봉해지는 과분한 상을 받았습니다. 벼슬을 반납하면서 간절히 말씀드려 임금의 마음을 돌려 지난날 혼약이 이루어지게 해보려 했는데, 이미 아침 이슬이 사라지고 봄빛이 떠나버렸으니, 생사의 갈림에 어찌 감회가 없겠습니까?"

정사도가 말했다.

"일찍 죽거나 오래 살거나 모두 천명에 달려 있고, 슬픔과 즐거움 역시 운명이라. 다 하늘이 하는 일이니 더 말해 무엇하리. 더욱이 오늘은 온 집안이 경사를 축하하는 날이니 슬픈 말은 할 필요가 없네."

정십삼랑이 소유에게 자꾸 눈짓하니, 소유가 말을 멈추고 정사도 부부에게 인사하고 거처로 돌아왔다. 춘운이 계단 아래에 내려와 소유를 맞이하니, 소유는 경패를 본 듯 더욱 슬펐다. 남은 눈물이 왈칵 쏟아졌다. 춘운이 무릎을 꿇고 위로하며 말했다.

"상공, 상공, 오늘이 어찌 상공께서 슬퍼하실 날이겠습니까? 마음을 진정하고 눈물을 거두시어 첩의 말을 들어주세요. 우리 아씨는 본래 천상 선녀로 잠시 인간세계에 내려온 겁니다. 접때 아씨가 하늘로 올라가는 날 제게 이렇게 말했습니다. '네 전일 스스로 양상서와 작별하고 다시 나를 따랐는데, 내 이제 세상을 떠나니 다시 양상서에게로 가렴. 상서께서 조만간 돌아오실 것이야. 그때 상서께서 날 생각하고 슬퍼하시거든 다음의 말을 전해드려.' '이미 폐백을 물렸으니 상서는 저와 길거리의 남이나 다를 바 없습니다. 하물며 면전에서 거문고를 들었던 꺼림칙한 일까지 있지 않습니까? 절 생각하는 마음이 지나쳐 슬픔이 넘치면, 이는 임금의 명령을 거역하고 사사로운 정을 좇는 것입니다. 이는 죽은 사람에게까지 누명을 끼치는 것이니 어찌 삼가지 않을 수 있겠습니까. 혹시 무덤에 술을 부어 제사를 올리거나 영전에서 우신다면, 저는 결혼도 하지 않고 남자를 만난 행실 나쁜 여자로 여겨질 것입니다. 그렇게 되면 지하에서 한스럽지 않겠습니까.' 아씨는 또 이런 말도 했습니다. '임금께서는 반드시 상서가 돌아오길 기다렸다가 다시 공주와의 결혼을 의논하실 것이야. 내 듣기로 공주께서는 태사와 같은 거룩한 덕을 지니셨으니 훌륭한 사람의 배필이 되기에 합당하지. 상서께서 임금의 명령에 따르고 죄에 빠지지 않기를 바랄 뿐이야.'"

소유가 이 말을 듣고 더욱 슬퍼 말했다.

"소저가 이런 말을 남겼다 하더라도 내 어찌 슬퍼하지 않으리. 하물며 소저는 죽음 앞에서도 날 염려했으니, 내 열 번 죽어도 소저의 은덕을 갚기 어려우리라."

이어 소유가 꿈 이야기를 하니 춘운이 눈물을 흘리며 말했다.

"아씨는 반드시 옥황상제를 모시고 있을 거예요. 그러니 천만년 후라 한들 어찌 만날 기약이 없겠습니까? 너무 슬퍼하지 마십시오. 귀하신 몸이 상할까 걱정스럽습니다."

"소저가 또 무슨 말을 했는가?"

"비록 다른 말이 있지만, 제 입으로는 차마 아뢸 수 없습니다."

"경중을 헤아리지 말고, 숨김없이 다 말해보아라."

"아씨가 말했습니다. '나는 너와 한 몸이니, 상서께서 날 잊지 못해 너 보기를 나 보듯 하며 끝까지 널 버리지 않으시면, 내 지하에 있어도 상서의 사랑을 받는 것으로 여기리라.'"

소유가 더욱 슬퍼 말했다.

"내 어찌 널 버리겠느냐. 하물며 소저의 유언이 있으니 내 비록 직녀

를 처로 삼고 복비復妃, 중국 전설의 임금 복희씨의 딸를 첩으로 삼더라도, 맹세코
널 버리지 않으리라."

제13회
결혼식에서 두 공주가 서로 양보하고,
헌수연에서 두 기생이 솜씨를 뽐내다

결혼 결정

이튿날 임금이 소유를 불러 말했다.

"지난번 태후께서 누이의 혼사를 위해 엄중한 명령을 내리셔서 내 마음 또한 불편했소. 그런데 요즘 들자니 정씨 집 딸이 죽었다 하여, 경이 돌아와 누이와 결혼할 날만 기다렸소. 경이 비록 그리워한다 해도 정씨는 이미 죽은 사람일 뿐이오. 경은 아직 젊고 집안에 대부인이 계시니, 아내 없이 어머니 공양을 어떻게 하겠소. 하물며 대승상 집에 어찌 아내가 없을 수 있으며, 명색이 제후인 위국공 집 사당에 어찌 주부의 아헌亞獻, 제사에서 신위에 두번째로 술잔을 바치는 일이 빠질 수 있겠소. 내 이미 승상부와 공주궁을 짓고 결혼식 올릴 날만 기다리고 있으니, 아직도 누이와 결혼할 수 없겠소?"

소유가 머리를 조아리며 아뢰었다.

"소신이 지금까지 임금의 명령을 거역한 죄는 실로 임금의 도끼에 맞아 죽을 일입니다. 그런데도 임금께서는 거듭 타이르시며 온후하게 말씀하시니 소신은 정말 황송해 어디서 죽어야 할지 모르겠습니다. 전일 임금의 엄명을 거듭 거스른 것은 부부의 인륜에 매여 부득이 그랬습니다만, 지금 정씨 집 딸이 이미 죽었으니 신이 어찌 감히 다른 뜻을 두겠습니까? 다만 소신이 문벌이 한미하고 재주가 없으니 부마의 높은 지위가 맞지 않을까 두렵습니다."

임금이 크게 기뻐하며 천문을 관찰하는 관원에게 명하여 길일을 택하게 했다. 관원이 날을 정하여 음력 구월 보름이 좋다고 아뢰었다. 겨우 수십 일이 남아 있었다. 임금이 소유에게 말했다.

"전일은 혼사를 이룰 수 있을지 몰라 말하지 못한 것이 있소. 사실 짐의 누이는 둘이오. 모두 현숙하고 기상이 비범하니, 걸출한 남자가 아니면 결혼하기 어려울 듯한데, 경과 같은 남자를 또 구하고자 해도 어디에서 얻을 수 있겠소. 이에 삼가 태후의 가르침을 받들어 누이들을 모두 경에게 보내고자 하오."

소유가 문득 진주 객관에서 두 선녀를 소개받은 꿈을 기억하고는 기이하게 여겨 엎드려 아뢰었다.

"신이 임금의 사위가 된 것은 피하고자 해도 길이 없었고 도망하고자 해도 몸 둘 땅이 없었기 때문입니다. 하지만 분수에 맞지 않는 일이라 몹시 두려웠습니다. 그런데 지금 폐하께서는 두 공주를 보내시려 하니, 이는 사람이 나고 국가가 생긴 이래 한 번도 듣지 못한 바입니다. 신이 어찌 감당할 수 있겠습니까?"

"경이 이룬 공은 우리 나라 역사에 없던 것이오. 제기祭器에다 공로를 새기는 것으로는 부족하며 봉토로도 다 갚을 수 없소. 이것이 짐이 두 누이로 그대를 섬기게 하는 이유요. 또 두 누이의 우애는 하늘이 냈다고 할 정도로 깊소. 설 때 붙어 서고 앉아서는 기대니, 늙어 죽도록 떨어지지 않는 것이 누이의 소원이라오. 이는 또한 태후의 뜻이기도 하니 경은 부디 사양하지 마시오. 또 궁인 진씨는 대대로 사족의 여자로 자색이 있고 문장에 능하여 누이가 수족처럼 여기고 진심으로 대하고 있소. 누이가 하가하는 날 진씨까지 첩으로 보내고자 하니, 이것도 알아두시오."

소유가 일어나 사례했다.

첫째 부인, 둘째 부인

이때 경패는 공주로 궁중에 머문 지 여러 날이 되었다. 태후를 정성을 다해 효도로 섬겼고, 난양과 채봉을 자매처럼 사랑했다. 태후 역시 경패를 더욱 사랑했다. 결혼식이 다가오자 경패는 태후에게 조용히 말했다.

"지난번 난양과 위계를 정할 때 제가 감히 윗자리를 차지한 것은 실로 참람한 일입니다. 계속 윗자리를 사양하는 것이 어머님의 사랑을 외면하는 것처럼 비칠 것 같아서 억지로 따르긴 했지만 제 뜻이 아니었습니다. 이제 난양과 함께 양씨 집으로 시집가게 되었는데, 이번에도 난양이 윗자리를 사양하는 것은 안 될 일입니다. 마마와 임금께서 상황과 예법을 살피시어 난양의 위계를 바르게 정해주시기 바랍니다. 이로써 제 분수를 편안케 해주시고 가법이 문란하지 않도록 해주옵소서."

난양이 말했다.

"언니의 거룩한 덕과 재주는 모두 제가 스승으로 삼아 배울 점입니다. 언니께서 설사 정씨 집안에 그대로 있어도 제 마땅히 윗자리를 양보했을 것입니다. 조최의 후실은 자기가 제후의 딸인데도 먼저 결혼한 오랑캐 아내에게 윗자리를 양보하지 않았던가요. 더욱이 우리는 이미 자매가 되었으니 누가 더 존엄하겠습니까. 제가 둘째 부인이 된다 해도 공주로서의 존귀함은 잃지 않을 것입니다. 제가 첫째 부인이 되면 어머니께서 언니를 양녀로 삼으신 뜻이 어디에 있겠어요? 언니가 굳이 첫째 부인 자리를 양보하신다면 저는 차라리 양씨 집안의 며느리가 되지 않겠습니다."

태후가 임금의 뜻을 물으니 임금이 답했다.

"누이의 사양은 진심에서 나온 것입니다. 자고로 제왕가의 공주가 이런 양보를 했다는 것은 듣지 못했습니다. 마마께서는 난양의 겸손을 아름다이 여겨 뜻을 이루게 하소서."

태후가 말했다.

"임금의 말씀이 옳다."

이에 경패를 소유의 좌부인첫째 부인으로 삼고, 난양을 우부인둘째 부인으로 삼았으며, 진씨는 본래 관료의 딸인 고로 숙인淑人, 벼슬아치의 부인에게 내리는 지위의 이름으로 삼았다.

상봉

자고로 공주의 혼례는 궁궐 밖 관청에서 올렸다. 그러나 소유의 결혼은 태후가 특별히 명령을 내려 궐내에서 하도록 했다. 길일이 다다르자 소유는 기린을 수놓은 두루마기와 옥띠를 하고 두 공주와 혼례를 올렸다. 결혼식은 차림이 성대하고 법도가 단정하여 실로 대단했다. 예식을 마치고 신랑과 신부가 좌정하니 채봉이 들어와 소유에게 절한 후 공주들을 모셨다. 소유가 채봉에게도 자리를 주자 세 명의 선녀가 한자리에 모여 앉게 되었는데, 그들이 뿜는 현란한 빛이 하늘의 오색구름을 흔들었고 그들이 드리운 아리따운 그림자는 온 세상에 어른거렸다. 소유는 눈이 어질하고 넋이 날아올라 꿈속에 있는 듯 여겼다.

소유는 이날 경패와 자고 다음날 일찍 일어나 태후에게 문안했다. 태후가 잔치를 베푸니, 임금과 황후도 잔치에 참가해 태후를 모시고 종일

결혼식 하단은 소유가 두 공주를 맞아 결혼하는 장면이고, 상단은 소유가 시골에 계신 어머니를 서울로 모시고 와서 헌수연을 벌이는 장면이다. 하단 그림에서 앉아 있는 세 사람이 신랑 신부이 며, 상단 그림에서 윗자리에 앉은 사람은 소유의 어머니, 조아린 채 잔을 올리는 사람은 소유다.

즐겼다. 이날 저녁은 난양과 잤고, 세번째 날에는 채봉의 방에 갔다. 그런데 채봉이 소유를 보자 갑자기 돌아서서 눈물을 흘렸다. 소유가 놀라 물었다.

"오늘은 웃어야 하는 날이오. 우는 것은 맞지 않소. 그런데 숙인의 눈물에 무슨 사연이 있소?"

"소첩을 기억하지 못하시니 승상께서는 첩을 이미 잊어버리셨나보군요."

소유가 잠시 후 깨닫고 채봉에게 다가가 손을 잡고 말했다.

"그대 화음현의 진씨 아니오?"

채봉이 목이 메어 아무 말도 못했다. 소유가 말했다.

"내 낭자가 벌써 저승 사람이 된 줄로 알았는데 궁중에 있었군요. 화음현에서 헤어진 다음 낭자 집의 참혹한 화변은 내 말하지 않겠소. 낭자가 차마 어찌 듣겠소. 내 여관에서 난을 피한 다음 어찌 하루라도 낭자를 생각하지 않았겠소. 단지 죽었다고 생각하고 살아 있음을 생각하지 못했을 뿐이오. 오늘 마침 옛 언약을 이루니, 이는 실로 생각하지 못한 바요. 낭자 또한 오늘 일을 어찌 생각이나 했겠소."

소유가 주머니 안에서 채봉이 쓴 시를 꺼내 보이니, 채봉 역시 품속에서 소유가 쓴 시를 꺼내 바쳤다. 두 사람의 「버드나무시」는 서로 시를 주고받던 날의 아련한 추억을 떠올리게 했다. 둘이 각각 시 쓴 종이를 들고 보니 애간장이 뒤틀리고 심장이 쿵쾅거렸다. 잠시 후 채봉이 말했다.

"승상께서는 오직 「버드나무시」로 약속한 일만 알고, 「부채시」로 오늘의 인연을 이룬 것은 모르시는군요."

채봉은 작은 상자를 열어 그림 부채를 꺼내 소유에게 보이며 그때 일을 모두 말했다.

"이 모두 태후마마와 임금, 그리고 난양공주의 넓고 큰 은덕입니다."

"그때 남전산으로 피난을 갔다가 돌아와 여관 사람들에게 물으니, 낭자가 궁궐에 끌려갔다고도 하고, 먼 고을로 가서 노비가 되었다고도 하고, 또 화를 면치 못해 죽었다고도 했소. 비록 정확히 알지는 못했으나 다시는 가망이 없을 듯해서 부득이 다른 집에 구혼했소. 그러나 매번 화음현을 지날 때면 몸은 짝 잃은 기러기 같고, 마음은 낚시에 걸린 물고기 같았소. 임금의 은덕으로 다시 만나게 되었으나 마음이 편치는 않소. 옛날 여관에서 처음 약속한 것은 첩이 아니었는데, 마침내 낭자를 이런 지경에 두니 참으로 부끄럽소."

"첩의 박명함은 제 자신이 이미 잘 알고 있었습니다. 이 때문에 일찍이 여관으로 유모를 보냈을 때 낭군께서 이미 정한 혼처가 있다면 첩이라도 되겠다고 했던 것입니다. 지금 저는 공주 다음가는 지위가 되었으니 영광이요, 다행입니다. 이 일로 첩이 원한을 품는다면 하늘도 절 미워하실 겁니다."

이날 밤은 옛정에 새 정을 더했으니, 공주들과의 두 밤보다 더욱 끈끈했다.

속임

다음날 소유가 난양과 함께 경패의 방에 모여 한가로이 술을 마셨다. 경패가 목소리를 낮추어 시녀를 불러 채봉을 청했다. 소유가 경패의 목소리를 듣자 절로 마음이 흔들려 슬픈 낯빛을 지었다. 일찍이 정사도 집에서 경패를 마주하여 거문고를 탈 적에, 악곡을 평하던 목소리를 익히 들었기에 얼굴보다는 목소리가 더 익었다. 이날 영양공주가 된 경패의 목소리를 들으니 전날 경패의 입에서 나온 소리처럼 느껴졌다. 목소리를 들은 다음 얼굴을 보니, 목소리도 경패요 얼굴 또한 경패였다. 소유가 속으로 생각했다.

'세상에 형제도 아니고 친척도 아닌데 이렇게 똑같은 사람도 있구나. 내 정소저와 결혼을 정한 다음 함께 살고 함께 죽으려 했는데, 나는 지금 결혼의 즐거움을 누리고 있으니, 정소저의 외로운 혼은 어디에 있을꼬? 내 혐의를 피하느라 그의 무덤에 한 잔 술도 뿌리지 않았고, 빈소에서 한 번 울지도 못했으니, 내 정소저를 저버림이 크도다.'

소유의 마음이 겉으로 드러나니 눈에 눈물이 맺혔다. 경패는 거울과 같은 맑은 마음을 가지고 있으니 어찌 소유의 마음을 모르리오? 경패가 옷깃을 추스르고 물었다.

"첩이 듣기로 '주인이 욕을 당하면 신하는 죽어야 하고, 주인이 근심하면 신하는 욕을 당해야 한다'고 했습니다. 아내가 남편을 섬기는 것은 신하가 주군을 섬기는 것과 같습니다. 지금 상공께서 술잔을 앞에 두고 홀연 슬퍼하시니, 감히 까닭을 묻고자 합니다."

소유가 사과했다.

"소생의 마음을 공주께 숨겨서는 안 되겠지요. 저는 일찍이 정씨 집안에 가서 그 딸을 만났습니다. 그런데 그 목소리와 용모가 공주와 비슷해, 절로 그 집 딸 생각이 났습니다. 슬픈 빛이 얼굴에 드러나 마침내 공주께서 의아히 여긴 듯하니, 공주께서는 괴이히 여기지 마소서."

경패는 이 말을 듣고 갑자기 안색이 붉어지더니 일어나 내전으로 들어가버렸다. 그러고는 오래도록 나오지 않았다. 시녀에게 부르게 했으나 시녀 또한 나오지 않았다. 난양이 말했다.

"언니는 마마께서 총애하는 딸이라, 성품이 교만하고 방자합니다. 첩처럼 못나지 않았습니다. 상공께서 언니를 정소저에 비기시니, 언니가 마음이 편치 않은가봅니다."

소유가 즉시 채봉을 시켜 사죄의 말을 전했다.

"제가 술을 마시고 취한 김에 망발을 했습니다. 공주께서 나오시면 마땅히 진 문공晉文公이 부인 회영懷嬴에게 사죄한 것진 문공이 회영을 약소국 출신이라서 무시하자 회영이 화를 냈고 이에 사과했다처럼 하겠습니다.”

채봉이 오랜 후에 나왔는데 아무 말도 하지 않았다. 승상이 말했다.

“공주께서 무어라 하셨소?”

“공주께서 지금 매우 노하여 말씀이 자못 과하니 제 감히 옮길 수 없습니다.”

“공주가 과도히 말한 것은 숙인의 잘못이 아니오. 자세히 전해보시오.”

“공주께서 이렇게 말씀하셨습니다. ‘내 비록 못났지만 태후께서 총애하시는 딸이요, 정씨 딸이 비록 특별하다지만 여염의 미천한 여자에 지나지 않아. 『예기』에 이르기를 임금이 타는 말에도 예를 표한다고 했는데, 이는 말을 공경해서가 아니라 임금이 타는 것이기에 공경한다는 것이지. 임금의 말도 공경하거늘, 하물며 임금이 사랑하는 누이를 공경하지 않는단 말이야? 상공이 만약 임금을 공경하고 조정을 존경한다면 정씨와 비교하는 것은 옳지 않아. 하물며 정씨는 일찍이 자기가 예쁘다고 자만하며 상공과 함께 말을 붙이고 거문고 곡조를 논했으니, 예법에 따라 몸을 정결히 지켰다고 말하기 어려워. 그 외람됨을 알 만해. 그리고 혼사가 어그러지자 마음이 울적해서 병이 생겼고 마침내 청춘의 젊은 나이에 요절했지. 복이 많지도 않고, 기박한 운명을 가졌지. 그런데 상공은 그런 사람과 날 비교했어. 옛날 노나라 추호秋胡는 결혼하자 바로 집을 떠나 오 년 만에 집으로 돌아왔는데 오는 길에 어떤 처녀를 만나 금을 주며 환심을 사려고 했지. 그런데 집에 와서 그 처녀가 자기 부인임을 알게 되었어. 부인은 남편을 원망하며 바로 물로 가서 빠져 죽었지. 이 여자는 남편의 비행을 알고는 바로 죽었는데, 내 어찌 상공을 만날 수 있겠어. 나는 이런 예의 모르는 사람의 아내가 되고 싶지 않아. 또 상공은 정소저가 죽은 지 오래인데도 얼굴을 기억하고 음성을 분별해.

이는 사마상여가 탁문군의 집에 가서 거문고를 연주하고, 한수가 가씨의 집에서 훔친 향을 받은 것처럼, 예법에 어긋나게 여성을 만나는 음란한 마음을 보인 거야. 그 더러움이 추호보다 더해. 내 비록 추호의 아내처럼 물에 빠져 죽지는 못해도, 맹세코 이제부터 안채를 벗어나지 않을 거야. 그렇게 생을 마치고자 해. 난양은 성격이 유순해 나와 같지 않으니, 상공은 그저 난양과 해로했으면 해.'"

소유는 속으로 크게 노했다.

'세상에 영양처럼 권세를 믿고 거만히 구는 여자가 또 있을까? 존귀한 사람의 남편 된 괴로움을 알겠도다.'

이에 난양에게 말했다.

"내 정씨와 만난 데는 곡절이 있습니다. 지금 영양이 내 행동을 음란하다고 말한 것은 그렇다 치더라도, 욕이 죽은 이에까지 미치니 안타깝습니다."

"첩이 들어가 언니를 설득하겠습니다."

난양이 즉시 몸을 돌려 경패에게 갔다. 난양은 날이 저물도록 나오지 않았고 어느덧 방안에 등불을 켤 시간이 되었다. 난양이 여종을 시켜 말을 전했다.

"첩이 온갖 방법을 다 써서 설득했지만 언니가 끝내 마음을 돌리지 않습니다. 첩이 처음에 언니와 죽으나 사나 떨어지지 말고 고락을 함께 하자고 굳게 맹세하고 천지신명께 고했습니다. 그러니 언니가 구중궁궐에서 홀로 죽는다면 첩 또한 궁궐에서 죽을 것이고, 언니가 상공과 가까이하지 않는다면 첩 또한 상공과 가까이하지 않을 것입니다. 상공께서는 오늘밤 숙인의 방에서 주무시지요."

소유가 화가 머리끝까지 났으나 참고 드러내지 않았다. 쓸쓸히 빈방에 있으려니 심히 적적했다. 침대에 몸을 기대고 채봉을 보니 채봉이 촛불을 들고 소유를 침방으로 안내하려고 했다. 채봉은 금향로에 용향龍香

을 피우고 상아 침대에 비단 이불을 폈다. 그러고는 소유에게 말했다.

"첩이 비록 불민하나, 일찍이 들으니 『예기』에 '첩은 본부인이 없을 때도 남편을 모실 수 있지만, 잠자리까지는 함께하지 않는다'는 구절이 있답니다. 지금 두 공주께서 모두 내전에 계신데 첩이 어찌 감히 상공을 모시고 밤을 지내겠습니까? 상공께서는 편히 주무십시오. 저는 물러갑니다."

채봉이 조용히 물러가니 소유가 차마 끌어당겨 만류하지 못했다. 쓸쓸한 밤이었다. 마침내 휘장을 내리고 잠자리에 들었는데 마음이 불편해 이리저리 뒤척이며 잠을 이루지 못했다. 소유가 혼잣말을 했다.

"이 사람들이 작당하여 모의를 하고 장부를 업신여기고 희롱하니, 내 어찌 저희에게 애걸하리오. 내 전에 정씨 집에 있을 때 낮에는 정십삼랑과 술집에서 대취하고, 밤에는 춘운과 촛불을 켜고 술을 마시며 하루도 거르는 날이 없었지. 거기서는 한 번도 불쾌한 일이 없었는데, 지금 부마 된 지 사흘 만에 압박을 받는구나."

발각

마음이 뒤숭숭하여 창문을 열어 밖을 보니 하늘에는 은하수가 흐르고 정원에는 달빛이 가득했다. 이에 신을 신고 나와 처마를 따라 거닐었다. 멀리 경패의 침방을 보니 예쁜 창문에 등불이 비쳐 영롱했다. 소유가 속으로 말했다.

'밤이 이미 깊었는데 시녀들이 어찌 아직 잠들지 않았을까? 영양도 잠들지 않나? 영양이 화를 내며 안으로 들어가고는 날 여기로 보내더니, 자기는 벌써 자기 방으로 갔나?'

발소리가 들릴까 하여 발뒤꿈치를 들고 가볍게 걸어 몰래 창문으로

다가갔다. 두 공주의 얘기 나누는 소리와 쌍륙놀이 하는 소리가 밖으로 새어나왔다. 창틈으로 엿보니 채봉이 두 공주 앞에 앉아 어떤 여자와 쌍륙판을 놓고 '붉은 말이야' '흰 말이야' 하면서 놀았다. 돌아앉은 여자가 마침 몸을 돌려 초의 심지를 돋우는데, 보니 가춘운이었다.

춘운이 혼례를 보고자 궁궐에 들어온 지 이미 여러 날이 지난 터였다. 하지만 춘운은 몸을 숨기고 자취를 감추어 소유를 만나지 않았기에 소유는 춘운이 온 것을 알지 못했다. 소유가 놀랍고 의아해 혼잣말했다.

"춘운이 어찌 여기 있는가? 필시 공주가 보고자 불렀으리라."

채봉이 쌍륙판을 다시 벌이며 말했다.

"내기를 않으니 재미가 없네. 춘운과 내기를 해야지."

춘운이 대답했다.

"제 본래 가난하니 내기에 이겨 술상이라도 받으면 좋지요. 그런데 숙인은 오랫동안 공주의 곁에 있으면서 고운 옷 보기를 거친 옷 보듯 하고 진수성찬을 오히려 거친 음식으로 여기리니, 제게서 무엇을 받고자 하는지요?"

"내가 지면 내 몸에 찬 향과 머리에 꽂은 장식 중 그대가 원하는 것을 줄 것이요, 그대가 지면 내 청을 따르면 되네. 그대가 지더라도 내놓아야 할 것은 없어."

"청하고자 하는 것이 무엇이며, 듣고자 하는 바가 무엇입니까?"

"요사이 두 분 공주께서 사사로이 하시는 말씀을 들으니, 그대가 선녀가 되고 귀신도 되어 승상을 속였다 하되, 내 그 자세한 얘기를 듣지 못했네. 그대가 지면 이 일을 옛이야기 삼아 들려주시게."

춘운이 쌍륙판을 밀고 경패를 향하여 물었다.

"아씨, 아씨, 아씨께서는 평소 저를 매우 아끼시면서, 어찌 이런 부끄러운 얘기를 공주께 하셨습니까? 숙인이 들었으니 궁중에 귀 있는 사람이라면 누가 이 일을 모르겠습니까? 제 이제 무슨 면목으로 사람을 대하겠습니까?"

채봉이 말했다.

"춘운 낭자, 우리 공주께서 어찌 낭자의 아씨인가? 영양공주는 우리
대승상의 부인, 위국공의 아내니, 연세 비록 젊으시나 지위는 이미 높으
시네. 어찌 춘운 낭자의 아씨가 되리오?"

"십 년 동안 익은 입버릇을 하루아침에 고치기 어렵고, 꽃을 앞에 놓
고 다투던 일이 어제처럼 선명하니, 공주가 되고 승상의 부인이 되었는
데도 제 경외하지 못했습니다."

춘운이 깔깔 웃었다. 난양이 경패에게 말했다.

"춘운 이야기의 끝은 저도 미처 듣지 못했습니다. 승상이 과연 춘운에
게 속았나이까?"

"승상께서 춘운에게 속은 일이 많으니, 아니 땐 굴뚝에 어찌 연기가
나겠습니까? 다만 승상께서 귀신을 겁내는 모습을 보고자 했는데, 어찌
나 어리숙한지 귀신조차 미워할 줄 모르셨습니다. 옛말에 여자 좋아하
는 사람을 '여색에 빠진 아귀色中餓鬼'라 하더니 과연 그렇더이다. 여색에
굶주린 귀신이니 어찌 귀신을 미워하겠습니까?"

좌중이 크게 웃었다. 소유가 마침내 영양공주가 경패인 줄을 알아차
렸다. 죽은 사람을 만난 듯하여 간절한 마음에 곧바로 문을 열고 뛰어들
고 싶었지만 마음을 돌려 생각했다.

'저들이 먼저 나를 속였으니 나도 저들을 속이리라.'

보복

소유는 가만히 채봉의 방으로 들어가 이불을 덮고 푹 잤다. 날이 밝자
채봉이 시녀에게 말했다.

"승상께서는 일어나셨니?"

"아직 일어나지 않으셨습니다."

채봉이 오랫동안 휘장 밖에 서 있었다. 아침해가 창에 가득했다. 아침상을 올리려 하는데도 일어나지 않았고, 이따금 신음 소리만 들렸다. 채봉이 가서 물었다.

"승상, 어디 편찮으신지요?"

소유가 갑자기 눈을 부릅뜨고 보는데, 사람을 알아보지 못하는 듯했다. 헛소리까지 했다.

"승상, 어찌 이런 헛말까지 하시나이까?"

소유가 정신이 흐린 듯 대답을 하지 않다가 오랜 후 갑자기 물었다.

"넌 누구냐?"

"첩을 모르십니까? 진숙인입니다."

"진숙인이 누구냐?"

채봉이 대답을 하지 못하고 손으로 소유의 이마를 만지며 말했다.

"이마에 열이 심한 것을 보니 병이 든 듯하나, 무슨 병환이 하룻밤 사이에 이렇게 심하십니까?"

"내가 꿈속에서 정소저와 밤새도록 얘기했는데, 어찌 몸이 편안할 수 있겠느냐?"

채봉이 다시 자세히 물었으나, 소유는 대답도 없이 몸을 돌이켜 누웠다. 채봉이 적이 근심이 되어 시녀를 통해 두 공주에게 알렸다.

"승상께서 병환이 있으니 속히 와서 보십시오."

경패가 말했다.

"어제까지 술 잘 마시던 상공께서 오늘 무슨 병이란 말이오. 우리를 오게 하려는 속셈이지."

채봉이 급히 들어와 알렸다.

"승상의 정신이 혼미해 사람도 알아보지 못하고 자주 어두운 데를 향해 광언狂言을 하십니다. 임금께 아뢰어 의관을 불러 치료해야 할 듯합니다."

태후가 이런 사정을 듣고 공주를 불러 꾸짖었다.

"너희가 승상을 속인 것이 과했다. 병이 났다는 말을 듣고도 바로 가보지 않다니 이 무슨 일이냐, 무슨 일이야. 당장 문병 가서 병세가 위중하면 급히 의관을 부르라. 의술이 신묘한 의관을 불러 치료하게 하라."

경패가 하릴없이 난양과 함께 소유의 침방으로 갔다. 경패는 마루 위에 머무르고 난양과 채봉을 먼저 방으로 들어가게 했다. 소유는 난양을 보고는 양손을 떠는가 하면 두 눈동자를 부릅뜨기도 하고, 처음에는 모르는 사람처럼 대하다가 마침내 목구멍에서 작은 소리를 내어 말했다.

"이제 내 수명이 다하리니, 영양과 작별하고자 하는데, 영양은 어디 가서 오지 않소?"

"상공께서는 어찌 그런 말씀을 하십니까?"

"지난밤 비몽사몽간에 정씨가 내게 와 이르기를 '상공께서 어찌 약속을 저버리십니까?' 하고는, 대단히 화를 내며 꾸짖고 진주 한 움큼을 주기에 내가 그것을 받아 삼켰지요. 이 실로 흉한 조짐이라. 눈을 감으면 정씨가 몸을 누르고, 눈을 뜨면 정씨가 앞에 서 있습니다. 이는 정씨가 내 신의 없음을 원망하며 목숨을 빼앗으려는 것입니다. 내 어찌 살 수 있겠습니까? 목숨이 경각에 있으니, 영양을 보고자 합니다."

말이 채 끝나기도 전에 다시 가물가물 기력이 다한 모습을 보이며 얼굴을 돌려 벽을 향해 횡설수설했다. 난양이 이 모습을 보고 그냥 있을 수 없었다. 몹시 걱정스러워 경패에게 말했다.

"승상의 병은 걱정과 의심에서 나온 것 같습니다. 언니가 아니면 고칠 수 없겠습니다."

난양이 소유의 병증에 대해 말했다. 경패가 반신반의하며 머뭇거리고 들어가지 않자 난양이 손을 잡고 함께 들어갔다. 소유가 여전히 헛소리를 하고 있는데 모두 경패를 향해 하는 말이었다. 난양이 큰 소리로 말했다.

"상공, 상공, 영양 언니가 왔습니다. 눈 좀 떠보세요."

소유가 겨우 고개를 들고 팔을 휘저으면서 일어나려고 하자 채봉이 나아가 부축해 침대 위에 일으켜 앉혔다. 소유가 두 공주에게 말했다.

"제가 당찮은 은혜를 입고 두 공주와 결혼하여, 오래오래 함께 살다가 함께 죽고 싶었습니다. 그런데 지금 저를 끌고 가려고 하는 자가 있으니 이 세상에 오래 머물지 못할 것입니다."

경패가 말했다.

"상공처럼 이치를 아는 분이 어찌 이리 허망한 말씀을 하십니까? 설령 정씨의 혼백이 남아 있다 해도, 구중궁궐이 깊을 뿐만 아니라 수많은 신이 지키고 있으니, 어찌 들어오겠습니까?"

소유가 말했다.

"정씨가 바로 내 옆에 있는데, 어찌 못 들어온다고 하십니까?"

난양이 말했다.

"옛날 잔에 비친 활 그림자를 뱀으로 착각하여 병이 난 자가 있었다는데, 승상의 병도 그런 것이 아닐까 싶습니다."

소유는 아무 말 없이 그저 손만 떨고 있었다. 경패가 병세가 심해지는 것을 보고 계속 숨길 수 없어서 나아가 소유 옆에 앉아서 말했다.

"상공께서는 단지 죽은 정씨만 걱정하시고 산 정씨는 보려 하지 않으시는군요. 상공께서 정말 정씨를 보고자 하십니까? 소첩이 바로 정씨 경패입니다."

소유가 믿지 못하겠다는 듯 말했다.

"이 무슨 말입니까? 정사도에게는 오직 딸이 하나뿐입니다. 그는 이미 죽은 지 오랩니다. 죽은 정씨가 내 앞에 있다면 죽은 정씨 외에 산 정씨도 있다는 말입니까? 죽지 않으면 산 것이요, 산 것이 아니면 죽은 것이 당연한 이치지요. 한 사람이 죽었다고도 하고, 살았다고도 하면, 죽은 것이 진짜 정씨입니까, 산 것이 진짜 정씨입니까? 산 것이 진짜라면 죽은 것은 거짓이요, 죽은 것이 진짜라면 산 것이 가짜일 것입니다. 공주의 말은 믿을 수 없습니다."

난양이 말했다.

"우리 태후마마께서 정씨를 양녀로 삼아 영양공주로 봉하고 소첩과 더불어 상공을 섬기게 했습니다. 영양 언니가 바로 그날 거문고를 듣던 정소저입니다. 그렇지 않으면 언니가 어찌 정씨와 조금도 다르지 않겠습니까."

소유가 대답을 하지 않고 신음을 내더니 문득 고개를 들고 기운을 내어 말했다.

"내가 정씨 집에 있을 때, 정소저의 여종인 춘운이 내 심부름을 했습니다. 지금 춘운에게 묻고 싶은 말이 하나 있는데, 춘운은 또 어디 있습니까? 그를 보고 싶습니다."

난양이 말했다.

"춘운도 영양 언니를 뵙기 위해 궁궐로 들어와 궁녀가 되었지요."

춘운 또한 소유의 병을 걱정해 문밖에 와 있다가 바로 들어와 뵙고 말했다.

"상공께서는 안녕하신지요?"

"춘운만 남고 다른 사람들은 모두 나가주시오."

두 공주와 채봉이 방을 나가 난간 끝으로 가서 서 있었다. 소유는 즉시 일어나 세수하고 머리 빗고 의관을 단정히 했다. 춘운에게 세 사람을 불러오게 했다. 춘운이 웃음을 머금고 두 공주와 채봉에게 말했다.

"상공께서 청하시나이다."

네 사람이 함께 들어가니, 소유가 화양건華陽巾, 흔히 도사들이 쓰는 모자을 쓰고 궁금포宮錦袍, 궁궐에서 만든 비단옷를 입고 손에는 백옥으로 만든 여의如意, 효

자손처럼 생긴 막대기를 잡고 안석에 기대앉아 있었다. 소유의 기상은 봄바람처럼 호탕했고 정신은 가을물처럼 맑았다. 조금도 병을 앓은 사람 같지 않았다. 경패가 속았음을 깨닫고 미소 지으며 고개를 숙이고는 다시는 병에 대해 묻지 않으니 난양이 물었다.

"승상, 상태가 좀 어떠십니까?"

소유가 정색을 하고 말했다.

"근래 풍속이 심히 괴이하오. 부녀자들이 작당하여 남편을 속이니 말이오. 소유가 대신의 반열에 있으면서 그 잘못을 바로잡을 방법을 생각하다가 찾지 못하고 근심한 나머지 병이 들었는데 이제 쾌차하였으니 공주는 걱정 마시오."

난양과 채봉은 살짝 웃을 뿐 답하지 않았다. 경패가 말했다.

"이 일은 첩들이 알 바 아니니 승상이 병이 완전히 낫고자 하신다면 태후께 말씀드리소서."

소유가 속이 간질간질함을 참지 못하여 마침내 웃음을 터뜨리고 말았다.

"소유가 부인과 다음 생에나 만날 것으로 점쳤더니, 오늘 꿈인지 생시인지 알 수 없소이다."

경패가 말했다.

"이 모든 것이 저를 자식같이 보살핀 태후마마의 인자함과 임금의 너른 은택, 그리고 난양공주의 은혜 덕분입니다. 오직 마음에 단단히 새길 뿐, 어찌 말로 감사를 다 표현할 수 있겠습니까?"

그러고는 지금까지의 전말을 세세히 고하니 소유가 난양에게 감사를 표했다.

"공주의 넓은 덕은 일찍이 보지 못한 바라, 제가 실로 보답할 길이 없습니다. 오직 서로 공경하고 살면서, 부부의 즐거움이 변치 않게 하겠다고 약속할 뿐입니다."

난양 또한 감사의 말을 했다.

"이는 언니의 빛나는 자태와 유순한 덕이 임금의 마음을 감동시켰기 때문입니다. 제가 무엇을 했겠습니까?"

이때 마침 태후가 궁녀를 불러 소유의 병증을 묻다가, 소유가 병에 걸린 척한 연유를 알고는 크게 웃으며 말했다.

"내 이럴 줄 알았노라."

태후가 소유를 불러들이니, 두 공주도 함께 앉았다. 태후가 물었다.

"승상이 죽었던 정씨와 끊어진 인연을 다시 이었다 하니 축하의 말이 없을 수 없소."

소유가 엎드려 말했다.

"성은이 하늘과 같으시니, 소신이 온몸으로 충성을 바친다 해도 만분의 일이나 갚겠습니까?"

"내 다만 놀리고자 했을 뿐이니 그것을 어찌 은덕이라 하리오?"

어머니

이날 임금이 정전正殿에서 신하들의 조회를 받았다. 신하들이 아뢰었다.

"최근 상서로운 별이 나타나고, 감미로운 이슬이 내리며, 황하가 맑아지고, 곡식이 무르익었습니다. 또 세 지역의 절도사가 땅을 바치며 굴복했고, 오랑캐 티베트가 마음을 고쳐먹고 항복했습니다. 이 모든 것이 임금의 덕입니다."

임금이 겸양하며 공덕을 여러 신하에게 돌렸다. 신하들이 다시 아뢰었다.

"승상 양소유가 근래 공주궁을 만들어, 거기서 옥피리를 불며 봉황과 놓고 오래도록 집 밖에 나오지 않습니다. 옥당玉堂의 공무를 빠트릴까 염려되옵니다."

임금이 크게 웃으며 말했다.

"태후마마께서 연일 불러 보시는 고로 감히 나오지 못하는 것이라. 내 친히 깨우쳐 일을 보도록 하겠다."

다음날 소유가 조정에 나아가 정무를 처리하고 상소를 올려 말미를 청했다. 모친을 모셔 오고자 한 것이다.

승상 위국공 부마도위 신 양소유는 머리를 조아리며 백번 절하고 임금께 상소하옵니다. 신은 본래 형초 땅의 미천한 백성입니다. 터전이라고는 밭뙈기 조금밖에 없고, 배운 것은 경서經書 하나뿐입니다. 노모가 끼니도 제대로 잇지 못해 약간의 녹봉이라도 받아서 어머니께 맛난 것을 올리려고 제 분수도 헤아리지 않고 향시를 보아 합격했습니다. 신이 대과를 보려고 서울로 떠나려 할 때 노모는 저를 보내며 이렇게 말했습니다.

"지금 우리 가문은 퇴락했고 가업은 피폐해졌다. 집안을 일으킬 책임과 열 명 식구의 생계가 오직 네 한 몸에 달려 있다. 네가 학문에 힘써 과거를 보아 부모를 빛내길 바랄 뿐이다. 다만 벼슬에 너무 골몰하면 벼슬밖에 모른다는 비난이 일어나고, 관직에 너무 빨리 나가면 등짐이나 지고 다녀야 할 사람이 높은 수레를 타는 격이 되어 분에 넘치게 된다. 네 마땅히 이 점을 조심하라."

신은 어머니의 가르침을 받들어 마음에 새겼으나, 외람되이 어린 나이에 벼슬에 오르게 되었고, 조정에 들어간 지 수년 만에 이름과 지위가 빛나게 되었습니다. 한림은 세상에서 알아주는 좋은 자리인데 벌써 그것을 거쳤고, 임금의 명령서는 완벽한 재주를 갖춘 자라야 쓸 수 있는데 신이 또한 외람되이 명령서를 작성하여 동쪽의 연왕을 굴복시켰습니다. 또 서쪽으로 원정하여 티베트 임금을 사로잡기도 했습니다.

신은 본래 백면서생에 불과했습니다. 어찌 정책 하나, 술수 하나라도 제가 만들어 공을 이루었겠습니까? 임금의 위엄이 닿지 않은 데가 없고, 여러 장수들이 죽기로 힘을 다한 때문입니다. 그런데도 폐하께서는 제 미미한 노고를 칭찬하시며 상으로 막중한 벼슬을 내리시니, 신의 마음이 부끄럽고 두려움은 말할 것도 없고, 제 노모가 경계한 일을 만나고 말았습니다. 남과 벼슬을 다투다 해를 입을 수도 있고 분에 넘치는 자리에 앉아 있다가 걱정스런 일이 생길 수도 있습니다. 심지어 부마에 간택되기까지 했으니, 이는 더더욱 여항의 천한 몸이 감당할 수 있는 바가 아닙니다. 임금께서 아끼시어 신에게 당치도 않는 은혜가 한층 더해지니 달아나지 못해 어쩔 수 없이 받들었습니다만, 어찌 국가에 욕을 끼치고 세상을 부끄럽게 하는 일이 아니겠습니까?

아아, 노모가 제게 기대한 바는 그저 작은 녹봉이었고, 신이 나라에 바란 것은 미관말직에 불과합니다. 그런데 지금 장상將相의 자리에 거하며 공후公侯의 부유함을 끼고 조정 일에 분주하여 어머니를 모실 겨를조차 없습니다. 신이 화려한 방에 편안히 머물 때 신의 어미는 겨우 띠집에 몸을 피하고, 신이 진수성찬을 맛볼 때 신의 어미는 거친 밥도 제대로 먹지 못하십니다. 아들과 어미 사이에 거처와 음식이 이리 다르니, 이는 자식은 부귀에 처하면서 어머니는 가난으로 모시는 것입니다. 인륜을 버린 것이요, 자식 된 도리에 어긋난 일입니다. 하물며 신의 어미는 이미 나이가 많고 병이 위중하십니다. 그런데도 돌볼 다른 자식이 없으며, 저는 거리가 멀어 편지도 잘할 수 없었으니 때맞추어 소식조차 전하지 못했습니다. 자식 그리는 어머니의 마음은, 이미 간장이 마디마디 끊어져 남은 것이 없을 정도입니다.

지금 다행히 나라에 일이 없고 관부는 한가로우니, 엎드려 빌건대 폐하께서는 신의 위급한 사정을 헤아리시어, 늘그막까지 어머니를 봉양하고픈 신의 소원을 살피시어, 다만 몇 달만이라도 휴가를 허락하소서. 그리하여 소신으로 하여금 집으로 돌아가 선조의 묘를 살피고 노모를 모시게 하소서. 저희 모자가 함께 살면서 임금의 덕을 노래하고 모자의 즐거움을 다하게 하소서. 소신에게 부모의 은혜를 갚게 하시면, 소신은 삼가 효를 충성으로 옮겨 정성을 다할 것입니다. 그리하여 맹세코 성은에 보답할 것입니다. 엎드려 바라건대 폐하께서는 신을 불쌍히 여기소서.

임금이 상소문을 보고 감탄했다.
"효자로다! 양소유야."
임금이 특별히 황금 천 근과 무늬 비단 팔백 필을 하사하여, 돌아가 노모의 장수를 빌도록 했다. 그리고 어머니를 수레로 모셔 얼른 서울로 오시도록 했다. 소유가 입궐하여 태후에게 인사하니, 태후는 금과 비단 등을 임금이 준 것보다 몇 배 더해 주었다. 소유는 퇴궐하여 두 공주 및 채봉, 춘운 두 소저와 이별했다.
소유의 행차가 낙양에 도착하자 경홍과 섬월 두 기생이 부윤의 연락을 받고 객관에 도착해 기다리고 있었다. 소유가 웃으며 두 기생을 보고 말했다.
"내 이번 여행은 공무가 아닌 사사로운 여행이오. 두 사람은 내 여행을 어떻게 알았소?"
두 기생이 말했다.
"대승상 위국공 부마도위께서 행차하시니 깊은 산골짜기 동네까지 모두 허겁지겁 이리저리 뜁니다. 저희 비록 산속 적막한 곳에 살고 있지만 어찌 눈과 귀가 없겠습니까? 더욱이 부윤께서 저희를 정중하게 대하여 상공 대접에 버금가게 하니, 상공께서 오신 것을 어찌 감히 알리지 않겠습니까. 작년 상공께서 사신으로 왕명을 받들어 여기를 지나실 때도 저희에게 드높은 영광이 있었습니다만, 지금은 상공의 지위와 이름이 더욱 높으니 저희의 영예 또한 백배는 더 높아졌습니다. 들건대 상공께서 두 공주님을 부인으로 맞으셨다는데, 두 분 공주께서 저희들을 용납하실지 모르겠습니다."

"두 공주 가운데 한 사람은 임금의 누이요, 다른 한 명은 정사도의 딸이오. 태후께서 정씨를 양녀로 취하여 공주가 되었지. 바로 섬월이 추천한 사람이야. 정씨와 섬월 사이에는 천거의 은혜가 있고, 또 두 공주에게는 모두 남을 잘 헤아리는 어진 마음과 사물을 포용하는 덕이 있으니, 두 낭자에게도 복이 아니겠소."

경홍과 섬월이 서로 축하했다. 소유는 두 사람과 밤을 보냈다.

마침내 소유의 행차가 고향에 도착했다. 떠날 때는 열여섯 살의 서생으로 어머니 유부인과 이별하고 먼 길을 나섰으나, 돌아올 때는 대승상의 큰 수레를 타고 위국공의 인끈을 늘어뜨리고 부마의 호화롭고 귀한 몸으로 왔다. 모두 사 년 동안 이룬 것이었다. 들어가 어머니를 뵈니, 어머니가 손을 잡고 등을 쓰다듬으며 말했다.

"네가 정말 내 아들 소유냐? 믿을 수 없구나. 옛날 육십갑자를 외우며 오언시를 읊을 때, 어찌 오늘 같은 영화가 있을 줄 알았겠느냐?"

어머니는 기쁨이 복받쳐 눈물을 흘렸다. 소유가 이름을 날리고 공을 이룬 일의 자초지종과 장가들고 첩을 얻은 일을 자세히 고하니 어머니가 말했다.

"네 아버지가 매양 네가 우리 집안을 빛나게 할 것이라 하시더니, 아버지가 이를 보지 못한 것이 애석하구나."

소유가 조상의 산소를 살피고, 하사받은 금과 비단으로 어머니를 위하여 잔치를 베풀어 헌수獻壽하고, 친족과 오랜 벗, 이웃을 초청하여 열흘 동안 잔치를 베풀었다.

드디어 어머니를 모시고 서울을 향해 길을 나서니 길마다 관찰사와 여러 읍의 수령들이 모여들어 호위했다. 광채가 온 땅을 비추는 것 같았다. 낙양을 지날 때 본 고을에 분부하여 경홍과 섬월 두 사람을 부르게 하니 "두 낭자가 함께 서울로 향한 지 오래되었다고 합니다"라고 복명했다. 소유는 서로 어긋난 것을 몹시 섭섭히 여겼다.

서울에 이르러 어머니를 승상부로 모시고, 궁궐로 가서 임금에게 인사했다. 임금과 태후가 금은과 비단 열 수레를 하사하니, 소유가 또한 어머니 헌수를 위해 조정의 신하들을 모두 청해 사흘 동안 큰 잔치를 베풀어 즐기게 했다. 소유가 길일吉日을 택하여 어머니를 모시고 하사받은 새 집으로 이사하니, 정원과 연못, 정자와 전각이 궁궐 다음으로 최고였다. 두 공주가 시어머니께 신부례新婦禮를 올리고, 또 채봉과 춘운이 예를 갖추어 인사하니, 폐물이 풍성하고 태도가 공경스러워 유부인의 마음이 편안하고 기뻤다.

소유가 이미 어머니께 헌수하라는 명령을 받고 하사받은 물건으로 큰 잔치를 베푸니, 임금과 태후가 이원梨園, 음악을 관장하는 부서의 악공과 수라간의 음식을 보냈다. 손님의 수가 조정 잔치보다 많았다.

소유가 색동옷을 입고 두 공주와 함께 옥잔을 높이 들어 차례로 헌수하니 유부인이 매우 기뻐했다. 잔치가 채 끝나지도 않았는데 문지기가 들어와서 고했다.

"문밖에 두 여자가 와서 대부인과 승상께 이름을 아뢰고 인사를 올리고자 합니다."

소유가 말했다.

"반드시 경홍과 섬월일 것이다."

소유가 이런 뜻을 어머니께 고하고 불러들이니, 두 기생이 섬돌 아래서 절했다. 뭇 손님이 말했다.

"낙양의 계섬월과 하북의 적경홍이 이름난 지 오래더니, 과연 절세미인이로다. 양승상의 풍류 아니면 어찌 능히 여기에 이르리오?"

소유가 두 기생에게 재주를 보이라 하니, 경홍과 섬월이 일시에 일어나 구슬이 주렁주렁 달린 신을 신고 옥구슬로 만든 자리 위에 올랐다. 연꽃잎 무늬를 수놓은 소매를 가볍게 떨치고 석류 문양의 비단옷을 하늘거리면서, 둘이 마주서서 〈예상우의곡〉에 맞추어 춤을 추었다. 떨어지는 꽃잎과 날리는 버들개지가 봄바람에 뒤섞이고, 구름 그림자와 하얀 눈빛이 비단 장막에 어른거렸다. 한나라 궁정의 미녀 조비연이 소유의 부마궁에 다시 나오고, 진나라 부자 석숭의 애첩 녹주가 다시 위국공 집에 선 듯했다. 유부인과 두 공주가 둘에게 비단을 내렸다. 채봉과 섬월은 예전부터 알던 사이였다. 옛일을 이야기하며 소회를 푸니 한편으로는 슬프고 한편으로는 기뻤다. 경패는 술잔을 잡아 섬월에게 권함으로써 자신을 천거한 은혜를 갚았다. 유부인이 소유에게 말했다.

"너희는 섬월에게는 감사하면서 내 사촌은 잊었느냐? 근본을 저버린 사람이라 하지 않을 수 없구나."

"소자 오늘의 즐거움은 모두 두연사의 은덕입니다. 어머니께서 서울에 오셨으니 말씀하시지 않아도 먼저 받들어 청하고자 했습니다."

즉시 두연사가 있는 자청관에 사람을 보냈더니 여관들이 말했다.

"두연사께서 촉蜀 땅에 가신 지 삼 년이 되었는데, 아직 돌아오시지 않았습니다."

유부인이 매우 섭섭해했다.

제14회
낙유원에서 기예를 겨루고, 멋진 수레가 구경거리 되다

부마궁

경홍과 섬월이 소유에게 온 뒤로, 소유를 모시는 사람들은 날마다 늘어갔다. 그들은 각각 거처를 정했는데, 정당正堂은 경복당慶福堂이라 하여 소유의 어머니가 머물렀고, 경복당 앞은 연희당燕喜堂이니 좌부인 경패, 곧 영양공주가 살았다. 경복당 서편은 봉소궁鳳簫宮이니 우부인 난양이 거했고, 연희당 앞의 응향각凝香閣과 청화루清和樓에 소유가 머물렀다. 청화루에서 때때로 잔치를 베풀었으며, 소유는 그 앞 태사당太史堂과 예현당禮賢堂에서 손님을 접대하고 공무를 보았다.

봉소궁 남쪽의 심흥원尋興院은 숙인 진채봉의 집이고, 연희당 동쪽의 영춘각迎春閣은 유인 가춘운의 방이었다. 청화루 동쪽과 서쪽에 모두 작은 누각이 있는데 푸른 창과 붉은 난간이 보일 듯 말 듯했다. 주위를 뺑 둘러 행랑을 만들어 청화루와 잇대어놓았다. 응향각 동쪽에는 상화루賞花樓, 서쪽에는 망월루望月樓라는 누각을 두어, 각각 섬월과 경홍이 머물렀다.

소유 궁중에는 음악을 맡은 기생이 팔백 명이었는데 모두 미모와 재능이 탁월했다. 팔백 명을 동부와 서부 둘로 나누어, 동부 사백 인은 계섬월이 주관했고, 서부 사백 인은 적경홍이 장악했다. 섬월과 경홍 둘이서 기생들에게 가무와 연주를 가르쳤다. 기생들은 매달 한 번씩 청화루에 모여 양쪽의 실력을 겨루었는데, 소유가 어머니, 두 공주와 함께 나가 친히 등급을 나누어 상과 벌을 내렸다. 이긴 자에게는 석 잔 술을 내리고 머리에 꽃가지 하나를 꽂게 해서 영광으로 삼게 했고, 진 자에게는 냉수 한 잔을 주고 붓으로 이마에 점 하나를 찍어 부끄럽게 했다. 기생들의 재능은 날마다 늘었고 정확해졌다. 소유의 위부魏府는 임금 동생의 궁궐인 월궁越宮과 함께 기생의 재주에서 천하제일이었다. 비록 나라의 음악을 담당하는 이원 소속의 기생이라도 두 곳의 기예에는 미치지 못했다.

월왕의 도전

어느 날 두 공주가 낭자들과 함께 시어머니를 모시고 앉아 있는데, 소유가 편지 한 통을 들고 사랑채에서 들어와 난양에게 주며 말했다.
"월왕의 편지니 보시오."
난양이 편지를 펴 보았다.

맑고 화창한 봄날입니다. 승상께서는 편안하신지요? 지난번에는 나라에 변고가 많아 나라나 개인이나 여유가 없었으니, 낙유원에 말을 세워놓고 노는 사람도 없고 곤명지昆明池에 배를 띄우고 노는 사람도 없었습니다. 이리하여 노래하고 춤추며 놀던 땅들이 쑥대밭이 되었으니, 장안의 부로父老들이 자주 옛 임금 때의 번성을 이야기하면서 눈물을 흘립니다. 이것을 태평성대의 모습이라 할 수는 없을 것입니다. 지금 임금의 성스런 덕과 승상의 공적에 힘입어 사해가 평안하고 백성이 안락하여 현종 임금 때의 즐거운 시절로 돌아왔습니다. 아직 봄빛이 사라지지 않았고 천기天氣가 화창하여 아름다운 꽃과 고운 버들이 사람의 마음을 흔들고 있습니다. 아름다운 경치를 완상할 마음이 가득하군요. 바라건대 승상과 낙유원에 모여 사냥도 하고 음악도 들으며 태평성세를 누리고 싶습니다. 승상께서도 이런 뜻이 있으시면 날을 잡아 알려주시기 바랍니다. 그때 만날 수 있기를 바랍니다."

난양이 편지를 다 읽고 소유에게 말했다.
"상공께서는 월왕의 뜻을 아시겠습니까?"
"무슨 깊은 뜻이 있으리오? 꽃과 버들을 감상하고자 하는 데 지나지 않소. 한가하게 노니는 귀공자의 풍류지요."
"상공은 잘 알지 못하시는군요. 오라버니께서 좋아하시는 것은 오직 미색과 풍악뿐입니다. 그 궁중에는 절세가인이 한두 명이 아니지요. 근래 들기로는 사랑하는 희첩을 얻으셨는데 무창 땅의 명기 옥연玉燕이랍니다. 월궁의 미인들이 옥연을 본 후 넋이 나가 스스로를 무염無鹽과 모모嫫母 같은 추녀로 자처하고 있답니다. 이로써 옥연의 재주와 미모가 당대 으뜸임을 알 수 있지요. 월왕 오라버니께서는 우리 궁중에 미인이 많다는 소문을 들으시고, 옛날 진나라의 부자 왕개와 석숭이 서로 재산을 가지고 우열을 다툰 일처럼 재주와 아름다움을 겨루고자 하는 것입니다."
승상이 웃으며 말했다.
"나는 눈여겨보지 않았는데 공주께서 월왕의 마음을 읽었군요."
경패가 말했다.
"이는 비록 한때의 놀이에 지나지 않지만 기왕 한다면 다른 사람에게 질 수 없습니다."

경패가 경홍과 섬월을 보면서 말했다.

"군사는 십 년 동안 길러도 쓰는 것은 하루아침이네. 일의 승패는 모두 두 교방 장수의 손에 달려 있으니 힘을 다하게."

섬월이 대답했다.

"천첩은 이기지 못할까 걱정입니다. 월궁의 풍악은 온 나라에서 으뜸이며 무창 옥연의 명성은 온 세상에 자자합니다. 월왕 전하께서는 이미 최고의 풍악을 갖고 있었고, 이제 또 옥연과 같은 미색까지 지니게 되었으니 천하의 강적입니다. 첩 등은 그저 작은 부대에 불과한데 군기도 서지 않았고 무기도 정비되어 있지 않습니다. 교전하기도 전에 창을 거꾸로 잡을 마음을 내지 않을까 두렵습니다. 천첩이 웃음거리가 되는 것은 괘념할 바 아니나, 우리 위부에 치욕을 안길까 두렵습니다."

소유가 말했다.

"내 처음 섬월을 낙양에서 만났을 때, 섬월이 청루에 세 명의 절색이 있다고 했소. 옥연이 그 셋 안에 있었으니 필시 이 사람일 것이오. 그러나 청루 절색이 세 사람뿐이라는데, 내 이미 제갈공명과 방통과 같은 명모사 둘을 얻었으니, 어찌 항우가 둔 범증 같은 모사 하나를 두려워하리오?"

난양이 말했다.

"월왕의 애첩 가운데 미인이 옥연 하나뿐이 아니리이다."

섬월이 말했다.

"그렇다면 월왕 궁전의 아름다운 시녀들은 참으로 두려운 존재입니다. 만나면 달아날 수밖에 없으리니 제가 어찌 감당하겠습니까? 원컨대 공주께서는 경홍에게 계책을 물으소서. 첩은 본디 담이 약해 이 말씀을 들으니 갑자기 목이 막혀 노래도 부르지 못하겠나이다."

경홍이 화를 내며 말했다.

"섬월 낭자, 그 말이 참말이냐? 우리 두 사람이 관동 칠십여 고을을 돌아다닐 때, 이름 높은 기생의 음악으로 들어보지 않은 것이 없고, 소문난 미색을 보지 않은 것이 없다. 그들을 만나 아직 한 번도 무릎을 꿇은 적이 없지 않으냐? 그런데 어찌 옥연에게는 이리 빨리 항복하는 게야? 세상에는 나라를 기울게 한 한나라 이부인 같은 미녀도 있고, 구름으로 비로 임금 앞에 나타났다는 초나라의 선녀 같은 미녀도 있다. 그런 미녀라면 조금 모자란다는 마음을 가질 수 있겠지만, 그런 사람이 아니라면 어찌 옥연 따위를 염려하리오."

섬월이 말했다.

"경홍아, 말이 어찌 그리 가벼우냐? 우리가 일찍이 관동에 있을 때 큰 잔치라고 해야 작은 고을 원님이나 큰 지방 사또가 벌이는 것이요, 작은 것은 호걸이나 협객 등이 벌이는 판에 불과했다. 강한 적수를 만나지 못한 것이 실로 당연한 일이라. 월왕 전하는 진기한 보물로 가득찬 대궐 안에서 나고 자라서 안목이 높을 뿐만 아니라 비평이 엄준하니, 이른바 높은 태산에서 내려다본 분이고 넓디넓은 바다를 건넌 분이라고 할 수 있지. 그런 분 눈에 작은 언덕이나 시냇물이 눈에 들기나 하겠니. 이런 분과 다투는 것은, 병법으로 유명한 손자와 오자를 적으로 삼고 맹분이나 하육 같은 천하장사와 힘겨루기를 하는 격이야. 용렬한 장수나 어린 아이가 맞설 상대가 아니지. 하물며 옥연은 한나라 고조의 명책사인 장량과 같아. 고조가 장량을 두고 천리 밖에서 계책을 세워 승리를 이끄는 사람이라고 평했으니, 어찌 옥연을 가벼이 볼 수 있으리오. 경홍이 지금 그 옛날 조나라 장수 조괄처럼 호언장담을 하니, 내 네가 조괄처럼 크게 패하는 것을 보리라."

섬월이 소유에게는 이렇게 말했다.

"경홍이 뻐기는 마음이 있으니, 첩이 그 단점을 말씀드리겠습니다. 경홍이 처음 상공을 좇을 때 연왕의 천리마를 훔쳐 타고 하북 소년이라고 하면서 상공을 한단의 길가에서 속였습니다. 만일 그의 얼굴과 태도가 정말 예쁘고 아리따웠다면 상공이 어찌 남자로 알았겠습니까? 또 상공에게 은혜를 입던 날에는 어두운 밤에 첩의 몸을 대신했으니, 이는 이른바 남 덕에 자기 일을 하는 사람입니다. 그런데도 이제 첩을 마주하여 이리 장담을 하니 우습지 않습니까?"

경홍이 웃으며 말했다.

"참으로 사람의 마음은 헤아릴 수 없군요. 천첩이 상공을 쫓기 전에는 달나라의 항아를 대한 듯 칭찬하더니 이제는 한푼의 가치도 없는 것처럼 헐뜯는군요. 이는 상공께서 저를 더욱 사랑하시니 질투가 나서 자기가 상공의 사랑을 독차지하고자 하는 말입니다."

섬월과 낭자들이 모두 크게 웃으니 경패가 말했다.

"승상께서 변장한 경홍을 알아보지 못한 것은 경홍이 곱고 아리땁지 않아서가 아니라 원래 승상의 눈이 밝지 못한 탓이라. 경홍의 이름이 이것으로 낮아지지는 않으리라. 그러나 섬월의 말은 확실히 옳다. 여자로 남자 옷을 입고 남을 속일 수 있는 자는 반드시 여자의 아리따운 자태가 없을 것이요, 남자로서 화장을 하고 남을 속일 수 있는 자는 또 반드시 대장부의 기골이 없을지라. 모두 그 부족한 곳을 가지고 속임수를 쓴 것이니라."

승상이 크게 웃으며 말했다.

"부인의 이 말씀은 나를 조롱한 것이라. 그런데 부인의 눈 역시 밝지 못하니, 거문고 곡조는 분변하면서도 남자인 줄은 알지 못했으니, 이는 귀는 있어도 눈은 없는 것이라. 얼굴의 일곱 구멍 중에 하나가 없는데 어찌 완전한 사람이라 하리오. 부인은 내가 용렬하다고 놀리지만, 능연각에 있는 소유의 화상을 보면 모두 건장한 체구와 용맹한 위풍을 칭찬합디다."

모두가 크게 웃었다. 섬월이 말했다.

"바야흐로 강한 적과 맞설 판인데 어찌 희롱의 말만 하고 있겠습니까? 우리 두 사람만 믿을 수 없으니 가유인 또한 함께함이 어떻겠습니까? 그리고 월왕이 황실 바깥 분이 아니시니 진숙인 또한 꺼리실 게 뭐 있겠습니까?"

채봉이 말했다.

"섬월과 경홍 두 낭자야 여자 진사를 뽑는 과거장에 들어간다고 해도 어느 정도 역할을 하겠지만, 소첩을 춤추고 노래하는 곳에다 넣어 무슨 소용이 있겠습니까? 이는 보통 사람을 몰아다가 전쟁을 벌이는 격입니다. 이렇게 해서는 섬월과 경홍도 결코 공을 세우지 못할 것입니다."

춘운이 말했다.

"제겐 춤추고 노래하는 재주가 없으니 놀이판에 나가면 웃음거리만 될 것입니다. 그건 상관없습니다. 저만 부끄러우면 그만이니까요. 저 역시 어찌 성대한 모임에 참가하고 싶지 않겠습니까? 그런데 제가 가면 사람들이 모두 손가락질하고 비웃으며 '저 사람은 대승상 위국공의 첩이고 두 공주의 작은집이다'라고 말할 것입니다. 이는 상공을 웃음거리로 만들고 두 부인에게 근심을 끼치는 일이 될 것입니다. 그러니 저는 결코 따라갈 수 없습니다."

난양이 말했다.

"춘운이 가는 게 어찌 상공께서 남에게 비웃음을 사는 일이리오. 또 내 어찌 그대로 인하여 근심하리오."

춘운이 말했다.

"화려한 비단 보장步障, 행차 길에 친 가리개을 쭉 펼쳐놓고, 장막을 둘둘 높이 걸어 흰구름이 뜬 것처럼 해놓고는, 사람들이 모두 말하지요. '양승상의 총첩 가유인이 나온다.' 어깨를 나란히 하고 다투어 붙어서서 보고자 하는데, 제가 걸음을 옮겨 자리에 오를 때 보면 헝클어진 머리에 때가 낀 얼굴이라. 사람들이 놀라 혀를 찰 것입니다. 그러면서 승상을 그 옛날 유명한 호색한인 등도자처럼 여길 것입니다. 여자라면 인물도 보지 않고 무조건 좋아하는 사람이라고 생각하겠지요. 이러니 상공을 웃음거리로 만들지 않겠습니까? 더욱이 월왕 전하께서는 평생 더러운 것을 보지 못하다가 첩을 보면 구역질을 하시며 기분이 편치 않으시리니, 이것이 부인에게 근심을 끼치는 일이 되지 않겠습니까?"

난양이 말했다.

"겸손이 지나치구나. 춘운은 예전에는 사람으로서 귀신이 되더니 오늘은 서시 같은 미녀로서 추녀 무염이 되고자 하는구나. 춘운의 말은 들을 것이 없다."

이어 소유에게 물었다.

"언제 만나자고 하셨습니까?"

"내일 보자고 했습니다."

경홍과 섬월이 놀라 말했다.

"아직 두 군데 교방에 명령도 내리지 않았는데 일이 급하게 되었군요."

바로 행수 기생을 불러 말했다.

"내일 승상과 월왕께서 낙유원에서 모이시기로 했다. 두 교방 기생들은 모두 내일 새벽에 단장을 한 다음 각자 악기를 들고 승상을 모시고 가라."

팔백 명 기생이 이 명령을 전해듣고는, 모두 얼굴을 만지며 눈썹을 그리고 또 연주 연습을 하며 내일을 준비했다.

사냥

다음날 새벽 날이 밝을 무렵, 소유는 일찍 일어나 군복을 입고 활과 화살을 차고 눈처럼 흰 숭산에서 난 천리마를 타고 사냥꾼 삼천 명을

선발하여 호위를 받으며 성 남쪽으로 갔다. 섬월과 경홍은 금과 옥으로 장식하고 또 꽃을 꽂아 잔뜩 멋을 부리고는, 두 군데 교방의 기생을 거느리고 단단히 준비하여 나란히 뒤를 따랐다. 얼룩무늬의 좋은 말을 타고 금으로 만든 안장에 앉아 은으로 된 등자를 밟았다. 산호로 만든 채찍을 가로잡고 옥으로 된 고삐를 가벼이 쥐고 승상 가까이 붙어 따랐다. 팔백 명의 미녀들 역시 모두 준마를 타고 경홍과 섬월을 좌우에서 옹위하여 갔다. 중도에 월왕을 만났는데 군사와 기생의 행렬이 소유의 행차와 견줄 만했다. 월왕이 소유와 나란히 말을 타고 가면서 물었다.

"승상이 탄 말은 어느 나라 종자요?"

"대완국 것입니다. 대왕의 말 또한 대완국 것으로 보이는군요."

"그렇소. 이 말의 이름은 천리부운총千里浮雲驄이오. 작년 가을에 임금을 모시고 상림원上林苑, 임금의 정원에서 사냥할 때 보니, 임금의 마구간에 있는 말이 모두 명마지만 이 말에 미치는 것은 없었소. 지금 장부마의 도화총桃花驄과 이장군의 오추마烏騅馬가 모두 준마로 칭송되지만, 이 말과 비교하면 모두 둔한 말이지요."

"작년 티베트를 정벌할 때 깊고 험한 물과 높고 가파른 절벽을 지나게 되어 발을 디딜 수 없었는데, 이 말은 평지를 걷는 것처럼 한 번도 넘어진 적이 없었습니다. 저의 승리가 실제로는 이 말 덕분입니다. 두보가 준마를 노래하면서 '사람과 한마음으로 승리를 이룬다'고 했으니 이런 일을 가리키는 것 아니겠습니까? 다만 제가 회군한 뒤 벼슬과 품계가 연이어 높아지고 직무는 한가로워 편안하게 평교자를 타고 느릿느릿 평탄한 길을 다니게 되니, 사람과 말이 모두 병이 생길 지경입니다. 대왕과 함께 채찍을 휘두르며 말을 달려, 어느 말이 빠른지 또 어느 편의 장수가 용맹한지 겨루어보고자 합니다."

월왕이 기뻐 말했다.

"내 뜻도 같소이다."

드디어 종에게 분부하여 두 집의 손님과 기생을 임시 장막으로 돌아가 기다리게 하고, 바로 말을 채찍질하여 달렸다. 마침 큰 사슴이 있어서 사냥꾼들이 쫓았는데 월왕의 앞을 살짝 스쳐갔다. 월왕이 말 앞에 있는 무사들에게 활을 쏘게 했다. 여러 대의 화살이 일시에 발사되었는데도 맞히지 못했다. 왕이 화를 내며 말을 달려 나갔다. 화살 하나로 사슴의 왼쪽 옆구리를 쏘아 쓰러뜨리니 모든 군사가 '천세千歲'를 외쳤다. 소유가 칭송했다.

"대왕의 신이한 궁술은 여양왕汝陽王, 당나라 현종의 조카로 활과 술로 유명함과 다를 바 없습니다."

"이는 작은 기예니 무슨 칭송할 일이겠소. 내 승상의 활쏘기를 보고 싶소. 한번 보여주시지 않겠소?"

말이 끝나기 전에 고니 한 쌍이 구름 사이로 내려왔다. 군사들이 외쳤다.

"이는 화살로 쏘아 잡기 어렵습니다. 매를 사용해야 합니다."

소유가 웃으며 말했다.

"아직 매를 풀지 말라."

소유가 화살을 뽑고 하늘을 향해 몸을 돌려 쏘니 새 왼쪽 눈에 맞았다. 새가 소유의 말 앞에 떨어졌다. 월왕이 칭찬했다.

"승상의 신묘한 재주는 우리 시대의 양유기라 할 만합니다."

두 사람이 말을 채찍질하여 나란히 가는데, 유성처럼 번개처럼 빨랐다. 번쩍하는 사이에 벌써 너른 벌판을 지나 높은 언덕으로 올랐다. 언덕 위에 이르러 고삐를 잡아당기고 나란히 서서 산천을 두루 바라보면서도 활쏘기와 칼 쓰는 법에 대한 토론을 그치지 않았다. 시종이 그제야 쫓아와서, 잡은 푸른 사슴과 흰 고니를 은쟁반에 담아 내왔다. 두 사람이 말에서 내려 풀숲을 헤치고 앉아, 차고 있던 보검을 빼서 고기를 잘라 구워먹었다. 고기를 안주 삼아 서로 술을 권했다.

낙유원 소유측과 월왕측이 낙유원에서 기예를 겨루는 장면이다. 전각 안에 앉은 두 사람이 소유와 월왕으로, 그 앞에서 여인들이 검무를 추고 거문고를 연주하고 있다. 전각 바깥에서는 양측 군사들이 활로 고니를 쏘아 맞히고 마상 기예를 선보이고 있다. 차례로 이루어진 여러 기예를 한 화면에 담아냈다.

멀리서 붉은 옷을 입은 벼슬아치 두 명이 나는 듯이 오고 있었다. 그 뒤를 한 떼의 사람들이 따르고 있었다. 궁궐에서 나온 듯했다. 한 사람이 빠르게 달려와 고했다.

"임금과 태후께서 술을 내리셨습니다."

월왕이 장막 안으로 가서 기다리니 두 명의 내관이 임금이 내린 좋은 술을 두 사람에게 권했다. 이어 용과 봉황이 그려진 색종이에 쓴 편지 한 통을 전했다. 두 사람이 손을 씻고 꿇어 엎드려 펼쳐보니, 밖으로 나가 사냥한 것을 시제로 삼아 시를 지어 바치라는 명령이었다. 두 사람이 머리를 조아리며 네 번 절하고 각자 여덟 구의 시를 지어 내관 편에 보냈다. 소유와 월왕의 시는 각각 아래와 같다.

새벽에 무사들과 궁성 밖으로 나오니	晨驅壯士出郊坰
칼에선 가을 연꽃 기운 일고 쏜 화살은 유성 같네	劍若秋蓮矢若星
장막 속 여러 미인 희디흰 얼굴	帳裡群娥天下白
말 앞에는 한 쌍의 해동청	馬前雙翮海東青
임금 내린 술에 성은 망극 감사하니	恩分玉醞爭含感
취하여 칼을 뽑아 고기 잘라 안주 삼네	醉拔金刀自割腥
작년 서쪽 변방의 원정을 떠올리며	仍憶去年西塞外
눈보라 속 임금의 동산에서 사냥하네	大荒風雪獵王庭
재빠른 용마가 번개처럼 지나가다	躞蹀飛龍閃電過
북소리 나자 평원에서 우뚝 서네	御鞍鳴鼓立平坡
유성 같은 화살은 날랜 사슴 쏴 죽이고	流星勢疾殲蒼鹿
밝은 달 훤한 밤에 흰 고니 떨어지네	明月形開落白鵝
살기가 호쾌한 흥을 일으키니	殺氣能教豪興發
성은이 끼치시니 취한 얼굴 붉어지네	聖恩留帶醉顏酡

여양왕의 신묘한 활 솜씨라 말하지 마시게   汝陽神射君休說
오늘아침 잡은 고니가 더 많지 않은가   爭似今朝得雋多

내관이 절하고 돌아갔다.

낙유원

두 집안의 손님들이 차례로 벌여 앉으니, 요리사가 음식을 내왔다. 가득 차린 음식들에서 향기가 나고, 푸른 솥에서는 낙타 등과 원숭이 입술이 나왔다. 남방 과일인 리치며, 영가永嘉, 중국 저장 성의 지명의 단 귤이 옥쟁반에 가득했다. 서왕모가 요지에서 벌인 잔치는 인간세상 사람들이 볼 수가 없고, 한나라 무제 때 백량대를 짓고 군신이 시를 주고받던 성대한 모임도 이미 옛일이어서 비교하기 어렵지만, 세상의 진수성찬이 이보다 더할 수는 없을 듯했다.

기생 수천 명이 서너 겹으로 자리를 빙 두르니, 화려한 옷자락이 장막을 이루고 패옥 소리는 우레와 같았다. 한줌의 가느다란 허리는 버들가지와 다투고, 요염한 얼굴은 봄날의 아름다운 기운을 다 빼앗은 듯했다. 낮고 무거운 현악기 소리와 애수 어린 관악기 소리가 곡강曲江의 물을 출렁이게 했고, 여기저기서 터져나온 시원한 노랫소리는 종남산을 울렸다. 술자리가 무르익자 월왕이 소유에게 말했다.

"소생이 승상의 후덕한 보살핌을 입고도 작은 성의도 표하지 못했소이다. 이번에 소첩 몇 명을 데려왔으니 승상이 기뻐하는 모습을 보고자 합니다. 앞에 불러 노래 부르고 춤을 추게 해 승상의 장수를 기원하고자 하니, 어떻습니까?"

소유가 감사했다.

"제가 어찌 대왕의 총첩과 대면하겠습니까? 그러나 한집안 사람이라는 것을 믿고 참람한 마음을 한번 보이겠습니다. 제 시첩 또한 여러 명이 성대한 모임을 구경하고자 따라왔으니, 그들 역시 불러 대왕의 시첩들과 더불어 자신의 장기를 보여 흥을 돋울까 합니다."

"승상의 말씀이 참 좋소."

섬월과 경홍, 그리고 월궁의 네 미인이 명을 받들고 나와 장막 앞에서 머리를 조아렸다. 소유가 말했다.

"옛날에 영왕寧王, 당나라 예종의 장자이자 현종의 이복형이 미인 하나를 두었는데, 이름을 부용芙蓉이라 했지요. 이백이 한번 보려고 영왕에게 간절히 청했지만 목소리만 들었을 뿐 얼굴은 보지 못했습니다. 지금 저는 네 선녀의 얼굴을 볼 수 있으니, 이백보다 열 배는 더 대접받는 듯합니다. 그런데 저 네 미인의 이름이 무엇입니까?"

네 사람이 일어나 대답했다.

"첩 등은 곧 금릉金陵, 난징의 옛 이름의 두운선杜雲仙, 진유陳留, 중국 허난 성의 지명의 소채아少蔡兒, 무창武昌, 중국 후베이 성의 지명의 만옥연萬玉燕, 서울의 호영영胡英英입니다."

소유가 월왕에게 말했다.

"제 일찍이 벼슬에 나오기 전에 낙양과 서울을 오가면서 옥연 낭자의 높은 이름을 들었는데, 마치 하늘나라 사람과 같다고 했습니다. 지금 보니 실로 소문보다 낫습니다."

월왕 또한 섬월과 경홍 두 사람에 대해 알고 있었다.

"이 두 사람은 온 세상이 추앙하는데, 지금 모두 승상부에 들어갔으니 맞는 주인을 얻었다 할 만합니다. 승상께서는 이 두 사람을 언제 얻으셨는지요?"

"계씨는 제가 과거를 보러 오면서 낙양을 지나갈 때 자원하여 저를 따랐고, 적씨는 일찍이 연왕의 궁중에 있었는데, 제가 임금의 명령을 받고 연나라에 갔을 때, 궁궐에서 몸을 빼 저를 따라왔습니다. 제가 서울로 돌아오는 길에 만났습니다."

월왕이 손뼉을 치고 웃으며 말했다.

"적낭자의 호협한 기상은 이정을 따라간 홍불기에 비할 바가 아니군요. 그러나 적낭자가 승상을 따랐을 때는 승상은 이미 한림학사의 벼슬에 있었고 또 임금이 주신 옥절玉節, 옥으로 만든 일종의 신임장을 받았으니, 봉황이나 기린과 같은 승상의 상서로움을 알아보기 어렵지 않았을 것입니다. 그런데 계낭자는 승상이 곤궁할 때 이미 부귀할 것을 알았으니, 이른바 먼지투성이 세상에서 재상이 될 사람을 알아본 셈이라 더욱 기이합니다. 승상께서는 어떻게 행로에서 계낭자를 만나셨는지요?"

소유가 웃으며 말했다.

"제 그때 일을 생각하니 웃음이 나는군요. 궁벽한 시골의 선비가 나귀한 마리를 끌고 아이 한 명을 데리고 먼 길을 여행하다가, 허기가 심하여 마을 주막에서 막걸리를 과음하고 천진교를 지나다가 낙양 선비 수십 명을 보았지요. 누각 위에는 풍악이 크게 베풀어졌고 선비들은 술을 마시며 시를 짓고 있었습니다. 저는 해진 옷과 망가진 망건을 쓰고 그자리에 올랐는데 거기에 섬월이 있었습니다. 그 선비들의 노복 중에도 저처럼 피폐한 사람은 없었습니다. 저는 취흥이 올라 부끄러움도 모르고 거친 말을 모아 시를 지었는데, 시의 뜻이 무엇인지 격식에나 맞는지 모르겠습니다만, 섬월이 여러 편 가운데 제 시를 택해서 노래를 불렀습니다. 좌중이 처음 약속하기를, 여러 사람의 시 가운데 섬월이 노래 부른 시의 주인에게 섬월을 양보하기로 했지요. 그래서 다른 사람들이 저와 다투지 못했으니, 이 또한 인연인가 봅니다."

월왕이 크게 웃으며 말했다.

"승상이 두 차례 과거에서 모두 장원을 차지한 일을 내 천지간의 통쾌한 일로 여겼는데, 이 일은 과거에서 장원을 차지한 것보다 더 통쾌합니다. 그 시가 필시 오묘할 듯하니 들어볼 수 있을지요?"

"취중에 경솔히 지은 것을 어찌 기억하겠습니까?"

월왕이 섬월에게 말했다.

"승상은 비록 잊었다 하나 낭자는 혹 외울 수 있겠는가?"

"천첩은 아직도 그 시를 기억하고 있습니다. 붓으로 써서 올려야 할지, 노래로 아뢰어야 할지 모르겠습니다."

월왕이 더욱 기뻐 말했다.

"낭자의 옥 같은 목소리로 듣는다면 더 즐겁겠네."

섬월이 앞으로 나와 노래를 부르니 흘러가는 구름이 멈출 듯했다. 자리의 모든 사람들이 감동했고 월왕 역시 크게 탄복하며 칭찬했다.

"승상의 시 짓는 재주, 섬월의 아름다움과 맑은 소리는 가히 삼절三絶이라 할 만합니다. 세번째 시에 이른바, '꽃은 화장한 미인을 부끄러워하고, 고운 노래 나오기 전 입이 벌써 향기롭네花枝羞殺玉人粧, 未吐纖歌口已香'라는 구절은 완연히 섬월을 그린 듯합니다. 이 구절을 들으면 이백이라도 뒷걸음질할 것입니다. 근래 시 짓는 이들이야 겨우 말과 글을 꾸미고 틀에 맞추려 할 뿐이니 이들이 어찌 승상의 경지를 엿볼 수 있겠습니까?"

월왕이 상으로 금잔에 술을 가득 부어 섬월에게 내렸다. 경홍과 섬월 두 사람은 월왕궁의 네 미인들과 번갈아 춤추고 노래하며 손님과 주인의 장수를 기원했다. 두 곳의 기예는 진실로 하늘이 낸 맞수라 조금도 차이가 없었다. 하물며 옥연은 본래 경홍, 섬월과 그 명성이 다르지 않았고, 나머지 세 사람도 옥연에게는 미치지는 못했지만 크게 뒤지지는 않았다. 월왕 역시 스스로 기뻐할 따름이었다. 취기가 오르자 잔 돌리는 것을 멈추고, 손님들과 함께 장막 밖으로 나와 무사들이 말을 달리면서 치고 찌르는 무예를 구경했다. 월왕이 말했다.

"미녀들이 말을 타고 활 쏘는 것도 볼만할 것입니다. 우리 궁중에 궁마弓馬에 능한 자가 수십 인입니다. 승상부의 미인 중에도 북방에서 온

자가 있으니, 명령을 내려 꿩을 쏘고 토끼를 쫓게 해서 한바탕 즐거움을 삼는 것이 어떻겠습니까?"

소유는 기뻐하며 활 잘 쏘는 자 수십 인을 뽑아서 월궁의 미인들과 겨루게 했다. 경홍이 일어나 말했다.

"첩이 비록 궁술에 능하지 못하나, 말달리고 활 쏘는 것을 익히 보았으니, 오늘 한번 해보기를 청합니다."

소유는 기뻐하며 즉시 몸에 찬 활을 끌러 주었다. 경홍이 활을 잡고 서서 미인들에게 말했다.

"비록 맞히지 못하더라도 웃지 마소서."

이어 나는 듯 준마에 올라 장막 앞을 달려가는데, 마침 꿩 한 마리가 수풀 속에서 날아올랐다. 경홍이 가녀린 허리를 살짝 돌려 활을 잡는가 싶더니, 시위 소리 울리자 다섯 색깔 새털이 순식간에 말 앞에 떨어졌다. 소유와 월왕이 손뼉을 치면서 크게 웃었다. 경홍은 다시 몸을 돌려 말을 달리다가 장막 바깥에서 내려 천천히 걸어 자기 자리로 갔다. 모든 미인이 다 칭찬했다.

"우리의 십 년 공부가 모두 헛것이로다."

이때 잡은 짐승들이 산처럼 쌓였는데, 두 집안의 여자들이 잡은 꿩이며 토끼가 많았다. 각기 위에다 바치니 소유와 월왕이 공에 따라 상급을 주고 우열을 정했다. 전체의 음악 연주는 멈추게 했고 대여섯 미녀만 현악기를 타게 했다. 잔을 씻고 다시 술잔을 돌렸다. 섬월이 생각했다.

'우리 두 사람으로도 월궁 미인들에게 밀리지는 않지만, 저 쪽은 네 사람이요 우리는 한 쌍이라 무척 고단하구나. 춘운을 데려오지 못한 것이 안타깝다. 춘운이 가무는 잘하지 못하지만, 빼어난 얼굴과 아름다운 말솜씨야 두운선 무리를 압도하지 않겠는가?'

섬월의 탄식이 그치지 않았다. 그러다 문득 먼 곳을 보니 두 미인이 벌판 밖에서 녹음방초 위로 수레를 몰아오고 있었다. 잠시 후 수레가 장막 문밖에 이르니 문지기가 물었다.

"월궁에서 오시나이까? 아니면 승상부에서 오시나이까?"

마부가 대답했다.

"이 수레에 탄 두 낭자는 양승상의 소실이라. 일이 있어 처음에 다 같이 오지 못했소."

문지기가 장막으로 들어가 소유에게 아뢰었다. 소유가 말했다.

"필시 춘운이 구경 온 것이라. 그런데 행색이 어찌 이리 허술하냐."

소유가 불러들였다. 두 낭자가 주렴을 걷고 수레에서 나오는데, 보니 앞은 심요연이요, 뒤는 꿈에서 본 동정호 용왕의 딸 백능파였다. 두 사람이 소유 앉은 자리 아래에 와서 머리를 조아려 인사를 올렸다. 소유가 월왕을 가리키며 말했다.

"이분은 월왕 전하시다. 예를 차려 인사하라."

두 사람이 인사를 마치자, 소유가 자리를 주어 경홍, 섬월과 함께 앉게 하고는 월왕에게 말했다.

"저 두 사람은 티베트 정벌 때 얻은 여인입니다. 근래 일이 많아 미처 데려오지 못했는데, 제가 대왕과 놀이함을 듣고 성대한 모임을 구경하고 싶어 온 듯합니다."

월왕이 다시 두 미인을 보니, 그 용모가 경홍, 섬월과 더불어 형제 같고, 청아한 자태와 초월한 기상은 한층 뛰어났다. 월왕은 기이하게 여겼고 월궁 미인들은 안색이 모두 잿빛이 되었다. 월왕이 물었다.

"두 낭자는 이름이 무엇이며 어느 지방 사람이냐?"

한 미인이 답했다.

"소첩의 이름은 요연이요 성은 심씨이니, 중국 서쪽의 양주 사람입니다."

또 한 미인이 답했다.

"소첩의 이름은 능파요 성은 백씨이니, 일찍이 소상강潇湘江, 중국 후난 성에

있는 강 부근에서 살다가 불행히 변을 만나 서쪽 변방으로 피했다가 이제 상공을 쫓아왔습니다."

월왕이 말했다.

"두 낭자는 거의 인간세상의 사람이 아닌 듯하구나. 악기를 연주할 수 있느냐?"

요연이 답했다.

"소첩은 변방의 천한 계집이라, 일찍이 음악을 듣지 못했으니 무슨 재주로 대왕을 즐겁게 하겠습니까? 다만 어릴 적부터 변란이 많아 쓸데없이 검무를 배웠으나, 이는 군대 안에서 하는 장난일 뿐, 귀인이 보실 바는 아닌가 합니다."

월왕이 크게 기뻐 소유에게 말했다.

"현종 임금 때 공손대랑公孫大娘, 검무로 유명한 기생의 검무가 천하를 울리다가 그것이 끊겨 마침내 전하지 못했소. 내 매양 두보가 공손대랑의 검무 읊은 시를 보면서 그 검무를 보지 못함을 한스러워했는데, 지금 낭자가 검무를 한다 하니 심히 기쁘오."

월왕과 승상이 각기 허리에 찬 칼을 끌러 주니, 요연이 소매를 걷고 허리 장식을 풀고 수레 위로 올라가 춤을 추었다. 칼이 이리 번쩍 저리 번쩍 하면서 사방을 휘젓다가 갑자기 멈추었는데, 미인의 붉게 단장한 얼굴과 칼의 흰빛이 어지러이 하나가 되어 봄눈이 복숭아꽃 위에 어지러이 흩날리는 듯했다. 춤추는 소매가 점점 급박해지더니 칼끝도 더욱 빨라져 서릿발 같은 것이 장막 안에 가득했다. 그러다 마침내 요연의 몸이 보이지 않았다. 그런데 갑자기 한 발 길이의 푸른 무지개가 하늘을 가로지르며 생기더니 쏴아 하는 차가운 바람이 잔칫상 위로 불어왔다. 좌중이 모두 뼈가 시리고 머리카락이 쭈뼛해졌다. 요연이 배운 술법을 다하고자 하다가 월왕이 너무 놀랄까 하여 그만 춤을 그치고 칼을 던졌다. 그러고는 월왕에게 두 번 절하고 물러났다. 월왕이 한참 뒤에 정신을 차린 다음 요연에게 말했다.

"세상에 검무가 어찌 이처럼 신묘한 지경에 이를 수 있으리오. 들으니 신선이 검술에 능하다던데 낭자가 그런 사람인가?"

"서쪽 지방의 풍속이 무기를 가지고 놀기를 좋아하여 첩이 어렸을 때부터 배웠습니다만, 신선의 기이한 술법이야 어찌 배웠겠습니까?"

"내 환궁하면 궁녀 중에서 몸이 날래고 춤을 잘 추는 자를 골라 보낼 것이니, 낭자는 가르치는 수고를 아끼지 말라."

요연이 절하고 명을 받았다. 월왕이 또 능파에게 물었다.

"낭자에겐 무슨 재주가 있느냐?"

"첩의 집이 소상강 가에 있었으니 곧 아황과 여영요임금의 두 딸이자 순임금의 두 아내로, 남편의 죽음을 슬퍼하며 따라 죽었다고 함이 살았던 곳입니다. 하늘은 높고 바람이 시원하며 밤은 고요하며 달이 밝은 때, 왕왕 구름 사이로 비파 소리가 들렸습니다. 첩이 어릴 적부터 그 소리에 따라 혼자 비파를 즐겼는데, 귀인의 귀에는 합당하지 않을까 합니다."

"옛사람의 글을 통해 아황과 여영이 비파를 탄 줄은 알았으나 그 곡조가 세상에 전해졌다는 말은 듣지 못했다. 낭자가 그 곡조를 연주한다면, 이 세상의 시끄러운 음악이야 어찌 더 들을 수 있겠는가?"

능파가 소매에서 비파를 꺼내 한 곡조를 탔다. 애원하는 듯한 소리가 맑고도 오묘하여, 깊은 산골짜기에서 물이 쏟아져 흐르는 듯, 기러기가 광활한 하늘에서 우는 듯했다. 듣던 사람들이 갑자기 처량한 생각이 들어 눈물을 흘렸다. 이윽고 초목이 저절로 떨더니 가을소리가 들리고 마침내 시든 잎사귀가 분분히 떨어졌다. 월왕이 이상히 여겨 말했다.

"인간세상의 음악이 조물주의 권능을 바꿀 수 있다는 말을 내 믿지 않았더니, 낭자가 인간세상의 사람이라면 어찌 만물이 자라나는 봄을 조락의 계절인 가을로 바꾸어놓을 수 있겠는가? 이 봄에 어찌 무성한 나뭇잎을 절로 지게 하였느냐? 속인도 이 신묘한 곡을 배울 수 있겠느냐?"

"첩은 다만 옛 곡조의 찌꺼기를 전할 따름입니다. 제 무슨 신묘한 술법을 지니고 있겠으며, 어찌 이것을 속인인들 배우지 못하겠습니까?"

만옥연이 월왕에게 아뢰었다.

"첩이 비록 재주가 없사오나 평소 익힌 음악으로 〈백련곡白蓮曲〉을 연주하고자 합니다."

옥연이 진나라의 아쟁을 비껴안고 자리로 나아가 고운 손으로 줄을 퉁겨, 아황과 여영이 스물다섯 줄 거문고로 연주했다는 구슬픈 소리를 냈다. 그 연주하는 소리가 맑고 부드러워 들을 만했다. 소유와 경홍, 섬월 두 사람이 극찬했다. 월왕이 매우 기뻐했다.

제15회
부마가 벌주를 마시고,
임금이 취미궁을 하사하다

논공

이날 낙유원의 잔치는 요연과 능파 두 사람이 마지막에 찾아와서 즐거움을 더했다. 월왕과 소유는 흥이 다하지 않았으나 들판에 이미 해가 지는지라 잔치를 끝냈다. 양가는 각기 금은과 비단을 기생과 다른 예인들에게 나누어주었는데, 옥구슬은 말*로 헤아릴 정도로 많았고 비단은 언덕처럼 쌓여 있었다.

월왕과 소유가 달빛을 두르고 서울로 돌아오자 성문을 닫는 종소리가 들렸다. 두 집의 기생들이 앞서거니 뒤서거니 길을 다투니, 노리개 부딪치는 소리가 마치 폭포수처럼 들리고 여인의 향기가 거리를 휘감았다. 기생들이 떨어뜨린 비녀며 구슬이 말발굽 사이로 들어가니 바직바직하는 소리가 흙먼지 밖까지 들렸다. 서울 사람들이 담처럼 늘어서서 이 모습을 구경했다. 백 살 노인이 눈물을 흘리며 말했다.

"내 그 옛날 머리에 상투도 틀기 전에 현종 임금께서 화청궁에 행차

하시는 것을 보았지. 그 위엄 있는 거동이 오늘과 같았어. 그런데 죽기 전에 다시 태평성세의 모습을 보는구먼."

이때 두 공주가 채봉과 춘운 두 낭자와 시어머니를 모시고 소유가 돌아오기를 기다리고 있었다. 소유가 집으로 돌아와 요연과 능파를 이끌고 당 위로 올라가 어머니와 두 공주에게 보였다. 경패가 말했다.

"승상께서 티베트로 가서 위기에 빠졌을 때 두 낭자에게 은혜를 입었고, 그래서 수천 리 먼 곳의 우리 영토를 넓힐 수 있었다고 여러 번 말씀하셨지요. 내 일찍이 만나지 못한 것을 한으로 여겼어요. 두 낭자는 어찌 이리 늦게 오셨습니까."

요연과 능파가 대답했다.

"저희들은 먼 시골에 사는 사람들입니다. 비록 상공께서 한 번 살펴주신 은혜를 입었지만, 두 부인께서 자리를 내주지 않으실지도 모른다는 마음에 감히 문하에 발을 들여놓지 못했습니다. 그런데 서울에 들어와서 소문을 들어보니, 모두들 두 공주님께는 주나라 문왕의 왕비인 태사의 덕이 있다고 말했습니다. 그 덕화와 은택이 위아래는 물론 심지어 멀고 천한 곳까지 미친다고 했습니다. 그래서 참람함을 무릅쓰고 나아가 뵈려던 참에 승상의 잔치 소식을 듣고 외람되이 성대한 행사에 참여하게 되었습니다. 공주님의 가르침을 얻을 수 있기를 바랍니다."

난양이 웃으며 승상에게 말했다.

"오늘 궁중에 예쁜 꽃이 가득하니 상공께서는 당신의 풍류 때문이라 으스대시겠지만, 이 모두가 저희 자매의 공이라는 것을 아시는지요?"

소유가 크게 웃으며 말했다.

"속언에 '귀인은 아부를 좋아한다' 하더니 틀린 말이 아니구려. 저 두 사람은 이제 막 궁중에 도착해서 공주의 위엄이 두려워 아첨한 것이오. 공주께서는 그걸 자기 공으로 만들려고 하는구려."

자리에 있던 사람들이 모두 떠들썩하게 웃었다. 채봉과 춘운 두 낭자가 경홍과 섬월에게 물었다.

"오늘 잔치의 승부는 어떻게 되었습니까?"

경홍이 대답했다.

"섬월은 제가 큰소리친다고 비웃었으나, 저는 한마디 말로 월왕궁의 기를 죽이려 했던 것입니다. 제갈공명은 작은 조각배를 타고 강동에 들어가 세 치 혀로 이해득실을 논해, 손권의 신하인 주유와 노숙의 무리가 그저 입을 떡 벌리고 헐헐하며 아무 말도 꺼내지 못하게 했습니다. 또 조나라의 평원군이 초나라에 들어가 합종책을 이루려고 할 때 평원군이 뽑은 스무 명 부하 가운데 열아홉 명은 아무것도 이룬 일이 없으나, 겨우 스스로를 천거해 어렵사리 평원군 휘하에 들어간 모수毛遂만이 조나라의 위상을 반석처럼 튼튼하게 만들었습니다. 제가 큰 뜻을 지니고 있었기에 큰 말을 한 것이니, 말에 실속이 없다고 할 수는 없을 것입니다. 섬월에게 물어봐도 제 말이 헛되지 않았음을 알 겁니다."

섬월이 말했다.

"경홍 낭자의 말 타고 활 쏘는 재주가 묘하지 않다고 할 수는 없으나, 이것은 풍류 판에서나 칭찬을 받는 것이지, 활과 돌이 날아다니는 전장에 가면 어디 한 걸음이나 나가서 화살 하나라도 쏠 수 있겠습니까. 월왕궁의 기운을 뺏은 것은 나중에 도착한 두 낭자의 선녀 같은 모습과 재주 덕분이니, 승리가 어찌 경홍의 공이 되겠습니까. 내 경홍에게 바른 말 하나 할까 합니다. 옛날 춘추시대에 가대부賈大夫라 불리는 사람이 있었습니다. 얼굴이 몹시 못나서 세상 사람들이 모두 침을 뱉을 정도였지요. 그가 아내를 얻었는데 아내는 결혼 후 삼 년 동안 한 번도 웃은 일이 없었답니다. 어느 날 아내와 교외로 나갔는데 가대부가 화살로 꿩을 쏘아 맞히자 비로소 아내가 웃었고, 이에 가대부는 '기예는 배우지 않으면 안 된다. 내가 활을 잘 쏘지 못했더라면 아내는 웃지도 않고 말하지도 않았을 것이다'라고 했답니다. 경홍이 꿩을 맞힌 것은 가대부의 일처럼 작은 기예에 불과하지요."

경홍이 말했다.

"가대부의 추한 몰골로도 화살을 쏘아 아내의 웃음을 얻었는데, 나는 재주 있고 자색이 있는데다 꿩까지 맞혔으니 어찌 사람들의 사랑과 공경을 받지 않겠소."

섬월이 웃으며 말했다.

"경홍의 자랑이 갈수록 더 심하구나. 승상의 총애가 과하여 마음이 교만해진 것이라."

소유가 웃으며 말했다.

"내 이미 섬월이 재주가 많다는 것을 알았지만 경전까지 읽는 줄은 몰랐다. 이제는 『좌전左傳』 같은 역사까지 공부하는구나."

섬월이 말했다.

"제 한가할 때 경전과 역사를 읽습니다만 능통하다고는 할 수 없습니다."

벌주

다음날 소유가 임금을 뵈러 궁궐에 가자, 태후가 소유와 월왕을 불렀다. 두 공주는 벌써 입궁해서 그 자리에 와 있었다. 태후가 월왕에게 말했다.

"어제 승상과 두 곳 기생의 솜씨를 겨루었다던데 누가 이겼는고?"

"부마가 누리는 복이 얼마나 큰지 다른 사람이 겨룰 수 있는 수준이 아니었습니다. 승상의 복이 누이에게도 복이 될지 마마께서 승상에게 물어보십시오."

소유가 아뢰었다.

"월왕이 신에게 이기지 못했다고 한 것은 이백이 최호의 「황학루黃鶴樓」 시를 보고 기가 죽었다는 말처럼 공연한 소리입니다. 제 복이 공주에게 복이 될지 안 될지는 제가 공주가 아니니 알 수 없습니다. 공주에게 물으시지요."

태후가 웃으며 두 공주를 돌아보자 공주가 대답했다.

"부부는 한몸으로, 영욕과 고락을 달리하지 않습니다. 장부에게 복이 있으면 여자에게도 복이 있고, 장부에게 복이 없으면 여자에게도 복이 없으니, 승상이 즐기는 것은 저도 똑같이 즐길 것입니다."

월왕이 말했다.

"누이의 말이 듣기는 좋으나 마음에서 우러난 것이 아닙니다. 자고로 부마로서 승상처럼 방탕한 사람이 없으니, 이는 기강이 엄하지 않아서 그렇습니다. 원컨대 마마께서는 소유를 사법부에 보내 조정을 가벼이 여기고 국법을 능멸한 죄를 물으소서."

태후가 크게 웃으며 말했다.

"부마가 정말 죄를 지었구나. 그렇다고 법으로 다스리면 이 늙은이와 내 딸의 근심이 적지 않을 것이니, 내 할 수 없이 공법을 굽혀 사사로운 정을 따르리라."

월왕이 다시 아뢰었다.

"승상의 죄는 쉽게 용서할 수 없습니다. 청컨대 먼저 마마께서 심문하신 다음 명령에 따라 처분하는 것이 좋을 듯합니다."

태후가 크게 웃고는 월왕으로 하여금 대신 심문할 내용을 적게 했다.

옛날부터 부마 된 자가 감히 희첩을 모으지 않음은 풍류가 부족해서가 아니요, 입고 먹을 것이 넉넉하지 않아서가 아니다. 모두 임금을 공경함이요, 나라의 체신을 우러르기 때문이다. 하물며 난양과 영양 두 공주는 지위로는 과인의 딸이요, 행실은 태임과 태사 같은 훌륭한 부덕을 갖추었다. 그런데 부마 양소유는 공주를 공경하고 받드는 길은 생각하지 않고 방탕한 마음을 품고, 마음은 화장한 미인들 거처에 머무르고, 뜻은 부귀영화에 두고 있다. 굶주리고 목마른 자처럼 미색을 찾아다니면서, 아침에는 동쪽을 저녁에는 서쪽을 기웃거렸다. 또 눈으로는 연나라와 조나라의 미색을 모두 보고, 귀로는 정나라와 위나라의 음란한 음악을 실컷 들었다. 부마의 누대에 이런 자들이 개미떼같이 들끓고 문 앞에는 벌떼처럼 북적였다. 두 공주가 태사와 같은 부덕을 지녀 질투하는 마음을 내지는 않으나, 부마 양소유의 공경하고 삼가는 도리가 어찌 이럴 수 있는가. 교만 방자한 죄를 징계하지 않을 수 없다. 양소유는 숨김없이 바른대로 고하고 처분을 기다리라.

소유가 궁전 아래 내려와 땅에 엎드려 관을 벗고 대죄했다. 월왕이 난간 밖에 나와 서서 소리 높여 심문 내용을 읽었다. 소유는 심문서를 듣고 나서 답변서를 바쳤다.

소신 양소유는 외람되이 임금과 태후마마 두 분의 성은을 입어 승상의 높은 벼슬에 올랐습니다. 영달이 이미 지극한데다 두 공주가 착실하고 깊은 덕을 가져 금슬의 화목함이 있으니 더 바랄 것이 없습니다. 그런데 어린 마음에 아직 호기가 없어지지 않아, 기생의 음악을 심히 탐했고 춤추고 노래하는 여자들을 불러들였습니다. 이는 소신이 부귀를 탐하여 번성이 넘쳐 스스로를 돌아보지 않은 잘못이라고 하지 않을 수 없습니다.

그러나 신이 국법을 살펴보니 설령 부마가 희첩을 두었다 해도 혼인하기 전에 얻었다면 정상을 참작하게 되어 있습니다. 소신이 비록 첩을 두었으나, 숙인 진씨는 임금께서 명령하신 바이니 논할 것이 아니고, 소첩 가씨는 신이 정씨 집에서 머물 때 심부름하던 자입니다. 소첩 계씨, 적씨, 심씨, 백씨 네 여인은, 어떤 이는 벼슬에 오르기 전에 정한 여인이요, 어떤 이는 외국으로 명령을 받아 나갔을 때 쫓아온 자들로서, 모두 혼례 전부터 있던 자들입니다. 한집에 함께 사는 것은 모두 공주의 명을 좇은 것으로 소신이 마음대로 한 것이 아닙니다. 나라 제도로 논하나 국법으로 판단하나 논할 만한 죄가 없지만, 태후마마의 뜻이 이에 이르시니, 늦게 여쭌 것이 송구할 따름입니다.

태후가 다 읽고 크게 웃으며 말했다.

"희첩을 많이 모은 것을 사내대장부의 풍도를 해치는 것이라 할 수 없으니 용서할 수 있지만, 술을 너무 좋아하는 것은 병이 염려되니 엄히 심문해야 하겠소."

월왕이 다시 아뢰었다.

"부마의 집에는 희첩을 둘 수 없습니다. 소유가 비록 공주 핑계를 대고 있으나, 스스로 분수에 맞추어 처신하는 도리를 생각하면 실로 만만 불가입니다. 다시 심문하는 것이 옳습니다."

소유가 다급하여 머리를 땅에 두드리며 사죄했다. 태후가 다시 웃으며 말했다.

"소유는 사직의 중신이라. 내 어찌 사위로만 대하겠느냐."

소유에게 의관을 바로 하고 궁전 위로 올라오라고 했다. 월왕이 다시 아뢰었다.

"소유가 국가에 공이 크니 벌을 주기는 어렵겠습니다만, 국법 역시 엄한 것이니 완전히 풀어줄 수는 없습니다. 술로라도 벌하소서."

태후가 웃으며 허락했다. 궁녀가 백옥으로 만든 작은 잔을 받들어올리자 월왕이 말했다.

"승상의 주량이 본래 고래와 같은데다 죄명 또한 무거운데 어찌 작은 잔을 쓰겠습니까?"

월왕이 직접 능히 한 말은 들어갈 금잔을 골라, 맑고 시원한 술을 가득 부어 소유에게 주었다. 승상의 주량이 넉넉하긴 하지만, 말술을 연거푸 마시니 취하지 않을 수 없었다. 취하자 머리를 조아리며 아뢰었다.

"견우는 직녀를 너무 사랑해 장인 장모에게 꾸지람을 듣더니, 소유는 집안에 희첩을 모으다가 장모님께 벌을 받는군요. 임금 집안의 사위 노릇이 참 어렵습니다. 신은 많이 취했습니다. 이제 물러가고자 합니다."

소유가 일어서려고 하다가 엎어졌다. 태후가 크게 웃으며 궁녀에게 부축해 궁전 문밖으로 나가게 했다. 태후가 두 공주에게 말했다.

"승상이 술기운으로 몸이 편치 않을 테니 너희도 바로 따라가거라."

공주가 명을 받들고 나갔다.

규중 벌주

소유의 어머니가 방에서 촛불을 밝히고 아들 오기를 기다리다가 소유가 크게 취한 것을 보고 물었다.

"저번에는 임금께서 내리시는 술을 다 받아 마시고도 조금도 취하지 않더니, 오늘은 어쩌다 이렇게 만취했느냐?"

소유가 불쾌한 눈과 노한 얼굴로 난양을 한참 보더니 대답했다.

"공주의 오라비인 월왕이 태후께 비방하여 억지로 소자를 죄인으로 만들었습니다. 소자가 말을 잘해 겨우 죄에서 풀려날 수 있었습니다만, 월왕이 죄줄 것을 벼르고 태후를 돋우어 독주로 벌을 받게 했습니다. 소자의 주량이 넉넉하지 않았더라면 죽었을지도 모릅니다. 이는 월왕이 낙유원에서 진 것에 분을 품고 보복하려 한 것이지만, 난양 또한 제게 희첩이 많음을 원망하고 질투하여 자기 오라비와 더불어 술책을 써서 저를 곤경에 빠뜨린 것이 분명합니다. 평상시 보여준 인자하고 후덕한 마음은 믿을 게 못 됩니다. 바라건대 어머니께서는 한 잔 술로 난양을 벌하여 소자의 분을 풀어주소서."

유부인이 말했다.

"난양은 죄가 분명치 않고 또 술은 한 잔도 못하는 사람인데, 네 날 시켜 벌하게 하니 차라리 술 대신 차로 벌하는 것이 좋겠다."

"소자는 꼭 술로 벌주렵니다."

유부인이 웃으며 말했다.

"공주가 벌주를 마시지 않으면 취객의 마음이 웬만해선 풀리지 않겠구나."

유부인이 여종을 시켜 난양에게 벌주를 보냈다. 난양이 잔을 잡고 마시려 하는데, 소유가 갑자기 의심이 생겨 그 잔을 빼앗아 맛보려 했다. 난양이 급히 술을 멀리 쏟아버렸다. 소유가 잔 밑바닥에 남은 술 방울을 손가락으로 찍어 맛보았다. 설탕물이었다. 소유가 말했다.

"태후께서 소자를 설탕물로 벌하셨다면 어머니도 난양을 설탕물로 벌해야겠지만, 소자가 마신 것은 술이었습니다. 어째서 난양만 설탕물을 마십니까."

소유는 여종을 불러 '술잔을 가져오라' 하고, 친히 한 잔을 따라 난양에게 보냈다. 난양은 할 수 없이 다 마셨다. 소유가 또 유부인에게 고했다.

"태후께서 저를 벌하도록 이끈 것은 난양이지만 정씨 역시 이 일에 끼어 있습니다. 태후 앞에서 제가 곤란을 당하는 것을 보면서도 난양을 향해 웃었으니 그 마음이 불측합니다. 정씨도 벌하시지요."

유부인이 크게 웃고 경패에게도 벌주를 보내니 경패가 자리에서 일어나 마셨다. 유부인이 말했다.

"태후께서 소유의 희첩들로 인해 소유를 벌했고, 지금 부인 두 사람이 모두 벌주를 마셨는데, 어찌 희첩들이 편히 앉아 있겠는가?"

소유가 말했다.

"낙유원의 모임은 결국 미색을 다투자는 것인데, 경홍, 섬월, 요연, 능파는 적은 수로 많은 적을 격파했고, 약자로서 강자를 대적했습니다. 이들이 한 번 싸워 공훈을 세우고 승전보를 알린 탓에 월왕이 유감을 품었습니다. 이 때문에 소자가 벌을 받게 되었으니, 이들 네 명도 벌을 받아야 합니다."

유부인이 말했다.

"이긴 자까지 벌을 받아야 하는가? 취객의 말이 가소롭도다."

유부인이 네 명을 불러 각각 벌주 한 잔을 내리니 모두 마셨다. 경홍과 섬월 두 사람이 무릎을 꿇고 유부인에게 아뢰었다.

"태후께서 승상을 벌한 것은 희첩이 많은 것을 책망하려는 것이지, 낙유원에서 이긴 것 때문이 아닙니다. 저 요연과 능파 두 사람은 아직 승상을 침석에서 모신 적도 없는데 첩들과 똑같이 벌주를 마셨으니 억울하지 않겠습니까? 가유인은 승상을 받든 지 오래되어 승상의 은혜를 독차지하다시피 했는데 낙유원의 잔치에 참여하지 않았다고 혼자 벌주를 면했습니다. 저희는 억울합니다."

"너희 말이 옳다."

큰 잔으로 춘운에게 벌주를 내리자 춘운이 웃음을 머금고 마셨다. 이때 모두 벌주를 마셨는지라 자못 어지러움을 느꼈다. 난양은 술에 취해 고통을 이기지 못했는데 유독 채봉만 구석자리에 얌전히 앉아서 말도 하지 않고 웃지도 않았다. 소유가 말했다.

"진숙인이 혼자 멀쩡히 취한 이들의 미친 짓을 보고 몰래 웃으니 벌주를 내리지 않을 수 없습니다."

한 잔 술을 가득 부어 전하니 채봉 또한 웃으며 마셨다. 유부인이 난양에게 물었다.

"공주가 평소 한 잔 술도 마시지 못하는데 지금 술을 마시니 기분이 어떻소?"

"두통으로 무척 괴롭습니다."

유부인이 채봉을 시켜 부축해 침실로 돌아가게 했다. 이어 춘운을 시켜 술을 따라 오게 하고는 술잔을 들고 말했다.

"내 두 며느리는 여자 중에 성인이라 내 매양 복을 잃을까 두려웠다. 소유가 술을 마시고 주정을 하며 공주를 불안하게 했으니, 만일 태후께서 아시면 매우 걱정하실 것이다. 이 늙은이가 가르치지 못해 아들이 망령된 행동을 하니 내 죄라 하지 않을 수 없다. 내 이 술로써 스스로 벌하려 한다."

유부인이 술을 다 마시니 소유가 황공하여 무릎을 꿇고 말했다.

"어머니께서 아들의 광패함 때문에 이렇게 스스로 벌하시며 가르침을 내리시니 제 죄가 어찌 볼기짝 맞는 벌에 그칠 수 있겠습니까?"

소유가 경홍을 시켜 큰 주발에 술을 가득 따라 오게 하여 난간을 잡고 꿇어앉아 말했다.

"소자가 어머니의 가르침을 따르지 못해 걱정을 끼쳤으니 삼가 벌주를 마시겠습니다."

다 마신 다음 취해서 제대로 앉지도 못하고 자기 처소인 응향각으로 가려고 손으로 가리키자, 경패가 춘운을 시켜 부축해 가게 했다. 춘운이 말했다.

"천첩은 감히 모시고 가지 못하겠습니다. 계낭자와 적낭자가 소첩이 총애를 받는다고 투기합니다."

이에 경패가 경홍과 섬월 두 낭자에게 분부하여 부축해 모시게 했다. 섬월이 말했다.

"춘운 낭자가 제가 한 말 한마디 때문에 가지 않으니, 첩은 더욱 승상 모시기가 꺼려집니다."

이에 경홍이 웃으며 일어나 승상을 부축해 모시고 갔다. 모든 사람이 흩어졌다.

화원

요연과 능파 두 사람은 본래 산수를 좋아했다. 승상부의 화원花園 가운데 네모난 연못이 있는데 맑기가 마치 강물 같았다. 연못 가운데 화려한 누각이 있는데 영아루映蛾樓라 했다. 능파를 거기에 살게 했다. 또 연못의 남쪽에는 인공 산이 있는데, 뾰족한 봉우리는 옥을 깎아놓은 것이고 두터운 절벽은 쇠를 쌓아놓은 것이었다. 늙은 소나무가 짙은 그늘을 드리우고 마른 대나무가 성긴 그림자를 드리운 가운데 정자가 하나 있으니 빙설헌氷雪軒이라 했다. 요연을 그곳에 머물게 했다. 두 부인과 여러 낭자가 화원에서 노닐 때면 두 사람이 이 산의 주인이 되었다. 사람들이 조용히 능파에게 말했다.

"낭자의 변신을 한번 볼 수 있겠습니까?"

"변신은 천첩이 전에 하던 일입니다. 천지의 흐름을 타고 또 조물주의 힘을 빌려 허물을 벗고 인간이 된 다음 남겨진 비늘이 산처럼 쌓였습니다. 참새가 큰물에 들어가면 조개가 된다는 말이 있는데, 조개가 된 다음에야 어찌 다시 날 수 있겠습니까?"

부인들이 말했다.

"이치가 정말 그렇겠군요."

요연은 비록 때때로 유부인, 소유, 두 공주 앞에서 검무를 추어 한때의 볼거리를 제공했지만 자주 추려고는 하지 않았다.

"그때는 비록 검술을 빌려 승상을 만났지만, 이런 살벌한 놀이는 원래 늘 볼 수 있는 게 아닙니다."

이후로 두 부인과 여섯 낭자가 자주 모여 즐거움을 나누었다. 물고기가 강에서 헤엄치듯, 새가 구름 속을 날듯, 서로 따르고 의지하니, 의좋은 형제들이 화음을 맞추어 악기를 연주하는 듯했다. 소유의 사랑도 누구 하나에 치우치지 않고 같았는데, 이것은 부인들의 덕성으로 집안이 화목했기 때문이기도 하지만, 당초에 아홉 사람이 남악 형산에 있을 적에 발원한 바가 그랬기 때문이기도 했다.

여덟 자매

하루는 두 공주가 상의했다.

"옛날에는 자매 여럿이 한사람과 결혼해서 어떤 이는 처가 되고 어떤 이는 첩이 되기도 했다는데, 지금 우리 이처육첩二妻六妾, 두 부인과 여섯 첩은 혈육보다 의가 좋고 자매처럼 정이 깊지요. 우리 가운데는 외국에서 온 사람까지 있으니 이렇게 만난 것이 어찌 천명이 아니겠어요. 몸이 다르고 타고난 성이 다르며 지위 또한 나란하지 않지만 그것에 구애될 것 없으니, 의형제를 맺어 서로 자매라고 부르는 것이 좋겠어요."

이 뜻을 여섯 낭자에게 말하니, 여섯 낭자가 모두 극력 사양했다. 그중에 춘운, 경홍, 섬월은 더 완강했다. 경패가 말했다.

"유비, 관우, 장비 세 사람은 임금과 신하 사이였지만 끝내 형제의 의리를 버리지 않았지요. 나와 춘운 낭자는 본래 집안에서 이미 관포지교管鮑之交를 맺었으니, 한 사람이 형이 되고 다른 사람이 아우가 되는 것이 어찌 안 될 일이겠소. 석가모니의 처와 석가모니의 제자 아난존자를 유혹한 창녀는, 귀천이 다를 뿐만 아니라 한쪽은 정숙하고 다른 쪽은 음란했지만, 나중에는 둘 다 석가모니의 제자가 되었잖아요. 결국 둘 다 최고의 깨달음을 얻었으니, 출신의 미천함이 종국의 득도와 무슨 상관이 있겠어요."

두 공주가 마침내 여섯 낭자와 더불어 집안에 모신 관음화상 앞에 나아가 분향하고 참배하며 의형제를 맺는 글을 지어 고했다.

모년 모월 모일에 제자 경패 정씨, 소화 이씨, 채봉 진씨, 춘운 가씨, 섬월 계씨, 경홍 적씨, 요연 심씨, 능파 백씨는 하룻밤 목욕재계하고 삼가 관음보살 앞에 고합니다. 세상 사람 중에 어떤 사람들은 그냥 같은 세계에 사는 사이일 뿐이지만 형제처럼 지내니, 이는 기운과 취향이 맞기 때문입니다. 반면 천륜을 나눈 형제이면서도 남처럼 사는 경우도 있으니, 사정과 의견이 어그러졌기 때문입니다.

저희 제자 여덟 사람은 처음에는 각기 남북에서 태어나 동서로 흩어져 살았습니다만, 자라서는 한사람을 섬기며 한집에 살며 의기가 맞았습니다. 사물에 빗대어 말하면, 한 가지에 핀 꽃들도 비와 바람에 흩날리면, 어떤 것은 궁전에 떨어지기도 하고, 어떤 것은 규중에 떨어지기도 하며, 어떤 것은 밭두둑에 떨어지고, 어떤 것은 산속을 날아다니고, 어떤 것은 골짜기를 따라 강과 호수에 이르기도 합니다. 떨어진 곳은 각기 다르지만 그 근본을 말하면 하나입니다. 근본이 같으니, 무심한 사물이지만 처음에 한 가지에서 핀 것처럼 마침내 모두 함께 땅으로 돌아갑니다. 인간은 그저 기를 받았을 뿐입니다. 그러니 기가 흩어지더라도 결국에는 한곳으로 돌아가지 않겠습니까?

과거와 현재의 긴 시간 속에서 한 시대에 함께 태어났을 뿐만 아니라, 사해가 넓고 넓은데 한집에 사니, 이것이야말로 전생의 숙연이요, 현세의 다행스런 만남입니다. 이 때문에 우리 제자 여덟 사람은 형제가 될 것을 맹세하고, 좋을 때나 나쁠 때나 살아서나 죽어서나 서로 따르며 헤어지지 않으려 합니다. 만약 여덟 사람 가운데 다른 마음을 품고 맹세를 저버리는 이가 있으면 하늘이 벌을 내릴 것이고 신이 꺼릴 것입니다. 바라건대 관음보살께서는 복은 내려주시고 재앙은 없애주소서. 첩들을 도우셔서 백 년 후 함께 극락세계로 돌아가게 하소서.

이후 두 부인은 여섯 낭자를 누이라고 불렀다. 여섯 낭자는 분수를 지켜 두 부인을 감히 형제라고 부르지 않았으나 더욱 친밀히 대했다. 여덟 사람이 모두 자녀를 낳았으니, 두 부인과 춘운, 섬월, 요연, 경홍은 아들을 낳았고, 채봉과 능파는 딸을 낳았다. 여덟 사람은 모두 출산할 때 참변을 겪지 않았으니 이 역시 범인과 달랐다.

은퇴

이때 천하가 태평하고 백성이 편안하며 물산은 풍성하고 조정에 일이 없으니, 소유는 조정에 나가면 임금을 모시고 상림원에서 사냥을 하고, 집에 들어오면 어머니를 모시고 북당北堂에서 잔치를 베풀었다. 덩실덩실 춤추고 놀며 세월이 흘러갔고 둥당둥당 악기 소리가 계절의 변화를 재촉했다. 소유가 재상이 된 지도 벌써 수십 년이 되었다. 그동안 만석의 녹봉을 받으며 온갖 진수성찬으로 어머니를 봉양했다.

운이 트였다 싶으면 막히는 것이 하늘의 이치고, 기쁨이 다하면 슬픔이 오는 것이 인생의 순리다. 유부인이 마침내 천수를 다하니 나이 아흔아홉이었다. 소유가 예법에 벗어날 정도로 과도히 슬퍼하니 이성을 잃을 지경이었다. 임금과 태후가 근심하여 내관을 보내 슬픔을 누를 것을 타이르고, 유부인의 장례를 왕후의 격식에 맞추어 치르게 했다. 또 정사도 부부가 백수를 누리고 죽으니 소유의 슬픔이 경패보다 덜하지 않았다.

소유의 육남 이녀는 모두 부모의 아름다운 외모를 닮았고 나란히 가문을 빛냈다. 첫째는 이름이 대경大卿인데 경패가 낳았고 이부상서가 되었다. 둘째는 차경次卿이니 경홍이 낳았으며 경조윤京兆尹, 장안을 다스리는 으뜸 벼슬이 되었다. 그다음은 순경舜卿인데 춘운이 낳았으며 어사중승御史中丞이 되었다. 그다음은 계경季卿이라 하였는데 난양이 낳았으며 병부시랑이 되었다. 그다음은 오경五卿이라 하였는데 섬월이 낳았으며 한림학사가 되었다. 그다음은 치경致卿으로 요연이 낳았는데 열다섯 살에 이미 용력이 뛰어나고 지략이 귀신과 같아서 임금이 매우 총애해 금오상장군金吾上將軍으로 삼았다. 치경은 서울수비군 십만을 거느리고 대궐을 호위했다. 장녀는 이름이 전단傳丹이니 채봉이 낳았으며 월왕의 아들 낭야왕의 왕비가 되었다. 차녀는 이름이 영락永樂이니 능파가 낳았으며 황태자의 첩이 되어 나중에 첩여婕妤에 봉해졌다.

소유는 일개 서생으로 자신을 알아주는 임금을 만나 큰일을 할 기회를 얻어서, 국가의 화란을 평정하여 무공을 세웠을 뿐만 아니라 문장으로 태평성대를 이루기도 했다. 공명과 부귀에서 곽분양과 이름을 나란히 했는데, 곽분양은 환갑에 비로소 상장군이 되었지만, 소유는 스무 살에 이미 조정을 나가면 대장이 되었고 조정에 들어오면 승상이 되어 오랫동안 재상의 지위에 머물러 국정을 도왔다. 곽분양은 스물네 번이나 관리들의 근무를 평가한 것으로 유명한데, 소유는 그보다도 더 오래 막중한 국정을 보았다. 위로는 임금의 마음을 얻고 아래로는 사람들의 바람과 합치되어, 앉아서 태평성대의 안락을 누렸으니, 실로 천년만년을 거슬러 살펴도 보지도 듣지도 못한 일이었다. 소유가 스스로 넘치는 복을 경계하고 높은 이름에 머무는 것을 꺼려, 은퇴할 것을 청하는 상소를 올렸다.

신 아무개는 삼가 머리를 조아리고 백번 절하며 임금께 글을 올립니다. 신이 생각건대 사람들이 태어나서 원하는 것은 장수나 재상 또는 공후에 불과합니다. 벼슬이 이에 이르면 더 바랄 것이 없게 됩니다. 또 부모가 자식을 위해 축원하는 바 역시 공명과 부귀뿐입니다. 그것을 이루고 나면 더이상 바랄 것이 없습니다. 벼슬의 영화로움과 부귀공명의 즐거움을 사람들이 어찌 부러워하지 않으며 세상이 다투어 빼앗으려 하지 않겠습니까? 이것은 사람들이 모두 부러워하는 것이지만, 그것도 넘치면 위험하다는 가르침은 알지 못합니다. 또 세상이 모두 다투는 것이지만, 그것으로 인해 끝내 목숨까지 잃는 화를 면치 못하게 됩니다. 이것이 한나라 선제 때 태자의 스승인 소광과 소수가 과감히 벼슬에서 물러나려고 한 이유이며, 또 한나라 무제 때 권신 전분과 두영이 세력을 다투다 화를 입은 이유입니다. 높은 벼슬이 영화로우나 어찌 스스로 만족하며 퇴직을 청하는 영화로움만 하겠으며, 부귀공명이 즐길 만하나 어찌 자신과 집안을 잘 보전하는 즐거움만 하겠습니까?

신은 재능이 보잘것없는데도 높은 지위를 얻었고, 공로와 명망이 볼 것이 없는데도 오랫동안 요직을 더럽혔습니다. 신하로서 존귀가 극에 이르렀고 영화로움은 부모에게까지 미쳤습니다. 신이 처음 원한 것은 이것의 만분의 일도 되지 않는 것이었습니다. 사람으로 어찌 감히 신처럼 되기를 바랄 수 있겠습니까? 더욱이 미천한 몸으로 외람되이 공주를 아내로 맞았으니, 제가 받은 대우는 여느 신하들과 달랐고, 은혜는 격식에서 벗어난 것이었습니다. 명아주와 비름으로나 채우던 위와 장을 고기반찬으로 채우고, 쑥대밭을 다니던 발길이 공주의 정원에 머무니, 위로는 성스러운 임금께 욕을 끼치고 아래로는 신하의 분수를 어그러뜨렸습니다. 그러니 신이 어찌 편안하겠습니까? 빨리 발자취를 숨겨 영화로움을 피하고 문을 닫아 은혜를 사양하며 분에 넘치게 처세한 죄를 천지신명께 사죄하려 했습니다. 그러나 크나큰 성은에 물방울처럼 작은 보답조차 드리지 못했고, 또 신의 체력이 말을 채찍질하며 달리는 수고를 견딜 정도여서, 비루한 자질을 가지고도 벼슬에 웅크리고 있으면서 머뭇거리며 떠나지 못했습니다. 그러면서 약간이라도 성은에 보답하게 되면 바로 벼슬에서 물러나 숨어 살며 여생을 마치고자 했습니다. 지금 임금의 특별한 대우에 보답하지도 못했으면서 나이만 들어 작은 정성도 드리지 못하고 있습니다. 이가 빠지고 머리카락이 세니 시든 나무처럼 가을도 되기 전에 몸이 절로 이울고, 마음 역시 마른 우물처럼 퍼내지 않았는데도 말라버렸습니다. 견마지로를 다해 산처럼 큰 은덕을 갚고자 하나 이제 그럴 기력이 없습니다.

지금 천하는 폐하의 신성함에 감복하고 있습니다. 사방의 오랑캐가 복종하니 전쟁이 없고 만민이 편안합니다. 사람들은 전쟁의 북소리에 놀라지 않고, 하늘의 복이 넘쳐흘러 매년 풍년을 맞고 있습니다. 거의 요순시대, 태평성대라 할 수 있습니다. 지금은 임금께서 저를 임금의 가마 아래에 두거나 조정의 윗자리에 두더라도 조정에 문안 인사나 하고 나라 곳간의 곡식이나 축내면서 거리의 태평가太平歌나 들을 뿐입니다. 이러고서 어찌 국정을 본다고 말할 수 있겠습니까?

아아, 임금과 신하는 아버지와 아들 같아서, 부모의 마음은 불초하고 재주 없는 자식이라도 슬하에 두면 기뻐하고 문밖으로 내보내면 그리워합니다. 신이 엎드려 생각건대, 폐하께서는 필시 신을 예전부터 아끼던 물건으로 또 곁에서 모시는 늙은 신하로 여기셔서, 차마 하루아침에 물러가지 못하게 하신 것 아닌가 합니다. 아아, 자식이 부모를 생각하는 것이 부모가 자식을 사랑하는 것과 어찌 다르겠습니까? 신은 이미 폐하의 지극한 아끼심과 은택에 깊이 젖었습니다. 제 터럭 하나라도 폐하께서 만들어주시지 않은 것이 없으니, 신이 어찌 폐하를 하직하고 멀리 물러나 산중에 엎드려 요순 같은 임금의 성덕과 작별할 수 있겠습니까? 다만 이미 차 있는 그릇은 더 넘치게 할 수 없고, 이미 떠난 수레는 다시 돌려 탈 수 없습니다. 엎드려 바라건대, 폐하께서는 신이 국정을 더 견디지 못함을 헤아려주시고, 신이 높은 지위에 있기를 원치 않음을 살피시어, 선조의 무덤이 있는 고향으로 돌아가 여생을 보전하게 허락해주옵소서. 그리하여 항룡亢龍의 후회하늘 끝까지 올라간 용이 내려갈 길밖에 없음을 알고 후회한다는 말를 면하게 하소서. 소신은 마땅히 임금의 성스러운 덕을 노래하고, 큰 은혜에 감격하여 결초보은할 것입니다.

임금이 소유의 상소를 보고 손수 답변서를 썼다.

경의 공로는 나라에서 정한 표창 제도로는 더 큰 상을 줄 수 없을 만큼 크고, 그 은택은 백성에게 고루 미치며, 학술은 족히 국가의 경영을 도울 만하고, 위엄은 주변 나라를 누를 만하오. 경은 국가의 기둥이요, 과인의 팔다리요. 옛날 주나라의 강태공과 소공은 거의 백 살이 되어서도 왕실을 도와 최고의 정치를 펼쳤소. 그런데 경은 아직 『예기』에서 이른 은퇴의 나이인 칠십도 되지 않았소. 그러면서 국사를 사양하고 물러나려 하니 짐이 허락할 수 없소.

장벽강한나라 창업 공신인 장량의 아들은 신선의 기질을 타고나 어릴 때부터 특출한 일을 했고, 우리 당나라의 명신인 이필은 나이가 들어서 더욱 활발히 활동했소. 소나무와 잣나무는 서리와 눈 속에서 더욱 곧고, 갯버들은 가을바람이 이르기 전에 먼저 떨어지니, 이는 그 성질의 강약이 같지 않아 그렇소. 경은 본래 소나무와 잣나무의 기질을 지니고 있는데, 어찌 갯버들처럼 쇠락할 걱정을 하시오. 짐이 경의 풍채를 살피건대 나이가 들수록 더욱 젊어져, 옛날 한림원에서 명령서를 쓸 때보다 기력이 감하지 않았고, 왕성한 정력은 위교에서 반란군을 토벌할 때보다 떨어지지 않았소. 경이 비록 스스로 늙었다 하나 짐은 진실로 믿지 못하겠소. 모름지기 허유요임금이 천하를 물려주겠다고 하자 영수에서 귀를 씻고 기산에 숨었다는 사람의 높은 절개를 되돌려서, 요순이 이룬 최상의 통치를 펼 수 있게 도와주시오.

소유는 전생에 불가의 수제자였고 또 남전산 도인의 비결을 받았기에 수련한 내공이 컸다. 그러므로 나이는 많으나 얼굴은 늙지 않아 사람들이 모두 선인으로 여겼다. 이 때문에 임금이 답변서에서 그렇게 말한 것이다. 이후 소유가 다시 상소하여 사퇴를 간절히 청하니 임금이 불러 말했다.

"그대의 말이 이러하니 짐이 어찌 은거를 바라는 그대의 높은 뜻을 이루어주지 않겠소. 다만 경이 봉토封土로 돌아간다면 국가의 큰일을 상

의할 사람이 없게 될 것이오. 뿐만 아니라 지금 태후께서 승하하시어 장
추궁이 비었으니, 이에 더해 영양, 난양과도 이별한다면 짐이 어찌 견디
겠소. 성 남쪽 사십 리에 이궁離宮이 하나 있으니 곧 취미궁이오. 옛날 현
종 임금이 더위를 피하던 곳이오. 깊고 그윽하면서도 밝고 환한 곳이니,
늘그막에 편안하고 한가롭게 지내기 좋소. 특별히 경에게 하사하니 그
곳에 머무시오.”

　임금은 즉시 명령을 내려 소유에게 태사太師의 벼슬을 더했고, 또 상으
로 식읍食邑 오천 호戶를 얹어주며, 잠시 승상의 자리에서 물러날 것을 허
락했다.

제16회
소유는 높은 곳에 올라 먼 곳을 바라보고,
성진은 본래로 돌아오다

깨달음

소유는 임금의 은혜에 감격하여 머리를 조아리며 감사를 표하고, 식구를 이끌고 취미궁으로 이사했다. 취미궁은 서울 남쪽 종남산에 있는데, 누대가 장려하고 경치가 기이하여 영락없는 봉래산의 신선세계였다. 왕유王維의 시에 '신선의 거처가 이보다 낫지 않으리니, 퉁소를 불며 하늘로 오를 이유가 없네仙居未必能勝此, 何事吹嘯向碧空'라고 한 것이 취미궁 풍경을 그려낸 말이라 할 수 있다.

소유가 정전을 비워 임금의 명령서와 글을 잘 보관하고, 그 나머지 누각에 두 공주와 여러 낭자를 나누어 살게 하였다. 소유는 날마다 처첩들과 물가에 가서 달구경을 하고 산에 올라 매화를 구경했다. 구름 낀 절벽을 지날 때면 시를 지어 적어두었고, 소나무 그늘에 앉으면 거문고를 비껴 탔다. 소유가 늘그막에 누리는 청복淸福, 맑고 한가로운 복을 세상 사람들이 모두 부러워했다. 소유는 한가롭게 지내며, 찾아오는 손님도 만나지 않았는데, 그렇게 한 것이 여러 해였다.

음력 팔월 십육일, 추석 다음날이 소유의 생일이었다. 자녀들이 장수를 빌며 잔치를 베풀었다. 잔치는 십여 일간 계속되었다. 그 번화한 모습은 형언할 수 없었다. 잔치가 끝나자 자녀들은 각자 자기 집으로 돌아갔고, 어느덧 국화가 피는 아름다운 시절이 되었다. 국화 꽃봉오리가 터지고 수유 열매가 익으니, 바야흐로 등고登高, 음력 9월 9일 빨간 주머니에 수유를 넣고 산에 올라가 국화주를 마시며 재액을 털어내던 풍속할 때가 되었다. 취미궁 서편에 높은 누대가 있으니, 그 위에 오르면 서울 일대의 팔백 리 진천秦川 지역이 손바닥 보듯 훤했다. 소유는 그 누대를 가장 사랑했다. 음력 구월 구일 중양절에 처첩들과 누대에 올라, 머리에 국화를 한 가지씩 꽂고 가을 경치를 완상하며 술을 실컷 마셨다.

해는 멀리 곤명지에 떨어지고, 구름 그림자는 광야에 낮게 드리웠다. 눈부신 가을색이 선명한 그림을 펼친 듯했다. 소유가 옥통소를 잡고 한 곡을 부니, 그 소리가 흐느끼는 듯 목이 메는 듯 원망하는 듯 하소연하는 듯 우는 듯 그리운 듯했다. 진시황을 죽이러 가던 자객 형가가 역수易水를 건널 때 친구 고점리와 축을 연주하며 마지막으로 노래를 부르는 듯, 초패왕 항우가 패전 직전 군막 안에서 사랑하는 우미인虞美人과 이별을 안타까워하며 노래를 부르는 듯했다. 처첩들이 연주를 듣고 구슬픈 생각이 들어 눈물이 옷자락에 가득하니, 두 부인이 소유에게 물었다.

"승상께서는 일찍이 공명을 이루었고 또 오래 부귀를 누리셨습니다. 이는 세상 사람들이 모두 부러워하는 바이며 근래 드문 일입니다. 또 지금 좋은 시절을 만나 풍경이 참으로 좋습니다. 술잔에는 국화꽃이 떠 있고 미인들이 자리에 가득하니, 정말 즐거운 인생입니다. 그런데 승상의 통소 소리가 사람을 눈물짓게 하니, 오늘의 통소 소리가 옛날과 다른 이유가 무엇입니까?"

소유가 통소를 내려놓고 난간에 기대어 먼 데를 바라보며 말했다.

"북쪽을 바라보면 사방이 넓고 평평한데 허물어진 구릉이 하나 있소. 석양에 늘어진 그림자가 거친 풀숲 사이에 희끗희끗하지요. 바로 진시황의 아방궁阿房宮이오. 또 서쪽을 바라보면 스산한 바람이 숲을 흔들고 저물녘 구름이 산을 덮고 있는데, 바로 한나라 무제의 무덤인 무릉茂陵이오. 그리고 동쪽을 바라보면 채색한 담장이 청산靑山을 두르고 있고, 붉은 용마루가 푸른 하늘에 은은히 드러나 있소. 밝은 달이 절로 왔다갔다하는데 옥난간에 다시 기댈 사람이 없으니, 이곳이 바로 현종 임금이 양귀비와 놀던 화청궁華淸宮이오. 아! 이 세 임금은 모두 천고의 영웅으로 사해四海를 한집으로 만들고, 억조창생億兆蒼生을 신하로 삼았지요. 영웅호걸의 의기가 우주에 드높아 바로 해와 달과 별을 잡을 듯하더니 천년이 흐른 지금 그분들은 도대체 어디에 있소?

나는 시골 선비로 임금께 은덕을 입어 벼슬이 장상에 이르렀으며, 또 여러 낭자와 만나 깊고 두터운 정이 늙을수록 더욱 친밀하니, 전생에 다하지 못한 인연이 아니라면 어찌 이럴 수 있겠소? 인연이 있으면 만나고, 인연이 다하면 헤어지는 것이 세상의 이치라. 우리도 한번 죽어 돌아가면 여기 있는 이 높은 누대도 자연스레 무너지고 좋은 연못은 메워질 것이오. 오늘 노래하고 춤추던 궁전이 시든 풀과 차가운 아지랑이로 덮일 것이오. 나무하고 소 먹이는 아이들이 슬픈 노래를 부르면서 탄식하며 왔다갔다하다가 서로 이르기를, '이는 양승상과 처첩들이 노닐던 곳이라. 대승상의 부귀와 풍류, 낭자들의 옥용화태玉容花態는 벌써 사라졌도다' 할 것이오. 이런 것을 보면 인생이 어찌 한순간이 아니겠소?

천하에 세 가지 도가 있으니, 유도儒道, 선도仙道, 불도佛道라오. 이중에 불도가 가장 높지요. 유도는 그것이 온전히 이루어진다 해도 인류를 밝히고 공을 세워 죽은 다음 이름을 남기는 데 그칠 뿐이고, 선도는 허탄한 데 가까워 예로부터 구하는 자는 많았지만 성과를 얻지는 못했소. 진시황과 한나라 무제 그리고 현종 임금을 봐도 그렇지 않소? 내 나이들어 벼슬에서 물러나 여기에 온 후, 매일 밤 잠이 들면 꿈속에서 부들방석 위에서 참선을 했소. 필시 불가와 인연이 있는 듯하오. 내 장량이 신선 적송자赤松子를 따랐던 것을 본받아, 집을 버리고 도를 구하여 남해를 건너 관음보살을 찾고, 오대五臺에 올라 문수보살께 예를 행하여, 불생불멸不生不滅의 도를 얻어 인간세상의 괴로움을 벗고자 하오. 다만 그대들과 더불어 반생을 지냈고 오래지 않아 긴 이별을 하겠기에, 슬픈 마음이 절로 통소에 나타났소.”

처첩들은 모두 전생에 남악의 선녀였고, 이제는 세속의 인연이 다 끝날 때였다. 소유의 말을 듣고 절로 감동하는 마음이 생겨 말했다.

“상공께서 부귀한 삶을 살면서도 이런 마음을 가지셨으니, 어찌 하늘이 인도하신 바 아니겠습니까? 저희 처첩 여덟 명은 모두 깊은 규중에 거하며 아침저녁으로 예불을 올리며 상공 돌아오실 때를 기다리겠습니다. 상공께서는 반드시 좋은 스승과 어진 벗을 만나 큰 도를 얻으실 것입니다. 바라건대 득도하신 후에는 반드시 저희를 먼저 가르치소서.”

소유가 기뻐 말했다.

“우리 아홉 사람의 마음이 맞으니 무슨 걱정이 있으리오? 내 내일 떠나겠소.”

처첩들이 말했다.

“저희가 각자 한 잔 술로 상공을 전별하리이다.”

이에 시녀에게 잔을 씻고 술을 따르게 했다.

서역승

홀연 난간 밖의 돌길에서 지팡이로 땅을 두드리는 소리가 났다. 사람들이 말했다.

"어떤 사람이 감히 이곳까지 오는고?"

이윽고 가사를 걸친 서역 불승이 앞에 이르렀다. 흰 눈썹은 한 자나 되었고, 푸른 눈은 물결처럼 맑았다. 얼굴과 행동이 범상치 않았다. 높은 누대에 올라오더니 소유와 마주앉았다.

"산사람이 대승상을 뵈나이다."

소유가 이미 보통 불승이 아닌 줄 알고 황망히 일어나 답례했다.

"사부께서는 어디서 오셨습니까?"

불승이 웃으며 대답했다.

"승상께서는 평생 본 옛사람을 알아보지 못하십니까? 일찍이 들으니 '귀인들은 잘 잊는다' 하더니 과연 그렇군요."

소유가 자세히 살펴보니 낯이 익은 듯하나 분명치 않았다. 그러다 홀연 크게 깨닫고 부인들을 돌아보며 말했다.

"소유가 일찍이 티베트를 정벌할 때 꿈에 동정호 용왕의 잔치에 참여하고 돌아왔지요. 귀로에 잠시 남악에 올라 어떤 노대사老大師를 만났는데 법좌에서 제자들에게 불경을 강론하시더군요. 사부께서는 꿈속에서 만났던 그 스님 아니십니까?"

불승이 박장대소하며 말했다.

"그렇소. 맞소. 하나 꿈속에서 한 번 본 것은 기억하고, 십 년 동안 함께 살던 것은 기억하지 못하니, 누가 양승상을 총명하다 했소?"

소유가 부끄러워하며 말했다.

"소유 열여섯 살 전에는 부모 곁을 떠나지 않았고, 열여섯에 과거에 급제한 다음 계속 벼슬에 있어서 서울을 떠나지 않았습니다. 동쪽으로 연나라에 사신으로 가고 서쪽으로 티베트를 정벌한 것 외에는 달리 발길이 머문 곳이 없으니, 어느 때 사부를 십 년이나 쫓았겠습니까?"

불승이 웃으며 말했다.

"상공은 아직도 꿈에서 깨지 못했구려."

"사부께서는 소유를 크게 깨우치실 수 있겠습니까?"

"어렵지 아니하외다."

득도

불승이 지팡이를 높이 들어 난간을 두어 번 세게 쳤다. 갑자기 흰구름이 사방의 산골짜기에서 뭉게뭉게 피어오르더니 마침내 누대를 감쌌다. 어두워 지척도 분간할 수 없었다. 취한 것도 같고, 꿈꾸는 것도 같았다. 오랜 후 소유가 크게 소리질렀다.

"사부께서는 어찌하여 바른길을 가르쳐주시지 않고 환술幻術로 놀리십니까?"

말이 끝나기도 전에 구름이 걷히더니 불승과 처첩이 모두 사라졌다. 크게 놀라 사방을 둘러보니 층층 누대와 둘러친 옥구슬 주렴도 보이지 않았다. 스스로 돌아보니 홀로 작은 암자의 부들자리 위에 앉아 있었다. 향로에는 불이 꺼졌고 달은 어느덧 서쪽 봉우리에 걸려 있었다. 머리를 만져보니 새로 깎은 듯 남은 털이 까칠까칠한데 백팔염주가 목 앞에 드리워져 있었다. 젊은 불승의 모습이지 대승상의 차림이 아니었다. 정신이 황홀하고 가슴이 두근거렸다. 오랜 후 마침내 자신이 연화도량의 성진임을 알게 되었다.

돌이켜 생각하니, 처음에 사부의 꾸지람을 듣고 황건역사를 따라 풍도 지옥에 간 일, 인간세상에 양씨 가문의 아들로 태어나 일찍 장원급제하여 한림이 된 일, 출정해서 삼군을 이끌었고 조정에 들어가서는 백관의 우두머리가 된 일, 상소를 올려 사퇴하고 아침저녁으로 한가로이 처첩들과 음주와 가무를 즐긴 일 등이 있었다. 모두 일장춘몽이었다.

"이는 필시 사부께서 내 생각이 잘못임을 아시고 인간세상에서 사는 꿈을 꾸게 해, 내게 부귀영화와 남녀 정욕이 모두 헛된 것임을 알게 한 것이리라."

급히 돌샘으로 가서 얼굴을 깨끗이 씻고, 옷을 입고 고깔을 쓴 다음 스승께 인사하러 갔다. 다른 제자들은 벌써 모여 있었다. 대사가 큰 소리로 물었다.

"성진아, 인간세상의 재미가 어떻더냐?"

성진이 머리를 조아리고 눈물을 흘리며 말했다.

"크게 깨달았나이다. 제자가 못나서, 한때 마음을 잘못 먹어 만든 앙화니, 누구를 원망하며 누구를 탓하겠습니까? 마땅히 인간세상에 머물며 영영 윤회의 죄과를 받아야 하거늘 사부께서 하룻밤 꿈으로 깨닫게 해주시니, 그 큰 은혜는 수천, 수만 겁이 지나도 갚을 수 없을 것입니다."

"네 스스로 흥이 나서 갔고 흥이 다해 돌아왔으니, 그사이에 내 무엇을 간여했겠느냐? 또 네가 '인간세상에 윤회할 일을 꿈으로 꾸었다'고 했으나, 이는 네가 꿈과 인간세상을 나누어 본 것일 뿐이라. 네 아직 꿈에서 완전히 깨지 못했도다. 장자가 꿈에 나비가 되었는데, 꿈속의 나비 입장에서 보면 나비가 현실에서 장자가 된 것이라. 다시 생각하니 장자가 꿈에서 나비가 된 것인지, 나비가 꿈에서 장자가 된 것인지, 끝내 분별할 수 없었느니라. 어느 것이 꿈이고 어느 것이 현실인지 누가 알겠느냐? 지금 네가 성진을 네 몸으로 여기고, 네 몸이 꿈을 꾼 것이라고 하니, 너는 몸과 꿈이 하나가 아니라고 말하는구나. 성진과 소유, 둘 중에 누가 꿈이고 누가 꿈이 아니냐."

"제자가 어리석어 현실 아닌 꿈과 꿈 아닌 현실이 어떤 것인지 잘 알지 못하겠습니다. 바라옵건대 사부께서는 설법을 하시어 깨닫게 하소서."

"내 마땅히 『금강경』의 큰 법을 베풀어 깨닫게 하려니와 새로 제자들이 올 것이니 잠시 기다려라."

말이 끝나기 전에 문지기가 아뢰었다.

"어제 왔던 위부인의 시녀 여덟 명이 다시 뵙기를 청하나이다."

육관대사가 그들을 들어오게 했다. 팔선녀는 대사 앞에 이르러 합장하고 머리를 조아린 다음 말했다.

"저희 제자들이 선녀 위부인을 모시고 있으나, 실로 공부한 바가 없어 망령된 생각을 억제하지 못하고 정욕이 잠깐 동하여 중한 죄를 지었습니다. 인간세상에 사는 꿈을 꾸었는데 깨워주는 사람이 없었습니다. 그런데 다행히 사부께서 자비를 베푸시어 친히 저희를 이끌어주셨습니다. 저희가 어제 위부인 궁중에 가서 전일의 죄를 사죄했고, 부인께 하직하고 영원히 불문에 귀의하기로 했습니다. 사부께서는 옛 잘못을 용서하시고 밝은 가르침을 내려주소서."

"선녀들의 뜻이 아름다우나 불법은 심원하여 갑자기 배울 수 없소. 큰 덕량과 발원이 아니면 도가 이루어지지 않으니 선녀들은 스스로 헤아리시오."

팔선녀가 즉시 물러나 얼굴의 연지와 분을 씻고 몸에 두른 비단옷을 벗었다. 그리고 가위를 꺼내 구름 같은 머리를 잘라버리고 다시 들어가 아뢰었다.

"저희가 이미 용모와 태도를 바꾸었습니다. 사부의 가르침에 태만하지 않을 것을 맹세합니다."

"착하고 착하도다. 너희 여덟 사람의 지극한 정성이 이와 같으니 어찌 감동하지 않으리."

드디어 법좌에 오르게 해 불경을 강론했다. 그 경문에 "부처의 빛이 세계에 쏘이니 하늘꽃이 비같이 내리느니라白毫光射世界, 天花下如亂雨"라는 말이 있었다. 설법을 마칠 때 『금강경』에 있는 네 구의 게송偈頌, 곧 "세상만사가 모두 꿈같고 물거품 같으며 이슬 같고 번개 같으니 마땅히 세상은 이렇게 볼지라—一切有爲法, 如夢幻泡影, 如露亦如電, 應作如是觀”를 외웠다. 성진과 여덟 비구니가 단번에 깨달아 적멸寂滅, 생사 번뇌의 괴로움을 끊는 일의 큰 도리를 얻었다. 대사가 성진의 계행이 완전함을 보고 제자들을 모아놓고 말했다.

"내 본래 도를 전하기 위해 멀리서 중국까지 왔다. 그런데 지금 불법을 전할 사람을 얻었으니 떠나려 하노라."

대사는 가사, 발우, 정병淨甁, 석장錫杖, 『금강경』 한 권을 성진에게 주고 서역으로 돌아갔다. 이후 성진은 연화도량에서 크게 불법을 베풀었고 대중을 이끌었다. 신선과 용왕, 사람과 귀신이 모두 성진을 육관대사와 같이 존중했다. 여덟 비구니 역시 성진을 스승으로 모셔 보살의 큰 도리를 얻었다. 마침내 모두 극락으로 갔다. 아아, 기이하도다.

| 원 본 |

구운몽 九雲夢

육관대사

天下名山, 曰有五焉. 東曰東岳卽泰山, 西曰西岳卽華山, 南曰南岳卽衡
山, 北曰北岳卽恒山, 中央之山曰中岳卽嵩山, 此所謂五岳也. 五岳之中, 惟
衡山距中土最遠, 九嶷之山在其南, 洞庭之湖經其北, 湘江之水環其三面, 若
祖宗儼然中處, 而子孫羅立而拱揖焉. 七十二峯, 或騰踔而矗天, 或崭崪而截
雲, 如奇表俊彩之美丈夫. 七竅百骸, 皆秀麗淸爽, 無非元氣所鍾也. 其中最
高之峯, 曰祝融, 曰紫蓋, 曰天柱, 曰石廪, 曰蓮花, 五峯也. 其形擢竦, 其勢
陟高, 雲翳掩其眞面, 霞氣藏其半腹, 非天氣廓掃日色晴朗, 則人不能得其彷
佛焉. 昔大禹氏治洪水, 登其上, 立石記功德, 天書雲篆, 歷千萬古而尙存. 晉
時仙女魏夫人修鍊得道, 受上帝之職, 率仙童玉女, 來鎭此山, 卽所謂南岳魏
夫人也. 蓋自古昔以來, 靈異之蹟, 瓌奇之事, 不可殫記. 唐時有高僧, 自西域
天竺國, 入中國, 愛衡岳秀色, 就蓮花峯上, 結草庵以居, 講大乘之法, 以敎衆
生, 以制鬼神. 於時, 西敎大行, 人皆敬信, 以爲生佛復出於世. 富人薦其財,

貧者出其力, 鑹疊嶂架絶壑, 鳩材偩工, 大開法宇, 幽夐寥閴, 勝槩萬千. 杜工部詩所謂, '寺門高開洞庭野, 殿脚揷入赤沙湖, 五月寒風冷佛骨, 六時天樂朝香爐'[1], 四句已盡之矣. 山勢之傑, 道場之雄, 稱爲南方之最. 其和尙惟手持金剛經一卷, 或稱六如和尙, 或稱六觀大師. 弟子五六百人中, 修戒行得神通者, 三十餘人. 有小闍利, 名性眞者, 貌瑩氷雪, 神凝秋水, 年才二十歲, 三藏經文, 無不通解, 聰明知慧, 卓出諸髡. 大師極加愛重, 將欲以衣鉢傳之. 大師每與衆弟子, 講論大法, 洞庭龍王化爲白衣老人, 來參法席, 味聽經文. 一日大師謂衆弟子曰, "吾老且病, 不出山門, 已十餘年, 今不可輕動矣. 汝輩衆人中, 誰能爲我, 入水府, 拜龍王替行回謝之禮乎?" 性眞請行, 大師喜而送之. 性眞着七斤之袈裟, 曳六環之神筇, 飄飄然向洞庭而去.

팔선녀

俄而守門道人告於大師曰, "南岳魏眞君娘娘, 送八個女仙, 已到門矣." 大師命召之, 八仙女次第而入, 周行大師之座, 至三回乃已, 以仙花散地訖跪, 傳夫人之言曰, "上人處山之西, 我則處山之東, 起居相近, 飮食相接, 而賤曹多事, 使我苦惱, 尙未得一造法座穩聽玄談, 處仁之智, 蔑矣, 交隣之道, 厥矣. 玆送洒掃之婢, 敬修起居之禮, 兼以天花仙果七寶紋錦, 以表區區之誠." 遂各以所領花果寶貝, 擎進於大師. 大師親受之, 以授侍者, 供養於佛前, 屈身而禮, 叉手而謝曰, "老僧有何功德, 荷此上仙之盛餽." 仍設齋以待八仙, 於其歸, 致敬謝之意, 而送之. 八仙女同出山門, 携手而行, 相議曰, "此南岳天山, 一丘一水, 無非我家境界, 而自和尙開道場之後, 便作鴻溝之分, 蓮花勝景, 在於咫尺, 而未得探討矣. 今者吾儕, 以娘娘之命, 幸到

1) 두보의 「악록산도림이사행嶽麓山道林二寺行」의 일부다.

此地, 且春色正妍, 山日未暮, 趁此良辰, 陟彼崔嵬, 振衣於蓮花之峯, 濯纓
於瀑布之泉, 賦詩而吟, 乘興而歸, 誇張於宮中諸娣妹, 不亦快乎?" 皆曰,
"諾." 遂相與緩步而上, 俯見瀑布之源, 緣厓而行, 遵水而下, 少憩于石橋之
上. 此時正當春三月也. 林花齊綻, 紫霞葱籠, 望之, 如展錦繡之色. 谷鳥爭
鳴, 嬌音宛轉, 聞之, 如奏管絃之曲. 春風使人駘蕩, 物色挽人留連. 八仙女,
油然而感, 怡然而樂, 踞坐橋上, 俯瞰溪流, 百道流泉, 滙爲澄潭, 淸冽瀅澈,
如掛廣陵新磨之鏡. 翠蛾紅粧, 照耀於水底, 依俙然一幅美人圖, 新出於龍
眠[2]手下也. 自愛其影, 不忍卽起, 殊不覺, 夕照度嶺, 暝靄生林也.

용궁

是日性眞至洞庭, 劈琉璃之波, 入水晶之宮. 龍王大悅, 出迎於宮門之
外, 延入殿上, 分席而坐. 性眞俯伏, 奏大師遙謝之言, 龍王恭己而聽之.
遂命設大宴而接之, 珍果仙菜, 豊潔可口. 龍王親自執酌, 以勸性眞, 性眞
固讓曰, "酒者伐性之狂藥, 卽佛家大戒, 賤僧不敢飮也." 龍王曰, "釋氏
五戒中禁酒, 予豈不知. 寡人之酒, 與人間狂藥大異, 只能制人之氣, 未嘗
蕩人之心, 上人獨不念寡人勤懇之意耶?" 性眞感其厚眷, 不敢強拒, 乃連
倒三巵. 拜辭龍王, 出水府, 御冷風, 向蓮花而來, 至山底, 頗覺酒暈上面,
昏花繚眼, 自訟曰, "師父若見滿頰紅潮, 則豈不驚怪而切責乎?" 卽臨溪
而坐, 脫其上服, 攝置於晴沙之上, 手掬淸波, 沃其醉面, 忽有異香振鼻而
過, 旣非蘭麝之薰, 亦非花卉之馥, 而精神自然, 震蕩鄙吝, 倐爾消爍, 悠
揚荏弱, 不可形喩. 乃自語曰, "此溪上流, 有何樣奇花, 郁烈之氣, 泛水而

---

2) 龍眠(용면): 송나라 때 유명한 문인화가 이공린(李公麟)의 호. 서울대한글본에는 주방(周
昉)으로 적혀 있다. 주방은 당나라의 화가이다.

來耶? 吾當往而尋之." 更整衣服, 沿流而上.

돌다리

此時, 八仙女尙在石橋之上, 正與性眞相遇, 性眞捨其錫杖, 上手而禮曰, "僉女菩薩, 俯聽貧僧之言. 貧僧卽蓮花道場六觀大師弟子也. 奉師之命, 下山而去, 方還歸寺中矣. 石橋甚狹, 菩薩齊坐, 男女恐不得分路, 惟願僉菩薩, 暫移蓮步, 特借歸路." 八仙女答拜曰, "妾等卽魏夫人娘娘侍女也. 承命於夫人, 問候於大師, 歸路適少留於此矣. 妾等聞之, 禮云, '於行路, 男子由右而行, 婦女由左而行.'³⁾ 此橋本來偏窄, 妾等且已先坐, 今道人從橋而去, 於禮不可, 請別尋他路而行." 性眞曰, "溪水旣深, 且無他逕, 欲使貧僧從何處而行乎?" 仙女等曰, "昔達摩尊者, 乘蘆葉涉大海. 和尙若學道於六觀大師, 則必有神通之術, 涉此小川, 何難之有, 而乃與兒女子爭道乎?" 性眞笑而答曰, "試觀諸娘之意, 必欲索行人買路之錢也. 貧寒之僧, 本無金錢, 適有八顆明珠, 請奉獻於諸娘子, 以買一線之路." 說罷, 手持桃花一枝, 以擲於仙女之前, 四雙絳萼, 卽化爲明珠. 祥光滿地, 瑞彩燭天, 若出於海蚌之所胎. 八仙女各拾取一個, 顧向性眞, 燦然一笑, 竦身乘風, 騰空而去. 性眞佇立橋頭, 擡首遠望, 良久, 雲影始滅, 香風盡散, 惘然如失.

꾸짖음

怊悵而歸, 以龍王之言, 復於大師, 大師詰其晩歸, 對曰, "龍王待之甚款,

---

3) 원문은 남자와 부녀의 좌우가 바뀌어 있다. 『예기』 원문에 따라 바로잡았다.

挽之甚懇, 情禮所在, 不敢拂衣而卽出矣." 大師不答, 使之退休. 性眞來到
禪房, 日已曛黑. 自見仙女之後, 嫩語嬌聲, 尙留耳邊, 艶態姸姿, 猶在眼前,
欲忘而難忘, 不思而自思. 神魂怳惚, 悠悠蕩蕩, 兀然端坐, 黙念於心曰, '男
兒在世, 幼而讀孔孟之書, 壯而逢堯舜之君, 出則作三軍之帥, 入則爲百揆
之長, 着錦袍於身, 結紫綬於腰, 揖讓人主, 澤利百姓, 目見嬌艶之色, 耳聽
幻妙之音, 榮輝極於當代, 功名垂於後世, 此固大丈夫之事也. 噫! 我佛家
之道, 不過一盂飯一瓶水, 數三卷之經文, 百八顆之念珠而已. 其德雖高,
其道雖玄, 寂寥太甚矣, 枯淡而止矣. 假令悟上乘之法, 傳祖師之統, 直坐
於蓮花臺上, 三魂九魄, 一散於烟焰之中, 則夫孰知一個性眞生於天地間
乎?' 思之如此, 念之如彼, 欲眠不眠, 夜已深矣. 霎然合眼, 則八仙女忽羅
列於前矣, 驚悟開睫, 已不可見矣. 遂大悔曰, "釋敎工夫, 正心志, 斯爲上
行矣. 我出家十年, 曾無半點苟且之心, 邪心忽發, 今乃如此, 豈不有妨於
我之前程乎?" 遂自爇栴檀, 趺坐蒲團, 振勵精神, 輪盡項珠, 方靜念千佛矣.
忽然童子立窓外, 呼之曰, "師兄着寢否? 師父命召之矣." 性眞大愕曰, "深
夜促召, 必有故也." 仍與童子忙詣方丈, 大師集衆弟子, 儼然正坐, 威儀肅
肅, 燭影煌煌, 乃厲聲責之曰, "性眞, 汝知汝罪乎?" 性眞顚倒下階, 跪而對
曰, "小子服事師父, 十閱春秋, 而曾未有毫髮不恭不順之事. 誠愚且昏, 實
不知自作之罪." 大師曰, "修行之工, 其目有三, 曰身也, 曰意也, 曰心也[4].
汝往龍宮, 飮酒而醉, 歸到石橋, 邂逅女子, 以言語酬酢, 折贈花枝, 與之相
戲, 及其還來, 且尙繾綣, 初旣蠱心於美色, 旋且留意於富貴, 慕世俗之繁
華, 厭佛家之寂然, 此三行工夫一時壞了. 其罪固不可仍留於此地也." 性
眞叩頭泣訴曰, "師乎! 師乎! 性眞誠有罪矣. 然自破酒戒, 因主人之强勸而
不獲已也, 與仙女酬酢言語, 只爲借路, 本非有意, 有何不正之事乎. 及歸

---

4) 曰身也, 曰意也, 曰心也(왈신야, 왈의야, 왈심야): 하버드노존본 '曰身也, 曰言也, 曰意也'. 신
   (身), 언(言), 의(意) 세 가지를 삼업(三業)이라고 한다.

禪房, 雖萌惡念一刹那間. 自覺其非, 惕狂心之走作, 藹善端之自發, 咋指追悔, 方寸復正, 此儒家所謂'不遠而復者也'[5]. 苟使弟子有罪, 則師父撻楚, 儆戒亦敎誨之一道, 何必迫而黜之, 俾絶自新之路乎? 性眞十二歲, 棄父母, 離親戚, 依歸師父, 卽剃頭髮, 言其義, 則無異生我育我, 語其情, 則所謂無子有子. 父子之恩, 深矣, 師弟之分, 重矣. 蓮花道場, 卽性眞之家, 舍此何之." 大師曰, "汝欲去之, 吾令去之, 汝苟欲留, 誰使汝去乎? 且汝自謂曰, '吾何去乎', 汝所欲往之處, 卽汝可歸之所也." 仍復大聲曰, "黃巾力士, 安在?" 忽有神將, 自空中而來, 俯伏聽命, 大師分付曰, "汝領此罪人, 往酆都, 交付於閻王而回." 性眞聞之, 肝膽墮落, 涕淚迸出, 無數叩頭曰, "師父! 師父! 聽此性眞之言. 昔阿難尊者, 入於娼女之家, 與同寢席, 失其操守, 而釋伽大佛不以爲罪, 但說法而敎之. 弟子雖有不謹之罪, 比之阿難, 猶且輕矣. 何必欲送於酆都乎?" 大師曰, "阿難尊者, 未制妖術, 雖與娼物親近, 其心則未嘗變矣. 今汝則一見妖色, 全失素心, 嬰情晃紞, 流涎富貴, 其視於阿難也, 何如? 汝罪如此, 一番輪回之苦, 烏得免乎?" 性眞惟涕言而已, 頓無行意, 大師復慰之曰, "心苟不潔, 雖處山中, 道不可成矣. 不忘其根本, 雖落於十丈狂塵之間, 畢竟自有稅駕之處. 汝必欲復歸於此, 則吾當躬自率來, 汝其勿疑而行."

지옥

性眞知不可奈何, 拜辭於佛像及師父, 與師兄弟相別, 隨力士而歸, 入陰魂之關, 過望鄕之臺, 至酆都城外, 守門鬼卒問其所從來. 力士曰, "承六觀

---

5) 不遠而復者也(불원이복자야): 不遠復也. 『주역』의 「복괘復卦」에 보이는 구절로, 자신의 불선(不善)을 자각하여 한시라도 빨리 선(善)으로 복귀해야 한다는 뜻이다.

大師法旨, 領罪人而來矣." 鬼卒開城門而納之, 力士直抵森羅殿, 以押來
性眞之意, 告之. 閻王使之召入, 指性眞而言曰, "上人之身, 雖在於南岳山
蓮花之中, 上人之名, 已載於地藏王香案之上矣. 寡人以爲, 上人得成大道,
一陞蓮座, 則天下衆生必將普被陰德矣. 今仍何事辱至於此乎?" 性眞大慚,
良久乃告曰, "性眞無狀, 曾遇南岳仙女於橋上, 不能制一時之心, 故仍以得
罪於師父, 待命於大王矣." 閻王使左右, 上言於地藏王曰, "南岳六觀大師,
使黃巾力士, 押送其弟子性眞, 要令冥司論罪, 而此與他罪人自別, 敢仰稟
矣." 菩薩答曰, "修行之人, 一往一來, 當依其所願, 何必更問?" 閻王方欲
按決矣, 兩鬼卒又告曰, "黃巾力士, 以六觀大師法命, 領八罪人, 來到於門
外矣." 性眞聞此言, 大驚矣. 閻王命召罪人, 南岳八仙女匍匐而入, 跪於庭
下. 閻王問曰, "南岳女仙, 聽我言也. 仙家自有無窮之勝槪, 自有不盡之快
樂, 何爲而到此地耶?" 八人含羞而對曰, "妾等奉魏夫人娘娘之命, 修起居
於六觀大師, 路逢性眞小和尙, 有問答之事矣. 大師以妾等爲玷汚叢林之靜
界, 移牒於魏娘娘府中, 拉送妾等於大王. 妾等之昇沈苦樂, 皆懸於大王之
手. 伏乞大王大慈大悲, 使之再生於樂地." 閻王定使者九人招之前, 密密分
付曰, "率此九人, 速往人間."

속세로

言訖, 大風倏起於殿前, 吹上九人於空中, 散之於四面八方. 性眞隨使者,
爲風力所驅, 飄飄搖搖, 無所終薄. 至于一處, 風聲始息, 兩足已在地上矣.
性眞收拾驚魂, 擧目而見之, 則蒼山杳杳而四圍, 淸溪曲曲而分流, 竹籬茅
屋隱映草間者, 才十餘家. 數人相對而立, 私相語曰, "楊處士夫人, 五十後
有胎候, 誠人間稀罕之事矣. 臨産已久, 尙無兒聲, 可怪可慮." 性眞黙想曰,
'今者我當輪生於人世, 而顧此形身, 只箇精神而已. 骨肉正在蓮花峰上, 已

火燒矣. 我以年少之故, 未畜弟子, 更有何人收我舍利.' 思量反覆, 心切悽
愴. 俄而使者出, 揮手招之言曰, "此地卽大唐國, 淮南道, 壽州縣也. 此家卽
楊處士家也. 處士, 乃汝父親, 其妻柳氏, 乃汝慈母也. 汝以前生之緣, 爲此
家之子, 汝須速入, 毋失吉時." 性眞卽入見, 則處士戴葛巾穿野服, 坐於中
堂, 對爐煎藥, 香臭靄靄然襲衣, 房內隱隱有婦人呻吟之聲矣. 使者促性眞
入房中, 性眞疑慮逡巡. 使者自後推擠性眞, 蹶然仆地, 神昏氣窒, 若在天
地翻覆之中者然. 性眞大呼曰, "救我, 救我." 而聲在喉間, 不能成語, 只作
小兒啼哭之聲矣. 侍婢走告於處士曰, "夫人誕生小郞君矣." 處士奉藥椀而
入. 夫妻相對, 滿面歡喜. 性眞, 飢則飮乳, 飽則止哭. 當其始也, 心頭尙記
蓮花道場矣, 及其漸長, 知父母之恩情, 然後, 前生之事, 已茫然不能知矣.

아버지

處士見其兒子骨格淸秀, 撫頂而言曰, "此兒必天人謫降也." 名之曰, '少
遊'[6], 字之曰 '千里'. 流光水駛, 犀角日長, 於焉之間, 已至十歲. 容如溫玉,
眼若晨星, 氣質擢秀, 智慮深遠, 魁然若大人君子矣. 處士謂柳氏曰, "我本
非世俗之人, 而以與君, 有下界因緣, 故久留於烟火之中, 蓬萊仙侶, 寄書
招邀者已久. 而念君孤子, 未能決去. 今皇天黙佑, 英子斯得, 聰達超倫, 穎
睿拔華, 眞吾家千里駒也. 君旣得依倚之所, 晚年必將覩榮華, 而享富貴也.
此身去留, 須不介念也." 一日衆道人, 來集於堂上, 與處士, 或騎白鹿, 或驂
靑鶴, 向深山而去. 此後惟往往自空中, 寄書札而已, 蹤跡未嘗到家矣.

---

6) 송대의 전기집 『염이편艶異編』 「의창義娼」의 남자 주인공 이름도 소유(少遊)다. 이 이야기
는 숙종, 영조 조 조선에서 간행된 중국 문언소설집인 『산보문원사귤刪補文苑楂橘』에도 수
록되어 있다.

제2회
華陰縣閨女通信 藍田山道人傳琴

과것길

自楊處士昇仙之後, 母子相依, 經過日月. 少遊才過數年, 才名藹蔚, 本郡太守, 以神童薦于朝, 而少遊以親老爲辭, 不肯就之. 年至十四五, 秀美之色似潘岳, 發越之氣似靑蓮, 文章燕許如, 詩材鮑謝如也, 筆法僕命鍾王, 智略弟畜孫吳, 諸子百家, 九流三敎, 天文地理, 六韜三略, 舞槍之法, 用劍之術, 神授鬼敎, 無不精通, 蓋以前世修行之人, 心竇洞澈, 胸海恢廓, 觸處融解, 如竹迎刃, 非凡流俗士之比也. 一日告於母親曰, "父親昇天之日, 以門戶之責, 付之於小子, 而今家計貧寠, 老母勤勞, 兒子若甘爲, 守家之狗, 曳尾之龜,[1] 而不求世上之功名, 則家聲無以繼矣, 母心無以慰矣, 甚非父

---

1) 曳尾之龜(예미지구): 『장자莊子』「추수편秋水篇」에 나오는 말이다. 초(楚)나라에서 죽은 지 삼천 년이나 되는 신령스러운 거북이의 뼈를 사당에 모셨는데, 장자가 이를 빗대어 "죽어서 뼈다귀로 남아 귀하게 되려 하겠는가, 아니면 살아서 흙탕물 속에 꼬리를 끌고 싶어하겠는가(寧其死爲留骨而貴乎, 寧其生而曳尾於塗中乎)"라고 하였다.

親期待之意也. 聞國家方設科, 抄選天下之群才, 兒子欲暫離母親膝下, 歌
鹿鳴[2]而西遊." 柳氏見其志氣本不碌碌, 少年行役, 不能無慮, 遠路離別,
亦且關心, 而已知其沛然之氣, 不可以沮, 乃黽勉而許之. 盡賣釵釧, 備給
盤纏. 少遊拜辭母親, 以三尺書童, 一匹蹇驢, 取道而行.

진채봉

行累日, 至華州華陰縣, 距長安已不遠矣. 山川風物, 一倍明麗. 以科期
尙遠, 日行數十里, 或訪名山, 或尋古跡, 客路殊不寂寥矣. 忽見一區幽庄,
近隔芳林, 嫩柳交影, 綠烟如織, 中有小樓, 丹碧照耀, 蕭洒遼敻, 幽致可賞.
遂垂鞭徐行, 迫以視之, 則長條細枝拂地, 嫋娜若美女新浴綠髮臨風自梳,
可愛亦可賞也. 少遊手攀柳絲, 踟躕不能去, 歎賞曰, "吾鄕楚中[3], 雖多珍
樹, 曾未見裊裊千枝, 氃氃萬縷, 若此柳者也." 乃作楊柳詞, 其詩曰, "楊柳
靑如織, 長條拂畫樓, 願君勤種意[4], 此樹最風流. 楊柳何靑靑, 長條拂綺楹,
願君莫攀[5]折, 此樹最多情." 詩成浪詠一遍, 其聲淸亮豪爽, 宛若扣金擊石.
一陣春風, 吹其餘響, 飄散於樓上, 其中適有玉人, 午睡方濃, 忽然驚覺, 推
枕起坐, 拓開繡戶, 徙倚雕欄, 流眄凝睇, 四顧尋聲, 忽與楊生, 兩眸相値.
鬖髿雲髮, 亂毛雙鬢, 玉釵欹斜, 眼波矇矓, 芳魂若痴, 弱質無力, 睡痕猶在
於眉端, 鉛紅半消於臉上矣. 天然之色, 嫣然之態, 不可以言語形容丹靑描
畫也. 兩人脉脉相看, 未措一辭. 楊生先送書童於村前客店, 使備夕炊矣.
至是還報曰, "夕飯已具矣." 美人凝情熟視, 閉戶而入, 惟有陣陣暗香, 泛風

---

2) 鹿鳴(녹명): 『시경』「소아小雅」편에 나온다. 임금과 신하의 즐거운 연회에서 부르는 노래다.
3) 원문은 '蜀中(촉중)'으로 되어 있으나, 양소유가 스스로를 계속 초나라 사람으로 소개하는
   것으로 보아 '楚中(초중)'이 적당한 듯하다. 강전섭노존본에도 '楚地'로 되어 있다.
4) 種意(종의): 하버드노존본 '種植', 강전섭노존본 '栽植'.
5) 攀(반): 강전섭노존본 '漫'.

而來而已. 楊生雖大恨書童, 一垂珠箔, 如隔弱水. 遂與書童回來, 一步一
顧, 紗窓已緊閉而不開矣. 來坐客店, 悵然消魂. 原來此女子, 姓秦氏, 名彩
鳳, 卽秦御史女子也. 早喪慈母, 且無兄弟, 年纔及笄, 未適於人, 時御史上
京師, 小姐獨在於家, 夢寐之外, 忽逢楊生, 見其貌而悅其風彩, 聞其詩而
慕其才華, 乃思惟曰, '女子從人, 終身大事, 一生榮辱, 百年苦樂, 皆係於
丈夫, 故卓文君以寡婦而從相如, 今我卽處子之身也, 雖有自媒之嫌, 臣亦
擇君, 古不云乎? 今若不問其姓名, 不知其居住, 他日雖稟告於父親, 而欲
送媒妁, 東西南北, 何處可尋.' 於是, 展一幅之牋, 寫數句之詩, 封授於乳
媼曰, "持此封書, 往彼客店, 尋得, 俄者, 身騎小驢, 到此樓下, 詠楊柳詞之
相公, 而傳之. 俾知我欲結芳緣, 永托一身之意也. 此吾莫重之事, 愼勿虛
徐. 此相公, 其容顏如玉, 眉宇如畫, 雖在於衆人之中, 昻昻如鳳凰之出雞
群, 媼必親見, 傳此情書." 乳媼曰, "謹當如敎, 而異時老爺若有問, 則將何
以對之耶?" 小姐曰, "此則我自當之, 汝勿慮焉." 乳娘出門而去, 旋又還問
曰, "相公或已娶室, 或旣定婚, 則何以爲之耶?" 小姐移時沈吟, 乃言曰, "不
幸已娶, 則我固不嫌爲副, 而我觀此人, 年是靑陽, 恐未及有室家矣." 乳娘
往于客店, 訪問吟咏楊柳詞之客. 此時楊生出立於店門之外, 見老婆來訪,
忙迎而問曰, "賦楊柳詞者, 卽小生也. 老娘之問, 有何意耶?" 乳娘見楊生之
美, 不復致疑, 但云, "此非討話之地也." 楊生引乳娘, 坐於客榻, 問其來尋
之意. 乳娘問曰, "郎君楊柳詞, 咏於何處乎?" 答曰, "生以遠方之人, 初入帝
圻, 愛其佳麗, 歷覽選勝, 今日之午, 適過一處, 卽大路之北, 小樓之下, 綠
楊成林, 春色可玩, 感興之餘, 賦得一詩而詠之矣. 老娘何以問之?" 媼曰,
"郎君其時與何人相面耶?" 楊生曰, "小生幸値天仙降臨樓上之時, 艷色尙
在於眼, 異香猶洒於衣矣." 媼曰, "老身當以實告之. 其家蓋吾主人秦御史
宅也, 其女卽吾家小姐也. 小姐自幼時, 心明性慧, 大有知人之鑑, 一見相
公, 便欲托身, 而御史方在京華, 往復稟定之間, 相公必轉向他處, 大海浮
萍, 秋風落葉, 將何以訪其蹤迹乎? 絲蘿雖切, 願托之心, 爐金實有, 自躍之

恥, 而三生之緣重, 一時之嫌小也. 是以舍經從權, 包羞冒慚, 使老妾問郎
君姓氏及鄕貫, 仍探婚娶與否矣."生聞之, 喜色溢面, 謝曰, "小生楊少遊,
家本在楚, 年幼未娶矣. 惟老母在堂. 花燭之禮, 當告兩家父母, 而後行之,
結親之約, 今以一言, 而定之矣. 華山長靑, 渭水不絶."乳娘亦大喜, 自袖中
出一封書, 以贈生. 生拆見, 卽楊柳詞一絶也. 其詩曰, "樓頭種楊柳, 擬繫郎
馬住, 如何折作鞭, 催向章臺路."生艶其淸新, 亟加歎服, 稱之曰, "雖古之
王右丞李學士, 蔑以加矣."遂披彩牋, 寫一詩, 以授媼. 其詩曰, "楊柳千萬
絲, 絲絲結心曲, 願作月下繩, 好結春消息."乳娘受置於懷中, 出店門而去,
楊生呼而語之曰, "小姐秦之人, 小生楚之人, 一散之後, 萬里相阻, 山川脩
夐, 消息難通. 況今日此事, 旣無良媒, 小生之心, 無可憑信之處也, 欲乘今
夜之月色, 望見小姐之容光, 未知老娘以爲如何. 小姐詩中, 亦有此意, 望
老娘更稟于小姐."乳娘去, 卽還來曰, "小姐奉賢郎和詩, 十分感激, 且備傳
郎君之意, 則小姐曰, '男女未及行禮, 私與相見, 極知其非禮. 然方欲托身
於其人, 而何可有違於其言乎? 且中夜相會, 人言可畏, 異日父親若知之,
則必有厚責, 欲待明日, 會於中堂, 相與約定'云矣."楊生嗟嘆曰, "小姐明
敏之見, 正大之言, 非小生所及也."對乳娘, 再三勤囑, 母令失期. 乳娘唯唯
而去. 是夜生留宿於店中, 轉輾不寐, 坐待晨鷄, 苦恨春宵之長也. 俄而, 斗
杓初轉, 村鼓催鳴, 方欲呼童而秣馬矣.

남전산 도인

忽聞千萬人喧闐之聲, 潮湧湯沸, 自西方而來矣. 楊生大驚, 攝衣而出,
立街而見之, 則執兵之亂卒, 避亂之衆人, 籠山絡野, 紛駢雜還, 軍聲動地,
哭響于霄, 問之於人則曰, "神策將軍[6]仇士良, 自稱皇帝, 發兵而反. 天子
出巡楊州, 關中大亂, 賊兵四散, 劫掠人家."且傳言, "閉函關, 不通往來之

人, 毋論良賤, 皆作軍丁矣."生慌忙驚懼, 遂率書童, 鞭驢促行, 望藍田山
而去, 欲竄伏於巖穴之間矣. 仰見絶頂之上, 有數間草屋, 雲影掩翳, 鶴聲
清亮. 楊生知有人家, 從巖間石逕而上, 有道人凭几而臥. 見生至, 起坐而
問曰, "君是避亂之人, 必淮南楊處士令郎也." 楊生趨進再拜, 含淚而對曰,
"小生果是楊處士子也. 自別嚴父, 只依慈母. 氣質甚魯, 才學俱蔑, 而妄生
徼倖之計, 冒充觀國之賓, 行到華陰, 猝値變亂, 不圖今日獲拜大人. 此必
上帝俯鑑微誠, 故令叨陪大仙之几杖, 得聞嚴父之消息. 伏乞仙君毋惜一
言, 以慰人子之心. 家嚴今在何山, 而體履亦何如?" 道人笑曰, "尊君與我,
着碁於紫閣峰上, 別去屬耳, 未知其去向何處, 而童顔不改, 綠髮長春, 惟
君毋用傷懷." 楊生泣訴曰, "或因先生, 可得一拜於家嚴乎?" 道人又笑曰,
"父子之情雖深, 仙凡之分迥殊. 雖欲爲君圖之, 末由也, 而況三山渺邈, 十
洲空闊, 尊公去就, 何以得知. 君旣到此, 姑且留宿, 徐待道路之通, 歸去亦
未晚也." 楊生雖聞父親安寧之報, 道人落落無顧念之意, 會合之望已絶矣.
心緖悽愴, 淚流被面, 道人慰之曰, "合而離, 離而合, 亦理之常也. 何以爲無
益之悲也?" 楊生拭淚而謝, 當隅而坐, 道人指壁上玄琴而問曰, "君能解此
乎?" 生對曰, "雖有素癖, 而未遇賢師, 不得其妙故矣." 道人使童子, 授琴於
生, 使彈之. 生遂置之膝上, 奏風入松一曲, 道人笑曰, "用手之法活動, 可敎
也." 乃自移其琴, 以千古不傳之四曲次第敎之. 清而幽, 雅而亮, 實人間之
所未聞者. 生本來精通音律, 且多神悟, 一學能盡傳其妙. 道人大喜, 又出
白玉洞簫, 自吹一曲, 以敎生, 仍謂之曰, "知音相遇, 古人所難. 今以此一琴
一簫贈君, 日後必有用處, 君其識之." 生受而拜謝曰, "小生之得拜先生, 必
是家親之指導. 先生卽家親故人, 小生敬事先生, 何異於家親乎? 侍先生杖
屨, 以備弟子列, 小子願也." 道人笑曰, "人間富貴, 自來偪君, 君將不可免

---

6) 神策將軍(신책장군): 신책군의 장군. 신책군은 당나라 때 궁중을 지키고 임금을 호위하던 친
위군이다.

也. 何能從遊老夫, 棲在巖穴乎? 況君畢竟所歸之處, 與我各異, 非我之徒
也. 但不忍負殷勤之意, 贈此彭祖方書一卷, 老夫之情, 此可領也. 習此則
雖不能久視延年, 亦足以消病却老也." 生復起拜而受之, 仍問曰, "先生以
小子期之以人間富貴, 敢問前程之事矣. 小子於華陰縣, 與秦家女子方議
婚, 爲亂兵所逐, 奔竄至此, 未知此婚可得成乎?" 道人大笑曰, "婚姻之事,
昏黑似夜, 天機不可輕泄. 然君之佳緣, 在於累處, 秦女不必偏自縫戀也."
生跪而受命, 陪道人, 同宿於客堂. 天未明, 道人喚覺楊生, 而謂之曰, "道
路既通, 科期退定於明春. 想大夫人方切倚閭之望, 須早歸故鄉, 毋貽北堂
之憂." 仍計給路費, 生百拜床下, 稱謝厚眷. 收拾琴書, 行出洞門, 不勝依
黯, 矯首回顧, 茅茨及道人, 已無去處, 惟曙色蒼凉, 彩靄葱籠而已. 生入山
之初, 楊花未落, 一夜之間, 菊花滿發矣. 生大以爲怪, 問之人, 已秋八月矣.
來訪舊日客店, 新經兵火, 村落蕭條, 與向來經過之時大異. 赴擧之士, 紛
紛下來, 生問都下消息則答曰, "國家召諸道兵馬, 過五箇月, 始削平僣亂,
大駕還都, 科擧且以明春退定矣." 楊生往訪秦御史家, 則繞溪衰柳, 搖落於
風霜之後, 殊非舊日景色. 朱樓粉墻, 已成灰燼, 陳礎破瓦, 堆積遺墟而已.
四隣荒凉, 亦不聞鷄犬之聲. 生愴人事之易變, 悵佳期之已曠. 攀援柳條,
佇立斜陽, 徒吟秦小姐楊柳之詞, 一字一涕, 衣裾盡濕, 欲問往事, 不見人
跡, 乃茫然而歸, 問于店主曰,

"彼秦御史家屬, 今往何處耶?" 店主嗟惋曰, "相公不聞耶? 前者御史仕
宦在京, 惟小姐率婢僕守家, 官軍恢復京師之後, 朝廷以秦御史爲受逆賊僞
爵, 以極刑斬之, 小姐押去京師, 而其後, 或言終不免慘禍, 或言沒入掖庭
矣. 今朝官人押領罪人等數多家屬, 過此店之前, 問之則曰, 此屬皆沒入爲
英南縣奴婢者也. 或云, 秦小姐亦入於其中矣." 楊生聽之, 淚汪然自下曰,
'藍田山道人云, 秦氏婚事, 昏黑似夜, 小姐必已死矣.' 更無詰問之處, 乃治
行具, 下去壽州.

다시 서울로

此時柳氏聞京都禍亂之報, 恐兒子死於兵火, 日夜呼天, 幾不得自保矣, 及見少遊, 相持痛哭, 若遇泉下之人. 未幾舊歲已盡, 新春忽屆矣. 生又將作赴擧之行, 柳氏謂生曰, "去年汝往皇都, 幾陷危境, 至今思惟, 凜凜可怕. 汝年尙穉, 功名不急, 然吾所以不挽汝行者, 吾亦有主意故也. 顧此壽州, 旣狹且僻, 門戶才貌, 實無堪爲汝配者, 而汝已十六歲也, 今若不定, 幾何其不失時乎. 京師紫淸觀杜鍊師, 卽吾表兄, 出家雖久, 計其年歲, 則尙或生存. 此兄氣宇不凡, 知慮有裕, 名門貴族, 無不出入. 寄我情書, 則必視汝如子, 而出力周旋, 爲求賢匹, 汝須留意於此." 仍作書而付之, 生受命. 始以華陰事告之, 輒有悵感之色, 柳氏嗟咄曰, "秦氏雖美, 旣無天緣, 禍家餘生, 必難全生. 設令不死, 逢着亦難, 汝須永斷浮念, 更求他姻, 以慰老母企望之懷也." 生拜敬登程. 及到洛陽, 猝値驟雨, 避入於南門外酒店, 沽酒而飮, 生謂店主曰, "此酒雖美, 亦非上品也." 主人曰, "小店之酒, 無勝於此者. 相公若求上品, 天津橋頭酒肆所賣之酒, 名曰洛陽春, 一斗之酒, 千錢其價, 味雖好, 而價則高矣." 生靜思, '洛陽自古帝王之都, 繁華壯麗, 甲於天下. 我去年取他路而去, 未見其勝槪, 今行當不落莫矣.'

제3회
楊千里酒樓擢桂 桂蟾月鴛被薦賢

계섬월

生乃使書童算給酒價, 仍驅驢, 向天津而行. 及抵城中, 山水之勝, 人物之盛, 果協所聞矣. 洛水橫貫都城, 如鋪白練, 天津橋迥跨澄波, 直通大路, 隱隱如彩虹之飲水, 蜿蜿若蒼龍之展腰, 朱甍聳空, 碧瓦耀日, 色暎淸漪, 影抱香街, 可謂第一名區也. 生知其爲店主所謂酒樓, 乃催行, 至其樓前, 金鞍駿馬, 塡塞通衢, 僕夫林立, 譁聲雷聒, 仰視樓上, 則絲竹轟鳴, 聲在半空, 羅綺紛繽, 香聞十里. 生以爲河南府尹讌客於此, 使書童問之, 爭言, "城裡少年諸公子, 聚集一時名妓, 設宴玩景." 生聞之, 已覺, 醉興翩翩, 豪氣騰騰, 於是當樓下驢, 直入樓中, 年少書生十餘人, 與美人數十, 雜坐於錦筵之上, 騁高談, 浮大白, 衣冠鮮明, 意氣軒輊. 諸生見楊生, 容顔秀美, 符彩洒落, 齊起迎揖, 分席列坐, 各通姓名後, 上座有盧生者, 先問曰, "吾見楊兄行色, 所謂'槐花黃擧子忙'者也." 生曰, "誠如兄言矣." 又有杜生者曰, "楊兄苟是赴擧之儒, 則雖云不速之賓, 參於今日之會, 亦不妨也." 生

288 | 원본 구운몽

曰, "以兩兄之言觀之, 則今日之會, 非但以酒杯留連而已, 必結詩社而較文章也. 若小弟者, 以楚國寒賤之人, 年齒旣少, 知識甚狹, 雖以薄劣, 猥充鄕貢, 忝與於諸公盛會之末, 不亦僭乎?" 諸人見楊生, 語遜而年幼, 頗輕易之, 答曰, "吾輩之會, 非爲結詩社也, 而楊兄所謂較文章, 蓋彷彿矣. 然兄是後來之客, 雖作詩可也, 不作亦可也. 與吾輩, 飮酒洽好矣." 仍促傳巡杯, 使滿座諸妓, 迭奏衆樂. 楊生乍擡醉眸, 獵視群娼, 二十餘人, 各執其藝, 而惟一人超然端坐, 不奏樂不接語, 淑美之容, 冶艷之態, 眞國色也. 望之, 如南海觀音, 婷婷獨立於繪素之中矣. 生神魂撩亂, 自忘杯巡, 其美人亦頻顧楊生, 暗以秋波送情. 生又睥[1]視, 則累幅詩箋, 堆積於美人之前, 遂向諸生而言曰, "彼詩箋, 必諸兄佳製, 可得一賞否?" 諸人未及對, 美人輒起, 攝其華箋, 置之於楊生座前, 生一一披閱, 則大都十餘張詩, 而其中雖不無優劣生熟, 蓋平平無驚語佳句也. 生心語曰, '我曾聞洛陽多才子矣, 以此見之, 則虛言也.' 乃還其詩箋於美人, 對諸生, 拱手而言曰, "下土賤生, 未嘗見上國文章矣, 今者幸玩諸兄珠玉, 快樂之心, 不可勝喩." 此時諸生已大醉矣, 恰恰笑曰, "楊兄但知詩句之妙而已, 不知其間有尤妙之事也." 生曰, "小弟過蒙諸兄眷愛, 酒杯之間, 已作忘形之友, 所謂妙事何惜向小弟說來耶?" 王生大笑曰, "說道於兄, 何害之有, 吾洛陽素稱人才府庫, 是以近前科甲, 洛陽之人, 不爲壯元, 則必爲探花, 吾輩諸人, 皆得文字上虛名, 而未能自定其優劣高下矣. 彼娘子, 姓桂, 名蟾月, 非但姿色歌舞獨步於東京, 古今詩文無所不通, 且其詩眼尤妙矣, 靈如鬼神, 洛陽諸儒, 納卷而來, 則一閱其文, 斷其立落, 言如符合, 未嘗一失, 其神鑑如此也. 以是吾輩各以所製之文, 送於桂娘, 經其品題, 取其入眼者, 載之歌曲, 被之管絃, 以之而定其高下, 長其聲價, 如旗亭故事. 況桂娘姓名, 蓋應月中之桂, 新榜魁元之吉兆, 寔在於此矣. 楊兄試聞之, 此非妙事乎?" 有杜生者曰, "此外有別妙而又妙

---

1) 원문은 '睇'로 되어 있다.

者, 諸詩之中, 桂卿擇其一首而歌之, 則作其詩者, 今夜當與桂卿, 好結芳緣, 而吾輩皆作賀客而已, 斯豈非妙而又妙者乎? 楊兄亦男子也, 苟有一段豪興, 亦賦一詩, 與吾輩爭衡, 似好也." 生曰, "諸兄之詩, 成之已久, 未知桂卿已歌何人之詩乎?" 王生曰, "桂卿尙靳一闋淸音, 櫻脣久鎖, 玉齒未啓, 陽春絶調, 猶不入於吾儕之耳. 桂卿若不故作嬌態, 則必有羞澁之心而然也." 生曰, "小弟曾在楚中, 雖或依樣畵蘆[2], 作一兩首詩, 而卽局外之人也. 與諸兄較藝, 恐未安也." 王生大言曰, "楊生容貌, 美於女子矣, 又何無丈夫之意耶? 聖人有言曰, '當仁不讓於師', 又曰, '其爭也, 君子.' 第恐楊兄無詩才也. 苟有才也, 豈可徒執撝謙乎?" 楊生雖外飾虛讓, 一見桂娘, 豪情已不可制矣. 見諸生座傍, 尙有空箋, 生抽其一幅, 縱橫走筆, 題三章詩, 比如風檣之走海, 渴馬之奔川, 諸生見其詩思之敏捷, 筆勢之飛動, 莫不驚訝失色矣. 楊生擲筆於席上, 謂諸生曰, "宜先請敎於諸兄, 而今日座中, 桂卿卽考官也, 納卷時刻, 恐不及也." 卽送其詩箋於桂娘, 其詩曰, "楚客西遊路入秦, 酒樓來[3]醉洛陽春, 月中丹桂誰先折, 今代文章自有人. 天津橋上柳花飛, 珠箔重重映夕暉, 側耳要聽歌一曲, 錦筵休復舞羅衣. 花枝羞殺玉人粧, 未吐纖歌口已香, 待得樑塵飛盡後, 洞房花燭賀新郎."[4] 蟾月乍轉星眸, 霎然看過, 檀板一聲, 淸歌自發, 嫋嫋如縷, 咽咽如訴, 鶴唳靑田, 鳳鳴丹丘, 秦箏奪其聲, 趙瑟失其曲, 滿座皆洒然易容. 初諸人傲視楊生, 許令作詩矣, 及其三詩, 皆入於蟾月之歌, 唯憮然敗興, 相顧無言, 欲讓蟾月於楊生, 則近於無膽, 欲背座中之初約, 則難於失信, 面面直視, 嘿嘿癡坐. 楊生知其氣色, 俟起告辭曰, "小弟偶蒙諸兄款接, 叨參盛宴, 旣醉且飽, 誠切感幸, 前

---

2) 依樣畵蘆(의양화로): 모양에 의지하여 갈대 그림을 그림. 즉 스스로 창작한 것이 아닌, 남의 것을 본떠서 지음을 이르는 말이다.
3) 來(래): 하버드노존본 '未'.
4) 강전섭노존본 "香塵欲起暮雲多, 共待妙姬一曲歌, 十二街頭春晼晩, 楊花如雲奈愁何. 花枝愁殺玉人粧, 未發纖歌氣已香, 下蔡陽城渾不管, 只恐粧得鐵爲腸. 旗亭暮雪按凉州, 最是王郎得意秋, 千古斯文元一脉, 莫敎前輩擅風流".

路尚遠, 行色甚忙, 未得終日吐話, 他日曲江[5]之會, 當罄此餘情矣.”乃從
容下去, 諸生亦不肯挽止矣. 生出至樓前, 方欲跨驢, 蟾月忙步而來, 謂生
曰, “此路南畔有粉墻, 墻外有櫻桃盛開, 此乃妾家. 相公須先往, 訪得此家,
待妾還歸, 妾亦從此往矣.”生點頭而諾, 南向而去. 蟾月上樓, 謂諸生曰,
“諸相公不以妾爲陋, 以數闋之歌, 卜今夜之緣, 將何以處之耶?”諸人猶不
舍愛慕之情, 答曰, “楊哥客也, 非吾輩中人, 何可以此爲拘乎?”互相和應,
終無定論. 蟾月以冷談應之曰, “人而無信, 妾不知其可也. 座上娼樂, 非不
足也. 諸相公盡其不盡之興. 妾適有病, 未得侍坐終宴矣.”乃緩步而出, 諸
人初旣有約, 且見其冷談之色, 不敢出一言矣.

섬월과의 첫날밤

此時楊生往住店, 搬移行李, 趁黃昏, 往尋蟾月之家. 蟾月先已還家, 掃
中堂, 燃華燭, 悄然而待之. 楊生繫驢, 櫻桃樹下, 往叩重門, 蟾月聞剝啄
之聲, 跕屣出迎曰, “下樓之時, 郎先而妾後, 妾已先到而郎何後也?”楊生
曰, “以主人而待客, 可乎? 以客而待主人, 可乎? 眞所謂, ‘非敢後也, 馬不
前也.’[6]”遂相與扶携而入, 兩人相對, 其喜可知. 蟾月滿酌玉杯, 以金縷衣[7]
一曲侑之, 芳姿嫩聲, 能割人之腸, 而迷人之魂. 生情不能抑, 相携就寢, 雖
巫山之夢, 洛浦之遇, 未足以踰其樂矣. 至夜半, 蟾月於枕上謂生曰, “妾之

---

5) 曲江(곡강): 중국 시안 동남쪽에 있으며 곡강지(曲江池)라고도 부른다. 그 물의 굽이침이
   마치 강과 같다고 하여 곡강이라고 했다. 당나라 때 과거 합격자를 위한 연회를 여기서 베
   풀었고, 그 밖에 봄놀이 등 각종 사교 모임의 장소로도 이용되었다.
6) 『논어』에 “공자가 말했다. 맹지반은 자기 공을 자랑하지 않는 사람이다. 전쟁에서 패주할
   때는 맨 뒤에서 적을 막으면서 후퇴하고, 성문에 들어설 때는 자기 말에 채찍질하며 ‘내가
   뒤에 서려고 했던 것이 아니라 말이 나가지 않아서 그랬다’고 했다(子曰, 孟之反, 不伐, 奔而
   殿, 將入門, 策其馬曰, 非敢後也, 馬不進也)”는 말이 있다.
7) 金縷衣(금루의): 곡조 이름. 젊은 시절을 놓치지 말고 즐기라는 내용의 노래다.

一身, 自今日已托於郎君矣. 妾請略暴情事, 惟郎君俯察而怜悶焉. 妾本韶州人也. 父曾爲此州驛丞矣, 不幸病死於他鄉. 家事零替, 故山迢遞, 力單勢蹙, 無路返葬, 繼母賣妾於娼家, 受百金而去. 妾忍辱含痛, 屈身事人, 只祈天, 或垂怜, 幸逢君子, 復見日月之明, 而妾家樓前, 卽去長安道也, 車馬之聲, 晝夜不絶, 來人過客, 孰不落鞭於妾之門前乎? 從來四五年間, 眼閱千萬人矣, 尙未見近似於郎君者. 今何幸, 遇我郎君, 至願已畢, 郎若不以妾鄙夷之, 則妾願爲樵爨之婢, 敢問郎君之意, 如何?"生乃欵答曰, "我之深情, 豈與桂娘少間哉? 第我本貧秀才也, 且堂有老親, 與桂卿偕老, 恐不槪於老親之意, 若具妻妾, 則亦恐桂娘之不樂也. 桂娘雖不以爲嫌, 天下必無可爲桂娘女君之淑女, 是可慮也."蟾月曰, "郎君是何言也. 當今天下之才, 無出於郎君之右者, 新榜壯元, 固不足論也, 丞相印綬, 大將節鉞, 非久當歸於郎君手中. 天下美女, 孰不願從於郎君乎? 將見紅拂隨李靖之匹馬, 綠珠步石崇之香塵. 蟾月何人, 敢有一毫專寵之心? 惟願郎君娶賢婦於高門, 以奉大夫人後, 亦勿棄賤妾焉. 妾請自今以後, 潔身而待命矣."生曰, "去年我曾過華州, 偶見秦家女子. 其容貌才華, 足與桂娘可較伯仲, 而不幸今也則亡. 桂卿欲使我更求淑女於何處乎?"蟾月曰, "郎君所言者, 必是秦御史女彩鳳也. 御史曾者爲吏於此府, 秦娘子與賤妾, 情誼頗綢密矣. 其娘子且有卓文君之才貌, 郎君豈無長卿之情, 而今雖思之, 亦無益矣. 請郎君更求於他門矣."楊生曰, "自古絶色, 本不世出. 今桂卿秦娘兩人, 生幷一代, 吾恐天地精明之氣, 殆已盡矣."蟾月大笑曰, "郎君之言, 誠如井底蛙矣. 妾姑以吾娼妓中公論, 告於郎君矣. 天下有靑樓三絶色之語, 江南萬玉燕, 河北狄驚鴻, 洛陽桂蟾月. 蟾月卽妾也. 妾則獨得虛名, 玉燕, 驚鴻, 眞當代絶艶. 豈可曰, 天下更無絶色乎?"生曰, "吾意則彼兩人猥與桂卿齊名矣."蟾月曰, "玉燕以地之遠, 雖未得見, 南來之人, 無不稱贊, 可知其決非虛名. 驚鴻與妾, 情若兄弟. 驚鴻一生本末, 請略陳之. 驚鴻播州良家女也. 早失怙恃, 依其姑母, 自十歲美麗之色, 名於河北, 近地之人, 欲以千金買以爲妾, 媒

婆塡門, 闐如群蜂, 而驚鴻言於姑母, 皆斥遣. 衆婆問於姑娘曰, '姑娘東推
西却, 不肯許人, 必得何許佳郞, 乃合於意乎? 欲以爲大丞相之妾乎? 欲以
爲節度使之副室乎? 欲許於名士乎? 欲送於秀才乎?' 驚鴻替對曰, '若如晉
時, 東山携妓之謝安石, 則可以爲大宰相之妾矣, 若如三國時, 使人誤曲之
周公瑾, 則可以爲節度使之妾矣, 有若玄宗朝獻淸平詞之翰林學士, 則名士
可隨矣, 有若武帝時奏鳳皇曲之司馬長卿, 則秀才可從矣. 惟意是適, 何可
逆料乎?' 衆婆大笑而散. 驚鴻私以爲, '窮鄕女子, 耳目不廣, 將何以揀天下
之奇才, 擇閨中之賢匹乎? 惟娼女, 則英雄豪傑, 無不接席而酬酢, 公子王
孫, 亦皆開門而逢迎, 賢愚易卜, 優劣可分, 比之, 則求竹於楚岸, 採玉於藍
田, 奇才美品, 何患不得.' 遂顧自賣於娼家, 必欲托身於奇男, 未及數年, 名
聲大噪, 去年秋, 山東河北十二州文人才士, 會於鄴都, 設宴以娛, 驚鴻以
一曲霓裳舞於席上, 翩如驚鴻, 矯如翔鳳, 百隊羅綺, 盡失顔色, 其才其貌,
此可見矣. 宴罷, 獨上於銅雀臺, 帶月徘徊, 感古悲傷, 詠斷腸之遺句, 吊分
香[8]之往迹, 仍竊笑曹孟德不能藏二喬於樓中,[9] 見之者, 無不愛其才奇其
志. 顧今閨閤之中, 豈獨無其人乎? 驚鴻與妾, 同遊於上國寺, 與之論懷, 驚
鴻謂妾曰, '爾我兩人, 苟得意中之君子, 互相薦引, 同事一人, 則庶不誤百
年之身矣.' 妾亦諾之矣. 妾逮遇郞君, 輒思驚鴻, 而驚鴻方入於山東諸侯宮
中, 此所謂好事多魔者耶? 侯王姬妾, 富貴雖極, 亦非驚鴻之願也." 仍唏噓
曰, "惜乎! 安得一見驚鴻, 說此情也." 楊生曰, "靑樓中, 雖有許多才女, 安
知士夫家閨秀, 不讓娼扉一頭地乎?" 蟾月曰, "以妾目見, 無如秦娘子者, 苟
下秦娘一等, 妾不敢薦於郞君. 然妾飽聞, 長安之人, 爭相稱道曰, '鄭司徒

---

8) 分香(분향): 조조가 죽을 때 첩에게 향을 나누어주었다는 고사에서 나온 말이다. 죽어도 처
첩을 잊지 못함을 비유하여 쓰인다.
9) 중국 삼국시대(三國時代) 강동(江東)의 귀족 교공(喬公)의 두 딸이 절세미인이었는데, 언니
는 손책(孫策)의 아내가 되었고, 동생은 주유(周瑜)의 아내가 되었다. 이 둘을 합쳐서 이교
(二喬)라 불렸는데, 두목(杜牧)이 조조가 적벽대전에서 패전한 사실을 「적벽赤壁」에서 노
래하면서 "동풍이 주유의 편을 들어주지 않았다면, 동작대 깊은 봄에 두 교씨를 가두었으
리(東風不與周郞便, 銅雀春深鎖二喬)"라고 했다.

女子, 窈窕之色, 幽閑之德, 爲當今女子中第一.' 妾雖未親見, 大名之下, 本無虛士, 郎君歸到京師, 留意訪問, 是所望也." 問答之間, 紗窓已微明矣, 兩人起梳洗畢, 瞻月曰, "此處非郎君久留之地也. 況昨日, 諸公子, 想不無快快之心, 恐不利於相公, 須趁早登程, 前頭叨侍之日尙多, 何必爲兒女子屑屑之悲乎?" 生謝曰, "娘言誠如金石, 當銘鏤於心肝矣." 遂相對揮淚, 分袂而去.

제4회
倩女冠鄭府遇知音 老司徒金牓得快壻

두연사

楊生自洛陽抵長安, 定其旅舍, 頓其行裝, 而科日尙遠矣. 招店人, 問紫清觀遠近, 云在春明門外矣. 卽備禮段, 往尋杜鍊師, 鍊師年可六十歲, 戒行甚高, 爲觀中女冠之首矣, 生進以禮謁, 傳其母親書簡, 鍊師問其安否, 垂涕而言曰, "我與令堂姐姐, 相別已二十年, 後生之人, 軒昂若此, 人世流光, 信如白駒之忙也. 吾老矣, 厭處於京師煩囂之中, 方欲遠向崆峒, 尋仙訪道, 鍊魂守眞, 栖心於物外矣. 姐姐書中, 有所托之言, 吾當不得已爲君少留. 楊生風彩明秀如仙, 當世閨艶之中, 恐難得相敵之良配也. 然從頌商量, 如有閑日, 更加一來焉." 楊生曰, "小姪親老家貧, 年近二十, 而身處僻鄕, 未能擇配, 方當喜懼之日, 反貽衣食之憂, 誠孝莫展, 歎愧深切. 今拜叔母[1], 眷念至斯, 感荷良深矣." 卽拜謝而退. 時科日將迫, 而自聞指婚之諾,

---

1) 양소유와 두연사의 관계가 모호하다. 앞에서 두연사는 어머니의 표형이라고 했다. 표형은

稍弛求名之心, 數日後, 復往觀中, 鍊師迎笑曰, "一處有處女, 言其才與貌, 則眞楊郎之配, 而但其家門楣太高, 六代公侯, 三代相國, 楊郎若爲今榜魁元, 則此婚事, 庶可望矣, 其前發口無益也. 楊郎不必煩訪老身, 勉修科業, 期於大捷, 可也." 楊生曰, "第誰家也." 鍊師曰, "春明門外, 鄭司徒家也.[2] 朱門臨道, 門上設棨戟者, 卽其第也. 司徒有一女, 而其處子, 仙也非人也." 生忽思蟾月之言, 潛念曰, '此女子果如何, 而大得聲譽於兩京之間乎?' 問於鍊師曰, "鄭氏女子, 師傅曾見之乎?" 鍊師曰, "我豈不見乎? 鄭小姐卽天人, 不可以口舌形其美也." 生曰, "小侄非敢爲誇大之言也, 今春科第, 當如探囊中物也. 此則固不足掛念, 而平生有癡獃之願, 不見處子, 則不欲求婚, 願師傅特出慈悲之心, 使小子一見其顔色, 如何?" 鍊師大笑曰, "宰相家女子, 豈有得見之路乎? 楊郎或慮, 老身之言, 有未可信者乎?" 生曰, "小子何敢有疑於尊言乎? 第人之所見, 各自不同, 安保其師傅之眼, 必如小子之目乎?" 鍊師曰, "萬無此理也. 鳳皇麒麟, 婦孺皆稱祥瑞, 靑天白日, 奴隷亦知高明, 苟非無目之人, 則豈不知子都之美乎?" 楊生猶不快而歸矣, 必欲受諾於鍊師. 翌日淸晨, 又往道觀, 鍊師笑謂曰, "楊郎必有事也." 生曰, "小子不見鄭小姐, 則終不能無疑於心, 更乞師傅, 念母親付托之意, 察小子委曲之情, 密運沖襟, 別出妙計, 使小子一遭望見, 則當結草而圖報矣." 鍊師掉頭曰, "未易哉!" 沈吟半餉, 乃謂曰, "吾見楊郎, 聰睿明秀, 學問之暇, 或知音律乎?" 生曰, "小子曾遇異人, 學得妙曲, 五音六律, 頗皆精通矣." 鍊師曰, "宰相之家, 甲第峨峨, 中門五重, 花園深深, 繚垣數丈, 自非身具羽翼, 不可越也. 且鄭小姐讀詩學禮, 律身有範, 一動一靜, 合度合儀, 旣不焚香

고종사촌, 외사촌, 이종사촌의 연장자를 포괄하는 말이다. 그런데 여기서는 양소유가 숙모라고 불렀다. 또 제13회 마지막 부분에서는 양소유의 어머니가 두연사를 종매(從妹)라고 했다. 양소유 어머니와 두연사의 관계 설정에 혼선이 있다.

2) 위치상으로 보면 두연사가 있는 자청관과 정사도의 집은 한동네이다. 그러므로 정사도의 집 위치를 이렇게 '춘명문 밖'이라고 설명한 것은 서술자의 시각이 개입된 결과라고 볼 수 있다. 두연사의 목소리로 말하자면 '바로 여기' 정도의 말이 들어갔어야 할 것이다.

於道觀, 又不薦齋於尼院. 正月上元, 不觀燈市之戲, 三月三日, 不作曲江之遊, 外人何從而窺見乎? 且有一事, 或冀萬幸, 而恐楊郎不肯從也." 生曰, "鄭小姐如可得見, 雖令昇天入地, 握火蹈水, 何敢不從乎?" 鍊師曰, "鄭司徒近因老病, 不樂仕宦, 惟寄興於園林鍾鼓, 夫人崔氏性好音樂, 而小姐聰慧穎悟, 千萬百事, 無不明知, 至於音律清濁, 節奏繁促, 一聞輒解, 毫分縷析, 雖妙如師襄, 神如子期, 未必過此, 而蔡文姬之能知斷絃, 蓋餘事耳. 崔夫人聞有新飜之曲, 則必招致其人, 使奏於座前, 令小姐論其高下, 評其工拙, 憑几而聽, 以此爲暮景之樂. 吾意楊郎苟解彈琴, 預習一曲而待之, 二月晦日, 乃靈符道君誕日, 鄭府每年必送解事婢子, 賚來香燭於觀中, 楊郎當以此時, 換着女服, 手弄三尺綠綺3), 使彼聞之, 則彼必歸告於夫人, 夫人聽之, 則必請去矣. 入鄭府之後, 得見小姐與否, 皆係於天緣, 非老身所知, 而此外無他計矣. 況君貌如美人, 且不生鬚, 出家之人, 或有不裹髮不掩耳者, 變服亦不難矣." 生喜而謝拜而退, 屈指待日矣.

소유의 변장

原來鄭司徒無他子女, 惟有一女小姐而已. 崔夫人解娩之日, 於昏困中見之, 則有仙女把一顆明珠, 入於房櫳, 俄而小姐生矣. 名之曰瓊貝, 及長嬌姿雅儀, 奇才徽範, 蓋千古一人也. 父母鍾愛甚篤, 欲得佳郎, 而無可意者, 年至二八, 尙未筓矣. 一日崔夫人, 招小姐乳母錢嫗謂之曰, "今日道君誕日, 汝持香燭, 往紫淸觀, 傳與杜鍊師, 兼以衣段茶果, 致吾戀戀不忘之意." 錢嫗領命, 乘小轎至道觀, 鍊師受其香燭, 供享於三淸殿4), 且奉三種

---

3) 綠綺(녹기): 사마상여가 가지고 있었다는 거문고의 이름.
4) 三淸殿(삼청전): 신선이 사는 곳. 도교에서 옥청(玉淸), 상청(上淸), 태청(太淸) 세 궁(宮)을 삼청이라 했는데, 모두 신선이 사는 곳이다.

盛饌, 百拜而謝, 齋供錢媼而送之. 此時楊生已到別堂, 方橫琴而奏曲矣. 錢媼留別鍊師, 正欲上轎, 忽聽琴, 韻出於三淸殿迤西小廊之上, 其聲甚妙, 宛轉淸新, 如在雲霄之外矣. 錢媼停轎而立, 側聽頗久, 顧問於鍊師曰, "我在夫人左右, 多聽名琴, 而此琴之聲, 果初聞也. 未知何人所彈也." 鍊師答曰, "日昨年少女冠, 自楚地而來, 欲壯觀皇都, 姑此淹留, 而時時弄琴, 其聲可愛, 貧道聾於音律者, 不知其工, 焉知其拙, 今媽媽有此嘉獎, 必善手也." 錢媼曰, "吾夫人若聞之, 則必有召命, 鍊師須挽留此人, 勿令之他." 鍊師曰, "當如敎矣." 送錢媼, 出洞門後入, 以此言, 傳於楊生, 生大悅, 苦待夫人之召矣. 錢媼歸告於夫人曰, "紫淸觀有何許女冠, 能做奇絶之響, 誠異事矣." 夫人曰, "吾欲一聽之矣." 明日送小轎一乘, 侍婢一人, 於觀中, 傳語於鍊師曰, "小女冠雖不欲辱臨, 道人須爲之勸送." 鍊師對其侍婢謂生曰, "尊人有命, 君須勉往." 生曰, "遐方賤蹤, 雖不合進謁於尊前, 而大師之敎, 何敢有違." 於是具女道士之巾服, 抱琴而出, 隱然有魏仙君[5]之道骨, 飄然有謝自然[6]之仙風矣. 鄭府又鬢, 欽歎不已. 楊生乘小轎, 至鄭府, 侍婢引入於內庭, 夫人坐於中堂, 威儀端嚴. 楊生叩頭再拜於堂下, 夫人命賜坐, 謂之曰, "昨日婢子往道觀, 幸聽仙樂而來, 老人方願一見, 得接道人淸儀, 須覺俗慮之自消." 楊生避席而對曰, "貧道本是楚間孤賤之人也. 浪迹如雲, 朝暮東西, 玆因賤技, 獲近於夫人座下, 是豈始望之所及哉?" 夫人使侍婢, 取楊生手中之琴, 置膝摩挲, 乃稱賞曰, "眞箇妙材也." 生答曰, "此龍門山[7]上, 百年自枯之桐[8], 木性已盡於霹靂, 堅强不下於金石, 雖以千金賭之, 不可易也."

酬答之頃, 砌陰已改, 而漠然無小姐之形影矣. 楊生心甚着急, 疑慮自起,

---

5) 魏仙君(위선군): 위부인(魏夫人).
6) 謝自然(사자연): 당나라의 여도사.
7) 龍門山(용문산): 산시 성(山西省)에 있는 산. 거문고를 만드는 오동나무로 유명하다.
8) 自枯之桐(자고지동): 바위 틈새에서 자라 스스로 말라 죽은 오동나무. 그것으로 만든 악기를 최고로 친다고 한다.

告於夫人曰, "貧道雖傳得古調, 而今之不彈者多, 貧道亦不能自知, 其聲之非今而古也. 頃仍紫淸觀衆女冠而聞之, 則小姐之知音, 卽今世之師曠, 願效賤藝, 以聽小姐之下敎也."

정경패

夫人使侍兒, 招小姐, 俄而繡幕乍捲, 蘭澤微生, 小姐來坐於夫人座側. 楊生起拜畢, 縱目而望之, 太陽初湧於彤霞, 芳蓮正映於綠水矣. 神搖眸眩, 不能正視, 楊生嫌其坐席稍遠, 眼力有碍, 乃告曰, "貧道欲受小姐之明敎, 而華堂廣闊, 聲韵散泄, 或恐不專於細聽也." 夫人謂侍兒曰, "女冠之座, 可移於前也." 侍婢移席請坐, 雖已偪於夫人之座, 而適當小姐座席之右, 反不如直視相望之時也. 生大以爲恨, 而不敢再請. 侍婢設香案於前, 開金爐爇名香. 生乃改坐, 援琴先奏, 霓裳羽衣之曲9). 小姐曰, "美哉! 此曲宛然天寶太平之氣像也. 此曲人必解之, 而曲臻其妙, 未有如道人之手段者也. 此非所謂'漁陽鼙鼓動地來, 驚罷霓裳羽衣曲'10)者乎? 階亂之淫樂, 不足聽也. 願聞他曲." 楊生更奏一曲, 小姐曰, "此曲樂而淫, 哀而促, 卽陳後主11)玉樹後庭花也. 此非所謂'地下若逢陳後主, 豈宜重問後庭花'12)者乎? 亡國之繁音, 不足尙也. 更奏他曲." 楊生又奏一闋, 小姐曰, "此曲如悲如喜, 如感激

---

9) 霓裳羽衣之曲(예상우의지곡): 당나라 현종 초기에 나공원(羅公遠)이 임금과 월궁(月宮)을 구경 가려고 하면서 계수나무 가지 하나를 공중에 던졌는데, 그것이 은빛 다리로 변하여, 하늘로 올라가 수백 선녀(仙女)가 연출하는 음악을 관람하고 돌아왔다고 한다. 그때 선녀가 연주한 음악이 이 곡이라고 한다.
10) 漁陽鼙鼓動地來, 驚罷霓裳羽衣曲(어양비고동지래, 경파예상우의곡): 백거이의 「장한가長恨歌」 중 두 구.
11) 陳後主(진후주): 남북조시대 진(陳)의 마지막 왕. 주색에 빠져 나라가 멸망해 어리석은 임금의 전형으로 여겨진다.
12) 地下若逢陳後主, 豈宜重問後庭花(지하약봉진후주, 기의중문후정화): 이상은(李商隱)의 「수궁隋宮」 중 두 구.

者然, 如思念者然, 昔蔡文姬遭亂被拘, 生二子於胡中矣, 及曹操贖還, 文姬將歸故國, 留別兩兒, 作胡笳十八拍, 以寓悲憐之意, 所謂'胡人落淚添邊草, 漢使斷腸對歸客'[13]者也. 其聲雖可聽也. 失節之人, 曷足道哉? 請新其曲." 楊生又奏一腔, 小姐曰, "王昭君, 出塞曲也. 昭君眷係舊君, 瞻望故鄕, 悲此身之失所, 怨畫師之不公, 以無限不平之心, 付之於一曲之中, 所謂'誰憐一曲傳樂府, 能使千秋傷綺羅'[14]者也. 然胡姬之曲, 邊方之聲, 本非正音也. 抑有他曲乎?" 楊生又奏一轉, 小姐改容而言曰, "吾不聞此聲久矣. 道人實非凡人也. 此則英雄不遇其時, 宅心於塵世之外, 而忠義之氣, 壹鬱於板蕩之中, 得非嵇叔夜[15]廣陵散[16]乎? 及其被戮於東市也, 顧日影彈一曲曰, '怨哉! 人有欲學廣陵散者乎? 吾惜之而不傳矣. 嗟呼! 廣陵散從此絶矣'. 所謂'獨鳥下東南, 廣陵何處在'[17]者也. 後人無傳之者, 道人必遇嵇康之精靈而學也." 生膝席而答曰, "小姐之英慧, 出人上萬萬也. 貧道嘗聞之於師, 其言亦與小姐一也." 又奏一飜, 小姐曰, "優優哉! 颯颯哉! 靑山峩峩, 綠水洋洋, 神仙之跡, 超蛻塵臼之中, 此非伯牙水仙操[18]乎? 所謂'鍾期旣遇, 奏流水而何慚'[19]者也. 道人乃千百歲後知音也. 伯牙之靈, 如有所知, 必不恨鍾子期之死也." 楊生又彈一調, 小姐輒正襟跪坐曰, "至矣! 盡矣! 聖人

---

13) 胡人落淚添邊草, 漢使斷腸對歸客(호인락루첨변초, 한사단장대귀객): 이기(李頎)의 「청동대탄호가성겸기어롱방급사聽董大彈胡笳聲兼寄語弄房給事」 중 두 구.

14) 誰憐一曲傳樂府, 能使千秋傷綺羅(수련일곡전악부, 능사천추상기라): 유장경의 「왕소군가王昭君歌」 중 두 구.

15) 嵇叔夜(혜숙야): 중국 진나라 죽림칠현(竹林七賢)의 한 사람인 혜강(嵇康). 숙야(叔夜)는 자다. 벼슬이 중산대부(中散大夫)에 이르러 혜중산(嵇中散)으로도 불린다.

16) 廣陵散(광릉산): 혜강이 일찍이 낙서에서 놀다가 날이 저물어 화양정에 머물며 거문고를 타는데, 밤에 어떤 손님이 찾아와 고인이라고 하면서 더불어 음률을 이야기하며 그에게 이 곡조를 가르쳐주었다. 손님은 자신의 이름을 알리지 않고, 다른 사람에게 전하지 말 것을 맹세하도록 했다.

17) 獨鳥下東南, 廣陵何處在(독조하동남, 광릉하처재): 위응물(韋應物)의 「회상즉사기광릉친고淮上卽事寄廣陵親故」 중 두 구.

18) 水仙操(수선조): 백아(伯牙)가 성련(成連) 선생에게 거문고를 배웠지만 완전히 터득하지 못하자 성련 선생을 따라 봉래산에 가서 성련의 스승에게 이 악곡을 배워 터득했다고 한다.

19) 鍾期旣遇, 奏流水而何慚(종기기우, 주류수이하참): 왕발(王勃)의 「등왕각서滕王閣序」의 두 구.

遭遇亂世, 遑遑四海, 有拯濟萬姓之意, 非孔宣父, 誰能作此曲乎? 必猗蘭操[20]也. 所謂'逍遙九州, 無有定處'者, 非其意乎?"楊生跪坐, 添香復彈一聲, 小姐曰, "高哉! 美哉! 猗蘭之操, 雖出於大聖人憂時救世之心, 而猶有不遇時之歎也. 此曲與天地萬物, 熙熙回春, 嵬嵬蕩蕩, 無得以名也. 是必大舜南薰曲[21]也. 所謂'南風之薰兮, 可以解吾民之慍'者, 非其詩乎? 盡善盡美者, 無過於此者. 雖有他曲, 不願聞也."楊生敬而對曰, "貧道聞, 樂律九變, 天神下降,[22] 貧道所奏者, 只八曲也. 尙有一曲, 請玉振[23]之矣."拂柱調絃, 閃手而彈, 其聲悠揚闛悅, 能使人魂佚而心蕩, 庭前百花, 一時齊綻, 乳燕雙飛, 流鶯互歌. 小姐蛾眉暫低, 眼波不收, 泯黙而坐矣. 至'鳳兮, 鳳兮, 歸故鄕, 遨遊四海, 求其凰'之句, 乃開眸再望, 俯視其帶, 紅暈轉上於雙頰, 黃氣忽消於八字, 正若被惱於春酒者也. 卽雍容起立, 轉身入內. 生愕然無語, 推琴而起, 惟瞪視小姐之背, 魂飛神飄, 立如泥塑. 夫人命坐之, 問曰, "師傅, 俄者所彈者, 何曲也?"生詐對曰, "貧道傳得於師, 而不知其曲名, 故正待小姐之命矣."小姐久而不出, 夫人使侍婢問其故. 侍婢還報曰, "小姐半日觸風, 氣候欠安, 不能出來矣."楊生大疑, 小姐之覺悟, 戚戚不安, 不敢久留, 起拜於夫人曰, "伏聞小姐玉體不平, 貧道實切憂慮矣. 伏想夫人必欲親自診視, 貧道請退去矣."夫人出金帛而賞之, 生辭而不受曰, "出家之人, 雖粗解聲律, 不過自適而已, 敢受伶人之纏頭乎?"因頓首而謝, 下階而去.

---

20) 猗蘭操(의란조): 공자가 위나라에서 노나라로 돌아가다가 골짜기에서 향내 나는 난초가 여러 잡초에 끼여 있는 것을 보고, 자신의 처지를 향란에 빗대어 거문고를 타며 부른 악곡 이름.

21) 南薰曲(남훈곡): 옛날 순임금이 오현금을 만들어 손수 탔다는 악곡 이름.

22) 樂律九變, 天神下降(악률구변, 천신하강):『주례周禮』「춘관종백春官宗伯」에 "음악이 여섯 번 변하면 천신이 모두 내려와 예악을 이룰 수 있고 (…) 아홉 번 변하면 사람과 귀신이 모두 예악을 이룬다(若樂六變, 則天神皆降可得而禮矣…若樂九變, 則人鬼可得而禮矣)"라는 말이 있다.

23) 玉振(옥진): 금성옥진(金聲玉振)에서 나온 말로, 처음에 금성을 내고 마지막에 옥성(玉聲)에서 그치는 것을 가리킨다.

가춘운

夫人憂小姐之病, 卽召問之, 已快愈矣. 小姐還于寢室, 問於侍女曰, "春娘之病, 今日何如?" 侍女曰, "今日則已差, 聞小姐聽琴, 新起梳洗矣." 原來春娘姓賈氏, 其父西蜀人也, 上京爲丞相府胥吏, 多有功勞於鄭司徒家矣. 未久病死, 時春娘年才十歲, 司徒夫妻, 憐其無依, 收置府中, 使與小姐同遊. 其齒於小姐, 較一月矣. 容貌粹麗, 百態俱備, 端莊尊貴之氣像, 雖不及於小姐, 而亦絶代佳人也. 詩才之奇, 筆法之妙, 女紅之工, 足與小姐相上下. 小姐視如同氣, 不忍暫離, 雖有奴主之分, 實同朋友之誼. 本名卽楚雲, 而小姐以其態度之可愛, 探韓吏部'多態度春空雲'之句,24) 改其名曰, 春雲. 家內之人, 皆以春雲呼之. 春雲來見小姐而問曰, "朝者, 諸侍女爭言, 中堂彈琴之女冠, 容如天仙, 手彈稀音. 小姐大加稱贊, 小婢忘却在病, 方欲玩賞其女冠, 何其速去耶?" 小姐發紅於面, 徐言曰, "吾動身如玉, 持心如盤, 足跡不出於重門. 言語不交於親戚, 乃春娘之所知也. 一朝爲人所詐, 忽受難洗之羞辱, 自此何忍擧面對人乎?" 春雲驚曰, "怪哉! 此何言也." 小姐曰, "俄來女冠, 果然其容貌秀矣, 琴曲妙矣." 卽囁嚅不畢其說, 春雲曰, "其人第如何耶?" 小姐曰, "其女冠始奏霓裳羽衣, 次奏諸曲, 其終也, 奏帝舜南薰曲. 我一一評論, 遵季札之言, 仍請止之, 其女冠言有一曲矣. 更奏新聲, 乃司馬相如挑卓文君之鳳求凰也. 我始有疑而見之, 其容貌擧止, 與女子大異, 是必詐僞之人, 欲賞春色, 變服而來矣. 所恨者, 春娘若不病, 一見可卞其詐也. 我以閨中處女之身, 與所不知男子, 半日對坐, 露面接語, 天下寧有是事耶? 雖母子之間, 我不忍以此言告之矣. 非春娘誰與說此懷也." 春

---

24) 한유의 시 「취증장비서醉贈張秘書」에 있는 "그대의 시는 여러 모습이니 뭉게뭉게 핀 봄하늘 구름(君詩多態度, 藹藹春空雲)"이라는 구절을 가리킨다. 장비서, 곧 장적(張籍)의 시가 변화무쌍하다는 말이다.

娘笑曰, "相如鳳求凰, 處子獨不聞耶? 小姐必見杯中之弓影[25]也." 小姐曰, "不然. 此人奏曲, 皆有次第, 若使無心, 求凰之曲, 何必奏之於諸曲之末乎? 況女子之中, 容貌或有淸弱者矣, 或有壯大者矣, 氣像豪爽, 未見如此人者 也. 予意則國試已迫, 四方儒生, 皆集於京師, 其中恐有誤聞我名者, 妄生 探芳之計也." 春雲曰, "其女冠, 果是男子, 則其容顏之秀美如此, 其氣像之 豪爽如此, 其精通音律又如此, 可知其才品之高矣, 安知非眞相如乎?" 小 姐曰, "彼雖相如, 我則決不作卓文君也." 春雲曰, "小姐無爲可笑之說, 文 君寡婦也, 小姐處女也, 文君有意而從之, 小姐無心而聽之, 小姐何以自比 於文君乎?" 兩人嬉嬉談笑, 終日自樂.

장원 급제

一日小姐侍夫人而坐, 司徒自外而入, 持新出榜眼, 以授夫人曰, "女兒婚 事, 至今未定, 故欲擇佳郎, 於新榜之中矣. 聞壯元楊少遊, 淮南之人也, 時 年十六歲, 且其科製, 人皆稱贊, 此必一代才子. 且聞其風儀俊秀, 標致高 爽, 將成大器, 而時未娶妻, 若得此人, 爲東床之客, 則於我心足矣." 夫人 曰, "耳聞本不如目見, 人雖過稱, 我何盡信, 必也親見而後, 方可定之矣." 司徒曰, "是亦不難矣."

---

25) 見杯中之弓影(견배중지궁영): 『진서晉書』의 「악광전樂廣傳」에, 악광의 친구가 기둥에 걸린 활 이 술잔에 비친 것을 보고 술잔에 뱀이 들어갔다고 착각하여 병이 났다는 이야기가 있다.

제5회
詠花鞋透露懷春心 幻仙庄成就小星緣

결혼 논의

　　小姐聞其父親之言, 還入寢室, 謂春雲曰, "向日彈琴女冠, 自稱楚人, 年可十六七歲矣. 淮南卽楚地, 且其年紀相近, 吾心實不能無疑也. 此人若其女冠, 則必來謁於父親矣. 汝須待其來到, 留意而見之." 春雲曰, "其人妾曾未之見, 雖與相對, 其何知之? 春雲之意, 則不如小姐, 從靑鎖之內, 親自窺見矣." 兩人相對而笑. 此時楊少遊連魁於會試及殿試, 卽被揀於翰苑, 聲名聳一世矣. 公侯貴戚有女子者, 皆爭送媒妁, 而生盡却之, 往見禮部權侍郎, 以求婚於鄭家之意, 縷縷告之, 仍要紹介, 侍郎裁一札而付之, 生卽袖往鄭司徒家, 通其姓名, 司徒知楊壯元之至, 謂夫人曰, "新榜壯元來矣." 卽迎見於外軒, 楊壯元戴桂花, 擁仙樂, 進拜於司徒, 文彩之美, 禮貌之恭, 已令司徒口呿而齒露矣. 一府之人, 惟小姐一人之外, 莫不奔走聳觀焉. 春雲問於夫人侍婢曰, "吾聞老爺與夫人唱酬之言, 前日彈琴女冠, 卽楊壯元之表妹, 有彷佛處乎?" 爭言曰, "果是矣. 觀其擧止容貌, 少無參差, 中表兄弟,

何其酷相似耶?"春雲卽入, 謂小姐曰, "小姐明鑑, 果不差矣." 小姐曰, "汝
須更往, 聞其爲何語而來." 春雲卽出去, 久而還曰, "吾老爺爲小姐, 求婚於
楊壯元, 壯元拜而對曰, '晩生自入京師, 聞令小姐窈窕幽閑, 妄出非分之望
矣. 今朝往議於座師權侍郎, 則侍郎許以一書, 通於大人, 而顧念門戶之不
敵, 如靑雲濁水之相懸, 人品之不同, 如鳳凰烏雀之各異, 侍郎之書, 方在
晩生袖中, 而慚愧趑趄, 不敢進矣.' 仍擎而獻之, 老爺見而大悅, 方促進酒
饌矣." 小姐驚曰, "婚姻大事, 不可草率, 而父親何如是輕諾耶?" 語未了, 侍
婢以夫人之命招之, 小姐承命而往, 夫人曰, "壯元楊少遊, 一榜所推, 萬人
所稱. 汝之父親旣已許婚, 吾老夫妻, 已得托身之人矣, 更無可憂者矣." 小
姐曰, "小女聞侍婢之言, 楊壯元容儀, 一如頃日彈琴之女冠, 果其然乎?" 夫
人曰, "婢輩之言, 是矣. 我愛其女冠仙風道骨, 拔出於世, 久猶不忘, 方欲
更邀, 而家間多事, 計莫之遂矣. 今見楊壯元, 宛如女冠相對, 以此足知, 楊
壯元之美矣." 小姐曰, "楊壯元雖美, 小女與彼有嫌, 與之結親, 恐不可也."
夫人曰, "是甚怪事怪事. 吾女兒處於深閨, 楊壯元處於淮南, 本無干涉之
事, 有何嫌疑之端乎?" 小姐曰, "小女之事, 言之可慚, 故尙未得告知於母親
矣. 前日女冠, 卽今日之楊壯元也. 變服彈琴, 欲知小女之姸媸也. 小女陷
於奸計, 終日打話, 豈可曰無嫌乎?" 夫人驚懼無語. 司徒送楊壯元, 忙入內
寢, 喜色已津津矣, 謂小姐曰, "瓊貝, 汝今日有乘龍之慶, 甚是快活事也."
夫人以小姐之言傳之, 司徒更問於小姐, 知楊生彈求凰曲之顚末, 大笑曰,
"楊壯元眞風流才子也. 昔王維學士, 着樂工衣服, 彈琵琶於太平公主之第,
仍占壯元, 至今爲流傳之美談.[1] 楊郎爲求淑女, 換着女服, 實多才之人. 一
時遊戲之事, 何嫌之有? 況女兒只見女道士而已, 不見楊壯元也. 楊壯元之
換女道士, 於汝何關也? 與卓文君之隔簾窺見, 不可同日道也, 有何自嫌之

---

1) 이 이야기는 『태평광기』 제179권에 『집이기集異記』를 인용하여 실려 있다. 왕유가 악공으
로 변장함으로써 당대의 권세가인 태평공주 앞에 설 수 있었다는 이야기로, 양소유의 변장
연주와는 맥락이 약간 다르다.

心乎?" 小姐曰, "小女之心, 實無所愧, 見欺於人, 一至於此, 以是憤恚欲死爾." 司徒又笑曰, "此則非老父所知也. 他日汝可問之於楊生也." 夫人問於司徒曰, "楊郎欲行禮於何間乎?" 司徒曰, "納幣之禮, 從俗而行之, 親迎則稍待秋間, 陪來大夫人後, 方定日矣." 夫人曰, "禮則然矣, 遲速何論?" 遂擇吉日, 捧楊翰林之幣, 仍請翰林處於花園別堂, 翰林以子壻之禮, 敬事司徒夫妻, 司徒夫妻, 愛翰林如親子焉.

꽃신

一日, 小姐偶過春雲寢房, 春雲方刺繡於錦鞋, 爲春陽所惱, 獨枕繡機而眠, 小姐因入房中, 細見繡線之妙, 歎其才品之妙矣. 機下有小紙, 寫數行書, 展見則卽咏鞋之詩也. 其詩曰, "憐渠最得玉人親, 步步相隨不暫捨, 燭滅羅帷解帶時, 使爾抛却象床下." 小姐見罷, 自語曰, "春娘詩才, 尤將進矣. 以繡鞋比之於身, 以玉人擬之於吾, 言常時與我, 不曾相離, 彼將從人, 必與我相踈也. 春娘誠愛我也." 又微吟而笑曰, "春雲欲上於吾所寢象床之上, 欲與我同事一人, 此兒之心已動矣." 恐驚春娘, 回身潛出, 轉入內堂, 見於夫人, 夫人方率侍婢, 備翰林夕饌矣. 小姐曰, "自楊翰林來住吾家, 母親以其衣服飲食爲憂, 指揮婢僕, 損傷精神, 小女當自當其苦, 而非但於人事有嫌, 在禮亦無所據. 春娘年旣長成, 能當百事, 小女之意, 送春雲於花園, 俾奉楊翰林內事, 則老親之憂, 可除其一分矣." 夫人曰, "春雲妙才奇質, 何事不可當乎? 但春雲之父, 曾已有功於吾家, 且其人物出於等夷. 相公每欲爲春雲而求良匹. 終事女兒, 恐非春雲之願也." 小姐曰, "小女觀春雲之意, 不欲與小女分離矣." 夫人曰, "從嫁婢妾, 於古亦有. 然春雲之才貌, 非等閑侍兒之比, 與汝同歸, 恐非遠念." 小姐曰, "楊翰林以遠地十六歲書生, 媒三尺之琴, 調戲宰相家深閨處子, 其氣像獨守一女子而終老乎? 他日據丞相之府, 享萬鍾之祿, 則堂中將有幾春雲乎?"適司徒入來, 夫人以小姐之言, 言於司徒曰, "女兒欲使春雲往侍楊郞, 而吾意則不然, 行禮之前, 先送滕妾, 決知其不可也." 司徒曰, "春雲與女兒, 才相似而貌相若也. 情愛之篤, 亦相同也. 可使相從, 不可使相離也. 畢竟同歸, 先送何妨? 少年男子, 雖無風情, 亦不可獨栖孤房, 與一柄殘燭爲伴, 況楊翰林乎? 急送春娘, 以慰寂寞之懷, 恐無不可, 而但不備禮, 則太涉草草, 欲具禮, 則亦有所不便者, 何以則可以得中也?"小姐曰, "小女有一計, 欲借春雲之身, 以雪小女之恥." 司徒曰, "汝有何計, 試言之."小姐曰, "使十三兄, 如此如此, 則小女見凌之恥, 可以除矣." 司徒大笑曰, "此計甚妙矣."

계략

蓋司徒諸姪子中, 有十三郞者, 賢而機警, 志氣浩蕩, 平生喜作諧謔之事, 且與楊翰林, 氣味相合, 眞莫逆交也. 小姐歸其寢所, 謂春雲曰, "春娘, 吾與汝, 頭髮覆額, 心肝已通, 共爭花枝, 終日啼呼, 今我已受人聘禮, 可知春娘之年, 亦不穉矣. 百年身事, 汝必自量, 未知欲托於何樣人也." 春雲對曰, "賤妾偏荷, 娘子撫愛之恩, 涓埃之報, 末由自效, 惟願長奉巾匜於娘子, 以終此身也." 小姐曰, "我素知春娘之情, 與我同也. 我與春娘欲議一事爾. 楊郞以枯桐一聲, 弄此閨裡之處女, 眙辱深矣, 受侮多矣. 非吾春娘, 誰能爲我雪恥乎? 吾家山庄, 卽終南山最僻處也. 距京城, 僅牛鳴地, 而景致瀟洒, 非人境也. 賃此別區, 設春娘之花燭. 且令鄭兄, 導楊郞之迷心, 行如此如此之計, 則橫琴之詐謀, 彼不得更售矣, 聽曲之深羞, 可以決洒矣. 惟望春娘毋憚, 一時之勞." 春雲曰, "小姐之命, 賤妾何敢違乎? 但異日何以擧面, 於楊翰林之前乎?"小姐曰, "欺人之羞, 不猶愈於見欺者之羞乎?"春雲微微笑曰, "死且不避, 當惟命焉."

정십삼랑

翰林職事, 儤直之外, 無奔忙之苦矣. 持被之餘, 閑日尙多, 或尋朋友, 或醉酒樓, 有時跨驢出郊, 訪柳尋花. 一日, 鄭十三謂翰林曰, "城南不遠之地, 有一靜界, 山川絶勝, 吾欲與一遊, 瀉此幽情." 翰林曰, "正吾意也." 遂挈壺榼, 屛騶隷, 行十餘里, 芳草被堤, 靑林繞溪, 剩有山樊之興. 翰林與鄭生, 臨水而坐, 把酒而吟. 此時正春夏之交也. 百卉猶存, 萬樹相映, 忽有落英, 泛溪而來. 翰林詠'春來遍是桃花水'之句曰, "此間必有, 武陵桃源也." 鄭生曰, "此水自紫閣峯發源而來也. 曾聞花開月明之時, 則往往有仙樂之聲, 出於雲煙縹緲之間, 而人或有聞之者. 弟則仙分甚淺, 尙未得入其洞天矣. 今日當與大兄, 躡靈境, 尋仙蹤, 拍洪厓之肩,[2] 窺玉女之窓矣." 翰林性本好奇, 聞之欣喜曰, "天下無神仙則已, 若有之, 則只在此山中矣." 方振衣欲賞, 忽見鄭生家家僮, 流汗而來, 喘促而言曰, "娘子患候猝劇, 走請郎君矣." 鄭生忙起曰, "本欲與兄壯遊, 於神仙洞府矣. 家憂此迫, 仙賞已違, 向所謂仙分甚淺者, 尤可驗矣." 促鞭而歸.

가춘운과의 만남

翰林雖甚無聊, 而賞興猶不盡矣. 步隨流水, 轉入洞口, 幽澗冷冷, 群峰矗矗, 無一點飛塵, 胸襟自覺蕭爽矣. 獨立溪上, 徘徊吟哦矣. 丹桂一葉, 飄水而下, 葉上有數行之書, 使書童拾取而見之, 有一句詩曰, "仙尨吠雲外, 知是楊郎來." 翰林心竊怪之曰, '此山之上, 豈有人居? 此詩亦豈人所

---

2) 拍洪厓之肩(박홍애지견): 홍애(洪厓, 洪崖, 洪涯)는 전설 속 선인의 이름으로, 황제(黃帝)의 신하 영륜(伶倫)을 가리킨다. 진(晉)나라 곽박(郭璞)이 지은 「유선시遊仙詩」에 이름이 보인다. "左挹浮丘袂, 右拍洪崖肩 (…) 姮娥揚妙音, 洪崖頷其頤."

作乎?' 攀蘿緣壁, 忙步連進, 書童曰, "日暮路險, 進無所托, 請老爺還歸城裡." 翰林不聽, 又行七八里, 東嶺初月已在山腰矣. 逐影步光, 穿林撇澗, 惟聞驚禽啼, 而悲猿嘯矣. 已而星搖峯頂, 露鎮松梢, 可知夜將深矣. 四無人家, 無處投宿, 欲覓禪庵佛寺, 而亦不可得. 方蒼黃之際, 十餘歲青衣女童, 浣衣於溪邊, 見其來, 忽而驚起, 且去且呼曰, "娘子, 娘子, 郎君來矣. 生聞之, 尤以爲怪, 又進數十步, 山回路窮, 有小亭, 翼然臨溪, 窈而深, 幽而閴, 眞仙居也. 一女子, 披霞光, 帶月影, 孑然獨立於碧桃花下, 向翰林施禮曰, "楊郎來何晚耶?" 翰林驚見其女子, 身着紅錦之袍, 頭挿翡翠之簪, 腰橫白玉之珮, 手把鳳尾之扇, 嬋娟清高, 認非世界人也. 乃慌忙答禮曰, "學生乃塵間俗子, 本無月下之期, 而有此晚來之敎, 何也." 女子請往亭上, 共做穩話, 仍引入亭中, 分賓主而坐, 招女童曰, "郎君遠來, 慮有飢色, 略以薄饌進之." 女童受命而退. 少焉, 排瑤床, 設綺饌, 擎碧玉之鍾, 進紫霞之酒, 味洌香濃, 一酌便醺. 翰林曰, "此山雖僻, 亦在天之下也. 仙娘何以厭瑤池之樂, 謝玉京之侶, 而辱居於此乎?" 美人長吁短歎曰, "欲說舊事, 徒增悲懷. 妾是王母之侍女, 郎是紫府之仙吏. 玉帝賜宴於王母, 衆仙皆會, 郎偶見小妾, 擲仙果而戲之. 郎則誤被重譴, 幻生於人世, 妾則幸受薄罰, 謫在於此, 而郎已爲膏火所蔽, 不能記前身之事也. 妾之謫限已滿, 將向瑤池, 而必欲一見郎君, 乍展舊情, 懇囑仙官, 退却一日之期. 已知郎君將到此, 而方企待耳. 郎今辱臨, 宿緣可續." 時桂影將斜, 銀河已傾. 翰林携美人同寢, 若劉阮之入天台, 與仙娥結緣, 似夢而非夢, 似眞而非眞. 纔盡繾綣之意, 山鳥已啅於花梢, 而紗窓已微明矣. 美人先起謂翰林曰, "今日卽妾上天之期也. 仙官奉帝勅, 備幢節, 來迎小妾之時, 若知郎君在此, 則彼此將俱被譴罰, 郎君促行矣. 郎君若不忘舊情, 又有重逢之日矣." 遂題別詩於羅巾, 以贈翰林. 其詩曰, "相逢花滿天, 相別花在地, 春色如夢中, 弱水杳千里." 楊生覽之, 離懷斗起, 不勝悽黯, 自裂汗衫, 和題一首, 而贈之. 其詩曰, "天風吹玉珮, 白雲何離披, 巫山他夜雨, 願濕襄王衣." 美人奉覽曰, "瓊樹月隱, 桂殿霜飛, 作九萬里外面目者, 惟此一詩而已." 遂藏於香囊, 仍再三催促曰, "時已至矣. 郎可行矣." 翰林摻手拭淚, 各稱保重而別, 纔出林外, 回瞻亭榭, 碧樹重重, 瑞靄朧朧, 如覺瑤臺一夢.

상사병

及歸家, 精爽悠飛, 忽忽不樂, 獨坐而思之曰, '其仙女, 雖自云, 已蒙天赦, 歸期在卽, 安知其行必在於今日乎? 暫留山中, 藏身密處, 目見群仙, 以幢幡來迎之後, 下來亦未晩也. 我何思之不審, 行之太躁耶?' 悔心憧憧, 達霄不寐, 惟以手書空作咄咄字而已[3]. 翌曉早起, 率書童, 復往昨日留宿之處, 則桃花帶笑, 流水如咽, 虛亭獨留, 香塵已闃矣. 翰林悄凭虛檻, 悵望靑霄, 指彩雲而歎曰, "想仙娘乘彼雲而朝上帝矣. 仙影已斷, 何嗟及矣." 乃下亭, 倚桃樹而洒涕曰, "此花應知, 崔護城南之恨矣." 至夕, 乃憮然而廻.

장여화의 무덤

至數日, 鄭生來謂翰林曰, "頃日因室人有疾, 不得與兄同遊, 尙有恨矣. 卽今桃李雖盡, 城外長郊, 柳陰正好, 與兄當偸得半日之閑, 更辦一場之遊, 玩蝶舞而聽鶯歌矣." 翰林曰, "綠陰芳草, 亦勝花時矣." 兩人共轡同行, 催出城門, 涉遠野, 擇茂林, 籍草而坐, 對酌數籌, 傍有一培荒墳, 寄在於斷岸

---

3) 惟以手書空作咄咄字而已(유이수서공작돌돌자이이): 한숨 쉬며 탄식하는 모습을 표현한 것이다. 진(晉)나라 은호(殷浩)가 조정에서 쫓겨난 뒤 종일토록 공중에 손으로 뭔가를 쓰곤 하였는데, 가만히 살펴보니 "돌돌괴사(咄咄怪事, '이상한 일이야'라는 뜻)" 네 글자였다는 고사가 전한다. 『진서晉書』 「은호전」.

之上, 而蓬蒿四沒, 莎草盡剗. 惟有雜卉成叢, 綠影相交, 數點幽花, 隱暎於荒阡亂樹之間也. 翰林因醉興, 指點而歎曰, "賢愚貴賤, 百年之後, 盡歸於一丘土. 此孟嘗君所以淚下, 於雍門琴者也. 吾何以不醉於生前乎?" 鄭生曰, "兄必不知彼墳也. 此卽張女娘之墳也. 女娘以美色, 鳴一世, 人以張麗華[4]稱之, 二十而夭, 瘞於此, 後人哀之, 以花柳雜植於墓前, 以誌其處矣. 吾輩以一杯酒, 澆其墳, 以慰女娘芳魂如何?" 翰林自是多情者, 乃曰, "兄言, 可也." 遂與鄭生, 至其墳前, 舉酒澆之, 各製四韻一首, 以弔孤魂, 翰林之詩曰, "美色曾傾國, 芳魂已上天, 管絃山鳥學, 羅綺野花傳, 古墓空春草, 虛樓自暮烟, 秦川舊聲價, 今日屬誰邊." 鄭生之詩曰, "問昔繁華地, 誰家窈窕娘, 荒涼蘇小宅, 寂寞薛濤庄, 草帶羅裙綠, 花留寶靨香, 芳魂招不得, 惟有暮鴉翔." 兩人傳看浪吟, 更進一杯, 鄭生繞墓徊徨, 至崩頹之處, 得白羅所書絶句一首, 而詠之曰, "何處多事之人, 作此詩, 納於女娘之墓乎?" 翰林索見之, 則卽自家裂衫製詩, 以贈仙娘者也. 乃大驚於心曰, '向日所逢美人, 果是張女娘之靈也.' 駭汗自出, 頭髮上竦, 心不能自定. 而已自解曰, '其色之美如此, 其情之厚如此, 仙亦天緣也, 鬼亦天緣也, 仙與鬼不必卞之矣.' 乘鄭生起旋之時, 更酌一杯, 潛澆於墳上, 默禱曰, '幽明雖殊, 情義不隔, 惟祈芳魂鑑此至誠, 更趁今夜, 重續舊緣.' 禱畢拉鄭生還歸.

귀신 가춘운

是夜獨在花園, 倚枕欹坐, 想其美人, 思甚渴涸, 耿耿不成眠矣. 時月光窺簾, 樹影滿窓, 群動已息, 人語正闃, 而似有跫音, 自暗中而至. 翰林開戶

4) 張麗華(장여화): 중국 진(陳)나라 후주(後主)의 비(妃)로, 총명하고 아름다워 후주의 사랑을 독차지했다. 후주는 늘 그를 무릎에 앉히고 국정을 보았는데, 결국 수나라에 패망했다.

視之, 則乃紫閣峰仙女也. 翰林滿心驚喜, 跳出門限, 携來玉手, 欲入房中,
美人辭曰, “妾之根本, 郎已知之, 得無嫌猜之心乎? 妾之初遇郎君, 非不欲
直吐, 而或恐驚動, 假托神仙, 叨侍一夜之枕席. 榮已極矣, 情已密矣, 庶幾
斷魂再續, 朽骨更肉, 而今日郎君又訪, 賤妾之幽宅, 澆之以酒, 弔之以詩,
慰此無主之孤魂, 妾於此, 不勝感激, 懷恩戀德, 欲謝厚眷, 面布微悃而來,
敢欲以幽陰之質, 復近君子之身乎?” 翰林更挽其袖而言曰, “世之惡鬼神
者, 愚迷怯懦之人也. 人死而爲鬼, 鬼幻而爲人. 以人而畏鬼, 人之駭者. 以
鬼而避人, 鬼之癡者. 其本則一也, 其理則同也. 何人鬼之卞, 而幽明之分
乎? 我見若斯, 我情若斯, 娘何以背我耶?” 美人曰, “妾何敢背郎君之恩, 而
忽郎君之情哉? 郎君見妾, 眉如蛾翠, 臉如猩紅, 而有眷戀之情. 此皆假也,
非眞也. 不過作謀巧飾, 欲與生人相接也. 郎君欲知妾眞面目也, 卽白骨數
片綠苔相縈而已. 郎君何可以如此之陋質, 欲近於貴體乎?” 翰林曰, “佛語
有之, 人之身體, 以水漚風花假成者也. 孰知其眞也, 孰知其假也.” 携抱入
寐, 穩度其夜, 情之綢密, 一倍於前矣. 翰林謂美人曰, “自今夜夜相會, 毋或
自沮.” 美人曰, “惟人與鬼, 其道雖異, 至情所格, 自相感應. 郎君之眷妾, 誠
出於至情, 則妾之欲托於郎君, 夫豈淺哉?” 俄聞晨鍾之聲, 起向百花深處
而去. 翰林憑欄送之, 以夜爲期, 美人不答, 悠然而逝矣.

관상쟁이

翰林自遇仙女以來, 不尋朋友, 不接賓客, 靜處花園, 專心一慮, 夜至則
待來, 日出則待夜. 惟望使彼感激, 而美人不肯數來, 翰林念轉篤, 而望益
切矣. 久之. 兩人自花園挾門而來, 在前者, 卽鄭十三, 在後者, 生面也. 鄭
生引在後者, 見於翰林曰,“此師傅卽太極宮杜眞人.[1] 相法卜術, 與李淳風
袁天綱,[2] 相頡頏也. 欲相楊兄而邀來矣.”翰林向眞人而揖曰,“慕仰尊名,
宿矣. 尙未承顔, 一奉亦有數耶? 先生必審見鄭生之相, 以爲如何耶?”鄭生
先答曰,“此先生相小弟而稱曰, ‘三年之內, 必得高第, 將爲八州刺史.’ 於
弟, 足矣. 此先生言, 必有中, 兄試問之.”翰林曰,“君子不問福, 只問災殃,

---

1) 杜眞人(두진인): 기존 『구운몽』 주석서들은 대개 원나라 사람 두처일(杜處逸)로 보고 있으나
   이는 시대적으로 볼 때 맞지 않다. 당나라 때 점술가인 두생(杜生)으로 보아야 할 듯하다.
2) 李淳風袁天綱(이순풍원천강): 당나라 태종 때의 천문학자로 역학과 점술에 능했던 이순풍
   과, 당나라의 상술가(相術家)로 측천무후의 관상을 보고 임금이 될 것을 예언한 원천강을
   가리킨다.

惟先生直言, 可也." 眞人熟視而言曰, "楊翰林兩眉皆秀, 鳳眼向鬢, 位可躋於三台. 耳根白如塗粉, 圓如垂珠, 名必聞於天下. 權骨滿面, 必手執兵權, 威震四海, 封侯於萬里之外, 可謂百無一欠, 而但今日有目前之橫厄, 若不遇我, 殆哉! 殆哉!" 翰林曰, "人之吉凶禍福, 無不自己求之, 而惟疾病之來, 人所難免. 無乃有重病之兆耶?" 眞人曰, "此非尋常之災殃也. 靑色貫於天庭, 邪氣侵於明堂, 相公家內, 或有來歷不分明之奴婢乎?" 翰林於心, 已知張娘之崇, 而蔽於恩情, 略不驚恐, 答曰, "無是事也." 眞人曰, "然則或過古墓, 感傷於胸中, 或與鬼神相接於夢裡乎?" 翰林曰, "亦無是事也." 鄭生曰, "杜先生, 曾無一言之差, 楊兄更加商念." 翰林不答, 眞人曰, "人生以陽明保其身, 鬼神以幽陰成其氣, 若晝夜之相反, 水火之不容. 今見女鬼邪穢之氣, 已罩於相公之身, 數日之後, 必入於骨髓, 相公之命, 恐不可救矣. 此時毋曰, 貧道不曾說來也." 翰林念之曰, '眞人之言, 雖有所據, 女娘與我, 永好之盟, 固矣, 相愛之情, 至矣, 夫豈有害吾之理乎? 楚襄遇神女而同席, 盧充[3]畜鬼妻而生子, 從古亦然, 我何獨慮?' 乃謂眞人曰, "人之死生壽夭, 皆定於有生之初. 我苟有將相富貴之相, 鬼神其於我何?" 眞人曰, "夭亦相公也, 壽亦相公也, 無與於我矣." 乃拂袖而去. 翰林亦不强留焉. 鄭生慰之曰, "楊兄自是吉人, 神明必有所助, 何鬼之可慮乎? 此流往往, 以誕術動人, 可惡也." 乃進酒, 終夕大醉而散.

귀신과의 이별

是日, 翰林至夜分乃醒, 焚香靜坐, 苦待女娘之來, 已至深更, 杳無形迹.

---

3) 盧充(노충): 당나라 정분(鄭賁)이 편찬한 『재귀기才鬼記』에 나오는 인물. 처녀로 죽은 최씨
   녀를 만나 아들을 얻었다고 한다. 원문은 '柳春'으로 되어 있으나 미상이다. 강전섭노존본
   과 하버드노존본 역시 모두 '유춘'으로 되어 있으며, 서울대한글본에 "노츙이 귀쳐의게 ᄌ
   식을 나흐니"라고 되어 있다.

翰林拍案曰, "天欲曙矣, 娘不來矣." 欲滅燭而寢矣. 窓外忽有, 且啼且語之
聲, 細聽之, 則乃女娘也. 曰, "郎君以妖道士之符, 藏於頭上, 妾不敢近前.
妾雖知非郎君之意, 是亦天緣盡, 而妖魔戲也. 惟望郎君保嗇, 妾從此永訣
矣." 翰林大驚而起, 拓戶而視之, 已無人形, 而只有一封書在於階上, 乃柝
見之, 卽女娘之所製也. 其詩曰, "昔訪佳期躡彩雲, 更將淸酌酹荒墳, 深誠
未效恩先絶, 不怨郎君怨鄭君." 翰林一吟一唏, 且恨且怛, 以手撫頭, 有一
物在於總髮之間. 出而見之, 乃逐鬼符也. 大怒叱曰, "妖人誤我事也." 遂裂
破其符, 痛恚益切, 更把女娘之詩, 微吟一度, 大悟曰, "張女之怨鄭君, 深
矣, 此乃鄭十三之事也. 雖非惡意, 沮敗好事. 非道士之妖, 乃鄭生也, 吾必
辱之." 遂次女娘之詩, 囊以藏之曰, "詩雖成矣, 誰可贈矣." 詩曰, "冷然風馭
上神雲, 莫道芳魂寄孤墳, 園裡百花花底月, 故人[4]何處不思君." 達明, 往
鄭十三家, 鄭生出去矣. 三日往尋, 終未一遇. 女娘影響, 益緲邈矣. 欲訪於
紫閣之亭, 則精靈已歸. 欲尋於南郊之墓, 則音容難接. 無處可問, 無計可
施. 抑塞紆軫, 寢食頓減矣.

웃음거리 양소유

　一日, 鄭司徒夫妻, 置酒饌, 邀翰林, 討穩而飛觴. 司徒曰, "楊郎神觀, 近
何憔悴耶?" 翰林曰, "與十三兄, 連日過飮, 恐因此而然矣." 鄭生忽來到, 翰
林以怒目睍視, 不與語矣. 鄭生先問曰, "兄近來職事倥傯耶? 心緒不佳耶?
陟岵[5]之情, 苦耶? 濫酒之疾, 作耶? 貌何憔悴耶? 神何蕭索耶?" 翰林微答

---

4) 故人(고인): 벗에 대하여 자기 자신을 일컫는 말.
5) 陟岵(척기): 어머니를 생각하는 마음. 『시경』 「위풍」 '척호(陟岵)'에 "저 민둥산에 올라가 아
　버지를 바라보고 저 숲진 산에 올라가 어머니를 바라보노라(陟彼岵兮, 瞻望父兮, 陟彼屺兮,
　瞻望母兮)"했다. 먼 데로 부역을 간 효자가 산에 올라 부모를 사모하는 정을 읊은 시이다.

曰, "旅遊之人, 安得不然?" 司徒曰, "家中婢僕傳言, '楊郎與一美姝, 共話於花園,' 此語信耶?" 翰林答曰, "花園僻矣, 人誰往來? 必傳之者, 妄耶." 鄭生曰, "以楊兄豁達之量, 爲兒女羞愧之態耶? 兄雖以大言, 斥杜眞人, 觀兄氣色, 不可掩也. 弟恐兄迷以不悟, 禍將不測, 潛以杜眞人逐鬼之符, 置於兄束髮之間, 而兄醉倒不省矣. 其夜潛身於園林蒙密之中窺見, 則有鬼女哭辭於兄寢室外, 卽踰墻而去. 此眞人之言驗矣. 小弟之誠至矣, 兄不我謝, 而乃反齎怒, 何耶?" 翰林知其不可牢諱, 向司徒而言曰, "小婿之事, 頗涉恠駭, 當備告於岳丈矣." 具其首尾, 悉陳無餘, 仍曰, "小婿固知十三兄之愛我, 而女娘雖曰, '鬼神, 莊而不誕, 正而不邪, 決不貽禍於人', 小婿雖疲劣, 亦丈夫也, 不必爲鬼物所迷, 而鄭兄乃以不經之符, 斷其自來之路, 實不能無介於中也." 司徒擊掌大笑曰, "楊郎文彩風流, 與宋玉同, 必已作神女賦也. 老夫非爲戲言於楊郎也, 少時偶値異人, 果學少翁致鬼之術矣. 今當爲賢婿, 致張女娘之神, 以謝侄兒之罪, 以慰賢婿之心, 未知如何?" 翰林曰, "此岳丈弄小婿耶? 少翁雖能致李夫人之魂,[6] 而此術之不傳也, 久矣. 小婿於岳丈之言, 不敢信也." 鄭生曰, "張女娘之魂, 楊兄則不費一言而致之, 小弟則能以一符而逐之, 鬼中之可使者也, 兄何疑乎?" 司徒乃以麈尾, 打屏風曰, "張女郎安在?" 一女子忽自屏後而出, 含笑含嬌, 立於夫人之後. 翰林一擧目, 已知其張女娘也, 怳怳惚惚, 莫知端倪, 直視司徒及鄭生而問曰, "此, 人耶? 鬼耶? 鬼何以能出於白晝耶?" 司徒及夫人, 啓齒而笑, 鄭生捧腹大噱, 顚仆不能起, 左右侍婢等, 已折腰矣. 司徒曰, "老夫方爲賢婿, 而吐其實矣. 此兒非鬼非仙, 卽吾家所育賈氏女子, 其名春雲. 近因楊郎塊處花園, 喫盡苦況, 老夫送此美女, 以侍賢郎, 欲以慰客中之無聊, 蓋出於吾老夫妻好意, 而年少輩居間用計, 戲謔太過, 遂使賢郎, 無端苦惱, 不亦可

6) 少翁雖能致李夫人之魂(소옹수능치이부인지혼): 한나라 무제(武帝)가 죽은 이부인(李夫人)을 그리워하여 소옹이라는 방사(方士)를 통해 그 혼령을 접견하였다는 고사. 『한서』「외척전 外戚傳」.

笑乎?"鄭生方止笑而言曰,"前後再度之逢, 皆我所媒, 而不感媒妁之恩, 反以仇讐視之, 楊兄可謂負功忘德者也."翰林亦大笑曰,"岳丈旣以此女, 送於小弟, 鄭兄從中操弄而已, 何功之可賞?"鄭生曰,"操弄之責, 弟實甘心, 發蹤指示, 自有其人, 此豈獨爲小弟之罪哉?"翰林向司徒而笑曰,"苟有是也, 或者岳丈爲小婿, 作遊戲事也?"司徒曰,"否否. 老夫之髮已黃矣, 豈可作兒戲乎? 楊郞誤思也."翰林顧鄭生曰,"非兄作用, 而誰復爲此戲乎?"鄭生曰,"聖人有言, '出乎爾者, 反乎爾'[7), 楊兄更思之. 曾以何計, 欺何許人乎? 男子尙化爲女子, 以俗人而爲仙, 以仙子而爲鬼, 何足怪哉?"翰林乃大覺, 笑向司徒曰,"是哉! 是哉! 小婿曾有, 得罪於小姐之事矣. 小姐必不忘, 睚眦之怨也."司徒與夫人, 皆笑而不答. 翰林顧謂春雲曰,"春娘, 汝固慧黠矣. 欲事其人而先欺之, 其於婦女之道, 何如耶?"春雲跪而對曰,"賤妾但聞將軍令, 不聞天子詔也."[8) 翰林嗟歎曰,"昔神女, 朝爲雲, 暮爲雨, 今春娘, 朝爲仙, 暮爲鬼. 雲與雨雖異, 一神女也. 仙與鬼雖變, 一春娘也. 襄王惟知一神女而已, 何與於雲雨之數化? 今我亦知一春娘而已, 何論其仙鬼之互變乎? 然襄王見雲, 則不曰雲, 而曰神女, 見雨, 則不曰雨, 而曰神女. 今我遇仙, 則不曰春娘, 而曰仙, 遇鬼, 則不曰春娘, 而曰鬼, 是我不及於襄王遠矣. 春娘之變化, 非神女所及也. 吾聞强將無弱卒, 其裨將若此, 其大將不待親見而可知也."座中又大笑, 更進酒肴, 終夕大醉. 春雲亦以新人, 與於末席, 至夜, 春雲執燭陪翰林, 至花園. 翰林醉甚, 把春雲之手而戲之曰,"汝眞仙乎? 眞鬼乎?"仍就視之曰,"非仙也, 非鬼也, 乃人也. 吾仙亦愛之, 鬼亦愛之, 況人乎?"又曰,"仙亦非汝也, 鬼亦非汝也. 或使汝而爲仙, 或使汝

---

7) 出乎爾者, 反乎爾(출호이자, 반호이): 『맹자』에 "증자가 말했다. 조심하고 조심하라. 네가 한 것을 네가 받게 될 것이다(曾子曰, 戒之戒之, 出乎爾者, 反乎爾者也)"라는 말이 있다.

8) 賤妾但聞將軍令, 不聞天子詔也(천첩단문장군령, 불문천자조야): 『사기』 「주발세가周勃世家」에 다음과 같은 이야기가 있다. 전한(前漢) 문제(文帝) 때 주발이 흉노를 막기 위해 진을 치고 있었는데, 임금이 주발의 군대를 위로하러 왔다. 그런데 군사들은 진문을 열지 않고, "군중에서는 장수의 명령을 듣지 임금의 명령을 받지 않습니다"라고 했다. 주발이 임금이 왔다는 소식을 듣고 문을 열라고 하자 그제야 문을 열었다.

而爲鬼者, 亦眞有爲仙爲鬼之術, 而以楊翰林[9]爲俗客, 而不欲相從耶? 以花園爲陽界, 而不欲相訪耶? 人能使汝爲仙爲鬼, 而我獨不能使汝而變化乎? 使汝而欲爲仙也, 其將爲月殿之姮娥乎? 使汝而欲爲鬼也, 抑將爲南岳之眞眞[10]乎?" 春雲對曰, "賤妾僭越, 實多欺罔之罪, 望相公寬假之." 翰林曰, "當汝之變化爲鬼, 亦不以爲忌, 到今豈有追咎之心乎?" 春雲起而謝之.

반란

楊翰林得第之後, 卽入翰苑, 自廮職事, 尙未歸覲. 方欲請暇歸鄕, 省拜母親, 仍陪來京第, 卽過婚禮, 而時國家多事, 吐蕃數侵掠邊境, 河北三節度, 或自稱燕王, 或自稱趙王, 或自稱魏王, 連結强隣, 稱兵交亂. 天子憂之, 博謀於群臣, 廣詢於廟堂, 將欲出師致討, 大小臣僚, 言議矛楯, 皆懷姑息苟且之計. 翰林學士楊少遊出班奏曰, "宜如漢武帝招諭南越王故事[11], 亟下詔書, 誥以禍福, 終不歸命, 用武取勝, 爲萬全之策也." 上從之, 使少遊卽草詔於上前, 少遊俯伏受命, 走筆製進. 上大悅曰, "此文典重嚴截, 恩威並施, 大得誥諭之體. 狂寇必自戢矣." 卽下於三鎭, 趙魏兩國, 則去王號, 服朝命, 上表請罪, 遣使進貢, 馬一萬匹, 絹一千疋. 惟燕王恃其地遠兵强, 不肯

---

9) 翰林: 이 구절부터 제1권 제59장이 시작되는데, 이 장은 이 책의 번역 저본인 옮긴이 소장 을사본에는 필사된 것이 삽입되어 있다. 을사본 번역의 일관성을 유지하기 위해 이 장은 서울대학교 중앙도서관 소장 일석 이희승 구장 을사본을 사용하였다.
10) 하버드노존본에는 '南岳之眞人'으로 되어 있다. 남악진인은 위부인(魏夫人)을 가리키는 말로 『구운몽』에서 팔선녀가 모신 선녀이다. 남악의 진진은 당나라 때 그림 속에서 나와 조안(趙顔)의 부인이 되었다는 선녀이다. 문맥상 진진이 더 잘 부합한다.
11) 남월(南越)은 진(秦)나라가 멸망한 뒤, 한나라 무제 때까지 현재의 광둥 성, 광시 성 및 베트남의 북부 지역을 다스렸던 나라다. 건국자는 허베이 성 진정(眞定) 출신인 조타(趙陀)로, 그는 진나라 때 남해군위(南海郡尉)였는데 진나라가 망하자 남월국을 세워 스스로 무왕(武王)이라 했다. 무제는 처음 남월과 화친을 맺었는데, 이후 남월에 내란이 일어나자 복파장군(伏波將軍) 노박덕(路博德)과 누선장군(樓船將軍) 양복(楊僕) 등을 보내 정벌하였다. 『자치통감資治通鑑』에 있다.

歸順. 上以兩鎭之服, 皆少遊之功, 降旨褒崇曰, "河北三鎭, 專據一隅, 屈强¹²⁾造亂, 殆百年矣. 德宗皇帝,¹³⁾ 起十萬衆, 命將征伐, 終未能挫其强而服其心矣. 今楊少遊以盈尺之書, 服兩鎭之賊, 不勞一師, 不戮一人, 而皇威遠暢於萬里之外. 朕實嘉之, 賜以絹三千疋, 馬五十匹, 表予優獎之意." 仍欲進秩, 少遊進前辭謝曰, "代草王言, 卽臣職分, 兩鎭歸化, 莫非天威. 臣以何功, 叨此重賞. 況一鎭猶捷聖化, 敢肆跳梁, 恨不能提劍執殳, 以雪國家之恥, 陞擢之命, 何安於心? 人臣願忠, 固無間於職階之崇卑, 兵家勝敗, 不專在於士卒之多少. 臣願得一枝之兵, 倚仗大朝之威, 進與燕寇決死力戰, 以報聖恩之萬一." 上壯其意, 問於大臣, 皆曰, "三鎭互爲脣齒之形, 而兩鎭旣已屈服, 小燕狂賊, 特鼎魚穴蟻也. 以兵臨之, 則必若摧枯拉朽, 而王者之兵, 先謀後伐, 請遣少遊, 喩以利害, 不服則卽加兵, 可也." 上然之, 使楊少遊, 持節往諭. 翰林奉詔旨, 受斧鉞, 將發行, 拜辭於司徒. 司徒曰, "邊鎭鷔逸, 不用朝命, 非一日也. 楊郎以一個書生, 入不測之危地, 如有不虞之變, 發於無借之處, 豈但爲老夫之不幸乎? 吾老且病, 雖不與朝廷末議, 而欲上一書而爭之." 翰林止之曰, "岳丈毋用過慮. 藩鎭不過乘朝廷之不靖哇誤於一時也. 今天子神武, 朝政淸明, 趙魏兩國, 且已束手, 單弱之小鎭, 偏小之一燕, 何能爲哉?" 司徒曰, "王命旣下, 君意已定, 老夫更無他言, 惟願加湌而已." 夫人垂涕而別曰, "自得賢郎, 頗慰老懷, 郎今遠行, 我懷如何? 王程有限,¹⁴⁾ 只祝來歸疾也." 翰林退至花園, 治行卽發, 春雲執衣而泣曰, "相公之朝直於玉堂也, 妾必早起, 整包寢具, 奉着朝袍, 相公必流眄顧妾, 常有眷眷不忍離之意, 今當萬里之別, 何無一言相贈?" 翰林大笑

---

12) 屈强(굴강): 순순히 복종하지 않음.

13) 德宗皇帝(덕종황제): 당나라의 절도사는 해당 지역의 군대와 조세, 치안에 대한 관할권을 갖고 있었으며 세습되었다. 덕종 대에 이르러 중앙정부가 절도사의 세습을 막자, 절도사들이 주도(朱滔)를 추대하여 대기왕(大冀王)이라 부르며 반항했다. 이 밖에 몇몇 절도사들이 조왕(趙王), 위왕(魏王), 제왕(齊王)을 칭하며 이른바 사진지란(四鎭之亂)을 일으켰다. 토벌은 수년간 이어졌으나 성공하지 못했다.

14) 王程有限(왕정유한): '나랏일로 다니는 여정은 기한이 있어 바쁘겠지만'의 뜻.

曰, "大丈夫當國事, 受重任, 死生且不可顧, 區區私情, 安足論乎? 春娘無作浪悲, 以傷花色, 謹奉小姐, 穩度時日, 待吾竣事成功, 腰懸如斗大金印, 得意歸來也."

낙양으로

卽出門, 乘車而行, 行至洛陽, 舊日經過之跡, 尙不改矣. 當時以十六歲藐然一書生, 着布衣, 跨蹇驢, 揖揖栖栖, 行色艱關, 不啻如蘇秦十上之勞[15]矣. 才過數年,[16] 建玉節, 驅駟馬, 洛陽縣令, 奔走除道, 河南府尹, 匍匐導行, 光彩照耀於一路, 先聲震慴於諸州, 閭里聳觀, 行路呑嗟, 豈不誠偉哉? 翰林先使書童, 往探桂蟾月消息, 書童往蟾月之家, 重門深鎖, 畫樓不開, 惟有櫻桃花爛開於墻外而已. 訪於隣人則曰, "蟾月去年春, 與遠方相公, 結一夜之緣, 其後稱有疾病, 謝絶遊客, 官府設宴, 托故不進矣. 未幾佯狂, 盡去珠翠之餙, 改着道士之服, 遍遊山水, 尙未還歸, 不知其方在何山矣." 書童以此來報, 翰林歡意遂沮, 若墮深坑, 過其門墻, 撫跡潸辛. 夜入客館, 不能交睫, 府尹進娼女十餘人而娛之, 皆一時名艷也, 明粧麗服, 三匝圍坐, 前者天津樓上諸妓, 亦在其中矣. 爭妍誇嬌, 欲睹一眄, 而翰林自無佳緖, 不近一人. 翌曉臨行, 遂題一詩於壁上, 其詩曰, "雨過天津柳色新, 風光宛似去年春, 可憐玉節歸來地, 不見當壚勸酒人." 寫訖投筆, 乘軺取其前路而去, 諸妓立望行塵, 只切慚恧而已. 爭謄其詩, 納於府尹, 府尹責衆娼曰, "汝輩若得楊翰林之一顧, 則可增三倍之價, 而一隊新粧, 皆不入於翰林

---

15) 蘇秦十上之勞(소진십상지로): 소진이 진(秦) 혜왕(惠王)에게 열 번 유세한 노고. 소진은 합종책을 주장했다.
16) 수년이라고 했지만 실제로는 일 년 전이다. 회고의 분위기를 자아내기 위해 이렇게 표현한 것으로 보인다. 아래 낙양 사람의 말에는 '작년 봄(去年春)'이라고 해서 일 년 전임을 밝히고 있다.

之眼, 洛陽自此無顏色矣." 問於衆妓, 知翰林屬意之人, 揭榜四門, 訪蟾月
去處, 以待翰林復路之日矣.

연나라의 굴복

翰林至燕國, 絶徼之人, 未曾睹皇華威儀, 見翰林如地上祥麟, 雲間瑞鳳,
到底擁車塞路, 無不以一覘爲快, 而翰林威如疾雷, 恩如時雨, 邊民亦皆欣
欣鼓舞, 嘖舌相稱曰, "聖天子將活我矣." 翰林與燕王相見, 翰林盛稱天子
威德, 朝廷處分, 以向背之勢, 順逆之機, 縱橫闔闢, 言皆有理, 滔滔如海波
之寫, 凜凜如霜飈之烈. 燕王瞿然而驚, 惕然而悟, 乃以膝蔽地而謝曰, "弊
藩僻陋, 自外聖化, 習故狃常, 迷不知返, 此承明敎, 大覺前非, 自此當永戢
狂圖, 恪守臣職, 惟皇使歸奏朝廷, 使小邦因危獲安, 轉禍爲福, 則是小鎭
之幸也." 因設宴於碧鏤宮以餞. 翰林將行, 以黃金百鎰, 名馬十匹, 贐之, 翰
林却不受, 離燕土而西歸.

적경홍

行十餘日, 至邯鄲之地, 有美少年, 乘匹馬, 在前路矣. 仍前導辟易, 下立
於路傍. 翰林望見曰, "彼書生所騎者, 必駿馬也." 漸近, 則其少年, 美如衛
玠, 嬌似潘岳. 翰林曰, "吾嘗周行於兩京之間, 而男子之美者, 未見如彼少
年者也. 其貌如此, 其才可知." 謂從者, "汝請其少年, 隨後而來." 翰林午憩
驛館, 少年已至矣. 翰林使人邀之, 少年入謁. 翰林愛而謂曰, "學生於路上,
偶見潘衛之風彩, 便生愛慕之心, 乃敢使人奉邀, 而惟恐不我顧矣, 今蒙不
遺, 幸叨合席, 此所謂傾蓋[17]若舊者也. 願聞賢兄姓名." 少年答曰, "小生北

方之人也. 姓狄, 名白鸞, 生長窮鄉, 未遇碩師良友, 學術粗淺, 書劍無成, 尙有一片之心, 欲爲知己者死. 今相公使過河北, 威德幷行, 雷厲風飛, 陸慴水慄, 人慕榮名, 其有旣乎? 小生不揆鄙拙, 欲托門下, 一效鷄鳴狗盜之賤技矣. 相公俯察至願, 有此辱速, 豈直爲小生之榮, 實有光於大人, 先生屈身待士之盛德也." 翰林尤喜曰, "語云, '同聲相應, 同氣相求'[18], 兩情相投, 甚是快事." 此後與狄生, 幷鑣而行, 對床而食, 過勝地, 則共談山水, 値良宵, 則同賞風月, 不知鞍馬之勞, 行役之苦矣. 還到洛陽, 過天津橋, 乃有感舊之意, 曰, "桂娘之自稱女冠, 浮遊山間者, 想欲守初盟, 以待吾行, 而吾已仗節歸來, 桂娘獨不在焉. 人事乖張, 佳期晼晩, 烏得無惻愴之心乎? 桂娘若知吾頃日之虛過, 則必來待於此, 而想其蹤迹不在於道觀, 則必在於尼院, 道路消息, 何以得聞? 噫! 今行又不得相見, 則未知費了幾許日月, 有團會之期乎?" 忽送遐矚, 則一佳人獨立樓上, 高捲緗簾, 斜倚綵檻, 注目於車塵馬蹄之間, 卽桂蟾月也. 翰林思想之餘, 忽見舊面, 傾欣之色, 可掬矣. 隼飛如風, 瞥過樓前, 兩人相視, 凝情而已. 俄至客館, 蟾月先從捷徑已來, 候於館中, 見翰林下車, 進拜於前, 陪入帡幪, 接裾而坐, 悲喜交切, 淚下言前, 乃俯身而賀曰, "驅馳原隰, 貴體萬福, 足慰戀慕之賤悰也." 仍歷陳別後事曰, "自別相公, 公子王孫之會, 太守縣令之宴, 左右招邀, 東西侵逼, 遭逆境者, 非一二, 而自剪頭髮, 稱有惡疾, 僅免脅迫之辱. 盡謝華粧, 幻着山衣, 避城中之囂塵, 栖谷裡之靜室, 每逢遊山之客, 訪道之人, 或自城府而至, 或從京師而來者, 輒問相公消息矣. 今年孟春, 忽聞相公口含天綸, 路經此地, 車徒行已遠矣. 遙望燕雲, 惟洒血淚, 縣令爲相公, 至道觀, 以相公館壁

---

17) 傾蓋(경개): 수레 덮개를 젖힘. 우연히 한 번 보고 서로 친해짐을 이른다. 공자가 길을 가다 정본(程本)을 만나 수레의 덮개를 열고 종일 정답게 이야기를 나누었다는 데서 유래했다. 『공자가어孔子家語』.

18) 『주역』「건괘乾卦」'문언(文言)'에 나오는 말로, "같은 소리끼리는 서로 호응하고, 같은 기운끼리는 서로 찾기 마련이다"라는 뜻. 공영달은 『주역주소周易註疏』에서 "같은 무리끼리 서로 찾아 어울린다는 의미"로 쓰인다고 설명했다.

所題一首詩, 示賤妾曰, '向者楊翰林之奉命過此, 金橘滿車, 而以不見蟾娘爲恨, 終日看花, 不折一枝, 惟題此詩而歸. 娘何獨栖山林, 不念故人, 使我接待之禮, 太埋沒乎? 仍以過致敬禮, 自謝前日之事, 懇請還歸舊居, 以待相公之廻, 賤妾始知, 女子之身, 亦尊重也. 當賤妾獨立於天津樓上, 望相公之行也, 滿城群妓, 攔街行人, 孰不羨小妾之貴命, 欽小妾之榮光也哉? 相公之已占壯元, 方爲翰林之報, 妾已聞之矣. 第未知已得主饋之夫人乎?" 翰林曰, "曾已定婚於鄭司徒女子. 花燭之禮, 雖未及行之, 賢淑之行, 已聞之熟矣. 桂卿之言, 小無逕庭, 良媒厚恩, 太山亦輕矣." 更展舊情, 未忍卽離, 仍留一兩日, 而以桂娘在寢, 久不訪狄生矣.

의심

書童忽來, 密告曰, "小僕見狄生秀才, 非善人也. 與蟾娘子, 相戲於衆稠[19]之中, 蟾娘子旣從相公, 則與前日大異矣. 何敢若是其無禮乎?" 翰林曰, "狄生必無是理, 蟾娘尤無可疑. 汝必誤見也." 書童怏怏而退. 俄而復進曰, "相公以小僕爲誕妄矣. 兩人方相與歡戲, 相公若親見之, 則可知小僕之虛實矣." 翰林乍出西廊, 而望見之, 則兩人隔小墻而立, 或笑或語, 携手而戲. 欲聽其密語, 稍稍近往, 狄生聞曳履聲, 驚而走, 蟾月顧見翰林, 頗有羞澁之態. 翰林問曰, "桂娘曾與狄生, 相親乎?" 蟾月曰, "妾與狄生, 雖無宿昔之雅, 而與其妹子, 有舊誼, 故問其安否矣. 妾本娼樓賤女, 自然濡染於耳目, 不知遠嫌於男子, 執手娛戲, 附耳密語, 以招相公之疑, 賤妾之罪, 實合萬殞." 翰林曰, "吾無疑汝之心, 汝須無介於中也." 仍商量曰, '狄生少年也,

---

19) 衆稠(중조): 사람이 빽빽하게 많이 모였다는 뜻. 강전섭노존본에는 '사람이 없는 곳(無人處)'에서 서로 희롱했다고 되어 있다. 하버드노존본은 동일하다.

必以見我爲嫌, 我當召而慰之.' 使書童請之. 已去矣. 翰林大悔曰, "昔楚莊王, 絶纓以安其群臣矣. 我則欲察晻昧之事, 仍失才美之士. 今雖自責, 何可及也?" 卽使從者, 遍訪於城之內外. 是夜與蟾月, 話舊論心, 對酒取樂, 至夜半, 滅燭而寢矣. 至微明, 始覺則蟾月方對粧鏡, 調鉛紅矣. 瀉情留目, 心忽驚悟, 更見之, 則翠眉明眸, 雲鬟花臉, 柳腰之勻約, 雪膚之皎潔, 皆蟾月, 而細審之, 則非也. 翰林驚愕疑惑, 而亦不敢詰焉.

잠자리 사건

翰林細繹深推, 知非蟾月, 而後乃問曰, "美人何如人也?"對曰, "妾本播
州人, 姓名狄驚鴻也. 自幼時, 與蟾娘, 結爲兄弟, 昨夜蟾娘謂妾曰, '吾適有
病, 不得侍相公矣. 汝須代我之身, 俾免相公之責'以此妾敢替桂娘, 猥陪
相公矣."言未畢, 蟾月開戶, 而入曰, "相公又得新人, 妾敢獻賀矣. 賤妾曾
以河北狄驚鴻, 薦於相公, 賤妾之言, 果何如?"翰林曰, "見面大勝於聞名."
更察驚鴻儀形, 則與狄生, 無毫髮異矣. 乃言曰, "原來狄生, 是鴻娘之同氣
也. 男女雖異, 容貌卽同. 狄娘爲狄生之妹乎, 狄生爲狄娘之兄乎? 我昨日,
得罪於狄兄矣. 狄兄今何在乎?"驚鴻曰, "賤妾本無兄弟矣."翰林又細見,
大悟笑曰, "邯鄲道上, 從我而來者, 本狄娘也. 昨日墻隅與桂娘語者, 亦鴻
娘也. 未知, 鴻娘以男服瞞我, 何也?"驚鴻對曰, "賤妾何敢欺罔相公乎? 賤
妾雖貌不逾人, 才不如人, 平生願從君子人矣. 燕王過聞妾名, 賭以明珠一
斛, 貯之宮中, 雖口飫珍味, 身厭錦繡, 非妾之願也. 菀菀如鸚鵡深鎖於雕

籠, 心欲奮飛, 而恨不能得也. 頃日, 燕王邀相公, 開大宴也, 妾穴窓紗而見
之, 則是賤妾所願從者也. 然宮門九重, 何以能越, 長程萬里, 何以自致, 百
爾思度, 僅得一計, 而相公離燕之日, 妾若抽身而從之, 則燕王必使人追
躡, 故待相公啓程後十日, 偸騎燕王千里馬, 第二日, 追及於邯鄲, 及拜相
公, 宜告實狀, 恐煩耳目, 不敢開口, 欺隱之責, 實難逃也. 前日之着男子巾
服者, 欲避追者之物色, 昨夜之效唐姬古事者, 蓋循桂娘之情懇也. 前後之
罪, 雖有可恕, 而惶恐之心, 久益切矣. 相公若不錄其過, 不嫌其陋, 而假喬
木之蔭, 借一枝之巢, 則妾當與蟾娘, 同其去就, 待相公有室之後, 與蟾娘,
進賀於門下矣." 翰林曰, "鴻娘高義, 雖楊家執拂之妓, 不敢跂也. 我愧無李
衛公將相之才而已, 欲相好, 豈有量哉?" 鴻娘亦謝之. 蟾月曰, "鴻娘旣代妾
身, 以侍相公, 妾亦當代鴻娘, 而謝於相公矣." 仍起拜僕僕. 是日翰林與兩
人經夜. 明朝將行, 謂兩人曰, "道路多煩, 不得同車, 將待立家, 卽相迎矣."

난양공주

至京師, 復命於闕下, 時燕藩表文, 及貢獻金銀綵段, 亦適至矣. 上大悅,
慰其勤勞, 褒其勳庸, 將議封侯, 以答其功, 因翰林力辭寢其議, 擢拜禮部
尙書, 兼帶翰林學士, 賞賚便蕃, 寵遇隆至, 人皆榮之. 翰林還家, 司徒夫
妻, 迎見於中堂, 賀其成功於危地, 喜其超秩於卿月, 歡聲動一家矣: 尙書
歸花園, 與春娘說離抱, 結新歡, 鄭重之情, 可想矣. 上重楊少遊文學, 頻召
便殿, 討論經史, 翰林之直宿最頻. 一日罷夜對, 歸直廬, 宮壺漏滴, 禁苑月
上, 翰林不堪豪興, 獨上高樓, 憑欄而坐, 對月吟詩, 忽因風便而聞之, 則洞
簫一曲, 自雲宵葱蘢之間, 漸漸而來矣. 地密聲遠, 雖不能卞其調響, 而俗
耳所不聞也. 生招院吏, 而問曰, "此聲出於宮墻之外耶? 或宮中之人, 有能
吹此曲者乎?" 院吏曰, "不知也." 仍命進酒, 連飮數觥, 仍出所藏玉簫, 自

吹數曲, 其聲直上紫霄, 彩雲四起, 聽之若鸞鳳之和鳴也. 靑鶴一雙, 忽自禁中飛來, 應其節奏, 翩翩自舞, 院中諸吏, 大奇之, 以爲王子晉在吾翰苑中矣. 時皇太后, 有二男一女, 皇上及越王, 蘭陽公主也. 蘭陽之誕生也, 太后夢見神女奉明珠, 置懷中矣. 公主旣長, 蘭姿蕙質, 閨範壼則, 超出於銀潢玉葉之中, 一動一靜, 一語一默, 皆有法度, 頓無俗態, 文章女工, 亦皆逼眞, 太后以此, 鍾愛甚篤. 時西域大秦國[1], 進白玉洞簫, 其制度極妙, 而使工人吹之, 聲不出矣. 公主一夜夢遇仙女, 敎以一曲, 公主盡得其妙, 及覺試吹大秦玉簫, 聲韻甚淸, 律呂自協, 太后及皇上皆異之, 而外人莫之知矣. 公主每吹一曲, 群鶴自集於殿前, 蹁躚對舞, 太后謂皇上曰, "昔秦穆公女弄玉, 善吹玉簫, 今蘭陽妙曲, 不下於弄玉, 必有簫史者, 然後方使蘭陽下嫁矣." 以此, 蘭楊已長成, 而尙未許聘矣. 是夜, 蘭陽適吹簫於月下, 以調鶴舞矣. 曲罷, 靑鶴飛向玉堂而去, 舞於翰苑. 是後, 宮人盛傳, '楊尙書, 吹玉簫, 舞仙鶴' 其言流入宮中, 天子聞而奇之, 以爲公主之緣, 必屬於少遊, 入朝於太后, 以此告之曰, "楊少遊年歲, 與御妹相當, 其標致才學, 於群臣中無二, 雖求之天下, 不可得也." 太后大喜曰, "簫和婚事, 迄無定處, 我心常自絓結矣. 今聞是語, 楊少遊卽蘭陽天定之配也. 但欲見其爲人, 而定之矣." 上曰, "此不難矣. 後日, 當召見楊少遊於別殿, 講論文章, 娘娘從簾內一窺, 則可知矣." 太后益喜, 與皇上定計. 蘭陽公主, 名簫和, 其玉簫刻'簫和'二字, 故以此名之.

---

1) 大秦國(대진국): 원문은 '太眞國(태진국)'으로 되어 있다. '太眞國'은 어디를 가리키는지 알
   수 없으며, 고대로부터 중국사에서는 서역에 있는 이와 유사한 나라로 '大秦國'이 언급될
   뿐이다. 대진국은 흔히 로마제국으로 간주한다. 강전섭노존본에도 '大秦國'으로 적혀 있다.

시문평론

一日, 天子燕坐於蓬萊殿, 使小黃門召楊少遊, 黃門往翰林院, 則院吏曰, "翰林才已出去矣." 往問鄭司徒家則曰, "翰林未還矣." 黃門奔馳慌忙, 莫知去向矣. 時楊尚書與鄭十三, 大醉於長安酒樓, 使名娼朱娘玉露唱歌, 軒軒笑傲, 意氣自若. 黃門飛鞚而來, 以命牌召之, 鄭十三大驚跳出, 翰林醉目朦朧, 鬢髮鬔鬆, 不省黃門之已在樓上矣. 黃門立促之, 翰林使二娼扶而起, 着朝袍, 隨中使入朝. 天子賜座, 仍論歷代帝王治亂興亡, 尚書出入古今, 敷奏明晰. 天顏動色, 又問曰, "組繪詩句, 雖非帝王之要務, 惟我祖宗, 亦嘗留心於此, 詩文或傳播於天下, 至今稱誦. 卿試爲我, 論聖帝明王之文章, 評文人墨客之詩篇, 勿憚勿諱, 定其優劣, 上而帝王之作, 誰爲雄也, 下而臣隣之詩, 誰爲最也." 尚書伏而對曰, "君臣唱和, 自大堯帝舜而始, 不可尙已, 無容議爲, 漢高祖「大風之歌」2), 魏太祖 '月明星稀'之句3), 爲帝王詩詞之宗, 西京之李陵, 鄴都之曹子建, 南朝之陶淵明謝靈運二人, 最其表著者也. 自古文章之盛, 毋如國朝者, 國朝人才之蔚興, 無過於開元天寶之間, 帝王文章, 玄宗皇帝, 爲千古之首, 詩人之才, 李太白, 無敵於天下矣."4) 上

---

2) 大風之歌(대풍지가):「대풍가」. 한나라 고조(高祖)가 경포(黥布)를 치고 돌아가는 길에 고향 패현(沛縣)에 머물러 술자리를 벌이고 옛 친구, 마을 사람들을 모두 불러 마음껏 술을 마시게 하면서 직접 축을 타며 노래를 지어 불렀다. 그 노래가 「대풍가」이다. "큰 바람이 몰아침이여, 구름이 날아오르도다. 위엄이 천하에 떨침이여, 고향에 돌아왔도다. 어찌하면 용맹한 무사를 얻어 천하를 지킬 수 있을까?(大風起兮雲飛揚, 威加海內兮歸故鄕, 安得猛士兮守四方)." 『사기』 「고조본기」.

3) 月明星稀之句(월명성희지구): 위 태조, 곧 조조(曹操)가 오나라 촉나라의 연합군과 적벽에서 전투를 벌일 때 뱃전에서 양자강의 밤경치를 바라보며 지은 시 「단가행短歌行」에 "달은 밝고 별은 희미한데 까마귀와 까치가 나는구나. 나무를 세 번 돌았는데도 의지할 가지가 없구나(月明星稀, 烏鵲南飛, 繞樹三匝, 無枝可栖)" 하는 구절이 있다. '월명성희'는 한 영웅이 나타나면 다른 영웅들의 존재가 희미해짐을 비유한 것으로 쓰기도 한다.

4) 君臣唱和~無敵於天下矣(군신창화~무적어천하의): 강전섭노존본에는 한 고조의 「대풍가」 대신 한 무제의 「추풍사」가, 이릉(李陵) 대신 육기(陸機)가 올라 있다. "君臣以詩歌, 相與唱和, 自帝舜皐陶始. 此姑勿論, 漢武帝之「秋風詞」, 魏武帝之'月明星稀', 爲帝王詩中之首. 魏國曹子建, 晉時陸機, 南朝陶淵明謝靈運數人, 以詩有名, 而近今文章之盛, 終莫如國朝, 國朝之盛, 莫如開元天寶之時. 帝王之文章, 玄宗皇帝爲最, 臣隣之詩, 李白居首也."

曰, "卿言實合於朕意矣. 朕每見太白學士「淸平詞」「行樂詞」, 則恨不與同時也. 朕今得卿, 何羨太白乎? 朕遵國制, 使宮女十餘人掌翰墨, 所謂女中書也. 頗有彫篆之才, 能摸月露之形, 其中亦有可觀者矣. 卿效李白倚醉題詩之舊事,[5] 試揮彩毫, 一吐珠玉, 毋負宮娥景仰之誠. 朕亦欲觀卿倚馬之作[6], 吐鳳之才[7]."

卽使宮女, 以御前, 琉璃硯匣, 白玉筆床, 玉蟾蜍硯滴, 移置於尙書席前. 諸宮人已承, 乞詩之命矣, 各以華牋羅巾畫扇, 擎進於尙書. 尙書醉興方高, 詩思自湧, 遂拈彤管, 次第揮洒, 風雲條起, 雲煙爭吐, 或製絶句, 或作四韻, 或一首而止, 或兩首而罷, 日影未移, 牋帛已盡. 宮女以次跪進於上, 上一一鑑別, 箇箇稱揚. 謂宮娥等曰, "學士亦旣勞矣. 特宣御醞." 諸宮女, 或擎黃金盤, 或把琉璃鍾, 或執鸚鵡杯, 或擎白玉床, 滿酌淸醴, 備列佳肴. 乍跪乍立, 迭勸迭進, 翰林左受右接, 隨獻輒倒, 至十餘觥, 韶顏已酡, 玉山欲頹, 上命止之. 又敎曰, "學士一句, 可直千金, 眞所謂無價寶也. 詩曰, '投之木瓜, 報以瓊琚'[8], 爾輩以何物, 爲潤筆之資乎?" 群娥或抽金釵, 或解玉珮, 或卸指環, 或脫金釧, 爭投亂擲, 頃刻成堆. 上召謂小黃門曰, "爾收取, 尙書所用筆硯及硯滴, 宮娥潤筆之物, 隨尙書而去, 傳給於其家." 尙書叩頓謝恩, 欲起還仆, 上命黃門扶掖而出, 至宮門. 騶從齊擁上馬, 歸到花園. 春雲

---

5) 현종이 궁중의 침향정(沈香亭)에서 양귀비를 데리고 활짝 핀 모란을 감상하던 중, 이백에게 시를 지을 것을 명하자, 이백은 술에 취해 몸을 제대로 가누지 못하면서도 귀비의 아름다움을 칭송한 시 세 수를 지었다.
6) 倚馬之作(의마지작): 글을 민첩하게 잘 지음. 진(晉)나라 환온(桓溫)이 선비(鮮卑)를 칠 때, 종사관 원호(袁虎)에게 격문을 짓게 하자, 즉시 말에 기대어 일곱 장의 격문(檄文)을 지은 일.『세설신어』「문학」.
7) 吐鳳之才(토봉지재): 뛰어난 문재(文才). 한나라 양웅(揚雄)이『태현경太玄經』을 지을 때, 봉황이 자신의 입속에서 튀어나와 책 위에 앉는 꿈을 꾸었다고 한다.『서경잡기西京雜記』.
8) 投之木瓜, 報以瓊琚(투지목과, 보이경거):『시경』「위풍衞風」'목과(木瓜)'에 "내게 모과를 던져주어서, 나는 보옥으로 보답했네. 보답하면서도 보답했다고 여기지 않는 것은 오랫동안 좋아하려 함이네(投我以木瓜, 報之以瓊琚, 匪報也, 永以爲好也)" 하는 말이 있다. 임금이 상대편은 하찮은 물건을 주었음에도 나는 그에게 귀한 보물로 보답한다고 노래한 시를 인용하여, 천금 같은 시를 준 양소유에게 마땅히 귀한 선물로 보답해야 한다고 말한 것이다.

扶上高軒, 解其朝服而問曰, "相公過醉, 誰家酒乎?" 翰林醉甚不能答, 已而蒼頭奉賞賜筆硯及釵釧首飾等物, 積置於軒上. 尙書戲謂春雲曰, "此物皆天子賞賜春娘者也. 我之所得, 與東方朔[9]誰優?" 春雲更欲問之, 翰林已昏倒, 鼻息如雷.

월왕의 전갈

翌日高春, 尙書始起, 盥洗矣. 閽者走告曰, "越王殿下來矣." 尙書驚曰, "越王之來, 必有以也." 顚踖出迎. 王上座施禮, 年可二十餘歲, 眉宇炯然, 眞天人也. 尙書跪問曰, "大王枉屈於陋地, 抑有何敎也?" 王曰, "寡人竊慕盛德雅矣. 出入異路, 尙稽承穩, 玆奉上命, 來宣聖旨矣. 蘭陽公主, 正當芳年, 朝家方揀駙馬矣. 皇上愛尙書才德, 已定釐降之議. 先使寡人喩之, 詔命將繼下矣." 尙書大駭曰, "皇恩至此, 臣首至地, 過福之災, 有不暇論, 而臣與鄭司徒女子, 約婚納聘, 已經歲矣. 伏望大王以此意, 奏達於皇上." 王曰, "吾當歸奏於天陛, 而惜乎, 皇上愛才之意, 已歸虛矣." 尙書曰, "此關係人倫之大事, 不可忽也. 臣當請罪於闕下矣." 王卽辭歸. 尙書入見司徒, 以越王之言告之. 春雲已告於內閣矣. 擧家遑遑, 莫知所爲. 司徒慘沮不能出一言. 尙書曰, "岳丈勿慮. 天子聖明, 守法度, 重禮義, 必不壞了, 臣子之倫紀. 小婿雖不肖, 誓不作宋弘之罪人矣."

---

9) 東方朔(동방삭): 한나라의 문장가. 말재주가 좋아 무제가 묻는 말에 재치 있게 답변하곤 했는데, 무제는 그의 재치와 언변을 사랑하여 상으로 술, 고기, 황금 등을 하사했다. 『한서漢書』.

부채시

先時, 太后出臨蓬萊殿, 窺見楊少遊, 心甚喜悅, 謂皇上曰, "此眞蘭陽之匹也. 吾旣親見, 更何議乎?" 卽使越王, 先諭於楊少遊, 天子方欲命召而面諭矣. 時上在別殿, 忽思昨日少遊詩才筆法, 俱極精妙, 更欲親覽. 使太監, 盡收女中書等所受詩牋, 諸宮人皆深藏於篋笥, 而唯一宮人, 持題詩畫扇, 獨歸寢所, 置之懷中, 終夕悲啼, 忘寢廢食, 此宮女非他人也, 姓秦, 名彩鳳, 華州秦御史女子. 御史死於非命, 沒入於宮掖, 宮人皆稱秦女之美. 上召見之, 欲封婕妤, 時皇后有寵, 嫌秦女之太美, 白於上曰, "秦家女可合昵侍至尊, 而陛下殺其父而近其女, 恐非古先哲王立刑遠色之道也." 上從之, 問於秦氏曰, "汝知文字乎?" 秦女曰, "僅卜魚魯矣." 上命爲女中書, 使掌宮中文書, 仍令進往皇太后宮中, 陪蘭陽公主, 讀書習字, 公主大愛秦氏妙色奇才, 視如宗戚, 踤步相隨, 不忍一時分離. 秦氏是日侍太后, 往蓬萊殿, 仍承上命, 與女中書等, 乞詩於楊尙書, 尙書之七竅百骸, 曾已銘鏤於秦氏之心肝矣. 豈有不知之理哉? 秦女生存, 尙書旣不能知之, 況天威咫尺, 亦不敢擧目. 秦女一見尙書, 心如火燼, 藏悲匿哀, 恐被人知, 痛情義之不通, 悲舊緣之難續, 手把圓扇, 口咏淸詩, 一展一吟, 不忍暫釋. 其詩曰, "紈扇團團似明月, 佳人玉手爭皎潔, 五絃琴裏薰風多, 出入懷裏無時歇. 紈扇團團月一團, 佳人玉手正相隨, 無路遮却如花面, 春色人間摠不知." 秦氏詠前一首而嘆曰, "楊郎不知我心矣. 我雖在宮中, 豈有承恩之念哉?" 又咏後一首而歎曰, "我之客顏, 他人雖不得見之, 楊郎必不忘於心, 而詩意若斯, 咫尺誠如千里矣." 仍憶在家之時, 與楊郎, 唱和楊柳詞之事, 悲不自抑, 和淚濡筆, 續題一詩於扇頭, 方吟呼矣. 忽聞太監, 以上命來索畫扇, 秦氏骨驚膽落, 肌肉自顫, 叫苦之聲, 自出於口, 曰, "我其死矣. 我其死矣."

비밀 폭로

太監謂秦氏曰, "皇上欲復見楊尙書之詩, 故小宦承命來收矣." 秦氏泣謂
曰, "薄命之人, 死期已迫, 偶和其詩, 題於其尾, 自犯必死之罪, 皇上若見
之, 則必不免誅戮之禍, 與其伏法而死, 毋寧自決之爲快也. 方將以此殘命,
付於三尺之下, 而身死後, 掩土一事, 專恃於太監, 伏乞太監, 哀之憐之, 收
瘞殘骸, 無令爲烏鳶之食, 幸甚幸甚." 太監曰, "女中書何爲此言也? 聖上仁
慈寬厚, 逈出百王, 或者終不加罪, 設有震疊之威, 我當出力救之, 中書隨
我而來." 秦氏且哭且行, 隨太監而去, 太監使秦氏, 立於殿門之外, 入以諸
詩進於上, 上留眼披閱, 至秦氏之扇, 尙書所題之下, 又有他詩. 上訝之, 問
於太監. 太監告曰, "秦氏謂臣云, 不知皇爺有裒取之命, 猥以荒蕪之語, 續
題於其下, 此死罪必不貸也. 仍欲自死, 臣開諭而止, 領率而來矣." 上又咏
其詩, 詩曰, "紈扇團如秋月團, 憶曾樓上對羞顏, 初知咫尺不相識, 却悔敎
君仔細看." 上見畢曰, "秦氏必有私情也. 不知於何處與何人相見, 而其詩

意如此耶? 然其才足惜, 而亦可獎也." 使太監召之, 秦氏伏於階下, 叩頭請死. 上下敎曰, "直告, 則當赦死罪. 汝與何人有私情乎?" 秦氏又叩頭曰, "臣妾何敢抵諱於嚴問之下乎? 臣妾家敗亡之前, 楊尙書赴擧之路, 適過妾家樓前, 臣妾偶與相見, 和其楊柳詞, 送人通意與結婚媾之約矣. 頃當蓬萊引見之日, 妾能解舊面, 而楊尙書獨不知, 故妾戀舊興感, 撫躬自悼, 偶題胡亂之說, 終至於上累聖鑒, 臣妾之罪, 萬死猶輕." 上悲憐其意, 乃曰, "汝云, 以楊柳詞結婚媾之約, 汝能記得否?" 秦氏卽繕寫以上. 上曰, "汝罪雖重, 汝才可惜. 且御妹愛汝殊甚, 故朕特用寬典, 赦汝重罪. 汝其感篆國恩, 殫竭心誠以事御妹, 宜矣." 卽下其執扇, 秦氏拜受, 惶恐頓謝而退.

사양

是日, 上陪太后而坐, 越王自楊尙書家回來入朝, 以楊尙書曾以納聘之意奏之, 皇太后不悅曰, "楊少遊爵至尙書, 宜知朝廷事體, 而何其固滯若是耶?" 上曰, "少遊雖已納聘, 與成親有異, 朕面諭, 則似不可不從也." 翌日命召禮部尙書楊少遊, 少遊承命入朝. 上曰, "朕有一妹, 資質超常. 非卿無可與爲配者, 朕使越王以朕意諭之矣. 聞卿托以納聘云, 此卿之不思也, 甚矣. 前代帝王選擇駙馬也, 或出其正妻, 故若王獻之終身悔之, 惟宋弘不受君命. 朕意則與古先帝王不同, 旣爲天下萬民之父母, 則豈可以非禮之事, 加於人哉? 今卿雖斥鄭家之婚, 鄭女自當有可歸之處, 卿無糟糠下堂之嫌, 豈可有害於倫紀乎?" 尙書頓首奏曰, "聖上不惟不罪, 又從而諄諄面命, 若家人父子之親, 臣感祝天恩之外, 更無可奏者矣. 然臣之情勢, 與他人絶異. 臣遠方書生, 入京之日, 無處可托, 厚蒙鄭家眷遇之恩, 迎以舍之, 禮以待之, 非但儷皮[1]之禮, 已行於入門之日, 已與司徒定翁婿之分, 有翁婿之情. 且男女旣已相見, 恰有夫婦之恩義, 而未行親迎之禮者, 蓋以國家多事,不遑將母[2]也. 今幸藩鎭歸化, 天憂已紓, 臣方欲急請還鄕, 迎歸老母, 卜日成禮矣. 意外皇命, 及於無狀, 小臣驚惶震懼, 不知所以自處也. 臣若怵威畏罪, 將順皇命, 則鄭女以死自守, 必不他適, 此豈非匹婦之失所王政之有歉者乎?" 上曰, "卿之情理, 雖云悶迫, 若以大義言之, 則卿與鄭女, 本無夫婦之義. 鄭女豈可不入於他人之門乎? 今朕之欲與卿結婚者, 不獨朕以柱石待卿也, 以手足視卿也, 太后慕卿威容德器, 親自主張, 恐朕亦不得自由矣." 尙書猶且固讓, 上曰, "婚姻大事也, 不可以一言決定. 朕姑與卿着碁以消長日矣." 命小黃門進局, 君臣相對賭勝, 日昏乃罷.

퇴혼

鄭司徒見楊尙書之來, 悲慘之色, 溢於滿面, 拭淚而言曰, "今日皇太后下詔, 使退楊郎之禮綵, 故老夫已出, 付於春雲, 置於花園, 而顧念小女之身世, 吾老夫妻心事, 當作何如狀也. 吾則僅能撑支, 而老妻沈慮成疾, 方昏瞀不省人事矣." 尙書失色無言, 過食頃乃告曰, "是事不可但已, 小婿當上表力爭, 朝廷之上, 亦豈無公論?" 司徒止之曰, "楊郎之違拒上命, 已至再矣. 今若上疏, 則豈無批鱗之懼哉? 必有重譴, 不如順受而已. 且有一事. 楊郎之仍處花園, 大有不安於事體者, 倉卒相離, 雖甚缺然, 移寓他所, 實合事宜矣." 楊尙書不答, 屨及花園, 春雲嗚嗚咽咽, 淚痕汍瀾, 乃奉納幣物曰, "賤妾以小姐之命, 來侍相公, 已有年矣. 偏荷盛眷, 恒切感愧, 神妬鬼猜, 事乃大謬, 小姐婚事, 無復餘望, 賤妾亦當永訣相公, 歸侍小姐. 天乎! 地乎! 鬼乎! 人乎!" 仍歔泣聲如縷矣. 尙書曰, "吾方欲上疏力辭, 皇上庶或回聽,

---

1) 儷皮(여피): 암수 한 쌍의 사슴 가죽. 고대에는 정혼할 때 예물로 이것을 썼다고 한다.
2) 不遑將母(불황장모): 『시경』「소아」 '사모(四牡)'에 "나랏일은 견고하게 해두지 않으면 안 되는지라, 어머니를 봉양할 겨를도 없네(王事靡盬, 不遑將母)"라고 했다.

設未能得聽, 女子許身於人, 則從夫禮也. 春娘夫豈背我之人哉?"春娘曰, "賤妾雖不明, 亦嘗聞古人緒論矣. 豈不知女子三從之義乎? 春雲情事, 有異於人, 妾曾自吹蔥之日, 與小姐遊戲, 及至毀齒之歲, 與小姐居處, 忘貴賤之分, 結死生之盟, 吉凶榮辱, 不可異同, 春雲之從小姐, 如影之隨形, 身固既去, 則影豈獨留乎?"尚書曰, "春娘爲主之誠, 可謂至矣. 但春雲之身與小姐異, 小姐東西南北唯意擇路, 春娘從小姐事他人, 得無有妨於女子之節乎?"春雲曰, "相公之言到此, 不可謂知吾小姐也. 小姐已有定計, 長在吾老爺及夫人膝下, 待過百年之後, 潔身斷髮, 去托空門, 發願於佛前, 世世生生, 誓不爲女子之身, 春雲蹤跡亦將如斯而已. 相公如欲復見春雲, 相公禮幣復入於小姐房中然後, 當議之矣. 不然則今日卽生離死別之日也. 妾任相公使令者專矣, 荷相公恩愛者久矣. 報效之道, 惟在於拂枕席奉巾櫛, 而事與心違, 到此地頭, 只願後世爲相公犬馬, 以效報主之忱矣. 惟相公保攝保攝."向隅呼咷者, 半日, 乃飜身下階, 再拜而入.

투옥

　尙書五情憒亂, 萬慮膠擾, 仰屋長吁, 撫掌頻唏而已. 乃上一疏, 言甚激切, 其疏曰, "禮部尙書, 臣楊少遊, 謹頓首百拜, 上言于皇帝陛下. 伏以倫紀者, 王政之本也. 婚姻者, 人倫之始也. 一失其本, 則風化大壞而其國亂, 不謹其始, 則家道不成而其家亡, 有關於家國之興衰者, 不其較著乎? 是以聖王哲辟, 未嘗不留意於是. 欲治其國, 必以植倫紀爲重, 欲齊其家, 必以定婚姻爲先者, 何? 莫非端本出治之道, 別嫌明微[3])之意也. 臣旣已納幣於鄭

---

3) 別嫌明微(별혐명미): '別嫌'은 혼잡한 사물을 판별한다는 뜻이고, '明微'는 정미한 도리를 드러낸다는 말이다.

女, 且已托跡於鄭家, 則臣固有妻也, 固有室也. 不意今者, 歸妹之盛禮, 遽及於無似之賤臣, 臣始疑終惑, 震駭悚惕, 實不知聖上之擧措, 朝家處分, 果能盡其禮而得其當也. 設令, 臣未行儷皮之幣, 不作甥館之客, 族賤而地微, 才譾而學蔑, 則寔不合於禁臠之抄揀, 而況與鄭女已有伉儷之義, 與婦翁已定舅甥之分, 不可謂六禮之未行也. 豈可以貴价之尊, 下嫁於匹夫之微, 而不問禮之可否, 不分事之輕重, 冒苟且之譏, 而行非禮之禮乎? 至於密下內旨, 使之廢已行之禮儀, 退已捧之聘幣, 尤非臣攸聞也. 臣恐陛下未能效光武待宋弘之寬也. 賤臣危迫之忱, 已關於聖明之聽. 鄭女窮蹙之情, 亦係於私家之事. 臣固不敢更恩於駐蹕之下, 而臣之所恐者, 王政由臣而亂, 人倫因臣而廢, 以至於上累聖治, 下壞家道, 終不救亂亡之禍也. 伏乞聖上, 重禮義之本, 正風化之始, 亟收詔命, 以安賤分, 不勝幸甚." 上覽疏, 轉奏於太后, 太后大怒, 下楊少遊於獄, 朝廷大臣, 一時齊諫, 上曰, "朕知其罪罰之太過, 而太后娘娘, 方楊怒, 朕不敢救." 太后欲困楊少遊, 不下公事者, 至數月. 鄭司徒, 亦惶恐, 杜門謝客.

티베트

此時吐蕃强盛, 輕易中國, 起十萬大兵, 連陷邊郡, 先鋒至渭橋, 京師震驚, 上會群臣議之, 皆曰, "京城之卒, 未滿數萬, 外方援兵, 勢不可及, 暫棄京城, 出巡關東, 召諸道兵馬, 以圖恢復, 可也." 上猶豫未決曰, "諸臣中, 惟楊少遊善謀能斷, 朕甚器之, 前日三鎭之服, 皆少遊之功也." 罷朝入告太后, 使使者持節放少遊, 召見問計, 少遊奏曰, "京城, 宗廟所在, 宮闕所寄, 今若棄之, 則天下人心, 必從動搖, 且爲强賊所據, 則亦未可指日恢拓矣. 代宗朝吐蕃與回訖合力, 驅百萬兵, 來犯京師, 其時, 王師之單弱, 甚於此時, 汾陽王臣郭子儀, 以匹馬却之. 臣之才略比子儀, 雖萬萬不相及, 願得數千軍, 掃蕩此賊, 以報再生之恩." 上素知少遊有將帥才, 卽拜爲大將, 使發京營軍三萬, 討之. 尙書拜辭而出, 指揮三軍, 陣於渭橋, 討賊先鋒, 擒左賢王, 賊勢大挫, 潛師遁去. 尙書追擊, 三戰三捷, 斬首級三萬, 獲戰馬八千匹, 以捷書報之, 天子大悅, 使卽班師, 論諸將之功, 以次賞賚, 少遊在軍中上疏, 其疏曰, "臣聞, 王者之兵, 貴於萬全, 而坐失機會, 則功不可成也.[4] 又聞常勝之家, 難與慮敵,[5] 而不乘飢弱, 則賊不可破也. 今賊之兵力, 不可謂不强, 器械, 不可謂不利, 而彼則以客而犯主, 我則以飽而待飢, 此臣所以得樹尺寸之功, 而賊所以勢日蹙而兵日弱矣. 兵法乘勞,[6] 乘勞而不勝者, 以粮饟之不及也. 地利之不便也. 今賊氣旣挫, 蹈藉而走, 賊之勞弊, 極矣. 雄州大城, 皆思峙芻粮, 則我無半菽之患. 平原廣野, 最得形便, 則彼無設伏之處. 若蓄銳勇進, 追躡其後, 則庶幾坐收全功. 今乃狃一時之少捷, 棄萬全之良策, 徑罷王師, 不竟天討者, 臣未知其得計也. 伏願陛下博採廟議, 廓揮乾斷, 許令臣驅兵遠襲, 直搗巢穴, 臣雖不能燔龍城[7]之積, 勒燕然[8]之石, 誓使隻輪不返, 一箭不發, 以除我聖上西顧之憂矣." 疏奏, 上壯其意, 嘉其忠, 卽進秩拜御史大夫兼兵部尙書, 征西大元帥, 賜尙方斬馬劍, 彤弓赤箭, 通天御帶, 白旄黃鉞, 詔發朔方河東隴西諸道兵馬, 以助其軍勢.

---

4) 꼭 같은 표현은 보이지 않지만, "王者之兵, 出于萬全(왕자지병, 출우만전)" "王者之師, 當務萬全(왕자지사, 당무만전)" 등 유사한 표현이 여러 중국 고전에서 확인된다.

5) 常勝之家, 難與慮敵(상승지가, 난여려적): 『후한서後漢書』 「장궁전藏宮傳」에 있는 구절이다. 광무제 때 흉노가 기근과 역병으로 분열되어 다투자, 장궁이 광무제에게 기병 오천 명이면 공을 이룰 수 있다고 했다. 그러자 광무제가 웃으면서 "항상 이기는 사람과는 함께 적을 근심하기 어렵다. 내 생각해보겠다"고 했다.

6) 兵法乘勞(병법승로): 제갈량의 「후출사표後出師表」에 "지금 적은 마침 서쪽의 싸움에서 지쳤고, 동쪽에서도 힘을 다 쏟은 판입니다. 병법에 '수고로움을 이용한다' 하였으니, 지금 크게 밀고 나갈 때입니다"했다.

7) 龍城(용성): 흉노의 장수들이 모여 하늘에 제사를 올리는 곳.

8) 燕然(연연): 몽골 항애산(杭愛山). 후한 때 거기장군(車騎將軍) 두헌(竇憲)이 오랑캐를 격파하고 이 산에 올라 돌에 공을 새겨 기록했다. 『후한서』 「두융열전竇融列傳」.

원정

楊少遊奉詔, 向闕拜辭, 擇吉日, 祭旗纛, 仍發行. 言其兵法, 則六韜之神
謀也, 語其陣勢, 則八卦之奇變也. 軍容井井, 號令肅肅, 因建瓴之勢, 成破
竹之功, 數月之間, 復所失五十餘城, 驅大軍至積雪山下, 一陣回風, 忽起
於馬前, 有鳴鵲橫穿陣中而去. 尙書於馬上, 卜之, 得一卦曰, "賊兵必襲吾
陣, 而終有吉也." 留陣山底, 鋪鹿角蒺藜於四面, 整齊三軍, 設備而待. 尙書
坐帳中, 燒橡燭, 閱看兵書, 巡軍已報三更矣. 忽寒飇滅燭, 冷氣襲人. 一女
子自空中下立於帳裡, 手把尺八匕首, 色如霜雪矣. 尙書知其刺客, 而神色
不變, 威稜益冽, 徐問曰, "女子何人, 夜入軍中? 有甚意也." 女子答曰, "妾
承吐蕃贊普之命, 欲取尙書首級而來矣." 尙書笑曰, "大丈夫, 何畏死也. 須
速下手." 女子擲劍而前, 叩頭而對曰, "貴人毋慮, 妾何敢驚動貴人乎?" 尙
書就而扶起曰, "君旣挾利刃, 入軍營, 反不害我, 何也?" 女子曰, "妾之本
末, 雖欲自陳, 恐非立談之間所能盡也." 尙書賜坐, 而問曰, "娘子之涉險冒
危, 來見少遊, 必有好意也, 將何敎之?" 其女子曰, "妾雖有刺客之名, 實無
刺客之心. 妾之心肝, 當吐露於貴人矣." 自起燃燭, 當前而坐.[9] 其女子, 椎
結雲髮, 高揷金簪, 身着挾袖戰袍, 而袍上畵石竹花, 足着鳳尾靴, 腰懸龍
泉劍, 天然艶色, 若浥露之海棠花, 非從軍之木蘭, 必偸盒之紅線也. 繼而
言曰, "妾本凉州人也. 世爲大唐之民, 幼失父母, 從一女子, 爲其弟子, 其女
子劍術神妙, 敎弟子三人, 卽秦海月, 金綵虹, 沈裊烟, 裊烟卽妾也. 學劍術
三年, 能傳變化之術, 乘長風逐飛電, 瞬息之頃, 行千餘里矣. 三人劍術, 別
無高下, 而師或欲報仇, 或欲殺惡人, 則必遣綵虹海月, 而獨不使妾. 妾問,
'吾三人共事師傅, 同受明敎, 而弟子則獨未報師傅之恩, 敢問, 妾才拙, 不
足任師傅使令乎?' 師曰, '爾非我流也. 他日當得正道, 終有成就. 今若共此

---

9) 강전섭노존본에서는 이다음부터 제9회가 시작된다.

兩人, 殺害人命, 則豈不有損於汝之心行乎? 是以不遣也.' 姜又問曰, '若然則妾學得劍術, 將何用乎?' 師曰, '汝之前世之緣, 在於大唐國, 而其人大貴人也. 汝在外國, 邂逅無便, 吾所以教汝劍術者, 欲使汝因此小技, 得逢貴人. 汝他日當入百萬軍中, 得成好緣於戎馬之間矣.' 今春, 師又謂妾曰, '大唐天子, 使大將軍, 征伐吐蕃. 贊普榜募刺客, 欲害唐將. 汝須趁此下山, 往于吐蕃國, 與諸劍客, 較長短之術, 一以救唐將之禍, 一以結前身之緣.' 妾奉師命, 之蕃國, 自摘城門所掛之榜. 贊普召妾而入, 使與先到衆刺客較才. 妾片時能割十餘人椎髻, 贊普大喜, 遣妾而言曰, '待汝獻唐將之首, 封汝爲貴妃.' 今逢尚書, 師傅之言, 驗矣. 願自此, 永奉履綦, 忝侍左右, 相公其果肯諾乎?" 尚書大喜曰, "娘子旣救濱死之命, 且欲以身而事之, 此恩何可盡報? 白首偕老, 是我志矣." 因與同寢, 以槍劍之色, 代花燭之光, 以弓斗之響, 替琴瑟之聲, 伏波營中[10], 月影正流, 玉門關[11]外, 春色已回. 戎幕中, 一片豪興, 未必不愈於羅帷綵屛之中矣. 是後, 尚書晨昏沈溺, 不見將士, 至三日矣. 裊烟曰, "軍中非婦女可居之處, 兵氣恐不揚矣, 乃欲辭歸." 尚書曰, "仙娘非世上紅粉兒所可比也. 方祈畫奇計運妙策, 敎我而破賊矣. 娘何棄歸耶?" 裊烟曰, "以相公之神武, 蕩殘賊之巢窟, 在唾手間耳. 何足以煩相公之慮哉? 妾之此來, 雖仍師命, 未及永辭矣. 歸見師傅, 姑居山中, 徐待相公回軍, 當歸拜於京城矣." 尚書曰, "然娘子去後, 贊普更遣他刺客, 將何以備之?" 裊烟曰, "刺客雖多, 皆非裊烟之敵手. 若知妾歸順於相公, 則他人安敢來乎?" 手探腰間, 出一顆珠曰, "此珠名妙兒玩, 卽贊普椎髻上所繫者也. 相公命使者送此珠, 使贊普知妾無復歸之意也." 尚書又問, "此外, 更無可敎者乎?" 裊烟曰, "前路必過盤蛇谷, 而此谷無可飮之水. 相公須愼之, 鑿井

10) 伏波營中(복파영중): 난(亂)을 평정하러 가는 군영 안에. '복파'는 화란(禍亂)을 평정한다는 뜻으로, 대표적 복파장군(伏波將軍)으로는 남만(南蠻)을 평정한 후한(後漢)의 명장 마원(馬援)이 있다.
11) 玉門關(옥문관): 중국 간쑤 성 둔황 부근에 있던, 서역으로 통하는 관문.

飲三軍, 則好矣." 尙書又欲問計, 裊烟一躍騰空, 不可復見矣. 尙書會將士,
語裊烟之事, 皆曰, "元帥洪福如天, 神武慴敵, 想有神人來助矣."

제9회
白龍潭楊郎破陰兵 洞庭湖龍君宴嬌客

포위

尙書卽發, 使遣妙兒玩於吐蕃. 遂行到大山之下, 峽路甚窄, 纔容一馬, 攀壁緣澗, 魚貫而進, 過數百里, 始得稍廣之處, 設寨立營, 歇馬休軍. 軍士勞頓渴甚, 求水不得, 見山下有大澤, 爭飮其水, 飮畢, 遍身皆靑, 語言不通, 戰掉欲死, 奄奄就盡. 尙書親自往見, 其水色沈碧, 深不可測, 寒氣凜慄, 似挾秋霜, 始悟曰, "是必裊烟所謂盤蛇谷也." 督餘軍掘井. 衆軍鑿數百餘井, 深可十丈, 而無一湧水之處. 尙書大以爲憫, 方欲撤營, 移陣於他處矣. 鞞鼓之聲, 忽自山後而來, 雷聲殷地, 巖谷皆應. 賊兵據其險阻, 以絶歸路. 官軍進退俱碍, 飢渴且甚. 尙書方在營中, 思退敵之計, 而終無善策, 悶惱之久, 神氣頗困, 倚卓而少眠.

백능파

忽有異香, 遍滿營中, 女童兩人, 進立於尙書之前, 容狀奇異, 非仙則鬼, 告於尙書曰, “吾娘子欲告一言於貴人, 願貴人無惜一枉於陋穢之地.” 尙書 問曰, “娘子是何人, 在何處?” 答曰, “吾娘子, 卽洞庭龍君小女也. 近日暫離 宮中, 來寓於此矣.” 尙書曰, “龍神所在, 卽水府也, 我人世人也, 將以何術 致身乎?” 女童曰, “神馬已繫於門外, 貴人騎之, 則自當至矣. 水府不遠, 何 難之有乎?” 尙書隨女童, 出轅門, 從者數十人, 衣服殊制, 儀形不常, 扶尙 書上馬, 馬行如流, 飛塵不起於蹄下矣. 俄頃到水中, 宮闕宏麗, 如王者之 居, 守門之卒, 皆魚頭蝦鬚矣. 女童數人, 自內開門出, 導尙書昇堂上. 殿中 有白玉交倚, 南向而設. 侍女請尙書坐其上, 鋪錦繡步障於階砌之下, 卽入 於內殿. 未幾侍女十餘人, 引一箇女子, 從左邊月廊, 抵殿前, 姿態之娟, 服 飾之華, 俱不可形言. 侍女一人, 至前請曰, “洞庭龍王之女, 請謁於楊元帥 矣.” 尙書驚欲避之, 兩侍女挾持, 使不下床. 龍女向前四拜, 琳琅憂響, 芬馥 射人. 尙書請上殿, 龍女辭遜不敢, 設小床而坐. 尙書曰, “楊少遊塵世賤品, 娘子水府靈神, 禮貌何太恭也?” 龍女答曰, “妾卽洞庭龍王末女凌波也. 妾 之始生也, 父王朝於上界, 逢張眞人[1], 卜妾之命, 眞人撲著曰, ‘此娘子, 前 身卽仙女也. 因罪謫降, 爲王之女, 而畢竟復得人形, 爲人間貴人之姬妾, 享富貴榮華之樂, 悉耳目心志之娛, 終歸佛家, 永爲大禪矣.’ 吾龍神爲水 族之宗, 而以幻人之形, 爲大榮, 至於仙佛, 尤所敬戴也. 妾之伯兄, 初爲涇 水龍君之婦, 夫妻反目, 兩家失和, 再適於柳眞君, 九族尊之, 一家敬之, 而 妾則將得正果, 一身榮貴, 必在於伯兄之上也. 父王自聞眞人之言, 愛妾之

---

1) 張眞人(장진인): 장도릉(張道陵)을 가리키는 듯하다. 『오주연문장전산고』 「장진인의 내력에 대한 변증설」에 “세상에 장도릉이 한나라 장량(張良)의 자손이 아니라는 변증설을 지어 단 정한 자가 있다. 이 의견이 옳은지 그른지 알 수 없지만, 한나라 때부터 지금까지 장도릉을 진인으로 간주하여 도교(道敎)의 종주(宗主)를 삼았다. 장진인은 우주 사이에 매우 기이한 자이다. 이로써 일차 변증한다”고 했다.

情, 一倍隆篤, 宮中大小侍妾, 如待天上眞仙. 及稍長, 南海龍王之子敖賢, 聞妾略有姿色, 求婚於父王. 吾洞庭卽南海之管下, 故父王不敢峻斥, 親往南海, 諭以張眞人之言, 强拒不從, 則南海之王, 爲其驕悍之子, 反以父王爲惑於誕說, 肆然喝責, 求婚益急. 妾自知若在父母膝下, 則辱必及身, 遠離父母, 抽身遁逃, 披荊棘開窟宅, 自蟄胡地, 苟送歲月, 而南海之逼, 益甚矣. 父母但曰, ‘女子不願, 斂身遠走, 終欲不棄, 問之於渠.’ 唯彼狂童, 欺妾孤弱, 自率軍兵, 欲逼賤妾. 妾之至冤苦節, 感極天地, 潴澤之水, 居然變化, 冷如寒氷, 昏如地獄, 他國之兵, 不能輕入, 故妾賴此全完, 尚保危命矣. 今日之幸邀貴人臨此陋者, 不惟欲訴衷情. 目今王師暴露旣久, 水路莫通, 井泉不出, 掘土鑿地, 亦云勞止. 雖遍一山而穿萬丈, 水不可得, 而力不可支矣. 此水本名淸水潭, 水性甚美, 自妾來居, 其味苦惡, 飮之者生病, 故改稱曰, 白龍潭也. 今貴人來此賤妾得所, 何羨乎? 銀瓶之上井,[2] 陰谷之生春乎? 妾旣托命於貴人, 許身於貴人, 則貴人之憂卽妾之憂也. 豈敢不效愚智而助軍功乎? 自此之後, 水味之甘, 當如舊日, 士卒皆牛飮, 自無害矣, 病水之卒, 亦當自瘳矣.” 尚書曰, “今聞娘子之言, 兩人之緣, 天已定之, 神亦知之. 月老之約, 肆可卜矣. 娘子之意, 亦如我否?” 龍女曰, “妾之陋質, 雖已許之, 徑侍郞君不可者, 三. 一則, 不告父母也. 二則, 幻形變質而後, 方可以侍貴人也. 今不可以鱗甲之腥, 髻鬣之陋, 以累貴人之床席也. 三則, 南海龍子, 每送邏卒於此, 暗暗偵探, 不可激其怒而挑其禍, 以起一場風波也. 貴人須早歸陣中, 整軍殲賊, 得逐大勳, 奏凱還京, 則妾當褰裳涉溱,[3] 從貴

<hr />

2) 銀瓶之上井(은병지상정): 백거이의 시 「정저인은병井底引銀瓶」에 “우물 밑에서 은두레박을 건져올리니 두레박은 올라오려고 하는데 끈이 끊어져버립니다. 돌 위에다 옥비녀를 갈아보니 비녀는 잘 갈렸으면 하지만 중동이 부러져버립니다. 두레박이 떨어지고 비녀가 부러지는 것은 오늘아침 그대와 이별한 것과 비슷합니다(井底引銀瓶, 銀瓶欲上絲繩絶, 石上磨玉簪, 玉簪欲成中央折, 瓶沈簪折知奈何, 似妾今朝與君別)”라는 구절이 있다. 두레박이 올라온다는 것은 만남의 성취를 나타낸다.

3) 褰裳涉溱(건상섭진): 『시경』 「정풍鄭風」 ‘건상(褰裳)’에 “그대가 나를 사랑하여 그리워할진댄 내 치마를 걷고 진수(溱水)를 건너가리(子惠思我, 褰裳涉溱)”하는 구절이 있다.

人於甲第之中也."尙書曰, "娘子之言雖美, 我思之, 娘之來此, 不但守志, 而亦父王欲使留待少遊之來, 而卽從之也. 今日之相會, 豈非父王之命乎? 且娘子神明之後, 靈異之性也, 出入人神之間, 無所往而不可, 則豈以鱗鬣 爲嫌乎? 少遊雖不才, 奉天子之明命, 將百萬之雄兵, 飛廉爲之導先, 海若 爲之殿後, 其視南海小兒, 如蚊虻螻蟻而已. 渠若不自量, 妄欲相逼, 則不 過汚我寶劍而已. 今夜何幸邂逅相逢, 則良辰豈可虛度, 佳期何忍孤負?" 遂携龍女而就枕, 交會之歡, 非夢則眞.

남해태자

日未明, 一聲疾雷, 鏗鏗殷殷, 簸却水晶宮殿, 龍女忽驚覺而起, 宮女報 急曰, "大禍出矣. 南海太子, 驅無數軍兵來陣山下, 請與楊元帥, 決雌雄 矣." 尙書大怒曰, "狂童何敢乃爾?" 拂袂而起, 跳出水邊, 南海兵, 已圍白龍 潭, 喊聲大震, 陣雲四起. 所謂太子者, 躍馬出陣而大叱曰, "爾爲何人, 而掠 人之妻乎? 誓不與共立天地間也." 尙書立馬大笑曰, "洞庭龍女與少遊, 有 三生宿緣, 卽天宮之所簿, 眞人之所知也. 我不過順天命也, 奉天敎也. 么 麽鱗虫, 何無禮若是耶?" 仍麾兵督戟, 太子大怒, 命千萬種水族, 鯉提督鱉 參軍, 鼓氣賈勇, 騰跳而出. 尙書一麾而斬之, 擧白玉鞭一揮之, 百萬勇卒, 齊發蹴踏. 不移時, 敗鱗殘甲, 已滿地矣. 太子身被數瘡, 不能變化, 終爲唐 軍所獲, 縛致麾下. 尙書大悅, 擊金收軍, 門卒報曰, "白龍潭娘子, 親詣軍 前, 進賀元帥, 仍犒軍卒矣." 尙書使人邀入, 龍女進賀尙書之全勝, 以千石 酒萬頭牛, 大饗三軍, 士卒鼓腹而歌, 翹足而舞, 輕銳之氣, 百倍矣. 楊元帥 與龍女同坐, 捽入南海太子, 厲聲責之曰, "我奉行天討, 征伐四夷, 百鬼千 神, 莫不從命, 汝小兒, 不知天命, 敢抗大軍, 是自促鯨鯢之誅也. 我有一個 寶劍, 卽魏徵[4]丞相, 斬涇河龍王之利器也. 當斬汝頭, 以壯軍威, 而汝鎭定

南海, 博施雨澤, 有功於萬民, 是以赦之. 自今勉悛舊惡, 幸勿得罪於娘子
也." 仍命曳出, 太子屏息戢身, 鼠竄而走. 忽有祥光瑞氣, 自東南而至矣. 紫
霞葱鬱, 彤雲明滅, 旌旗節鉞, 自太空繽紛而下, 紫衣使者, 趨而進曰, "洞庭
龍王, 知楊元帥破南海之兵, 救公主之急, 極欲躬謝於壁門之前, 而職業有
守, 不敢擅離, 故方設大宴於凝碧殿, 奉邀元帥, 元帥暫屈焉. 大王亦令小
臣陪貴主同歸矣." 尙書曰, "敵軍雖退, 壁壘尙存, 且洞庭在萬里之外, 往返
之間, 日月累矣. 將兵之人, 何敢遠出?" 使者曰, "已具一車, 駕以八龍, 半
日之內, 當去來矣."

<hr>

4) 魏徵(위징): 당나라 태종 때의 재상. 그가 태종을 위해 경하(涇河) 용왕의 목을 베었다는 이
   야기가 『서유기西遊記』『당태종전唐太宗傳』 등에 전한다.

제10회
楊元帥偸閑叩禪扉 公主微服訪閨秀

용궁 잔치

楊尙書與龍女登車, 靈風吹輪, 轉上層空. 未知去天餘幾尺也, 距地隔
幾里也, 而但見白雲如蓋平覆世界而已. 漸漸低下, 至于洞庭, 龍王遠出迎
之, 執賓主之禮, 展翁婿之情, 揖上層殿, 設宴饗之, 執酌而謝曰, "寡人德
薄而勢孤, 不能使一女安其所矣. 今元帥, 奮神威而擒驕童, 垂厚誼而救小
女, 欲報之德, 天高地厚." 尙書曰, "莫非大王威令所及, 何謝之有?" 至酒
闌, 龍王命奏衆樂, 樂律融融, 聞有條節, 而與俗樂異矣. 壯士千人, 列立於
殿左, 右手持劍戟, 揮擊大鼓而進, 美女六佾, 着芙蓉之衣, 振明月之珮, 飄
拂藕衫, 雙雙對舞, 眞壯觀也. 尙書問曰, "此舞未知何曲也?" 龍王答曰, "水
府舊無此曲, 寡人長女, 嫁爲涇河王太子之妻, 因柳生傳書, 知其遭牧羊之
困, 寡人弟錢塘君, 與涇河王大戰, 大破其軍, 率女子而來, 宮中之人, 爲作
此舞, 號曰, 「錢塘破陣樂」, 或稱, 「貴主還宮樂」, 有時, 奏之於宮中之宴矣.
今元帥破南海太子, 使我父女相會, 與錢塘故事, 頗相似矣. 故改其名曰,

「元帥破陣樂」也." 尙書又問曰, "柳先生, 今何在耶? 未可相見耶?" 王曰,
"柳郞今爲瀛洲仙官, 方在職所, 何可來耶?" 酒過九巡, 尙書告辭曰, "軍中
多事, 不可久留, 是可恨也. 惟願使娘子毋失後期也." 龍王曰, "當如約矣."
出送於殿門之外, 有山突兀, 秀出五峰, 高入於雲烟. 尙書便有遊覽之興,
問於龍王曰, "此山何名? 少遊歷遍天下, 而惟未見此山及華山也." 龍王曰,
"元帥未聞此山之名乎? 卽南岳衡山, 奇且異也." 尙書曰, "何以則今日可登
此山乎?" 龍王曰, "日勢猶未晚矣, 雖暫玩而歸, 亦未暮矣."

남악 형산

尙書卽上車, 已在衡山之下矣. 携竹杖訪石逕, 經一丘而度一壑, 山益高,
境轉幽, 景物森羅, 不暇應接. 所謂千巖競秀, 萬壑爭流[1]者, 眞善形容也.
尙書柱筇騁矚, 幽思自集, 乃歎息曰, "積苦兵間, 弊情勞神, 此身塵緣, 何太
重耶? 安得功成身退, 超然作物外之人也?" 俄聞石磬之聲, 出於林端. 尙書
曰, "蘭若必不遠." 乃涉絶巇, 上高頂, 有一寺, 殿閣深邃, 法侶坌集, 老僧趺
坐蒲團, 方誦經說法, 眉長而綠, 骨淸而癯, 可知年紀之高矣. 見尙書至, 率
闍利, 下堂迎之曰, "山野之人聾聵, 不知大元帥之來, 未能迎候於山門, 請
相公恕之. 今番非元帥永來之日, 須上殿禮佛而去." 尙書卽詣佛前, 焚香展
拜, 方下殿, 忽跌足驚覺.

---

1) 진(晉)나라의 화가 고개지(顧愷之)가 회계(會稽)의 산수를 설명하면서 했다는 말이다. 『진
서』 「고개지열전」.

승전

身在營中, 倚卓而坐, 東方微明矣. 尚書異之, 問於諸將曰, "公等亦有夢乎?" 齊答曰, "小的等, 皆夢. 陪元帥, 與神兵鬼卒, 大戰而破之, 擒其大將而歸, 此實擒胡之吉兆也." 尙書備說夢中之事, 與諸將往見白龍潭, 碎鱗鋪地, 流血成川. 尙書持杯, 酌水先嘗, 因飮病卒, 卽快愈矣. 驅衆軍及戰馬, 臨水快吸, 歡動天地. 賊聞之, 大懼, 欲輿櫬而降矣.

결혼 논의

尙書出師之後, 捷書相續, 上嘉之, 一日朝太后, 稱楊少遊之功曰, "少遊郭汾陽後一人, 待其還來, 則拜丞相, 以酬不世之勳, 而但御妹婚事, 尙未牢定, 彼若回心從命, 則大善, 若又堅執, 則功臣不可罪矣, 其志不可奪矣, 處治之道, 實難得當, 是可憫也." 太后曰, "我聞鄭家女子誠美, 且與少遊, 曾已相見, 少遊豈背棄之. 吾意則乘少遊出外之日, 下詔於鄭家, 與他人結婚, 則少遊之望, 絶矣. 君命何可不從乎?" 上久不仰答, 黙然而出. 時, 蘭陽公主, 在太后之側, 乃告於太后曰, "娘娘之敎, 大違於事體. 鄭女之婚與不婚, 自是其家之事. 豈朝廷所可指揮者乎?" 太后曰, "此卽汝之重事, 國之大禮, 我欲與汝相議爾. 尙書楊少遊, 風彩文章, 非獨卓出於朝紳之列, 曾以洞簫一曲, 卜汝秦樓之緣, 決不可棄楊家而求他人矣. 少遊本與鄭家, 情分不泛, 彼此亦不可背矣. 是事極其難處, 少遊還軍之後, 先行汝之婚禮, 使少遊次娶鄭女爲妾, 則少遊可無辭矣, 第未知汝意, 以是起趄耳." 公主對曰, "小女一生, 不識妬忌爲甚事也. 鄭女何可忌乎? 但楊尙書, 初旣納聘, 後以爲妾, 非禮也. 鄭司徒, 累代宰相, 國朝大族, 以其女子, 爲人姬妾, 不亦冤乎? 此亦不可也." 太后曰, "然則汝意欲何以處之乎?" 公主曰, "國法諸侯三夫人也. 楊尙書成功還朝, 則大可爲王, 小不失爲侯, 聘兩夫人, 實非僭也. 當此之時, 亦許娶鄭女, 則何如?"太后曰, "是則不可. 女子勢均體敵, 則同爲夫人, 固無所妨. 女兒先帝之愛女, 今上之寵妹, 身固重矣, 位亦尊矣, 豈可與閭閻小女子齊肩而事人乎?"公主曰, "小女亦知身地之尊重, 而古之聖帝明王, 尊賢敬士, 忘身愛德, 以萬乘而友匹夫者. 小女聞鄭氏女子, 容貌節行, 雖古烈女不及也. 誠如是言, 與彼幷肩, 亦小女之幸也, 非小女之辱也. 但傳聞易爽, 虛實難副, 小女欲因某條親見鄭氏, 其容貌才德, 果出於小女之右, 則小女屈身仰事. 若所見, 不如所聞, 則爲妾爲僕, 惟娘娘意."太后歎嗟曰, "妬才忌色, 女子常情, 吾女兒愛人之才, 若己之有, 敬人之德, 如渴求飮, 其爲母者, 豈無嘉悅之心哉? 吾欲一見鄭女, 明日當下詔於鄭家矣."公主曰, "雖有娘娘之命, 鄭女必稱病不來, 然則宰相家女兒, 不可脅致, 若分付於道觀尼院, 預知鄭女焚香之日, 則一者逢着恐不難矣."太后是之, 卽使小黃門問於近處寺觀. 定惠院尼姑曰, "鄭司徒家, 本行佛事於吾寺, 而其小姐元不往來於寺觀. 三日前, 小姐侍婢, 楊尙書小室賈孺人, 奉小姐之命, 以發願之文, 納於佛前而去. 願黃門齎去此文, 復命太后娘娘, 如何?"黃門還來, 以此奏進. 太后曰, "苟如是, 則見鄭女之面, 難矣."與公主同覽其祝文曰, "弟子鄭氏瓊貝, 謹使婢子春雲, 齋沐頓首, 敬告于諸佛前. 弟子瓊貝, 罪惡甚重, 業障未除, 生爲女子之身, 且無兄弟之樂, 頃旣受幣於楊家, 將欲終身於楊門矣. 楊郞被揀於禁臠, 君命至嚴, 弟子已與楊家, 絶矣. 但恨, 天意人事, 自相乖戾, 薄命之人, 更無所望, 而身雖未許, 心旣有屬, 則至今二三其德[2], 非義之所敢出也. 姑欲依存於怙恃膝下, 以送未盡之日月矣. 因此命途之崎嶇, 幸得一身之淸閑, 故乃敢薦誠於佛前, 以告弟子之心誠. 伏願斂佛聖之靈, 燭祈懇之忱, 垂慈悲之念, 使弟子老父母俱

---

2) 二三其德(이삼기덕): 신념을 지키지 않고 자주 바꾼다는 뜻.『시경』「위풍衛風」'맹(氓)'에 "남자가 줏대가 없어서 이랬다저랬다 하는도다(士也罔極, 二三其德)"라는 구절이 있다.

享遐筭, 壽與天齊, 令弟子身無疾病災殃, 以盡衣彩弄雀之歡[3], 則父母身後, 誓歸空門, 斷俗緣服戒行, 齋心誦經, 潔躬禮佛, 以報諸佛之厚恩矣. 侍婢賈春雲, 本與瓊貝, 大有因果, 名雖奴主, 實則朋友, 曾以主人之命, 爲楊家之妾矣. 事與心違, 佳緣莫保, 永辭楊家, 復歸主人, 死生苦樂, 誓不異同. 伏乞諸佛, 俯憐吾兩人之心事, 世世生生, 俾免爲女子之身, 消前生之罪過, 贈後世之福祿, 使之還生於善地, 長享逍遙快活之樂.” 公主見畢, 慘然曰, “因一人之婚事, 誤兩人之身世, 恐有大害於陰德矣.” 太后聽之黙然.

자수 족자

此時鄭小姐侍其父母, 婉容婾色, 無一毫慨恨之色, 而崔夫人每見小姐, 輒有悲傷之念. 春雲侍小姐, 以翰墨雜技, 强爲排遣之地, 而潛消暗削, 日漸憔悴, 將成膏肓之疾. 小姐上念父母, 下憐春雲, 心緒搖搖, 不能自安, 而人不能知矣. 小姐欲慰母親之哀, 使婢僕等, 求技樂之人, 玩好之物, 時時奉進, 以娛其耳目矣. 一日女童一人, 來賣繡簇二軸, 春雲取而見之, 一則花間孔雀, 一則竹林鵁鶄, 手品絶妙, 工如七襄. 春雲敬歎留其人, 以其簇子, 進於夫人及小姐曰, “小姐每贊春雲之刺繡矣. 試觀此簇, 其才品何如耶? 不出於仙女機上, 必成於鬼神手中也.” 小姐展看於夫人座前, 驚謂曰, “今之人必無此巧, 而染線尙新, 非舊物也. 怪哉! 何人有此才也?” 使春雲問其出處於女童, 女童答曰, “此繡卽吾家小姐所自爲也. 小姐方在寓中, 隱有用處, 不擇金銀錢幣, 而欲捧之矣.” 春雲問曰, “汝小姐誰家娘子, 且因何事, 獨留客中耶?” 答曰, “小姐李通判妹氏也. 通判陪夫人, 往浙東任所, 而

---

3) 衣彩弄雀之歡(의채롱작지환): 효자로 유명한 주나라의 노래자(老萊子)는 나이 칠십에 자신을 어린아이로 꾸며 때때옷을 입고 새를 희롱하며 부모를 기쁘게 해드렸다고 한다.

小姐病不從, 姑留於內舅張別駕宅矣. 別駕宅中, 近有些故, 借寓於此路迤左臙脂店謝三娘家, 以待浙東車馬之來矣." 春雲以其言, 入告小姐, 以釵釧首飾等物, 優其價而買之, 高掛中堂, 盡日愛玩, 嗟羨不已. 此後女童因緣出入於鄭府, 與府中婢僕相交矣. 鄭小姐謂春雲曰, "李家女子, 手才如此, 必非常人也. 吾欲使侍婢, 隨往女童, 求見李小姐容貌矣." 仍送伶俐一婢子, 閭家狹窄, 本無內外, 李小姐知鄭府婢子, 饋酒食而送之. 婢子還告曰, "李小姐艷娉婷, 與我小姐, 二而一者矣." 春雲不信曰, "以其手線而見之, 則李小姐決非魯鈍之質, 而汝何爲過實之言也? 此世界上, 謂有如我小姐者, 吾實疑之." 婢子曰, "賈孺人疑吾言乎? 更遣他人而見之, 則可知, 吾言之不妄也." 春雲又私送一人矣. 還曰, "怪哉! 怪哉! 此小姐, 卽玉京仙娥. 昨日之言, 果實矣. 賈孺人又以吾言爲可疑, 此後一者親見如何?" 春雲曰, "前後之言, 皆誕矣. 何無兩目也?" 相與大笑而罷. 過數日, 臙脂店謝三娘來鄭府, 入謁於夫人曰, "近者, 李通判宅娘子, 賃居小人之家. 其娘子有貌有才, 實老嫗初見. 竊仰小姐芳名, 每欲一見請敎, 而有不敢者, 以小人獲私於夫人, 使之仰稟矣." 夫人招小姐, 以此意言之, 小姐曰, "小女之身, 與他人有異, 不欲擧此面目與人相對, 而但聞李小姐爲人, 一如其繡線之妙, 小女亦欲一洗昏眵矣." 謝三娘喜而歸.

규방의 벗

翌日, 李小姐送其婢子, 先通踵門之意, 日晚李小姐乘垂帳小玉轎, 率叉鬟數人, 至鄭府. 鄭小姐邀見於寢房, 賓主分東西而坐. 織女爲月宮之賓, 上元[4]與瑤池之宴矣, 光彩相射, 滿堂照耀, 彼此皆大驚. 鄭小姐曰, "頃緣婢輩, 聞玉趾臨於近地, 而命蹇之人, 廢絶人事, 問候之禮, 尙此闕如矣. 今姐姐惠然辱臨, 旣感且傷, 敬謝之意, 何以口舌盡也?" 李小姐答曰, "小妹僻

陋之人也. 嚴親早背, 慈母偏愛, 平生無所學之事, 無可取之才也. 常自嗟惋
曰, '男子迹遍四海, 交結良朋, 有切磋之益, 有規警之道, 而女子惟家內婢
僕之外, 無可相接之人, 求過於何處, 質疑於何人乎?' 自恨爲閨閫中兒女子
矣. 恭聞姐姐以班昭之文章, 兼孟光之德行, 身不出於中門, 名已徹於九重,
妾以是自忘資品之陋劣, 願接盛德之光輝矣. 今蒙姐姐不棄, 足償小妾之
至願矣." 鄭小姐曰, "姐姐所敎之言, 卽小妹方寸間, 所素畜積者也. 閨中之
身, 蹤迹有碍, 耳目多蔽, 本不知滄海之水, 巫山之雲, 志氣之隘, 見識之偏,
固其宜也, 何足怪也? 此槪荊山之玉, 埋光而恥衒, 老蚌之珠, 葆彩而自珍.
然如小妹者, 自視欿然, 何敢當盛獎也?" 因進茶果, 穩吐閑談. 李小姐曰,
"似聞府中有賈孺人者, 可得見乎?" 鄭小姐曰, "渠亦欲一拜於姐姐矣." 招
春雲, 來謁, 李小姐起身迎之, 春雲警歎曰, '前日兩人之言果信矣. 天旣生
我小姐, 又出李小姐, 不自意飛燕玉環竝世而出也.' 李小姐亦自度曰, '飽聞
賈女之名矣, 其人過其名也, 楊尙書之眷愛, 不亦宜乎? 當與秦中書竝驅,
若使春娘見秦氏, 則豈不效尹夫人之泣乎? 奴主兩人, 有如此之色, 有如此
之才, 楊尙書豈肯相捨乎?' 李小姐與春雲, 吐心談話, 款曲之情, 與鄭小姐
一也. 李小姐告辭曰, "日已三竿矣. 不得穩陪淸談可恨, 小妹寓舍, 只隔一
路, 當偸閑更進, 以請餘敎矣." 鄭小姐曰, "猥荷榮臨, 仍受盛誨, 小妹當進
謝堂下, 而小妹處身異於他人, 不敢出戶庭一步之地, 惟姐姐寬其罪, 而恕
其情焉." 兩人臨別, 惟黯然而已. 鄭小姐謂春雲曰, "寶劍雖埋於獄中, 而光
射斗牛,[5] 老蜃雖潛於海底, 而氣成樓臺. 李小姐同在一城, 而吾竟未尙有
聞, 誠可怪也." 春雲曰, "賤妾之心, 第有一事可疑. 楊尙書每言, '華州秦御

---

4) 上元(상원): 상원부인(上元夫人). 전설의 선녀인 서왕모(西王母)의 딸이자, 삼천진황(三天眞
   皇)의 어머니. 상원의 벼슬을 지니고 십방옥녀명록(十方玉女名錄)을 관장한다. 한나라 무제
   원년 7월 7일 밤에 서왕모가 무제의 기도에 감응하여 궁전으로 내려와서 연회를 베풀었는
   데 이때 상원부인도 왔다. 연회가 끝난 후 임금에게 비결서를 주었다고 한다.
5) 진(晉)나라 때 장화(張華)가 북두성과 견우성 사이에 상스러운 기운이 뻗친 것을 보고 천문
   가(天文家)인 뇌환(雷煥)에게 물어, 풍성현(豐城縣)의 옛 옥(獄) 터에서 용천(龍泉)과 태아
   (太阿)라는 두 명검(名劍)을 찾아냈다고 한다. 『진서』 「장화열전張華列傳」.

使女子, 見面於樓上, 得詩於店中, 與結秦晉之約, 而因秦家之遭禍, 終致乖張矣. 仍稱秦女絶世之色, 輒愀然發歎, 而妾亦見楊柳詞, 則誠才女也. 此女子無乃藏其姓名, 締結小姐, 欲成前日之緣乎?"小姐曰, "秦氏之美, 吾亦因他路聞之. 似與此女子相近, 而彼遭家禍, 沒入掖庭, 何能得至於此乎?"入見夫人, 稱李小姐不容口, 夫人曰, "吾亦欲一請而見之矣." 數日後, 使侍婢請小姐一枉, 李小姐欣然承命, 又至鄭府, 夫人出迎於堂中, 李小姐以子姪禮見於夫人. 夫人愛款接曰, "頃日小姐爲訪小女, 過垂厚眷, 老身良用感謝, 而其時病, 未能相接, 至今慚歎." 李小姐伏以對曰, "小姪景慕姐姐如天仙, 唯恐賤棄矣. 尊姐一逢小姪, 便以兄弟之誼待之, 夫人特賜顏色, 以子姪之列畜之, 小姪於此, 實未知措躬之處也. 小姪欲終身出入於門下, 事夫人, 如事慈母矣." 夫人稱不敢者, 再三矣. 鄭小姐, 與李小姐, 侍坐夫人, 至半日, 仍請李小姐, 歸其寢房, 與春雲, 鼎足而坐, 嬌聲嫩語, 昵昵相酬, 氣已合矣, 情亦密矣. 評騭文章, 講論婦德, 殊不覺日影已在窓西矣.

제11회
兩美人携手同車 長信宮七步成詩

이소저

李小姐去後, 夫人謂小姐及春雲曰, "鄭崔兩門, 宗族甚多, 幾至百千人矣. 吾自少時, 見美色多矣, 皆不及李小姐遠矣, 誠與女兒, 相上下矣, 兩美相從, 結爲兄弟, 則好也." 小姐以春雲所傳秦氏事告曰, "春雲終不能無疑, 而小女所見, 與春雲異. 李小姐, 姿色之外, 氣像之飄逸, 威儀之端重, 與閭閻士夫家女子絶異. 秦氏雖有才氣, 何敢比之? 以妾所聞言之, 蘭陽公主, 貌如其心, 才如其德, 或恐李小姐氣像, 與蘭陽不遠." 夫人曰, "公主吾亦不見, 未可懸度, 而雖居尊位, 得盛名, 安知其必與李娘同符乎?" 小姐曰, "李小姐蹤迹, 實有可疑者. 後日當使春雲, 往審之矣." 明日鄭小姐與春雲, 方議是事, 李小姐婢子到鄭府, 傳語曰, "吾小姐適得浙東順歸之舡, 將以明日發行, 故今日當到府中, 告別於夫人及小姐矣." 小姐方掃軒而待之, 小頃李小姐至, 入見夫人及鄭小姐, 兩小姐別意忽忽, 離緖依依, 如仁兄之別愛弟, 蕩子之送美人也. 李小姐起而再拜, 乃敬告曰, "小姪別母離兄, 已周一期,歸意如矢, 不可復沮, 而但以夫人之恩德, 姐姐之情分, 心如素絲, 欲解復結矣. 小姪玆有一言, 欲懇於姐姐, 而恐姐姐不許, 先告於夫人." 仍趑趄不發, 夫人曰, "娘子所欲請者, 何事?" 李小姐曰, "小姪爲先親, 方繡南海大師畫像, 才已訖工, 而家兄方在任所, 小姪身是女子, 尙未求文人之贊, 將使前工歸虛, 甚可惜也. 欲得姐姐數句語數行筆, 而繡幅頗廣, 卷舒有妨, 且恐褻慢, 不敢取來, 不得已暫邀姐姐, 乞得筆製, 一以完小女爲親之孝, 一以慰遠路相別之情, 而未知姐姐之意, 不敢直請, 敢以私懇仰瀆於夫人矣." 夫人顧小姐曰, "汝雖於至親之家本不來往, 而顧念此娘子所請, 蓋出於爲親之至誠, 況娘子僑居, 距此密邇, 一霎來去, 似非難事." 小姐初則似有持難之色, 飜然內悟曰, '李小姐行色甚忙, 春雲不可送矣. 吾乘此機會, 往探其迹, 則不亦妙乎?' 乃告於夫人曰, "李小姐所請, 若係等閑之事, 則實難奉副, 而孝親之誠, 人皆有之, 小姐之言, 何可不從乎? 但欲待日昏而去矣." 李小姐大喜, 起謝曰, "日若曛黑, 則持筆似難, 姐姐若以有煩道路爲嫌, 小妹所乘之轎, 雖甚朴陋, 足容兩人之身也. 與我同乘而去, 乘夕而還, 亦如何耶?" 鄭小姐答曰, "姐姐之敎, 甚合矣."

궁궐로

李小姐拜辭夫人, 退, 與春雲, 執手而別, 與鄭小姐, 同乘一轎, 鄭府侍婢數人, 從小姐之後矣. 鄭小姐來見李小姐寢室, 所排什物, 不甚繁多, 而品皆精妙, 所進飮食, 雖甚簡略, 而無非珍味. 鄭小姐留眼見之, 皆可疑也. 李小姐久不出乞文之言, 而日色看看暮矣. 鄭小姐問曰, "觀音畫像, 奉置於何處耶? 小妹亟欲禮拜." 李小姐曰, "當卽使姐姐奉玩矣." 語畢, 車馬之聲, 喧聒於門外, 旗幟之色, 掩暎於道上, 鄭家侍婢, 驚惶入告曰, "一陣軍馬, 急圍此家, 娘子, 娘子, 何以爲之?" 鄭小姐旣已知機, 自若而坐, 李小姐曰, "姐姐安心. 小妹非別人也, 蘭陽公主簫和, 卽小妹職號身名. 邀致姐姐, 乃太后娘娘之命也." 鄭小姐避席對曰, "閭巷間微末小女, 雖無知識, 亦知天人骨格, 與常人自殊, 而貴主降臨, 實千萬夢寐外事也. 旣失竭蹶之禮, 又多逋慢之罪, 伏願貴主生死之." 公主未及對, 侍女告曰, "自三殿, 遣薛尙宮, 王尙宮, 和尙宮, 問安於貴主矣." 公主謂鄭小姐曰, "姐姐少留於此." 乃出坐於堂上, 三人以次而入, 禮謁畢, 伏奏曰, "玉主離大內, 已累日矣. 太后娘娘, 思想正切, 萬歲爺爺, 皇后娘娘, 使婢子等問候, 且今日卽玉主還宮之期也. 車馬儀仗, 已盡來待, 而皇上命趙太監護行矣." 三尙宮又告曰, "太后娘娘有詔曰, '玉主必與鄭娘子, 同輦而來矣'." 公主留三人於外, 入謂鄭小姐曰, "多少說話當從容穩展, 而太后娘娘欲見姐姐, 方臨軒而待之, 姐姐毋庸苦辭, 與小妹同入趁, 今日朝見." 鄭小姐知不可免, 對曰, "妾已知玉主之眷妾, 而閭家女兒, 未嘗現謁於至尊, 惟恐禮貌之有愆, 以是惶怯矣." 公主曰, "太后娘娘, 欲見娘子之心, 何異於小妹之愛姐姐乎? 姐姐勿疑也." 鄭小姐曰, "惟貴主先行, 妾當歸家, 以此意言於老母, 躡後而進矣." 公主曰, "太后娘娘, 已有詔命, 使小妹與姐姐同車, 而辭意極其懇至, 姐姐勿固讓也." 小姐曰, "賤妾, 臣也, 微也. 何敢與貴主同輦乎?" 公主曰, "呂尙渭川漁夫, 文王共車, 侯嬴[1]夷門監者, 信陵執轡, 苟欲尊賢, 何可挾貴? 姐姐侯伯盛門, 大臣女子, 何嫌乎? 與小妹同乘, 而執謙何太過耶?" 遂携手登輦, 小姐使侍婢一人, 歸告於夫人, 一人隨入於宮中. 公主與小姐, 同行入東華門, 歷重重九門, 至挾門外, 下車. 公主謂王尙宮曰, "尙宮陪鄭小姐, 少待於此." 王尙宮曰, "以太后娘娘之命, 已設鄭小姐幕次矣." 公主喜而留之, 入謁於太后.

---

1) 侯嬴(후영): 위(魏)나라 은사(隱士). 나이 일흔에 성문의 문지기가 되었는데 신릉군(信陵君)이 잔치를 베풀고 친히 가서 맞이하자 그의 문객이 되었다. 신릉군은 위나라의 정치가로 문하에 식객 삼천 명을 거느렸다고 한다. 제나라의 맹상군, 초나라의 춘신군, 조나라의 평원군과 함께 전국(戰國) 말기의 사군(四君)으로 꼽힌다.

태후의 양녀

原來, 太后初則本無好意於鄭氏矣. 公主以微服, 寓於鄭家近處, 媒一幅之繡, 結鄭氏之交, 心旣敬服, 情又綢繆, 且知楊尙書之終不肯疎棄, 相愛相約, 結爲兄弟, 將欲共一室, 而事一人, 數以書, 苦諫於太后, 以回其意, 太后於是大悟, 許以公主及鄭氏, 爲兩夫人於少遊, 而必欲親見其容貌, 使公主設計, 而率來矣. 鄭小姐少憩於幕中矣, 宮女兩人, 自內殿, 奉衣函而出, 傳太后之命曰, "鄭小姐以大臣之女, 受宰相之幣, 而猶着處子之服, 不可以平服朝於我也. 特賜一品命婦章服.' 故妾等奉詔而來, 惟小姐着之." 鄭氏再拜曰, "臣妾以處子之身, 何敢具命婦服色乎? 臣妾所着雖簡藝, 亦常着之於父母之前者也. 太后娘娘卽萬民之父母, 請以見父母之衣服, 入朝於娘娘也." 宮女入告, 太后大嘉之, 卽引見. 鄭氏隨宮女入前殿, 左右宮嬪, 聳見嘖舌曰, "吾以爲嬌艶, 唯吾貴主而已, 豈料復有鄭小姐乎?" 小姐禮畢, 宮人引之上殿, 太后賜坐下敎曰, "頃者因女兒婚事, 詔收楊家禮幣, 此所以遵國法別公私也, 非寡人刱開, 而女兒諫予曰, '使人爲新婚而背舊約, 非王者所以正人倫之道也, 且願與汝齊體共事少遊. 予已與帝相議, 快從女兒之美意, 將待楊少遊還朝, 使之復送禮幣, 以爾爲一體夫人, 此恩眷, 古亦無, 今亦無, 前不見, 後不見也. 特令使爾知之矣." 鄭氏起答曰, "聖恩隆重, 寔出望外, 非臣妾粉糜所能上報也. 但臣妾是人臣之女, 詎敢與貴主同其列而齊其位乎? 臣妾設欲從命, 父母以死固爭, 必不奉詔也." 太后曰, "爾之辭遜雖可嘉, 鄭門累世侯伯, 司徒先朝老臣, 朝家禮待, 本來自別, 人臣分義, 不必膠守也." 小姐對曰, "臣子之順受君命, 如萬物之自隨其時, 陛以爲侍妾, 降以爲婢僕, 不敢違忤天命, 而楊少遊亦何安於心乎? 必不從也. 臣妾本無兄弟, 父母亦已衰朽, 臣妾之願, 唯在於竭誠供養, 以畢餘生而已." 太后曰, "唯爾孝親之誠, 處子之道, 可謂至矣, 而何可使一物不得其所乎? 況爾百美俱全, 一疵難求, 楊少遊豈肯甘心於棄汝乎? 且女兒與楊少遊, 以洞簫之

一曲, 驗百年之宿緣, 天之所定, 人不可廢, 而楊少遊一代豪傑, 萬古才子,
娶兩箇夫人, 何不可之有? 寡人本有兩女子, 而蘭陽之兄, 十歲而夭, 予每
念蘭陽之孤子矣. 予今見汝, 其貌其才, 不讓蘭陽, 予亦如見亡女矣. 予欲
以汝爲養女, 言之於帝, 定汝位號, 一則所以表予愛汝之情也, 二則所以成
蘭陽親汝之志也, 三則使汝與蘭陽同歸於楊少遊, 則無許多難便之事也. 汝
意今則何如?" 小姐稽首曰, "聖敎又至於此, 臣妾恐損福而死也. 唯望卽收
成命以安臣妾." 太后曰, "予與帝相議, 卽勘定矣, 汝毋堅執也." 召公主出
見鄭小姐, 公主具章服備威儀, 與鄭小姐對坐. 太后笑曰, "女兒與鄭小姐願
爲兄弟矣, 今爲眞兄弟, 可謂難兄難弟矣. 汝意更無憾乎?" 仍以取鄭氏爲
養女之意, 諭之, 公主大悅起謝曰, "娘娘處分, 盡矣, 明矣. 小女得成窹寐之
願, 此心快樂, 何可盡達?"

칠보시

太后待鄭氏尤款, 與論古之文章. 太后曰, "曾仍蘭陽聞, 汝有咏絮[2]之才
矣. 今宮中無事, 春日多閑, 毋惜一吟, 以助予歡. 古人有七步成章者, 汝可
能乎?" 小姐對曰, "旣聞命矣, 敢不畵鴉[3]以博一笑乎?" 太后擇宮中捷步者,
立於殿前, 欲出題而試之. 公主奏曰, "不可使鄭氏獨賦, 小女亦欲與鄭氏
共試之." 太后尤喜曰, "女兒之意, 亦妙矣. 但必得淸新之題, 然後詩思自出
矣." 方涉獵古詩矣, 時當暮春, 碧桃花盛發於欄外, 忽有喜鵲來鳴枝上. 太
后指彩鵲而言曰, "予方定汝輩之婚, 而彼鵲報喜於枝頭, 此吉兆也. 以'碧

---

2) 咏絮(영서): 동진(東晉) 때 여성 시인 사도온(謝道韞)이 "버들개지 바람을 타고 일어나네(柳
   絮因風起)"라는 시구를 읊자, 숙부 사안(謝安)이 크게 칭찬했다. 그후로 '咏絮'는 여자가 시
   를 짓는 것을 칭하게 되었다. 『진서』 「열녀전列女傳」.
3) 畵鴉(화아): 여자들이 이마에 화장품인 아황(鴉黃)을 찍는 일.

桃花上聞喜鵲'爲題, 各賦七言絶句一首, 而詩中必挿入定婚之意." 使宮女各排文房四友. 兩人執筆, 宮女已移步, 而意恐或未及成詩, 睨視兩人揮筆, 而擧趾稍緩矣. 兩人筆勢, 風飄雨驟, 一時寫進, 宮女才轉五步矣. 太后先覽鄭氏詩曰, "紫禁春光醉碧桃, 何來好鳥語咬咬, 樓頭御妓傳新曲, 南國天華與鵲巢." 公主之詩曰, "春深宮掖百花繁, 靈鵲飛來報喜言, 銀漢作橋須努力, 一時齊渡兩天孫." 太后咏嘆曰, "予之兩女兒, 卽女中之靑蓮子建也. 朝廷若取女進士, 當分占壯元探花矣." 以兩詩送示, 於公主及小姐, 兩人各自敬服矣. 公主告於太后曰, "小女雖幸成篇, 其詩意孰不能思之. 姐姐之詩, 曲盡精妙, 非小女之所及也." 太后曰, "然女兒之詩潁銳, 殊可愛也."[4]

---

4) 하버드노존본에는 이 아래에 다음 이야기가 부연되어 있다. "이때 임금의 아버지 대부터 일한 늙은 궁녀들이 좌우에 있었는데 태후와 두 사람을 보고 기쁜 목소리로 아뢰었다. '저희들이 어려서부터 문자를 조금 배웠으나 재질이 둔하여 시 가운데 담긴 본뜻을 잘 이해하지 못합니다. 엎드려 비옵건대 태후께서 두 시의 뜻을 풀어 가르쳐주시면 저희 또한 오늘의 즐거움을 함께할 수 있을 것입니다.' 태후가 살짝 웃으며 두 시의 뜻을 자세히 풀어주니 노상궁들이 몹시 기뻐하며 모두 만세를 불렀다(時先朝老宮人, 皆在左右矣. 見太后及兩人, 俱有忻悅之聲, 進奏曰, 婢子等, 自少粗學文字, 而天性質鈍, 不能解, 詩中之命意. 伏乞, 娘娘以兩詩之意, 解釋下敎, 則婢子等, 亦與有今日之樂矣. 太后微笑, 卽把兩詩, 說盡其意. 老尙宮等, 亦大喜, 皆呼萬歲)."

영양공주

此時天子進候於太后, 太后使蘭陽與鄭氏避于挾室, 迎帝謂曰, "予爲蘭
陽婚事, 使收楊家之幣, 而終有傷於風化, 與鄭氏幷爲夫人, 則楊家不敢當
矣, 使鄭氏爲妾, 則亦近於强脅矣. 今日予召見鄭氏, 鄭氏美且才, 足與蘭
陽爲兄弟也, 以此予旣以鄭女爲養女, 欲與同歸於楊家, 此事果如何也?"
上大悅賀曰, "此盛德事也. 可謂與天地同大矣. 自古深仁厚澤, 未有及娘娘
者也." 太后卽召鄭氏, 進謁於帝, 帝命之上殿, 告於太后曰, "鄭氏女子, 已
爲御妹, 尙着平服, 何也?" 太后曰, "以詔命未下, 固辭章服矣." 上謂女中書
曰, "取鸞鳳紋紅錦紙一軸而來." 秦彩鳳擎而進, 上擧筆欲書, 禀於太后曰,
"鄭氏旣封公主, 當賜國姓矣." 太后曰, "吾亦有此意, 而但聞鄭司徒夫妻,
年旣衰老, 無他子女, 予不忍老臣無得姓之人, 仍其本姓, 亦曲軫之意也."
上以御筆大書曰, "奉太后聖旨, 以養女鄭氏, 封爲英陽公主." 踏兩宮之寶,
以賜鄭氏, 使宮女, 擎公主冠服, 着鄭氏, 鄭氏下殿謝恩, 上使與蘭陽公主

定其座次, 鄭氏於公主長一歲, 而不敢坐其上, 太后曰, "英陽今則我女, 兄在上, 弟在下, 禮也. 兄弟之間, 何可飾讓?" 小姐稽顙曰, "今日坐次, 卽他日行列, 何可不謹於其始乎?" 蘭陽曰, "春秋時, 趙衰之妻, 卽晉文公之女也. 讓位於先娶之正室. 況姐姐小妹之兄也, 又何疑乎?" 鄭氏讓之頗久, 太后命之, 以年齒定坐. 此後宮中, 皆以英陽公主稱之. 太后以兩人之詩, 示之於上, 上亦嗟賞曰, "兩詩皆妙, 而英陽之詩, 引『周詩』之意, 歸德於后妃, 大得體也." 太后曰, "帝言是也." 上又曰, "娘娘愛英陽至此, 實國朝所未有也. 臣亦有仰請者矣."

첩이 된 채봉

乃以秦中書前後之事, 敷奏曰, "彼之情勢, 殊甚惻隱, 其父雖以罪死, 其祖先皆本朝臣子, 欲曲收其情, 以爲御妹從嫁之媵, 娘娘幸矜而領之." 太后顧兩公主, 蘭陽曰, "秦氏曾以此事, 言於小女矣. 小女與秦女, 情分旣切, 不欲相離, 雖微聖敎, 小女亦有是心矣." 太后召秦彩鳳, 下敎曰, "兒女與汝, 有死生相隨之意, 故特使汝爲楊尙書媵侍, 汝之至願畢矣. 此後須更竭誠悃, 以報公主之恩." 秦氏感泣, 淚漱漱下矣. 謝恩後, 太后又下敎曰, "兩女婚事, 予旣快定, 而忽有喜鵲, 來報吉兆, 予令兩女, 已作喜鵲之詩矣. 汝亦得依歸之所, 可與同其慶, 作其詩也. 秦氏承命, 卽製進, 其詩曰, "喜鵲査査繞紫宮, 鳳仙花上起春風, 安巢不待南飛去, 三五星稀正在東.[1]" 太后與帝同看, 喜曰, "雖咏雪之蔡女, 瞠乎下矣. 詩中亦引『周詩』, 能守嫡妾之分, 此所以尤美也." 蘭陽公主曰, "喜鵲詩, 詩料本來不多, 且小女兩人, 旣已先

---

1) '삼오(三五)'는 음력 보름이니 '삼오성(三五星)'은 보름날 뜨는 별이다. 보름엔 달빛이 밝아, 밝은 빛을 내는 별이 아니고서는 잘 보이지 않는다. 그래서 드문드문하다고 했다. 『시경』 「소남召南」의 "반짝이는 작은 별, 드문드문 동녘에 있을 때(嘒彼小星, 三五在東)"에서 왔다.

作, 後來者, 無可下手處也. 曹孟德, 所謂, '繞樹三匝, 無枝可栖'者, 本非吉語, 取用甚難也. 此詩雖雜引孟德子美之詩及『周詩』之句, 合成一句, 而天然渾然, 不見斧鑿之痕, 三家文字, 有若爲秦氏今日事而作也." 太后曰, "古來女子中能詩者, 唯班姬[2], 蔡女, 卓文君, 謝道蘊, 三四人而已. 今才女三人, 同會一席, 可謂盛矣." 蘭陽曰, "英陽姐姐侍婢賈春雲, 詩才亦奇矣."

첩이 된 춘운

時日將暮, 上歸外殿, 兩公主同退, 宿於寢房. 翌曉鷄鳴初, 鄭氏入朝於太后, 請歸曰, "小女入宮之時, 父母必驚懼矣. 今日欲歸見父母, 以娘娘恩澤, 小女榮寵, 誇詡於門闌家族, 伏願娘娘許之." 太后曰, "女兒何可輕離大內, 予與司徒夫人, 亦有相議事矣." 卽下敎於鄭府, 使崔夫人入朝. 鄭司徒夫妻, 因小姐使婢子密通, 驚慮初弛, 感意方深矣. 忽承詔旨, 忙入內殿. 太后引接曰, "予率來令愛, 不但欲見其貌, 蓋爲蘭陽婚事矣. 一接丰容, 心乎愛矣. 遂爲養女, 兄於蘭陽, 意者寡人前生之女子, 今世誕生於夫人家矣. 英陽旣爲公主, 則當加之以國姓, 而予念夫人無子, 不改其姓, 唯夫人領我至情." 崔夫人受恩感激叩頭曰, "臣妾晚得一女, 愛之如玉, 及其婚事一誤, 禮幣還送, 老臣魂骨俱碎, 唯願速死, 不見其可憐之形矣. 貴主累枉於蓬蓽之下, 屈其尊體, 下交賤息, 仍與携入宮禁, 使被曠世之恩章, 此葉於朽木, 水於涸魚. 唯當竭髓殫力, 以效報答之悃, 而臣妾夫, 年老病深, 心長髮短, 旣不能奔走職事, 以貢微勞. 妾亦彫謝癃尪, 與鬼爲隣, 亦未由追逐宮娥, 自服掖庭掃洒之役, 丘山之恩, 將何以仰報乎? 唯有千行感淚, 河傾雨瀉而

---

2) 班姬(반희): 班婕妤(반첩여). 전한(前漢) 성제(成帝)의 궁녀. 조비연 자매에게 미움을 받아 장신궁으로 물러가 태후에게 시중을 드는 동안 「원가행怨歌行」을 지었다.

已."乃起而拜, 伏而泣, 雙袖已龍鍾矣. 太后爲之嗟歎, 又曰, "英陽已爲吾女, 夫人更不可挈去矣." 崔氏俯伏奏曰, "臣妾何敢率歸於家中乎? 但母女不得, 團聚稱頌, 如天之德, 是可欠也." 太后笑曰, "不越乎行禮之前也. 唯夫人勿憂也. 成婚之後, 蘭陽亦托於夫人矣. 夫人視蘭陽, 亦如寡人之視英陽也." 仍召蘭陽, 與夫人相見, 夫人重謝, 前日之褻慢. 太后曰, "聞夫人左右, 有才女賈春雲, 可得見乎?" 夫人卽召春雲, 入朝於殿下. 太后曰, "美人也." 更進之前曰, "聞蘭陽之言, 汝曾夢江淹之錦3), 可能爲寡人賦乎?" 春雲奏曰, "臣妾何敢, 唐突於天威之前乎? 然試欲聞題矣." 太后以三人詩, 下之曰, "汝能爲此語乎?" 春雲求筆硯, 一揮而製進, 其詩曰, "報喜微誠祗自知, 虞庭幸逐鳳凰儀,4) 秦樓春色花千樹, 三繞寧無借一枝." 太后覽之, 轉視兩公主曰, "吾聞賈女雖才, 而豈料其品之至斯也." 蘭陽曰, "此詩以鵲, 自比其身, 以鳳凰比姐姐, 得體矣. 下句疑小女不許相容, 欲借一枝之栖, 而集古人之詩, 採詩人之意, 鎔成一絶, 思妙意精, 眞善竊狐白裘手也. 古語云, '飛鳥依人, 人自憐之.' 賈女之謂也." 仍令春雲退, 與秦氏接顔, 公主曰, "此女中書, 卽華陰秦家女子, 與春娘, 同居偕老之人也." 春雲答曰, "此無乃作楊柳詞之秦娘子乎?" 秦氏驚問曰, "娘子仍何人, 而聞楊柳詞乎?" 春雲曰, "楊尙書每思娘子, 輒誦此詩, 妾亦獲聞之矣." 秦氏感愴曰, "楊尙書不忘妾矣." 春娘曰, "娘子何爲此言耶? 尙書以楊柳詞藏之於身, 見之而流涕, 咏之則發嘆, 娘子獨不知尙書之情, 何耶?" 秦氏曰, "尙書若有舊情, 則妾雖不見尙書而死, 無所恨矣." 仍言紈扇詩首末, 春娘曰, "妾身上釧釵指環, 皆其日所得也." 宮人忽來報曰, "鄭司徒夫人, 將還歸矣." 兩公主復入侍坐. 太后謂崔夫人曰, "楊少遊未幾當還, 前日禮幣, 自當復入於夫人之門, 而復受旣

---

3) 江淹之錦(강엄지금): 강엄은 남조(南朝) 때 사람으로, 꿈에 진(晉)나라 문장가 장경양(張景陽)이 나타나 빌려주었던 비단을 내놓으라고 하여 내놓자, 그다음부터는 좋은 문장을 쓸 수 없었다고 하는 이야기가 전한다.
4) 虞庭幸逐鳳凰儀(우정행축봉황의): 『서경書經』「우서虞書」에 "순임금 뜰에서 통소를 아홉 번 연주하니 봉황이 와서 춤추었다(簫韶九成, 鳳凰來儀)"는 구절이 있다.

退之幣, 頗涉苟且, 且, 況英陽是吾女, 兩女婚禮, 欲并行於一日, 夫人許否." 崔氏伏地曰, "臣妾何敢自專, 惟娘娘命矣." 太后笑曰, "楊尚書爲英陽, 三抗朝命, 予亦欲一瞞之矣. 諺曰, '凶言反吉', 待尚書來, 瞞言鄭小姐因病不幸, 曾見尚書疏中, 有曰, '與鄭女相見', 合巹之日, 欲見尚書能解舊面否也." 崔氏承命辭歸. 小姐拜送於殿門之外, 召春雲密授瞞了尚書之謀. 春雲曰, "妾爲仙爲鬼, 欺尚書者, 多矣. 至再至三, 不亦太褻乎?" 小姐曰, "非我也, 太后有詔也." 春雲含笑而去.

개선

此時, 楊尚書以白龍潭水, 飮將士, 士氣無前, 皆願一戰, 尚書指授方略, 一鼓直進. 贊普才受, 裊烟所送之珠, 知唐兵已過盤蛇谷, 大懼, 方議詣壘而降, 吐蕃諸將, 生縛贊普, 至唐營而降. 楊元帥更整軍容, 入其都城, 禁止侵掠, 撫安百姓, 登崑崙山, 立石, 頌大唐威德, 遂振旅奏凱, 將向京師, 至秦州, 正仲秋也. 山川蕭瑟, 天地搖落, 寒花釀感, 斷雁流哀, 令人有羈旅之悲矣. 元帥夜入客館, 懷抱甚惡, 遙夜漫漫, 不能假寐, 心下自想曰, '一別桑楡, 三閱春秋, 堂中鶴髮, 想非舊日, 而扶護疾恙, 可托何人? 定省晨昏, 可期何時? 鳴劍[5]之志, 雖展於今日, 列鼎之養, 不及於親闈, 子職虛矣, 人道廢矣. 此古人所以悲風樹之不停[6], 望太行而感興[7]者也. 況數年奔走, 內事無主, 鄭家親禮難保, 無他, 所謂不如意者, 十常八九者, 此也. 今我復五千

---

5) 鳴劍(명검): 전욱(顓頊)이 썼다는 보검으로, 그것이 방향을 가리키기만 해도 승리를 거두었고, 칼집 속에 넣어두면 용호(龍虎)의 울음소리를 냈다고 한다.

6) 悲風樹之不停(비풍수지부정): "나무는 조용히 있고자 하나 바람이 그치지 않고, 자식은 봉양하고자 하나 어버이가 기다리지 않는다(樹欲靜而風不止, 子欲養而親不待)"는 시구에서 왔다.

7) 望太行而感興(망태행이감흥): 당나라 때 병주(幷州)의 법조참군(法曹參軍)으로 부임하던 적인걸(狄仁傑)이 태항산에 올라 구름을 보며, 멀리 하양(夏陽)에 계신 부모가 그 구름 아래 있을 것을 생각하며 탄식했다는 고사에서 유래한 말.

里之地, 平百萬衆之賊, 其功亦不爲小矣, 天子必用封建之典, 以酬驅馳之勞. 我若還其職號, 陳其誠懇, 請許鄭家之婚, 則或有允兪之望矣.' 念及於此, 心事小寬, 乃就枕而睡. 一夢蓬蓬, 飛上天門, 九重七寶宮闕, 丹碧煌煌, 五彩雲霞, 光影翳翳, 侍女兩人來謂尙書曰, "鄭小姐奉請尙書矣." 尙書從侍女而入, 廣庭弘敞, 仙花爛熳, 仙女三人, 幷坐於白玉樓上, 其服色如后妃, 而雙眉秀淸, 兩眸流彩, 望望如碧玉明珠倚疊交暎也. 方依曲欄, 手弄瓊蘂, 見尙書至, 離座而迎, 分席而坐. 上席仙女先問曰, "尙書別後無恙否?" 尙書定睛詳見, 認是昔日論曲之鄭小姐也. 驚愕欣倒, 欲語未語. 仙女曰, "今則我已別人間來遊天上, 緬懷疇曩, 如隔兩塵, 君子雖見妾之父母, 難聞妾之音耗矣." 仍指在傍兩仙女曰, "此卽織女仙君, 彼乃戴香玉女, 與君子, 有前世之緣, 願君子母念妾身, 與此兩人, 先結好約, 則妾亦有所托矣." 尙書望見兩仙女, 坐末席者, 面目雖慣, 而不能記也. 少焉, 鼓角齊鳴, 蝴蝶忽散, 乃一夢也. 仍想夢中說話, 皆非吉兆, 乃撫心自歎曰, "鄭娘子必死矣. 不然也, 我夢何其不吉耶?" 又自解曰, "有思者有夢, 或因想思之切, 而有此夢耶? 桂蟾月之薦, 杜鍊師之媒, 未必非月老之指, 而雙劍未合, 九原遐隔, 則所謂天者, 不可必也, 理者, 不可諶也. 反凶爲吉, 或者我夢之謂乎?"

위국공

久之, 前軍至京師, 天子親臨渭橋, 以迎之. 楊元帥着鳳翅紫金盔, 穿黃金鎖子甲, 乘千里大宛馬, 以御賜白旄黃鉞龍鳳旗幟, 擁前衛後, 排左列右, 鎖贊普於檻車, 著在陣前, 西域三十六道君長, 各執琛賷之物, 隨其後, 軍威之盛, 近古所無, 觀光之人, 彌亘百里, 是日長安城中虛無人矣. 元帥下馬, 叩頭拜謁, 上親扶而起, 慰其遠役之勞, 獎其大功之遂, 卽下詔於朝廷,依郭汾陽故事, 裂土封王, 以侈賞典, 尙書露誠力辭, 終不受命. 上重違其懇, 更下恩旨, 以楊少遊爲大丞相, 封魏國公, 食邑三萬戶, 其餘賞賜, 不可勝記. 楊丞相隨法駕入闕, 祗肅天恩. 上卽命設太平宴, 以示禮遇之恩, 詔畵其像貌, 於凌烟閣[8]. 丞相自闕下來鄭司徒家, 鄭家門族, 皆會外堂, 迎拜丞相, 各自獻賀, 丞相先問司徒及夫人安否. 鄭十三答曰, "叔父叔母, 身雖撑保, 而自遭妹氏之喪, 哀傷過節, 疾病頻作, 氣力比前歲頓減, 未能出迎於外堂, 望丞相與小弟, 同入內堂如何?" 丞相猝聞是說, 如癡如狂, 不能遽問, 過食頃, 乃問曰, "岳丈遭何人之喪耶?" 鄭十三曰, "叔父本無男子, 只有一女, 而天道無知, 竟至於斯, 暮境傷懷, 庸有極乎? 丞相入見, 愼勿出悲慽之言." 丞相大驚大慽, 言才入耳, 流淚已濕錦袍矣. 鄭生慰之曰, "丞相婚媾之約, 雖同於金石, 私門不幸, 大事已誤. 望丞相思惟義理, 勉自排遣." 丞相拭淚而謝之, 與鄭生入謁於司徒夫婦, 惟欣賀而已, 不及小姐之天慽. 丞相曰, "小婿幸賴國家之威靈, 猥受封建之濫賞, 方欲納官陳懇, 以回天聰, 得成疇昔之約矣, 朝露先晞, 春色已謝, 烏得無存沒之感乎?" 司徒曰, "彭殤皆命, 哀樂有數, 天實爲之, 言之何益? 今日卽一家慶會之日, 不必爲悲楚之言也." 鄭十三數目丞相, 丞相止其言, 辭歸園中, 春雲迎謁於階下. 丞相見春雲, 如見小姐, 尤切悲懷, 餘淚又汪然數行下. 春雲跪而慰之曰, "老爺, 老爺, 今日豈老爺悲傷之日乎? 伏望寬心收淚, 俯聽妾言. 吾娘子本以天仙, 暫時謫下, 故上天之日, 謂賤妾曰, '汝自絶楊尙書, 而復從我矣. 今我已棄塵界, 汝其更歸於楊尙書, 何其左右? 尙書早晚還歸, 如念妾而悲懷, 汝須以吾意傳之曰, 禮幣已還, 則便是行路人也. 況有前日聽琴之嫌乎? 思念過度, 悲哀逾制, 則是慢君命, 而循私情, 貽累德於已亡之人, 可不愼哉? 且

---

8) 凌烟閣(능연각): 원문은 '麒麟閣(기린각)'이다. 기린각은 한나라 무제가 궁중에 세운 전각으로 공신의 초상을 걸어둔 곳이다. 당나라 때는 능연각이 그런 역할을 했다. 기린각을 공신의 초상을 모신 전각의 대명사로 썼다고 할 수도 있지만, 제14회에도 '능연각'으로 나오므로 이에 맞추어 수정했다.

或酹奠墳墓, 或弔哭靈輀, 則是待我以無行之女子, 豈無憾於地下乎?'且曰, '皇上必待尙書之還, 復議公主之婚, 吾聞公主關雎[9]之盛德, 合爲君子之配匹, 必順受君命, 毋陷罪戾, 是我之望也.'"丞相聞言, 益切愴然曰, "小姐遺命, 雖如此, 我何能無悲懷耶? 況小姐臨沒, 眷念少遊也, 如此, 我雖十死, 而報小姐恩德, 難矣."仍說秦州夢事, 春雲下淚曰, "小姐必在玉皇香案前[10]矣. 丞相千秋萬歲後, 豈無會合之期哉? 愼勿過哀, 似傷貴體."丞相曰, "此外, 小姐又有何言乎?"春雲曰, "雖有他言, 不可以春雲之口仰達矣."丞相曰, "言無淺深, 汝其悉陳."春雲曰, "小姐又謂妾曰, '我與春雲卽一身也. 尙書若不忘我, 視春雲如吾, 而終始勿棄, 則我雖入地, 如親受尙書之恩也.'"丞相尤悲曰, "我何忍棄春娘乎? 況小姐有付託之命, 我雖以織女爲妻, 以宓妃[11]爲妾, 誓不負春娘也.

---

9) 關雎(관저): 『시경』 「주남周南」의 첫번째 편명으로, 문왕(文王) 후비(后妃)의 덕을 노래한 것이다. 후비는 곧 현모(賢母)로 유명한 태사(太姒)다.

10) 원진(元稹)의 시에 "나는 옥황상제의 향안을 맡은 관리로 인간세상에 귀양왔지만 봉래(蓬萊)에서 사네(我是玉皇香案吏, 謫居猶得住蓬萊)"라는 구절이 있다.

11) 宓妃(복비): 복희씨(伏羲氏)의 딸로, 낙수(洛水)에 빠져 죽어 수신(水神)이 되었다고 한다.

결혼 결정

明日天子召見楊丞相, 下敎曰, "頃者爲御妹婚事, 太后特下嚴旨, 朕心
亦不平矣. 今聞鄭女已死, 而御妹婚事, 待卿還朝, 蓋久矣. 卿雖思念鄭女,
死者已矣. 卿方少年, 堂上有大夫人, 則甘毳之供, 不可自當, 況且大丞相
官府, 女君不可無矣, 魏國公家廟, 亞獻不可闕矣. 朕已作丞相府及公主
宮, 以待盛禮之日, 御妹之婚, 今亦不可許乎?" 丞相叩頭奏曰, "臣前後拒
逆之罪, 實合斧鉞之誅, 而聖敎荐下, 玉音春溫, 臣誠感隕, 不知死所. 前日
之累抗嚴敎, 有所拘於人倫, 而不獲已也. 今則鄭女已亡矣, 臣詎敢有他意
乎? 但門戶寒微, 才術空疎, 恐不合於駙馬之尊位也." 上大悅, 卽下詔於欽
天館, 使擇吉日, 太史以秋九月望日奏之, 只隔數十日矣. 上下敎於丞相曰,
"前日則婚事在於可否間, 故不言於卿矣. 朕有妹兩人, 皆賢淑非凡骨也. 雖
欲更求如卿者, 何處可得乎? 以是朕恭承太后之詔, 欲以兩妹下嫁於卿矣."
丞相忽憶秦州客館之夢, 大異於心, 伏地奏曰, "臣自被椒掖之棟, 欲避無

路, 欲走無地, 未得置身之所, 第切致寇[1]之懼. 今陛下欲使兩公主, 共事一
人之身, 此則自有人國家以來, 所未聞者也. 臣何敢承當乎?" 上曰, "卿之
勳業, 足爲國朝第一. 靈鍾不足銘其功也, 茅土[2]不足償其勞也. 此朕所以,
以兩妹事之, 且御妹兩人, 友愛之情, 皆出於天, 立則相偎, 坐則相依, 每願
至老死不相離, 此太后娘娘之意也, 卿不可辭也. 且宮人秦氏, 世家士族也,
有姿色, 能文章, 御妹視如手足, 待以腹心, 欲以爲勝, 於下嫁之日, 故先使
卿知之矣." 丞相又起謝.

첫째 부인, 둘째 부인

時鄭小姐爲公主, 在於宮中, 日月多矣. 事太后, 以孝以至誠, 與蘭陽及
秦氏, 情若同氣, 敬愛深至, 太后益愛之. 婚期旣迫, 從容告於太后曰, "當初
與蘭陽, 定次之日, 冒居上座, 實涉僭越, 而一向固辭, 似外於娘娘之恩眷,
故黽勉從之, 而本非我意也. 今歸楊家, 蘭陽若辭第一位, 則此大不可, 惟
望娘娘及聖上, 參其情禮, 正其位次, 使私分獲安, 家法不紊." 蘭陽曰, "姐
姐德性才學, 皆小女之師也. 姐姐雖在鄭門, 小女當如趙衰[3]之讓位, 旣爲
兄弟之後, 豈有尊卑之分乎? 小女雖爲第二夫人, 自不失帝女之尊貴, 而若
忝居上元之位, 則娘娘養育姐姐之意, 果安在哉? 姐姐必欲讓於小女, 則小

---

1) 致寇(치구): 부승치구(負乘致寇). 『주역』「해괘解卦」'육삼(六三)' 효사(爻辭)에 '짐을 져야
   할 자가 수레를 타니 도적이 이르게 되니라(負且乘致寇至)'라는 구절에서 비롯되었다. 그
   주석에 '승(乘)이란 군자의 기(器)요, 부(負)란 소인의 일이다'라 했다. 등짐이나 져야 할
   천한 사람이 귀인이 타고 다닐 수레를 타고 다니면 분수에 맞지 않아 결국은 뺏기고 만다
   는 뜻이다. 분수에 맞지 않게 높은 벼슬자리에 있을 때 쓰는 말이다.
2) 茅土(모토): 제후(諸侯)를 봉할 때 제후에게 주는 흙을 말한다. 옛날 천자가 제후를 봉할 때
   에는 그 방면의 색토(色土), 즉 동방은 청토(靑土), 서방은 백토(白土), 남방은 적토(赤土),
   북방은 흑토(黑土)를 꾸러미에 싸주어 제단(祭壇)을 만들게 했다. 『서경』「우공禹貢」.
3) 趙衰(조최): 이 부분은 정확한 의미로 보면 '조최의 아내'가 되어야 맞다. 강전섭노존본에는
   '趙姬'로 되어 있다.

女不願爲楊家婦也." 太后問於上, 上曰, "御妹之讓, 出於中懇, 未聞自古帝
王家貴主有此事也. 願娘娘嘉其謙德, 成其美意也." 太后曰, "帝言是也."
乃下敎, 以英陽公主, 封魏國公左夫人, 以蘭陽公主, 封右夫人, 以秦氏本
大夫之女, 封爲淑人.

상봉

自古公主婚禮, 行於闕門之外官府矣. 是日太后特令, 行禮於大內, 至吉
日, 丞相以麟袍玉帶, 與兩公主成禮, 威儀之盛, 禮貌之偉, 不煩道也. 禮畢
入座, 秦淑人亦以禮納拜於丞相, 仍侍公主, 丞相賜之座, 三位上仙, 齊會
一席, 光搖五雲, 影眩千門, 丞相雙眸亂縷, 九魄超忽, 只疑身在於黑恬鄕
也. 是夜與英陽公主聯衾, 早起問寢於太后. 太后賜宴, 皇上及皇后亦入侍
太后, 終夕聲歡, 是夕又與蘭陽公主幷枕, 第三日往于秦淑人之房, 淑人視
丞相, 輒潸然垂涕, 丞相驚問曰, "今日笑則可, 泣則不可, 淑人之淚, 抑有思
乎?" 秦氏對曰, "不記小妾, 可知丞相之已忘妾也." 丞相少頃乃悟, 就執玉
手而謂曰, "君得非華陰秦氏乎?" 彩鳳無語轉咽, 聲不出口. 丞相曰, "吾以
娘子爲已作泉下之人矣, 果在宮中也. 華州相失, 娘家慘禍, 余欲無言, 娘
豈欲聽? 自客店逃亂之後, 何嘗一日不思吾娘子, 而只知其死, 不知其生,
今日之得遂舊約, 實是吾慮之所未及, 亦豈娘子之所期乎? 卽自囊裡出示
秦氏之詞, 秦氏亦探懷中奉呈丞相之詩, 兩人楊柳詞依俙若相和之日也. 各
把彩牋, 摧腸叩心而已. 秦氏曰, "丞相惟知以楊柳詞共結舊日之約, 而不知
以紈扇詩得成今日之緣也." 遂開小篋出畫扇, 示丞相, 仍備陳其事曰, "此
皆太后娘娘及萬歲爺爺, 公主娘娘之洪恩盛德也." 丞相曰, "其時避兵於藍
田山, 還問店人, 則或云娘子沒入於掖庭, 或云爲孥於遠邑, 或云亦不免凶
禍, 雖未知的報, 更無可望, 不得已求婚於他家, 而每過華山渭水之間, 身

如失侶之雁, 心若中鉤之魚. 皇恩所及, 雖與會合, 第有不安於心者, 店中初約, 豈以小星相期, 而終使娘子屈於此位, 慚愧何言?" 秦氏曰, "妾之薄命, 妾亦自知. 故曾送乳媼於客店也, 郎若娶室, 則自願爲小室矣. 今居貴主之副位, 榮也, 幸也. 妾若怨恨, 則天必厭之, 厭之." 是夜舊誼新情, 比前兩宵尤親密矣.

속임

明日丞相與蘭陽公主, 會英陽公主房中, 閑坐傳杯, 英陽低聲招侍女, 請秦氏, 丞相聞其聲音, 中心自動, 悽黯之色, 忽上於面. 蓋曾入鄭府, 對小姐彈琴, 聞其評曲之聲音, 比容貌尤慣矣. 此日聞英陽之聲, 如自鄭小姐口中出也. 旣聞其聲, 又見其面, 則聲亦鄭小姐也, 貌亦鄭小姐也. 丞相暗想曰, '世上果有, 非兄弟非親戚, 而酷相類者也. 吾約鄭氏之婚也, 意欲同生而同死矣. 今我已結伉侶之樂, 而鄭氏孤魂托於何處耶? 我欲遠嫌旣未一酹於其墳, 又孤一哭於其殯. 吾負鄭娘多矣.' 存於中者, 發於外, 雙淚浪浪欲滴. 鄭氏以水鏡之心, 豈不知其懷抱閒事乎? 乃整袂而問曰, "妾聞之, '主辱臣死, 主憂臣辱.' 女子之事君子, 如臣之事君. 今相公臨觴, 忽惻惻不樂, 敢問其故." 丞相謝曰, "小生心事, 當不諱於貴主矣. 少遊曾往鄭家, 見其女子矣. 貴主聲音容貌, 恰似鄭氏女. 故觸目興思悲形於色, 遂令貴主有疑, 貴主勿恠也." 英陽聽訖, 顏頰微赤, 忽起入內殿, 久不出. 使侍女請之, 侍女亦不出. 蘭陽曰, "姐姐太后娘娘所寵愛也, 性品頗驕傲, 不如妾之殘劣也. 相公比鄭女於姐姐, 姐姐以此有未妥之心." 丞相卽使秦氏謝罪曰, "少遊被酒, 因醉妄發. 貴主若出來, 則少遊當如晉文公請自囚矣." 秦氏久而出來, 無所傳之言. 丞相曰, "貴主有何語?" 秦氏曰, "貴主怒氣方峻, 言頗過中, 賤妾不敢傳矣." 丞相曰, "貴主過中之言, 非淑人之愆也, 須細傳之." 秦氏曰, "英陽公主有敎曰, '妾雖殘劣, 卽太后娘娘之寵女, 鄭女雖奇, 不過爲閭閻間賤微女子. 禮曰, '式路馬.'[4] 此非馬之敬也, 敬君父之所乘也. 君父之馬尙且敬之, 況君父所嬌之女乎? 相公若敬君父而尊朝廷也, 固不可以妾比之於鄭女. 況且鄭氏曾不顧念自矜其色, 與相公接言語論琴曲, 則不可謂持身有禮也, 其濫可知矣. 自傷婚事之差池, 身致幽鬱之疾病, 終至夭折於靑春, 亦不可謂多福之人也, 其命最奇矣. 相公何曾比余於是乎? 昔魯之秋胡, 以黃金戲采桑之女, 其妻卽赴水而死, 妾何可以羞顔對相公乎? 不願爲無行人之妻. 且相公記其顔面於已死之後, 卜其聲音於久別之餘, 此必挑琴於卓女之堂, 偸香於賈氏之室. 其行之汚, 甚於秋胡. 妾雖不能效古人之投水, 自此誓不出閨門之外, 終身而死矣. 蘭陽性質柔順, 不與我同, 惟願相公與蘭陽偕老.'" 丞相大怒於心曰, '天下安有, 以女子而怙勢, 如英陽者乎? 果知爲駙馬之苦也.' 謂蘭陽曰, "我與鄭女相遇, 自有曲折矣. 今英陽反以淫行加之我, 無損, 而但辱及於旣骨之人, 是可歎也." 蘭陽曰, "妾當入去, 開諭姐姐矣." 卽回身而入, 至日暮, 亦不肯出來, 燈燭已張於房闥矣. 蘭陽使侍婢傳語曰, "妾遊說百端, 姐姐終不回心, 妾當初與姐姐結約, 死生不相離, 苦樂必相同, 以矢言告之于天地神祇, 姐姐若終老於深宮, 則妾亦終老於深宮, 姐姐若不近於相公, 則妾亦不近於相公, 望相公就淑人之房, 穩度今夜." 丞相怒膽撑腸, 堅忍不泄, 而虛帷冷屛, 亦甚無聊, 斜倚寢床, 直視秦氏, 秦氏卽秉燭, 導丞相歸寢房, 燒龍香於金爐, 展錦衾於象床, 謂丞相曰, "妾雖不敏, 嘗聞君子之風, 禮云, '妾御不敢當夕'[5], 今兩公主娘娘, 皆入內殿, 妾何敢陪相公, 而經此夜乎? 唯相公安寢, 當退去矣." 卽雍容步去, 丞相以挽執爲苦, 雖不留止, 而是夜景色, 頗冷淡矣. 遂垂幌就枕, 反側不安,

---

4) 『예기』에 "궁궐의 바깥문에 이르면 수레에서 내려 임금이 타는 말에 예를 표한다(下公門, 式路馬)"라고 했다.
5) 『예기』 「내칙內則」에 "처가 없을 때는 첩이 남편 잠자리를 모시지 않는다(妻不在, 妾御莫敢當夕)"라고 했다.

自語曰, "此輩結黨挾謀, 侮弄丈夫, 我豈肯哀乞於彼哉? 我昔在鄭家花園, 晝則與鄭十三大醉於酒樓, 夜則與春娘對燭飮酒, 無一日不閑, 無一事不快矣. 今爲三日駙馬, 已受制於人乎?"

발각

心甚煩惱, 手拓紗窓, 河影流天, 月色滿庭, 乃曳履而出, 巡簷散步, 遠望英陽公主寢房, 繡戶玲瓏, 銀缸燒明, 丞相暗語曰, '夜已深矣, 宮人何至今不寐乎? 英陽怒我而入, 送我於此, 或者已歸於寢室乎?' 恐出跫音, 擧趾輕步, 潛進窓外, 則兩公主談笑之響, 博陸之聲, 出於外矣. 暗從櫳隙而窺之, 則秦淑人坐兩公主之前, 與一女子對博局, 祝紅呼白, 其女子轉身挑燭, 正是賈春雲也. 元來春雲欲觀光於公主大禮, 入來宮中, 已累日, 而藏身掩迹, 不見丞相, 故丞相不知其來矣. 丞相驚訝曰, '春雲何至於此耶? 必公主欲見而招來也.' 秦氏忽改局設馬而言曰, "旣無賭物, 殊覺無味, 當與春娘爭賭矣." 春雲曰, "春雲本貧女也. 勝則一器酒肴亦幸矣. 淑人長在貴主之側, 視彩錦如麤織, 以珍羞爲藜藋, 欲使春雲, 以何物爲賭乎?" 彩鳳曰, "吾不勝, 則吾一身, 所佩之香, 粧首之飾, 從春雲所求而與之, 娘子不勝, 從我請也. 是事於娘子固無所費也." 春雲曰, "所欲請者何事, 所欲聞者何語?" 彩鳳曰, "我頃聞兩位貴主私語, 春娘子爲仙爲鬼以欺丞相云, 而我未得其詳, 娘子負, 則以此事替爲古談, 而說與我也." 春雲乃推局, 向英陽公主而言曰, "小姐, 小姐, 小姐平日愛春雲, 可謂至矣, 何以爲此可笑之說, 悉陳於公主乎? 淑人亦旣聞之, 宮中有耳之人, 孰不知之? 春雲自此以何面目立乎?" 彩鳳曰, "春娘子, 吾公主何以爲春娘子之小姐乎? 英陽貴主, 卽吾大丞相夫人, 魏國公女君, 年齒雖少, 爵位已高, 豈可復爲春娘子之小姐乎?" 春雲曰, "十年之口, 一朝難變, 爭花鬪卉, 宛如昨日. 公主夫人, 吾不畏也." 仍琅琅而笑. 蘭陽公主問於英陽曰, "春雲話尾, 小妹亦未及聞之. 丞相其果見欺於春雲乎?" 英陽曰, "相公之見欺於春雲者, 多矣. 無薪之堗, 煙豈生乎? 但欲見其怔怯之狀矣, 冥頑太甚, 不知惡鬼, 古所謂, 好色之人, '色中餓鬼'者, 果非誣也. 鬼之餓者, 豈知鬼之可惡乎?" 一座皆大笑. 丞相方知英陽公主之爲鄭小姐也. 如逢地中之人, 徒切驚倒之心, 直欲開窓突入, 而旋止曰, '彼欲瞞我, 我亦瞞彼矣.'

보복

乃潛歸於秦氏之房, 披衾穩宿. 天明, 秦氏出來, 問於侍女曰, "相公已起否?" 侍婢對曰, "未也." 秦氏久立於帳外, 朝旭滿窓, 早饌將進, 而丞相不起, 時有呻吟之聲. 秦氏進問曰, "丞相, 有不安節乎?" 丞相忽睜目直視, 有若不見人者, 且往往作譫言. 秦氏問曰, "丞相, 何爲此譫語耶?" 丞相慌亂錯莫者久, 忽問曰, "汝誰也?" 秦氏曰, "丞相不知妾乎? 妾卽秦淑人也." 丞相曰, "秦淑人, 誰也?" 秦氏不答, 以手撫丞相之頂曰, "頭部頗溫, 可知相公有不平之候矣. 然一夜之間, 疾何疾也?" 丞相曰, "我與鄭女, 達夜相語於夢中, 我之氣候, 安得平穩乎?" 秦氏更問其詳, 丞相不答, 翻身轉臥. 秦氏竊悶, 使侍女告于兩公主曰, "丞相有疾, 速臨診視." 英陽曰, "昨日飮酒之人, 今豈病乎? 不過欲使吾輩出頭也." 而已秦氏忙入告曰, "丞相神氣怳惚, 見人不知, 猶向暗裏, 頻吐狂言, 奏於聖上, 召太醫治之如何?" 太后聞之, 召公主責之曰, "汝輩之瞞戲丞相, 亦已過矣, 而聞其疾重, 不卽出見, 是何事也, 是何事也? 急出問病, 病勢若重, 促召太醫中術業最妙者, 而治之." 英陽不得已與蘭陽詣丞相寢所, 留堂上, 先使蘭陽及秦氏入見, 丞相見蘭陽, 或搖雙手, 或瞚兩瞳, 初若不相識者, 始作喉間之聲曰, "吾命將盡矣, 要與英陽相訣, 英陽何往而不來乎?" 蘭陽曰, "相公何爲此言乎?" 丞相曰, "去夜似夢非夢間, 鄭氏來我而言曰, ‘相公何負約耶?’仍盛怒呵責, 以眞珠一掬與我, 我受而吞之, 此實凶徵也. 閉目則鄭女壓我之身, 開眸則鄭女立我之前. 此鄭女怨我之無信, 而奪我之修期也. 我何能生乎? 命在晷刻間矣, 欲見英陽者, 蓋以此也.” 言未已, 又作昏困斷盡之形, 回面向壁, 又發胡亂之說. 蘭陽見此擧止, 不得不動, 而憂慮大起, 出言於英陽曰, “丞相之病, 似出於憂疑, 非姐姐, 不可醫矣.” 仍言病狀. 英陽且信且疑, 跼躊不入, 蘭陽携手同入, 丞相猶作譫語, 而無非向鄭氏之說也. 蘭陽高聲曰, “相公, 相公, 英陽姐姐來矣. 開目而見之.” 丞相乍擧頭頻揮手, 有欲起之狀. 秦氏就身扶起, 坐於床上. 丞相向兩公主而言曰, “少遊偏蒙異數, 與兩位貴主結親, 方欲同室而同穴矣, 有欲拉我而去者, 將不得久留矣.” 英陽曰, “相公識理之人也, 何爲浮誕之言也? 鄭氏設有殘魂餘魄, 九重嚴邃, 百神護衛, 渠何能入乎?” 丞相曰, “鄭女方在吾傍, 何以曰不敢入乎?” 蘭陽曰, “古人見杯中弓影, 而有成疑疾者, 恐丞相之病, 亦以弓而爲蛇也.” 丞相不答, 但搖手而已. 英陽見其病勢轉劇, 不敢終諱, 乃進坐曰, “丞相只念死鄭氏, 而不欲見生鄭氏乎? 相公苟欲見之, 妾卽鄭氏瓊貝也.” 丞相佯若不信曰, “是何言也? 鄭司徒只有一女, 而死已久矣. 死鄭女旣在吾之身邊, 則死鄭女之外, 豈有生鄭女乎? 不死則生, 不生則死, 人之常也. 一人之身, 或謂之死, 或謂之生, 則死者爲眞鄭氏乎, 生者爲眞鄭氏乎? 生固眞也, 死則妄也, 死固眞也, 生則誕也. 貴主之言, 吾不信也.” 蘭陽曰, “吾太后娘娘, 以鄭氏爲養女, 封爲英陽公主, 與妾同事相公. 英陽姐姐卽當日聽琴之鄭小姐也. 不然, 姐姐何以與鄭氏無毫髮異也?” 丞相不答, 微作呻吟之聲, 忽昂首作氣而言, “我在鄭家之時, 鄭小姐婢子春雲使喚於我矣. 今有一言欲問於春雲, 春雲亦何在乎? 吾欲見之耳.” 蘭陽曰, “春雲爲謁英陽姐姐, 入宮屬耳.” 春雲亦憂丞相之疾, 來候於戶外, 卽入謁曰, “相公貴體少康乎?” 丞相曰, “春雲獨留, 餘皆出.” 兩公主及淑人退立於欄頭. 丞相卽起, 梳洗, 整其衣冠, 使春雲請三人, 春雲含笑而出, 謂兩公主及秦淑人曰, “相公邀之矣.” 四人同入, 丞相戴華陽巾, 着宮錦袍, 執白玉如意, 倚案席而坐, 氣像如春風之浩蕩, 精神如秋水之澄澈, 不似病起之人矣. 鄭夫人方悟見賣, 微笑低頭, 更不問病. 蘭陽問曰, "相公之氣, 今則如何?" 丞相正色曰, "少遊見近來風俗, 甚怪, 婦女作黨, 欺瞞家夫. 少遊職在大臣之列, 每求規正之術, 而未得其道, 憂勞成病, 昔疾今愈, 不足以煩公主慮也." 蘭陽及秦氏, 惟微笑而不敢答. 鄭夫人曰, "是事非妾等所知, 相公如欲醫疾, 仰稟于太后娘娘." 丞相心不勝癢, 始乃發笑曰, "吾與夫人, 只卜後生之相逢矣. 今日我在夢中而亦不知夢耶." 鄭氏曰, "此莫非太后娘娘子視之仁, 皇上陛下竝育之恩, 蘭陽公主之德也. 惟鏤骨銘心而已. 豈口吻所可容謝哉?" 仍細陳顚末, 丞相謝於公主曰, "公主盛德, 實簡策上所未覿者也. 少遊實無酬報之路, 惟期益加敬服之誠, 不替鐘鼓之樂也." 公主稱謝曰, "此蓋姐姐徽儀柔德, 感回天心, 妾何與哉?" 時太后招宮人, 問病狀, 乃知托病之由, 大笑曰, "我固疑之矣." 乃召見丞相, 兩公主亦在坐矣. 太后問曰, "聞丞相與旣死之鄭女, 續已絶之佳緣, 不可無一言賀也." 丞相俯伏對曰, "聖恩與造化同, 小臣雖摩頂放踵[6], 瀝膽露肝, 難報其萬一矣." 太后曰, "吾直戲耳. 豈曰恩也?"

어머니

是日上受群臣朝賀於正殿, 群臣奏曰, "近者景星出, 甘露降, 黃河淸, 年穀登, 三鎭節度納地而朝, 吐蕃强胡革心而降, 此皆聖德所致也." 上謙讓歸功於群臣, 群臣又奏曰, "丞相楊少遊近作銅龍, 樓上嬌客, 吹玉簫而調鳳凰, 久不下於秦樓, 玉堂公務, 殆將闕矣." 上大笑曰, "太后娘娘連日引見,

---

6) 摩頂放踵(마정방종): 수고로움을 마다하지 않는다는 뜻. 『맹자』 「진심 상」에 "묵자는 모든 사람을 사랑했는데 이마부터 갈아서 발꿈치에 이르더라도 세상에 이로운 일이라면 그것을 했다(墨子兼愛, 摩頂放踵, 利天下, 爲之)"라고 했다.

此少遊所以不敢出也. 朕近當面論, 使之就職矣." 明日楊丞相, 就朝堂, 理
國政, 遂上疏請暇, 欲將母而來, 其疏曰, "丞相魏國公駙馬都尉臣楊少遊,
頓首頓首百拜, 上言于皇帝陛下. 伏以臣, 卽楚地編戶之民也. 生事不過數
頃, 學業止於一經, 而老母在堂, 菽水不繼, 欲營升斗之祿, 以備甘毳之供,
不揣才分, 猥蒙鄕貢. 方臣之躧履赴擧, 老母臨行送之曰, '門戶殘矣, 家業
敗矣. 堂構之責, 十口之命, 皆付於汝之一身. 汝其力學決科, 以顯父母, 是
吾望也, 而祿仕太暴, 則躁競之刺興, 官職太驟, 則負乘之患生. 汝其戒之.'
臣敢受母訓, 銘在心肝, 而濫以幼少之年, 幸値功名之會, 立朝數年, 名位
揚赫. 金馬玉堂, 世稱華貫, 而臣旣冒據, 黃麻紫誥, 必須全才, 而臣又添叨,
奉綸, 南諭强藩屈膝, 受命, 西征凶酋束手. 臣本白面一書生也, 是豈臣能
立一策辦一謀而致此哉? 莫非皇威所及, 諸將效死, 而陛下乃反獎其微勞,
襃以重爵, 臣心之愧惕惶感, 有不可論, 而老母所戒, 躁競之刺, 負乘之患,
不幸當之矣. 至於禁臠抄簡, 尤非閭巷賤身所敢當者, 而聖命勤摯, 謬恩荐
加, 臣逃遁不得, 冒沒承順, 豈不足以辱國家而羞當世乎? 嗚呼, 老母之所
期於臣者, 初不過乎寸祿而已, 臣之所望於國者, 本不外於一官而已. 今臣
居將相之位, 挾公侯之富, 奔走王事, 不遑將母, 臣偃處丹碧之室, 而臣母
則僅掩茅茨, 臣坐享方丈之食, 而臣母則不厭麤糲. 居處飮食, 母子絶異,
是以貴富處身, 而以貧賤待母, 人倫廢矣, 子職隳矣. 況臣母年齡已高, 疾
病沈篤, 無他子女可以扶護者, 而山川遼闊, 信便阻絶, 消息亦不能以時相
通, 不待陟屺望雲, 而肝腸已寸斷無餘矣. 今幸國家無事, 官府多閑, 伏乞
陛下, 諒臣危迫之情, 察臣終養之願, 特許數月之暇, 使之歸省先墓, 將歸
老母, 母子同居, 歌詠聖德, 得以盡融洩之樂, 效反哺之誠, 則臣謹當殫竭
移孝之忠[7], 誓報陛下之恩矣. 伏乞陛下矜憫焉." 上覽之, 歎曰, "孝哉! 楊

---

7) 移孝之忠(이효지충): 효성으로부터 옮긴 충성. 『효경孝經』에 "군자는 어버이에게 효성을 다
하기에, 그 충성을 임금에게 옮길 수 있다(君子之事親孝, 故忠可移於君)"했다.

少遊也." 特賜黃金千斤, 綵帛八百疋, 歸爲老母壽, 且令輦母遄返. 丞相入闕, 祗肅拜辭於太后, 太后賜賚金帛, 倍蓰於皇上恩典矣. 退與兩公主及秦賈兩娘相別. 行到天津, 鴻月兩妓, 因府尹走通, 已來待於客館. 丞相笑謂兩妓曰, "吾之此行, 乃私行非王命也. 兩娘何以知之?" 鴻月曰, "大丞相魏國公駙馬都尉之行, 深山窮谷, 亦皆奔迸聳動. 妾等雖蟄於山林寂廖之地, 豈無耳目乎? 況府尹老爺敬待妾等, 亞於相公, 相公之來, 豈敢不報? 昨年相公奉使過此, 妾等尙有萬丈之光輝, 今相公位益崇而名益著, 臣妾之榮, 亦轉加百層矣. 聞相公娶兩公主爲女君, 未知兩位公主能容妾等否?" 丞相曰, "兩公主一則乃聖天子御妹, 一則乃鄭司徒女子. 太后取鄭氏爲養女, 而卽桂娘所薦也. 鄭氏與桂娘有汲引之恩, 且與公主俱有, 及人之仁, 容物之德, 豈非兩娘之福乎?" 鴻月相顧而賀. 丞相與兩人經夜. 行到故鄕. 初以十六歲書生, 離親遠遊, 及其來覲, 擁大丞相之軒車, 鞸魏國公之印綬, 重之以駙馬之豪貴, 四年間所成就者, 何如耶? 入謁於母夫人, 柳氏執其手, 而撫其背曰, "汝眞吾兒楊少遊耶? 吾不能信也. 當昔誦六甲賦五言之時, 豈知有今日榮華也?" 喜極而淚下也. 丞相把立名成功之終始, 娶室卜妾顚末, 悉告無餘. 柳夫人曰, "汝父親每以汝爲大吾門者, 惜不令汝父親見之也." 丞相省祖先丘墓, 以賞賜金帛, 爲大夫人, 設大宴獻壽, 請宗族故舊隣里, 讌飮十日. 陪大夫人登程, 諸路方伯, 列邑守宰, 輻輳護行, 光彩輝暎於一方矣. 過洛陽, 分付本州, 招鴻月兩妓, 還報曰, "兩娘子同向京師, 已有日矣." 丞相頗以交違爲悵缺, 至皇城, 奉大夫人於丞相府中, 詣闕肅謝, 兩宮引見, 賜賚金銀彩段十車. 俾爲大夫人壽, 請滿朝公卿, 設三日大酺, 以娛之. 丞相擇吉日, 陪大夫人, 移入於御賜新第, 園林臺沼, 亭榭宮宇, 下皇居一等. 鄭夫人蘭陽公主, 行新婦之禮, 秦淑人賈孺人, 亦備禮謁見, 幣物之盛, 禮貌之恭, 足令大夫人敷和氣, 而聳歡心也. 丞相旣承壽親之命, 以恩賜之物, 又設大宴三日, 兩宮賜梨園之樂, 移御厨之饌, 賓客傾朝廷矣. 丞相具彩服, 與兩公主, 高擎玉杯, 以次獻壽, 柳夫人甚樂. 宴未罷, 閽人入告,

"門外有兩女子, 納名於大夫人及丞相座下矣." 丞相曰, "必鴻月兩姬也." 以此意, 告於大夫人, 卽招入, 兩妓叩頭拜謁於階前, 衆賓皆曰, "洛陽桂蟾月, 河北狄驚鴻, 擅名久矣. 果絶艷也. 非楊相國風流, 何能致此也." 丞相命兩妓, 各奏其藝, 鴻月一時齊起, 曳珠履, 登瓊筵, 拂藕腸之輕衫, 飄石榴之彩紬, 對舞霓裳羽衣之曲, 落花飛絮, 撩亂於春風, 雲影雪色, 明滅於錦帳, 漢宮飛燕, 再生於都尉宮中, 金谷綠珠, 却立於魏公堂上. 柳夫人兩公主, 以錦繡縑帛, 賞賜兩人. 秦淑人與蟾月, 舊相識也. 話舊論, 情一喜一悲. 鄭夫人手把一杯, 別勸桂娘, 以酬薦進之恩. 柳夫人謂丞相曰, "汝輩進謝於蟾月, 而忘我從妹乎? 不可謂不背本者也." 丞相曰, "小子今日之樂, 皆鍊師之德也. 況母親旣入京師, 雖微下敎, 固欲奉請矣." 卽送人於紫淸觀, 諸女冠云, "杜鍊師入蜀三年, 尙未歸矣." 柳夫人甚恨甚恨焉.

樂遊原會獵鬪春色 油壁車招搖占風光

부마궁

鴻月入楊府之後, 丞相侍人, 日益多矣, 各定其居處. 正堂曰, 慶福堂, 大夫人居之. 慶福之前曰, 燕喜堂, 左夫人英陽公主處之. 慶福之西曰, 鳳簫宮, 右夫人蘭陽公主處之. 燕喜之前, 凝香閣淸和樓, 丞相處之, 時時設宴於此. 其前太史堂禮賢堂, 丞相接賓客聽公事之處也. 鳳簫宮以南, 尋興院卽淑人秦彩鳳之室也. 燕喜堂以東, 迎春閣卽孺人賈春雲之房也. 淸和樓東西, 皆有小樓, 綠窓朱欄, 薔虇掩映, 周回作行閣, 以接於淸和樓, 凝香閣東曰賞花樓, 西曰望月樓, 桂狄兩姬, 各占其一樓, 宮中樂妓八百人, 皆天下有色有才者也. 分作東西部, 左部四百人, 桂蟾月主之, 右部四百人, 狄驚鴻掌之, 敎以歌舞, 課以管絃, 每月會淸和樓, 較兩部之才, 丞相陪大夫人, 率兩公主, 親自等第以賞罰, 勝者以三杯酒賞之, 頭揷彩花一枝以爲光榮, 負者以一杯冷水罰之, 以墨筆畵一點於額上以愧其心, 以此衆妓之才, 日漸精熟. 魏府越宮女樂爲天下最, 雖梨園弟子[1]不及於兩部矣.

월왕의 도전

一日, 兩公主與諸娘陪大夫人而坐, 丞相持一封書, 自外軒而入, 授蘭陽公主曰, "此卽越王之書也." 公主展看, 其書曰, "春日淸和, 丞相鈞體萬福, 頃者國家多事, 公私無暇, 樂遊原²⁾上, 不見駐馬之人, 昆明池³⁾頭無復泛舟之戲, 遂令歌舞之地, 便作蓬蒿之場, 長安父老每說祖宗朝繁華古事, 往往有流涕者, 殊非太平之氣像也. 今賴皇上盛聖, 丞相偉功, 四海寧溢, 百姓安樂, 復開元天寶間樂事, 卽今日其會也. 況春色未暮, 天氣方和, 芳花嫩柳能使人心駘蕩, 美景賞心俱在此時矣. 願與丞相會於樂遊原上, 或觀獵或聽樂, 鋪張昇平盛事. 丞相若有意於此, 卽約日相報, 使寡人隨塵幸甚." 公主見畢, 謂丞相曰, "相公知越王之意乎?" 丞相曰, "有何深意? 不過欲賞花柳之景也. 此固遊閑公子風流事也." 公主曰, "相公猶未盡知也. 此兄所好者, 唯美色風樂. 其宮中絶色佳人非一二, 而近聞所得寵姬, 卽武昌名妓玉燕也. 越宮美人自見玉燕, 魂喪魄褫, 以無鹽嫫母自處, 可知其才與貌, 獨步於一代也. 越王兄聞吾宮中多美人, 欲效王愷石崇之相較也." 丞相笑曰, "我果泛見矣. 公主先獲越王之心也." 鄭夫人曰, "此雖一時遊戲之事, 不必見屈於人也." 目鴻月, 而謂之曰, "軍兵, 雖養之十年, 用之在一朝, 玆事勝負都在, 於兩敎師掌握中矣. 汝輩須努力焉." 蟾月對曰, "賤妾恐不可敵也. 越國風樂擅於一國, 武昌玉燕鳴於九州, 越王殿下旣有如此之風樂, 又有如此之美色, 此天下之强敵也. 妾等以偏師小卒, 紀律不明, 旗鼓不整, 恐未及交鋒, 便生倒戈之心也. 妾等之見笑不足關念, 而只恐貽羞於吾府中也." 丞相曰, "我與蟾娘初遇於洛陽也. 蟾娘稱有靑樓三絶色, 而玉燕亦在其中,

---

1) 梨園弟子(이원제자): 당나라 현종(玄宗)이 이원(梨園)에다 예능인들을 모아놓고 가무 등을 연습시켰다. 그 예능인들을 이원제자라고 불렀다. 『신당서新唐書』 「예악지禮樂志」.
2) 樂遊原(낙유원): 당나라 서울인 장안, 지금의 시안에 있는 지명. '原'을 '園'으로 표기한 이본이 많으나 오류이다. 높은 곳에 위치하여 사방이 잘 보이는 명승지이다.
3) 昆明池(곤명지): 시안 서남쪽에 있는 둘레 사십 리의 큰 연못.

必此人也. 然靑樓絶色只有三人, 而今我已得伏龍鳳雛, 何畏項羽之一范增乎?" 公主曰, "越王姬妾中美色, 非獨一玉燕也." 蟾月曰, "然則越宮中粉其腮而臙其頰者, 無非八公山草木[4]也, 有走而已, 吾何敢當哉? 願娘娘問策於狄娘. 妾本來膽弱, 聞此言便覺歌喉自瘵, 恐不能唱曲也." 驚鴻憤然曰, "蟾娘子此果眞說話也? 吾兩人橫行, 於關東七十餘州, 擅名之妓樂, 無不聽之, 鳴世之美色, 無不見之, 此膝未曾屈也. 何可遽讓於玉燕乎? 世有傾城傾國之漢宮夫人[5], 爲雲爲雨之楚臺神女, 則或有一毫自歉之心, 不然彼玉燕何足憚哉?" 蟾月曰, "鴻娘發言何其太容易耶? 吾輩曾在關東所參者, 大則太守方伯之宴, 小則豪士俠客之會, 未遇强敵, 固其宜也. 今越王殿下生長, 於大內萬玉叢中, 眼目甚高, 評論太峻, 所謂觀太山而泛滄海者也.[6] 丘垤之微, 涓流之細, 豈入於眼孔乎? 此以孫吳而爲敵, 與賁育而鬪力, 非庸將孺子所抗也. 況玉燕卽帷幄中張子房也, 能決勝於千里之外,[7] 何可輕之? 今鴻娘徒爲趙括[8]之大談, 吾見其必敗也." 仍告丞相曰, "狄娘有自多之心, 妾請言狄娘之短處. 狄娘之初從相公, 盜騎燕王千里馬, 自稱河北少年, 欺相公於邯鄲道上, 使鴻娘苟有嬋娟嫋娜之態, 則相公豈以男子知之乎? 且承恩於相公之日, 乘夜之昏, 假妾之身, 此所謂因人成事者也. 今對

---

4) 八公山草木(팔공산초목): 동진(東晉)의 사현(謝玄)이 비수(淝水) 전투에서 전진(前秦) 부견(苻堅)의 군대를 대패시켰다. 이때 사현의 진은 대단히 잘 정비되어 있었는데, 부견이 이를 보고 다시 팔공산 초목을 보니 모두 사현의 군사 같아 보여 두려워했다고 한다. 『자치통감』 「진효무제태원팔년晉孝武帝太元八年」.

5) 漢宮夫人(한궁부인): 한나라 무제의 부인. 얼굴이 예쁘고 춤을 잘 추었는데 일찍 죽었다. 오빠인 이연년(李延年)이 다음 시로 무제에게 동생을 소개했다. 이 시에 '경성경국'이라는 말이 있다. "北方有佳人, 絶世而獨立, 一顧傾人城, 再考傾人國." 『한서漢書』 「이부인李夫人」.

6) 『맹자』 「진심 상」에 "공자가 동산에 올라가서는 노나라를 작게 여겼고, 태산에 올라가서는 천하를 작게 여겼다(孔子登東山而小魯, 登太山而小天下)"라는 말이 있고, 『진서』 「왕희지전王羲之傳」에 왕희지가 벼슬을 버리고 사람들과 산수 유람을 했는데 불원천리하여 "명산을 샅샅이 뒤지고 바다에 배를 띄웠다(窮諸名山, 泛滄海)"라는 말이 있다.

7) 한나라 고조(高祖)가 장자방, 곧 장량(張良)에 대해 "장막 속에서 작전 계획을 세워 천리 밖의 승부를 결정짓는 것은 내가 장자방보다 못하다(夫運籌策帷帳之中, 決勝於千里之外, 吾不如子房)"고 칭찬한 일이 있다. 『사기』 「고조본기」.

8) 趙括(조괄): 전국시대 조(趙)나라의 장수로, 호언장담을 하다가 장평대전(長平大戰)에서 진(秦)에 대패했다. 이 전쟁에서 조나라의 사십만 군대가 전멸하고 말았다.

賤妾有此誇大之言, 不亦可笑乎?" 驚鴻笑曰, "信乎人心之不可測也. 賤妾之未從相公也, 譽之如月殿姮娥, 今乃毁之如不直一錢者, 此不過丞相待妾過於蟾娘, 故蟾娘欲專相公之寵, 有此妬忌之言也." 蟾娘及諸娘子皆大笑. 鄭夫人曰, "狄娘之纖弱非不足也. 自是丞相一雙眸子, 不能淸明之致也. 鴻娘名價不必以此而低也. 然蟾娘之言, 蓋是確論. 女子以男服欺人者, 必無女子之姿態也. 男子以女粧瞞人者, 必欠丈夫之氣骨也. 皆因其不足處, 而逞其詐也." 丞相大笑曰, "夫人此言, 蓋弄我也. 夫人一雙眸子, 亦不淸明, 能卜琴曲而不能卜男子, 此有耳而無目也. 七竅無一, 則其可謂全人乎? 夫人雖譏此身之殘劣, 見我凌烟閣畫像者, 皆稱形體之壯, 威風之猛矣." 一座又大笑. 蟾月曰, "方與勁敵對陣, 豈可徒爲戲談? 不可全恃吾兩人, 賈孺人亦同往如何? 越王非外人, 淑人亦何嫌之有?" 秦氏曰, "桂狄兩娘, 若入於女進士場中, 當效一寸之力矣. 歌舞之場, 安用妾哉? 此所謂驅市人而戰也, 桂狄必不能成功也." 春雲曰, "春雲雖無歌舞之才, 惟妾一身貽笑於人, 則不過爲妾身之羞, 豈不欲觀光於盛會哉? 妾若隨去, 則人必指笑曰, '彼乃大丞相魏國公之妾也. 鄭夫人及公主之媵也.' 然則此貽笑於相公也, 貽憂於兩嫡也, 春雲決不可往矣." 公主曰, "豈以春娘之去, 而相公被笑於人? 我亦因君而有憂乎?" 春雲曰, "平鋪彩錦之步障, 高搴白雲之帳幕, 人皆曰, '楊丞相寵妾賈孺人來矣.' 騈肩接武, 爭先縱觀, 及其移步登筵, 乃蓬頭垢面也, 然則人皆大驚大吒, 以爲楊丞相有登徒子[9]之病也, 此非貽笑於相公乎? 至於越王殿下, 平生未嘗見累穢之物, 見妾必嘔逆, 而氣不平矣. 此非貽憂於娘娘乎?" 公主曰, "甚矣. 春娘之謙也. 春娘昔者以人而爲鬼, 今欲以西施而爲無鹽, 春娘之言, 無足可信也." 乃問於丞相曰, "答書以何日爲期乎?" 丞相曰, "約以明日會矣." 鴻月大驚曰, "兩部敎坊, 猶未下令, 勢已

---

9) 登徒子(등도자): 예쁘고 밉고를 따지지 않고 여자라면 다 좋아하는 호색한. 송옥, 「등도자호색부登徒子好色賦」.

急矣, 可奈何哉?" 卽召頭妓而言曰, "明日丞相與越王, 約會於樂遊原, 兩部
諸妓, 須持樂器, 餙新粧, 明曉陪丞相行矣." 八百妓女, 一時聞令, 皆理容畫
眉, 執器習樂, 爲明日計矣.

사냥

翌曉天明, 丞相早起, 着戎服, 佩弧矢, 乘雪色千里崇山馬, 發獵士三千
人, 擁向城南, 蟾月驚鴻, 彫金鏤玉, 綴花裁葉, 各率部妓, 結束隨行, 竝乘
五花之馬, 跨金鞍, 躧銀鐙, 橫拖珊瑚之鞭, 輕攬瑣珠之轡, 昵隨丞相之後,
八百紅粧, 皆乘駿驄, 擁鴻月左右而去. 中路逢越王, 越王軍容女樂, 足與
丞相之行, 竝駕矣. 越王與丞相, 竝鑣而行, 問於丞相曰, "丞相所騎之馬, 何
國之種也?" 丞相曰, "出於大宛國也. 大王之馬, 亦似宛種也." 越王曰, "然.
此馬之名, 千里浮雲驄, 去年秋, 陪天子, 獵於上林, 天廐萬馬, 皆追風[10]逸
足[11], 而無追及於此者, 卽今張駙馬之桃花驄[12], 李將軍之烏騅馬[13], 皆稱
龍種[14], 而比此馬, 皆駑駘也." 丞相曰, "去年討蕃國時, 深險之水, 崭截之
壁, 人不能着足, 而此馬如踏平地, 未嘗一蹶, 少遊之成功, 實賴此馬之力.
杜子美所謂與人一心成大功[15]者, 非耶? 少遊班師之後, 爵品驟崇, 職務亦
閑, 穩乘平轎, 緩行坦途, 人與馬俱欲生病矣. 請與大王, 揮鞭一馳, 較健
馬之快步, 試舊將之餘勇." 越王大喜曰, "亦吾意也." 遂分付於侍者, 使兩

---

10) 追風(추풍): 진시황(秦始皇)의 일곱 명마(名馬) 가운데 하나로, 천리마와 같다.
11) 逸足(일족): 준마의 빠른 발. 잘 달리는 말을 가리킨다.
12) 桃花驄(도화총): 명마의 이름. 『속박물지續博物志』.
13) 烏騅馬(오추마): 검은 털에 흰빛이 섞인 말. 옛날 항우가 탔다고 한다.
14) 龍種(용종): 뛰어나게 좋은 말. 준마(駿馬)의 종자.
15) 與人一心成大功(여인일심성대공): 두자미, 곧 두보의 「호청총가胡靑驄歌」에 "이 말은 전쟁
에서 오래 대적할 말이 없었으니 사람과 한마음으로 큰 공을 세웠네(此馬臨陣久無敵, 與人
一心成大功)"라는 구절이 있다.

家賓客及女樂, 歸待於幕次, 正欲擧鞭策馬矣. 適有大鹿, 爲獵軍所逐, 掠過越王之前, 王使馬前壯士射之, 於是衆矢齊發, 皆不能中. 王大怒, 躍馬而出, 以一矢射其左脅而殪之, 衆軍皆呼千歲. 丞相稱之曰, "大王神弓, 無異汝陽王[16]也." 王曰, "小技何足稱乎? 我欲見丞相射法, 亦可試否?" 言未訖, 天鵝一雙, 適自雲間飛來, 諸軍皆曰, "此禽最難射也. 宜用海東靑也." 丞相笑曰, "汝姑勿放." 卽抽箭, 翻身仰射, 中鵝左目, 而墜於馬前, 越王大贊曰, "丞相妙手, 今之養由基[17]也." 兩人遂揮鞭一哨, 兩馬齊出, 星流電邁, 神行鬼閃, 瞬息之間, 已涉大野, 而登高丘矣. 按轡竝立, 周覽山川, 領略風景, 仍論射法劍術, 娓娓不止. 侍者始追及, 以所獲蒼鹿白鵝, 盛銀盤而進之, 兩人下馬, 披草而坐, 拔所佩寶刀, 割肉炙啗, 互勸深杯, 遙見紅袍兩官, 飛鞚而來, 一隊從人隨其後, 蓋自城中而出也. 一人疾走而告曰, "兩殿宣醞矣." 越王往候幕中, 兩太監, 酌御賜黃封美酒, 以勸兩人, 仍授龍鳳彩箋一封, 兩人盥手, 跪伏圻見, 以大獵郊原爲題, 而賦賦迭矣. 兩人頓首四拜, 各賦四韻一首, 付黃門而進之. 丞相詩曰, "晨驅壯士出郊坰, 劍若秋蓮[18]矢若星, 帳裡群娥天下白, 馬前雙翮海東靑, 恩分玉醞爭含感, 醉拔金刀自割腥, 仍憶去年西塞外, 大荒風雪獵王庭." 越王詩曰, "蹀躞飛龍閃電過, 御鞍鳴鼓立平坡, 流星勢疾殪蒼鹿, 明月形開落白鵝, 殺氣能敎豪興發, 聖恩留帶醉顔酡, 汝陽神射君休說, 爭似今朝得雋多." 黃門拜辭而歸.

---

16) 汝陽王(여양왕): 당나라 현종의 조카인 이진(李璡). 활을 잘 쏘았다. 두보의 시 「음중팔선가飮中八仙歌」에 나오는 인물이기도 하다.

17) 養由基(양유기): 전국시대 초(楚)나라의 장군. 백 보 떨어진 거리에 있는 버들잎을 활로 쏘아도 백발백중이었다고 한다.

18) 秋蓮(추련): 칼을 휘두를 때 일어나는 빛인 검화(劍花)를 비유한 말. 이백의 「호무인행胡無人行」에 "유성같이 날아가는 백우전(白羽箭)을 허리춤에 꽂고, 가을 연꽃 같은 검광은 칼집에서 나오네(流星白羽腰間揷, 劍花秋蓮光出匣)"했다.

낙유원

於是兩家賓客, 以次列坐, 庖人進饌. 飣餖生香, 駝駱之峰, 猩猩之唇, 出於翠釜. 南越荔芰, 永嘉甘柑, 相溢於玉盤, 王母瑤池之宴, 人無見者, 漢武栢梁之會[19], 事已古矣, 不必強援而比之. 人間之珍品異羞, 蔑有加於此者. 女樂數千, 三匝四圍, 羅綺成帷, 環珮如雷, 一束纖腰, 爭妬垂楊之枝, 百隊嬌容, 欲奪烟花之色. 豪絲哀竹, 沸曲江之水, 列唱繁音, 動終南之山. 酒半, 越王謂丞相曰, "小生過蒙, 丞相厚眷, 而區區微誠, 無以自效, 携來小妾數人, 欲睹丞相一歡, 請召至於前, 或歌或舞, 獻壽於丞相, 如何?" 丞相謝曰, "少遊何敢, 與大王寵姬, 相對乎? 妾恃姻婭之誼, 敢有僭越之計矣. 少遊侍妾數人, 亦有爲觀盛會而來者, 少遊亦欲呼來, 使與大王侍妾, 各奏長技, 以助餘興." 王曰, "丞相之敎, 亦好矣." 於是蟾月驚鴻, 及越宮四美人, 承命而至, 叩頭於帳前. 丞相曰, "昔者寧王, 畜一美人, 名曰芙蓉, 太白懇於寧王, 只聞其聲, 不得見其面. 今少遊能見, 四仙之面, 所得比太白, 十倍矣. 彼四美人, 姓名云何?" 四人起而對曰, "妾等卽金陵杜雲仙, 陳留少蔡兒, 武昌萬玉燕, 長安胡英英也." 丞相謂越王曰, "少遊曾以布衣, 遊於兩京間, 聞玉燕娘子之盛名, 如天上人, 今見其面, 實過其名矣." 越王亦聞知鴻月兩人姓名, 乃曰, "此兩人, 天下之所共推者, 而今者皆入於丞相之府, 可謂得其主矣. 未知丞相得此兩人於何時乎?" 丞相對曰, "桂氏少遊赴擧之日, 適至洛陽, 渠自從之. 狄女曾入於燕王之宮, 少遊奉使燕國也, 狄女抽身隨我, 追及於復路之日矣." 越王撫掌笑曰, "狄娘子之俠氣, 非楊家紫衣者所比也. 然狄娘子從相公之日, 相公職是翰林, 且受玉節, 則麟鳳之瑞, 人皆易見. 桂娘子昔當丞相之窮困, 能知今日之富貴, 所謂識宰相於塵埃者也, 尤亦奇

---

19) 栢梁之會(백량지회): 한나라 무제는 백량대라는 누각을 세우고 성대한 시회(詩會)를 열었다.

也. 未知丞相何以得逢於客路乎?"丞相笑曰, "少遊追念其時之事, 誠可哈
也. 下土窮儒, 一驢一童, 間關遠路, 爲飢火[20]所迫, 過飲村店之濁醪, 行過
天津橋上, 適見洛陽才子數十人, 大張唱樂於樓上, 飲酒賦詩, 少遊以弊衣
破巾, 詣其座上, 蟾月亦在其中矣. 雖諸生奴僕, 未有如少遊之疲弊者, 而
醉興方濃, 不知慚愧, 拾掇荒蕪之詞, 不知其詩意何如, 句格何如, 而桂娘
拈出其詩於衆篇之中, 歌而咏之. 蓋座中初約, 諸人所作, 若入於桂娘之歌
者, 則當讓與桂娘於其人, 故不敢與少遊相爭, 此亦緣也."越王大笑曰, "丞
相爲兩場壯元, 吾以爲天地間快樂之事, 是事之快, 高出於壯元上也. 其詩
必妙也, 可得聞歟?"丞相曰, "醉中率爾之作, 何能記乎?"王謂蟾月曰, "丞
相雖已忘之, 娘或記誦否?"蟾月曰, "賤妾尙能記之, 未知以紙筆寫呈乎?
以歌曲奏之乎?"王尤喜曰, "若兼聞娘子之玉聲, 則尤快矣."蟾月就前, 以
遏雲[21]之聲, 歌以奏之, 滿座皆爲之動容. 王大加稱服曰, "丞相之詩才, 蟾
月之絶色淸歌, 足爲三絶也. 第三詩所謂, 花枝羞殺玉人粧, 未吐纖歌口已
香者, 能畵出蟾娘, 當使太白退步也. 近世之棘句縅章, 抽黃對白者, 安敢
窺其藩籬乎?"遂滿酌之金鍾, 以賞蟾月. 鴻月兩人, 與越王宮四美人, 迭舞交
歌, 獻壽賓主, 眞天生敵手, 小無參差, 而況玉燕本與鴻月齊名, 其餘三人,
雖不及於玉燕, 亦不遠矣. 王頗自慰喜而已. 醉甚止巡, 與賓客出立於帳外,
見武士擊刺奔突之狀. 王曰, "美女騎射, 亦甚可觀. 故吾宮中精熟弓馬者,
有數十人矣. 丞相府中美人, 亦必有自北方來者, 下令調發, 使之射雉逐兎,
以助一場歡笑, 如何?"丞相大喜, 命揀能爲弓馬者數十人, 使與越宮娥賭
勝. 驚鴻起告曰, "雖不習操弧, 亦慣見他人之馳射, 今日欲暫試之矣."丞相
喜, 卽解給所佩畵弓. 驚鴻執弓而立, 謂諸美人曰, "雖不能中, 願諸娘勿笑

---

20) 飢火(기화): 배가 고파서 견디기 어려움. 백거이의 「한열早熱」이라는 시에 "건장한 자는 주
림을 견디지 못해, 굶주린 화기가 창자를 태우네(壯者不耐飢, 飢火燒其腸)"라고 했다.
21) 遏雲(알운): 구름을 멎게 함. 진(秦)나라의 명창 진청(秦靑)이 이 노래를 부르자, 가던 구름
이 그 소리를 듣고 멈추었다고 한다.

也.” 乃飛上於駿馬, 馳突於帳前, 適有赤雉, 自草間騰上. 驚鴻乍轉纖腰, 執弓鳴弦, 五色彩羽, 倏落於馬前. 丞相越王擊掌大噱, 驚鴻轉身還馳, 下於帳外, 穩步就座, 諸美人皆稱賀曰, “吾輩虛做十年工夫矣.” 蟾月內念曰, ‘吾兩人雖不讓於越宮美女, 彼乃四人, 吾則一雙, 孤單甚矣. 恨不拉春娘而來也. 歌舞雖非春[22])娘之所長, 其艷色美談, 豈不能壓倒雲仙輩乎?’ 咄咄不已矣. 忽騁矚, 則兩美人自野外驅油壁車, 轉行於綠陰芳草之上, 稍稍前進矣. 俄到帳門之外, 守門者問曰, “自越宮來乎? 從魏府至乎?” 御者曰, “此車上兩娘, 卽楊丞相小室, 適有些故, 初未偕來矣.” 門卒入告於丞相, 丞相曰, “是必春雲欲觀光而來. 行色何其太簡耶?” 卽命召入, 兩娘子捲珠珀, 自車中而出, 在前者, 沈裊烟, 在後者, 宛是夢中所見之洞庭龍女也. 兩人俱進丞相座下, 叩頭拜謁, 丞相指越王而言曰, “此越王殿下也. 汝輩以禮謁之.” 兩人禮畢, 丞相賜座, 使與鴻月同坐. 丞相謂王曰, “彼兩人征伐西蕃時所得也. 近因多事, 未及率來, 必聞少遊與大王同樂, 欲觀盛會而至矣.” 王更見兩人, 其色與鴻月雁行, 而縹緲之態, 超越之氣, 似加一節矣. 王大異之. 越宮美人, 亦皆顏如灰色矣. 王問曰, “兩娘何姓名也, 何地人耶?” 一人對曰, “小妾裊烟, 姓沈氏, 西涼州人也.” 一人又對曰, “小妾凌波, 姓白氏. 曾居瀟湘之間, 不幸遭變, 避地西邊, 今從相公而來耳.” 王曰, “兩娘子, 殊非地上人也, 能解管絃否?” 裊烟對曰, “小妾塞外賤女也. 未嘗聞絲竹之聲. 將以何技以娛大王乎? 但兒時多事, 浪學劍舞, 而此乃軍中之戲, 恐非貴人所可

<hr />

22) “蟾月內念曰~舞雖非春(섬월내념왈~무수비춘)”까지는 번역 저본에 필사로 적혀 있는 부분이다. 무슨 이유인지 원본 목판에서 두 줄이 깎여나갔고, 그 부분에 필사로 적어넣은 것이다. 하버드노존본에는 이 문장 앞에 “이때 잡은 짐승들이 산처럼 쌓였는데, 두 집안의 여자들이 잡은 꿩이며 토끼가 많았다. 각기 위에다 바치니 소유와 월왕이 공에 따라 상급을 주고 우열을 정했다. 전체의 음악 연주는 멈추게 했고 대여섯 미녀만 현악기를 타게 했다. 잔을 씻고 다시 술잔을 돌렸다(此時所獲翎毛, 土委山積, 兩家射女所殪雉兎亦多矣, 各獻於座上, 丞相及越王等第其功, 各賞金帛, 更成座次, 俾停衆樂, 只使五六美人各奏淸絃, 洗酌更酬矣)” 라는 내용이 더 있다. 문맥상 하버드노존본에 삽입된 부분이 들어 있는 편이 논리적으로 순탄하다.

見也." 王大喜謂丞相曰, "玄宗朝, 公孫大娘[23]劍舞名於天下, 其後此曲遂絕不傳於世. 我每詠杜子美詩, 而恨不及一快覩也. 此娘子能解劍舞, 快莫甚焉." 與丞相各解贈所佩之劍, 裊烟捲袖解帶, 舞一曲於金鑾之上, 倏閃揮霍, 縱橫頓挫, 紅粧白刃, 炫幻一色, 若三月飛雪, 亂洒於桃花叢上. 俄而舞袖轉急, 劍鋒愈疾, 霜雪之色, 忽滿帳中, 裊烟一身, 不復見矣. 忽有一丈青虹, 橫亘天衢, 颯颯寒飆, 自動於樽俎之間, 座中皆骨冷而髮竦矣. 裊烟欲盡所學之術, 恐驚動越王, 乃罷舞擲劍, 再拜而退. 王久乃定神, 謂裊烟曰, "世人劍舞, 何能臻此神妙之境? 我聞仙人多能劍術, 娘子得非其人乎?" 裊烟曰, "西方風俗, 好以兵器作戲, 故妾童稚之年, 雖或學習, 豈有仙人之奇術乎?" 王曰, "我還宮中當擇, 諸姬中便健善舞者, 而送之, 望娘子勿憚教掖之勞." 裊烟拜而受命. 王又問於凌波曰, "娘子有何才乎?" 凌波對曰, "妾家舊在湘水之上, 卽皇英所遊之處也. 有時乎天高夜靜, 風淸月白, 則寶瑟之聲, 尙在於雲宵間, 故妾自兒時倣其聲音, 自彈自樂而已, 而恐不合於貴人之耳也." 王曰, "雖因古人詩句, 知湘妃之能彈琵琶, 而未聞其曲流傳於世人也. 娘子若能傳得此曲, 啁啾俗樂, 何足聆乎?" 凌波自袖中出二十五絃, 輒彈一曲, 哀怨淸妙, 水落三峽, 雁號長天, 四座忽凄然下淚而已. 千林自振, 秋聲乍動, 枝上病葉紛紛交隆, 越王大異之曰, "吾不信, 人間曲律, 能回天地造化之權, 娘若人間之人, 則何能使發育之春爲秋, 敷榮之葉自零也? 俗人亦可學此曲歟?" 凌波曰, "妾惟傳古曲之糟粕而已. 有何神妙之術而不可學乎?" 萬玉燕告於王曰, "妾雖不才, 以平日所習之樂, 試奏白蓮曲矣." 斜抱秦箏, 進於席前, 以纖葱拂絃, 能奏二十五絃之聲, 運指之法, 淸高流動, 殊可聽也. 丞相及鴻月兩人亟稱之, 越王甚悅.

---

23) 公孫大娘(공손대랑): 당나라의 기생으로 검술에 능했다고 한다. 두보의 「관공손대랑제자무검기행觀公孫大娘弟子舞劍器行」에 "지난날 가인 공손씨가 있어 한번 검무를 추면 사방이 진동하였네(昔有佳人公孫氏, 一舞劍器動四方)"라는 구절이 있다.

제15회
駙馬罰飮金屈巵 聖主恩借翠微宮

논공

是日樂遊原之宴, 烟波兩人末至助歡. 王及丞相, 興雖有餘, 而野日將夕矣, 乃罷宴. 兩家各以金銀彩段爲纏頭之資, 量珠以斗, 堆錦如阜. 越王與丞相, 帶月色而歸, 入城門, 鐘聲聞矣. 兩家女樂爭途迭先, 珮響如水, 香氣擁街, 遺簪墮珠, 盡入於馬蹄, 窸窣之聲, 聞於暗塵之外. 長安士女, 聚觀如堵, 百歲老翁, 垂淚而言曰, "我昔髮未總時, 見玄宗皇帝幸華淸宮, 其威儀如此. 不圖垂死之日, 復見太平景像也." 此時兩公主與秦賈兩娘陪大夫人, 正待丞相之還. 丞相上堂, 引沈裊烟白凌波, 現於大夫人及兩公主. 鄭夫人曰, "丞相每言, 得賴兩娘子急難之恩, 幸成數千里拓土之功, 故吾每以曾未見爲恨矣. 兩娘之來, 何太晚耶?" 烟波對曰, "妾等遠方鄕闇之人也. 雖蒙丞相一顧之恩, 惟恐兩夫人不許一席之地, 未敢卽踵於門下矣. 頃入京師, 得聞於行路, 則皆稱, '兩公主有關雎樛木[1]之德, 化被疎賤, 恩覃上下'云. 故方欲冒僭進謁之際, 適値丞相觀獵之時, 叨參盛事. 獲承下誨, 妾等之幸也."公主笑謂丞相曰, "今日宮中, 花色正滿, 相公必自詫風流, 而此皆吾兄弟之功也. 相公知之乎?" 丞相大笑曰, "俗云, '貴人喜譽言', 非妄也. 彼兩人新到宮中, 大畏公主威風, 有此諂言, 公主乃欲爲功耶?" 一座譁然大笑. 秦賈兩娘子問於鴻月兩人曰, "今日宴席, 勝負如何?" 驚鴻答曰, "蟾娘笑妾大言矣, 妾以一言, 使越宮奪氣. 諸葛孔明以片舸入江東, 掉三寸之舌, 說利害之機, 周公瑾魯子敬輩, 惟口呿喘息, 而不敢吐氣.[2] 平原君入楚定從, 十九人皆碌碌無成, 使趙重於九鼎大呂者, 非毛先生一人之功乎? 妾志大, 故言亦大之, 言未必無實也. 問於蟾娘, 則可知妾言之非妄也." 蟾月曰, "鴻娘弓馬之才, 不可謂不妙, 而用於風流陣, 則雖或可稱, 置於矢石場, 則安能馳一步而發一矢乎? 越宮奪氣, 所以服新到兩娘子仙貌仙才也, 何足爲鴻娘之功乎? 我有一言, 當向鴻娘說也. 春秋之時, 賈大夫[3]貌甚醜陋, 天下所共唾也. 娶妻三年, 其妻未曾一笑. 與妻出郊, 適射獲一雉, 其妻始笑之. 鴻娘之射雉, 或與賈大夫同乎?" 驚鴻曰, "以賈大夫之醜貌, 能因弓馬之才, 睹得其妻之笑, 若使有才有色, 而且能射雉, 則尤豈不使人愛敬乎?" 蟾月笑曰, "鴻娘之自誇, 愈往而愈甚. 此無非丞相寵愛之過, 而驕其心也." 丞相笑曰, "我固知蟾娘之多才, 而不知有經術也. 今復兼春秋之癖也." 蟾月曰, "妾閑時或涉獵經史, 而豈曰能之?"

---

1) 關雎樛木(관저규목): 관저와 규목은 모두 덕 있는 후비(后妃), 또는 그의 품행을 상징하는 말이다. 모두 『시경』「주남周南」의 편명이기도 하다. '관저'편은 『시경』 첫 편으로 주나라 문왕의 비인 태사의 덕을 읊은 시이고, '규목'편은 후비의 은덕이 아래에 미침을 읊은 시이다.

2) 조조(曹操)가 형주(荊州)를 침공하여 유비가 쫓겨났는데, 유비는 제갈량을 강동의 손권에게 보내 도움을 청한다. 손권은 처음에는 망설였지만 결국 유비와 동맹을 맺어 조조와 싸운다. 주공근 및 노자경, 곧 주유와 노숙은 당시 손권의 신하였다. 유비와 손권의 연합군은 조조군과 큰 전쟁을 벌여 압승을 거두었는데 이를 흔히 적벽대전이라고 부른다. 『삼국지연의』에도 이 전쟁이 아주 흥미롭게 그려져 있다.

3) 賈大夫(가대부): 춘추시대 사람. 못생긴 얼굴의 가대부가 아름다운 부인에게 장가를 들었는데, 아내는 삼 년 동안 한 번도 웃지도 않고 말하지도 않았다. 그러던 어느 날 가대부가 밖으로 나가서 꿩을 쏘아 잡으니 부인이 비로소 웃었다. 그러자 가대부가 "기예는 배우지 않으면 안 된다. 내가 활을 잘 쏘지 못했더라면 아내는 웃지도 않고 말하지도 않았을 것이다"라고 했다. 『좌전左傳』「소공昭公」.

별주

翌日丞相入朝於上, 太后召見丞相及越王. 兩公主已入宮在座矣. 太后謂越王曰, "吾兒昨日與丞相以春色相較, 孰勝孰負?" 越王奏曰, "駙馬完福, 非人所爭, 但丞相如此之福, 在女子亦爲福乎, 不爲福乎? 娘娘以此問于丞相." 丞相奏曰, "越王謂不勝於臣者, 正如李白見崔顥詩, 而奪其氣也. 於公主爲福不爲福, 臣非公主, 不能自知. 問于公主." 太后笑顧兩公主, 公主對曰, "夫婦一身, 榮辱苦樂, 不宜異同. 丈夫有福, 則女子亦有福也, 丈夫無福, 則女子亦無福也. 丞相之所樂, 小女亦同樂而已." 越王曰, "妹氏之言雖好, 非肺腑之言也. 自古駙馬, 未有如丞相之放蕩者, 此由於紀綱之不嚴也. 願娘娘下少遊於有司, 問輕朝廷蔑國法之罪." 太后大笑曰, "駙馬誠有罪矣. 若欲以法治之, 則其爲老身及兒女之憂不淺, 故不得不屈公法, 而循私情矣." 越王復奏曰, "雖然, 丞相之罪, 不可輕赦. 請推問於御前, 觀其爰辭而處之, 可也." 太后大笑, 使越王代草問目. 有曰, "自前古爲駙馬者, 不敢畜姬妾者, 非風流之不足也, 非衣食之不贍也, 蓋所以敬君父也, 尊國體也. 況蘭英兩公主, 以位則寡人之女也, 以行則姙姒之德也, 駙馬楊少遊不思敬奉之道, 徒懷狂蕩之心, 栖心於粉黛之窟, 遊意於綺羅之叢, 獵取美色, 甚於飢渴, 朝求於東, 暮取於西, 眼窮燕趙之色[4], 耳飫鄭衛之聲, 蟻屯於臺樹, 蜂鬧於房闥. 兩公主雖以樛木之德, 不生妬忌之心, 在少遊敬謹之道, 安敢乃爾? 驕伕自恣之罪, 不可不懲, 毋隱直招, 以俟處分." 丞相乃下殿伏地, 免冠待罪, 越王出立於欄外, 高聲讀問目. 丞相聽訖, 納供其辭曰, "小臣楊少遊猥蒙兩殿之盛眷, 驟玷三台之崇班, 則榮已極矣, 兩公主秉塞淵之德[5], 有琴瑟之和, 則願已足矣, 而童心尙存, 豪氣不除, 過耽聲妓之樂,

---

4) 燕趙之色(연조지색): 전국시대 연나라와 조나라에는 미인이 많았다고 전한다.
5) 塞淵之德(색연지덕): 착실하고 깊은 덕. 『시경』 「용풍鄘風」에 '秉心塞淵(병심색연)'이라는 표현이 있다.

略聚歌舞之女, 此無非小臣扭於富貴, 溢於盛滿, 不知自檢之失, 而臣竊伏
見國家令甲, 爲駙馬者, 設有婢妾, 若婚娶前所得, 自有分揀之道. 小臣雖
有府中侍妾, 淑人秦氏, 皇上所命, 宜不在指論之列. 小妾賈氏, 臣曾在鄭
家花園時使令於前者也. 小妾桂狄沈白四個女, 或未及釋褐時所卜, 或奉命
外國時所從, 而皆在婚禮以前. 至若幷畜於府中, 蓋從公主之命也, 非小臣
所敢擅者也. 論以國制, 斷以王法, 宜無可論之罪, 而聖敎至此, 惶恐遲晚."
太后覽畢, 大笑曰, "多畜姬妾, 不害爲丈夫風度, 容有可恕, 而過好杯酌, 疾
病可慮, 推考可也." 越王復奏曰, "駙馬府中不宜有姬妾, 少遊雖誘於公主,
在其自處之道, 實有萬萬不可者. 更以此推問, 可也." 丞相着急, 乃叩頭謝
罪.[6] 太后又笑曰, "楊郎眞社稷臣也. 我豈以女婿待之?" 仍命整冠上殿. 越
王又奏曰, "少遊功大, 雖難加罪, 國法亦嚴, 不可全釋. 宜用酒罰." 太后笑
而許之. 宮女擎進白玉小杯, 越王曰, "丞相酒量本來如鯨, 罪名亦重, 安用
小杯?" 自擇能容一斗金屈卮, 滿酌淸冽酒而授之. 丞相酒戶雖寬, 連飮數
斗, 安得不醉乎? 乃叩頭奏曰, "牽牛過眷織女, 被譴聘岳, 少遊以畜妾於家
中, 被岳母之罰. 爲天王家女婿, 誠難矣. 臣大醉, 請退去矣." 仍欲起而仆
之. 太后大笑, 命宮女扶送於殿門之外, 謂兩公主曰, "丞相爲酒所困, 氣必
不平. 汝等卽隨去."[7] 公主承命, 卽隨丞相而去.

---

6) 하버드노존본에는 '謝罪(사죄)' 대신에 다음 이야기가 부연되어 있다. "신의 죄는 만 번 죽
   어도 아깝지 않으나, 자고로 죄가 있으면 그 공로까지 감안하여 벌을 주게 되어 있습니다.
   신은 외람되이 임금의 위엄과 덕망에 의지하여 남쪽으로는 세 진을 복속시켰고 서쪽으로
   는 티베트를 평정했으니 그 공로가 가볍지 않습니다. 엎드려 비옵건대 태후께서는 공으로
   죄를 사해주소서(臣罪萬死無惜, 而自古有罪者, 有援用功議之規, 臣猥仗皇上威德, 南服三鎭, 西
   平吐蕃, 其功亦不輕矣. 伏願娘娘, 以功贖罪)."
7) 하버드노존본에는 이 아래에 다음 이야기가 부연되어 있다. "'옷을 벗기고 몸을 편안히 쉬
   게 하며 차를 주어 기갈을 풀게 하라.' 두 공주가 웃으며 말했다. '비록 저희 두 사람이 아니
   라도 옷 벗기고 차를 줄 사람이 없겠습니까.' 태후가 말했다. '그러나 여자의 도리로 볼 때
   그 일을 하지 않을 수 없느니라.'(解衣而安其身, 進茶而解其渴. 兩公主笑曰, 雖無小女等兩人,
   解衣進茶之人, 不患不足矣. 太后曰, 婦女之道, 不可廢也.)"

규중별주

　大夫人張燭堂上, 方待丞相, 見丞相大醉, 問曰, "前日雖有宣醞之命, 不曾一醉矣, 何今過醉耶?" 丞相以醉眼怒視公主, 久而答曰, "公主兄越王訴訐於太后, 勒成小子之罪. 小子雖善爲說辭, 僅得淸脫, 越王必欲加罪, 挑於太后, 罰以毒酒. 小子若無酒量, 幾乎死矣. 此雖越王含憾於樂原之見屈, 必欲報復, 而亦蘭陽猜我姬妾太多, 乃生妬忌之心, 與其兄挾謀, 而必欲困我也. 平日仁厚之心, 不可恃矣. 伏望母親以一杯酒罰蘭陽, 爲小子雪憤." 柳夫人曰, "蘭陽之罪, 本不分明, 且不能飮一勺之酒, 汝欲使我罰之, 以茶代酒, 可也." 丞相曰, "小子必欲以酒罰之." 柳夫人笑曰, "公主若不飮罰酒, 則醉客之心, 必不解矣." 使侍女, 送罰杯於蘭陽. 公主執杯欲飮, 丞相忽然生疑, 欲奪其杯而嘗之, 蘭陽急投於席上. 丞相以指濡盞底餘瀝, 吸而嘗之, 乃沙糖汁也. 丞相曰, "太后娘娘若以沙糖水罰小子, 則母親亦當以沙糖水罰蘭陽, 而小子所飮者酒也. 蘭陽安得獨飮沙糖水乎?" 招侍女曰, "持酒樽而來." 自酌一杯而送之. 公主不得已盡飮. 丞相又告於夫人曰, "勸太后而罰臣者, 雖蘭陽, 鄭氏亦與其謀, 故在太后座前, 見兒子受困, 目蘭陽而笑之, 其心不可測矣. 願母親又罰鄭氏." 夫人大笑, 又以罰杯送於鄭氏, 鄭氏離座而飮. 夫人曰, "太后娘娘罰少遊因少遊姬妾, 而今公主兩人皆飮罰酒, 姬妾等安得晏然乎?" 丞相曰, "越王樂原之會, 蓋爲鬪色, 而鴻月烟波, 以小擊衆, 以弱敵强, 一戰樹勳, 先奏捷書, 致令越王懷憾, 仍使小子受罰, 此四人可罰也." 柳夫人曰, "勝戰者亦有罰乎? 醉客之言可笑." 卽招四人, 各罰一杯, 四人飮畢, 鴻月兩人, 跪奏於柳夫人曰, "太后娘娘之罰丞相, 實責姬妾之多, 非爲樂遊原之勝也. 彼烟波兩人, 尙未奉丞相枕席, 而與妾同飮罰酒, 不亦冤枉乎? 賈孺人奉櫛於丞相, 如彼之久, 受恩於丞相, 如彼之專, 而且不參樂原之會, 獨免此罰, 下情皆菀抑矣." 柳夫人曰, "汝輩之言, 是也." 以一大杯, 罰春雲, 春娘含笑而飮. 此時諸人皆飮罰杯, 座中頗覺紛紜, 蘭陽公主被困於酒, 不堪其苦, 而惟秦淑人端坐座隅, 不言不笑, 丞相曰, "秦氏獨醒, 竊笑醉客之顚狂, 亦不可不罰." 滿酌一杯而傳之, 秦氏亦笑而飮. 柳夫人問於公主曰, "公主素不飮酒, 酒後之氣, 何如?" 答曰, "頭痛正苦矣." 柳夫人使秦氏, 扶歸寢房, 仍使春雲, 酌酒而來, 把酒而言曰, "吾之兩婦, 女中之聖也. 吾每恐損福矣. 少遊酗酒使狂, 至令公主不寧. 太后娘娘若聞之, 則必過慮矣. 老身不能敎誨, 兒子有此妄擧, 老身亦不可謂無罪, 吾以此杯自罰矣." 盡飮之, 丞相惶恐跪告曰, "母親因兒子狂悖, 有此自罰之敎, 兒子之罪, 豈當笞而止哉?" 使驚鴻滿酌一大椀而來, 執臺而跪曰, "少遊不從母親之敎令, 未免貽憂於母親, 謹飮罰酒矣." 盡吸大醉, 不能定坐, 而欲向凝香閣, 以手指之, 大夫人使春雲, 扶而往之, 春雲曰, "賤妾不敢陪往矣. 桂娘子狄娘子妬小妾有寵矣." 仍囑鴻月兩娘使之扶去. 蟾月曰, "春娘子因吾一言而不去, 妾尤有嫌矣." 驚鴻笑而起, 扶携丞相而去, 諸人乃散.

화원

丞相以烟波兩人性愛山水, 花園中有一畝方塘, 淸若江湖, 池中有彩閣, 名映蛾樓, 使凌波居之. 池之南有假山, 尖峰驪玉, 重壁積鐵, 老松陰密, 瘦竹影疎, 中有一亭, 名曰氷雪軒, 使裊烟居之. 諸夫人及衆娘子, 遊花園之時, 則兩人爲山中主人矣. 諸人從容謂凌波曰, "娘子神通變化, 可得一觀乎?" 凌波對曰, "此賤妾前身之事, 妾乘天地之運, 借造化之力, 盡脫前身, 幻受人形, 所脫鱗甲, 堆積如山, 雀變爲蛤之後, 豈有兩翼, 可以翺翔乎?[8]" 諸夫人曰, "理固然矣." 裊烟雖時時舞劍, 於大夫人及丞相兩公主之前, 以

8) 雀變爲蛤之後, 豈有兩翼, 可以翺翔乎(작변위합지후, 기유량익, 가이고상호):『예기』「월령月令」에 "계추(季秋, 음력 9월)에는 기러기가 찾아오고 참새가 큰물 속으로 들어가 대합으로 바뀐다"고 했다. 새가 조개로 변한 것은 큰 변화를 뜻한다.

供一時之翫, 而亦不肯頻舞曰, "當時雖借劍術, 以逢丞相, 而殺伐之戲, 元
非常時所可見也." 此後兩夫人六娘子相得之樂, 如魚川泳而鳥雲飛, 相隨
相依, 如箎如壎[9]. 丞相恩情, 彼此均一, 此雖諸夫人聖德, 能致一家之和,
而蓋當初九人, 在南岳時, 其發願如此故也.

여덟 자매

一日兩公主相議曰, "古之人, 娣妹[10]諸人, 婚嫁於一國之內, 或有爲人妻
者, 或有爲人妾者, 而今吾二妻六妾, 義逾骨肉, 情同娣妹, 其中或有從外
國而來者, 豈非天之所命乎? 身姓之不同, 位次之不齊, 有不足拘也. 當結
爲兄弟, 以娣妹稱之, 可也." 以此意言於六娘子, 娘子皆力辭, 而春雲鴻月
尤落落不應. 鄭夫人曰, "劉關張三人, 君臣也, 終不廢兄弟之義, 我與春娘,
自是閨中管鮑之交也, 爲兄爲弟, 何不可之有? 世尊之妻, 本家之女, 尊卑
絶矣, 貞淫別矣,[11] 同爲大釋之弟子, 終得上乘之正果, 厥初微賤, 何關於
畢竟之成?" 兩公主遂與六娘子, 詣宮中所藏觀音畫像之前, 焚香展拜, 作
誓文而告之. 其文曰, "維年月日, 弟子鄭氏瓊貝, 簫和李氏, 彩鳳秦氏, 春雲
賈氏, 蟾月桂氏, 驚鴻狄氏, 裊烟沈氏, 凌波白氏, 越宿齋沐, 謹告于南海大

<hr>

9) 如箎如壎(여지여훈): 형제처럼 친하게 지냈다는 뜻. 『시경』 「소아」에 "맏형은 질나팔을 불
고, 둘째 형은 저를 분다(伯氏吹壎, 仲氏吹箎)"라는 말에서 유래했다.
10) 娣妹(제매): 자매.
11) 世尊之妻, 本家之女, 尊卑絶矣, 貞淫別矣(세존지처, 본가지녀, 존비절의, 정음·별의): 강전섭노
존본에는 "世尊之妻, 登伽女子"로 되어 있다. '세존지처'는 석가모니의 부인인 야수타라(耶
輸陀羅)로, 석가모니는 출가하기 전에 야수타라를 아내로 삼아 아들 라후라(羅睺羅)를 낳
았다. '본가지녀'는 미상이나, '본성(本性)'이라고 번역되기도 하는 발길제(鉢吉帝)를 가리
키는 듯하다. 발길제는 마등가녀(摩登伽女), 곧 '등가여자'이다. 마등가는 인도에서 가장
천한 계급의 남성을 가리키는 말이다. 마등가의 딸 발길제가 환술(幻術)로 석가모니의 수
제자인 아난(阿難)을 현혹했는데, 석가가 보살을 시켜 아난을 구했다. 발길제의 번역어가
본성이므로 '본가지녀'라고 쓴 것 아닌가 여겨진다.

師之前. 世之人, 或有以四海之人, 而爲兄弟者, 何? 則以其氣味之合也. 或有以天倫之親, 而爲路人者, 何? 則以其情志之乖也. 弟子八人等, 始雖各生於南北, 散處於東西, 而及長, 同事一人, 同居一室, 氣相合也, 義相孚也, 比之於物, 一枝之花, 爲風雨所撼, 或落於宮殿, 或飄於閨閣, 或墜於陌上, 或飛於山中, 或隨溪流, 而達於江湖, 然言其本, 則同一根也. 惟其同根也. 故花本無心之物, 而其始也, 同開於枝, 其終也, 同歸於地. 人之所同受者, 亦一氣而已, 則氣之散也, 豈不同歸於一處乎? 古今遼闊, 而生幷一時, 四海廣大, 而居同一室, 此實前生之宿緣, 人生之幸會. 是以弟子等八人, 同約同盟, 結爲兄弟, 一吉一凶, 一生一死, 必欲之相隨, 而不相離也. 八人中苟有懷異心, 而背矢言者, 則天必殛之, 神必忌之, 伏望大師降福消災, 以佑妾等, 使百年之後, 同歸於極樂世界, 幸甚." 兩夫人以妹子呼之. 此後六娘子, 雖自守名分, 不敢以兄弟稱號, 而恩愛愈密. 八人皆各有子女, 兩夫人及春雲蟾月裊烟驚鴻生男子, 彩鳳凌波皆生女子, 而未嘗見産育之慘, 此亦與凡人殊.

은퇴

時天下昇平, 民安物阜, 廟堂之上, 無一事可規畫者. 丞相出, 則陪聖天子, 遊獵於上苑, 入則, 奉大夫人, 讌樂於北堂. 傲傲舞袖, 任他光陰之流邁, 嘈嘈急絃, 催却春秋之代謝. 丞相躡沙堤, 而執勻衡者, 已累十年, 享萬鍾之富, 盡三牲之養. 泰極否至, 天道之恒, 興盡悲來, 人事之常也. 柳夫人以天年終, 壽九十九矣. 丞相哀毁逾禮, 幾乎滅性, 兩殿憂之, 遣中使勉諭節哀, 以王后禮, 葬之. 鄭司徒夫妻, 亦得上壽而終, 丞相悲悼之情, 不下於鄭夫人. 丞相六男二女, 皆有父母標致, 玉樹芝蘭, 幷耀於門闌. 第一子, 名大卿, 鄭夫人出也, 爲吏部尙書. 其次曰, 次卿, 狄氏出也, 爲京兆尹. 次曰, 舜

卿, 賈氏出也, 爲御史中丞. 次曰, 季卿, 蘭陽公主出也, 爲兵部侍郎. 次曰,
五卿, 桂氏出也, 爲翰林學士. 次曰, 致卿, 沈氏出也, 年十五, 勇力絶倫, 智
略如神, 上大愛之, 爲金吾上將軍, 將京營軍十萬, 宿衛宮禁. 長女, 名傳丹,
秦氏出也, 爲越王子琅琊王妃. 次女, 名永樂, 白氏出也, 爲皇太子妾, 後封
婕妤. 楊丞相, 以一個書生, 遇知己之主, 値有爲之時, 武定禍亂, 文致太平,
功名富貴, 與郭汾陽齊名, 而汾陽六十, 方爲上將, 少遊二十, 出爲大將, 入
爲丞相, 久居鼎位, 協贊國政, 過於汾陽二十四考[12]. 上得君心, 下協人望,
坐享豊亨豫大之樂, 誠歷千古絶百代, 而所未聞也. 丞相自以盛滿可戒, 大
名難居, 乃上疏乞退. 其疏曰, "臣某, 謹頓首百拜, 上言于皇帝陛下. 臣竊
伏以人臣之落地而願者, 不過曰將相也, 曰公侯也, 官至將相公侯, 則無餘
願矣. 父母之爲子而祝者, 不過曰功名也, 曰富貴也, 身致功名富貴, 則無
餘望矣. 然則將相公侯之榮, 功名富貴之樂, 豈非人心之所艶慕, 時俗之所
傾奪者乎? 人所同艶, 而不知盛滿之戒, 時所共爭, 而未免滅頂之禍. 此廣
受[13]所以決勇退之志也, 田竇[14]所以遭傾覆之災也. 將相公侯, 雖可榮, 而
孰如知足乞骸之榮也? 功名富貴, 雖可樂, 而孰如全身保家之樂哉? 臣才湔
能薄, 而躐取高位, 功淺望蔑, 而久玷要路. 貴已極於人臣, 榮亦及於父母.
臣之始願, 亦不敢萬一於此, 人豈以是而期臣哉? 況猥以疎逖, 聯結椒掖,
視遇異於群臣, 恩賚出於格外, 以藜莧之腸肚, 而飫錦禁之味, 以蓬蒿之蹤

<hr />

12) 汾陽二十四考(분양이십사고): 당나라의 명장 분양왕 곽자의는 오랫동안 중서령을 맡아 관
리들의 근무 성적을 평가했다. '이십사고'는 평생 고과한 것이 무려 스물네 번에 이르렀다
는 데서 나온 말이다.
13) 廣受(광수): 한나라 선제 때의 태자태부 소광과 그 조카인 태자소부 소수를 합칭한 말이다.
소광은 태자태부가 된 지 오 년 만에 스스로 성만을 경계하는 뜻에서 병을 핑계로 상소하
여 사직하였다. 소광이 소수와 함께 고향으로 돌아가려 하자, 임금이 황금 이십 근을 내렸
는데, 환송을 위해 따라간 수레가 무려 백여 대에 이르렀다고 한다. 『한서』 「소광전」.
14) 田竇(전두): 한나라의 무안후(武安侯) 전분(田蚡)과 위기후(魏其侯) 두영(竇嬰)의 합칭이다.
두 사람은 임금의 인척으로 권세를 다투다가 전분은 병으로 죽었고 두영은 참수당했다.
『사기』 「위기무안후열전」.

跡, 而處沁水之園,[15] 上以貽聖主之辱, 下而乖賤臣之分, 臣豈敢自安於食息乎? 早欲斂迹避榮, 杜門辭恩, 以僭越濫冒之罪, 自謝於天地神明, 而聖恩隆重, 未效涓埃之報, 且臣筋力尙堪驅策之勞, 故臣不得不洑澀蹲居, 遲回不去, 擬效一分報酬之誠, 而卽退守丘園, 以畢餘生矣. 今殊遇未答, 而年齡倏高, 微悃莫展, 而齒髮先衰, 形如病木, 不秋而自枯, 心如眢井, 不汲而自渴, 雖欲復效犬馬之力, 報丘山之德, 其勢末由矣. 今天下賴陛下神聖, 四夷率服, 兵革不用, 萬民又安, 桴鼓不驚, 天休滋至, 年穀累登, 庶幾致三代大同熙皞之治矣. 雖令臣久留輦轂之下, 冒居廟堂之上, 不過奉朝請[16], 而費廩粟, 坐聽康衢擊壤之歌而已, 尙何有經理猷爲之事乎? 噫! 君臣猶父子也. 父母之心, 雖不肖不才之子, 在於膝下, 則喜之, 出於門外, 則思之. 臣伏想, 陛下必以臣爲簪履[17]舊物, 經幄老臣, 不忍其一朝退去, 而嗚呼! 人子之思父母, 何異於父母之愛其子也? 臣荷陛下眷注之寵, 旣至矣, 沐陛下生成之澤, 亦深矣, 一毫一毛, 莫非造化陶鑄之功, 則臣亦豈欲遠辭天陛, 退伏丘壑, 便訣堯舜之聖哉? 第已盈之器, 不可使濫, 已泛之駕, 不可復乘. 伏乞陛下, 諒臣不堪任事, 察臣不願居尊, 特許卷歸松楸, 以保殘齡, 俾免亢龍之悔, 當歌詠聖德, 感激洪私, 以圖結草之報矣." 上覽其疏, 乃以手書, 賜批曰, "卿勳業溢於鐘鼎, 德澤被於生靈, 學術足以贊治, 威望足以鎭國, 卿卽國家之柱石, 寡躬之股肱也. 昔太公召公, 齒幾百歲, 而尙輔周室, 能致至理. 今卿旣非禮經所謂致仕之年[18], 則卿雖謝事徑退, 朕不可許矣. 況

---

15) 沁水之園(심수지원): 심원(沁園). 공주의 정원을 뜻한다. 후한 명제(明帝)의 딸 심수공주(沁水公主)가 정원을 갖고 있었던 데서 나온 말이다.

16) 奉朝請(봉조청): 퇴임 관원을 예우하는 뜻에서 조정 의식(儀式)에만 참석하게 하고 종신토록 녹봉을 받게 하는 제도.

17) 簪履(잠리): 비녀와 신발. 옛날에 어떤 부인이 시초(蓍草)를 캐러 들에 나갔다가 시초로 만든 비녀를 잃고 울었다. 곁에 있던 사람이 물었다. "캐고 있는 시초로 다시 비녀를 만들면 되지 않겠소?" 부인이 답했다. "예전부터 가졌던 것이라 아깝소." 또 초나라 소왕이 난을 만나 국외로 피난하였다가 돌아올 때에 전에 신고 있던 신을 잃어버려 기를 쓰고 찾으면서 "같이 나왔으니 같이 돌아가지 않으면 안 된다" 했다.

18) 『예기』에 "대부는 일흔 살이면 벼슬에서 물러난다(大夫七十而致事)"라는 말이 있다.

張辟疆[19]本有仙骨, 鄴侯[20]老猶不衰. 松柏傲霜雪而猶勁, 蒲柳值秋風而先零,[21]此其性質之堅脆不同也. 卿自有松柏之操, 何憂蒲柳之衰乎? 朕觀卿風彩猶新, 不減於玉堂草詔之日, 精力尙旺, 不讓於渭橋討賊之時. 卿雖稱老, 朕固不信. 須回箕山之高節, 以贊唐虞之至治, 是朕之望也." 丞相以前世佛門高弟, 且受藍田山道人秘訣, 多有修鍊之功, 故春秋雖高, 容顏不衰, 時人皆以仙人擬之, 是以詔書中及之. 此後丞相又上疏, 求退甚懇, 上引見曰, "卿辭一至於此, 朕豈不能勉副[22], 以成卿五湖高節[23]乎? 但卿若就所封之國, 非徒國家大事無可與相議者, 况今皇太后驂馭上賓, 長秋[24]已空, 朕何忍與英陽及蘭陽相離也. 城南四十里有離宮, 卽翠微宮也. 昔玄宗避暑之處也. 此宮窈而深, 僻而曠, 可合暮年優遊, 故特賜卿, 使之居處矣." 卽下詔, 加封丞相魏國公, 爵太史, 又加賞封五千戶, 姑收丞相印綬.

19) 張辟疆(장벽강): 원문은 '璧彊(벽강)'이나 장량의 둘째 아들로 보면 '辟彊'이 맞다. 장량은 한나라 창업 공신으로 건국 후 권력을 버리고 은퇴해서 후대에 칭송을 받았다. 나중에 신선이 되었다는 전설이 있다. 장벽강은 십 대의 어린 나이에 이미 태후에게 국정에 대해 충고했다고 한다(『사기』 「여태후본기」).
20) 鄴侯(업후): 작위명. 당나라의 명신(名臣) 이필(李泌). 현종부터 시작해서 네 임금을 섬겼고, 공로를 인정받아 이 작위를 받았다. 장유의 『계곡만필谿谷漫筆』 「장자방이장원張子房李長源」이라는 글에 "신선의 풍골에다 영웅의 재지(才智)를 갖추고 장상(將相)의 훈업(勳業)까지 한몸에 지닌 이를 찾는다면, 한나라에 한 사람 있으니 장자방, 곧 장량이요, 당나라에도 한 사람 있으니 이장원, 곧 이필이다"라고 했다.
21) 『세설신어』 「언어」에 "갯버들은 가을이 오기 전에 잎이 떨어지나 소나무와 잣나무는 서리를 지나 더욱 무성하다(蒲柳之姿, 望秋而落, 松柏之質, 經霜彌茂)"라고 했다.
22) 勉副(면부): 간절한 부탁을 어쩌지 못해 따름.
23) 五湖高節(오호고절): 춘추시대에 월나라 대부 범려가 월왕 구천을 도와 오나라를 멸망시키고 오호(五湖)에 은거하였다. 후에 오호는 은거처를 가리키는 말이 되었다.
24) 長秋(장추): 장추궁. 황후나 태후가 머물던 궁궐이다. 이들을 가리키는 말로도 쓰인다.

제16회
楊丞相登高望遠 眞上人返本還元

깨달음

丞相尤感聖恩, 叩頭祗謝, 擧家卽移接於翠微宮. 此宮在終南山中, 樓臺
之壯麗, 景致之奇絶, 卽蓬萊仙境也. 王維學士詩曰, '仙居未必能勝此, 何
事吹簫向碧空', 以此一句, 可占其絶勝矣. 丞相空其正殿, 奉安詔旨及御製
詩文, 其餘樓閣臺榭, 兩公主諸娘子分居. 丞相日與兩夫人六娘子, 臨水弄
月, 入谷尋梅, 過雲壁, 則賦詩而寫之, 坐松陰, 則橫琴而彈之, 晩年淸閑之
福, 令人起羨. 丞相就閑謝客, 亦已累年矣. 仲秋旣望, 卽丞相晬日, 諸子女
設宴獻壽, 至十餘日, 繁華景色, 不可言也. 宴罷, 諸子女各歸其家. 俄而菊
秋佳節, 已迫矣. 菊花綻蕚, 茱萸垂實, 正當登高之時也. 翠微宮西畔有高
臺, 登臨則八百里秦川, 如掌樣見也. 丞相最愛其臺. 是日與兩夫人六娘子,
登其上, 頭揷一枝黃菊, 以賞秋景, 相對暢飮, 而已返照倒射於昆明, 雲影
低垂於廣野, 秋色燦爛如展活畵. 丞相手把玉簫, 自吹一曲, 其聲嗚嗚咽咽,
如怨如訴, 如泣如思,[1] 若荊卿渡易水, 與高漸離, 擊筑相和, 霸王在帳中,

與虞美人, 唱歌怨別. 諸美人悲思盈襟, 慘怛不樂, 兩夫人問曰, "丞相早成功
名, 久享富貴, 一世所羨, 近古所罕. 當此佳辰, 風景正美, 菊英泛觴, 玉人
滿座之, 亦人生之樂事, 而簫聲甚哀, 使人堪涕, 今日之簫聲, 非舊日之聞,
何也?" 丞相乃投玉簫, 徒倚欄頭, 擧手指明月而言曰, "北望則平郊四曠, 頹
嶺獨立, 夕照殘影, 明滅於荒草之間者, 卽秦始皇阿房宮也. 西望則悲風悄
林, 暮雲冪山者, 漢武帝茂陵也. 東望則粉墻繚繞於靑山, 朱甍隱暎於碧空,
且有明月, 自來自去, 玉欄干頭, 更無人倚者, 卽玄宗皇帝, 與太眞, 同遊之
華淸宮也. 噫! 此三君, 皆千古英雄, 以四海爲戶庭, 以億兆爲臣妾, 雄豪意
氣, 軒輊宇宙, 直欲挽三光, 而閱千歲矣, 而今安在哉? 少遊以河東一布衣,
恩承聖主, 位致將相, 且與諸娘子相遇, 厚意深情, 至老益密, 非前生未了
之緣, 必不及於是也. 男女以緣而會, 緣盡而散, 乃天理之常也. 吾輩一歸
之後, 高臺自頹, 曲池且堙, 今日歌殿舞榭, 便作衰草寒烟, 必有樵童牧兒,
悲歌暗歎, 往來而相謂曰, '此乃楊丞相, 與諸娘子, 所遊之處. 大丞相富貴
風流, 諸娘子玉容花態, 已寂寞矣.' 人生到此, 則豈不如一瞬之頃乎? 天下
有三道, 曰儒道, 曰仙道, 曰佛道. 三道之中, 惟佛最高, 儒道成全, 明倫紀,
貴事業, 留名於身後而已. 仙道近誕, 自古求之者甚多, 而終無所驗. 秦皇
漢武及玄宗皇帝, 可鑑也. 吾自致仕來此, 每夜着睡, 則夢中必參禪於蒲團
之上, 此必與佛家有緣也. 我將效張子房從赤松子[2], 棄家求道, 越南海, 尋
觀音, 上五臺[3], 禮文殊, 得不生不滅之道, 欲超塵世之苦海. 但與君輩, 半
生相從, 而未幾將作遠別, 故悲愴之心, 必自發於簫聲之中也." 諸娘子前

---

1) 其聲嗚嗚咽咽, 如怨如訴, 如泣如思(기성오오열열, 여원여소, 여읍여사): 소식(蘇軾)의 「전적
벽부前赤壁賦」에 "其聲嗚嗚然, 如怨如慕, 如泣如訴(기성명명연, 여원여모, 여읍여소)"라는 구
절이 있다.

2) 赤松子(적송자): 신농씨(神農氏) 때에 비를 다스렸다는 신선의 이름. 장량(張良)이 만년에
스스로 벼슬에서 물러나면서 "인간사를 버리고 적송자를 좇아 놀고자 한다"라고 하고 종적
을 감추었다.

3) 五臺(오대): 원문은 '義臺(의대)'이다. 강전섭노존본에 '오대'로 되어 있다. 오대는 산시 성
오대현 동북쪽에 있는 산으로, 여기에 지혜의 보살인 문수(文殊)가 있다고 한다.

身, 皆南岳仙女, 且塵緣將盡於此時也. 及聞丞相之言, 自有感動之心, 齊言曰, "相公繁華之中, 乃有是心, 豈非天之所啓乎? 妾等娣妹八人, 當共處深閨, 朝夕禮佛, 以待相公之還, 而相公今行, 必値明師, 而遇良朋, 得聞大道矣. 伏望得道之後, 必先敎妾等." 丞相大喜曰, "吾九人之心, 旣相合矣. 尙何事之可慮乎? 我當以明日作行矣." 諸娘子曰, "妾等當各奉一杯, 以餞丞相矣." 方命侍兒, 洗盞更酌.

서역승

投筇之聲, 忽出於欄外石逕, 諸人皆曰, "何許人敢來於是處乎?" 而已有一衲胡僧至前, 厖眉尺長, 碧眼波明, 形貌動靜, 甚異矣. 上高臺, 與丞相, 相對坐曰, "山野之人, 謁於大丞相矣." 丞相已知非俗僧, 忙起答禮曰, "師傅來從何處乎?" 胡僧笑曰, "丞相不解平生故人乎? 曾聞, '貴人善忘', 果是也." 丞相熟視之, 似是舊面, 而猶不分明矣. 忽大悟, 顧諸夫人而言曰, "少遊曾伐吐蕃時, 夢參於洞庭龍王之宴, 歸路暫上於南岳, 見老和尙跏趺於法座, 與衆弟子等, 講佛經矣. 師傅無乃夢中所見之和尙乎?" 胡僧拍掌大笑曰, "是矣是矣. 然只記夢中之一見, 不記十年之同處, 誰謂楊丞相聰明乎?" 丞相憫然曰, "少遊十六歲以前, 不離父母之眼前, 十六歲登第, 連有職名, 不出京城, 東使燕鎭, 西擊吐蕃之外, 足跡無所及處, 何時與師傅十年相從乎?" 胡僧笑曰, "丞相尙未醒昏夢矣." 少遊曰, "師傅可能使少遊大覺乎?" 胡僧曰, "此不難矣."

득도

　高擧手中錫杖, 大叩欄干, 至再, 遽有白雲亂起, 於四面山谷之間, 陣陣飛來, 環擁臺上, 昏昏暗暗, 尋丈不卞, 丞相若在醉夢中矣. 良久乃大聲疾呼曰, "師傅不以正道指敎少遊, 乃以幻術相戲耶?" 言未盡, 雲氣盡捲, 胡僧及兩夫人六娘子, 皆無蹤跡矣. 大驚大惑, 定睛詳視, 則層樓複臺, 疎簾密箔, 都不可見, 而自顧其身, 則獨在小庵中蒲團上, 火消香爐, 月在西峰. 自撫其頭, 則頭髮新剃, 餘根鬆鬆, 百八顆念珠, 已垂項前, 眞是小和尙形模, 非復大丞相威儀, 神精惚惚, 胸膈憧憧矣. 旣久忽覺, 其身是蓮花道場性眞小和尙也. 回念, 初被師傅戒責, 隨力士往酆都, 幻生人世, 爲楊家之子, 早捷壯元, 爲翰苑之官, 出將三軍, 入摠百揆, 上疏乞退, 謝事就閑, 與兩公主六娘子, 對歌舞, 聽琴瑟, 杯酒團欒, 晨昏行樂, 皆一場春夢中事耳. 乃曰, "此必師傅知吾一念之差, 俾着人間之夢, 要令性眞知富貴繁華, 男女情慾, 皆妄幻也." 急向石泉, 淨洗其面, 着衲整弁, 自詣方丈, 衆闍梨已齊會矣. 大師高聲問曰, "性眞, 人間滋味, 果如何耶?" 性眞叩頭流涕曰, "性眞已大覺矣. 弟子無狀, 操心不正, 自作之孼, 誰怨誰咎? 宜處缺陷之世界[4], 永受輪回之咎殃, 而師傅喚起一夜之夢, 能悟性眞之心, 師傅大恩, 雖閱千萬塵而不可報也." 大師曰, "汝乘興而去, 興盡而來, 我有何干與之事乎? 且汝曰, '弟子夢人間輪回之事', 此汝以夢與人世分而二之也, 汝夢猶未覺也. 莊周夢爲蝴蝶, 蝴蝶又變爲莊周. 莊周之夢爲蝴蝶耶? 蝴蝶之夢爲莊周耶? 終不能卞之. 孰知何事之爲夢? 何事之爲眞耶? 今汝以性眞爲汝身, 以夢爲汝身之夢, 則汝亦以身與夢, 謂非一物也. 性眞少遊, 孰是夢也, 孰非夢也." 性眞曰, "弟子蒙暗, 不能卞夢非眞也, 眞非夢也, 望師傅說法, 使弟子覺之." 大師曰, "我當說金剛經大法, 以悟汝心, 而當有新來弟子, 汝姑待之." 言未

---

4) 缺陷之世界(결함지세계): 불교에서 쓰는 말로, 부처의 세계와 대립되는 인간세상을 말한다.

畢, 守門道人入告曰, "昨日所來魏夫人座下仙女八人, 又到請謁於大師矣." 大師命召之, 八仙女詣大師之前, 合掌叩頭曰, "弟子等雖侍魏夫人左右, 而實無所學, 未制妄念, 情慾乍動, 重譴隨至, 塵土一夢, 無人喚醒, 幸蒙師傅慈悲, 親往挈來, 而昨往魏夫人宮中, 摧謝前日之罪, 旋謝夫人, 永歸佛門, 伏乞師傅快赦舊愆, 特垂明教." 大師曰, "女仙之意雖美, 佛法深遠, 不可猝學, 非大德量大發願, 則道不能成矣. 唯仙女自量而處之." 八仙女卽退, 滌滿面之臙粉, 脫遍身之綺縠, 取金剪刀, 自剃綠雲之髮, 復入告曰, "弟子等旣已變形, 誓不慢師傅之敎訓矣." 大師曰, "善哉! 善哉! 汝等八人也, 至誠如此, 寧不感動?" 遂引上法座, 講說經文. 其經有, '白毫[5]光射世界, 天花下如亂雨'等語. 說法將畢, 乃誦四句之偈,[6] 性眞及八尼姑, 皆頓悟本性, 大得寂滅之道. 大師見性眞戒行純熟, 乃會衆弟子而言曰, "我本爲傳道, 遠入中國, 今旣得傳法之人, 我今行矣." 以袈裟及一鉢, 淨甁, 錫杖, 金剛經一卷, 給性眞, 遂向西天而去. 此後性眞率蓮花道場大衆, 大宣敎化, 仙與龍神, 人與鬼物, 尊重性眞如六觀大師. 八尼皆師事性眞, 深得菩薩大道, 畢竟皆歸於極樂世界. 嗚呼, 異哉!

崇禎後再度乙巳 錦城午門新刊

---

5) 白毫(백호): 부처의 미간 사이에 있는 흰 털을 말한다. 이 털에서 빛을 쏜다고 한다.
6) 강전섭노존본, 하버드노존본에도 게의 내용이 없는데, 서울대한글본에는 다음의 게송이 실려 있다. "일체의 인과법이 꿈같고 물거품 같으며, 이슬 같고 또 번개 같으니, 분명히 이 같음을 볼지니라(一切有爲法, 如夢幻泡影, 如露亦如電, 應作如是觀)."『금강경』에 있는 게송이다.

해설

『구운몽』, 어떻게 읽을 것인가?

인생은 한바탕 봄꿈이라

대개 『구운몽』 하면 가장 먼저 떠올리는 말이 '일장춘몽一場春夢'이다. '인생은 일장춘몽이다'라는 사실을 깨닫게 해주는 작품으로 보는 것이다. 학교 교육의 영향인지, 정말 그런 깨달음을 얻었는지는 알 수 없다. 대학생들에게 독후감을 쓰게 해도 '일장춘몽'이니 '인생무상'이니 하면서 그런 깨달음을 주는 책이라고 한다. 『구운몽』을 읽고 나면 삶이란 게 별것 없고, 잘살든 못살든 모두 한바탕 나른한 봄꿈에 불과하다는 허무주의적 깨달음을 얻는다는 것이다. 그런데 깨달음을 말하면서도 정작 『구운몽』 독서 이전과 이후의 삶이 달라졌다는 사람은 보지 못했다. 『구운몽』의 양소유는 말년에 인생을 '일장춘몽'이라고 여기고 그 깨달음을 통해 불교로 귀의하려고 했지만, 독자들은 이 작품을 읽고 나서 허무주의에 빠진다거나 삶과 거리를 둔다거나 하지 않는다. 깨달음을 말했지만 실천으로 이어지지 않는다면 이는 진정한 깨달음이 아니다. 작품이 잘못되었거나 읽기를 잘못한 것이다.

『구운몽』에서 깨달음은 작품의 맨 마지막에 갑자기 나타난다. 깨달음이라는 것이 어차피 순간이니 시점과 비중이 꼭 중요하다고 할 수는 없지만, 양소유는 깨달음에 이르기까지 고민과 번뇌가 보이지 않다가, 노년에 이르러서 갑자기 깨달음을 말했다. 양소유야 그렇게 깨달음에 이를 수도 있겠지만 독자들은 그 깨달음에 함께 이를 시간이 없다. 이렇게 보면 『구운몽』은 적어도 독자에게 깨달음을 주고자 만든 작품은 아니다. 깨달음은 작품의 주제와 연결된 것이라기보다 하나의 서사적 장치, 곧 종결의 장치이다. 사정이 이러니 『구운몽』을 읽고 불교에 귀의했다거나 세상을 버리고 산으로 들어갔다거나 하는 사람이 나타나지 않은 것은 당연한 일이다.

오랫동안 『구운몽』은 학교에서 잘못 교육되었다. 아니 학계에서 잘못 이해했다. 남녀의 사랑과 인생의 즐거움을 그린 작품을 허무주의적 깨달음을 주는 작품으로 잘못 이해했다. '일장춘몽'과 '인생무상'의 연장선상에 있는 불교의 '공空 사상' '금강경 사상' 등이 모두 작품의 주제라기보다 장치 또는 장식이라 할 수 있는데, 이를 주제로 보았으니 본말이 뒤바뀌어 작품을 제대로 읽을 수 없었던 것이다. 조선시대 독자 중에서도 『구운몽』을 깨달음을 주는 작품으로 읽은 사람은 한 명도 보지 못했다. 『구운몽』의 주제가 깨달음이었다면 조선 독자들의 사랑을 받지 못했을 것이다. 또 허무주의적 깨달음을 주는 작품이라면, 자라나는 학생들에게 가르쳐야 할지도 의문이다. 이제 막 자기 삶의 본궤도에 오르려는 학생들에게 삶은 잠깐 좋았다가 깨는 봄꿈에 불과하다고 가르치는 것이 옳은지 따져보아야 하는 것이다. 그렇다면 『구운몽』은 도대체 어디에 초점을 맞추어 읽어야 할까? 『구운몽』의 주제는 무엇인가?

🌀 위로와 치유

　『구운몽』은 양소유가 여덟 여인을 만나 인연을 만들어가는 이야기가 작품의 대부분을 차지하고 있다. 환상적인 공간에서 멋지고 아름다운 사람들이 사랑을 나누는 것이다. 인물 간에 속임수도 있고, 전쟁도 있지만, 대결과 갈등은 삶의 기쁨과 아름다움을 극대화하기 위한 장치로 여겨진다. 도대체 작가는 어떤 생각으로 이런 이야기를 꾸몄을까?

　『구운몽』에 그려진 세계와 『구운몽』이 창작된 현실은 완전 딴판이다. 아름다움과 즐거움이 충만한 이 이야기는 작가가 좌절하여 암울한 상황에 빠졌을 때 지어졌다. 창작 시기에 대해서는 평안도 선천의 유배지에서 지어졌는지, 아니면 경상도 남해로 귀양갔을 때 지어졌는지, 오랫동안 논란이 있었지만, 근년에 『서포연보』라는 새로운 자료가 발견되면서 1687년 선천에서 창작되었다는 것이 학계의 정설이 되었다. 어디에서 창작되었든 화려하고 따뜻한 환경이 아니라 열악하고 추운 상황에서 나온 것이다. 다시 말해서 작가가 자기 생활의 화려함을 과시하기 위해 쓴 것이 아니라 상상 속에서나마 가혹한 시련을 이겨내기 위해 쓴 것이다. 전해오는 이야기에 따르면 자식의 유배를 걱정할 어머니를 위해서 하룻밤 만에 지었다고 한다. 김만중의 효성은 당대에도 유명한 것이거니와 자신이 바닥으로 추락한 상황에서도 어머니를 염려하며 작품을 지었다는 것이다. 어머니에게 화려하고 아름다운 삶을 보여주어 당장의 고통을 잊게 하고, 나아가 그런 삶의 기쁨조차 한바탕 봄꿈에 불과함을 말하여, 지금의 절망적 상황도 곧 지나가리라고 위로한 것이다. 어머니를 위로하면서 동시에 스스로를 위로했다. 이런 창작 정황을 놓고 보면 『구운몽』이 주는 허무주의적 깨달음이란 한창 성장하는 학생들에게 '삶은 아무런 의미가 없다'고 말하는 그런 것이 아니다. 삶에 좌절하여 희망을 잃은 사람에게 주는 위로다.

당대 독자들도 허무주의적 깨달음을 얻었다기보다는 위로를 받으려 했던 듯하다. 『구운몽』에서 그런 위로를 찾은 독자로 영조 임금을 들 수 있다. 임금이 『논어』 『맹자』 등의 경전도 아니고, 『사기』 『한서』 등의 역사서도 아닌, 소설 『구운몽』을 무려 세 번이나 언급했다. 소설이 문학적 가치를 제대로 인정받지 못하던 시절에 말이다. 임금의 비서실 일지라고 할 수 있는 『승정원일기』에 나와 있다. 더욱이 영조는 '짜임이 좋다' '문장이 좋다'는 칭찬까지 덧붙였다. 영조는 근엄하고 무섭기로 유명한 임금이다. 영조가 화를 내면 수십 수백 명이 죽어나갔다. 거병擧兵한 역적이나 자신의 정치를 비판한 무리는 물론이고, 뜻에 맞지 않는 책을 수입했다고 해서 서적상을 대거 죽이기도 했다. 본인 스스로도 어릴 때부터 어머니가 천한 하녀 출신이라 하여 열등감이 있었고, 왕위에 오르기까지 여러 번 죽을 고비를 넘겨야 했다. 보통 사람들이 생각하는 당당하고 편안한 임금의 모습과 달리, 절대권력을 쥔 지배자의 내면을 열등감과 불안감이 지배하고 있었다. 그런 영조가 여러 차례 『구운몽』을 읽었다. 『구운몽』의 환상적이고 낭만적인 세계가 그의 지친 마음을 달래주었을 것이다.

조선시대에 『구운몽』에 빠진 사람은 영조만이 아니었다. 수많은 문인과 학자가 『구운몽』을 언급했고, 또 『춘향전』 등 문학작품에 인용 또는 언급된 것은 이루 헤아릴 수 없다. 황해도 해주의 한 기생은 자기 신세를 풀어놓은 가사에서 『구운몽』의 표현을 다수 차용했을 뿐만 아니라 자신을 기생 계섬월에 빗댔다. 『구운몽』은 최상층 임금부터 최하층의 시골 기생까지, 조선 전 지역, 전 계층의 사랑을 받은, 실질적인 최초의 '국민문학'이었다. 이런 인기로 인해 『구운몽』은 가장 먼저 상업적으로 출판된 한국소설이 되었다. 조선 사람들은 『구운몽』을 통해 고달픈 마음을 위로받았으며 또 자신을 치유해나갔다.

▨ 두 부인과 여섯 첩

『구운몽』을 말하면 먼저 남자 주인공의 아내가 여덟 명이라는 설정부터 떠올리는 사람이 적지 않다. 제목의 아홉이라는 숫자가 주인공과 여덟 아내를 합한 수와 같다는 사실은 대부분이 알고 있다. 여덟 아내는 구체적으로는 본부인 두 명과 첩 여섯 명이다. 호색의 남성들에게는 부럽기 그지없는 설정이고, 한 남자와의 사랑을 이상으로 여기는 여성들에게는 끔찍하고 야만적인 착상이다. 적지 않은 여성들에게 이런 설정은 그 자체만으로 이미 기분이 상하는 일이다. 설사 그것이 구시대 남성의 의식이 반영된 것이라는 점을 이해한다고 해도, 남성들의 호색적 욕망이 지금까지 이어지고 있다는 사실로 인해 불쾌감을 씻을 수 없다.

어떤 학자는 이런 호색적 설정으로 인해 『구운몽』을 음란소설로 규정하고, 이런 비도덕적 작품은 교육과정에서 빼야 한다고 주장하기도 했다. 비도덕적인 내용을 가르쳐서는 안 된다는 것이다. 그러나 이 주장은 일견 설득력 있어 보이나 따져볼 부분이 없지 않다. 비도덕적인 것을 가르치는 것과 그런 내용이 포함된 소설을 교육과정에 포함시키는 것은 전혀 차원이 다르기 때문이다. 『구운몽』을 가르친다고 해서 여덟 아내를 얻는 것이 정당하다고 가르치는 것은 아니다. 이런 식으로 해서 어떤 것을 비도덕적이라고 하고 그 전체를 교과과정에서 배제하게 되면 나중에는 가르칠 것이 거의 남지 않게 될지도 모른다. 또 어쩌면 인간이 아닌 양의 탈을 쓴 괴물만 가르치게 될지도 모른다. 많은 사람이 존경하는 인물 중에는 지금의 도덕관이나 가치기준에서 크게 벗어난 일을 저지른 경우가 적지 않다.

엄격한 도덕관념이야 고수해야 하겠지만 고전을 읽는 데 당시의 수준이나 사정도 고려할 필요가 있다. 조선시대는 기본적으로 일부일처 사회다. 제도적으로 한 남편에게는 한 부인만 허용되는 것이다. 그러나

첩은 무수히 허용된다. 남성이 능력만 있다면 제도의 구속은 없다. 신분 사회이기 때문에 가능한 일이다. 임금도 왕비는 한 명이지만 후궁이나 승은한 궁녀는 부지기수다. 양소유가 두 부인을 둔 것은 작품의 배경이 된 중국에서는 시대에 따라서는 불가능한 일도 아니었지만, 조선에서는 법적으로 용납될 수 없는 일이었다. 그리고 여섯 명의 첩을 둔 것은 법적으로는 불가능한 것이 아니지만 사회적으로는 비난을 받을 일이다. 조선의 현실을 감안할 때 양소유가 여덟 부인을 한집에 둔 것은 소설에서나 가능한 일이다. 가능하지 않은 일을 가능하게 하기 위해 작품은 그 과정을 장황하게 그렸다. 그것이 바로 작품의 흥미소다. 소설을 소설로 보아야지 현실과 혼동해서는 안 된다.

더욱이 안타깝게도 조선 여성의 삶은 대부분 양소유의 여덟 아내보다 훨씬 열악했다. 여덟 여성의 호사로운 삶과 달리 조선 여성들은 대부분 끼니를 걱정해야 했고, 남편이 언제 어디서 어떤 여성을 만날지 몰랐다. 또 능력 있는 남편이 다른 여성을 만나도 그것을 문제삼기도 어려웠다. 문제삼았다간 투기하는 악녀라는 오명을 얻을 수 있었다. 축첩은 사회에 만연한 현상이었으며, 여성, 특히 하층 여성의 성은 보호받지 못하고 유린되었다. 조선 말기 서양인들의 여행기를 보면 조선은 강간이 만연한 사회였다. 이것이 현실이니 『구운몽』에 그려진 여성의 현실은 보통 여성이 기대하는 상황은 아니라고 해도 당대 여성들이 보기에 그리 불편한 수준은 아니었으리라 여겨진다. 양소유는 잘생기고 재주 있으며 탁월한 능력을 지녔다. 게다가 인간적이며 부드럽고 매력적이다. 한 남자의 사랑을 나누어 가져야 한다는 데 불만이 있을 수 있지만, 열악한 현실을 살아가던 조선 여성에게 이 정도면 호사로 생각될 수 있는 일이다. 더욱이 그들이 누리는 경제적 풍요 외에, 여성끼리 함께 놀며 지내는 여성 동거의 상황은 부러움의 대상이 될 수도 있다.

거듭 말하거니와 문학과 예술에 사상과 도덕을 자꾸 연관시키면 작품에 몰입하기 어렵게 된다. 도덕이나 사상에서는 남녀의 일대일 만남이 이상일 수 있지만, 문학과 예술에서 그런 만남은 재미없고 낯선 것일 수 있다. 사랑의 대상이 한 남자, 한 여자에 국한되어야 한다는 의식은 오랜 역사 속에서 현실과 어긋났다. 문학과 예술은 주의와 주장을 담기보다 인간의 본성과 현실을 담는다. 『구운몽』의 '여덟 여인'은 당대 다른 나라의 문학작품과 비교할 때, 그리 '남성 중심적' '여성 억압적'이라고 말하기 어렵다. 카사노바의 『회상록』이나 변태적 성행위를 그린 사드의 작품들은 너무 사실적이고 자극적이어서 비교하기 어렵겠지만, 동시대 일본의 베스트셀러 소설인 『호색일대남好色一代男』의 경우에는 주인공의 호색적 인생이 『구운몽』보다 훨씬 과장되게 그려져 있다. 작품이 채 끝나기도 전에 주인공은 이미 자신이 3742명의 여자, 725명의 남자아이를 상대했음을 말하는데, 이런 소설의 주인공에 비하면 양소유는 순진한 편이다. 상대한 여성의 수로 보나 여성을 대하는 태도로 보나 모두 그렇다. 『호색일대남』을 쓴 이하라 사이카쿠井原西鶴는 뒤이어 『호색일대녀好色一代女』와 『호색오인녀好色五人女』를 썼다. 『구운몽』의 일대팔 남녀 구조가 불편하면 팔대일 남녀 구조로 뒤집어서 작품을 창작해보는 것도 흥미로운 일이 될 듯하다.

▨ 즐김의 독법

『구운몽』의 일대팔 남녀 구조를 용납한다고 해도, 한 남자가 여덟 여자를 만나 이런저런 '쓸데없는' 이야기나 나누는 작품을 어떻게 받아들여야 하는지 방향을 잡지 못하는 사람들이 적지 않다. 소설에서 인간 심층의 본성을 발견하고자 하거나 현실의 근본적인 모순을 찾고자 하는 사람들에게는 실망스러울 수도 있다. 도대체 작가는 어떤 의도를 가지고 이런 작품을 썼을까?

　'시시한' 사랑 이야기의 작가라고 하기에 작가 김만중의 성격은 뜻밖이다. 김만중은 작품에서 여유롭고 조화로운 인간세계를 그려냈지만, 실상 자신은 그런 세계와 거리가 멀었다. 김만중은 누구보다 치열하게 살았고 자신의 주장을 한 치도 굽히지 않은 강직한 인물이었다. 이런 평가는 김만중과 정치적으로 한편에 선 사람들은 물론 반대편에 선 사람들까지 공통적으로 지적한 것이다.

　『조선왕조실록』은 역사를 기록하면서 비중 있는 사람이 죽은 날에는 그 사람의 출신, 생애 그리고 평가를 간단히 적었다. 이를 졸기卒記라고 하는데, 김만중의 경우에는 두 편의 졸기가 남아 있다. 김만중 사망 당시의 임금인 숙종의 실록이 두 종류가 있기 때문이다. 『숙종실록』과 『숙종실록보궐정오』다. 『조선왕조실록』은 임금이 죽은 다음에 편찬되는데, 『숙종실록』은 편찬 기간이 길어지면서 편찬을 주도하는 사람들의 정치적 당파가 바뀌었다. 대립하는 두 정치 당파가 한 시대의 역사 편찬에 함께 개입했다. 간행 직전에 주도권을 잡았던 소론 쪽에서 그전 노론 편찬자가 맡은 부분에 불만을 품어 그 부분을 보완했는데, 그것이 바로 『숙종실록보궐정오』이다. 김만중 후손은 노론이 되었는데, 『숙종실록』에서는 김만중을 긍정적으로 평가했고, 『숙종실록보궐정오』에서는 부정적으로 평가했다. 두 기록은 평가가 긍정과 부정으로 엇갈리지만 그 가운데도 공통적인 내용이 있으니, 하나는 그가 강직한 또는 엄격한 성격을 가졌다는 것이고, 다른 하나는 어머니에 대한 효성이 지극하다는 것이다.

　김만중이 『구운몽』을 창작한 선천으로 유배를 간 것도 그런 성격 때문이었다. 김만중은 역사나 소설에서 가장 유명한 궁중이야기인 장희빈張禧嬪 사건에 연루되어 유배를 갔는데, 임금의 면전에서 거침없는 비판을 쏟아낸 탓이다. "후궁 장씨의 어미가 조사석趙師錫 집과 가까워 승상이 모두 여기서 나온다고 나라 사람들이 말하고 있는데, 이를 유독 전하만 듣지 못하십니다." 장희빈의 어머니가 우의정 조사석의 첩이라는 소문이 있었는데, 조정의 인사가 이들의 손에서 놀아나고 있다는 비판이었다. 결국 숙종이 후궁의 치마폭에서 놀아나고 있다고 말한 셈이다. 이 말은 두 종의 『숙종실록』에 모두 나온다. 임금에게 이 정도의 말을 했다는 것은 이미 죽음을 각오한 것이라 할 수 있다. 그만큼 엄청난 비판이다. 신하가 이런 말을 했는데도 숙종은 김만중을 죽이지 않았다. 아마 김만중이 죽은 왕비의 작은아버지이기 때문에 그랬을 것이다. 선천으로 유배간 김만중의 귀양살이는 몇 달 만에 풀렸다. 그러나 이 일로 계속 조정에서 논란이 있었고, 한 해가 지나 다시 남해에 위리안치圍籬安置되었다. 가시를 두른 집에 갇혀 지내게 했다는 것이다. 김만중은 남해로 온 이듬해에 사무치게 그리운 어머니를 여의었고, 그 또한 그 다다음해에 유배지에서 숨을 거두었다.

이처럼 『구운몽』은 강직한 성격의 대결적 성향을 지닌 작가가 낙망한 상황에서 쓴 작품이다. 아름다운 꿈처럼 화려하고 편안한 삶을 산 작가가 자신의 경험을 녹여낸 것도 아니고 게으르고 한가한 사람이 지겨운 삶을 소일하고자 만든 작품도 아니다. 강직한 사람이라도 마음속으로는 부드러운 인간관계를 희망하며, 싸움닭처럼 계속 세상과 대결하는 사람도 그 마음 깊은 곳에서는 조화와 평화를 지향할 수 있다. 그리고 촌분을 아끼며 치열하게 삶을 사는 사람이라도 한가로이 거닐며 마냥 게으르고 싶어질 때가 있다. 『구운몽』은 작가가 그런 고단한 상황에서 정신적 안식을 위해 쓴 작품이니만큼 소설에서 무엇을 배울까 어떤 교훈이 있을까 찾을 일이 아니다. 먼저 작품 자체에 빠져들어보는 것이 좋은 독법이 될 것이다. 무엇을 찾고 무엇을 배우는 데만 인생의 의미가 있지 않다. 쉬고 즐기는 것도 찾고 배우는 것 이상으로 소중하다.

🟦 취미와 교양

『구운몽』의 매력은 꿈과 현실을 뒤섞은 속에, 남악 형산이라는 불교와 도교를 넘나드는 공간을 두고, 거기서 또 용궁과 선계를 넘나들게 하는 그런 복잡한 공간 설정에만 있지 않다. 작품의 흥미소는 작품의 세부에서도 찾을 수 있다. 그 세부란 일차적으로 글솜씨와 말솜씨다. 군데군데 들어 있는 시는 물론이고, 보통 무미건조하기 일쑤인 상소문 등의 공식 문장조차 논리와 표현이 매력적이다. 그리고 인물들의 말솜씨는 대화법의 전범이라도 될 듯하다. 스승과 제자, 어머니와 아들의 대화 등 일상적인 대화에서도 예법이 필요하지만, 초라한 시골 선비가 대도시의 귀공자를 만났을 때나 무엇보다 임금과 신하의 극히 조심스러운 만남에서는 적절한 대화법이 절실히 요구된다. 자칫 잘못하면 봉변을 당할 수도 있고 처벌을 받을 수도 있으며, 반대로 기회와 상을 얻을 수도 있기 때문이다. 『구운몽』은 이런 여러 상황에서 가장 적절한 대화법을 보여준다. 품위를 잃지 않으면서도 예의를 갖출 수 있는 그런 대화법의 모범을 보여주고 있는 것이다.

격조 있는 대화는 언어 예절을 보여주는 것으로, 이는 예법과 연결된다. 예법은 사회질서를 대표하는 것인데 『구운몽』이 보여주는 것은 유교적 질서이다. 유교적 질서 하면 이미 완성된 것처럼 여기기 쉽지만, 실제로 구체적인 현실로 들어가면 질서에 맞는 것이 어떤 것인지 판단을 내리기 어려운 경우가 적지 않다. 현대에도 외교에서 의전 절차가 간단하지 않은 것처럼 유교적 질서도 구체적으로 따질 때는 간단치 않다. 예를 들어 임금은 양소유를 난양공주와 결혼시키고 싶어하는데 양소유는 이미 정경패 집에 폐백을 보냈다면서 자신은 결혼한 것이나 다를 바 없다고 주장한다. 이런 경우에 임금은 폐백을 보낸 양소유를 결혼한 것으로 간주하여 공주와의 결혼을 포기할 것인가? 아니면 결혼한 것으로 보지 않고 폐백을 물리게 하여 공주와의 결혼을 계속 추진할 것인가? 양소유는 결국 두 여인 모두와 결혼을 하는데, 그 과정에 임금의 어머니인 태후가 정경패를 양녀로 들인다. 그런데 공주가 된 정경패와 난양공주의 서열이 문제가 된다. 나이로 보면 정경패가 언니이지만, 난양공주는 태후의 친딸이다. 정경패는 자신이 양녀가 되었다고 감히 언니라고 주장하기 어렵다. 작품은 이런 까다로운 예법의 문제들을 하나하나 풀어나간다. 그리고 독자는 작가가 이런 문제들을 풀어나가는 과정을 흥미롭게 지켜본다.

예교 사회에서 예법을 잘 아는 것은 중요한 교양이다. 『구운몽』은 예법을 넘어서는 교양 측면에서도 다채로운 볼거리가 있다. 『구운몽』의 등장인물은 각자 하나 이상의 장기를 가지고 있는데, 진채봉의 시재詩才와 계섬월의 노래, 정경패의 음악평론, 가춘운의 자수, 난양공주의 퉁소 연주, 심요연의 검술, 적경홍의 마상馬上 기예, 백능파의 비파 연주 등이 그렇다. 이런 교양 또는 취미는 인물들의 만남에서 주요한 화제가 된다. 양소유는 장모인 최부인을 처음 볼 때 거문고에 대해 얘기했고, 임금과는 역대 군신의 문학적 역량을 평가했다. 또 임금의 동생인 월왕을 만나서는 말馬에 대해 품평했다. 『구운몽』은 문학예술에 대한 소양은 물론, 각종 취미에 대해서도 높은 안목을 보여준다. 그런 것을 섬세하게 읽어가는 것도 작품의 중요한 흥미소다.

『구운몽』을 면밀하게 읽으면 이 작품이 전대 역사서와 소설을 아주 적절하게 잘라와서 직조하고 있음을 알 수 있다. 내용의 거의 대부분이 전대 문학의 패러디라고 말할 수 있을 정도로 전대 삽화의 변용이 많다. 사마상여가 탁문군을 몰래 엿본 유명한 이야기는 양소유가 정경패를 엿본 것과 대비되고(왕유가 태평공주 앞에서 비파를 연주했다는 『태평광기』에 나오는 이야기와도 연결시키고 있다), 당나라 전기傳奇소설의 주인공인 유의는 『구운몽』에 들어와서 양소유의 동서가 된다. 서사의 흐름을 방해하지 않으면서 전대 삽화를 끼워넣는 기술은 가히 절묘하다고 말할 수 있는데, 이 모든 직조를 가능하게 한 것이 김만중의 작가적 역량이다.

김만중은 14세 어린 나이에 진사초시進士初試에 합격한 천재였고, 이어서 15세에는 진사시에 일등으로 합격하였다. 그뒤 29세에 정시문과庭試文科에 급제하여 관료로 발을 내딛기 시작하여, 주요 요직을 차례로 밟고 올라갔고, 50세에는 국가의 대표적 공식 문인이라 할 수 있는 대제학이 되었다. 학자로서 문인으로서 관료로서 최고의 지위에 이르렀던 것이다. 더욱이 김만중은 왕비의 작은아버지이기도 했다. 조선의 고급문화에 가장 가까이 있었다. 이런 작가의 역량과 재주, 처지와 교양이 한곳에 모인 작품이 『구운몽』이다.

깊이 읽기

소설은 여러 가지 시각으로 읽을 수 있다. 현실주의에 입각해서 볼 수도 있고, 낭만주의적 시각에서 볼 수도 있으며, 도덕과 사상을 중심으로 읽을 수도 있고, 표현과 교양에 초점을 맞추어 읽을 수도 있다. 그런데 낭만주의적으로 읽어야 할 작품을 현실주의적으로 읽으면서 그 작품이 현실적이지 못하다고 비평한다거나, 남녀 간 사랑의 이런저런 모습과 인간 내면의 모순을 드러낸 작품을 불륜이니 비도덕이니 평가한다면 그것은 적절치 않은 판단이라 할 것이다. 도덕 교과서를 읽는 눈으로 문학작품을 읽으면서 자기 혼자 도덕가인 양 매사를 윤리와 도덕으로 판단하는 것은 무지한 자의 허세다. 『구운몽』은 당연히 낭만주의적 시각으로 읽어야 할 작품이며, 인간의 발랄한 감정이 표현된 작품으로 보는 것이 적절하다.

이렇게 적절한 시각으로 작품을 읽는다 해도 『구운몽』과 같은 고전에는 큰 걸림돌이 하나 있다. 시대라는 장애물이다. 『구운몽』은 수백 년 전 조선시대에 창작된 작품이다. 조선시대와 현대는 기본적으로 이념이 다를 뿐만 아니라 경제 상황과 사회 풍속 또한 크게 다르다. 현대 독자들이 제대로 이해하기 어려운 부분이 적지 않은 것이다. 자극적 소재, 충격적 표현, 극적인 반전 등에 익숙한 현대 독자들에게 『구운몽』은 싱거운 옛날 음식일 수 있다.

예컨대 여자로 변장한 양소유가 규방 처자인 정경패 앞에서 거문고를 연주하는 장면은 당대 독자들에게는 강렬한 느낌을 주었겠지만 지금 독자들은 그만한 자극을 받기 어렵다. 최초의 근대소설로 꼽히는 이광수의 『무정』에 남자 주인공이 여자 주인공의 집에 가서 몰래 처녀들의 몸과 머리에서 나는 향내를 맡고 땀에 젖은 옷이 하얀 살에 붙어 움직이는 모습을 보는 것을 그린 장면이 있는데, 이는 양소유와 정경패의 만남보다는 훨씬 자극적이지만 역시 현대의 남녀 만남을 그린 소설에 비하면 싱겁다고 할 수 있다. 조선시대 규방 여성들에게 남녀칠세부동석이라는 말은 헛말이 아니니 규방 처자가 외간 남자와 마주한다는 것은 상상만 해도 가슴이 떨리는 일일 것이다. 『구운몽』의 정황과 『무정』의 묘사는 현대소설의 자극적인 묘사 이상으로 당대인을 자극한 부분이라고 할 수 있겠지만 지금은 그것을 그렇게 읽을 수 있는 독자가 많지 않다. 그만큼 시대가 달라졌다. 이런 시대적 변화를 알지 못하면 고전은 제대로 읽기 어렵다.

열여섯 살에 불과한 주인공 양소유가 술집을 찾아가서 술을 마신 다음 술집 주인과 술에 대해 품평을 하고, 기생 잔치에 가서는 기생을 얻어 첫날밤을 지내는 것 등의 삽화는 요즘의 또래 청소년들과 비교하면 상상하기 어려운 일이다. 양소유가 '불량 청소년'이 아니라는 것은 당대의 상황과 풍속을 알아야 이해할 수 있다. 조선시대에는 사람들의 평균 수명이 마흔 살에도 이르지 못할 정도로 짧았다. 그만큼 조숙했고 사회적으로도 그에 맞게 대접했다. 장년이나 노년의 경우 옛날 나이에서 열다섯 살이나 스무 살은 더해야 요즘의 나이 관념과 비슷한 듯하다. 옛날의 환갑 노인은 요즘 여든 살 노인과 비슷한 사회적 대접을 받았다는 말이다. 이런 때에 열여섯 살이면 이미 어른이고, 그것도 이른바 '이팔청춘', 인생의 황금기다. 이런 사정을 알아야 양소유의 행동을 이해할 수 있다.

작품의 내용을 따져가며 읽는 것은 소설 읽는 재미를 떨어뜨릴 수도 있지만, 때로는 고전을 읽는 또다른 재미가 되기도 한다. 『구운몽』은 소설이다. 굳이 무엇을 배우려고 얻으려고 하기보다 우선 편안하게 접근하는 것이 좋다. 따뜻한 봄, 〈구운몽도〉 병풍이 둘러쳐진 방에서, 앞뒤 문짝을 열어 시원한 봄바람을 받으면서 살짝 낮잠이라도 청할 듯한 자세로 말이다. 어차피 고전은 한 번 읽어서 잘 알기 어렵다. 여러 번 볼 수 없는 상황이라면 볼 수 있는 부분까지라도 음미하기 바란다. 의무감으로 급하게 다 읽고 던져버리기보다는 즐길 수 있는 데까지 즐기기 바란다. 꼭 끝을 다 봐야 할 필요가 없다. 어차피 일장춘몽이니.

문학동네 한국고전문학전집을 펴내며

우리가 고전에 눈을 돌리는 것은 고전으로 회귀하기 위해서가 아니다. 한국의 고전은 고전으로서 계승된 역사가 극히 짧고 지금 이 순간에도 발견되고 있으며 심지어 어떤 작품은 저 구석에서 후대의 눈길을 간절하게 기다리고 있기도 하다. 우리의 목표는 바로 이런 한국의 고전을 귀환시키는 것이다. 그러니까 고전 안에 숨죽이며 웅크리고 있는 진리내용들을 다시 불러들이고 그것으로 이 불투명한 시대의 이정표를 삼는 것, 이것이 우리의 궁극적인 목적이다.

문학동네 한국고전문학전집은 몇몇 전문가의 연구실에 갇혀 있던 우리의 위대한 유산을 널리 공유하는 것은 물론, 우리 고전의 비판적·창조적 계승을 통해 세계문학사를 또 한번 진화시키고자 하는 강한 열망 속에서 탄생하였다. 그래서 문학동네 한국고전문학전집은 이미 익숙한 불멸의 고전은 말할 것도 없고 각 시대가 새롭게 찾아내어 힘겨운 논의 끝에 고전으로 끌어올린 작품까지를 두루 포함시켰다. 뿐만 아니라 한국 고전의 위대함을 같이 느끼기 위해 자구 하나, 단어 하나에도 세밀한 정성을 들였다. 여러 이본들을 철저히 비교하는 과정을 거쳐 정본을 획정했고, 이제까지의 모든 연구를 포괄한 각주를 달았으며, 각 작품의 품격과 분위기를 충분히 살려 현대어 텍스트를 완성했다. 이 모두가 우리의 고전을 재발명하는 것이야말로 세계문학의 인식론적 지도를 바꾸는 일이라는 소명감 덕분에 가능했음은 물론이다. 부디 한국의 고전 중 그 정수들을 한자리에 모은 문학동네 한국고전문학전집이 그간 한국의 고전을 멀리했던 독자들에게 널리 읽히고 창조적으로 계승되어 세계문학의 진화를 불러오는 우리의, 더 나아가 세계 전체의 소중한 자산으로 자리하기를 기대해본다.

문학동네 한국고전문학전집 편집위원
심경호, 장효현, 정병설, 류보선

옮긴이 **정병설**
서울대학교 국어국문학과 교수. 한글소설을 중심으로 주로 조선시대의 주변부 문화를 탐구했다.
한국 문화의 성격과 위상을 밝히는 연구를 필생의 과업으로 여기고 있다. 사도세자의 죽음을 다각
도로 분석한『권력과 인간―사도세자의 죽음과 조선 왕실』, 음담에 나타난 저층 문화의 성격을 밝
힌『조선의 음담패설―기이재상담 읽기』, 그림과 소설의 관계를 연구한『구운몽도―그림으로 읽는
구운몽』, 기생의 삶과 문학을 다룬『나는 기생이다―소수록 읽기』등을 펴냈으며,『한중록』을 번
역하고 해설했다. 논문으로「조선시대 한문과 한글의 위상과 성격에 대한 일고」「조선 후기 한글·출
판 성행의 매체사적 의미」외 다수가 있다.

한국고전문학전집 016
구운몽
©정병설 2013

1판 1쇄 | 2013년 12월 14일
1판 7쇄 | 2022년 1월   4일

지은이 김만중 | 옮긴이 정병설

책임편집 장영선 | 편집 류기일 오경철 | 독자모니터 황치영
디자인 윤종윤 이주영 | 마케팅 정민호 양서연 박지영 안남영
홍보 김희숙 함유지 이소정 이미희
제작 강신은 김동욱 임현식 | 제작처 영신사

펴낸곳 (주)문학동네 | 펴낸이 염현숙
출판등록 1993년 10월 22일 제406-2003-000045호
주소 10881 경기도 파주시 회동길 210
전자우편 editor@munhak.com | 대표전화 031)955-8888 | 팩스 031)955-8855
문의전화 031)955-2655(마케팅), 031)955-2671(편집)
문학동네카페 http://cafe.naver.com/mhdn | 트위터 @munhakdongne
북클럽문학동네 http://bookclubmunhak.com

ISBN 978-89-546-2347-6 04810
        978-89-546-0888-6 04810 (세트)

* 이 도서의 국립중앙도서관 출판예정도서목록(CIP)은 서지정보유통지원시스템 홈페이지(http://seoji.nl.go.kr)와
  국가자료종합목록 구축시스템(http://kolis-net.nl.go.kr)에서 이용하실 수 있습니다.
  (CIP제어번호: CIP2013025525)
* 잘못된 책은 구입하신 서점에서 교환해드립니다. 기타 교환 문의: 031) 955-2661, 3580

www.munhak.com